KB162830

# 어니언마말레이드

Onion Marmalade

백서하 장편소설

I

# 어니언 마말레이드 I

초판 1쇄 인쇄일 | 2021년 1월 14일
초판 1쇄 발행일 | 2021년 1월 21일

지은이 | 백서하
펴낸이 | 박성면
펴낸곳 | (주)동아

출판등록 | 제406-3960100251002007000071호
주소 | 경기도 파주시 문발로 115, 세종대학교출판부 206호
전화 | (031)8071-5201
팩스 | (031)8071-5204
E-mail | bear6370@hanmail.net


정가 | 12,800원

ISBN 979-11-6302-444-6 (04810)
　　　979-11-6302-443-9 (set)

ZERONOVEL

# ONION

I

## 어니언 마말레이드
### Onion Marmalade

백서하 장편소설

# MARMALADE

동아

c o n t e n t s

1부

# 프롤로그

바첼론에서 미혼 여성이 '정상적으로' 재산을 소유하는 방법은 없다. 그래서 비비안 로젤리스는 '비정상적인' 방법으로 재산과 상단을 상속받았다.

그녀는 위로는 같은 배를 빌려 태어난 오빠 하나와 언니 하나, 그리고 다른 배를 빌려 태어난 오빠 하나와 역시 다른 배를 빌려 태어난 남동생이 하나 있었다. 여기서 굳이 어느 배에서 태어났는지 구구절절 설명하는 것은, 이 모든 것들이 그녀가 말도 안 되는 세계에서 태어났다는 사실을 증명해 주는 것들이기 때문이다.

바첼론에서, 아니, 전 대륙을 통틀어서 여자는 '일반 상속권'을 가질 수 없다. 아무리 아버지가 돈이 많아도 그녀가 딸이며 결혼을 하지 않은 이상 비비안 로젤리스는 안타깝게도 정상적으로 상속권을 가지지 못했다. '자상하고 배려심 깊은' 남자들은 여자들이 재산을 굴리고 사회 활동을 하는 데 재능이 없어 그것들을 상속받는다고 해도 쉽게 탕진해 버린다고 여겼기 때문이었다. 설사 결혼한다고 해도 여자들은 재산이나 경영권을 가질 수 없었다.

결혼 3년 뒤 지참금을 제외한 모든 것이 남편에게 귀속되므로.

그런 의미에서 미혼 여성은 오직 예외에 속하는 '특수 상속권'만을 가질 수 있었다. 그리고 그 예외는 아래 세 가지 중의 하나에 해당하는 경우를 일컬었다.

첫째, 미혼 여성에게 친형제, 사촌 형제 및 기혼 자매가 없을 경우.

둘째, 미혼 여성의 남성 형제 및 기혼 자매의 배우자가 행위 능력을 상실해 재산과 작위 및 가문을 지켜 나갈 능력을 완전히 상실함을 상속 재판관이 인정한 경우.

셋째, 미혼 여성의 남성 형제나 기혼 자매의 배우자가 상속권을 완전히 포기함을 서면 형식으로 기록해 법정에 제출한 뒤 그 이유가 충분하다고 재판관이 인정한 경우.

한마디로 말해 집안에 멀쩡한 남자가 있는 한 비비안은 결혼할 때 아버지가 마련해 줄 지참금을 제외하고 정상적인 상속을 받을 수가 없다는 것이었다. 그런데 문제는 비비안은 남자 형제가 셋이나 있는 데다가 멀쩡한 남자와 결혼한 언니까지 있었다. 게다가 그들은 모두 로튼 상단의 재산과 경영권을 탐냈다.

이것이 비비안의 첫 번째 불행이었다.

그래서 그녀는 남자로 태어나면 정부를 백 명 거느려도, 사생아를 열 명 데려와도 호탕하고 능력 있다며 인정받는 이 세상에서 어떻게든 살아남고자 발버둥 쳤다. 아니, 정확히 말하자면 단순히 살아남는 이상으로 욕심을 다 채우며 살고자 바동거렸다.

비비안 로젤리스는 욕심이 많았다. 그것도 아주.

이게 그녀의 두 번째 불행이었다.

그녀는 분명 같은 아버지를 두고서도 여자라는 이유만으로 미혼 상태에서 재산을 상속받을 수 없는 상황에 절망했다. 피 한 방울 섞이지 않은 형부는 남자이기 때문에 언니에게 가야 할 재산을 쥐락펴락할 수 있는데 그녀는 아버지의 적녀임에도 한 푼조차 받을 수 없었다.

무엇보다도 그녀가 노리는 것은 단순한 재산이 아니었다. 그녀는 로튼의 경영권을 탐냈다. 남자라면 정당하게 경쟁이라도 하겠는데 그녀는 여자여서 경쟁에 참가할 자격조차 없었다. 그녀의 아버지는 그녀보다 그녀의 남편이 될 사람들에게 더 관심이 많았다.

그녀의 상황은 정말 바닥이었다. 세상은 그녀에게 일말의 가능성조차 남겨 두지 않았다.

그렇다고 그녀는 결혼을 통해 재산을 상속받고 싶지 않았다. 바첼론에서 기혼 여성이 친부에게서 상속받은 재산이나 경영권은 3년 이내에 남편에게 사용권이, 3년 이후에는 소유권이 넘어가게 된다. 돈에 눈이 먼 남자들이 여자들과 결혼해 재산을 가로채는 행위를 막기 위한 것이라는 그럴싸한 이유가 있긴 했지만 결론적으로 돈은 남자의 것이었다. 여성이 죽을 때까지 소유할 수 있는 재산은 결혼하면서 가져간 지참금밖에 없었다. 그것은 여자가 가질 수 있는 유일한 재산이었다, 물론 대부분은 남편이 사용권이라는 이름 아래 대신 관리해 주곤 했지만.

어찌 되었든 남편의 재산이 곧 네 재산이 아니냐며 그녀의 언니는 동생을 타일렀지만 비비안은 들어 처먹질 않았다. 주위에서는 그녀를 돼먹지 못한 여자라고 했다. 평민이긴 해도 어미를 닮아 반반한 얼굴에 훌륭한 몸매, 거기다 집안까지 나름대로 괜찮은 그녀에게 청혼하는 남자가 없었던 것도 그 '드센' 성질머리 때문이었다.

물론 비비안 로젤리스는 그렇게 포기하지 않았다. 정상적인 상속권이 없으면 특수 상속권이라도 받으면 된다. 비록 바첼론에 그것을 가진 여자는 없었지만, 어쩌면 그런 여자는 없을 것으로 생각해서 그렇게 법을 만든 것일 수도 있겠지만 하여튼 비비안은 제가 그것을 가질 수 있다고 믿었다.

사람들은 당연히 웃었다. 어디서 말도 안 되는 소리를 하냐며 그녀를 비웃었다. 위로 오빠 둘이 있고, 아래로는 남동생이 있다. 그들이 갑자기 손에 손을 잡고 강으로 뛰어들지 않는 한 비비안에게는 상속권이 떨어지지 않는다.

하지만 그들이 간과한 게 있다면, 비비안 로젤리스라는 여자는 그들이 여태껏 여자들에게 썼던 '정숙하고', '우아하고', '상냥하고', '부드러운' 따위의 형용사가 어울리지 않는 사람이라는 것이었다.

그녀는 일단 못돼 처먹었다. 얼마나 못돼 처먹었느냐면, 정부를 여럿 거느릴 정도로 매력적인 남성이자 풍류를 즐길 줄 아는 제 첫째 오빠에게 웬 뒷골목 출신의 여자를 붙여 홀려 내게 했다.

결과는 대성공이었다. 첫째 오빠는 그 뒷골목 계집에게 홀라당 빠져 후계고 나발이고 정신없이 집안 재산을 전부 그녀에게 쏟아부었다. 그리고 마지막에는 그 여자와 함께 야반도주까지 했다. 실로 대단한 세기의 사랑이 따로 없었다.

이 정도면 얼마나 머저리인지 증명이 되었을 법도 하지만 그렇다고 그의 상속권을 앗기에는 턱없이 부족했다. 바첼론은 언제나 똑똑한 여자보다 멍청한 남자가 더 가치 있다고 여겼으므로.

그래서 비비안 로젤리스는 그 여자에게 제 오라비를 '적당하게' 처리하라 일렀다. 그러면 그 새끼 앞으로 떨어질 법한 재산을 네게 전부 주겠다고 했다. 어차피 비비안이 진짜로 관심 있는 건 그깟 금화가 아니라 경영권이었으므로 상관없었다. 그리고 그 여자는 비비안의 말을 따랐다. 안타깝게도 '적당히'를 적당하게 이행하지 못해 싸늘한 주검이 되어 돌아왔지만.

사인은 심장마비. 영문을 굳이 묻지 않아도 너무 뻔해서 웃음도 나오지 않았다. 뒷골목의 여인과 침대에서 죽음을 맞이했으니 더 설명할 것도 없었다.

그 뒤 비비안 로젤리스는 제 오라비의 장례식에 참가했다. 한배에서 난 형제랍시고 눈물을 나름 짜내긴 했으나 사람들은 그녀가 베일 속에서 웃는 걸 보았다. 네까짓 게 무슨 경영이냐고 낄낄대던 오라비 장례식에서 진심으로 우는 건 그녀에게는 좀 무리였기 때문이었다.

그다음은 둘째 오빠였다. 그는 첫째보다 조금 더 어려웠다. 어렸을 때부터 비비안의 헛소리를, 그러니까 상단을 이어받겠다는 헛소리를 무척 자상하게 들어 주면서 부드럽게 웃던 오빠이기 때문이었다. 비록 끝은 언제나 그녀를 열두 살 더 많은 백작과 결혼시키냐, 아니면 스무 살 더 많은 후작과 결혼시키냐로 끝났지만.

그래서 비비안은 그를 죽이지는 않기로 했다. 사실 죽일 필요도 없다고 생각했다. 대신, 그와 그의 친어미, 즉 제 아버지의 정부였던 그 여자와 함께 정신 병원에 넣었다. 어렵지 않았다. 둘째 오빠가 마시는 주스에 희귀한 독을 넣어 환각에 시달리는 그가 모든 사람이 보는 앞에서 옷을 벗고 춤을 추는 등 미치광이 같은 광증을 보이게 하면 되었으니까.

증인은 많았고 증언은 더 많았다. 어쨌든 그 유하고 부드러운 둘째 오빠는 상속에 어울리지 않는다는 판정을 받자마자 자상한 비비안에 의해 수도를 떠나 정신 병원으로 보내졌다. 제 어미와 함께.

마지막은 자신의 남동생이었다. 병약하고 심약한 남동생은 위로 있는 형 둘이 집에서 사라지자 제 누나를 무서워하게 되었다. 그래서 그 어린 소년은 자신에게 생리적이고 정신적인 결함이 있다고 판단해 제 발로 요양원에 걸어 들어갔다. 비비안은 그런 동생을 위해 무척 자상하게도 손수 요양원 건물을 지어 주었다.

그다음은 그녀의 언니였지만 이미 제 동생의 소름 끼치는 만행을 눈에 담은 그녀의 언니는 남편에게 제발 경영권을 포기해 달라고 했다. 다행스럽게도 애초에 상단의 경영권에 그리 관심이 없었는지 아니면 처제의 잔인함을 눈에 담았는지 비비안의 형부는 알아서 경영권을 포기하겠다는 각서를 썼다. 이 나라가 여자에게 베풀 자비를 전부 남자에게 써서 참 다행인 순간이었다. 어쨌든 남자의 자유 의지는 존중해 주므로. 물론 그 고마움을 담아 그녀는 적당한 돈을 언니에게 지급했다. 결과적으로 모두 형부에게 돌아갔지만.

그렇게 로젤리스 가문 소유의 로튼 상단은 비비안 로젤리스의 손에 들어갔다. 살아 있는 둘째 오빠와 남동생의 상속 능력이 소멸함을 법정에서 인정받고 재판관이 그녀의 상속권을 인정한 순간, 수도의 모든 신문사와 잡지사에서 파견된 기자들이 법정의 문을 열고 뛰쳐나갔다. 모두가 제일 먼저 이 특수 상속권을 가진 계집의 이야기를 쓰고 싶어 했다.

그렇게 로젤리스 부부가 마차 사고로 죽은 뒤, 대체 누구의 손에 경영권이 떨어질지 궁금해하던 사람들의 모든 예상을 깨고 비비안 로젤리스는 정식으로 로튼 상단의 단주가 되었다. 바첼론 역사상으로는 처음으로 딸이 아버지의 경영권과 재산을 상속받은 판례였다.

그해, 비비안 로젤리스는 열일곱 살이었다.

어찌 되었든 간에 모두가 로튼 상단의 비극을 안타까워했다. 로튼 상단은 비록 규모가 그리 크지는 않았지만 꽤 훌륭한 사업 수완으로 성공의 반열에 오른 상단이었다. 그런 상단이 겨우 열일곱 살짜리 계집의 손에 들어갔으니, 어떻게 비극이 아닐 수가 있을까.

그러나 사람들의 우려를 비웃듯, 웃기게도 비비안 로젤리스는 6년 만에 로튼 상단을 대륙 최고로 키워 냈다. 그녀는 제일 처음 아리안 대륙을 넘어 그 누구도 정복 못 한 바이덴 해역의 해적들을 설득해 해상 무역의 첫 번째 길을 열었고, 누구도 가 보지 못한 건너편 대륙과 거래를 시작했다. 모두가 말렸으나 그녀는 고집이 어마어마했다.

그녀는 누구도 감히 손대지 못했던 북쪽 끝단의 아클리산맥을 개척했다. 극한의 추위 때문에 아무도 가지 않으려 했고, 설사 간다고 해도 실제로 뭔가가 나올 확률은 낮았기 때문에 모두들 그녀를 만류했다. 하지만 그녀는 광부들에게 시가 다섯 배나 되는 시급을 주면서 결국 아클리산맥을 개척했다. 아무도 살지 않고 그 어느 나라에도 귀속되지 않은 죽음의 땅에서 알렉산드라이트를 비롯해 수많은 보석광이 발견된 것은 그로부터 4년 뒤의 일이었다.

마치 행운과 부의 신이 그녀의 손을 들어 주는 듯, 그녀가 손을 대는 사업마다 대박을 터뜨렸다. 여자는 큰 그림을 그리지 못해서 경영과 정치에 적합하지 않다는 말을 무참히 짓밟으면서. 그래서 사람들은 그녀를 공공연하게 로튼의 마녀라고 부르고, 암암리에는 신이 내린 미친년이라 멸시를 담아 불렀다.

물론, 그녀는 사람들이 저를 어떻게 부르든 상관없었다.

대륙을 넘나드는 부를 쌓고, 누구도 감히 위협하지 못할 재력이 그녀의 손에 쥐어지자 한때 그녀를 비웃었던 남자들이 서서히 그녀에게로 다가오기 시작했다. 그도 그럴 것이 그녀가 손에 쥔 돈은 비웃기에는 너무 많았고, 그녀의 미모와 몸매는 그저 보고 지나치기에는 너무 유혹적이었다.

물론 비비안은 바첼론에서 가장 아름다운 여자는 아니었다. 그녀의 얼굴은 그저 예쁘장한 수준이었다. 하지만 그녀는 돈이 많은 여자 중에서는 가장 아름답고 가장 유혹적이었으며, 예쁜 여자들 중에서는 가장 돈이 많았다.

재력과 미모가 한데 섞이니 대륙 최고 미인도 남자들 눈에 들어오지 않았다. 미모는 한철이지만 그녀의 재력은 영원했다. 최소한 지금 당장 로튼이 망한다고 해도 그들에게는 삼대가 먹고살 만한 돈이 있었다.

하지만 비비안은 결혼하지 않았다. 아니, 그녀는 애초에 결혼할 생각이 없었다. 위로 오빠 둘을 손수 제거하고 아래로 남동생은 제 발로 요양원에 들어가게끔 하였는데 손에 쥔 재산을 놓아 버릴 수는 없었다. 바첼론에서 아내의 혼전 재산은 혼 후 3년 뒤면 남편의 소유가 된다. 그녀는 그런 식으로 저와 결혼할 남자에게 제 양심과 인성으로 바꿔 온 재산을 넘기고 싶지 않았다.

물론 그녀도 남자는 필요했다. 생활이나 경제적인 이유가 아닌, 육체와 정신적으로. 그녀는 한창때의 물오른 여자였고, 잘생긴 배우, 가수, 심지어 유명한 바람둥이에 귀족까지 자신을 유혹해 오는데 굳이 거절할 필요를 느끼지 못했다. 그래서 그녀는 결혼을 하지 않는 대신 그들을 정부로 만들었다. 대부분 여자가 어두운 곳에서 도둑고양이처럼 정부를 만드는 것과 달리 공개적으로. 비비안은 그들에게 돈을 쓰고, 적당한 보상을 해 주었다. 대가는 물론 환상적인 하룻밤이었다.

당연하지만 그런 그녀의 행동을 남자들은 비난했다. 여자의 가장 훌륭한 미덕은 정숙이요, 가장 훌륭한 지참금은 정조였다. 그런데 비비안은 하나도 없었다. 그런 의미에서 그녀는 훌륭한 여자가 아니었다.

어찌 되었든 간에 비비안 로젤리스는 그렇게 살았다. 정부를 바꿔 가면서, 돈을 펑펑 쓰면서, 쓰는 것보다 몇십 배는 더 많이 벌면서, 제 청춘과 인생을 화려하게 장식하면서 보냈다. 결혼과는 인연도 없고 관심도 없었다. 그녀는 이미 집에서 반짝거리는 금화며 수표들과 결혼했다. 그녀에게는 매달 장부에 오르는 흑자만이 최고의 행복이었다.

그런데 그랬던 그녀가 어느 날, 바첼론 최고의 매력남이자 꿈의 연인이며, 권력의 정점에 있는 위그 이디에트와 결혼한다고 발표했다.

그녀가 상속권을 받은 그날처럼, 수도가 다시 폭발했다.

# Chapter 1
## 가장 진실한 가짜 결혼

굽이굽이 물결처럼 흐르는 옅은 회색 머리카락이 침대 위에 흐트러졌다. 눈처럼 새하얀 얼굴에 자리 잡은 눈꺼풀 아래로 속눈썹이 길게 드리워지고, 오뚝한 콧날을 따라 내려가면 발그스름한 입술이 자리 잡고 있었다.

백조처럼 가는 목과 도드라진 쇄골, 핏줄마저 은은하게 보일 듯 새하얀 피부에 자잘하게 키스를 남기며 다니엘은 비비안의 귓가에 조용하게 속삭였다.

"비비안."

"……."

"비비안, 아침이에요. 일어나요."

굳게 닫혔던 눈이 움찔거리더니 속눈썹이 파르르 떨리고 곧 얼음같이 차갑게 시린 파란색 눈동자가 드러났다. 고혹적으로 휘어진 눈가에 미소가 담기자 다니엘은 그녀의 눈가에 가볍게 키스했다. 그것을 얌전하게 받던 비비안이 곧 몸을 일으켰다.

"좋았어요?"

아래서 들리는 부드러운 목소리에 그녀가 고개를 돌렸다. 탄탄한 몸을 드러내 놓고 요사스럽게 웃고 있는 남자는 현재 수도에서 가장 유명한 연극 배우이자 저번 주에 갓 들인 그녀의 정부였다.

비비안은 그의 물음에 잠시 고민하다가, 입꼬리를 말아 올리며 고개를 숙였다. 그리고 그의 뺨에 입을 맞추고 대답했다.

"환상적이었어."

배부른 고양이처럼 나른한 그녀의 표정에 다니엘은 순수하게 기쁜 낯빛을 보였다. 그녀와 처음 밤을 보낸 날, 그녀는 제게 달콤하게 안겨 들었다. 그리고 그다음 날, 수도에서 가장 유명한 극작가의 신작 남자 주인공 자리가 그에게 떨어졌다.

그는 오늘 또 무슨 대가가 제게 떨어질지 기대했지만, 사실 그런 것 따위 없어도 상관없다고 생각했다. 그녀와 보낸 밤은 그 어떤 여자와 보낸 시간보다도 달콤했다. 그녀는 누구보다도 아름다웠고 적극적이었으며 그가 그녀를 만족하게 하는 것만큼 그녀 또한 그를 더할 나위 없이 만족하게 했다. 침대 위에서는 둘 다 즐거워야 한다던 그녀의 열정은 그 어떤 여자가 와도 충족시켜 주지 못할 정도였다.

그래서 그는 그 순간만큼은 제가 비비안의 정부가 아니라 연인이라도 된 듯한 착각에 휩싸였다. 하지만 침대를 벗어나 그녀가 뭔가를 들고 오자 그는 곧 그 꿈에서 깨어나야 한다는 것을 깨달았다.

"예쁘지?"

그녀는 곱게 포장된 상자를 들고 온 뒤 그 앞에서 리본을 풀었다. 그 안에는 보통 사람들이 감히 쳐다보지도 못할 브랜드의 고급 시계가 들어 있었다. 정교하게 세공된 시계와, 금빛으로 빛나는 시곗줄은 그것의 가치가 얼마나 높은지 알려 주고 있었다.

다니엘은 제게 상자를 내밀고 있는 비비안과, 그녀의 곱상한 얼굴을 보다가 밝게 웃었다.

"고마워요."

"천만에. 갖고 싶은 게 있으면 더 말해. 사 줄 테니까."

그녀의 달콤한 말에도 그는 쓰게 웃었다. 바첼론에서 정부의 존재란 원래부터 사랑의 산물은 아니었다. 수많은 귀족들은 자신을 즐겁게 해 주고 남들에게 지위와 재력을 뽐낼 만한 증거로 정부를 들이곤 했다. 설사 비비안이 남자 귀족이 아니라고 해도 그 본질이 변할 리가 없었다. 그것을 누구보다도 더 잘 알고 있는 그였지만 그럼에도 일말의 기대를 버리지 못했다. 품에 나긋하게 안기며 사랑한다고 속삭이던 여자는 아침이 되자 제 '마음'을 돈으로 표현했다. 나쁘지는 않았지만 그렇다고 좋지도 않았다.

그가 잘못했다. 겨우 두 번 잠자리를 한 것으로, 겨우 몇 번 오페라를 본 것 같고, 겨우 몇 번 사랑한다고 속삭여 준 걸로 착각에 빠졌다.

하지만 그는 곧 자신의 앞에서 새물새물 웃고 있는 여자를 보며 스스로를 용서해 주기로 했다. 이런 여자가 사랑한다고 하면 누가 착각하지 않을 수 있을까. 자신이 이상한 게 아니었다.

그는 웃으며 그녀가 내민 상자를 받아 들었다.

손에서 상자가 빠져나가자 그녀는 곧 침대에서 일어났다. 늘씬한 몸매가 드러났다. 하얀 피부 위로 흐트러지는 연회색 머리카락을 대충 잡아 뒤로 묶고, 비비안은 바닥에 떨어진 네글리제를 주워 입었다. 언뜻 비칠 듯 말 듯 한 그녀의 뒷모습에 무심코 시선이 닿은 다니엘은 어느새 그만 넋을 놓고 그녀를 보고 있었다. 목이 칼칼해지고 얼굴이 화끈해지자 저도 모르게 그가 입술을 깨물었다.

비비안은 그가 움직이지 않자 고개를 돌려 호기심 서린 눈길로 다니엘을 보았다. 그녀의 나른한 시선이 닿자 다니엘은 저도 모르게 더욱더 몸이 뜨거워졌다. 마녀의 마법에 걸리기라도 한 듯 그의 모든 신경이 아래쪽으로 몰렸다. 그는 결국 어쩌지도 못한 채 머리를 짚고 앉아 있었다.

"대니?"

숄을 걸치고 비비안이 그를 불렀다. 그는 제발 그녀가 자신을 그만 불러 주었으면 했다. 그 새빨갛고 유혹적인 입술 끝에 자신의 이름이 걸리는 것만으로도 그는 미칠 것 같았다. 하지만 그런 그의 의지를 깡그리 무시한 채, 비비안은 사뿐사뿐 그의 옆에 다가왔다.

곧 이불을 살짝 들춘 그녀가 웃음을 흘렸다.

"대니. 내 사랑."

"웃지 말아 주세요. 저도 난감하니까."

"나도 너를 그만 놔줘야 하는 아침이 원망스럽지만 안타깝게도 나는 오늘 맞이할 손님이 많아."

"알아요. 조금만 기다리면 괜찮을 테니까 당신은 먼저 들어가서 씻……."

"같이 들어갈래?"

그때였다. 비비안은 나긋하게 그의 귓가에 속삭였다. 욕정이 뚝뚝 떨어지는 눈을 한 채 자신을 바라보는 정부를 향해 그녀가 손을 뻗어 그의 어깨를 살짝 잡았다. 그 순간 그의 눈에 불길이 확 일더니 그녀의 허리를 잡아 왔다.

"이런, 옷은 괜히 입었네."

웃음기 가득한 그녀의 목소리에, 다니엘은 더는 이성적인 사고가 불가능한 듯 본능적으로 그녀를 꽉 끌어안았다. '욕실……'이라고 조용하게 읊조리는 비비안을 안아 들고 그는 곧 발걸음을 옮겼다.

얼마 지나지 않아 욕실에서 짙은 열기가 흘러나왔다.

\* \* \*

"세상에, 비비. 이게 다 뭐니!"

난장판이 된 방 안을 훑던 카트린은 비명을 지르며 욕실로 뛰어들어 왔다.

그와 동시에 방만큼이나 엉망인 욕실의 상태를 보고는 아연실색해서 비비안에게 물었다. 정숙하기 그지없는 그녀는 아이 둘의 엄마씩이나 되면서 여전히 이런 것에 익숙하지 못했다.

찢긴 옷가지들이 널린 방과 달리 욕실에는 파괴의 흔적은 없지만 한 시간 전까지만 해도 꽤 열정적인 분위기였다는 것을 암시하듯 수건과 여러 가지 세면도구들이 흩어져 있었다. 욕조에 나른하게 누워 시녀의 목욕 시중을 받던 비비안이 하얗게 질린 언니의 표정을 힐끔 보고는 웃음을 흘렸다.

"어젯밤에 온 애인과 꽤 괜찮은 시간을 보냈거든."

"세상에. 비비안 로젤리스. 어디 정숙하지 못하게!"

"언니. 나는 정숙 따위 이미 씹어 먹은 지 오래야. 알면서 뭘 또 새삼스럽게 놀라고 그래."

카트린은 욕실과 방 사이를 바쁘게 뛰어다니며 정리를 하는 시녀들을 절망스러운 표정으로 보았다. 자주 있는 일인지 그녀들은 놀라지도, 그렇다고 민망해하지도 않은 채 얼룩이 진 침대보를 갈아 내고, 이불을 들어내며 찢어진 스타킹과 널브러진 속옷들을 차곡차곡 바구니에 넣고 있었다.

카트린은 이마를 짚었다. 그러거나 말거나 비비안은 장미꽃잎이 떠다니는 욕조 물속에서 느긋하게 눈을 감은 채 전담 시녀가 해 주는 안마를 받고 있었다. 세상만사 다 내 알 바 아니라는 표정이었다. 비비안의 시녀인 헤더가 곧 머리를 다 감기고, 자리에서 일어나 물을 갈 준비를 하자 그제야 비비안이 눈을 다시 뜨고 카트린을 보았다.

"언니, 내 몸매가 환상적이라는 건 나도 알지만 굳이 그렇게 볼 필요는 없잖아."

"이 계집애가 진짜 부끄러운 줄도 모르고!"

"이게 뭐가 어때서? 나와 만나던 모든 남자들이 인정한 거야. 내 몸매는 환상적이라고. 그 어떤 배우도, 심지어 뒷골목의 여자도 내 앞에서는 고개를 숙여야 한다고."

"너를 뒷골목에 있는 치들과 비교하는데 화도 나지 않아? 그리고 그 남자들이 네 앞에서 무슨 나쁜 말을 하겠어! 네 돈을 쓰는 자들인데."

"하긴, 내가 지금 몸집의 세 배가 되어도 그자들은 나더러 나비처럼 날씬하고 하늘하늘하다고 할 거야."

깔깔대던 비비안은 입욕제를 넣어 우윳빛으로 변한 물속에서 손을 꺼내 몇 번 참방거렸다. 그 위로 뿌려 둔 장미꽃잎과 물방울이 사방에 팅기자 카트린은 결국 한숨을 길게 쉬며 발걸음을 옮겼다.

"목욕 끝나고 나와. 할 말이 있어."

비비안은 욕실을 떠나는 제 언니의 뒷모습을 묘한 표정으로 보았다. 이미 결혼을 한 것을 증명이라도 하듯, 곱게 틀어 올린 갈색 머리카락 위로 반짝거리는 머리 장식이 참 예뻤다. 비비안은 네 형부가 사 준 것이라며, 세상에 단 하나밖에 없는 것이라고 그렇게 아끼고 좋아하던 그 머리핀과 똑같은 것을 어제 극장에서 뛰어다니던 어느 계집의 머리 위에서 발견한 사실을 언니에게 알려 주어야 하는지 고민하다가, 그냥 입을 다무는 쪽을 선택했다.

카트린은 바보가 아니었다. 다 알면서도 아들을 낳지 못해 남편의 외도를 꾹 참아 주고 있다는 사실을 비비안은 잘 알고 있었다.

헤더가 그녀의 머리를 톡톡 쳐 말리자 비비안은 물이 빠진 욕조에서 천천히 일어났다. 옆에서 수건과 가운을 들고 있던 시녀들이 그녀의 몸에 있는 물기를 털어 낸 후, 가운을 걸쳐 주었다. 비비안은 축축하게 늘어진 머리카락을 뒤로 늘어뜨린 채 한쪽으로 가운을 정리하며 욕실을 나섰다.

카트린은 잘 정돈된 테이블 옆에 앉아 차를 마시고 있었다. 집사가 내온 듯한 다과들이 있었다. 그녀는 비비안이 가운을 여미면서 나오는 것을 보자, 아니, 정확히 말하자면 그 사이로 보이는 간밤의 흔적을 보자 미간을 찌푸렸다. 정숙과 얌전함을 여자가 지녀야 할 최고 미덕으로 여기는 바첼론에서 저렇게 방종한 몸뚱어리는 본 적이 없었다. 그녀는 진심으로 제 동생의 사생활을 어떤 식으로 고쳐야 할지 생각했다. 이러다가 한평생 결혼도 못 하고……

"비비."

화장대 앞에 앉아 있는 비비안이 거울 너머로 제 언니를 보았다. 그녀는 시녀들을 다 물린 채 제 손으로 머리를 닦아 내고 있었다. 연한 회색빛이 감도는 머리카락이 구불구불 곡선을 그리며 엉덩이께까지 출렁이고 있었다. 팡팡 수건을 치며 머리의 물기를 닦아 내고, 비비안은 빗을 들었다.

"왜."

"너 언제까지 이렇게 살 거니?"

"이렇게?"

"이렇게…… 경박하게."

카트린은 어떻게 하면 제 동생의 자존심을 지키며 그녀를 효과적으로 설득시킬 수 있을지 고민했지만 그 어떤 단어를 들이민다고 해도 비비안이 상처를 받을 리는 없었다. 하지만 카트린의 머릿속에 있는 비비안은 여전히 오빠한테 '네 가치는 괜찮은 놈이랑 결혼해서 애나 낳는 거거든?' 하는 말을 듣고 훌쩍이던 그 어린 날에 멈추어져 있었다.

그런 카트린의 기색을 발견하고, 비비안은 웃었다.

"아마, 영원히?"

"비비, 그러면 안 돼. 너도 이제는 스물일곱 살이야. 결혼 적령기를 한참 넘기긴 했지만…… 그래도 널 좋아해 주는 남자는 찾아보면 있어. 아직 늦지 않았어. 결혼을 하는 게 좋겠어."

"날 좋아해 주는 남자가 아니라 내 재산을 좋아해 주는 남자겠지."

"여자의 행복은 남자의 사랑을 받으며, 예쁜 아이들을 낳아 가정을 꾸리는 거란다."

"예쁜 아들이겠지. 언니."

비비안은 얼굴을 싸늘하게 굳히며 돌아섰다. 그녀는 한 손에 빗을 든 채, 자신의 머리를 빗으면서 입을 열었다.

"언니는 그렇게 살면서 아직도 그 소리야?"

"비비, 나는…… 행복해."

"사랑한다고 속삭이던 남편은 언니가 연거푸 딸만 두 번을 낳았다고 밖에서 정부를 셋이나 만들었어."

"그건, 아들을 낳지 못하는 내 탓이야."

"아니. 그건 그 새끼가 쓰레기인 탓이지. 아리아와 리즈는 제 새끼도 아닌 것처럼 구는데, 누가 보면 언니가 밖에서 낳아 온 줄 알겠어."

아리아와 리즈는 각각 열두 살, 여섯 살이 되는 카트린의 딸이자 비비안의 조카였다. 다만 아들을 낳지 못한 카트린이 집에서 푸대접을 받는 터라 함께 고통을 받는 중이기도 했다.

동생의 신랄한 말에 카트린은 살짝 고개를 숙였다.

"어쩌겠어. 내가 미흡해서 그래."

"그래, 그럼 계속 그렇게 살아."

"비비. 나, 임신했어."

머리를 빗던 비비안의 손이 뚝 멈췄다. 곧 그녀가 길게 한숨을 내쉬었다.

"그래. 그 새끼는 다른 건 개뿔도 못 하면서 씨 뿌리는 데는 또 천부적인 재능이 있었지. 언제 가졌는데? 요즘 거의 집에 들어오지 않는다고 하지 않았어?"

"얼마 전에 술에 취해 들어왔을 때. 조금 난폭하긴 했지만, 그래도, 그래도 오랜만에 안겨서 행복했어."

카트린이 조금 침울한 목소리로 말했다. 하지만 그 꼴을 보아하니 그다지 행복해 보이지는 않았다. 보나 마나 반쯤은 강제였을 게 뻔했다. 그러다가 임신이 된 것뿐이고.

비비안은 이를 빠득 갈다가 확 돌아앉았다. 로튼 상단이 지금처럼 번성하지 않았을 때 부모님의 '뜻'에 따라 결혼한 그녀의 언니를 형부라는 작자는 매우 우습게 알았다. 그는 제 나름대로 백작가의 가주라는 우월감을 갖고 있는 것 같았다. 물론 로튼 상단이 대륙에서 넘볼 수 없는 재력을 가진 뒤로는 조금 자제하는 것 같았지만, 개 버릇 남´주나.

비비안은 코웃음을 쳤다. 그리고 다시 돌아앉아 거울 너머 씁쓸한 표정으로 배를 쓰다듬고 있는 제 언니를 흘겼다. 카트린은 그 시선을 느꼈는지 고개를 들고는 웃음을 흘렸다.

"이번에는 아들이었으면 좋겠어."

"상관없어."

"응?"

"대륙에서 제일 돈이 많은 이모가 있을 테니까, 아들이든 딸이든 안심하고 건강하게 기어 나오라고만 해."

비비안의 가라앉은 목소리에 카트린은 눈을 크게 뜨더니 웃음을 터뜨렸다. 하지만 곧 제가 얼마나 방정맞았는지 깨닫고는 크흠 헛기침을 하고 화제를 돌렸다.

"어쨌든, 결혼은 해야 해. 비비안. 여자는 스무 살을 넘기는 순간부터 가치를 점점 잃어 가."

"언니. 사람은 다 늙어. 스무 살을 넘기지 못하는 걸 우리는 보통 요절했다고 해."

"아니, 그런 뜻이 아니라."

결국 카트린은 백기를 들 수밖에 없었다. 말이 통하질 않았다. 물론 비비안의 처지에서 보자면 카트린 본인이 더 말이 통하지 않는 상대겠지만. 그래도 객관적으로 보자면 바첼론에 비비안 같은 여자는 없었다. 어찌 되었든 간에 카트린은 여자란 우아하고 정숙해야 하며 훌륭한 남자와 결혼해 아이를 낳고 가정을 꾸리는 게 가장 중요한 임무라고 배웠다. 그리고 대부분의 여자가 그것을 따르며 살았다.

그런 의미에서 그녀는 비비안의 생활을 이해하기 어려웠다. 그녀는 제 동생이 평범한 여자들처럼 결혼하고, 아이를 낳아 가정을 꾸리고 자상한 남편의 사랑을 받으며 행복하게 살았으면 했다. 지금까지처럼 모험을 하며 힘들게 살지 않기를 바랐다.

너무 큰 욕심인 걸까.

결국 그녀는 비비안에게 설교하는 것을 멈추고 조용하게 차를 마셨다. 어깨를 축 늘어뜨린 언니의 모습을 거울 너머로 보다가 비비안이 웃음을 흘렸다.

*   *   *

카트린은 근 한 시간 동안 포기하지 않고 동생에게 결혼과 남자의 중요성을 설명하다가 집으로 돌아갔다. 당연하지만 비비안은 그것을 깡그리 무시했고.

사실 비비안도 알고 있었다. 카트린은 제 주위에서 그나마 가장 진심으로 자신을 생각해 주는 사람이었다. 그 정도도 모를 정도로 정에 야박하지는 않았지만 그렇다고 해도 그녀가 카트린의 말을 듣는 일은 없을 것이다. 그 문제는 근본적으로 남자라기보다는 바첼론 전반에 만연한 분위기 때문이었다.

그녀는 정부의 수량과 질로 남성성을 평가하고, 남편의 방종함을 얼마나 잘 참는지 따위로 여자의 가치를 평가하는 멍청한 무리에 끼고 싶지 않았다. 돈 많고 여유로운 데다가 자존심까지 센 그녀에게 결혼은 감옥이고 족쇄였다. 어차피 양심이나 인성은 버린 지 오래, 굳이 타인의 눈치를 보면서 제 뜻을 굽힐 필요 따위 없다고 생각했다.

"단주님. 전보입니다."

문을 두드리는 소리와 함께 집사가 들어왔다. 비비안은 무심한 얼굴로 그의 손에서 하얀 봉투를 집어 들고 대충 자른 뒤 안에 있는 종이를 펼쳤다. 종이 위에 쓰인 것은 다름 아닌 그녀가 가장 싫어하는 종류의 내용이었다.

"이런."

그녀는 얼굴을 확 구기고 제 손에 들린 왕실 공문을 읽어 보다가 거칠게 화장대 위로 그것을 던졌다. 비릿한 미소가 입가에 걸리자 그녀에게 화장을 해 주던 헤더가 거울을 통해 비비안과 마주 보았다. 비비안이 짜증을 감추지 못하고 싸늘하게 식은 목소리로 입을 열었다.

"왕실에서 또 돈을 달라고 난리야."

"저번 주에 이미 한 번 왕실에 드리지 않으셨나요?"

"귀족원에서 새로운 법안이 통과되었대. 이번 로튼에서 새로 내놓은 화장품 브랜드에 새로운 법이 적용돼서 8천만 케이즈를 더 내놓으라고 하는데. 너무 쓸데없고 길어서 읽어 보고 싶지도 않아. 어차피 나한테 자세하게 읽으라고 준 것도 아니겠지만."

"세상에."

8천만 케이즈는 평민들이라면 평생 들어 보지도 못할 숫자였다. 심지어 웬만한 상단에서도 그리 작은 숫자는 아니었다. 그런데 그 금액을 왕실에서는 아무렇지도 않게 비비안에게 지불하라고 하고 있고, 심지어 비비안은 그저 그것을 보고 짜증을 내는 데에 그쳤다. 헤더는 그것이 왕실의 무치함을 보여 주는지 아니면 로튼의 재부를 보여 주는지 잠시 고민하다가 결국 둘 다라는 결론을 내렸다.

"왕실에서 로튼을 죽이려고 난리를 치는 것 같아. 귀족원의 이름을 빌려서 로튼을 겨냥한 규정만 새롭게 통과하고 있잖아."

"그게 어디 하루 이틀 일인가요. 귀족들은 원래 상인들이 조금만 돈을 벌어도 눈이 시뻘게지는 종족이잖아요."

"요즘따라 하루가 다르게 가관이야. 나 하나 없애 버리겠다고 귀족원의 푸른 피들께서 밤낮 없이 별별 규정이요 법령 따위를 내오느라 고생인 걸 생각해 보면 웃기기도 하지만……."

비비안은 나른하게 웃었다. 거울 속에는 옅은 회색 머리카락을 늘어뜨리고, 빨간 립스틱을 칠한 입술 끝을 끌어 올려 섬뜩하게 웃는 여자가 있었다.

"그래도 괘씸하단 말이야."

헤더는 침을 꿀꺽 삼켰다.

그녀의 주인은 현재 심기가 불편했다. 그것도 아주.

비비안 로젤리스는 그럭저럭 자비로운 사람이었지만 그것은 어디까지나 제 마음에 드는 경우에만 해당하는 사실이었다. 그녀는 제 앞길을 막는 사람이 있으면 그것이 좋은 사람이든 나쁜 사람이든 가리지 않고 처리해 버리는 것을 원칙으로 삼고 있었다.

비비안 로젤리스의 세계에는 좋은 사람과 나쁜 사람이 아니라, 그녀에게 도움이 되는 사람과 도움이 되지 않는 사람만이 존재했다.

"그나저나 이걸 좀 막아 달라고 클로리트 후작에게 그렇게 많은 돈을 쏟아부었는데, 결국 그 새끼가 일을 제대로 처리 못 했어."

"……."

"이걸 어떻게 혼내야 할까."

밥값을 못 하는 아이는 싫은데.

섬뜩하게 읊조리는 비비안의 얼굴은 아름다웠지만 무서웠고, 웃고 있었지만 싸늘했다. 그녀는 당장이라도 클로리트 후작을 지옥문 앞에 매달아 놓고 지옥 불로 천천히 구운 뒤 씹어 먹을 것 같은 얼굴을 하고 있었다.

"외출 준비를 해야겠어."

"어, 협회 회의가 있는데요."

"상인 협회 새끼들은 돈 달라는 소리밖에 안 해. 적당하게 쥐여 주고 내쫓아."

헤더는 고개를 끄덕이며 드레스 룸에 들어갔다. 뭐가 되었든 제 주인의 심기를 건드린 클로리트 후작에게 진심 따위 한 톨도 섞이지 않은 묵념을.

\* \* \*

"어머, 우리 후작님은 여전히 위풍당당하기 그지없으시군요."

비비안의 간드러진 목소리에 클로리트 후작의 얼굴이 붉게 타올랐다. 그는 마흔을 넘긴 나이에 정부를 둘이나 두고 있으면서도 비비안을 볼 때마다 입맛을 다셨다.

"요즘 새로 들인 정부 보는 재미에 푹 빠지셨다면서요."

"그래 봤자 어디 단주만 하겠소."

"제가 좀 볼만할 뿐만 아니라 손대는 맛도 있죠. 우리 대니가 괜히 저한테 그렇게 푹 빠져 살겠어요?"

비비안은 제게 쏟아진 희롱을 전혀 눈치채지 못한 듯 해사하게 웃었다. 클로리트 후작은 잠시 '우리 대니'가 누군지 생각하다가 그것이 곧 며칠 전 수도를 떠들썩하게 만든 배우 다니엘 키트라는 것을 깨닫고 미간을 찌푸렸다.

'가진 건 반반한 얼굴밖에 없는 새끼가 뭐 그리 예쁘다고. 계집애의 정부 따위를 하는 천박한 놈.'

자고로 남자는 적당하게 덩치가 있고 재력과 권력을 가지며 계집을 정복해야 한다. 클로리트 후작은 그 배우 따위보다 제가 더 남성적 매력이 넘쳐난다고 굳게 믿었다. 제 눈앞에 있는 계집 또한 언젠가는 자신의 매력을 알아보고 무릎을 꿇을 것이라 여겼다. 아무리 돈이 많고 고고한 척해 봤자 평민 계집이었으므로. 그는 그녀가 왔다는 소식에 급하게 기름을 발랐던 머리를 손으로 쓸어 넘기며, 소파에 앉았다.

비비안은 나른하게 맞은편 소파에 기댔다. 권태로운 눈빛으로 앉아 있는 그녀를 후작이 탐욕스러운 눈으로 훑어보았다. 그 순간 얼음장같이 차가운 파란색 눈동자가 살짝 덮이는 듯하더니, 비비안이 살풋 웃음을 터뜨렸다. 그리고 곧 입을 열었다.

"귀족원에서 상단의 왕실 상납 비용과 관련된 새로운 법안을 통과시켰다고 오늘 공문이 왔던데, 알고 계셨나요?"

"그렇소. 격렬한 토론이었지."

"제가 후작님께 쓴 돈은 본전도 못 찾았고요."

"단주. 원래 장사라는 게 그렇지 않소. 그 정도 위험도 감수하지 못하면 장사를 어떻게 하겠나. 계집들은 알 리가 없지만, 남자들은 그것까지 다 각오하고 거래를 하는 게 일반적인 상식이라오."

"그래서 우리 후작 각하께서는 제 돈을 받아 처먹고 제구실은 하나도 못 하셨다?"

비비안이 손을 들어 입가를 살짝 막은 뒤 웃음을 터뜨렸다. 하얀 장갑 너머로 보이는 빨간 색 입술이 야살스럽게 호선을 그렸다.

"뭐, 결과만 보면 그렇지."

후작은 비비안의 거친 언사에 불쾌해졌으나 제 도량이 넓다 치며 웃어넘겼다. 그러나 그 말이 끝나기가 무섭게 비비안은 입 끝을 축 늘어뜨렸다. 방금까지 생글생글 웃고 있던 얼굴에서 미소가 떠나자 그 얼굴은 생각 이상으로 끔찍했다. 곱게 그린 눈가에 돌던 요사함이 자취를 감추고, 곧이어 흉흉한 눈빛이 후작을 쏘아보았다.

그는 침을 꿀꺽 삼켰다. 살면서 저를 이렇게 쳐다본 계집은 없었다. 앙탈을 부리며 짓궂게 눈을 흘기는 정부는 있었어도, 저렇게 죽일 듯이 쳐다보는 계집은 존재하지도, 존재해서도 안 되었다. 그는 순간적으로 변한 비비안의 표정에 미간을 찌푸리고, 어디서 제 앞에서 그런 표정을 짓느냐고 호통을 치려다가, 일순 그녀의 얼굴에 거듭 퍼지는 미소에 넋을 잃었다.

그때였다.

"마틴 클로리트."

비비안이 다시 비스듬히 소파에 기댔다. 그는 제 귀를 울리는 지독하게 낮은 목소리에 순간 발끝부터 소름이 퍼지는 것을 느끼고는 몸을 굳혔다. 분을 펴 발라 안 그래도 하얀 얼굴에 흉흉한 기색이 돌자, 그는 문득 제가 사람이 아니라 사신과 접선하고 있다는 착각마저 들었다.

"우리 거래는 분명 오고 가는 것이었다고 생각했는데."

"……."

"나만 그렇게 생각했나?"

"재, 재차 말하지만 원래 투자는 위험성을 동반하네. 자네는 그, 그 정도 위험도……."

"그게 아니지."

"……."

"그게 아니야."

그녀는 뭘 생각하는지 머리를 도리도리 저었다. 그리고 고개를 들었다.

"하여튼 멍청한 것들은."

역시, 이런 새끼와는 제대로 대화라는 것을 하는 게 아니었다. 원래라면 적당하게 다시 회유해서 법안 통과를 무효화시킬 예정이었지만, 소용없었다. 제 말은 하나도 듣지 않는 것 같았다. 모든 시선이 그녀의 몸만 탐내고 있었다. 그의 지능은 마치 오롯이 이 세상의 여자를 품에 안는 데만 쓰는 것 같았다. 보아하니 사실 지능 자체가 얼마 안 되는 것 같았지만.

결국 비비안은 느긋하게 웃었다.

"이래서 귀족 세습제가 문제라니까, 너 같은 대가리를 가진 사람도 후작을 하고 있으니 원."

"뭐야?"

"멍청하기 짝이 없는 대가리를 좀 굴려 보시지. 내가 후작과 도박을 했겠어, 아니면 거래를 했겠어. 당신이 뭐 그리 가치 있다고 거기다 투자를 해, 내가."

"이 미친 계집이! 누구더러 멍청하다고……! 반반한 얼굴 때문에 예쁘게 봐 줬더니!"

"후작, 후작이 예쁘게 안 봐도 나는 충분히 예뻐."

"이런 되바라진 년을 봤나."

"그러니까 내 말은."

비비안은 방긋 웃었다.

"네놈 새끼의 매력은 우리 집사가 키우는 개보다도 못하다는 거야."

자존심이 짓밟히다 못해 바닥에 뭉개진 후작의 얼굴이 시뻘겋게 물들었다. 그는 단번에 자리에서 일어나 마치 그녀의 목을 그대로 쳐 버릴 듯 길길이 날뛰고 있었다. 그러나 비비안은 조용하게 그 꼴을 보며 '이 새끼는 바비큐로 구워도 맛이 없을 거야' 따위의 생각만 하고 있었다.

어쨌든 이대로 클로리트 후작이 날뛰고 있는 것도 그리 좋은 모양새는 아니었기에 그녀는 느긋하게 손을 들어 그를 저지했다. 그리고 곧, 그녀가 싸늘한 목소리로 입을 열었다.

"로튼에서는 거래를 한 모든 상대의 정보를 쥐고 있어."

"그게 뭐가 어쨌다고!"

"클로리트의 무역 거래 기록을 보니 재미있는 게 많더라고? 왕실에 가야 할 돈도 홀라당 먹어 치우고, 정당하게 바쳐야 할 돈도 이리저리 꿀꺽하고."

후작이 우뚝 멈췄다.

'이, 이 계집이 그걸 어떻게.'

"어떻게 그런 정보를 가졌는지는 궁금해할 필요 없어. 원래 돈이 많으면 사는 게 좀 편해져. 고귀하신 귀족께서는 잘 모르시겠지만."

"……."

"하여튼 내 말은, 그게 왕실에 배달되는 꼴을 보고 싶지 않으면, 지금까지 나한테서 받아 처먹었던 거 다 토해 내는 게 좋을 거야."

"그깟 협박이 내게 통한다고 생각하나?"

"당연하지. 폐하께서 좋아하시겠어. 왕실에 가야 할 돈이 뒷골목 계집의 목에 걸린 걸 아시면."

"아니야, 그 돈은……!"

"어디 갔는지 굳이 내게 보고할 필요는 없지만, 뭐, 그리 의미 있는 데는 쓰이지 않은 걸로 아는데."

후작은 잠시 망설였다. 확실히 후작가에는 잡힐 만한 약점이 있긴 했다.

하지만 제대로 조작을 했을 텐데. 폐하도 모르는 장부를 어떻게 저 계집이. 저런 낯짝만 반반한 계집이.

후작은 그녀를 당장 패 죽이고 싶은 얼굴이었으나, 로튼 상단이 쥐고 있는 패의 진실성 여부를 확인하지 못해 결국 벌게진 얼굴로 숨만 씩씩 내쉬고 있었다. 비비안은 그런 그의 얼굴을 보다가, 다시 들어올 때의 그 예쁜 얼굴로 살풋 웃고는 우아하게 허리를 굽혀 인사했다.

"그럼 각하. 이번 주 중으로 보내 주실 물건을 받아 볼 수 있었으면 좋겠어요."

"알……겠네."

"아, 그리고 각하. 이건 개인적인 충고지만."

비비안은 눈을 접으며 부드럽게 웃었다. 그리고 한쪽으로 발걸음을 옮긴 뒤 문손잡이를 잡았다. 곧 그녀가 살짝 뒤돌아본 뒤 요사하게 웃었다.

"얼굴과 몸매 관리를 좀 하시는 편이 좋을 것 같아요."

"뭐야?"

"인성이 개판이면 볼 거라도 있어야 하잖아."

"……이!"

곧 그녀가 문을 열었다. 그리고 뒤에서 분노의 콧김을 내쉬는 후작을 향해 살짝 고개를 까닥인 뒤, 한마디를 더 붙였다.

"물론 그 면상이 어디 좀 다듬는다고 볼만할 것 같지는 않지만."

곧 문이 닫혔다.

\* \* \*

휘두르기 쉽도록 적당히 멍청한 것을 고른다는 게, 진짜로 멍청한 것을 골랐다.

비비안은 속으로 중얼거리면서 방을 나섰다. 그녀는 살면서 여러 부류의 인간을 봤지만 저렇게 무식한 건 또 처음이었다. 그렇게 겪어 보고도 아직도 그녀를 제 정부처럼 취급하다니. 아무리 평민 여자들이 귀족 남자들 눈에는 얼굴이 반반해 정부로 둘 만한 계집과 아닌 계집으로만 나뉜다지만, 이건 좀 너무하지 않은가.

그녀는 지끈거리는 머리를 누르며 길고 긴 복도를 걸었다. 클로리트 후작 쪽이 막혔으니 다른 길을 뚫을 필요가 있었다. 하지만 지위가 높은 남자들은 대부분 다 똑똑했다. 클로리트 후작이 예외였던 것이었다. 돈으로 회유할 수 있는 상대는 한정적이다. 약점도 잡기 쉽고 적당하게 일을 할 만한 능력이 있는데 지위가 높은 남자는 적었다.

뭔가 다른 길을 찾아보긴 해야겠군.

그녀가 그렇게 생각하며 복도의 끝자락에서 몸을 돌릴 때였다.

툭.

"아."

자신보다 훨씬 더 큰 누군가와 부딪친 그녀가 미약하게 비명을 질렀다. 하지만 곧바로 표정을 갈무리했다.

"죄송합니다. 레이디. 어디 다치신 데는 없…… 음?"

그녀가 귀족 영애가 아니라는 사실을 깨달은 것일까, 사과의 말을 내뱉던 사내의 목소리가 끊겼다. 비비안은 고개를 들었다. 그리고 저도 모르게 감탄했다.

굽이 높은 구두를 신은 그녀보다 큰 남자는 또 오랜만이었다. 검은색 코트를 입은 남자는 날렵한 몸매의 소유자였다. 골짜기처럼 깊은 눈매에 우뚝한 콧날, 미끈한 턱선과 그것을 타고 내려오면 움찔거리는 목울대까지. 짙은 흑발에 더없이 빨려들어 갈 듯한 녹안을 가진, 온몸으로 섹시함과 매력을 말하고 있는 남자였다.

비비안은 웃었다. 모든 사람이 그러하듯 그녀는 예쁜 것에 약했다. 눈앞의 남자는 예쁘지는 않았지만, 보는 것만으로도 쾌락을 느낄 수 있을 만큼 환상적으로 잘생긴 남자였다.

그러나 웃음기 가득한 그녀와 달리 남자의 표정은 한없이 진지했다. 신이 손수 빚은 듯한 미간이 움찔거리는 것을 보다가, 비비안은 곧 고개를 살짝 숙였다.

"제가 부딪친 것이기도 하니, 사과드릴게요."

"……."

"어디 다치신 데 없으면 이만."

곧, 그녀가 발걸음을 옮겼다. 그녀의 뒷모습에, 남자의 시선이 박혔다.

연회색 머리카락이 살랑살랑 흔들렸다. 높은 구두 굽이 대리석과 부딪치며 귀를 찌르는 소리를 냈다. 방금까지 여자가 있다 간 자리에는 요즘 수도에서 유행하는 향수 냄새가 감돌았다.

그 순간 남자, 위그 이디에트가 속으로 읊조렸다.

'한 성질머리 하겠군.'

위그가 소문으로만 들었던 '그' 비비안 로젤리스를 처음 보고 내린 감상은, 한 성질머리 하겠다, 였다. 시리도록 파란 눈동자가 저를 볼 때는, 순간 섬뜩하기까지 했다. 한마디로 말하자면 공작처럼 고고하면서 공격할 기회를 호시탐탐 노리는 맹수 같은 여자였다.

세상에, 살면서 여자한테 맹수라는 단어를 쓰게 될 줄은 몰랐다.

위그 이디에트는 발걸음을 옮겼다. 그는 공작가의 장남으로 태어나 반평생을 전장에서 머물렀던 자였다. 어떤 적을 만나도, 어떤 사람을 만나도 그는 갈기갈기 찢어 씹어 먹을 자신이 있었다. 그렇게 태어났고 그렇게 만들어졌다. 아둔한 왕, 그 아래 현명한 신하로서 그 의무를 행해야 했다. 그러지 않으면 이 나라는 진즉에 갈가리 찢어져 가루가 되었을 것이었다.

그리고 영웅의 여성 편력은 언제나 옳았다. 애초에 권력과 무력과 부와 명예까지 골고루 갖춘 그가 심지어 낯가죽조차 반반한데 여자가 적다는 건 말이 안 되는 소리였다. 최소한 바첼론에서는 그게 상식이었다. 그리고 그는 꽤 '상식적인' 남자였다. 원래 잘난 사내에게는 여자가 많은 법이다. 그리고 그는 여자를 마다할 만큼 남자구실을 못 하지 않았다. 오히려 좋아하는 편이었다. 꽃처럼 웃는 얼굴이라든가, 손에 잡히는 허리라든가, 살 끝에 느껴지는 보드라운 감촉이라든가, 혹은 낭랑하게 퍼지는 애교 섞인 웃음소리라든가.

위그 이디에트는 다시 고개를 돌렸다. 이미 사라진 여자의 뒷모습에서 여성으로서의 무언가라기보다는 전장에서 만난 동지애 비스무리한 것이 느껴졌다. 이미 그가 어떤 계획을 품고 있어 그런 걸지도 모르겠지만, 짐승 같은 감각이 옳다면 그가 가진 패로는 저 여자를 설득하는 게 어림없을지도 모른다.

그는 조금 고민했다. 그에게는 그녀가 필요했다. 여자로서의 비비안 로젤리스가 아니라, 로튼 상단의 단주가. 그러기 위해서는 그 또한 저 여자를 유혹할 만한 어떤 패가 있어야 했다.

패, 비비안 로젤리스, 대륙 최고의 부자, 그녀의 재채기에 전 대륙의 돈이 날린다. 아군이 되면 가장 훌륭한 전력이 되어 줄 것이다. 그런 여자에게 필요한 것.

그는 그녀가 걸어 나온 클로리트 후작의 방을 보았다.

어쩌면, 그녀의 발등에서 타오르는 불을 꺼 줄 만한 물이 그의 손에 들려 있을지도 모른다.

\* \* \*

비비안 로젤리스가 단주가 되던 날, 그녀가 제일 처음 들은 이야기는 이제 '여성성'을 버려야 한다는 것이었다.

그녀는 이제 남자들의 세계에 뛰어들었으니, 남자들처럼 행동하고 남자들처럼 말해야 한다고, 여자들처럼 예민하고 감성적이면 안 된다고, 그래야 살아남는다고 모두들 그렇게 말했다.

제 딴에는 처음 경영에 손을 대는 어린 계집에게 나름대로 하는 충고였겠지만 안타깝게도 비비안은 그조차도 고깝게 받아들였다. 애초에 왜 여자들은 다 예민하고 감성적이라고 생각하는지도 몰랐고, 설사 그게 사실이라고 해도 단주도 아닌 자들이 뻐기듯 감히 단주인 저를 가르치는 것도 웃겼다. 또 정작 네가 뭔데 나를 가르치냐고 하면 역시 계집은 감성적이라 충고도 제대로 받아들이지 못한다고 했다.

그녀는 대체 왜 주위에서 제가 여자라는 사실을 그렇게 수치스러워하는지 몰랐다. 정작 비비안은 본인이 여자라는 사실을 굉장히 즐겼다. 그녀는 자신의 백조처럼 가는 목과 풍만한 가슴, 그리고 낭창낭창한 허리와 탐스러운 엉덩이를 무척 좋아했고 그것을 가꾸기 위해 노력했다. 그게 여자의 전부를 이루는 것은 절대 아니었지만 비비안의 일부인 건 사실이었다. 그리고 비비안은 여자였다. 갖고 있었으니 아꼈고, 아끼면 기분이 좋았다.

하지만 엉덩이께에서 찰랑거리는 연회색 머리카락을 곱게 빗을 때마다 주위 사람들은 역시 여자는 어쩔 수 없다고 말했다. 역시 큰 그림보다는 제 머릿결이 더 중요한 계집이라며 혀를 찼다.

물론 비비안은 그런 그들을 보면서, 최소한 기름기 뚝뚝 떨어지는 너네 번지르르한 면상보다는 내 고운 얼굴이 더 보기 좋지 않느냐고 말했다. 그럴 때마다 역시 계집은, 역시 계집은······.

"썩을, 이런 빌어먹을 '역시 계집'은."

모든 욕이 다 하나로 통했다. 역시 계집.

그녀가 잘하는 것은 특별히 뛰어난 재능을 가지고 있었기에 가능한 것이었지만 그녀가 못하는 것은 언제나 여자라서 그런 것이었다. 물론 비비안은 못하는 것이 거의 없었지만, 그럼에도 불구하고 그녀의 흠을 잡고 싶은 작자들은 수도 없이 많았다.

비비안은 방금 전 탐욕스럽게 저를 바라보던 클로리트 후작의 얼굴을 떠올리다 미간을 팍 찌푸렸다. 어느새 저택에 도착했는지 마차가 멈추고 문이 열렸다. 계단을 밟고 내려가자 집사가 저택의 문 앞에 서 있었다.

"협회의 비서가 기다리고 있습니다."

"아직도?"

"단주님께 드릴 말씀이 있다고 합니다."

비비안은 표정을 갈무리하고 저택 안으로 들어갔다. 몇 개인지 세기도 어려운 수많은 계단을 밟고 2층에 올라가자, 긴 복도 끝에 있는 접대실의 문이 보였다. 그녀는 천천히 다가가 문을 열었다. 화려한 내부 장식과 그 사이에 몸을 움츠리고 앉아 있는 소년이 보였다.

그녀는 언제나 그러하듯 손님을 마주할 때 짓는 부드러운 미소를 띠며 그에게 다가갔다. 길고 긴 테이블의 끝자락에 앉으면서 그녀가 물었다.

"그래서, 내가 올 때까지 기다린 이유가 뭐라고?"

"저, 안녕하십니까. 저는 이번에 협회에 새로 들어온……."

"소개는 됐고. 본론만."

비비안은 곧 눈꼬리를 접으며 우아하게 웃었다.

"내가 좀 바빠서."

소년은 로튼 상단의 단주를 만나러 간다는 소식에 사색이 되어 서로를 밀던 선배들이 생각나 고개를 갸웃거렸다. 여자라면 사족을 못 쓰는 사람들이라 더 그랬다. 심지어 눈앞의 단주는 늘씬한 미인이었다. 그는 조금 편안한 느낌이 되어 입을 열었다.

"아, 저, 이번 협회의 창립 기념 모임 때문에, 단주님께 상의드릴 일이 있어서 그럽니다."

"아, 그래. 그런데?"

"저, 협회장님께서 창립 기념 모임에 나올 것인지 여쭈어보라고 하셔서."

비비안은 나른하게 걸상에 기댔다. 그놈의 상인 협회는 해 주는 건 아무 것도 없으면서 매번 돈은 잘 거둬 갔다. 그리고 놀기도 잘 놀았다. 장사를 한다는 새끼들이 돈 벌 궁리는 하지도 않고 인맥이 어쩌니 저쩌니 하면서 시시덕거렸다. 그러고는 서로서로 비위를 맞추며 아부를 떨어 댔다. 하여튼 협회라는 이름을 걸고 제구실을 하는 걸 못 봤다. 물론 이 모든 것은 어디까지나 비비안의 시각에서 판단되는 것이지, 사실 상인 협회는 나름대로 꽤 평판이 좋은 편이었다.

그녀는 턱을 매만졌다. 협회장이 갑자기 이렇게 사람을 보내 묻는 데는 분명 다른 뜻이 있었다. 그리고 그 뜻은 명백했다.

"그러니까, 남자들만 모인 모임에 내가 나가면 불편하다는 거지?"

"저, 꼭 그런 건 아닙니다만."

"솔직하게 말해도 상관없어. 여자들과 함께 술을 마시고 싶은데, 나는 그 '여자'가 아니니까. 웃지도 않고 맨날 저 새끼들은 언제 죽나 기다리는 표정만 지으니 어지간히 불편하겠어. 그렇다고 또 안 부르려니 눈치가 보이고."

"……."

"그래도 협회장님 양심 상태가 많이 좋아지셨네? 예전에는 내 앞에서 거리낌 없이 그런 짓을 잘도 하더니."

"저, 그거에 대해서는……."

"나한테 손을 댄 적도 있었지. 내가 그때 열일곱 살이었나. 우리 아버지와 친분이 있다면서, 앞으로 부탁할 일이 있으면 다 부탁하라고 그랬던 걸로 기억하는데."

"저, 그, 그건, 협회장님께서 진심으로 사과……."

"아, 사과."

비비안은 밝게 웃었다. 정말이지 환해서, 분노의 기색이라고는 하나도 없었다. 그녀가 곧 물 흐르듯 나긋한 목소리로 입을 열었다.

"내가 협회에 대한 모든 지원을 끊어 버리고, 칼을 드니까 한 사과?"

"……."

"아니면, 내가 책상을 엎어 버리니까 한 사과?"

소년은 속으로 아우성쳤다. 대체 협회장은 왜 그딴 개 같은 짓거리를 해서 이 여자의 분노를 샀나. 아무리 그래도 사람은 가려야 하지 않는가. 이 여자는 대충 봐도 성질머리가 보통은 아니었다. 그는 방금 전 자신이 내렸던 판단을 거두기로 했다.

어쨌든 소년은 성질머리가 있든 없든 여자한테는 그런 짓을 하면 안 된다는 사실을 상기하지 못했다.

비비안은 부들거리는 소년의 모습을 보며 코웃음을 쳤다. 보아하니 다들 오기 싫다고 이리저리 미루다가 새로 들어온 신입을 보낸 모양이었다. 저렇게 바들바들 떠는 녀석을 상대로 말싸움을 하고 싶지도 않았다. 그녀는 곧 몸을 앞쪽으로 기울였다.

"협회장에게 전해."

"네."

"그 모임에 나갈 생각 없어. 그러니 알아서 잘 놀라고 해."

"네, 네."

"그리고 우리 로튼도 다음 달부터는 협회를 나갈 거야."

"네, 네?"

소년이 비명을 질렀다. 바첼론의 상인 협회는 모든 상인들의 모임이었다. 로튼 상단은 그 협회의 가장 큰 지분을 차지했다. 가장 큰 지분을 차지한다는 것은 즉 일정 기간마다 협회에 내야 하는 비용을 가장 많이 낸다는 뜻이었다.

로튼이 사라지면 협회가 곤란해지므로 무슨 일이 있어도 단주의 심기를 건드리지 말라는 선배들의 조언이 생각났다. 그래서 저도 최대한 부드럽게 말하려고 노력했는데, 왜 결과가 이렇게 되는가.

그는 다급한 얼굴로 눈앞의 여자를 설득했다.

"저, 저, 협회는 주기적으로 각 상인들에게 정보를 제공합니다. 그러니……."

"그 있으나 마나 한 정보?"

"그래도 도움이 되는……."

"안 되던데."

"……."

"안 돼."

"……."

"그러니까 나갈래."

비비안은 여상한 말투로 느긋하게 말을 이었다. 마치 오늘 점심은 배가 부르니 밥을 안 먹겠다는 소리를 하는 것 같았다. 소년이 다시 뭐라 말을 하려고 입을 움찔거렸으나, 그는 사회 경험이 부족했다. 이미 눈앞의 여자가 꺼낸 폭탄 발언과 자신의 실수 때문에 로튼이 협회에서 나간다는 사실 때문에 정신이 혼미해져 정상적인 사고를 할 수 없었다. 비비안은 그의 얼굴을 보며 말했다.

"자네 때문은 아냐. 그러니까 그렇게 긴장할 필요 없어."

"아, 하지만……."

"며칠 뒤 직접 협회장을 찾아뵙겠다고 전해. 이 정도는 할 수 있지?"

마치 어린아이를 다루는 듯한 말투였다. 소년은 절망에 빠져 고개를 끄덕였다. 그 모습을 보다가 비비안은 곧 자리에서 일어났다.

오늘따라 그녀의 심기를 거스르는 일들이 많았다. 아침부터 언니가 와서 결혼 얘기를 꺼내더니 갑자기 왕실에서 돈을 달라는 공문이 날아오질 않나, 그다음은 클로리트 후작이 난리를 피우고 이제는 협회가 심기를 어지럽혔다.

그녀는 천천히 발걸음을 옮겼다. 해결해야 할 일이 너무 많았다. 뭘 어떻게 해야 잘 해결했다는 소리를 들을까.

그녀의 눈길이 문득 벽에 걸려 있는 아버지의 초상화에 닿았다. 대부분 딸들은 아버지를 무서워하고 경외한다는데 그녀는 안 그랬다. 보는 사람이 없었으면 진즉에 갈기갈기 찢어 버렸을 것이었다. 웃기게도 그랬다. 그는 제 딸 본인보다 딸의 혼처에 더 관심이 많은 사람이었다. 살아생전에 막내 딸을 귀족의 아내로 보내지 못해 안달이 나 있던 아버지는 비비안이 언니 처럼 귀족에게 시집가길 바랐다. 그래서 한평생 졸부 소리를 들어 온 제 수 치를 씻어 주길 바랐다.

그까짓 게 다 뭐라고. 언니는 아버지의 바람대로 귀족에게 시집갔지만 결 국엔 불행해졌다. 눈물을 뚝뚝 흘리며 온 첫째 딸에게 잘했다고 하던 그날 밤이 생각났다. 네가 드디어 제구실을 했다며 아버지는 웃었다.

더 웃긴 건 이 바첼론에서 그녀의 아비 혼자 이런 것은 또 아니라는 것이 었다. 심지어 그녀의 아비보다 더한 자들이 많았다.

비비안은 그 초상화를 비웃었다.

결국 당신은 그렇게 원하는 아들에게 제일 소중한 로튼을 물려주지 못했 다. 로튼의 주인은 자신이니.

지금도 그러하고 앞으로도 그러할 것이다.

이따위 곤란은 시련 축에도 못 꼈다. 그녀가 단주의 자리에 앉기 전 그 시간과 비교하면.

* * *

며칠 뒤 비비안은 약속대로 협회를 찾았다. 미리 비서에게서 언질을 받은 것인지, 그녀가 접대실에 들어가자마자 협회장의 목소리가 들려왔다. 그는 마치 작정이라도 한 듯, 평소의 그 위엄 있는 모습을 모두 걷어 낸 채 빙그 레 웃으며 그녀를 보고 있었다.

"로튼의 단주님은 여전히 아름다우시군."

그래 봤자 결국 그 머릿속에서 나온 유일한 찬사란 그저 얼굴이 아름답다 는 것에 불과했다. 장사를 할 때는 꽤 빠르게 돌아가는 그들의 두뇌가 그녀 를 칭찬할 때만큼은 텅텅 빈 머리에서 나온 궁핍한 언어 실력을 자랑하듯 아름답다는 말만 앵무새처럼 내뱉었다.

협회장은 이미 그녀의 의중을 파악하기 위해 밤새 머리를 짜낸 것 같았지만, 결국 그녀의 알 듯 말 듯 한 미소에서 아무것도 얻어 내지 못한 듯 은근히 긴장한 얼굴을 했다. 그리고 그와 정반대로 웃음기 서린 얼굴을 하던 비비안이 입을 느긋하게 열었다.

"협회를 나오려고 해요."

그녀의 목소리에 협회장은 어느 정도 예상한 듯 얼굴을 찡그렸다. 그러나 그는 흥분을 하는 대신 길게 숨을 들이쉬다가 다시 진중한, 정확히 말하자면 진중한 척을 하는 어른이 아이를 혼내듯 입을 열었다.

"단주, 내가 무엇을 잘못해 단주를 섭섭하게 했는지는 알 수 없으나, 그래도 이것은 그리 현명한 처사가 아니오."

"섭섭한 거 없어요."

"……."

"그냥 제가 싫어서 나오는 거예요."

잔뜩 얼굴을 굳히고 진지한 협회장의 태도와 달리 비비안은 가볍게 웃고 있었다. 느슨하게 묶은 머리카락이 몇 가닥 어깨를 타고 내려왔다. 그녀는 대수롭지 않게 그것을 뒤로 넘기며 다시 자신의 말을 반복했다.

"그냥 싫은 거라고요."

협회장은 기가 막힌다는 듯이 입매를 굳혔다. 그는 이미 그녀의 태도와 언사에 할 말을 잃은 듯했다.

상인 협회는 바첼론에 있는 모든 상인의 모임이었다. 일정하게 회비를 내면 그에 상응하는 관리를 해 준다. 상인들의 권리가 침해당했을 때 돕는다거나, 혹은 상인들이 필요한 정보를 제공하거나. 필수로 들어야 하는 것은 아니었지만 대부분의 상인이 협회에 가입하고 싶어 했다. 그는 이 자부심으로 협회를 운영해 왔다. 때문에 퇴출이 아니라 제 발로 나가겠다는 상단은 처음이라 뭘 어떻게 해야 하는지도 몰랐다.

그는 결국 머리를 굴리며 그녀를 설득할 방법을 찾았다. 그러나 한번 내린 결정을 바꾸는 법이 거의 없는 비비안은 요지부동이었다. 그녀는 협회장의 곤혹스러운 얼굴을 보다가 입을 뗐다.

"귀족원에서 어제 새로운 법안이 통과되었어요. 왕실에서 지정한 사치품 품목에 대해 왕실 상납 비용을 상향 조절 하겠다는 것이었죠."

"……그래, 알고 있소. 그것 때문에 협회의 상인들이 골머리를 앓고 있지."

"그래 봤자 다들 해당하지도 않을 텐데요, 뭐."

"……그건."

"사실 알고 계시잖아요. 그 규정이 적용되는 대상은 특정된 매출액에 달한 상단일 뿐이고, 그 정도 숫자는 로튼밖에 만들 수 없는 기적이에요."

"그렇긴 하지만 사람 일은 모르지."

"그럴 수도 있겠죠. 그래서 협회는."

"……."

"상인들의 권리를 보호해 준다는 협회는 내가 발바닥에 땀이 나게 뛰어다닐 때 뭘 했나요?"

"우리도 노력했네. 하지만 알잖나, 귀족원의 결정을 뒤흔들 만큼 우리는 힘이 세지 않아."

"그건 내가 알 바 아닌 것 같은데. 내가 왜 당신이 힘이 있고 없고 따위를 고려해 가면서 노력에 감동을 해야 하죠? 아니, 그 전에, 노력을 하긴 했어?"

"했……소, 당연히 했지."

"말해 봐요. 무슨 노력을 했는지."

"……어차피 안 될 일이었어."

협회장의 말에 비비안은 피식 웃었다.

"협회장님을 포함한 모든 바첼론의 상인들은, 내가 단주가 되자마자 계집 따위가 단주를 하다니 로튼도 망할 날이 머지 않았다고 했어요."

"그건 우리의 실수였어. 이미 오래전에 사과를 하지 않았나?"

"그런데 나는 해냈어요."

"……."

"바이덴해의 해적도 그렇고, 아클리산맥도 그렇고, 내가 뭔가를 하려고 할 때마다 당신들은 안 된다고 했지. 해 보지도 않고 어떻게 알아."

"아니. 이건 분명히……."

"당신들은 그냥 하고 싶지 않은 거예요."

"……."

"왜냐하면 당신들이 보호하는 상인들 중에, 당신의 뜻에 놀아나지 않는 빌어먹고 건방진 계집은 없으니까."

그녀가 웃었다. 섬뜩하게.

로튼이 협회에 들어간 건 순전히 전 단주였던 비비안의 아버지 때문이었다. 그때까지만 해도 바첼론의 수많은 상단 중의 하나였던 로튼은 인맥과 정보가 필요했다. 그리고 협회는 모든 것을 포용하고 선심을 쓰듯 로튼을 받아들였다.

그때까지만 해도 로튼이 굽히고 들어가는 실정이었으나 지금은 달랐다. 로튼은 이미 무소불위의 세력을 과시하고 있었다. 로튼 혼자서 쥐고 있는 인맥은 협회에서 쥐고 있는 정보망보다 못해도 세 배는 더 넓었다. 매년 꼬박꼬박 내는 협회비도 다른 상단의 열 배는 넘었다.

그런 의미에서 지금 굽혀야 하는 것은 협회장이었다. 하지만 그는 그러지 않았다. 솔직히 말해서 지금까지 이 계집의 비위를 맞춰 준 것만 해도 이미 충분히 굽히고 들어갔다고 그는 생각했다. 이 이상 굽히고 들어가는 것은 자존심이 용납하지 않았다.

결국 그는 최악의 선택을 했다.

비비안은 협회장의 접대실에서 나온 뒤 10여 년 전 협회에 들기 위해 아버지가 사인했던 가입 신청서를 쫙쫙 찢어 버렸다. 그녀가 손을 벌려 휙 던지자 종잇조각들이 허공에서 나풀나풀 춤을 추며 바닥에 내려앉았다. 그 꼴을 보지도 않고 그녀는 곧바로 협회 본부의 건물에서 나왔다. 거기서 모종의 후련함까지 느껴졌다.

마부는 심기가 좋아 보이는 듯하면서도 그다지 좋지 못한 비비안의 눈치를 힐끔 보다가 그녀가 눈짓하자 급히 마차 문을 열었다. 안쪽에서 조용하게 수를 놓고 있던 헤더가 고개를 들었다.

"저택으로 가자."

마부가 마차 문을 닫자 비비안은 자리에 앉아 느긋하게 다리를 꼰 뒤 창밖을 보았다. 이 협회가 사라지지 않는 한, 다시는 이 건물에 발을 딛지 않을 것이었다. 그녀는 여기에 올 때마다 제 아버지가 생각나서 견딜 수가 없었다. 지금까지 버텨 온 것도 굳이 협회에서 나갈 필요를 느끼지 못해서였지만 이번 일로 그녀는 명백히 깨달았다.

애초에 여기는 저를 반기지 않는다.

사실 오래전부터 알고 있어야 했다. 하지만 갓 열일곱 살이 된 그녀는 살갑게 웃으면서 아저씨라고 부르라며 다가오는 협회장을 차마 거절하지 못했다. 어쨌든 다정한 사람에게 굳이 야박하게 굴 필요는 없었으므로.

물론 솔직히 말해서 더 큰 이유는 그때까지만 해도 로튼은 협회의 도움이 필요했기에, 단순히 테이블을 걷어찰지언정 협회를 확실히 나오지는 않았다.

어떤 의미에서 그녀는 타협했다. 그때까지는 협회를 나와 확실하게 생존을 할 거란 보장이 없었으므로.

뭐, 굳이 말하자면 초반까지만 해도 쌍방이 다 이기는 게임이었던 걸까.

그 이후에는 마지막 한 가닥 남은, 로튼의 기반을 만들어 놓은 아버지에 대한 존경과 미련 때문에 굳이 협회에서 나오지 않은 채 적당하게 한 걸음씩 물러나 주었던 것이었고.

비비안은 조용하게 밖을 내다보았다. 뭐가 되었든 그녀는 다시 이곳으로 발걸음을 하지 않을 것이었다. 만약 다시 해야 한다면, 그날은 곧 이 협회가 영원히 역사의 뒤안길로 사라지는 날이리라.

\* \* \*

비비안은 책상 위에 놓인 서류들을 보고 얼굴을 찡그렸다. 새로운 법안이 통과되면서 그녀의 앞으로는 수도 없는 왕실의 고지서와 공문이 쏟아지고 있었다. 그저께는 뮐라 살롱에 관한, 어제는 로를레 조선업에 관한, 오늘은 디엘라 보석 브랜드에 관한.

효율이 낮기로는 소문이 자자한 이놈의 귀족원들은 다른 건 개같이 처리하면서 돈 걷어 가는 일에는 어찌나 득달같이 달려드는지 빠르게도 움직였다. 하루가 멀다 하게 들어오는 종이 쪼가리들이 하나둘씩 차곡차곡 쌓이자 그녀는 자신이 왕실의 재산을 관리해 주고 있었던 게 아닌가 하는 착각에 빠지고 말았다.

그녀는 인맥망을 통해 들어온 정보를 상기하며 다시 이마를 짚었다. 이제 왕실과 귀족원은 또다시 말도 안 되는 수작으로 그녀의 주머니에서 돈을 빼 가기 위해 손을 쓴다고 했다. 이놈의 왕실은 아무리 그래도 제 나라의 평민에게 일말의 자비도 베풀지 않았다. 푸른 피들이 다 거기서 거기고, 바첼론이나 외국이나 상황이 비슷하지만 않았다면 그녀는 당장 이곳을 떠났을 것이었다.

요즘 비비안은 이리저리 줄을 대면서 귀족원을 흔들어 보려고 했지만 요지부동이었다. 귀족원의 대부분은 그 혈통에 밴 잘남 때문에 장사치들을 싫어했다. 정확히 말하자면 보잘것없는 혈통을 가진 평민 주제에 돈 좀 있답시고 귀족처럼 사는 것을 증오했다. 앞에서는 단주 단주 거려도 뒤에서는 졸부 계집, 그 이상도 그 이하도 아닌 소리를 듣는다는 것을 그녀는 잘 알았다. 특히 귀족원에서 입김을 발휘하는 대귀족들은 더더욱 그런 성향이 강했다.

하지만 그런 것들을 다 제쳐 놓고서라도, 귀족원을 흔들어도 아무런 수확이 없는 가장 근본적인 이유는 귀족원이 아무리 설쳐도 결국에는 왕의 아래였고 이 모든 결정의 최종 흑막은 왕실이라는 것이었다. 즉, 왕이 요지부동이면 귀족원이 말린다고 말려질 리가 없었다.

물론 귀족원의 수장이라면 말이 달라지겠지만, 비비안은 그치를 만날 일이 없었다. 게다가 소문에 의하면 오만하고 성질머리 더러운 사내라고 그랬다. 노력은 노력이고 쓸데없는 데까지 시간을 낭비할 수는 없었다.

어떻게 해야 하나. 진짜로 왕실로 쳐들어가야 하나?

물론 이 정도 돈 때문에 로튼이 망하지는 않겠지만, 훗날 어떻게 흘러갈지는 모르는 일이었다. 비비안은 원래 제 것이 되어야 하는 돈이 다른 사람의 손에 들어가 가치 없게 쓰이는 것을 제일 싫어했다.

왕국 건설에라도 사용하면 납득을 할 수 있지만 결국에 태자의 애첩 따위에게 쓰인다는 것을 생각할 때마다 피가 거꾸로 솟았다.

결국 비비안은 한숨을 푹 쉬고, 일단 손에 쥔 서류부터 처리하기로 했다. 일단 눈앞의 것이라도 처리해야…….

그때였다.

갑자기 밖에서 우당탕탕하는 소리가 들리고, 잠시의 적막이 찾아온 뒤 누군가가 문을 두드렸다. 저택에서 이렇게 요란하게 다니는 인간을 비비안은 한 명밖에 알지 못했다. 아니나 다를까, 문을 조심스럽게 열고 들어온 사람은 루크였다. 그는 상단 건물 1층에서 손님을 접대하곤 했다.

시끄러운 등장에 비비안의 눈썹이 까닥이는 것을 보고 루크는 숨을 크게 들이쉬었다. 제 주인이 이 며칠 동안 유난히 심기가 어지럽다는 사실을 그는 물론 알고 있었다. 그 와중에 저마저 이렇게 요란하게 다녔으니 오죽하겠나. 하지만 루크는 곧 자신이 왜 이렇게 왔는지 다시 상기하고는 조심스럽게 입을 열었다.

"단주님."

"왜?"

"손님이 오셨어요."

"누군데."

비비안은 일정이 쓰인 종이를 펼치며 미간을 찌푸렸다. 오늘 예약된 손님은 없었다. 그녀는 바쁜 일정과 잦은 회의 때문에 대부분 손님은 꼭 예약을 통해서만 받았다. 이렇게 갑자기 들이닥친 손님은 보통 두 부류였다. 진짜 급하거나, 진짜 무례하거나. 비비안은 어쩐지 그 사람이 두 번째 부류일 거란 생각이 들었다.

하지만 루크가 다시 그 이름을 말하는 순간, 비비안은 멈칫했다.

"위그 이디에트, 이디에트 공작 각하세요!"

비비안은 잠시 그 이름을 곱씹다가 그가 방금 전까지 자신이 시간 낭비라고 여겨 굳이 접촉하지 않는 게 좋겠다고 여겼던 귀족원의 수장이며 '그' 소문 자자한 위그 이디에트라는 것을 깨달았다.

수도에서 가장 매력이 넘치고 전설적인 여성 편력으로 널리 알려진, 오랜 시간을 전쟁터에서 구른 전장의 미친개. 모든 여자들의 꿈의 연인. 그리고 그 외 등등…… 하여튼 소문 무성한 수도 최고의 신랑감.

하지만 비비안은 그에게 붙는 모든 수식어 중에서, 귀족원의 수장이라는 것에 가장 관심이 넘쳤다.

귀족원의 수장. 위그 이디에트.

그녀는 잠시 고민했다. 그리고 곧 미소를 지었다. 그녀가 지금까지 로튼을 이렇게 번영시킨 데는 그녀의 대담한 행동도 한몫했지만, 무엇보다도 눈앞에서 기회를 그냥 날려 버리지 않는다는 것이 가장 큰 역할을 했다. 그리고 현재 왕실과 귀족원 때문에 고민하고 있는 그녀의 앞에 기회가 주어졌다.

비록 그 기회의 의중은 아리송하지만.

"모셔 와."

기회는 놓치지 않는다. 그리고 무슨 수를 써서든지 그를 제 편으로 만들어야 했다. 곧 비비안은 입꼬리를 말아 올려 웃었다. 위그 이디에트는 쉽게 만날 수 있는 인물이 아니었다. 그런 의미에서 행운의 여신이 제 발로 걸어온 셈이었다.

곧 문 앞에서 발걸음 소리가 들렸다. 그녀는 조용하게 걸상에 기댄 뒤 열리는 문을 보며 부드럽게 미소 지었다. 영업용 미소였다.

하지만 그 사이로 들어온 인물을 보고, 그녀의 미소는 영업용에서 순수한 감탄으로 이어졌다.

"어머나, 이게 누구죠?"

들어온 인물은 짙은 감색 정장을 차려입은 큰 키의 남자였다. 전장의 미친개라는 별명이 어울리게 탄탄한 몸매를 가진 남자는 섹시하게 잘생겨서 정말 보는 사람이 침을 꿀꺽 삼킬 정도였다. 하지만 진짜 비비안을 놀라게 한 건 그 사람이 의외로 눈에 익었다는 것이었다.

들어온 남자의 얼굴은 싸늘하기 그지없었지만, 그녀가 입을 열자 서늘하게 웃었다. 그럴 줄 알았다는 표정이었다. 어쨌든 그는 저 자신이 한번 보면 잊기 힘든 사내라는 사실을 너무 잘 알았다.

그 둘은 일면식이 있었다. 클로리트가의 저택, 그 복도에서.

어깨를 부딪친 일도 굳이 의미를 부여하자면 인연이었다. 비비안은 우아하게 웃으며 자리에서 일어났다. 그때 만난 뒤 새까맣게 잊어버린 남자였지만 일부러 그녀는 정말 놀라운 데다가 또 만나서 반갑다는 표정을 지었다.

한쪽으로 늘어뜨린 비비안의 연회색 머리칼이 찰랑거리며 엉덩이께에서 흔들렸다. 늘씬하게 뻗은 몸매가 흉악하다는 소문과는 거리가 멀어 보였다. 하지만 사람은 외모로 판단하면 안 되는 법이었다. 위그는 지금 나긋하게 웃는 여자보다, 그때 복도에서 부딪쳤을 때의 그 맹수 같은 시선을 더 믿었다.

곧 비비안이 활짝 웃으며 소파를 가리켰다. 그녀가 차를 내오라고 이르자 위그를 안내한 청년이 곧 집무실에서 나갔다.

비비안은 정말 기쁘다는 뜻을 팍팍 담아 남자를 보았다. 지금 그녀의 눈에 이 잘생긴 남자는 머리부터 발끝까지 앞으로 그녀가 지킬 수 있는 돈으로밖에 보이지 않았다. 비비안은 사람에게는 예의를 차리지 않아도 돈에는 예의를 차렸다.

곧 사방이 조용해지자 비비안이 입을 열었다.

"귀하신 이디에트 공작 각하께서 어찌 이런 누추한 곳에."

분명 겸양하는 말이지만 정말 턱도 없는 소리라 위그는 잠시 어이가 없어졌다. 소를레풍으로 정교하게 세공된 하얀색 외관과 달리 건물의 내부는 온통 비싼 것들로 도배되다시피 했다. 이 정도면 왕궁 세 개쯤은 지을 수 있을 것 같기도 했다. 돈이 많다고 듣긴 했으나 이 정도일 줄 몰라 그는 내심 놀랐다.

뭐, 아무리 맹수 같다고 하나 어디까지나 여인의 기준에서 그랬지, 솔직히 말해서 그녀를 직접 만나기 전에 그는 서른도 안 된 계집이 혼자만의 힘으로 상단을 일궈 냈다고 생각하지 않았다. 그리고 그 추측은 로튼의 단주를 직접 본 순간 더더욱 확신에 가까워졌다.

여자는 넋이 나갈 정도로 아름답기에는 조금 부족했지만, 단순히 예쁘거나 곱상하다는 말로 표현하기는 좀 부족했다. 현재 그의 정부 중 한 명으로 바첼론 최고의 미인이라 일컫는 일리야와 비교한다면 형편없는 외모였지만, 정작 그 분위기나 곱게 휘어지는 눈매는 일리야와 비할 수 없는, 사람이 눈을 떼지 못하게 하는 매력이 있었다. 이 눈으로 남자를 보고, 이 입으로 사랑한다고 속삭인다면 아마 그 치마폭에 기꺼이 몸을 던지는 남자들이 여럿 될 것이 분명했다. 그리고 그는 이게 진실에 가깝다고 믿고 있었다.

위그는 차갑게 웃었다. 그래 봤자 비비안은 그의 취향과는 거리가 멀었다. 그는 조금 더 품에 쏙 들어오는, 가녀리고 청초한 미인을 선호했다. 이렇게 위험한 분위기를 풍기는 공격적인 여자는 별로 눈에 차지 않았다.

비비안은 눈앞에 앉은 사내가 지금 무슨 생각을 하는지 가늠해 보려 했으나 무섭게 가라앉은 차가운 얼굴 때문에 쉽지 않았다. 하지만 대충 봐도 저에게 좋은 생각은 아닐 것 같았다. 물론 그녀는 굳이 기분 나쁜 티를 내지 않았다. 다시 말하자면 그녀는 돈 앞에서 언제나 예의를 차렸다. 그녀의 눈앞에 앉은 남자는 어마어마한 금덩이였다.

비비안은 곧 부드럽게 웃었다. 위그 이디에트는 의중을 알 수 없는 얼굴로 그녀를 보고 있었다. 뭐라도 말을 해 보면 대답이라도 하겠는데, 지금 둘은 서로서로 염탐질하고 있었다.

그때 차갑게 내려앉은 공기 속에서, 위그 이디에트가 입을 열었다.

"비비안 로젤리스."

"네. 말씀하세요. 각하."

"나와 결혼하지 않겠나."

그 순간, 눈앞에 있던 금덩이가 그녀의 재산을 노리는 수많은 개새끼 중의 한 명으로 변했다. 비비안의 얼굴이 급격하게 싸늘히 식었다.

비비안의 표정이 변하는 것을 보며 위그는 직감적으로 그녀가 자신의 말을 오해했음을 깨달았다. 방금까지 생글생글 웃던 그녀의 얼굴 위로 스쳐 지나가는 명백한 분노에 그는 이마를 짚었다.

"레이디 로젤리스."

"단주라고 불러 줘요."

"그러지."

"그리고 아까부터 줄곧 생각했는데."

비비안은 말을 골랐다. 눈앞에 있는 남자가 금덩이에서 수많은 남자 중의 하나로 변하자 그녀의 목소리에서는 예의가 완전히 가셨다. 곧 위그는 저를 보는 옅은 파란색 눈동자에 비낀 짜증을 읽어 냈다.

"왜 말이 그렇게 짧죠?"

그는 웃었다. 혼자든 혼자가 아니든 미혼 여성으로서 상단을 이어받았다기에 꽤 이성적이고 합리적인 성격일 줄 알았다. 그러나 그 앞에 있는 여자는 그가 알고 있는 수많은 여자와 딱히 다를 바가 없었다. 예민하고 트집을 잘 잡고, 짜증도 잘 내고 잘 삐친다. 그는 곧 어떻게 하면 제 앞에 있는 여자를 잘 달랠까 생각했다. 하지만 그가 입을 열기도 전에, 비비안이 먼저 말을 뺏었다.

"지금 내가 굉장히 예민하다고 생각하고 있는 것 같은데."

"……."

"쉽게 화도 내고, 잘 삐치고?"

비비안의 얼굴에 걸린 비웃음을 알아챈 위그가 방향을 바꾸었다. 그는 눈앞의 여자에 대한 판단이 반쯤 틀려먹었을지도 모른다고 생각했다.

결국 위그는 가볍게 한숨을 내쉬었다. 비비안의 삐딱한 시선 속에서 그는 되도록 이 여자의 페이스에 가볍게 휘말리지 않기를 바랐다. 그리고 제가 원하는 것을 얻으려면 적당하게 타협해야 한다는 것도 깨달았다. 그렇게 생각한 그가 다시 입을 열었다.

"그게 싫으면 당신도 편하게 말해."

"알았어."

"그리고 나는 겨우 말장난이나 하려고 온 게 아니야."

"이게 말장난으로 들렸어? 우리 공작 각하는 상황 파악이 안 되시나?"

"단주."

위그가 낮게 깔린 목소리로 비비안을 불렀다. 으르렁대는 듯한 목소리에 실린 서늘한 느낌은 서릿바람이 몰아치는 한겨울처럼 차가웠다. 비비안은 문득, 왜 눈앞의 남자더러 전장의 미친개라고 하는지 깨달았다. 그래, 이 정도 위압감이라면.

하지만 비비안은 이런 위압감조차도 쉽게 지르밟을 만한 성정을 지녔다. 겨우 남자의 으르렁대는 목소리 하나에 겁을 먹었으면 여기까지 올 수도 없었다. 그녀는 미친개한테는 미친년으로 상대하는 게 옳다는 사실을 깨달았다.

그 고귀한 공작이, 그 잘난 공작이 저를 찾아왔을 때부터 그녀는 그가 제게 부탁할 게 있다는 사실을 깨달았다. 그게 뭔지는 몰랐지만, 하여튼 그랬다. 그러므로 그녀는 무척 건방지게 나갈 수 있었다.

어쨌든 그 고귀한 분께서 발걸음을 할 정도라면 분명 큰 건수가 있다는 의미였다. 원래 더 급한 사람이 굽히고 들어가야 하는 법이다. 높은 작위를 가진 귀족 남자들에게 평민 여자는 하룻밤의 여흥 거리도 되지 않는다. 비비안이 끔찍하게 혐오하는 시선이었지만 그게 사실이었다. 하물며 수많은 여자를 거쳐 온 공작의 눈에 제가 어떻게 보일지는 자명한 일이었다. 그럼에도 그는 그녀에게 부탁하러 왔다. 그럼에도.

비비안과 위그는, 마치 팽팽한 줄의 양쪽을 잡아당기듯이 긴장된 공기 속에서 서로 노려보았다. 한쪽이 줄을 놓으면 다른 한쪽이 다칠 수밖에 없는.

그 상황에서 먼저 입을 연 것은, 위그였다.

"나는 단주에게 제안을 하러 왔어."

"말해 보시든가."

"단주. 나와 결혼하지 않겠나."

"왜?"

비비안은 '또 그 개소리야!'라고 소리를 지르고 싶은 충동을 겨우 억제하며 느릿하게 물었다. 이제야 대화가 조금 진행되는 느낌에, 위그가 입을 열었다.

"나는 단주의 돈이 필요해."

"하지만 나는 당신에게 필요한 게 없어."

"줄 수 있을지도 모르지."

"그게 과연 내 전 재산을 걸 만큼의 가치가 있을까?"

"전 재산을 걸 필요 없어."

위그가 잠시 멈칫했다. 그는 적당하게 그녀를 회유할 만한 단어를 찾는 듯했다. 그리고 곧, 그가 대답했다.

"2년이면 돼."

"2년?"

"2년이면, 이혼해 주지."

비비안은 웃었다. 방금까지 한 마디만 잘못하면 바로 죽여 버리겠다는 표정을 짓던 그녀의 눈에 호기심이 돌기 시작했다.

바첼론에서 아내의 재산 소유권이 남편에게 넘어가는 시기는 3년. 즉, 2년째 되는 해 이혼하게 되면 비비안은 재산 소유권을 오롯이 독차지할 수 있으며 상단의 경영권과 소유권을 온전히 들고 헤어질 수 있다.

물론, 그 2년 동안 남편이 그녀의 재산을 쓰는 것을 막지는 못하겠지만.

하지만 만약 그 2년 동안의 재산을 충분히 보상해 줄 수 있는 그 어떤 것이 있다면, 어쩌면 한번 생각해 봄 직한 것일지도 모른다. 예를 들자면 이 며칠 동안 정신없이 그녀에게 쏟아지던 상납 고지서라거나, 뜬금없는 공문이라거나…….

비비안의 얼굴에 돌고 있는 흥미로운 기색을 읽어 낸 위그는 조금 느긋한 표정이 되었다. 비비안은 그런 그의 표정을 보면서, 웃음기 섞인 목소리로 물었다.

"그래서 나는, 뭘 얻을 수 있는 거지?"

"요즘 귀족원이 통과시킨 법안 때문에 힘들다더군."

"그래."

"그것을 무효화시켜 주지."

"그리고 또?"

"공작 부인으로서 누릴 수 있는 것들을 전부 다, 누리게 해 주겠어."

위그의 말에 비비안이 웃음을 터뜨렸다. 바로 전부터 짓고 있던 비웃음이나 삐딱한 시선과는 다른, 진짜 웃긴 소리를 들었다는 듯이, 그녀가 호탕하게 웃어 젖혔다.

허공에서 낭랑하게 퍼지는 웃음소리를 조용히 듣던 위그의 눈썹이 꿈틀거렸다.

"이봐, 공작 각하."

비비안은 심지어 눈가의 눈물을 닦아 내고 있었다.

"설마 내가 공작 부인이라는 직위를 탐내고 있다고 생각하는 건 아니겠지?"

"흥미 없다는 건가."

"흥미가 있었으면 공작 부인이 된 지 오래겠지. 난 원하는 건 찾아서 손에 넣는 사람이거든."

"그럼 뭘 원하지?"

"조금 더 실질적인 거."

"실질적인 거?"

"내가 모든 정부를 청산하고, 2년 동안 수절하면서 살고, 공작 부인이라는 직위에 얽매여서 인형처럼 방긋방긋 웃고, 한 남자를 바라보는 역겨운 연기를 기꺼이 할 만큼 가치 있는 것."

위그는 웃었다. 그래 뭐, 이렇게 나올 걸 예상하지 못한 건 아니었다. 오히려 공작 부인이라는 말에 혹해서 결혼하겠다고 하면 더 곤란해질 뻔했다. 그는 진짜 부인을 찾는 게 아니었다. 파트너를 찾고 있었다.

곧 그가 비비안에게 서류철을 내밀었다. 방금 방에 들어올 때부터 들고 있던 것이었다.

비비안은 무심한 표정으로 서류철을 받아 들고 그것을 열었다. 안에는 몇 장의 고급스러운 종이가 있었다. 금테까지 박아 넣은 빳빳한 종이는 분명 귀족들의 계약에 쓰이는 귀한 것이었다. 물론 그녀의 상단에는 이런 종이가 바닥에서 굴러다녔다.

비비안은 느긋하게 서류를 읽다가, 웃음을 흘렸다.

[왕실 납품 독점 계약서]

그리고 두 번째 장을 펼치고, 얼굴이 굳었다.

[이디에트 대 로튼, 해상 무역 독점 계약서]

"그래서, 내가 제안하는 건 세 가지다."

"……."

"첫째, 지금까지 통과된 말도 안 되는 귀족원의 결정들을 전부 무효화시켜 주지. 그리고 현재는 물론이요 미래에 시행될 관련 법안 진행도 막아 주겠어."

"……."

"그리고 둘째, 왕실에서 사용하는 모든 다기, 가구, 그 외 등등 외부에서 반입되는 모든 물품의 납품 독점권을 로튼에게 넘기도록 하지. 마지막으로 셋째, 이디에트에서 진행 중인 해상 무역의 중간상 역할을 전부 로튼에게 맡기겠어."

"……."

"이 정도면 혹하는 수준이 아니라, 제발 해 달라고 나한테 빌어야 하는 거 아닌가?"

위그의 말에 비비안이 묘한 얼굴을 했다. 앞선 두 가지 제안은 그녀가 공을 들인 지 꽤 오래된 문제들이었다. 세 개 조항들 중 하나만 들고 와도 보통 장사치들은 홀랑 넘어가서 당장에 계약을 체결했을 것이었다. 하물며 세 개를 동시에 들고 왔다.

그녀는 고개를 들었다. 눈앞의 남자는 그동안 수작을 걸어온 수많은 사내 새끼들 중에서 가장 머리가 있는 자였다. 자신을 어떻게 생각하는지와 별개로 협상을 할 줄 아는 자였다.

그녀는 오랜만에 말이 제대로 통하는 작자를 만나 조금 기쁠 지경이었다. 공작 부인을 시켜 주겠으니 나와 결혼하라고 외치는 정신머리 없는 녀석이 아니라 너무 다행이었다.

그 정도로 생각과 지위와 권력을 다 가진 남자가 그녀를 찾아왔다.

이게 기회가 아니면 뭐가 기회일까.

비비안의 얼굴에 비낀 의미심장한 미소를 보고 위그는 그녀가 다 넘어왔다고 생각했다. 제가 생각해도 자신이 들고 온 조건들은 무척 유혹적이었다. 겨우 2년 동안 결혼해 주는 것치고는 지나치게 과한 대가였다.

그러나 그는 몰랐다. 비비안 로젤리스는 욕심이 많은 여자였다. 그녀는 상대방의 조건을 그대로 덥석 물고 만족할 사람이 아니었다.

곧, 비비안이 입을 열었다.

"부족해."

"뭐?"

위그는 제 귀를 의심했다. 그러거나 말거나 비비안은 확고했다.

"부족하다고."

"뭘 더 원하는 거지?"

"일단, 2년 동안 당신이 사용할 내 재산의 한계가 필요해. 2년 동안 내 재산을 전부 탕진하면 당신이 독점 계약서 100개를 들고 온다고 해도 쓸모없어."

"그리고?"

"그리고, 나는 당신이 2년 동안 그 돈을 가져다가 어디다 쓸지 알아야겠어. 미안하지만 나는 내 돈이 이상한 데 쓰이는 걸 싫어해."

"다음은."

"다음은, 내가 뭘 믿고 당신이랑 결혼해?"

"공작의 신용이 부족했나. 그 정도로 사람을 의심하는 것도 병이야."

"로튼은 은행업도 하고 있어. 공작쯤이면 그 신용이 확실하니 돈을 빌리겠다면 충분히 빌려줄 수 있어. 그럼에도 불구하고 군이 이런 조건을 들고 나와 결혼하겠다고 온 남자를, 내가 왜?"

비비안의 말에 위그는 할 말을 잃었다.

"수상하잖아."

비비안의 눈가가 곱게 휘어졌다. 그녀는 위그가 내놓은 것이 생각보다 어마어마하다는 것을 깨닫자마자 이미 자신이 얻을 수 있는 게 더 많다는 사실을 깨달았다.

이 순간 위그는 곧 인정해야 했다. 그래, 계집이라 얕봤던 그의 실수였다. 전력으로 상대하지 않은 그의 실책이며 잘못이었다.

곧 그가 입을 열었다.

"나는, 아주 정당하게, 그 누구도 의심하지 않는 방법으로 내 손에 돈을 쥐여 줄 사람이 필요하다."

"그러니까 왜."

"자칫하면 일을 그르칠 수 있거든."

"무슨 일?"

"그건 말해 줄 수 없어."

"반역?"

순간 그는 귀를 의심했다. 지금 이 여자가 뭐라고 했지?

"아니, 반역보다는 권력 암투인 걸까? 이디에트는 지금까지 귀족원의 수장으로서 그 권력을 아깝지 않게 휘둘러 왔어. 원하는 것이 진정으로 왕위였다면 이미 왕이 되고도 남았겠지. 하지만 이디에트는 왕보다는 공작가로 남기를 원했어. 그러니까…… 아, 태자를 끌어내리고, 왕위의 주인을 바꾸려는 거야?"

비비안의 목소리는 그야말로 평온하기 그지없었다. 심지어 그녀는 슬며시 미소까지 입가에 걸고 있었다. 위그의 눈가가 꿈틀거렸다. 그러나 그는 침착하게 대꾸했다.

"헛소리하지 마라."

"흐음, 헛소리 아닌 것 같은데."

"이디에트는 왕의 충직한 신하다. 왕실의 검이며 태자 전하께도 충성을 바치지."

"누가 뭐래. 태자만 갈아 엎고 이디에트의 입맛에 맞는 후계자를 세우면 되잖아. 그건 왕의 충직한 신하라는 사실과 딱히 충돌이 안 되는 것 같은데."

비비안의 입가에 웃음이 걸렸으나 정작 위그는 웃을 수가 없었다. 이 계집이 지금 무슨 개소리를, 그것도 진실에 들어맞는 개소리를 할 수가 있나. 그전에 제가 무슨 정보를 흘리기라도 했나? 아니, 그럴 리가 없었다. 그의 누이인 엘리미아는 태자비였고 지금까지 이디에트는 꽤 태자에게 충성하는 모습을 보였다. 어떻게 생각해도 일반적인 인간의 생각이라면 이디에트가 태자와 반목한다는 결론을 내릴 수 없었다.

그런데 이 여자는 지금 집 지키는 개가 쓸모없으니 새로운 사냥개를 들여와야겠다는 투로 말했다. 그는 이해할 수 없었다. 이 여자의 사고 회로는 대체 어떻게 이런 진실에 근접했나.

위그의 얼굴이 차갑게 가라앉은 것을 보며 비비안이 샐쭉 웃었다.

"어머, 반쯤은 찔러 본 건데 진짜인가 봐."

곧 그녀는 어떻게 하면 자기를 죽일지 고민하는 듯한 위그의 앞에서 방금 손에 쥐고 있던 종이 뭉치의 세 번째 장을 펼쳤다. 그러자 그녀의 앞에 새로운 내용이 나타났다. 제일 먼저 눈에 들어온 내용은 계약 결혼에 관한 것이었다. 그 아래에는 두 사람 사이의 거래 내용이 줄줄이 씌어 있었다.

"계약 결혼?"

"그래."

"나는 돈을 내고, 당신은 권력을 휘두르고?"

"그래."

"이런 미친 작자를 봤나."

"많이 가진 자들은 원래 조금 미쳐 있지. 그건 당신도 그렇지 않나."

"……."

"기한은 2년. 목적을 이루든 이루지 않든 이혼은 해 주지. 물론, 내가 약속한 대가 또한 제때에 지급할 예정이다."

새물새물 웃고 있는 비비안의 말에 마지못해 대답은 하면서도, 솔직히 위그는 이를 악물었다. 이렇게 된 이상 이 여자와 무조건 결혼한다. 무조건 결혼해서 목적을 이루어야 한다. 그러지 않으면 오늘 그가 온 값을 제대로 못 하는 거나 다름없다. 이 여자가 그것을 빌미로 사방팔방 떠들고 다니면 곤란했다. 물론 장사치의 말이니 귀담아들을 사람이 있을지도 의문이긴 하지만…… 만약 그렇게 된다면 깔끔하게 '처리'도 해야 했다.

여차하면 가장 나쁜 선택까지 감행할 듯한 기색을 감지한 듯, 비비안은 제 목숨이 어쩌면 위험할 수도 있겠다는 생각을 했다. 하긴, 저라도 제 앞에서 반역 운운하는 사람이 있으면 죽여 버릴 것이다. 물론 비비안은 쉽게 죽을 사람이 아니었다.

결국 비비안은 계약서를 훑다가 그것을 테이블에 놓았다. 그리고 입을 열었다.

"나에게도 선택할 시간을 줘."

"시간이 더 필요한가? 이렇게 좋은 조건을 두고?"

"보통 조건이 좋을수록 함정이 도사리고 있어서."

"……."

"그리고 아기처럼 보채지 마. 조건이 좋으면 어련히 수락하지 않을까."

비비안이 활짝 웃었다. 역시 사람이 그냥 죽으라는 법은 없었다. 2년 동안의 시간을 대가로 로튼의 영원한 번영을 가져온다면 그것보다 더 좋을 게 있을까. 아니, 어쩌면 단순한 번영 따위보다 더한 걸 가져올 수도 있지. 그렇게 되면 이것은 그녀의 인생을 바꾸는 일생일대의 기회가 되리라.

하지만 원래 계약은 신중해야 한다. 곧, 그녀가 입을 열었다.

"대신 나도 조건이 있는데."

"또 무엇을 말인가."

마치 사춘기 소년이 떼라도 쓰는 것 같았다. 위그는 몰랐겠지만, 비비안은 타인의 건방짐을 뼈저리게 싫어하는 것만큼 그 본질을 또 누구보다도 잘 파악했다. 그리고 그것을 어떻게 제 앞에서 무릎 꿇리고, 복종하게 하는지도 잘 알았다. 그래서 그녀는 덩치가 산만 한 이 남자가 하나도 두렵지 않았다. 너무 많이 봐 왔기에.

곧 비비안이 입을 열었다.

"나한테 자백서를 써 줘. 당신이 내 돈으로 반역을 하려고 한다는 자백서."

"뭐?"

위그는 기가 막혔다. 이게 지금 뭐라는 거야.

"밀랍 위에 가문의 인장을 찍어서, 당신 사인과 도장도 함께."

일반적으로 귀족가에서 내놓은 서류의 진실성을 확인하는 데는 꽤 많은 방법이 있었지만, 가장 권위적이고 빼도 박도 못하는 증거로는 세 가지가 있었다.

첫째, 밀랍을 녹인 뒤 그 위에 찍은, 가주만이 가질 수 있는 가문의 인장.

둘째, 가주의 개인 도장.

셋째, 가주의 친필 사인.

이 셋이 전부 고르게 찍힌 문서는 자기가 그런 게 아니라고 해도 발뺌을 할 수 없다. 그런 의미에서 그녀가 원하는 바는 확실했다.

"나도 당신이 다른 마음을 먹으면, 손에 들고 왕실에 쪼르르 달려갈 만한 게 있어야지."

"……."

"우리 공작 각하께서는 많이 배운 분이시니 알겠지. 계약은 평등한 주체 사이에서 이루어지는 의사 표시의 합치에 의해 체결돼."

"그렇……지."

"그러니까 평등한 주체. 당신과 나."

위그는 여자의 의중을 떠보려 슬쩍 고개를 들었다. 그러나 비비안은 진심이었다. 이 대륙에서, 아니, 애초에 지금까지 모든 결혼이 평등했던 적은 없었다. 최소한 그녀가 보기에는 그랬다. 남자와 여자의 법적 지위가 다르고,

귀족과 평민의 법적 지위가 다른 이상 그녀와 위그의 계약 결혼은 성립되지 않는다. 그건 일방적인 복종이었다. 계약이 아니라.

그래서 그녀는 요구했다.

"이해 부탁해. 세상이 나처럼 가녀린 여자한테 이렇게 잔인한 걸 어쩌겠어."

"가녀리다, 라."

"그래, 나처럼 가녀리고. 약한 여자. 그리고 멍청한 계집."

"……."

"어때?"

그 '가녀리고' '약하고' '멍청한' 계집의 손아귀에서 놀아나는 느낌이?

비비안의 눈은 그렇게 말하고 있었다.

얼마나 지났을까, 그와 그녀 사이의 침묵은 그가 웃음기 섞인 옅은 한숨을 쉬면서 깨졌다. 비비안은 제 눈앞의 남자를 보다가 그의 입가에 비릿한 미소가 걸리는 것을 보고 덩달아 웃었다.

노련한 상인과 노련한 귀족이 만났을 때 흔히 나타나는 광경이 펼쳐졌다. 둘 다 웃고 있는데 둘 다 웃고 있지 않았다. 입가만 끌어 올려 억지로 지어 낸 웃음 위로 차갑게 내려앉은 공기가 부글부글 괴었다. 조금만 더 대치하다가는 바로 칼을 꺼내 들어 서로 베겠다고 난리를 쳐도 이상하지 않은 상황이었다.

위그는 맞은편에 앉은 여자의 곱상한 얼굴을 보다가, 피뜩 웃음을 흘렸다.

"그래서, 내 목줄을 하나 쥐고 있겠다?"

"그래야. 안 그랬다가, 당신이 내 돈을 전부 써 버리고 정부랑 같이 바첼론에서 튀면 어떡해?"

"……그럴 리는 없다. 이디에트는 바첼론의 개국 공신 가문이자 귀족원의 중심이야."

무슨 개소리를 하느냐는 듯이, 어이없다는 티가 확 나는 얼굴로 그가 말했다. 비비안이 까르르 웃음을 터뜨렸다.

"말이 그렇다는 거야. 그리고, 계약 조항에 대해 조금 더 수정할 게 있어. 아, 정확히 말하자면 보충인가? 그러니까 내 말은 계약서 내용을 다시 짜오란 말이야."

"어떻게?"

비비안은 짐짓 고민하듯 시선을 허공에 놓다가, 곧 손가락을 튕겼다. 그래도 명색이 계약 결혼인데 구색은 맞춰야 하지 않는가. 곧 그녀가 입을 열었다.

"사실 그건 조금 더 생각해 봐야 할 것 같아. 일단, 서로 잠자리 같은 건 갖지 않는 거……."

"당신은 내 취향이 아니다."

"당신도 내 취향은 아니야."

위그의 팍 찌푸려진 얼굴 위로 비비안이 새물새물 웃으며 받아쳤다. 그리고 그건 사실에 근거한 말이었다. 눈앞의 남자는 크고 탄탄한 몸매에 누구라도 침을 흘릴 만한 얼굴을 가졌지만, 정작 그녀는 조금 더 예쁘장하고, 날씬하고 부드러운 인상의 남자를 좋아했다. 예를 들면 다니엘 같은. 이렇게 온몸으로 나 위험하다고 광고하고 다니는 남자는 흥미가 떨어졌다. 세상에 힘든 일이 얼마나 많은데, 굳이 이렇게 꺾기 어려운 남자를 데려다가 스트레스를 받는 건 사양이었다.

뭐가 되었든 간에 그녀는 진지하게 고민했다. 그리고 다시 뭔가를 생각해 낸 듯 입을 열었다.

"그런데 우리 말이야."

"우리?"

"그래, 우리."

"……."

"계약 결혼이라는 게 들통이 나지 않으려면, 설마 우리 둘, 죽고 못 사는 연기를 해야 하는 거야?"

"……."

"진짜야?"

위그는 침묵했다. 사실 이건, 그로서도 생각해 본 문제이긴 했다.

그는 그녀의 돈이 필요했고, 그녀는 그것을 빌미로 기회를 잡았다. 문제는 그가 하고자 하는 일이 그 누구의 주의도 끌지 않은 채 조용하게 진행되려면 그가 그녀와 결혼한 게 돈 때문이라는 사실을 아무도 몰라야 했다. 아니, 이렇게 표현하니까 뭔가 좀 이상하긴 한데, 하여튼, 세간의 눈을 덮기 위해서라도 최소한의 구색은 맞춰야 했다.

그런 의미에서 비비안은 꽤 정곡을 찔러 물어본 셈이었다.

하지만 위그는 차마 제 입으로 우리 둘이 얼마나 사랑해야 하고, 신분을 뛰어넘은 세기의 사랑이 되어야 하는지 굳이 설명하고 싶지 않았다. 아니, 비비안이 아니라 다른 사람이라면 얼굴색 하나 변하지 않은 채 그들이 해야 하는 일을 말해 주었을 것이었다. 일이니까.

그렇지만 눈앞의 여자에게는 묘하게…… 왠지 모르게 그러고 싶지 않았다. 그의 본능이 그에게 소리치고 있었다. 이 여자는 제 앞에서 사근사근 입 안의 혀처럼 굴지만, 정작 입 안에 넣으면 당장 똬리를 틀고 독을 쏘아 보낼 독사 같은 계집이라고. 내지는 옆에서 고고하게 서 있다가 위급 시에는 바로 다리 한 짝을 물어뜯어 갈 만한 맹수 같은 여자였다.

솔직히 그는 이 여자가 나긋하게 웃으며 안겨 오는 것을 생각하자 무섭기까지 했다. 수많은 정부가 있다던데 대체 그 정부들은 무슨 이득을 얻겠다고 이 여자와 그런 관계를 유지하는 거지.

하지만 여기까지 생각하고, 위그는 바로 제 생각을 털어 냈다.

말도 안 된다. 그는 전장의 미친개, 이디에트의 공작이었다. 그리고 눈앞의 계집은 마녀였다.

비비안은 위그의 차갑게 내려앉은 표정을 보며 그가 대체 무슨 생각을 하는지 몰라 그저 침묵을 지켰다. 하지만 위그의 복잡한 생각과 달리 정작 그녀는 꽤 순수하게 물어본 것뿐이었다. 그녀의 의중을 복잡하게 꼬아서 생각한 건 그였다. 그 사실을 알아챘는지, 비비안이 부드럽게 웃었다.

"공작 각하. 얼굴 풀어."

"뭐?"

"안 잡아먹어."

위그는 그냥 이 여자와 말을 섞지 않는 게 상책이라고 생각했다. 그는 단 한 번도 여자한테 밀려 본 적이 없었다. 대부분 여자는 그의 비위를 맞추느라 난리였고, 그의 비위를 맞추지 않는 여자들은 새침한 척하면서도 결국 제게 안겨 왔다. 그가 지고 들어가는 건 표면적으로만 그랬다, 모든 관계에서 승자는 그였다.

어디에 사는 누구는 저와 사사건건 대립하는 여자에게 신선함까지 느껴서 '나를 때린 여자는 네가 처음이야!' 같은 개소리를 남겼다는데, 문제는 위그에게 그런 취향 따위는 없었다. 그의 취향은 확고했다. 품에 쏙 들어오는 가녀린 체구의 부드러운 미인. 침대 위에서 한 손에 잡힐 듯한 허리를 흔들며, 그를 선망 어린 얼굴로 보는 여자. 마치 실크처럼 부드럽게 안겨 오는 정부.

그런데 눈앞의 뱀처럼 그를 보는 여자는 그를 칭칭 감아 질식사하게 할 만한 사람이었다. 아니면 늑대처럼 바로 덮쳐 뼈만 남기고 와그작와그작 씹어 먹거나.

자신이 더 아쉬운 쪽이라는 사실 때문에 위그는 기분이 나빠 왔다. 그렇지 않으면 이 여자를 찾아와 이런 걸 제안할 일은 없을 것이었다.

비비안은 피식 웃었다. 그녀는 시선을 자신의 손에 들린 종이 뭉치로 돌리다가 다시 위그를 올려다보았다. 곧 그녀가 계약서를 테이블 위에 던지듯 놓았다. 툭 하는 소리와 함께 몇 장의 종이가 흩어지며 테이블에 놓였다.

"몇 가지 더할 게 있는데, 돌아가서 적당하게 계약서를 작성해."

"말해."

"일단, 당신 그 수많은 정부는 다 처리하는 거 알지? 아, 물론 나도 웬만한 관계는 다 끊어 버릴 거야."

"그래, 그럴 셈이었다."

이 둘은 이제 그럴듯하게 훌륭한 부부를 연기해야 했다. 그러면서 정작 정부는 정부대로 두는 아이러니가 어디 있을까. 물론, 바첼론에는 아내를 사랑한다고 말하면서도 정부를 두는 남편들이 적잖게 있었지만, 일단 의심을 살 만한 여지는 다 지워 버려야 했다.

"그리고 둘째, 당신은 나를 아내로서 대하는 게 아니라, 비즈니스 파트너로서 존중해야 해. 그리고 당신이 사용하는 내 재산에 대해 나는 그 사용처를 알 권리가 있어."

"문제없어."

"그리고 마지막으로……."

비비안은 말을 골랐다. 곧, 그녀가 환하게 웃었다.

"마지막은 더 생각해 보고."

"뭐?"

"계약이니 당신도 내게 원하는 게 있을 거 아니야. 그거 다 적어서 며칠 뒤 우리 상단으로 보내면, 어디 한번 검토해 보고 계약할지 말지 제대로 생각해 보지."

위그는 환하게 웃는 비비안의 얼굴을 보다가, 마뜩잖은 얼굴을 했지만 결국에는 고개를 끄덕였다.

* * *

"위그, 위그. 어떻게 되었어?"

집무실에 들어오기가 바쁘게 화려한 드레스 자락이 제 앞을 막아섰다. 위그는 제 가슴께에 오는 여자를 내려다보다가 굳은 얼굴로 책상 앞에 앉았다. 곧 여자가 빠른 걸음으로 그를 따라갔다.

"하겠대?"

"……글쎄."

"빨리 말해 보렴. 하겠다고 한 거야? 그 여자가, 너랑 결혼하겠대?"

위그는 저를 채근하는 누이, 엘리미아를 보다가 한숨을 내쉬었다. 아름답기 그지없는 제 누이는 자신의 남편을 끌어 내는 데 가장 앞장을 서고 있었다. 돌아가신 아버지가 안다면 뒷목을 잡고 쓰러질 만한 일이었다.

다급한 표정으로 제 대답을 기다리는 그녀를 응시하던 위그는 길게 한숨을 내쉬었다.

"생각해 보겠다고 하는군."

"생각은 무슨 생각이야. 너 혹시 그 여자한테 무례하게 굴었니?"

"아니다."

"아니긴 무슨! 내가 말했지. 위그. 제 오라비들을 물리치고 올라간 여자야, 자존심과 오만함으로 똘똘 뭉쳤을 게 분명하다고. 살살 구슬려서 네 편으로 만들어야지 평민 계집이라고 함부로……."

"엘리미아. 다시 말하지만 나는 그러지 않았어."

짐승이 으르렁대듯 위그의 목소리가 낮게 깔렸다. 마치 전장에서 부하들에게 하던 그 버릇 그대로의 목소리가 방 안에 낮게 깔리자, 그 위협적인 어조에 엘리미아가 흠칫 떨었다. 그녀는 언제부터인가 사납고 맹수 같은 제 동생을 무서워했다. 그건 지금에 와서도 마찬가지였다.

결국 엘리미아는 입을 다물고 한숨을 쉬었다. 로튼의 단주는 유명한 여자였다. 남자들 사이에서는 되바라진 계집이라고, 분명 몸을 바치는 사내가 뒤에서 조종하는 것이라고 소문이 도는 인물이었고 여자들 사이에서는 정숙하지 못하고 여인으로서의 미덕은 하나도 갖추지 못한 여자들의 수치로 통했다.

하지만 이러나저러나 그들에게는 그 여자가 필요했다. 어쩌면, 지금 이 순간만큼 그 사람이 여자인 것만큼 그들에게 축복이 된 순간이 없으리라.

위그는 풀이 죽은 채 제 앞에 서 있는 누이를 보며 가볍게 한숨을 쉬더니 입을 열었다.

"태자는 요즘 어떻게 지내지?"

"그 인간이야 한결같지. 디텔이 바치는 계집을 안고 시시덕거리면서."

"정말 한결같군."

"아, 그러고 보니 크리스티나가……."

"됐어. 어차피 결혼도 하지 않을 거. 제이슨과 디텔에나 집중해."

"그래도 약혼 소리까지 오갔는데."

위그는 미간을 팍 찌푸렸다. 디텔, 디텔. 이디에트 공작가의 영원한 숙적. 바첼론에서 가장 사이가 좋지 않기로 유명한 두 가문을 꼽으라면 사람들은 단연코 이디에트와 디텔부터 짚을 게 분명했다. 바첼론의 역사 중 절반이 디텔과 이디에트가 실권을 잡기 위한 싸움이었다고 해도 과언이 아니었다.

현 국왕인 에드워드는 이미 여든이 지난 나이라 1년의 3분지 2를 침상에서 눈을 감은 채 쓰러져 있고 나머지 3분지 1은 침상에서 멍하니 눈만 뜨고 있는 노인이었다. 그리고 그 노쇠한 국왕의 아들들 중 두 번째 왕비의 소생이자 제2왕자이며, 현재는 바첼론의 태자인 제이슨은 다름 아닌 엘리미아의 남편이었다.

선대 공작은 당시 제이슨과 자신의 딸인 엘리미아의 결혼을 누구보다도 적극적으로 추진시켰다. 다행이게도 아름다운 외모에 이디에트 공녀인 엘리미아는 제이슨의 마음을 앗아 가기에는 충분하다 못해 넘치는 이였다. 그러나 아쉽게도 그들이 생각하지 못한 것이 있다면, 제이슨이 정말 그 누구도 상상하지 못할 만큼 호색한에 방탕하기 짝이 없다는 것이었다.

제이슨의 난잡한 사생활에 각종 정신 나간 짓까지 더해져 이디에트와 디텔은 현재 전례 없는 대치 상태에 있었다. 심지어 제이슨은 결혼 뒤 엘리미아가 제 아내라는 것도 잊은 듯 디텔과 가까이 지내며 온갖 방종함을 멈추지 않았다.

엘리미아는 어두운 얼굴을 하다가 제 동생을 향해 입을 열었다.

"디텔에서 왕궁에 무희를 열 명 보내왔어. 북방 출신의 아주 늘씬늘씬한, 그 무희들 치마폭에 싸여서 그야말로 광란의 밤을 보내고 있지."

"이제는 놀랍지도 않군."

"이럴 거면."

엘리미아는 디텔이 여인을 보내올 때마다 황홀한 얼굴을 하던 제 남편의 얼굴을 상기하며 이를 갈았다. 그녀는 문득, 피를 토하며 살려 달라 애원하던 어떤 남자가 떠올랐다. 그 생각이 들기가 무섭게 머릿속이 텅텅 빈 듯, 모든 사고가 불가능해졌다.

"이럴 거면 그때 왜, 왜 나를……."

"엘리미아."

"왜 나를, 왜."

엘리미아의 표정이 바뀐 걸 보면서 위그는 미간을 찌푸렸다. 엘리미아가 또 무슨 생각을 하며 무슨 기억에 빠져 있는지 알 것 같았기 때문이었다. 그는 엘리미아의 그 생각 자체가 불쾌하기 짝이 없었다.

나약하고 비실비실하기 짝이 없어 제구실도 못 하던 새끼. 겨우 그딴 새끼한테 빠져 집을 나가겠다고 울고불고 난리를 치던 제 누이.

"엘리미아."

"난 이만 가 볼게."

"헛된 상상 그만하고, 제자리를 지키는 게 좋을 거다."

아무리 귀족으로서 여자들에게 예의를 다한다 해도, 결국 위그는 바첼론의 귀족 남성이었다. 자신의 누이가 왕궁에서 받는 대접은 가주인 제가 해결해야 하는 일이지만, 그렇다고 공녀 출신인 그녀가 사랑 따위로 사내와 결혼하겠다고 난리를 쳤던 것도, 여인으로서, 아내로서, 태자비로서 자신의 의무를 제대로 지키지 못하는 것도 용납할 수 없는 이.

그래서 그는 엘리미아를 이해하지도, 이해할 수도 없었다.

제 동생의 차가운 말투와 목소리에 엘리미아는 울컥 터져 나오는 눈물을 참고 발걸음을 옮겼다. 제 아버지를 똑 닮아 냉혹하고 잔인하기 짝이 없는 얼굴을 보노라면, 비정하게 제 연인을 짓밟던 그 발이 생각나서, 너는 이디에트의 공녀로서 누릴 것을 다 누렸으니 이 정도는 당연히 감수해야 한다며 싸늘하게 읊조리던 제 아버지가 생각이 나서 그녀는 몹시도 끔찍함에 몸부림을 쳤다.

그녀는 문득 로튼의 단주가 떠올랐다. 그리고 제 동생과 2년이나마 함께 살아야 하는 그녀가 가여워서 잠깐 죄책감이 들었다. 제 인생 하나 살리자고 다른 사람 인생을 말아먹는 거나 마찬가지였다.

하지만.

'미안해요.'

결국 엘리미아는, 아직 얼굴도 보지 못한 로튼의 단주에 사과했다.

* * *

고요한 집무실이었다. 소파에 누워 잠시의 휴식을 취하던 비비안은 곧 제 발목을 건드리는 손길에 눈을 떴다. 풍성한 드레스 자락을 헤집고 가는 발목을 잡은 손이 천천히 다리를 타고 올라오자, 그녀는 살짝 고개를 들어 발치를 보았다. 바닥에 한쪽 무릎을 꿇은 채, 다니엘이 그녀의 발목을 어루만지고 있었다.

"대니."

"깼어요?"

"응."

"이런, 안마해 준다는 게 그만."

"거짓말."

안마해 준다는 놈이 이렇게 열기 가득한 눈으로 여자의 발목을 만진다고?

물론 잠귀가 밝은 그녀를 알고 있는 놈이니 진짜로 뭔가를 하려고 했을 리는 없지만, 그래도 단순히 안마 따위를 해 주려는 게 아니라는 것쯤은 비비안도 잘 알았다.

그녀는 윗몸을 일으켰다. 살짝 풀어 헤친 블라우스가 한쪽 어깨를 타고 흘러내렸다. 다니엘은 손을 뻗어 그녀의 옷을 정리해 주려다가, 곧 다시 손을 거두었다. 비비안은 다른 건 다 허용했지만 사실 제 몸에 함부로 손대는 것을 그렇게 즐기지는 않았다. 방금 그녀의 발목을 잡은 것도 크나큰 용기가 필요했다. 그녀의 화를 감당할 만한 용기.

거두어진 다니엘의 손이 다시 비비안의 손에 잡혔다. 남자치고는 꽤 하얀 편인 그의 손을 보다가, 비비안은 그것을 들어 자신의 입가로 잡아끌고는 가볍게 입을 맞추었다. 다니엘은 제 손에 입을 맞추는 그녀의 가려진 얼굴 너머로 언뜻 보이는 미소에, 침을 꿀꺽 삼켰다.

"대니, 이리 와."

비비안은 소파 위에 올렸던 다리를 내리고, 다니엘의 팔을 휙 잡아당겼다. 다니엘은 그녀의 갑작스러운 손짓에 반항하지도 못한 채, 반쯤은 끌려가다시피 그녀에게 잡혀 버리고는 당황에 젖은 눈빛으로 그녀를 보았다. 하지만 곧, 요사스럽게 웃는 그녀의 눈에 심장이 쿵 하고 내려앉는 경험을 해야 했다.

"비비안."

"왜?"

"오늘따라 달라 보여요."

"흐음, 그래?"

"무슨 일 있어요?"

"있어."

비비안은 손을 뻗어 다니엘의 뺨을 어루만지고는, 곧 그의 입술에 가볍게 입을 맞추었다. 도톰한 혀가 그의 입을 열고, 가볍게 입 안을 헤집은 뒤,

다시 입 안에서 나왔다. 비비안의 파란색 눈동자가 그의 눈을 빤히 보자, 순간 약속이나 한 듯이 비비안의 팔이 그의 목에 감기고, 그가 덮치듯 그녀의 입술에 키스를 퍼부었다.

미약한 신음이 흘러나왔다. 그의 손이 제 블라우스를 헤집는 것을 내버려두면서 그녀는 더욱더 그의 목을 그러안았다.

그러나 한껏 흥분해 있는 다니엘과 달리 비비안의 얼굴은 차분하기 그지없었다. 그녀는 자신의 살결을 어루만지는 손을 살살 쓰다듬다가 곧 살짝 힘주어 그의 손목을 잡았다.

"대니."

입을 떼고 저를 보는 남자의 얼굴을 보며, 비비안이 화사하게 웃었다.

"나, 결혼해."

"네?"

다니엘의 얼굴이 순식간에 하얗게 질렸다. 그의 격앙된 목소리와는 달리 비비안의 얼굴은 정말 우아하고, 담담하고, 차분하기 그지없어서, 그는 그녀가 장난이라도 하는 줄 알고 웃었다. 그리고 그녀의 손에 잡힌 제 손목을 보면서 입을 열었다.

"누구랑요."

"있어. 그런."

"비비안. 장난치지 마요. 당신, 결혼은 죽어도 하지 않는다고 그랬……."

"그랬는데."

"……."

"마음이 바뀌었어."

비비안은 곧 제 손에 잡힌 다니엘의 손을 다시 끌어다가 가볍게 입을 맞추었다. 그리고 다시 활짝 웃으며, 입을 열었다.

"대니, 이제는 그만 끝낼 시간이야."

                            *  *  *

 꿈을 꿨다.

 자신은 열세 살의 그 여름날 밤에 머물러 있었고, 장롱에 숨어 있었다.
겹겹이 쌓인 언니의 드레스 사이에서 눈만 빼꼼 내놓고, 살짝 열린 장롱의
틈으로 밖을 보고 있었다. 그녀는 언니를 놀라게 해 주고 싶을 때마다 장롱
에 숨어서 기다렸다. 그리고 언니가 방에 들어온 틈을 타, 장롱을 뛰쳐나
가…….

 '앗, 왔다.'

 곧 문이 열리는 소리가 들려왔다. 아버지가 자매에게 새로 사 준 드레스
자락이 바닥에 끌리는 소리가 들리고, 언니가 천천히 장롱에 다가왔다. 그
녀는 곧 뛰쳐나갈 준비를 했다. 언니는 언제나 그랬듯 굉장히 놀라며 그녀
를 한 대 쥐어박겠지. 하지만 또 언제나 그랬듯이 결국에는 그녀를 품에 안
고 까르륵 웃어 댈 것이었다.

 그녀는 발을 살짝 움직였다. 손을 뻗어 문을 열려고 했다. 순간, 그녀의
귀에 낯선 발걸음이 들려왔다.

 "카트린, 정말 아름답구나."

 "배, 백작님. 여기는 제 방…….”

 "그래, 단주가 말한 대로, 정말 아름답게 컸어."

 그 목소리는 익숙한 것 같기도 했다. 오늘 저녁 아버지가 소개해 준 무슨
백작이었는데……. 그녀는 눈을 깜박거렸다. 그녀가 머리를 굴리며 그 백작
의 이름을 생각했다.

 '빌…… 빌, 빌트? 아닌데, 빌크? 뭐였더라…….'

 그녀는 결국 그것을 기억해 내는 것을 포기하고는 그냥 얌전히 있었다.
백작은 아버지의 손님이었고, 아버지는 자주 말실수를 하는 그녀가 손님 앞
에 함부로 나서는 것을 즐기지 않았다. 만약 아버지의 명을 어기게 된다면,

다시 매를 맞을 게 분명했다. 그녀는 아픈 것을 싫어했다. 엄살도 많아서 언제나 오빠나 아빠한테 매를 맞으면 언니의 품에서 칭얼대곤 했다.

그때였다.

"꺄아아악!"

카트린의 비명이 귀를 찔렀다. 그녀는 급히 장롱 사이의 틈을 통해 밖을 내다보았다. 언니의 팔이 굵은 손에 잡히고, 그것을 떨쳐 내려 언니가 바르작댔다. 하지만 남자는 너무 컸고, 힘이 셌으며, 동시에 취해 있었다.

그녀는 본능적으로 느꼈다. 언니가 위험했다.

아무런 생각도 나지 않았다. 언니가 열심히 손을 떨쳐 내려 애썼으나 무용지물이었다. 어떻게든 언니를 구해야겠다는 생각에 그녀는 급히 장롱 문을 열었다. 아니, 열려고 손을 뻗었다. 하지만 그 순간, 마음속에서 누군가가 속삭였다.

'진짜 갈 거야? 네가 당할 수도 있는데?'

그리고 그녀가 주저하는 그 순간, 카트린이 장롱의 틈을 통해 그 안에 숨어 있던 그녀를 발견했다.

\* \* \*

"젠장."

눈을 뜨자 시허연 것이 제 눈을 막고 있었다. 하늘하늘한 프릴이 달린 그 무언가가 이불이라는 것을 깨달은 건 한참 뒤의 일이었다. 얇디얇은 네글리제는 이미 땀에 흠뻑 젖어 있었고, 그녀는 두꺼운 이불 아래서 숨을 몰아쉬고 있었다.

고개를 살짝 돌리자 두꺼운 캐노피 사이로 햇빛이 들어왔다. 어제 다니엘과 헤어진 뒤 바로 집으로 들어와 쓰러지듯 잔 게 벌써 아침이었다. 며칠 동안 바쁘게 뛰어다니다 보니, 어쩌다 주어진 달콤한 수면 시간에 미친 듯이 잠을 잔 모양이었다.

하지만 오랜만에 찾아온 숙면도 그리 좋지는 않았다. 굳이 말하자면, 이 딴 개 같은 꿈이나 꿀 바에야 차라리 평생 뜬눈으로 인생을 보내는 게 좋을 것 같았다. 끔찍한 기억이었다. 그 누구한테도 빚 따위 지지 않고 살아온 그녀가, 죄책감 따위의 감정과는 거리가 먼 그녀가 유일하게 기억하는 그 날. 장롱 속에서 입을 틀어막고 꺽꺽 울던 열세 살의 어린 소녀.

비비안은 침대에서 일어났다. 머리부터 발끝까지 다 젖어 있었다. 식은땀 으로 범벅 된 몸 때문에 찝찝하기 짝이 없었다. 차갑게 식은 얼굴 위로 머리카락이 몇 가닥 붙어 있었다. 손가락으로 그것을 떼고, 그녀는 한참을 그렇게 침대 위에 앉아 있었다. 눈에 아무것도 담지 않고, 아무것도 넣지 않고, 머릿속은 텅 비워 낸 채, 그렇게.

그렇게라도 하지 않으면 당장 누구라도 죽여 버릴 것 같았으니까.

세상은 얄궂다. 미쳤다. 상식 따위 개나 줘 버렸다. 사실 그녀가 글러 먹은 건 모두 본인 탓이지만 그렇다고 해서 세상이 상식적인 건 아니었다. 그녀는 미쳐 버린 세계에서 살아남기 위해 함께 미쳐 버린 사람들 중 하나 였다.

오랫동안 꾸지 않은 꿈이었다. 그럼에도 갑자기 이런 꿈을 꾼 건 왜일까. 신의 계시일까. 경고일까. 아니면, 신이 던지는 장난 같은 것일까.

만약 진짜로 그렇다면, 그 빌어먹을 신 따위 당장 목부터 따 버리리라.

그녀는 오래전부터 신이 없다는 사실을 깨달았다. 목이 쉬어라 기도하고 불러 보아도 구해 주는 사람은 하나도 없었다. 이 시궁창 같은 세상에서 부디 저를 구해 주십사 울면서 기도하는 짓을 멈춘 것은, 자신이 세상에서 가장 불행한 아이가 아니라는 것을 깨닫기 시작한 때였다.

그녀는 불행했다. 동시에 그 불행한 사람 중에서 가장 운이 좋은 사람이 었다.

그게 희망이 된다는 사실에 다시 한번 절망하면서, 그녀는 비로소 깨달았다.

세상에 그녀를 구해 줄 사람은 없었다. 오직 그녀만이 그녀를 구할 수 있었다.

비비안은 햇빛이 스며들어 오는 유리창을 멍하니 보다가 침대에서 일어났다. 온몸이 젖어 옷이 달라붙었다. 어서 빨리 이것을 씻어 버리고 싶었다. 그리고 우아한 오페라 가수처럼 화려하게 웃으며 걸어 나가는 것이다.

사람들은 그녀가 울고, 절망하고, 힘들어할수록 즐거워했다.

그 개새끼들 좋은 짓을 할 수는 없지 않은가.

곧, 비비안이 욕실로 들어갔다.

* * *

모든 준비를 마치고 비비안이 집무실에 들어가자 그녀를 반기는 건 높이 쌓인 서류들이 아니라 사람이었다. 그녀는 곧 며칠 전에 보았던 귀하신 공작의 얼굴을 보며 화사하게 웃어 보였다. 그러나 어쩐지 묘하게 일그러지듯 웃고 있는 얼굴에 위그가 미간을 찌푸렸다.

저번부터 느낀 거지만, 이 여자가 웃는 모습은 언제나 미묘하게 이상했다. 우는 것도, 웃는 것도 아닌 그 어떤 것. 화려하면서도 속을 알 수 없었다. 분명 예쁜데 그다지 기분이 좋지 않았다.

하지만 대체 무엇이 이상한지 생각해 보면 또 그것은 콕 집어 말할 수 없는 것이라서 그는 그저 이 미친 계집 특유의 이상함이라 생각했다. 애초에 그녀는 그의 세계관을 벗어난 어떤 존재였다. 여자라는 이름을 붙이기에도 아까웠다. 여자라는 종족을 너무 욕보이는 것 같아서.

비비안은 소파에 앉았다. 아침 일찍부터 공작이 저를 찾아왔다. 그 이유는 너무 분명해서 굳이 말할 필요도 없었다. 그녀는 그의 옆에 놓인 서류를 힐끔 보고, 웃음을 흘렸다.

"역시, 우리 공작 각하는 일 처리도 빠릿빠릿하네요?"

"비꼬는 건가?"

"참, 사람이 꼬였어. 이 정도로 따뜻한 칭찬이 어디 있다고."

위그는 고개를 저었다.

"우리의 원활한 대화를 위해 내가 입을 닥치는 게 좋겠군."

"어머?"

"네가 닥칠 것 같지는 않으니."

비비안이 까르르 웃음을 터뜨렸다. 볼수록 재미있는 남자였다. 이성으로서 보기보다는, 그냥 저 잘난 남자가 제 손아귀에서 어찌할 줄을 몰라 버둥대는 꼴이 재밌을 뿐이었다. 사실 그녀는 이쪽 취향은 아니었다. 누군가를 짓밟으며 쾌락을 느끼는 성정은 더구나 아니었다. 이것은 취향이라기보다는……

'도도한 고양이 같네.'

도도한 고양이가 까칠하게 구는 것 같다. 그러다가 결국 다시 와서 밥을 달라고 손바닥에 얼굴을 비비는 것 같았다.

전장의 미친개를 고양이 따위로 비유하면서도 비비안은 죄책감 따위 느끼지 않았다. 그녀는 진심으로 그렇게 생각하고 있었다.

"어쨌든 간에 생각은 해 보았나?"

"생각? 아, 결혼?"

굳이 생각할 필요도 없었다. 사실 비비안은 그가 제안을 해 온 그 순간부터 그것을 승낙할 준비를 했다. 하지만 굳이 급한 티를 낼 필요 없었을 뿐이었다.

지금도 그녀는 느긋한 표정으로 위그를 보았다. 그리고 입을 열었다.

"사실, 궁금한 게 더 있는데."

"말해."

"공작가 정도면 돈이 없지도 않을 텐데, 아니, 사실은 꽤 많을 것 같은데 굳이 내 돈을 빌리는 이유는?"

"그 이유는 네가 결혼하면 자연스럽게 알게 될 거다."

"그래. 뭐, 그렇다면 더 묻지 않지."

"현명하군."

"대신 쓸모 있는 걸 물을게. 저번에 내가 말한 그 자백서는 써 줄 수 있어?"

"없다."

"어머, 그럼 곤란한데."

"하지만 다른 걸 써 줄 수는 있지."

"다른 거?"

"위그 이디에트가 태자를 끌어 내고 새로운 왕자를 태자로 올리려 하고 있다는 계획서라고 보면 된다. 물론 당신이 원하는 대로 인장과 도장, 사인까지 삼박자 골고루 갖춰서."

비비안은 가볍게 아, 하고 탄사를 내뱉었다. 그래 뭐, 정확히 하고 싶은 게 반역은 아니라는 것이었다. 굳이 말하자면 왕이 세운 태자를 끌어 내는 것도 나름대로 반역은 반역이지만, 그게 왕실 혈통을 가진 다른 사람을 왕으로 세우려는 거면 확실히 반역보다는 죄질이 한참이나 낮아지는 것이 사실이었다. 그래 봤자 태자한테 발각이 되는 순간 멸문이지만.

비비안은 권력 암투 같은 것은 딱 질색이었다. 사실 장사를 하면서 귀족들에게 많은 끈을 대지 않은 것도 그래서였다. 하지만 왠지 모르게 이 결혼 때문에 제가 가장 싫어하는 종류의 암투를 만나게 될 것만 같았다.

그녀는 목덜미를 꾹꾹 눌렀다. 악몽의 여운이 아직 가시지 않았다. 하지만 눈을 가늘게 뜨고 의심스러운 눈빛으로 저를 보는 위그를 향해 우아하게 웃었다. 그리고 그녀가 입을 열었다.

"그래. 하자. 결혼."

아무런 가치도 없는 그 결혼이라는 거, 어디 한번 해 보지.

비비안의 입에서 긍정의 말이 나오는 순간 위그는 안심하고 있는 저 자신을 발견했다. 어찌 되었든 간에 한번 한 말을 무를 여자는 아니라 다행이었다.

보통 여자들이 가진 변덕스러운 기질은 없는 것 같았다.

위그는 무의식 간에 비비안의 눈치를 보고 다시 한번 놀랐다. 겨우 한 번 마음이 읽혔다고 각인이라도 된 것일까. 아니, 그 전에 왜 자신이 이 여자의 눈치를 보나.

위그의 얼기설기 얽힌 마음과 달리 정작 비비안의 마음은 반만 이곳에 남아 있었다. 그녀의 정신 반쯤은 어제저녁 꾼 꿈에 가 있었고, 오직 나머지 정신만이 제구실을 하는 중이었다. 곧 위그가 자신이 갖고 온 서류를 내밀었다. 그 봉투 안에는 그가 다시 작성한 계약서들이 곱게 놓여 있었다.

비비안은 계약서를 무심한 표정으로 훑었다. 그녀가 요구한 것들이 빠짐없이 적혀 있었다.

"쌍방의 의무, 권리, 그리고……."

"이봐."

"그리고, 이것들을 어길 때에 배상해야 하는……."

"단주!"

비비안은 고개를 들었다. 그녀의 얼굴에 의문이 서리는 것을 보다가, 위그는 미간을 찌푸렸다.

"계약서를 거꾸로 들었어."

"아……."

"거꾸로 들고도 읽을 수 있다는 게 놀랍군. 이건 또 무슨 재주지?"

비비안은 제 손에 들린 계약서를 보았다. 읽을 때까지만 해도 몰랐는데 정작 알려 주니 이제야 그게 보였다. 비비안은 내심 자신에게 이런 재주가 있다는 것에 놀라며 계약서를 바로 잡았다. 하지만 그 순간, 마음 한쪽에서 퍼지는 말 못 할 감정에 웃고야 말았다.

내가 흔들렸다. 겨우 그 꿈 때문에.

그녀는 자신에게 아직도 죄책감을 느낄 만한 양심이라는 게 있다는 것에 놀랐고, 사람을 앞에 두고 다른 생각을 했다는 것에 다시 놀랐다. 뭐가 어떻게 되었든 간에 그녀는 꿈속에서 다시 그날 밤을 보았다는 이유만으로도 식은땀에 흠뻑 젖어 침대에서 일어났고, 그 여운을 떨쳐 내지 못한 채 다른 사람을 만났다.

그까짓 게 뭐라고.

마치 주문처럼 그녀는 속으로 되뇌었다. 별거 아닌 일이야. 별거 아닌 일이었다. 겨우 그런 것에 발목이 잡힐 필요는 없었다.

그렇게 몇 번 되뇌고 나자 그제야 마음이 잠잠해졌다. 온몸을 잠식하던 죄책감이 자취를 감추었다. 그녀는 다시 자신의 머릿속을 정리하고, 계약서로 눈을 돌렸다.

위그는 오늘따라 위화감이 느껴지는 비비안의 모습에 생소함마저 느꼈다. 방에 들어올 때부터 잔뜩 흐트러진 얼굴을 해서, 계약서는 거꾸로 들지 않나, 혼자 쓰게 웃지 않나, 그리고 언제 그랬냐는 듯이 다시 고고하게 웃질 않나. 시시각각으로 변하는 여자가 신기하기까지 했다. 조금만 더 친한 사이였다면 대체 무슨 일이 있었는지 물을 뻔했다.

하지만 둘은 친하지 않았고, 위그는 그렇게 무료한 인물이 아니었다.

비비안은 이미 위그의 사인이 적힌 네 개의 계약서에 각각 사인했다. 마지막으로 로튼의 도장까지 찍자 모든 게 완벽해졌다. 이 모든 것들을 이행하지 못한다면, 위그의 반역, 아니, 태자 퇴위 진술서가 왕실의 손에 들어간다. 뭐가 되었든 간에 왕이 정한 태자를 퇴위시키려 했다는 것만으로도 왕실과 이디에트의 결렬은 약속된 것이었다. 그렇게 된다면 이디에트도 분명 안녕하지는 못하리라.

그가 그녀에게 약속한 조건들이 적힌 계약서에 사인하고, 마지막으로 계약 결혼 동의서에까지 도장을 찍자 그녀의 손에는 그가 건넨 진술서가 있었다. 그의 친필 사인, 도장, 그리고 이디에트의 인장.

그것을 받아 들자 묘한 쾌감이 솟아올랐다. 제 아버지가 한평생 동경했던 귀족, 제 딸을 바치면서까지 들어가고 싶어 했던 소위 귀족 사회, 그럼에도 결국 갖지 못했던 그것. 손에 절대 닿을 것 같지 않았던 그것들이 너무 쉽게 그녀의 손에 들어왔다. 눈앞의 남자는 고귀함의 결정체고 증인이었다. 가장 푸른 피, 가장 고귀한 혈통, 명예, 작위 그 모든 것들을 가진 남자.

그 남자를 그녀가 가졌다. 비록 기한이 정해져 있다고 해도 그랬다. 그녀가 로튼의 단주이며, 로튼이 대륙에서 가장 돈이 많은 상단이기에 가능했다.

이런 아이러니가 어디 있을까.

비비안은 입꼬리를 말아 올려 웃었다. 시리도록 파란 눈동자를 눈꺼풀이 살짝 덮으며, 그녀가 눈꼬리를 접었다. 미치도록 고혹적이었고, 살 떨리게 아름다웠다. 하지만 그런 아름다움이 만들어진 것이라는 데서 이미 그녀는 틀려먹었다.

여자의 아름다움은 자연스러워야 한다고 그랬다. 만들어진 아름다움은 싸구려라고.

누가? 남자들이.

자조 섞인 웃음이 새어 나왔다. 그 꼴을 보다가, 위그는 눈을 가늘게 떴다.

비비안 로젤리스. 로튼의 단주.

제일 처음 봤을 때는 뭐 하는 여자인가 했다. 사나운 맹수처럼 섬뜩하게 서 있는 꼴이 남자였다면 진즉 위협부터 느껴 검을 뽑아 대치했을 것이었다.

그다음은 살랑살랑 여우처럼 구는 게 이건 뭐 하자는 꼴인지 종잡을 수 없었다. 웃고 있는 것처럼 보였지만 웃는 게 아니었다. 화사하게, 눈꼬리를 접어 웃는 모습이 예뻤지만 끔찍했다.

그리고 오늘.

계약서를 들고 있는 여자는, 마치 제가 어렸을 때 본 성녀의 조각상을 닮아 있었다. 웃기지도 않은 비유였지만 그러했다. 고결한 성녀와 가장 거리가 먼 여자였다. 성녀라는 이름을 붙이기에는 지나치게 방탕했고, 못돼 처먹었고, 바르지 않고 심지어 예의도, 교양도 없었으나, 순간 그런 생각이 들었다.

고요하게 계약서를 내려다보며 터뜨린 그 쓴웃음에.

오늘에야 비로소 사람 같아 보였다.

"각하."

"……."

"각하?"

"……그래."

그녀의 간드러진 목소리가 귀를 울리자, 그는 순간 그녀에게 정신이 팔렸다는 사실에 짜증이 울컥 올라와, 그 사실이 드러나지 않게 일부러 약간의 텀을 두고 대답했다. 그녀는 그것을 눈치챘는지 어땠는지 알 듯 말 듯 한 미소를 짓다가, 곧 다시 눈을 휘며 입을 열었다.

"그럼, 우리 약속은 이렇게 끝나는 거지?"

"그래."

"기한은 2년. 2년 뒤에는 깔끔하게 헤어지고."

"그래."

"그래. 좋네."

"……."

"좋아."

혼자서 우아하게 중얼거리는 여자를 보며, 위그는 더없이 묘한 느낌에 빠져야 했다.

*  *  *

그리고 이틀 뒤. 스캔들과 함께 수도가 폭발했다.

식탁 앞에 앉아 우아하게 빵을 뜯던 비비안은 허겁지겁 달려온 사람을 곁눈질하며 손에 들린 것을 입 안에 집어넣었다. 혀끝에서 살살 녹는 빵의 달콤한 향을 음미하며, 그녀는 아침에 갓 갈아 만든 오렌지주스를 들이켰다.

"단주님!"

집사는 다급한 목소리로 비비안을 불렀다. 그러거나 말거나 비비안은 여전히 느긋하게 아침 식사를 하고 있었다. 그를 힐끔 보고도 못 본 척, 아무것도 모르는 척.

그런 비비안의 모습에 다급함을 느낀 건 집사였다. 그는 끔찍하리만치 똑똑한 제 주인의 의중을 언제나 알아차리지 못했고, 그럼에도 그녀가 무슨일을 저지르면 나름대로 차분하게 처리했다. 그는 그것을 연륜이라고 했다. 어릴 때부터 보아 온 막내 아가씨의 행동 패턴 정도야 꿰고 있어야 훌륭한 집사가 아니냐고 자랑스럽게 얘기하곤 했다.

그러나 오늘은, 오늘 일은 그로서도 어떻게 해결해야 좋을지 몰랐다. 그전에 비비안이 저질러 놓은 일이 너무 컸다, 그가 감당하기에는.

"무슨 일이지?"

그가 입을 여는 것보다 비비안이 입을 여는 게 더 빨랐다. 느릿하게 빵을 씹던 비비안은 거친 숨을 억지로 가라앉히며 제게 할 말을 고르고 있는 집사의 스트레스를 덜어 주려 부드럽게 선수를 쳤다. 물론 그건 그에게 전혀도움이 되지 않았다.

집사는 머리를 굴렸다. 최대한 비비안의 심기를 거스르지 않고 말을 전할방법을 생각해 내는 건 쉬운 일이 아니었다. 차라리 왕실 앞에서 '왕은 머저리다!'를 외치는 게 더 현실성 있었다. 후자는 깔끔하게 죽기라도 하지, 전자는 고통에 몸부림치며 죽어야 할지도 몰랐다.

나름 배려했다고 먼저 물음을 던진 제게 어떤 대답을 할지 몰라 여전히입을 다물고 있는 집사를 보며 비비안은 제가 그동안 집사한테 어떤 비인간적인 짓을 했는지 돌이켜 보았다. 그러다가 결국, 한숨을 쉬었다.

"기자들이 와 있다고?"

"……네."

어떻게 알았느냐는 눈빛이 쏟아져 나왔다. 주인에게 기자들의 소식을 알리려 급히 다이닝 홀에 들어온 헤더마저도 조금 의문 섞인 눈길로 주인을 보았다.

하지만 식솔들의 묘한 눈빛에도 비비안은 그저 의미심장하게 웃었다. 왜 모를까, 그녀가 모를 리가 없지 않은가. 약속인데.

'그럼, 결혼식은 3개월 뒤 레비탄 신전의 언약의 홀에서.'
'오오, 그 귀족들만 들어갈 수 있다는 곳?'
'준비할 건 없다. 지참금이나 제대로 준비해.'
'내 돈 빼먹는 주제에 지참금까지 달라고 하네.'
'구색 맞추기야. 그 정도 머리는 있지 않나? 그리고 어차피 지참금은 당신 소유다.'
'뭐. 그러지. 그리고 또 뭐가 필요한데?'
'글쎄.'
'흐음?'
'대륙을 뒤흔들, 세기의 스캔들?'

"뭐가 세기의 스캔들이야."

비비안은 오렌지주스의 마지막 한 방울까지 입 안에 털어 넣고 자리에서 일어났다. 끼익 하는 소리와 함께 걸상이 뒤로 밀렸다. 비비안은 우아하게 웃으며 다이닝 홀을 걸어 나갔다.

3층 복도에서 다 들릴 정도의 소음이 밖에서 들려왔다. 왁자지껄하는 목소리들이 한데 섞여서 기분 나쁜 소음을 만들어 냈지만, 정작 비비안은 기분 좋게 활짝 웃었다.

이게 얼마 만의 기자들인가.

그들이 저렇게 문 앞을 막고 떠드는 건 정확히 10년 만의 일이었다. 그녀가 아버지의 상단을 이어받은 그날, 상속권을 인정받은 그날. 기자들은 지금처럼 문 앞을 막아서며 질문을 퍼부었다.

오빠들을 밟고 올라간 기분이 어떤지, 아버지의 상단을 맡게 되어 어떤지, 불안하지 않은지, 자신이 이렇게 될지 상상은 해 봤는지.

그때, 그녀가 어떻게 대답했더라. 비비안은 느긋하게 팔짱을 꼈다.

'오빠들을 밟고 올라가 무척 기분이 좋고, 아버지의 상단을 맡게 되어 행운이며, 불안하지는 않아요. 첫째 오빠 같은 인간도 상단을 이어받겠다고 퍼덕거리는데 제가 불안할 게 뭐 있어요? 멍청한 새끼들이 내 발아래를 다 채워 줄 텐데. 아, 그리고 내가 이렇게 될지 상상이나 해 본 적 있느냐고요? 네, 나는 매일 했답니다. 당신들만 안 믿었지 나는 매일 내가 단주가 될 거라고 말했어.'

그녀는 날마다 그랬다. 자신이 상단의 단주가 될 것이라고. 그걸 믿지 않고 그녀를 업신여겼던 것은 그들이었다. 그녀를 제외한 모든 사람들.

비비안은 창가에 서서 대문 너머로 기자들을 막는 용병들을 보았다. 바글바글 사람들이 모여 있었다. 웃기기도 하지. 계집이라고 하찮은 것 취급을 할 때는 언제고 정작 그녀의 일거수일투족에 그들의 발걸음이 빨라졌다.

비비안을 머리카락을 쓸어 내렸다. 화장도 예쁘게 하고, 옷도 오늘따라 화려한 걸로 입었다. 까짓것 나가서 웃어 주지 못할 것도 없었다. 하지만 굳이 나가서 어릿광대가 되어 줄 생각은 없었다. 그녀는 다른 사람 좋은 일은 죽어도 하지 않았다. 저 좋은 일만 잔뜩 했지.

그때 뒤에서 따라오던 헤더를 발견하고, 그녀는 눈을 빛냈다. 시선이 닿은 것은 헤더가 다이닝 홀에 들어올 때 손에 들고 있던 신문이었다. 그러고 보니 오늘 신문을 보지 못했는데 뭐라고 하는지 어디 한번 볼까. 그녀는 손을 뻗었다. 곧 그녀의 손에 신문이 쥐어졌다.

위그가 그날 그렇게 다녀간 뒤, 그들은 거의 연락이 끊겼다. 결혼 준비는 혼자서 다 하겠다며 나갔던 남자는 무슨 일을 어떻게 진행 중인지 코빼기도 보이지 않았다. 사실 조금 궁금하기도 했으나 그렇다고 굳이 알아볼 정도는 아니었다. 더 간절하고 아쉬운 사람이 알아서 하는 법이었다. 솔직히 말하자면 그녀도 어느 정도는 아쉽긴 했으나 상대적으로 볼 때는 그쪽이 더 급해 보였다.

비비안은 여유 넘치는 표정으로 신문을 들었다. 그녀의 예상대로, 두 사람의 스캔들이 대문짝만하게 신문 첫 면을 장식하고 있었다.

[세기의 스캔들, 그 시작은 언제인가?]

언제긴 언제야, 며칠 전이지.

비비안은 속으로 읊조리며 계속해서 기사를 읽어 갔다. 기사에는 그녀도 모르는 두 사람의 이야기들이 낭만적인 색깔을 입고 세기의 로맨스로 거듭난 채 구구절절 설명되어 있었다. 하지만 시종일관 여유 넘치는 모습으로 그것을 읽던 비비안의 얼굴은 세 번째 단락으로 넘어간 순간부터 천천히 금이 가기 시작했다.

[수도에서 최고의 여성 편력을 자랑하던 바첼론 최고의 매력남, 이디에트 공작의 결혼 소식은 우리를 놀라게 하기에 충분했다. 그런데 그 상대가 비비안 로젤리스, 로튼의 여주인이라니 가히 놀랍지 않은가!]

여기까지는 좋았다. 특유의 과장된 어투로 마치 대서사시를 풀어놓는 듯한 느낌이었지만 어쨌든 그럭저럭 넘길 만했다.

하지만.

[역시 아무리 대단한 계집이라도 고귀한 남자 앞에서는 속수무책인 법, 대륙에서

가장 비싼 꽃을 공작이 꺾어 갔다는 소문에 대부분의 남성들은 역시 '그럼 그렇지'라는 반응을 보이고 있다고 한……]

"누가 꺾여! 이런 확 모가지를 꺾어 버릴!"

뒤에서 얌전히 서 있던 헤더는 갑작스럽게 소리를 지르며 신문을 바닥에 던져 버리는 단주 때문에 깜짝 놀랐다. 곧 비비안은 제 구두의 뾰족한 굽으로 바닥에 있는 신문을 마구잡이로 밟았다. 마치 춤이라도 추듯 현란한 스텝이었다.

"저, 단주님."

"헤더."

얇은 신문지가 그녀의 하이힐 아래서 장렬히 종말을 맞이했다. 헤더는 어쩐지 모르게 저 또한 저 꼴이 될까 두려워 비비안의 부름에 바로 허리를 굽혔다. 하지만 서늘하게 저를 부르던 음성과 달리 뒷말이 들려오질 않았다. 헤더는 고개를 살짝 들고 비비안을 보았다. 그리고 숨을 들이쉬었다.

비비안은 웃고 있었다. 마치 지옥 불에서 활활 타는 사신처럼 그렇게 웃었다. 여태껏 고고하고 우아하게, 내지는 오만하고 서늘하게 웃던 제 주인이 노골적으로 빌어먹을 새끼들 다 씹어 먹겠다는 웃음을 짓자 헤더는 침을 꿀꺽 삼켰다.

곧, 비비안이 입을 열었다.

"헤더. 신문사에 좀 다녀와. 내가 말한 대로 기사를 다시 써 달라고 해."

"네, 네. 그런데 어, 어떻게요?"

로튼 상단은 대륙 전역에 여러 가지 형태로 발을 뻗고 있었고 그중에는 신문사 또한 포함되어 있었다. 원래 로튼의 여러 가지 동향을 뿌리는 역할 정도로 사용되었던 신문사를 비비안은 지금 다른 데에 쓰고 싶어졌다.

"단독 입수, 이디에트 공작과 로튼 단주의 숨겨진 연애사."

"네!"

"공작, 로튼 단주에 죽고 못 살아."

"네……에?"

"왜. 안 돼?"

"아, 괜찮으실까요? 각하께서 보시고 노하시는 건 아닌지."

"괜찮아."

비비안은 웃었다.

이딴 기사를 내라고 시킨 게 위그인지, 아니면 신문사 나름대로 공작에게 아부를 떨어 보느라고 그런 것인지는 몰랐지만 그건 중요하지 않았다. 중요한 건, 그녀가 꺾였다는, 그딴 말도 안 되는 표현이 사람들의 뇌리에 남아서는 안 된다는 사실이었다. 그러면 2년 뒤 이혼할 때 사람들은 그녀가 버림받았다고 말할 테니까.

비비안은 피식 웃었다.

이디에트 공작, 로튼 단주에 죽고 못 살아!

'어감 좋네. 어차피 자기도 그렇게 말했지. 세기의 스캔들이라고.'

이 로맨스 소설 같은 시나리오를 써서 기사에 올린 것도 그였다. 그럴 바에는 아내한테 껌벅 죽는 애처가 역할이 더 어울리지 않을까. 서로 죽고 못 살 정도로 사랑한다며.

헤더는 표정이 시시각각으로 변하는 제 주인을 보다가 조심스럽게 입을 열었다. 제 주인과 공작 사이의 관계가 진짜로 그렇게 달콤한지는 둘째 치고, 함부로 공작을 여자한테 죽고 못 사는 인물로 만들어도 괜찮을지 그녀는 단언할 수 없었다.

"단주님. 그래도 공작 각하를 그렇게 표현해도 괜찮을까요? 아무래도 공작 각하의 예전 이미지도 있으신데."

"그럼 내가 꺾이고 말고 나불대는 이건 좋니?"

"아니, 그것도 문제가 많기는 하지만 그래도 상대는 공작 각하시잖아요."

"괜찮아."

비비안은 대수롭지 않은 어조로 말했다. 어차피 죽고 못 사는 사랑을 제안했던 것은 위그 이디에트가 먼저였다. 그러니 이 연기에 푹 빠져 있어야 할 사람도 당연히 위그 이디에트였다.

그렇게 생각하던 비비안이 고개를 살짝 돌렸다. 그녀는 조금 어리벙벙한 헤더를 향해 읊조렸다.

"우리 각하께서, 실제로 나 없이는 못 살 정도로 나한테 빠져 있거든."

그러니 '꺾인 것'은 기필코 그 사내가 되어야 할 것이다.

말을 마친 그녀가 달큰하게 눈을 접어 웃었다. 왠지 모르게 그 모습이 마치 독사 같아서 헤더가 부르르 떨었다.

\* \* \*

비비안이 신문지 위에서 분노의 댄스를 추고 있을 무렵, 위그는 수도에 있는 공작가의 저택에서 느긋하게 신문을 감상하고 있었다. 하여튼 신문사 놈들은 아무것도 아닌 일을 과장해서 쓰는 데 엄청난 재능이 있었다. 그가 보낸 몇 줄짜리 이야기를 소설로 만들어서 신문에 실은 것을 보며 위그는 잔을 내려놓았다.

꽃이 꺾였다는 대목까지 보고, 지금쯤이면 길길이 날뛰며 신문지를 찢고 있을 게 분명한 비비안의 모습을 즐겁게 상상하며, 그는 웃음을 흘렸다. 그 비정상적으로 여유 만만한 얼굴이 깨지겠군. 보고 싶은데 보지 못하는 게 한이었다.

"각하."

하지만 그런 그의 즐거움을 깨고, 미약하고 가녀린 목소리가 그를 불렀다.

고개를 들자 식탁과 조금 떨어진 곳에 그도 잘 아는 여자가 있었다. 그의 부관인 요한 돌체의 여동생이자, 돌체 백작가의 사생아. 귀족이지만 사생아인 덕에, 심지어 여자 사생아인 탓에 백작의 피를 잇고 있음에도 가문에 이름을 올리지 못한 여자.

그리고 며칠 전까지만 해도 그의 정부였던 여자.

"클로에."

클로에는 위그의 부름에 고개를 들었다. 그녀는 어머니가 정부였던 탓에 백작가의 성을 받지 못했다. 아버지는 그녀가 여자라는 이유로 가문에 적을 올려 주지도 않았고, 당연하지만 백작 부인 역시 그녀를 눈엣가시처럼 여겼다. 그나마 둘째 오빠인 요한이 그래도 여동생이라고 불쌍하게 여겨 준 덕에 그녀는 공작의 시중을 들 수 있었다. 시녀라기보다는 사실 얹혀사는 것이나 마찬가지였다. 가끔은 오빠를 도와주면서.

그러다가 2년 전, 그녀는 위그의 정부가 되었다. 수도에서 공작의 정부가 된다는 것은 엄청난 것을 의미하기에 그녀는 더 이상 백작가의 가여운 서녀 계집이라는 말을 듣지 않아도 되었다. 그녀에게 갖은 보물들이 쏟아지고, 위그가 안겨 주는 수많은 재산이 그녀 앞에 떨어졌다. 그러나 그녀는 그것들을 받지 않았다. 여자의 사치는 옳지 않다고 몇몇 귀족 부인들이 말하는 것을 들었기 때문이었다. 그리고 그녀는 그런 것에 별로 욕심이 없었다. 그저 매일매일 조용하게 살아남는 게 그녀의 목표였다.

보통 몇 달을 가는 위그의 정부들과 달리 그녀는 무려 2년 동안 그의 곁에 있었다. 그는 정부를 무수히 갈아치우면서도 딱히 그녀를 버리지는 않았다. 가끔 잠자리를 같이하면서 부드럽게 구는 것도 싫지는 않았다. 공작 부인이라는 허황한 꿈을 꾼 적도 없었고, 사실 그냥 이렇게 사는 것도 나쁘지 않다고 생각했다. 그녀는 위그가 제게 다정하게 구는 것도, 저를 마음에 들어 하는 것도 자신이 아무것도 바라는 게 없고 적당히 사근사근하게 구는 동시에 주제를 넘지 않아서 그런 것이라는 사실을 잘 알았다. 겨우 아끼는 부관의 여동생이라는 이유 때문에 누군가를 꾸준히 옆에 둘 사람이 아니었으므로.

하지만 몇 달 전, 그렇게 이어 오던 그녀의 역할이 끝났다. 이유는 그의 결혼 때문이었다.

애초에 공작 부인 자리는 바라지도 않았고 언젠가는 끝날 역할이라는 각오 때문에 그다지 아쉽지는 않았다. 가끔 그는 정부와 관계를 끊으며 큰 보상을 해 주곤 했지만, 그녀는 그것도 거절했다. 그녀는 내심 이 몇 년 동안 분에 넘치는 대우를 받고 있었다고 생각했다.

그래서 오늘 아침 신문을 보았음에도 딱히 슬프거나 하지는 않았다. 그녀는 자신이 위그를 꽤 사랑했다고 생각했지만 그렇다고 해도 새로 들어오는 공작 부인에게 질투를 느낀다거나, 샘이 난다거나 하지 않았고 혹은 밉지도 않았다.

비비안 로젤리스.

사실 클로에는 그녀를 알고 있었다. 직접 얼굴을 본 적은 없지만, 이 대륙에서 부와 재력의 상징인 로튼의 단주로 말할 것 같으면 사납고, 잔인하고, 성격도 제대로 돼먹지 못해 온갖 악행은 다 저지르고 다닌다고 했다. 바첼론에 전례 없던 특수 상속권을 받은 첫 번째이자 어쩌면 마지막이 될지도 모르는 여자였다. 객관적으로 사실만 보자고 해도 그리 쉬운 여자는 아닐 게 분명했다.

그런 여자가 공작 부인이 된다. 그리고 자신은 공작의 정부였었다.

아무리 사교계에 별로 관심이 없다고 해도 그녀는 사람들이 자신을 어떻게 평가하는지 알았다. 반반한 얼굴과 허리 짓으로 공작을 사로잡은 요녀. 고운 얼굴로 가녀린 척 공작의 동정심과 보호 본능을 자극해 원하는 것을 얻어 내는 여자. 그것이 그녀의 성격과 백만 단위 정도 떨어져 있다고 해도 소문은 그러했다. 어쨌든 사람이라면 제 남편과 몇 년 동안 정부 관계를 맺은 계집이 그리 예뻐 보이지는 않을 게 분명했다. 아니, 아마 끔찍한 밉상처럼 여겨질 것이었다.

그녀는 최대한 가늘고 길게 사는 게 인생의 목표였다. 괜히 공작 부인의 눈엣가시가 되어 매질을 당하고 쫓겨나고는 싶지 않았다. 그녀의 어머니가 그러했다. 백작 부인의 손에 호되게 매질을 당하고 집에서 쫓겨났다. 그런데 백작은 그것을 말리지 않았다.

그녀는 오늘 아침에 본 신문 내용을 떠올렸다. 그 신문에는 공작과 로튼의 단주가 언제 만나, 얼마나 오랫동안 사랑하고, 그것을 감추기 위해 공작이 얼마나 열심히 비밀 작업을 했는지, 로튼의 단주를 얼마나 사랑하는지 구구절절 적혀 있었다. 그것을 본 순간, 그녀의 결심은 바로 섰다.

사랑하지 않는다고 해도 보통 교육을 잘 받은 귀족 남자들은 정부보다 아내 편을 들었다. 귀족 부인들은 대개 명문 출신이었고 권위가 있는 아버지를 두었기 때문이었다. 그러니 하찮은 계집보다 아내의 편을 드는 게 정상이었다. 자신의 실제 이익과 연관된 문제였다.

그리고 미래의 공작 부인은 비록 작위가 있는 아버지는 없었으나 그래도 그 냉정한 공작이 평민이라는 혈통을 무시하고 부인으로 들인 여자였다. 엄청난 애정이 없었다면 불가능한 일이었다. 그 공작 부인이 저를 눈엣가시처럼 여길 때, 그가 어떤 선택을 할지는 자명한 일이었다.

그 생각을 하자 몸이 떨렸다.

그녀는 자신의 어머니처럼 되기 싫었다.

위그는 방금부터 저를 불러 놓고 침묵을 지키고 있는 클로에를 이상한 눈으로 보았다. 그는 그녀를 많이 아끼는 편이었다. 외모나 몸매가 그의 취향인 것도 있었지만, 무엇보다도 수수하고 온순하며 사치를 부리지도 않고 딱 적당하게 제자리를 지켰다. 정부라는 자리에서 더 많은 것을 바란 적도 없었다. 그 사실이 위그 이디에트가 더욱더 그녀를 오래 옆에 두며 이것저것 많은 것을 안겨 주게 했다.

클로에는 고개를 들었다. 3개월 뒤면 공작 부인이 온다. 아니, 사실은 언제 어디서 어떻게 갑자기 만나게 될지 모르는 일이었다. 그러면 자신은, 지위도 돈도 아무것도 없는 자신은 당연히 물러나는 것이 옳을 것이었다.

"각하."

"말해."

"아이센으로 내려갈까…… 하는데요."

"아이센?"

아이센은 바첼론의 변방 시골이었다. 공기도 좋고 풍경도 좋아 귀족들은 거기에 별장을 지어 놓고 가끔 휴가를 가기도 했다. 하지만 클로에와 딱히 상관있는 곳은 아니었다. 그는 그녀가 갑자기 아이센으로 내려가겠다고 하는 이유를 생각해 보다가, 곧 오늘 아침 신문을 화려하게 장식한 저와 그 여자의 스캔들을 상기해 냈다.

아.

잊고 있었던 사실이 떠올랐다. 클로에의 출생에 관한 사실. 정부였던 제 어미가 어떤 결과를 맞이했는지 아는 이상, 그녀는 비비안 로젤리스의 존재를 무척 두려워할 게 뻔했다. 자신과 그녀의 관계가 그리 달콤하지, 아니, 정확히 말하자면 만나기만 하면 으르렁대느라 정신이 없는 관계라는 것을 알지 못한다면 딱히 이상한 생각도 아니었다.

그는 미간을 찌푸렸다. 요한 돌체는 제 여동생을 꽤 아꼈다. 그리고 다른 의미에서 위고도 사실은 그녀를 제법 아꼈다. 요 몇 년 동안 공석이었던 안 주인의 의무를 적당하게 이행했으며, 굳이 결혼해야 한다면 그녀와 하는 것도 그럭저럭 괜찮을 수도 있겠다는 생각을 하긴 했었다. 물론 그런 일은 일어나지 않았지만.

곧 그가 가볍게 한숨을 쉬었다. 저와 비비안 로젤리스 사이의 계약에는 서로의 정부를 전부 청산해야 한다는 조약이 있었다. 사실 그런 것만 보자면 클로에를 내보내는 게 옳았다. 하지만 정부를 청산한다고 했지 멀리 떨구어 놓으라는 말은 없었다. 딱히 관계를 맺을 것도 아닌데 굳이…… 라고 생각하다가, 그는 입을 열었다.

"그 여, 아니, 비……비는 그런 사람이 아닌데."

'그 여자는 그런 데 관심을 둘 사람이 아니야'라고 말하려다가 그는 억지로 말을 바꾸었다. 비비안이라고 부르면 거리감이 있어 보일 것 같아 일부러 제나름대로 이름을 줄여 불렀다. 그것이 진짜 비비안의 애칭이라는 사실을 모른 채.

하지만 그의 뜻과 달리 클로에의 낯빛은 더 새하얗게 변했다. 그런 것에 신경 쓸 여자가 아니라는 위그의 본의와 달리, 클로에의 귀에는 '우리 비비는 그렇게 악독한 여자가 아니야' 따위로 들렸기 때문이었다. 일단 연인 사이에 애칭을 부르는 건 둘째 치고, 제 애인을 감싸고도는 말 그 이상으로도 그 이하로도 안 들렸기에 그녀는 어쩌면 공작이 자신을 보내지 않을 수도 있겠다고 생각했다.

하지만, 의외로 그런 그녀의 심정을 이해했는지 위그는 곧 허락의 말을 내뱉었다.

"네가 가고 싶다면 가도록 해."

"아, 감사합니다. 각하."

"아이센에 적당하게 별장을 사 줄 테니까 가 있어. 나머지는 요한 녀석이 알아서 할 테니까."

어쨌든 여동생을 아끼는 녀석이니 굶어 죽게 만들지는 않을 것이다.

"그러지 않으셔도 돼요, 각하. 저는 아이센의 신전에 머무를 예정이에요."

"굳이 그럴 필요 없어. 어차피 네가 가져야 할 것이니까."

그의 말뜻을 풀이하자면 정부 노릇을 할 때도 딱히 가진 게 없으니, 이 기회에 한몫 잡고 가라는 것이었다. 곧 말속에 숨긴 뜻을 이해하고 클로에는 허리를 숙였다. 그런 그녀의 머리 위로 위그의 목소리가 떨어졌다.

"떠나는 건 네 오라비와 상의하도록 해. 하지만 되도록이면 지금까지 해 오던 일을 다 마치고 나가는 게 좋을 것 같군."

지금까지 해 오던 일이란, 안주인이 없는 공작가의 여러 가지 내무를 일렀다. 이디에트 공작가에는 연륜이 있는 부인도, 그렇다고 시집을 가지 않은 영애도 없었다. 영지에 있는 가신들의 귀부인들은 대부분 수도에 없었다.

클로에는 머뭇거렸다. 자신이 해 온 일들을 다 마치고 나가려면 얼마만큼의 시간이 걸릴지 몰랐다. 저택의 고용인들과 내무에 관련한 여러 가지를 다 정리하면 어쩌면 결혼식 전까지 나가는 건 무리일지도 모른다. 그녀는 가끔 제 오라비를 도와주기도 했으니.

그래도 나가지 않는 것보다는 나았다.

어쨌든 이제 공작 부인도 들어오고 그녀는 내무를 맡지 않아도 되었다. 겨우 정부 따위가 내무를 맡는 것에 말도 많았으나 공작의 신임을 받는 제 이복 오라비 때문에 그녀는 그래도 공작가에서 적당하게 살아남을 수 있었다.

그녀는 설사 공작 부인이 들어오더라도 그녀를 잘 피해 다니면 될 것이라 상상했다. 어차피 저택은 컸고 저는 공작가의 식솔이 아니니 나서서 인사할 필요가 없었다. 아니, 오히려 음지에 가만히 숨어 있는 게 더 옳았다.

클로에는 허리를 굽히고 인사한 뒤 다이닝 홀을 나갔다. 하루빨리 일을 마치는 게 중요했다. 공작 부인만 마주치지 않으면, 얼굴만 보이지 않으면 제게 해코지는 못 하겠지.

하지만 그녀의 그런 생각은 오후에 갑작스럽게 방문한 비비안 때문에 완전히 무산되고 말았다.

\* \* \*

"위그!"

위그는 저를 보자마자 꽃처럼 웃으며 다가오는 여자에게 내심 당황했다. 구불거리는 연회색머리카락을 느슨하게 땋아 한쪽으로 드리워 놓고, 곱게 분칠한 얼굴 위로 진심 어린 미소를 띤 여자는 다름 아닌 비비안 로젤리스였다.

저 여자가 뭘 먹었기에 오늘따라 저렇게 즐겁게 웃는지는 둘째 치고, 저 얼굴로 나긋하게 자신을 부르며 살랑살랑 다가오자 위그는 공포감까지 들었다. 옆에서 입을 헤벌린 채 그녀를 보는 몇몇 사내들이 보였다. 저것들은 다 시력이 평균 이하인 건가. 어떻게 이게 여자로 보일 수 있나.

어느새 제 코앞까지 다가온 여자가, 장미처럼 화려한 얼굴을 그에게 들이대며 입을 열었다.

"보고 싶었어."

소름이 돋았다.

그녀의 길쭉한 팔이 그의 목을 감았다. 요즘 로튼 휘하의 화장품 브랜드 카틀렛에서 새로 나온 향수 향이 그를 확 휘감았다. 그가 이 향을 알고 있는 이유는 수도에서 열 명 중의 네댓 명은 이 향수를 쓸 정도로 유명했기 때문이었다.

그는 한숨을 쉬었다. 주변에 보는 사람이 많았다. 세기의 스캔들을 만들어야 한다고 말을 먼저 꺼낸 건 그였으니 그녀의 연기에 발을 맞춰야 하는 것은 맞지만 거부감이 드는 건 어쩔 수 없었다. 잠시 멈칫한 위그의 몸을 느낀 듯, 비비안이 그의 어깨에 기댔던 고개를 들고 그와 눈을 마주쳤다. 곧 그녀가 눈꼬리를 방긋 접으며 그의 귓가에 입을 대고 나긋하게 말했다.

"빨리 날 안아."

"……."

"연기 더럽게 못하네. 무슨 자신감으로 나한테 그딴 제안을 한 거야?"

그는 순간 억울해졌다.

전장의 미친개, 바첼론 최고의 매력남이고 뭐고, 저 하나 안지 못해 멈칫하는 위그의 행태에 비비안은 서늘하게 웃었다. 다들 그를 두고 빈틈없다, 흉악하다, 잔인하다 말하지만 제 눈에는 그저 자신조차 감당하지 못하는 얼간이었다.

하지만 위그는 위그 나름대로 억울했다. 그는 30년을 바첼론에서 남자로 살면서 단 한 번도 비비안 같은 여자는 보지 못했다. 이왕 결혼을 결심한 이상, 좋은 방향으로 신선함을 느끼고 점점 호감이 생기면 좋겠는데 비비안은 나쁜 방향으로 거부감만 들었다. 하다못해 제게 바락바락 대들면 귀엽다고 생각하기라도 하지, 이건 뭐 제 비위를 맞춰 주는 것 같으면서도 사실은 맞춰 주지도 않고, 나긋하게 굴다가도 포악해지고, 더없이 너그럽게 굴다가도 어느 순간에는 칼 같고, 달콤하게 웃다가도 어느 순간에는 찌를 듯한 눈빛을 보였다.

비비안은 그의 세계관에 도전하는 존재였다. 너무 쉽게 변했고 너무 다양한 성격을 지녔다. 카멜레온 뺨치는 변화 속도였다.

위그는 주변을 둘러보았다. 갑자기 공작가로 쳐들어온, 그 무서운 공작의 미래의 아내, 미친개를 정복한 여자, 그리고 자신들의 여주인이 될 그녀에게로 고용인들의 시선이 모였다. 그는 멀쩡한 오후 날에 갑자기 저를 찾아온 여자의 의중을 파악하지 못한 채, 결국 입술 끝을 말아 올렸다.

"왜 왔지?"

"보고 싶어서."

그제야 그가 적당하게 연기를 할 마음이 생긴 듯하자, 비비안이 달콤하게 웃으며 속삭였다. 마차에서 내리자마자 쏟아지는 눈길을 느끼지 못한 듯, 오직 눈앞에 있는 남자밖에 보이지 않는다는 듯이 굴던 그녀가 다시 그의 귀에 속삭였다.

"신문사에 다녀왔어."

"거기는 왜?"

"내일 아침 신문을 보면 알게 될 거야."

당신이 얼마나 절절한 로맨티시스트로 그려졌는지 알면, 아아, 그 눈물 없이 볼 수 없는 세기의 로맨스란.

비비안은 속으로 깔깔거리면서 나긋하게 웃었다. 그리고 마치 아양을 부리듯 위그의 어깨에 얼굴을 묻었다.

순간 온몸에 오소소 돋는 소름을 애써 무시하며 그는 허리를 안아 억지로 그녀를 떼어 냈다. 다른 사람들 눈에는 제 품에 안겨 드는 연인의 얼굴을 보기 위해 부드럽게 마주 서는 커플로 보인다는 게 문제였지만.

그렇게 서로서로 생각을 감추고 평화롭게 웃고 있을 때였다. 갑자기 저택의 문이 열렸다.

"각하, 이 리스트는…… 아!"

문을 등지고 있던 위그가 고개를 돌렸다. 그의 어깨 옆으로 비비안이 살짝 고개를 내밀었다. 문을 열고 나온 여자는 20대 초중반으로, 화려한 금발에 녹색 눈동자를 가진 미인이었다. 비비안은 다시 눈꼬리를 우아하게 접으며 위그를 보았다. 빨리 소개나 하라는 뜻이었다.

방싯방싯 웃고 있는 비비안과 달리 클로에의 얼굴은 새하얗게 질렸다. 사실 지위만 놓고 보자면 사생아라도 귀족가의 피를 이은 클로에가 비비안보다 더 지위가 높았다.

하지만.

'아아, 왜, 왜 갑자기 오후에.'

클로에는 침을 꿀꺽 삼켰다. 눈앞의 여자는 비비안 로젤리스가 확실했다. 늘씬한 몸매, 풍만한 가슴과 잘록한 허리, 그리고 적당하게 살이 오른 엉덩이와 그 아래 길게 뻗은 다리가 눈에 들어왔다. 몸의 라인을 적당하게 살리는 드레스를 입은 터라 여자의 훌륭한 몸매가 더 눈에 띄었다. 그에 반해 화려하게 웃고 있는 얼굴은 마치 만개한 장미처럼 요사하고, 화려하고, 아름다웠다.

외모로 사람을 판단하는 건 옳은 일이 아니지만, 아무리 봐도 온순한 성격으로는 보이지 않았다.

클로에는 제발 자신이 그 예비 공작 부인을 만나지 않기를 바랐다. 그녀를 어떻게 피해 다녀야 할지 계획까지 짜 놓았는데 그건 어디까지나 결혼 뒤였지, 그 전에 이렇게 우연하게 마주칠 줄 몰랐다. 하필 만나 버렸다. 그 것도 이런 식으로.

"이 예쁜 아가씨는 누구지?"

비비안은 간드러진 목소리로 물었다. 위그는 클로에를 힐끔 보고 차분하게 읊조렸다.

"이쪽은 내 부관의 여동생. 클로에 이슨. 지금까지 공작저의 일을 도맡아 하고 있지. 이번 결혼식 준비의 세세한 사무도 그녀가 알아서 할 예정이다."

"어머, 그래요? 수고하시네요."

"그리고."

"음?"

"그리고 한때는 내 정부였어."

마지막 말은 속삭이는 수준이었다. 순간 비비안의 미간이 팍 찌푸려졌다. 그리고 그것을 보던 클로에의 심장도 함께 바닥으로 내려앉았다. 그녀의 얼굴이 하얗게 질렸다.

비비안은 살짝 고개를 돌려 싸늘하게 웃었다. 그녀는 지그시 이를 악물었다. 그러고는 위그만 들을 수 있는 목소리로 낮게 말했다.

"맞을래?"

"또 왜."

"정부는 다 청산한다며?"

"관계는 끝냈어. 그리고 이제 곧 나갈 거야."

"그건 내 알 바 아니고. 나한테 한 대 맞자. 안 아플 거야."

"싫다."

"그럼 아프게 맞을래?"

"……"

"저 여자는 당신 정부였어. 그리고 나는 당신 부인이 될 여자고."

"너도 여자랍시고 경쟁의식을 느끼는 건 아니겠지?"

"미쳤어? 당신이 뭐 그리 경쟁력 있다고 다른 여자랑 당신 따위를 경쟁해."

위그는 난생처음 받아 보는 제 매력의 평가 절하에 미간을 찌푸렸다. 그러거나 말거나 비비안은 진심이었다. 다시 말하지만 위그는 그녀의 취향이 아니었다.

비비안은 자신이 어떤 표정을 지어야 할지 고민했다. 물론 그녀의 고민은 어디까지나 '남편을 사랑하는 귀부인이 될 여자가 어떻게 정부를 대해야 자연스러울까' 따위의 문제였다. 그녀는 귀족가에서 부인과 정부의 관계가 상당히 미묘하다는 사실을 누구보다도 잘 알고 있었다. 그러나 아쉽게도 비비안은 언제나 그 관계에서 가장 처맞아야 하는 인간은 남편이라고 생각하고 있었다.

그렇다고 여기서 위그를 두드려 팰 수도 없었다. 어쨌든 둘은 사랑에 빠진 연인이며 3개월 뒤 결혼을 해야 했다. 그렇다고 클로에에게 또 굳이 불쾌감을 드러내는 것은 그녀의 가치관이 허용을 하지 않았다.

비비안이 가볍게 한숨을 내쉬자, 잔뜩 긴장한 표정으로 그녀를 보던 클로에가 움찔거렸다. 하지만 언제 그랬냐는 듯이 비비안은 다시 활짝 웃었다. 이 개판 같은 상황을 만들어 놓은 놈은 옆에서 아무렇지도 않게 있는데 왜 제가 고민해야 하는지 몰랐기 때문이었다. 합리적인 답이 나오지 않을 때면 저 좋은 대로 하는 거다. 비비안은 제 인생에'만' 충실한 사람이었다.

그래서 그녀는 딱히 복잡하게도 생각하지 않은 채 그냥 미인을 봐서 기쁜 마음을 한껏 표현하기로 했다.

"어머, 그렇군요. 이런 우연이."

"……?"

클로에는 그녀가 그렇게 나올 줄 몰라 어떤 표정을 지어야 할지 알 수 없었다. 아니, 어쩌면 이게 폭풍전야일 수도 있다고 생각했다. 하지만 그런 그녀의 추측과 달리 비비안은 정말 쾌활하게 웃고 있었다.

"역시, 위그가 보는 눈이 있어요. 하긴 그러니 저와 결혼하겠지만."

"…….."

"……?"

이 순간마저 빼놓지 않고 저 자신에 대한 긍정적인 평가를 내놓으며 웃고 있는 그녀를 향해 의문이 가득 섞인 눈빛이 떨어졌다. 동시에 멀리서 그들의 대면을 보던 고용인들의 머릿속에도 물음표가 새겨졌다.

위그는 비비안의 반응에 이건 또 뭐 하자는 짓인지 잠시 고민했다. 사실 오늘 같은 일을 그로서도 생각 못 한 건 아니지만, 그리고 클로에에게 조금 미안하겠지만, 상황에 따라서 비비안은 불쾌한 표정을 지어야 정상이었다. 대부분 부인 내지는 약혼녀와, 정부 사이의 관계는 어느 한쪽이 불쾌해지는 게 보통이었다. 그리고 대개 불쾌해지는 쪽은 부인이나 약혼녀였다. 어쨌든 객관적으로 보면 '결혼할 남자의 전 정부'를 만난 것이니. 그런데 이런 쾌활한 웃음은 또 무슨 일인가.

반면 클로에는 의문과 경악과 충격에 휩싸인 채 대체 이 예비 공작 부인이 하려는 말이, 그러니까 순수한 칭찬인지 아니면 비꼬는 것인지 아니면 다른 무엇인지 파악이 안 돼 멍하니 서 있었다.

이 어정쩡한 상황에서 먼저 정신을 차린 건 위그였다. 그는 곧 고개를 숙여 비비안에게 으르렁거리듯 속삭였다.

"뭐 하자는 거지. 이런 말도 안 되는 반응."

"당신이 처리해."

위그가 입을 열자마자 돌아온 건, 방긋방긋 웃고 있는 표정과 달리 한없이 서늘하게 식어 있는 비비안의 대답이었다. 그녀는 곧 더없이 사랑스러운 눈빛을 하고, 위그에게로 고개를 돌린 뒤, 이를 악물고 한 자 한 자 내뱉었다.

"당신이 해결해. 당신이 깔아 놓은 판."

"뭐?"

"내가 왜 당신 때문에 오늘 처음 본 여자한테 불쾌한 표정을 지어야 하는데? 심지어 미인이잖아. 난 저 여자 마음에 들어."

"이봐, 우리 둘이 무슨 상황인지……."

"알지. 아는데. 내가 그래서 말했잖아. 정부 청산하라고. 그런데 이런 상황을 만들어 놓은 건 당신이고, 나는 당신이 깔아 놓은 판 때문에 굳이 하고 싶지 않은 일을 할 정도로 착하지 못해. 그러니까 내 말은."

"……."

"나한테 처맞기 전에 알아서 수습하라는 거야."

다소 과격한 언사에 충격을 받기도 전에 비비안이 다시 클로에를 향해 고개를 돌렸다. 어정쩡한 표정으로 서 있던 그녀를 향해, 비비안이 활짝 웃었다. 그리고 곧 몸을 돌렸다.

"그럼, 난 이만 가 볼게."

"……."

"바쁜 것 같으니까 이후에 봐, 위그. 그리고 사랑해."

"……."

"거기 예쁜 레이디도 후에 봐요."

"네? 아, 네!"

방금까지 으르렁대던 여자라고는 상상도 할 수 없게 비비안이 밝게 웃었다. 그리고 언제 서늘하게 읊조렸냐는 듯이 위그의 뺨에 입까지 가볍게 맞추었다. 잔뜩 굳은 위그와, 대체 뭐가 뭔지 몰라 그저 고개만 끄덕이는 클로에를 남겨 놓고, 그녀는 몸을 돌렸다.

사뿐사뿐 발걸음을 옮기며 마차 쪽으로 가는 비비안의 뒷모습을 보며, 위그는 제 이마를 짚었다. 하여튼 상식적인 행동을 하는 경우가 없었다.

곧이어 마차가 떠났다. 바람처럼 왔다가 바람같이 떠나간 비비안은 폭풍같은 결과만 남겨 놓고 사라졌다. 그리고 남은 건 어떻게든 앞뒤 상황을 맞추려고 머리를 짜내는 위그였다.

결국 그날 밤, 위그는 클로에에게 비비안이 얼마나 관대하고 너그러운 여자이며, 상냥하고 착한 여자인지 자신의 입으로 말해야 했다. 그것도 사랑스러운 연인에 대해 말하는 게 정말 행복하다는 표정을 지으며.

[이제야 밝혀지는 세기의 스캔들, 그 뒤에 숨겨진 애절한 사랑 이야기!]

애절하긴 개뿔이.

비비안은 침대의 헤드보드에 비스듬히 기대 신문을 읽고 있었다. 방금 헤더가 가져온 신문은 로튼 휘하의 신문사에서 금방 보내온 것이라 따끈따끈하기 그지없었다. 집사가 다림질을 할 새도 없이, 손에 잉크가 묻는 것도 아랑곳하지 않고 그녀는 흐뭇하게 신문을 뒤적거렸다. 그와 그녀의 이야기가 무려 세 면을 차지했다. 첫 면에는 어제 그녀가 알려 준 이야기가 소설처럼 씌어 있었다.

[본 신문사는 로튼의 단주의 이야기를 단독 입수해, 비로소 그녀와 그 사이에 있는 로맨스의 진실을 알 수 있었다⋯⋯. 관계자의 말에 의하면, 그동안 로튼의 단주에 목을 맨 것은 다름 아닌 이디에트 공작이었다고 한다. 단주에게 정부가 있는 것도 아랑곳하지 않고, 오히려 그녀의 자유를 억압하지 않으려, 자신의 사랑에 그녀가 상처받지 않기를 바라는 바, 공작은 그렇게 멀찍이 서서 자신의 사랑을 묵묵히 바쳤으며, 그에 단주가 감동한 것은 어쩌면 당연한 일이 아닐까 기자는 조심스레 생각해 본다.]

[그 누가 생각이나 했겠는가, 전장의 미친개, 바첼론 최고의 매력남이 한 여자에게 그토록 목을 매다니. 대체 로튼의 단주에게는 어떤 신비한 매력이 있는지 우리는 감탄해 봄 직하다.]

입가에 희미한 미소를 달고 신문을 보던 비비안은 공작이 제게 목을 맸다는 대목에서 웃음을 터뜨렸다. 옆에서 조용히 서 있던 헤더가, 제 주인의 갑작스러운 폭소에 깜짝 놀라 티포트를 떨어뜨릴 뻔했다. 그러거나 말거나 비비안의 폭소는 거의 10분을 이어졌다.

"아, 세상에, 1년 치 웃음은 다 터뜨린 것 같네."

"다 웃으셨어요?"

신문에서 언급된 그 '관계자'를 담당한 헤더는 비비안의 웃음소리가 잦아들자 조심스럽게 물었다. 어제 신문사에 억지로 끌려들어 간 그녀는 관계자라는 이름을 내걸고 비비안이 말한 사건의…… 아니, 소위 말하는 스캔들의 진상을 하나하나 다 신문사에 말해야 했다. 그리고 그 결과가 이거였다.

비비안은 정말 즐거운 듯 신문을 보다가 침대에서 일어났다. 곧 그녀가 신문을 헤더에게 넘겼다. 그리고 웃음기 섞인 목소리로 입을 열었다.

"잘 보관해 둬. 우울할 때 꺼내 보게."

"네."

헤더는 한숨을 푹 쉬었다. 자신의 주인과 공작 사이에 어떤 일이 있었는지 도통 알 수 없었다. 어쩌면 진짜로 세기의 사랑일 수도 있겠지만, 그렇다고 해도 이렇게 일방적으로 '그' 공작을 사랑에 빠진 팔푼이로 묘사하다니. 이래도 되는 걸까. 그녀가 조금 주저하다가 입을 열었다.

"저, 그런데 이래도 되는 걸까요?"

"뭘?"

"공작 각하께서 파…… 아니, 조금 많이 비굴하게 그려지신 것 같아요."

그녀는 팔푼이라는 말을 쓰려다가 아무리 그래도 공작한테 그런 표현은 좀 아닌 것 같아서 일부러 말을 바꾸었다.

헤더의 말에 비비안이 미간을 살짝 찌푸렸다. 글쎄, 비굴? 사랑하는 여자를 위해 기다려 주는 게 그리 비굴한가?

이 나라에는 정부를 여럿 둔 남편이 제발 집에 돌아오길 기다리면서 참고 인내하는 여자가 가득했다. 그리고 그런 여자들의 행동은 언제나 '훌륭한 아내의 덕목'으로 칭송받았다. 그건 당연한 희생이었고, 남자들은 그런 걸 좋아했다.

그렇게 좋아하는 행동이라면 직접 해 보는 게 좋을 것이다. 애꿎은 다른 여자들 시키지 말고.

게다가 솔직히 말해서 위그 본인이 여자관계가 복잡하지도 않고 사생활 깨끗한 남자라면 조금 미안할 법도 하지만 저나 그 인간이나 다 비슷비슷한 종자였다. 딱히 미안하지도 않았다. 비비안이 대수롭지 않게 웃었다.

"나도 한 번 '꺾였으니' 그 자식도 한 번 '꺾여야' 해. 그래야 공평하지 않겠어?"

"논리적으로 그렇기야 하지만요."

"어차피 상관없어. 나한테 잡힌 게 있어서 어쩌지도 못 해."

"네."

지금쯤이면 신문을 보면서 얼마나 부들부들거리고 있을지 상상이 다 되었다. 아마 그녀에게 진술서를 써 준 것을, 그리고 그 위에 인장에 사인에 도장까지 찍은 것을 후회하고 있을지도 모른다. 그 오만한 남자는 분명 자신이 '정부를 둘 정도로 사생활이 난잡한 여자한테 비굴하게 머리를 숙이고 사랑을 구걸하는' 남자가 된 것에 엄청난 분노를 느낄 게 분명했다.

그녀는 위그 같은 남자들의 자존심이 어디에 있는지 잘 알았고, 그것을 어떻게 짓밟아야 하는지도 잘 알았다. 그건 바닥부터 기어 올라온 경험이 그녀에게 준 유일한 선물이었다. 조금 악랄해 보이긴 했지만 누가 절 건드리라고 했나. 장사치들은 손익 계산에 민감하다, 그리고 그녀는 훌륭한 장사치였다. 그녀에게 도덕은 없어도 상도덕은 있었다. 그리고 이자를 두둑하게 갚는 건 상도덕에 알맞은 행동이었다.

헤더는 고개를 돌렸다. 비비안은 뭐가 그리 기분이 좋은지 콧노래까지 흥얼거리며 화장대 앞에서 화장하고 있었다. 헤더가 눈치 빠르게 바로 그녀에게 달려가 분을 들어 그녀의 얼굴을 살짝 두드리자, 곧 비비안이 눈을 감으며 우아하게 웃었다. 그 모습을 멍하니 보다가 헤더는 다시 화장대에서 립스틱을 들었다. 제 주인과 참 어울리는 색이었다. 피를 머금은 듯한 빨간색.

그때였다.

누군가가 문을 노크하더니, 문이 열렸다.

비비안의 방문을 허락 없이 열 수 있는 사람은 세상에 카트린밖에 없었으므로, 비비안은 딱히 눈을 뜰 필요도 없이 그녀라는 것을 알아채고 느긋하게 앉아 있었다. 아니나 다를까, 문이 열리는 소리와 함께 들리는 것은 카트린 특유의 부드러운 음성이었다. 다만, 그녀의 목소리는 평소와 다르게 조금 더 높았고 더 컸다.

"비비!"

"언니, 나 귀 안 먹었어."

"비비! 세상에, 이거 뭐니? 이거, 진짜야?"

"어제 나간 소식을 오늘 따지러 오는 거야? 아니면 집에서 오는 데에 하루가 걸린 거야?"

"어제는 진짜인 줄 몰랐어. 그냥 헛소문인 줄 알았지. 네가 스캔들이 난 상대가 어디 한둘이야? 비비, 내가 상상이나 했겠어? 그래서 진짜야?"

"진짜야. 그 신문사 우리 휘하의 신문사인데 가짜일 리……."

"비비, 세상에!"

비비안의 말에 카트린이 급히 입을 틀어막았다. 그 과장된 목소리와 몸짓에 비비안은 얼굴을 구기며 고개를 돌렸다.

카트린은 입을 틀어막은 채 눈물을 글썽거리고 있었다. 눈가에서 반짝거리는 이슬을 보건대 연기나 과장이 아닌 진심으로 감격하고 있는 것 같았다. 비비안은 어이가 없어 미간을 찌푸렸다. 뭘 또 저렇게 감동하고 심지어 울기까지 하는지 모르겠다. 비비안은 이해할 수 없다는 티를 팍팍 내며 입을 열었다.

"언니, 누가 보면 내가 세계 정복이라도 하는 줄 알겠어. 우리 상단이 아클리산맥에서 보석을 발견했을 때도 이렇게 흥분하지 않았던 거 기억해? 이거 좀 기분 나빠지려고 하……."

"아니야, 비비, 이건 공작 부인이 되는 거잖니. 심지어 이디에트! 비비,

나는, 나는 네가 드디어 결혼 결심을 했다는 게 정말 기뻐서 그래."

감격에 벅차 말을 잇지 못하던 카트린이 참았던 울음을 터뜨렸다. 그 모습을 보던 비비안이 이마를 짚었다. 그녀로서는 카트린을 이해하지 못하는 건 아니지만, 그렇다고 해도 이게 그렇게 감격스러운 일인지는 알 수 없었다.

어쨌든 카트린은 비비안과 위그가 2년 뒤 이혼하기로 한 걸 몰랐다. 그렇다는 것은 그녀는 현재 비비안의 재산과 경영권이 공작에게 넘어가는 걸 알고 있는 것이었다. 그런데도 이렇게 좋아하다니. 동생이 거지가 될 수도 있는 상황에서 저렇게 감격하는 걸 보면 어쩌면 이 자매는 영원히 같은 곳을 바라볼 수도 없을지도 모른다.

비비안은 한숨을 쉬며 고개를 저었다. 카트린의 기준으로 보자면 딱히 이상할 것 없었다. 그녀는 언제나 비비안이 좋은 남자에게 시집가기를 원했고 상단을 포기해 주길 바랐다. 언니가 왜 그러는지, 어쩌다 생긴 바람인지 비비안은 모르지 않았다. 물론 이해와 실행은 다른 문제였다.

"비비, 이제는 널 지켜 줄 남자가 있어서 다행이야. 너도, 더 이상 힘들지 않게 여자로서 살 수 있어."

비비안은 다른 사람이 지켜 주는 것 따위 필요가 없을 뿐만 아니라 결혼 따위를 하지 않아도 자신은 여자이며, 한 번도 힘들다고 생각해 본 적이 없다고 말하려다가 카트린이 지나치게 좋아하고 울음과 웃음을 동시에 터뜨리는 것을 보며 그냥 입을 닥치기로 했다.

＊　＊　＊

"이야, 이게 누구지? 우리 로맨티시스트 이디에트 공작 아닌가!"

위그는 자신이 발을 내딛기가 바쁘게 들려오는 조롱 섞인 말에 미간을 찌푸렸다. 말이 조롱이지 실은 그저 작은 놀림에 불과하다는 것을 몰랐으면 당장에 머리부터 쳐 버렸을 것이었다. 그리고 그것을 말한 게 저 녀석이 아니었다면 더욱이 참지 않고 바로 쳐 버렸을 것이다. 그는 고개를 들고 소리의 근원지를 보며 덩달아 비웃듯 한쪽 입꼬리를 말아 올렸다. 꽤 건방진 얼굴이었지만 그가 하니 나름 그림이 되었다.

위그가 보고 있는 쪽에는 화려한 허니 블론드의 머리카락을 헤집으며 소파에 비스듬히 누워 있는 프레스트 후작이자 그의 친우인 노아가 누워 있었다. 참고로 그가 베고 누워 있는 다리는 현재 수도에서 주가가 제일 높은 오페라 배우 디나 블리어의 것이었다.

디나는 자신 쪽으로 다가오는 위그를 보며 곱게 눈가를 접어 웃었다. 그리고 옆에 놓인 포도를 집어 노아의 입에 넣었다. 그것을 받아먹다가, 노아가 곧 그녀의 다리에서 일어났다.

"우리 로맨티시스트 신랑께서 오시는가."

"닥쳐."

"그 여자가 그렇게 사랑스럽다며? 오늘 아침 신문을 보고 눈물을 흘릴 뻔했어."

"닥치라고 했다."

"취향도 뛰어넘는 세기의 사랑!"

위그는 상대방의 입을 닥치게 못 하는 대신 자신이 닥쳤다. 이거나 저거나, 하여튼 제가 어쩌지 못하는 걸 알면서 자신을 살살 긁어 댔다. 참고로 '이거'는 노아 프레스트, 어렸을 때부터 종종 봐 와 그럭저럭 친분이 있는 녀석이었고, '저거'는 비비안 로젤리스, 몇 번 보지도 않았는데 벌써 멀리하고 싶은 여자였다.

전자는 눈곱만한 어린 시절의 우애와 가장 중요한 이익 관계가 있어서였고 후자는 그냥 무서워서…… 아니, 무섭긴 뭐가 무섭단 말인가. 그는 무의식 간에 흘러나오는 생각을 막으며 헛기침했다.

사실 그는 오늘 아침 신문을 보다가 코에서 차가 흘러나올 뻔했다. 전장에서 적의 기습에도 의연하게 대처해 오던 그였다. 그런 그가, 신문을 보고 기절할 뻔했다.

자신이 얼마나 비비안 로젤리스를 사랑하는지에 대한 이야기는 그럭저럭 넘길 만했다. 애초에 그건 둘의 협약이었으니까. 하지만 진짜로 그를 열받게 하는 건, 현재 그가 사랑하는 여자가 정부를 두어도 '사랑하니까' 눈물을 머금고 응원해 주는, 그러면서도 그녀를 아끼지 못해 안절부절못하며 그녀의 자유를 지켜 주고 싶어 멀찍이서 그녀를 바라보…… 됐다, 더 이상은 생략하기로 했다. 생각하기만 해도 열이 솟아올랐다.

귀족들은 여자들의 정조에 민감했다. 첫날밤 침대 위에 하얀색 시트를 까는 것도 아내가 처녀인지 아닌지를 확인하기 위한 것이었다. 그리고 만약 처녀가 아니라면 남편은 그 결혼을 무를 자격이 있었다. 물론 진짜로 무르는 경우는 적었지만—심지어 그 이유도 처녀가 아닌 여자와 결혼했다는 사실이 수치스러워서였다—여자들은 그 이유로 남편에게 크나큰 약점을 잡힌 것이나 마찬가지였다. 그리고 그런 여자들은 한평생 자신의 '수치'를 용서하고 이해한 남편에게 복종하면서 살았다.

물론 위그는 그렇게까지 처녀성에 집착하는 성격이 아니었고, 비비안 또한 진짜 제대로 된 공작 부인이 될 예정이 아니었으니 별 상관은 없었으나, 그건 어디까지나 그들만의 사정이었고 다른 사람들이 보기에 그는 '남자의 자존심'마저 버리고 여자한테 사랑을 구걸하는 얼간이, 그 이상도 그 이하도 아니었다. 아침부터 묘한 눈길로—남자들은 연민, 여자들은 동경이었다—저를 보던 고용인들의 시선이 더 그를 미치게 했다. 진실과 억 단위로 떨어진 묘사에 혈압이 올라가 그대로 심장 마비가 오는 건 아닐까 싶을 정도로 오늘 아침 보도는 말이 안 되었다.

위그는 길게 숨을 내쉬었다. 그는 문득 그 여자가 왜 제 목줄을 잡겠다고 했는지 알 것 같았다. 그 여자 손에 목줄이 없었다면 지금 당장 결혼을 무르고 저년은 미친년이라고 신문에 올렸을 것이다. 하지만 그럴 수 없었다. 여러모로 끔찍하게 영악한 여자였다.

한숨을 쉬는 친우를 보며 노아는 웃음을 흘렸다. 소문의 비비안 로젤리스가 그렇게 되바라지고 버릇없다더니, 그런 것치고는 꽤 매력을 가진 모양이었다. 아니면 의외로 친우의 취향이 그쪽이었다거나.

그는 오늘 아침 보았던 기사를 떠올리며 다시 한번 위그를 보았다. 저 무뚝뚝한 얼굴에 그런 열정을 감추고 있었다니, 그는 새삼 놀랐다. 여자를 그저 하룻밤의 도구쯤으로밖에 안 보기에 사랑 따위 없는 녀석인 줄 알았다. 그런데 이렇게 대단한 순정파였다니.

실실거리며 자신을 보는 친우와 마주하느니 차라리 혼자 혈압을 낮추는 게 좋겠다는 판단하에 위그는 다른 쪽 소파에 앉았다. 멀리서 호시탐탐 다가올 기회만 보던 한 여자가 재빨리 그 틈을 타 그의 옆에 앉으려 했으나 비비안의 여파로 이미 여자란 생물에게 과민 반응을 일으킨 그가 무시무시한 눈길로 여자를 쫓아냈다. 물론 그건, 사랑하는 여자를 위해 자신의 사생활을 절제하는 남자의 행동으로 보였다.

노아 프레스트는 옆에 있던 디나를 품에 안고 그녀의 이마에 입을 맞추었다.

"디나, 이 녀석에게 사랑이라는 감정이 있다니. 상상은 할 수 있어?"

"글쎄요? 모든 사람에게는 사랑할 기회가 있지 않을까요?"

"그 여자가 그렇게 대단한가? 한번 보고 싶네."

"아서라. 네가 감당할 수 있는 여자가 아니야."

노아의 말에 위그가 고개를 저었다. 저 녀석은 비록 도도한 여자 취향이었지만 비비안은 이미 도도함의 범주를 벗어난 악마였다. 제 마음에 들지 않으면 덫에 놓고 어떻게 죽여 버릴까 고민하는 사냥꾼 같았다. 며칠 동안의 경험으로 여자 따위 눈에 넣지도 않던 그는 어느새 자신이 비비안이라는 여자에게 지나치게 반응을 보이고 있다는 사실을 몰랐다.

하지만 그런 위그의 마음과 다르게 뜻을 해석한 노아가 웃었다.

"아니, 아무리 그래도 내가 친구 아내를 **뺏을까**."

"……."

"걱정 마. 그리고 난 우리 디나가 있는걸."

옆에 앉아 있던 디나가 살짝 눈을 흘기며 노아의 품에 안겼다. 나긋하게 안겨 오는 여자에게 팔을 뻗은 노아가 다시 입을 열었다.

"그런데 그 여자, 대체 정부가 얼마나 많았던 거야? 소문이 자자하던데, 다니엘과도 관계가 있지 않았나?"

"몰라. 관심 없다."

"오오, 그런 것 따위 상관없을 정도로 사랑한다는 거군."

자꾸 제 의도와 달리 해석되는 말에 이제는 화도 나지 않았다. 그 여자가 신문사에 갔다고 할 때부터 알아차렸어야 했는데, 설마하니 그렇게까지 양심 없이 각색할 줄 몰랐다. 그건 기사보다는 문학 창작에 가까웠다. 양심과 인성을 버린.

그때였다. 노아의 품에서 아양을 떨던 디나가 문득 생각난 듯이 입을 열었다.

"그러고 보니 그분, 한때 앨런 베이스를 정부로 들인 적도 있었는데."

"앨런 베이스, 그거 네가 출연하는 오페라 작가 아니야?"

"그뿐만 아니에요. 사실 수도의 유명한 극작가들 중 절반이 그녀와 관계가 있을걸요? 그러니까, 정부 말이에요."

"오오, 그 정도 매력이야?"

"매력은 저도 보지 못해 모르겠지만, 극작가에 작곡가에 철학가에 시인에 조각가, 화가, 배우, 가수…… 특별히 학문과 예술 계통에 정부가 많았죠. 그 여…… 아니, 그분은, 그쪽으로 관심이 많았던 것 같아요."

"그렇게 대단한 여자를 왜 난 몰랐지?"

노아의 말에 디나가 눈을 곱게 흘겼다.

"흥. 귀족님들이야 어디 우리 같은 거에 관심이나 주나요. 귀족들은 지조 없다고 욕하느라 바쁘고, 보통 평민들이야 잘사는 단주의 사생활에 관심 없고요. 우리 바닥에서는 꽤 유명하거든요?"

"이런. 세상에 그런 매력적인 여자가 있다고? 아, 위그. 이건 그냥 순수한 감탄이야. 딱히 다른 뜻은 없어."

"상관없어."

위그가 코웃음을 쳤다. 그 여자한테 딸린 애인이 백이든 천이든 그와 무슨 상관인가. 어차피 진짜 평생 함께할 아내가 될 여자도 아니었다.

디나가 고개를 갸웃거렸다. 그녀는 가끔 비비안 로젤리스의 소문을 듣긴 했다. 그녀와 함께 작업하는 배우와 작가들 중에 그녀의 '후원'을 받는 이들이 많았던 탓이었다. 직접 보지는 못했지만, 가끔 제가 출연한 공연을 보러 온다는 소리도 들었다. 그녀의 공연이 인상 깊었다는 쪽지와 함께 꽃다발이 배달되는 걸 보면 거짓은 아닐 것이었다.

비비안 로젤리스는 나름 꽤 예술적 안목도 높은 여자 같았다. 어쨌든 그녀와 사귀던 남자들이 다 성공 가도를 달리는 것을 보면. 아무리 예술에 돈이 필요하다고 해도 재능이 없으면 버려진 패가 된다는 것을 그녀는 모르지 않았다.

디나의 예상치 못한 호평에도 위그는 팔짱을 끼고 코웃음을 쳤다. 하여튼 하늘과 땅이 생기고 저렇게 막사는 여자는 처음 보았다. 원리 원칙은 개나 주고, 저 내키는 대로 사는 걸 보니 한 번뿐인 인생 제멋대로 사는 게 목표인 것 같았다. 하여튼 왜 그런 여자가 로튼의 단주가 되어서는.

그는 점점 시궁창으로 내려가는 제 인생에 절망을 느끼며 고개를 저었다. 그런 그에게 디나와 노아의 미묘한 웃음 섞인 얼굴이 뒤따랐다.

\* \* \*

그들의 연애사가 수도뿐만 아니라 전 바첼론에 퍼진 뒤, 비비안은 어딜 가나 주목을 받아야 했다. 가끔은 동경, 가끔은 흠모, 더 가끔은 감탄. 그중에서 어느 종류가 가장 마음에 들었는지는 굳이 말하지 않아도 알 것이리라.

어쨌든 그 기사가 터진 뒤 위그는 몇 번 비비안을 찾아왔는데, 비비안은 저를 노려보면서도 입을 꾹 다무는 그를 보며 웃음을 참아야만 했다. 하지만 뭐가 되었든 그 둘은 결혼해야 했고, 심지어 그 제안을 먼저 한 것 또한 위그였기 때문에 그는 생글거리는 비비안의 앞에서 찍소리도 못 한 채 얌전하게 있어야 했다.

그리고 3주 뒤, 그녀는 위그의 예고대로 저를 찾아온 알레스 살롱의 사람들에게 함부로 만져지는 경험을 해야 했다.

"뒤쪽 기장은 더 늘이는 게 좋겠습니다."

비비안은 이미 저와 멀리 떨어진 드레스의 끝을 보며 눈썹을 까닥였다. 여기서 더 길어지면 제 시야에 들어오지도 않겠다. 하지만 그녀는 애초에 의견 따위를 더 제시해 금쪽같은 시간을 잡아먹을 생각이 없었기 때문에 입을 꾹 다물고 있었다.

그런 그녀의 표정을 드레스가 마음에 들지 않는 것으로 이해했는지 알레스 살롱의 주인이자 수석 디자이너인 라이언이 어깨를 움찔거렸다. 며칠 전 공작가의 예약을 받은 뒤 그는 자신이 이토록 화제가 되고 있는 세기의 결혼식의 드레스를 맡게 된다는 것에 감격해 눈물을 흘릴 뻔했다.

무슨 수를 써서라도 결혼식에서 우리 비비를 가장 돋보이게, 가장 아름답게 해 달라는 공작의 명을 들었을 때는 세상에서 가장 어려운 임무를 받은 것처럼 사명감에 불타기도 했다.

그래서 그는 평생의 걸작을 내놓는다는 각오로 비비안의 드레스를 디자인했고, 그 결과가 지금 그녀의 몸에 걸쳐진 것이었다. 물론 몇십 가지 다른 종류가 더 있긴 했지만, 어쨌든 제일 시간과 공을 많이 들인 게 역시 가장 예뻤다.

그는 시큰둥하게 서 있는 비비안의 얼굴을 보며 헛기침을 했다. 공작을 휘어잡은 여자치고는 공작의 취향과 멀리 떨어져 있었으나―어쨌든 그간 위그가 만나 온 여자로 대충 추정해 볼 때—화려한 이목구비에 도도하고 매력적인 분위기가 은근히 눈길을 끄는 여자였다. 야리야리한 요정 같은 여자가 취향이라던 공작이 골랐다고 믿을 수 없을 만큼 늘씬하고 키가 큰 여자였음에도, 게다가 평민이고, 처녀가 아닌 여자. 그 모든 페널티를 안고 부인으로 삼을 정도면 다른 매력이 넘칠지도 모른다.

그는 마지막으로 거울 앞에 서 있는 비비안의 드레스를 체크하고 조심스레 입을 열었다.

"저, 부인?"

"단주님."

"아, 네. 단주님. 드레스가 마음에 드십니까?"

"그럭저럭 괜찮네요."

라이언은 하마터면 주먹을 입에 넣고 울음을 터뜨릴 뻔했다. 이 드레스를 디자인하느라고 얼마나 고생했는데, 밤낮없이 일하면서 개처럼 자신을 부려 먹었건만 돌아오는 대답은 '그럭저럭'이라고! 하지만 그는 차마 미래의 공작 부인이자 대륙 최고의 부자한테 따질 수 없어, 결국 눈물을 머금고 다시 물어야 했다.

"어디가 마음에 들지 않으신가요? 수정하겠……."

"그럴 필요 없어요."

"네?"

비비안은 살짝 뒤를 돌아봤다. 그녀가 부케 대신 들고 있던 꽃다발을 옆 테이블에 휙 던지며, 입을 열었다.

"내가 마음에 들지 않는 건 이 드레스가 아니라 이 상황이니까."

말을 마치고 비비안은 소파에 앉아 저를 보고 있는 위그를 흘겼다.

검은색 코트를 입고 다리를 꼰 채 차를 마시고 있는 예비 남편의 얼굴을 보는 것치고는 지나치게 아니꼬운 기색이 가득했다. 하지만 라이언은 그저 여자 특유의 앙탈이라고 생각하고, 자신의 조수들에게 몇 가지를 이르는 척 조용하게 뒤로 물러났다. 뭔지는 모르겠지만 다년간 여러 예비부부의 드레스를 디자인한 경험이 있는 그는 커플 사이의 일은 함부로 끼어드는 게 아니라는 사실을 너무 잘 알았다. 특히 결혼 전에는 더 그랬다.

비비안은 방금부터 열심히 이리저리 만져지고, 벗고 입고 벗고 입고만 몇 번을 반복한 자신과 달리, 달랑 옷 하나 갈아입고 유유자적하게 차를 마시고 있는 위그의 꼴이 퍽 마음에 들지 않았다. 그리고 자신이 이렇게 시달리는 이유는, 위그가 디자이너에게 예쁜 것들을 다 다져오라고 명한 탓이라는 것 또한 모르지 않았다.

그녀는 예쁜 것을 좋아했고 따라서 예쁜 옷 또한 좋아했지만, 쓸데없이 타인에게 보여 주려고 피곤함을 무릅쓰고 시간을 낭비하면서 자신을 억지로 꾸미는 짓은 좋아하지 않았다. 그녀가 하는 일은 모두 그녀의 쾌락을 위해서인데 본인이 피곤하면서까지 다른 사람에게 예뻐 보이면 무슨 소용인가. 더군다나 2년 뒤면 끝날 결혼이었다.

결국 그녀는 조용하게 발걸음을 옮겼다. 길고 긴 뒤쪽 드레스 자락과 달리 앞쪽은 얼마 길지 않았기에 그녀는 간단하게 드레스를 잡아 발걸음을 옮길 수 있었다.

위그는 얌전하게 드레스를 입다가 제게 다가오는 여자를 보며 미간을 찌푸렸다. 싫다는 티를 팍팍 내면서 입기에 그게 웃겨서 그냥 내버려 뒀더니 왜 갑자기 저러나. 하지만 곧, 그는 그녀가 자신의 옆쪽으로 무릎을 올리자 숨을 들이쉬었다.

달콤한 장미 향이 훅 끼얹어 들어왔다. 레이스로 촘촘하게 감싼 길쭉한 팔이 얼굴을 지나 소파를 잡자, 그제야 자신이 반쯤 이 여자한테 갇혔다는 것을 알아차렸다.

몇 주간의 단련으로 이미 이 여자의 스킨십에는 적당하게 태연한 표정을 지을 줄 알게 된 그가 팔을 뻗어 비비안의 허리를 감았다. 그리고 싱긋 웃었다.

"왜 그러지?"

비비안은 서늘한 표정으로 위그를 노려보다가, 곧 언제 그랬냐는 듯이 숨을 푹 내쉬고 활짝 웃었다. 그리고 달콤한 표정으로 입을 열었다.

"위그. 나 예뻐?"

위그는 얼굴을 구겼다. 이 여자를 상대하면서 가장 어려운 건, 매번 공격 패턴과 공격 시각이 달라 어떻게 방어를 해야 할지 모르겠다는 점이었다. 3주 동안 거의 대여섯 번을 만났지만, 심지어 일부러 사람들이 와글거리는 곳에서 데이트를 하면서 은근하게 기 싸움을 벌였지만 그럼에도 그가 파악할 수 없는 것이었다.

그는 곧 비비안의 의중을 파악하려다가, 그것을 포기하고 조심스럽게 입을 열었다.

"예뻐."

"얼마나?"

"……세상에서 제일?"

꽤 흔한 대답이 흘러나왔다. 하지만 비비안은 달콤한 말 따위 할 줄 모르는 그의 군핍한 어휘 구사력을 비웃듯 입술을 끌어 올리고는, 다시 입을 열었다.

"그럼 위그. 내가 결혼식에서 제일 예뻐 보였으면 좋겠어?"

이건 대답하기 쉬웠다. 방금 디자이너 앞에서 말한 내용이었으니까.

"당연하지."

"그럼, 우리 결혼식은 세상에서 가장 완벽해야겠네?"

"그래."

"내가 기뻐야 하고?"

"그……렇지?"

딱히 이상할 것 없는 물음의 연속에 위그는 서서히 불안감이 엄습해 오는 것을 느껴야 했다. 그리고 그의 예상이 들어맞은 듯, 비비안이 갑자기 고개를 돌려 저쪽에서 일부러 딴 곳을 보는 라이언을 불렀다.

"디자이너님?"

"아, 네!"

"혹시 다른 예복은 없나요?"

"아, 저쪽에 있습니다."

"말고요."

비비안은 다른 쪽에 걸려 있는 드레스들을 가리킨 라이언에게 고개를 저었다.

"우리 예비 남편이 입을 거요."

"하지만 각하께서는 그게 마음에 드신다고 하셨습니다."

"저는 마음에 안 드는데."

"……"

"난 우리 위그가 세상에서 가장 멋졌으면 좋겠는데."

침울한 목소리로 중얼거리는 비비안의 모습은 안타까움과 사랑스러움을 자아낼 정도로 진심이 엿보였지만, 정작 그녀의 옆에 있던 위그는 그녀가 무슨 소리를 하고 싶은 것인지 곧 알아차렸다. 그의 입가가 파들거리는 것을 보던 비비안이 입을 열었다.

"다른 것들도 가져와 봐요."

"이봐."

"싫어? 위그? 내가 골라 주고 싶은데? 우리 자기는 내 기분보다 귀찮은 게 더 신경 쓰이는 거야?"

"입지. 입어 줄게. 이봐, 거기 있는 거 다 가져와 봐."

칭얼대듯 물기까지 어린 목소리였다. 한껏 불쌍한 척을 하면서 위그의 옷자락을 쥐고 살랑살랑 흔드는 모습에서 사랑하는 남자의 멋진 모습을 보고 싶어 하는 여자의 애처로움이 보였다.

라이언이 소문과 달리 무척 나긋하고 부드러운 로튼 단주의 모습에 놀랄 새도 없이, 위그가 자리에서 일어났다. 그는 이 여자의 역겨운 애교를 볼 바에야 차라리 옷을 갈아입는 게 낫다는 판단을 내린 뒤였다.

곧 승리자의 표정을 지은 비비안이 위그가 앉아 있던 자리에 앉았다.

"꼭 다 입어 봐."

"……."

"기대할게."

해맑게 웃으며 손을 흔드는 비비안의 모습에 이젠 해탈의 경지에 오른 위그가 탈의실로 들어갔다. 그 뒤로 의미심장한 미소를 지으며, 이제는 상황 역전에 즐거움까지 느끼는 비비안의 모습이 악마로 보였다 해도 과하지 않으리라.

그리고 위그는 비비안의 세 치 혀에 놀아나 정확히 딱 예순여덟 벌에 달하는 옷을 갈아입어야 했다. 참고로 비비안이 고른 예복은 그가 제일 처음에 입고 있었던 그것이었다.

\* \* \*

"당신은 다른 사람한테 져 주면 좀이 쑤시나?"

"응."

기다렸다는 듯이 대답이 들려왔다. 검은 장갑을 낀 손에 들린 포크와 나이프로 우아하게 스테이크를 자르던 비비안이 한 치의 망설임도 없이 고개를 끄덕였다. 위그는 차갑게 굳은 얼굴로 와인으로 입가심을 한 뒤, 다시 입을 열었다.

"좀 져 주면서 사는 건 어때? 그렇게 살면 피곤하지도 않나? 일일이 거슬리는 거에 반응하면서."

"당신은 다른 사람에게 지면서 사는 게 좋아?"

"무슨 말이 하고 싶은 거야."

"당신도 나한테 지는 게 싫잖아. 그런데 왜 나한테 지라고 해? 본인이 못하는 건 다른 사람에게 시키는 게 아니야. 공작 각하."

그래, 내가 지는 게 낫겠군.

엄연히 말하자면 그가 져 준다기보다는 그냥 지는 것에 불과했지만, 그리고 그 사실을 그 또한 알고 있었지만, 그는 그냥 이 여자에게 날을 세우는 것보다 그렇게 정신 승리를 하는 게 자신의 혈압에 더더욱 도움이 된다는 사실을 일찍이 깨달았다. 살면서 단 한 번도 타인에게 양보 따위 해 본 적도 없고, 단 한 번도 타인에게 져 준 적 없던 그는 어쩐지 요즈음에 와서 여태껏 이겨 먹었던 것들을 모두 이 여자한테서 돌려받고 있다는 생각이 들었다.

별다른 반응 없이 와인 잔을 만지작거리는 위그를 보며, 비비안이 피식 웃었다. 한쪽으로 스테이크를 씹자 고소한 육즙이 입 안에 퍼졌다. 그것을 천천히 음미하는데 위그가 다시 입을 열었다.

"미리 말하는데, 결혼 뒤에 공작 부인으로서 받아야 할 몇 가지 수업이 있어."

"예를 들면?"

"기본 교양 같은 거. 당신이 어디까지 배웠는지는 모르지만 어쨌든 당신은 평민이고, 귀족 영애들은 최소한의 교양은 쌓고 배워. 사교계에 내놔야 하니 배우는 게 좋을 거야. 그런데 당신, 기본적인 수업은 받아 보았겠지? 문학 같은 것."

"물론."

바첼론에는 여성이 다닐 수 있는 학교가 없었으므로 그가 그렇게 묻는 건 이상한 게 아니었다. 귀족 영애들이야 집에서 가정 교사들에게 수업을 받을 수 있다지만 평민은 달랐다. 다행히 그녀가 물려받기 전에도 로튼은 꽤 재산이 있었기에 그녀는 다른 평민 여아들과 달리 기초 교육은 받을 수 있었다.

"알았어."

"뭘?"

"방금 말한 거, 그 수업."

"……."

"왜."

자신이 말해 놓고 정작 그녀의 대답에 곤혹스러운 얼굴을 하는 위그를 보며 비비안은 미간을 찌푸렸다. 설마 자신이 너무 괴롭혀 대서 이제는 그녀가 무슨 말을 하든 의심부터 하고 보는 건가. 그녀는 은근히 이 며칠 동안 자신의 행동을 성찰하며 말을 이었다.

"방금 그 수업. 그거 듣겠다고. 공작 부인으로서 받아야 하는 무슨 무슨 그런 거."

"당신이, 거절할 줄 알았는데."

아, 그거였나?

비비안은 어처구니없어 웃었다.

"계약서에 씌어 있지 않나? 비비안 로젤리스는 이디에트 공작 부인으로서의 의무를 충실히 이행해야 하는 바, 그에 따르는 각종 교육에 성실하게 임해야 한다."

"……."

"그리고, 비비안 로젤리스는 공작 부인의 의무를 이행할 시 위그 이디에트의 의견을 적극 참고해야 한다. 나 안 잊었어. 걱정 마. 그 정도로 멍청하지는 않으니까."

"그렇긴 한데."

"잊었어?"

"당신 혹시."

위그는 말을 골랐다. 그도 계약서의 내용을 알지 못하는 건 아니었다. 그리고 비비안이 그의 제안을 거절하면 계약서의 조항으로 그녀를 설득하려

했다는 것 또한 사실이었다. 하지만 비비안이 당연히 그의 제안을 거절할 거라고 생각한 것은 둘째 치고, 방금 줄줄 외워 대던 그 내용이 급히 말을 얼추 조합해 그럴싸하게 만든 게 아닐 것 같은 느낌은 왜일까.

위그는 걸상에 등을 기대고, 입을 열었다.

"당신 혹시 계약서를 다 외운 건가?"

"응. 나는 원래 나한테 필요한 계약서 내용은 다 외우고 다녀. 특히 중요한 조항은 말이지. 당신 같은 사람들 앞에서 외우면, 얼이 나간 얼굴로 나를 보는 걸 구경하는 재미가 있거든."

언뜻 웃음기 섞인 목소리로 '나는 원래 주스를 좋아해서 주스를 자주 마셔' 같은 말투로 말하는 비비안을 보며 위그는 저도 모르게 경악 섞인 감탄을 속으로 하고 말았다.

아무리 비비안이 장난기 서린 얼굴로 말했다고 해도 그것이 그렇게 쉬운 일이 아니라는 것쯤은 그도 안다. 로튼의 단주라면 알고 있어야 할 계약서가 한두 개가 아닐 게 뻔했다. 그중 필요한 것만 치더라도 얼마나 많을 것인지.

그런데 그걸 저렇게 쉽게 내뱉는다고.

눈앞의 여자가 어떤 여자인지, 어떻게 지금 이 자리에 있는지 그제야 생각났다. 그녀를 처음 볼 때부터 의식적으로 피해 왔던 사실이 머릿속에 떠올랐다.

위로 있는 오라비 둘, 형부 하나, 아래로 남동생까지 줄줄이 처리해 버리고 단주의 자리에 있는 여자였다. 당연히 그녀의 뒤에 다른 사내가 있다고 여겼으나 그녀와의 교섭 과정에서 그는 무의식적으로 그 가설을 부정해 버렸다. 그다음으로 그가 내놓은 결론은, 그녀가 이룬 모든 것이 결국에는 운이라는 것이었다.

그게 운으로 될 수 없다는 것을 이미 알고 있으면서도 그는 저도 모르게 그리 생각했다.

그리고 현재, 그는 인정해야 했다. 제가 틀렸다. 전장에서 가장 금기시해야 하는 것은 바로 상대를 얕보는 것이다. 하지만 제가 그랬다. 상대방이 여자라서, 그가 어렸을 때부터 보고 자란 게 그래서. 그리고 모두가 그러했기 때문에.

그 사실을 그는 한 달 만에 깨달았다. 한 달이면 전장에서 적수들에게 반격당해 목이 베어지기에는 충분한 시간이었다. 이게 전쟁터이고 비비안이 적이었다면 그는 진즉 무덤에 묻혔을 것이었다.

그는 묘한 얼굴을 했다. 자신이 그런 저급한 실수를 했다는 사실을 이제야 눈치챘음이 지독하게 우스웠다. 그러나 동시에 그는 그런 여자에게 결혼을 제안한 제 안목에 만족스러운 얼굴을 했다.

갑자기 미소를 짓는 위그를 이상한 눈길로 보던 비비안이 미간을 찌푸렸다. 하여튼 괴상한 남자였다. 혼자 제멋대로 착각을 하더니 이제는 또 혼자 웃는다. 제 말이 그리 웃겼는지 되짚자면 그 또한 아니었다. 그녀는, 곧 그가 웃고 있는 게 자신이 계약서를 외웠다는 대목 때문이 아닌지 생각했다.

"이봐. 혹시나 해서 묻는데. 지금 웃음 포인트가 내가 계약서를 외웠다는 거야?"

"그래."

위그는 순순히 인정했다. 비비안이 헛웃음을 지었다.

"날 대체 뭐라고 생각한 거야? 바첼론에서 특수 상속권을 받은 첫 번째 주인공이라고."

"알아. 그리고 내가 틀렸어."

"인정은 쓸데없이 잘하네. 좀 깨닫는 것이라도 있었으면 좋겠어."

"그래. 다른 건 몰라도 그 머리 하나는 인정해 주지."

애초에 나쁜 머리로는 그를 그렇게 꼬박꼬박 골탕 먹일 수도 없었을 것이었다. 꾸준하다 싶을 정도로 틈 없이 상대에게 고통을 안겨 주는 것도 어느 정도 머리가 되어야 하는 짓이었다. 하지만 그 대답이 퍽 마음에 들지 않은 듯, 비비안이 얼굴을 구겼다.

"머리만?"

"다른 건 이후에."

"당신한테 인정받아 봤자 아무짝에도 쓸모없어. 됐고. 대체 왜 내가 그 수업을 받지 않을 거라고 생각한 거야?"

"당신 성격이면 그런 건 귀찮아서 거절할 거라고 생각했거든."

"그럼 당신은 아직도 내 성격을 모르는 거야. 나는 도덕은 없지만, 상도 덕은 있어."

비비안은 비록 내키지 않는 일을 하지는 않았지만, 자신이 한번 입 밖에 내놓은 말은 절대적으로 지켰다. 특히 계약서는 더 그러했다. 그녀는 자신이 결정한 일에 번복하는 법이 없었고, 자신의 선택을 후회하는 대신 다른 방법을 모색했다. 그리고 이 모든 것들이 비비안한테는 너무 당연한 것들이어서, 그녀는 대체 위그가 왜 저를 그렇게 생각한 것인지 이해되지 않았다.

하여튼 제멋대로 다른 사람을 추측하고, 상상하고 그 틀에 끼워 맞추는 데는 천부적인 재능이 있는 남자였다. 저런 치가 바첼론 최고의 권력자라니, 바첼론 꼴이 참 잘 돌아간다고 생각하며 비비안은 마지막 고기를 입에 넣었다. 어쨌든 객관적으로 보자면 사실 위그는 그녀한테만 그랬고, 그 이유는 그녀가 여자라는 데서 나오는 것이지만 여태껏 위그의 그런 모습밖에 보지 못한 그녀로서는 꽤 합리적인 추측이었다.

위그는 기분이 좋아져 길게 숨을 내쉬었다.

곧 그가 화제를 돌려, 한참 전부터 이어져 오던 결혼 문제에 관한 이야기를 계속했다.

"어쨌든, 결혼 뒤에는 그런 교육이 들어갈 것이니 미리 준비를 해 두는 것이 좋을 거다. 아, 그리고 결혼식 당일에 공작 부인으로서 손님을 맞이해야 하지만, 이건 내 옆에서 가만히 서 있으면 되는 일이니 굳이 언질을 줄 필요는 없겠군."

"빨리 끝내. 난 일이 길어지는 거 싫어해."

식사를 다 마치고 비비안은 걸상에 기댔다. 조금 전보다 묘하게 더 기분이 좋아진 듯한 위그의 목소리가 은근하게 신경 쓰였으나 그녀는 그냥 혼자 또 무슨 일이 있겠지 하는 태도로 느긋하게 앉아 있었다.

그리고 줄줄이 여러 가지를 늘어놓던 그가 마지막으로 입을 열었다.

"부케를 받을 이는 준비해 두었나?"

"그거 무작위로 뿌리는 거 아닌가?"

"그건 평민들이고, 설마하니 귀족들이 부케를 받겠다고 뛰어다니는 꼴을 보고 싶은 것은 아니겠지? 귀족 영애의 경우 친한 미혼의 친구가 받는 것이 관례다."

"없어. 내가 친구가 있을 사람으로 보여?"

비비안이 비릿하게 웃었다. 친구는 무슨 그런 말도 안 되는. 그녀는 언제나 혼자였고 끝까지 혼자였다. 피가 섞인 가족도 이해해 주지 못하는 그녀의 삶을 낯선 사람이 이해할 수는 없었다. 어찌 보면 당연했다. 원래 인생은 혼자 사는 게 아니던가.

비비안의 물음에 위그는 입을 다물었다. 그러나 그는 이미 답을 내린 상태였다. 확실히 비비안은 딱히 감정 교류 따위를 할 인간으로는 보이지 않았다. 그 점은 그와 비슷하면서도 또 달랐다. 그는 마음을 나누는 친우 따위는 절대 없었으나, 그럭저럭 공작의 체면치레는 할 만한 '친구' 정도는 있었다. 그것도 친구라면 친구였다.

"부케는 적당하게 영애들을 세워 놓지."

"당신이 알아서 해."

비비안이 여유롭게 웃으며 읊조렸다. 그녀의 모습을 빤히 응시하던 위그가 눈을 가늘게 떴다. 이제 곧 결혼할 그의 아내는, 생각보다 조금 더 복잡한 인간 같았다. 그러나 그것은 그저 그에게 '의외'라는 감정만 남길 뿐 굳이 더 큰 충격을 주지 못했다. 그의 머릿속에 남은 여자에 대한 판단은 여전히 결을 달리하지 않은 채 그렇게 박혀 있었다.

다만, 방금 그녀의 모습에 궁금하긴 했다. 이 눈앞의 여자가.

예쁜 계집은 수도 없이 많지만 똑똑한 계집은 얼마 안 된다. 속으로 그렇게 읊조린 그가 와인 잔을 들었다. 곧 닥쳐올 결혼 생활이 어떤 식으로 흘러갈지, 아주 조금 기대되긴 했다.

어쨌든 그렇게 미묘하고 복잡한 그들의 관계를 무시한 채 시간이 흘러…….

두 달 뒤인 바첼론의 어느 봄날, 그들은 결혼식을 올렸다.

* * *

쇄골 아래에서 시작되어 내려오는 섬세한 레이스, 늘씬한 몸매를 우아하게 부각하며 촘촘하게 수놓아진 윗부분과 달리 아래는 매끈매끈한 소재의 실크가 크게 퍼지며 폭포처럼 떨어졌다. 날개뼈부터 시작된 얇은 레이스 천이 우아한 곡선을 그리며 드레스와 함께 뒤로 늘어졌다. 시녀 네 명이 들어도 모자란 긴 드레스 자락의 끝을 장식한 화려한 금빛의 자수를 만지작거리다가 헤더가 신기한지 고개를 들었다.

한평생 결혼 따위 할 것 같지도, 하고 싶지도 않았던 것 같은 그녀의 주인이 오늘 결혼한다. 비비안이 열일곱 살에 단주의 자리에 오른 뒤 제 손으로 직접 뽑은 시녀가 바로 헤더였다. 비비안은 100명에 달하는 수많은 소녀들 중에서 그녀를 골랐고, 그에 보답하듯 헤더는 그 후로 쭉 그녀의 뒤에 서 있었다.

그녀는 자신의 주인을 조금 무서워했으나 그럼에도 행복해지길 바랐고, 매번 결혼하라고 재촉하는 카트린의 말에도 제자리를 고수하는 자신의 주인이 내심 계속 그 자리를 지켜 주기를 바랐다.

비비안 로젤리스는 로튼의 단주일 때 가장 멋지고, 아름다웠고 빛났으니까.

그렇기 때문에 씁쓸하지 않다면 거짓말이었다. 주인의 행복한 생활을 막는 것 같아 불충한 마음이 들었지만 그럼에도, 제 욕심이고 이기심이라고 해도 좋았으나 그래도 이렇게 공작가에 시집을 가 공작 부인으로서만 살다 죽을 수도 있다는 사실이 그녀를 못내 아쉽게 했다. 그러다 헤더는 문득 자신이 얼마나 오만한 생각을 하는지 깨닫고 화들짝 놀라고 말았다.

저 혼자 웃다가 슬퍼하고, 또 씁쓸하게 웃다가 다시 놀라며 마치 신부의 엄마 같은 표정을 보이는 헤더를 보며 비비안은 그녀의 머릿속이 훤히 보여 낮게 웃었다.

"헤더."

"네, 아, 네?"

"표정 관리 좀 해. 내가 팔려 가니?"

"죄, 죄송해요."

이렇게 신성한 날에 심란한 표정을 지었다는 사실이 미안해져서 헤더는 얼굴을 붉혔다. 그 모습을 조용하게 보던 비비안이 곧 고개를 돌렸다.

거울 속에는 손을 가릴 정도의 큰 빨간색 장미를 한데 묶어 보석과 레이스로 장식한 부케를 들고 있는 예비 신부가 서 있었다. 연회색 머리카락을 느슨하게 틀어 올려 다이아몬드 핀으로 고정하고 화려한 화장을 한 모습이 평소와는 달리 보였다.

비비안은 저와 지독하게 어울리지 않는 차림에 혀를 쯧 찼다. 방금 두 조카와 함께 저를 찾아온 카트린이 예쁘다면서 호들갑을 떠는데도 시큰둥한 표정을 지은 건, 딱히 그렇게까지 그녀의 인생을 바꿀 만한 결혼식이 아니었기 때문이었다.

비비안은 북적북적한 밖의 소음을 듣고는 헤더를 향해 물었다.

"밖에 누가 와 있어?"

"아, 방금 보았는데, 많은 귀족분이 오신 것 같아요. 그리고 왕녀 전하도 오신 것 같고요. 공작 각하의 누이이신 태자비 전하도 오셨다고 해요."

"왕녀? 누구?"

"크리스티나 왕녀님이요. 제3왕녀 전하."

"그래?"

비비안은 고개를 끄덕였다. 이 나라에는 왕가의 핏줄을 이은 사람들이 하도 많아 그녀는 이름을 외우지도 않았다. 그런 그녀가 알고 있는 유일한 왕녀가 제3왕녀였다. 결혼식 전에 우연하게 위그에게 전해 들은 바로는 한때 그와 약혼 얘기가 오갔다고 하던데, 사실 몇 번 보지도 못한 왕녀라 그리 아는 것은 없다는 말을 지나가는 투로 들은 것 같았다.

"그러고 보니 방금 온 귀부인과 영애들 말이에요, 단주님께 호의적이던데. 진심일까요?"

"글쎄. 난 사람 속마음 같은 거 굳이 캐 보는 취미는 없어서 말이야."

방금까지 생글생글 웃으며 손님을 접대하던 것과 퍽 다르게, 대수롭지 않은 표정으로 말하긴 했지만 사실 비비안은 첫눈에 그들 중 몇 명이 자신을 아니꼽게 보고 있다는 사실을 깨달았다. 하지만 그렇다고 해서 그것에 기분이 상하지도 않았고, 애초에 별로 상대에게 관심도 없었기 때문에 별상관이 없다고 생각했다. 살면서 제게 호의적인 사람 자체를 몇 명 보지 못했기 때문에 더 그랬다. 평민들 사이에서는 돈에 미친 계집이었고 귀족들 사이에서는 엄청난 부로 권력을 위협하는 계집이었다. 사실 이상할 것 없었다.

헤더는 평온한 표정으로 서 있는 비비안을 보며, 문득 자신이 이상하게 안도하고 있다는 사실을 깨달았다. 아무리 상류 사회에 무지한 그녀였지만 그렇다고 해도 그것이 얼마나 만만치 않은지는 알고 있었다. 그럼에도 제 주인은 여전히 우아하고, 고고하고, 담담하다.

역시, 비비안 로젤리스는 결혼을 한다고 해도 로튼의 단주, 비비안 로젤리스였다. 이름 뒤에 이디에트 하나 더 붙는다고 달라지는 건 없었다.

그 사실에 묘하게 안도하고 있는데 갑자기 누군가가 방문을 두드리는 소리가 났다. 비비안은 또 들어올 사람이 있나 싶어 얼굴을 팍 찌푸렸으나,

문이 열림과 동시에 언제 그랬냐는 듯이 입꼬리를 말아 올리며 오늘 결혼식을 기대하는 새 신부의 수줍은 미소를 떠올렸다.

"어머, 아름다워라."

마치 꾀꼬리가 울듯 낭랑한 목소리가 들려왔다. 검은색 머리카락을 위로 틀어 올린 여자보다 한발 먼저 들어온 두 기사가 문 옆에 서자, 비비안은 그녀가 곧 위그의 누이이자 태자비라는 사실을 깨달았다. 그리고 그녀의 추측이 들어맞았는지 결혼식 전에 초상화와 프로필을 보면서 외웠던 귀족원 핵심 가문의 귀부인들이 사뿐사뿐 태자비를 따라 들어왔다.

비비안은 웃음 띤 얼굴로 드레스를 가볍게 쥐고 허리를 굽혔다. 죽어도 크리놀린은 싫다고 난동을 피운 게 그나마 도움이 되어 한결 가벼워진 옷 덕분에 행동에 제약은 걸리지 않아 다행이었다.

평민치고는 꽤 절도 있는 우아한 예법에 엘리미아는 눈꼬리를 접으며 손을 내밀었다.

"예를 취하지 않아도 돼요. 앞으로 가족이 될 사이인데 뭘."

굳이 말하자면 엘리미아가 왕실로 시집을 간 이상 더는 이디에트의 성을 따르지는 않았지만, 그래도 관계로 따지자면 틀린 말은 아니었다. 비비안은 갓 피기 시작한 꽃봉오리처럼 수줍은 미소를 지었다. 태자비 전하를 만나게 되어 무척 기쁘다는 뜻과 오늘 결혼하게 될 예비 신부의 두근거림을 한데 담은 미소에, 뒤에서 웃으며 서 있던 엘버린 공작 부인이 손으로 입을 가리며 감탄을 내뱉었다.

"이디에트 공작 부인은 정말 상상과 다른 것 같아요, 태자비 전하."

"그러게요. 어쩜 이렇게 아름답고, 우아한지. 감축드립니다. 전하."

진심인지 거짓인지 모를 말이 몇 번 오가고, 비비안은 오늘 결혼하는 건 저인데 왜 태자비한테 감축 따위를 하는지 곰곰이 생각하다가 다시 엘리미아가 제 손을 잡아 오자 곧 화사하게 웃었다.

생글생글 웃던 엘리미아가 비비안과 눈을 맞춰 왔다. 얼음처럼 차갑게 가라앉은 옅은 파란색 눈동자를 보노라면 저도 모르게 빠질 것 같은 느낌이 들 정도로 매력적인 눈이었다. 엘리미아는 비비안의 손을 잡고 그녀에게 한 발 다가갔다. 하이힐을 신은 자신의 입술 근처까지 오는 엘리미아에 비비안이 살짝 고개를 숙이자, 엘리미아가 그녀의 귀에 낮게 속삭였다.

"단주. 미안해요."

비비안의 눈썹이 살짝 꿈틀거렸다.

"이용해서 미안해요."

비비안은 웃음을 지었다. 뒤쪽에서 무슨 말을 하는지 몰라 어리둥절하게 서 있는 귀부인들이 눈에 들어왔다. 비비안은 진심으로 미안해하는 태자비의 얼굴을 빤히 보다가, 곧 살짝 고개를 돌려 입을 열었다.

"전하. 본인이 적극 가담한 일에 미안하다고 하는 건 너무 비겁하지 않을까요?"

"……!"

"이미 저질러 놓고 미안하다고 사과해서 그 죄책감을 훌훌 털어 버리면 끝이겠지만, 안타깝게도 저한테 그런 건 통하지 않아서."

"그건."

"그리고 저는 그에 상응하는 대가를 받았어요. 거래에 지위 고하는 없습니다. 서로의 의사 표시의 합치만 있을 뿐. 그러니까."

"……."

"전하께서는 미안하다는 말씀 대신에, 앞으로 잘해 보자는 말씀만 하면 될 것 같아요."

말을 마치고 비비안은 뒤로 몇 걸음 물러났다. 그리고 드레스 자락을 들어 다시 우아하게 인사했다.

"축하 감사합니다. 전하."

엘리미아는 한없이 정중한 태도와 예의 바른 몸짓으로 제게 인사를 하면서도, 똑바로 눈을 맞춰 오는 비비안을 보며 이상한 감정에 휩싸였다. 지위가 높든 낮든 굴하지 않는다, 제가 해야 하는 말은 꼭 한다, 하지만 그것이 선을 넘지는 않는다, 정도라는 것을 파악하면서 자신의 의사는 꼭꼭 표시한다.

아, 제 동생이 끔찍하리만치 만만치 않은 것을 집에 들였구나.

엘리미아는 덩달아 웃었다. 그래, 미안해할 필요는 없겠다. 듣기로는 저 여자에게 엄청난 것을 쥐어 줬다고 했다. 그게 무엇인지 죽어도 말하지 않는 제 동생 때문에 정확한 것은 알 수 없었지만 그래도 그게 평범하지 않은 것임을 쉽사리 알 수 있었다.

엘리미아는 곧 뒤로 물러나 고개를 끄덕였다. 그리고 우아하게 내뱉었다.

"그래요. 결혼을 다시 한번 축하합니다. 단주."

그에 비비안이 묘한 웃음으로 화답했다.

* * *

곧 결혼식을 시작한다는 사제의 말에 비비안은 방을 나섰다. 드레스가 땅에 끌려 식에 들어가기도 전에 더러워지는 것을 방지하려 뒤로 들러리 넷이 그녀의 드레스를 들고 있었다.

방금까지 북적거리던 인파들은 다 식장으로 들어갔는지 조용하기 그지없는 복도를 걷다가 그녀는 곧 커다란 붉은색 문 앞에 서 있는 위그를 발견하고 입을 열었다.

"그나마 사람 때깔 좀 나네."

"그렇게 입혀 놓으니 인간 같긴 하군."

이제 부부가 될 사이치고는 지나치게 흉악한 말이 오갔다. 시녀들이 그녀의 드레스를 땅에 놓고, 뒤로 함께 입장할 사제들이 서자 위그는 비비안에게 손을 뻗었다.

"갈까?"

"어딜?"

"전쟁터로."

비비안은 그 손을 빤히 보았다. 반평생을 전장에서 지냈다던 말이 거짓이 아닌 듯 꽤 투박한 손이었다. 그것과 반대로 깔끔하게 뒤로 넘긴 검은색 머리카락 아래 조각 같은 얼굴에서 겨우 석 달 정도 보았다고 제 나름대로 익숙함이 묻어났다. 비비안은 그 손을 다시 보았다. 한평생 누군가의 손을 잡고 결혼식장에 들어갈 일 따위는 없을 줄 알았다. 비록 2년짜리 시한부 결혼 생활이지만, 그래도 이렇게 길고 긴 길을 걸어야 한다는 게 참 신기했다.

비비안은 고개를 들어 위그의 얼굴을 보았다. 서늘한 인상이었지만 입가에 묘하게 미소가 띄워진 것 같아 그녀는 한쪽 입꼬리를 말아 올려 피식 웃고 말았다. 그게 비웃음인지 아니면 다른 어떤 것인지 몰랐지만, 그럼에도 그녀는 그냥 이 순간을 즐기기로 했다. 어차피 2년 뒤면 끝날 결혼. 딱히 필요하다고 생각해 본 적 없었지만 그래도 인생 한 번 살다 가는 거, 다양한 경험을 해 보는 건 좋지 않은가.

양심도 버리고 인성도 버렸지만 그래도 지금까지 살아 있다는 것만으로도 사실은 기적이었다. 그녀는 그 누구보다도 삶에 미련이 없는 것처럼 오늘만 살듯이 굴었지만 정작 그 누구보다도 열심히 살았다.

이 결혼도, 분명 그 일환일 것이었다.

비비안은 그 손을 잡았다.

그리고, 비로소 연극이 막을 올렸다.

\* \* \*

길고 긴 길의 끝은 보이지 않았지만 우습게도 눈 깜짝하는 사이에 비비안은 위그와 마주하고 있었다. 그녀에게 그다지 의미도 없는 주례사를 읊던 대신관의 몇 가지 물음에 대답하고 두 화동이 가져온 반지를 각각 상대방의 손에 끼워 주자 곧 오직 서로만을 바라보겠다는 뜻을 담은 맹세의 키스가 남겨졌다.

솔직히 말하자면 그 긴 맹세도, 기계적으로 읊는 대사도 제대로 된 행동 하나에 비하면 전혀 의미도 없었지만 원래 자신이 문명인이라고 생각하는 인간들은 그런 허례허식에 엄청난 의미를 두었으므로 비비안은 그 또한 개의치 않았다.

마지막으로 이 키스를 끝내고 부케를 던지면 드디어 결혼식이 끝난다. 비비안은 생각보다 훨씬 더 무거운 드레스 자락에 점점 허리가 결리는 것 같아 빨리 끝내고 들어가 쉬겠다는 표정을 하고 있었다. 그 표정을 보던 위그가 부드럽게 웃으며 다가와 그녀에게 속삭였다.

"얼굴 좀 펴."

"옷 무거워."

"조금만 참아."

"됐고, 빨리 해."

맹세의 키스 전. 가볍게 밀어를 나누는 부부들이 종종 있었기 때문에 대신관은 재촉하지 않은 채 흐뭇한 표정으로 이 부부를 보았다. 하지만 그의 예상과 달리 위그와 비비안의 대화는 밀어와는 한없이 떨어진 것이었다.

힘들다는 게 거짓말이 아닌 듯 점점 평소의 표정이 흘러나오려고 하는 비비안을 보며 기겁한 위그가 그녀에게로 고개를 살짝 숙였다. 주위에서 흐뭇한 표정으로 그들을 보고 있던 몇몇 익숙한 얼굴을 곁눈으로 슬쩍 쓸고, 그는 곧 비비안의 허리에 팔을 감았다.

"적당히 해. 기회를 틈타 내 몸에 손댈 생각 하지 말고."

"당신은 설마 내가 이걸 좋아한다고 생각하는 건 아니지?"

"나 같은 여자랑 키스할 기회가 얼마나 된다고."

"내 눈길 하나 받지 못해서 안절부절못하는 여자도 수도에 깔렸어."

유치하기 짝이 없는 대화가 이어지고, 곧 짙은 체향이 비비안의 입 안을 헤집고 들어왔다.

'이 새끼가 하는 시늉만 하라니까.'

……라고 해 봤자 보는 눈이 많은 이상, 시늉만 하는 것은 꽤 어려웠기 때문에 비비안은 그것을 예상한 듯 팔을 뻗어 위그의 목을 감쌌다.

곧 주위에서 우레와 같은 박수 소리가 터져 나왔다. 위그는 입 안을 헤집는 달콤한 얼그레이 향에 숨이 멈추는 듯한 느낌을 받을 수밖에 없었다. 먼저 키스를 시도한 건 자신이었지만 정작 그것보다 진한 상대의 체향에 정신이 혼미해진 것 또한 자신이었다.

그리고 곧, 비비안이 입을 뗐다.

비비안은 제 빨간색 립스틱이 묻은 위그의 입술을 보고 웃음을 터뜨렸다. 그리고 손가락을 들어 위그의 입술을 닦아 냈다. 그 모습을 보다가 비비안의 손끝이 제게 닿는 순간, 그가 저도 모르게 그 손을 가볍게 잡아 자신의 입술에 가볍게 댔다.

"어머나."

"공작 각하께서 부인을 어지간히 예뻐하시나 봐요."

호들갑스러운 소리에 비비안이 삐뚜스름하게 입꼬리를 올리고 곧 고개를 돌렸다. 카트린은 양쪽에 제 딸들을 앉힌 채 눈물을 훔치고 있었다. 그 꼴을 보다가 비비안이 가볍게 한숨을 쉬며 다시 위그 쪽으로 고개를 돌렸다.

그리고 곧, 결혼식의 마지막을 장식하는 부케 던지기가 시작되었다.

"그래서 부케는 누가 받게 될까요?"

"글쎄요? 이 자리에 있는 미혼 여성분이라면, 사실 누가 받아도 좋은 일이죠."

"뭐가 되었든 공작 부인의 부케를 받다니, 영광으로 생각해야 하는 거 아닌가요?"

재잘거리는 사람들을 힐끔 보다가, 비비안은 다시 앞을 보았다. 제 앞에서 허허실실 웃고 있는 대신관의 얼굴을 한 번, 옆에서 은은하게 미소를 띠고 저를 보고 있는 위그를 한 번, 그리고 활짝 웃고 있는 언니를 한 번 본 그녀가 미소를 흘렸다. 통념상으로는 부케를 받은 여성이 다음 신부가 된다고 하지만 그건 어디까지나 오래된 속설이고, 요즘은 신부의 가장 친한 친구가 받는다고 두 달 전에 위그가 말한 것 같기도 한데 차라리 그냥 아리아나 리즈한테 기념 삼아 줄 걸 그랬다. 그녀는 높은 단상 위에 서 있다가, 됐다는 대신관의 사인을 받고 두 손으로 손에 쥔 빨간색 장미 부케를 뒤로 던졌다.

곧 툭툭 부케가 튕기는 소리가 들려오고, 미약한 웃음소리가 몇 번 울리더니, 옆에 서 있던 위그가 미묘한 표정으로 저를 바라보았다.

"어머, 크리스티나."

태자비가 까르르 웃는 소리가 들려왔다. 비비안은 뒤로 돌아 제 부케를 받은 사람을 보았다.

자신의 가슴께나 올 법한 작은 키에, 금발과 녹색 눈동자를 지닌 여자가 제 부케를 들고 어리둥절한 표정을 짓고 있었다. 화려한 드레스 자락에 비해 다소 왜소한 체구의 여자는 스무 살을 넘겼다고 들었는데 그보다도 또래 여자에 비해 작달막한 체구가 유난히 가녀린 인상을 주고 있었다.

그녀가 누군지 몰라 뭐라 하지도 못한 채 비비안이 위그를 슬쩍 돌아보자, 위그가 곧 그녀의 옆에 다가와 자연스럽게 허리를 감싸고 귓가에 속삭였다.

"크리스티나, 제3왕녀."

"아, 그 왕녀?"

한때 위그와 약혼 얘기가 오갔던 그 왕녀. 생각보다 훨씬 더 어린 듯한 나이에 마치 요정처럼 동글동글한 눈동자를 가진 여자가 곧 주변에서 축하의 말을 건네는 귀부인들과 영애들 사이에서 수줍게 웃고 있었다.

"다음 신부는 왕녀 전하가 되시겠네요."

"미리 축하해요."

"참 잘 어울리세요."

하여튼 제 결혼식에 와서 다른 사람 축하하는 데는 이골이 난 사람들을 보며, 비비안은 비웃음을 지은 뒤 곧 언제 그랬냐는 듯이 발걸음을 옮겨 단상에서 내려갔다. 그녀가 내려오는 것을 보던 크리스티나가 부케와 비비안을 몇 번 번갈아 보더니 조용하게 입을 열었다.

"고마워요."

"존귀하신 왕녀 전하께서 제 부케를 받아 주셔서 영광입니다."

사실은 그냥 튕겨져 나간거지만.

가녀린 목소리와 달리 말투는 꽤 쾌활한 투가 묻어났다. 활짝 웃는 크리스티나를 보며 비비안이 은은하게 미소를 띠었다. 그 주위로 까르르 웃고 있는 영애들과 귀족 부인들, 그리고 위그와 뭔가 얘기를 나누는 남자 귀족들을 쭉 훑고 비비안은 결혼식이 무사하게 끝난 것에 만족스러운 미소를 지었다.

세상에, 이렇게 뒷거래가 가득한 결혼식에 축하와 웃음의 향연이라니. 그 사실이 참 아이러니했다. 그럼에도 비비안과 위그의 목적 그 하나만큼은 누구보다도 진실하고 올곧은 것이어서 어쩌면 달콤한 거짓말과 허위적인 눈속임이 가득한 그 어떤 결혼보다 더욱더 순수할지도. 최소한 그들은 서로 속이는 짓은 하지 않았으므로. 거기까지 생각하자 웃음이 나왔다.

그렇게 바첼론의 초봄, 역사에 길이 남을 세기의 결혼식이 막을 내렸다.

# Chapter 2
## 이디에트의 여왕

"으음……."

로젤리스의 저택과 다른 이불이 몸을 감싸 왔다. 마치 구름 위에 떠 있듯 포근하고 말랑말랑한 감촉을 즐기던 비비안은 얇디얇은 네글리제를 사이에 두고 이불과 더욱더 진한 스킨십을 시도했다. 그러나 몸을 웅크리며 이불을 몸에 말았지만, 묘하게 뒤에서 자꾸 무엇인가가 제 시도를 방해하고 있었다.

비비안은 미간을 찡그리고 더욱더 기를 쓰고 이불을 당겨 오다가, 결국 짜증이 났는지 잠기운을 잔뜩 실어 이불을 확 낚아챘다.

그 순간 자신에게 허락된 이불의 한 귀퉁이마저 빼앗기게 된 위그는 어처구니가 없어 몸을 일으켰다. 아무리 그가 전쟁터에서 열악한 환경과 맞서 싸우는 장수라고 하나 그렇다고 굳이 제집에서, 제 방에서, 심지어 제 침대에서 다른 사람에게 이불까지 빼앗겨야 하나 싶은 회의감이 들었다. 하지만 그것보다 더 미치겠는 건, 이미 사흘째 아침마다 벌어지는 이불을 내건 사투에 화를 낼라 치면 침대 끝에서 떨어질 듯 말 듯 아슬아슬하게 걸쳐 누워 번데기처럼 이불을 칭칭 말고 자는 제 아내를 보면서 아무 말도 못 한 채 입을 닥치는 자신이었다. 그리고 그것은 결코 사랑스러운 아내의 잠을 방해 하고 싶지 않다는 로맨틱한 이유가 아니었다. 그는 이미 비비안의 잠기운이 얼마나 무서운지 알고 있었다. 그녀를 깨워 이불을 내놓으라고 하면 그녀는 베개를 집어 던졌다. 그것을 잡지 못하는 것은 아니었으나 그렇게 되면 그 는 이미 잠을 다 잔 것이나 마찬가지였다.

그는 이마를 짚었다. 이럴 줄 알았으면 각방을 쓸 걸 그랬다. 하지만 이 미 부부간의 친목을 자랑하기 위해 했던 합방 결정을 사흘 만에 물렀다가 는 관계가 틀어졌니 벌써 싸웠니 하는 소문이 나는 것은 불 보듯 뻔한 일이 었기에 그는 아직 초봄이라 쌀쌀한 아침 바람을 셔츠 한 장으로 버틴 채 다 시 침대로 누워야 했다.

그의 눈길이 다시 침대 끝에서 아슬아슬하게 자는 비비안에게 멈추자 그 는 마침내 그녀를 향해 베풀 수 있는 눈곱만치의 기사도 정신을 발휘해 자 리에서 일어났다. 이러다가 바닥에 떨어져 백치라도 되면 어쩌나, 그럼 꼼 짝없이 한평생을 저당 잡혀 살아야 했다. 그는 팔을 뻗어 비비안을 안아 침 대 중앙 쪽으로 옮길까 하다가, 그 정도의 숙녀 대접은 너무 아까운 것 같 아 결국 이불에 돌돌 말린 비비안을 반대 방향으로 데굴데굴 굴렸다. 그래 도 큰 키에 비해 날씬해 그런지 굴리는 건 어렵지 않았다.

비비안은 갑자기 저를 굴리는 손길에 얼굴을 일그러뜨렸다. 반대 방향으 로 몸을 굴리자 그녀를 감싸고 있던 이불이 스르르 풀리면서 얇은 네글리 제 하나만을 입고 있던 비비안이 추운 듯 몸을 웅크렸다. 그러거나 말거나 이불을 빼어 올 기회가 생긴 위그가 그녀가 깔고 누운 이불을 살살 뺐다. 그 와중에 비비안이 깨날까 봐 힘도 주지 못하는 꼴이 퍽 처량했다.

하지만 이불을 빼껴 온기를 상실한 비비안이 본능적으로 뒤척거리며 따 뜻함을 찾았다. 그리고 제 옆에 앉아 있던 사람의 체온을 느끼고 곧바로 한 바퀴 뒹굴고는 위그한테 안겨 들었다.

이불을 빼다 말고 비비안에게 덮쳐진 위그가 쩌적 얼어붙었다. 그는 제 배를 끌어안고 달라붙는 비비안을 내려다보며 전쟁에서도 하지 않은 기도 문을 속으로 외쳤다.

젠장, 신은 어디 가서 뒈졌나, 이 여자 안 잡아가고.

* * *

"당신, 일부러 그러는 건가?"

샤워하고 나온 비비안을 보며 위그가 읽던 책을 놓았다. 갑자기 웬 소리냐는 표정을 지은 비비안이 고개를 갸웃거리며 화장대 앞에 앉았다.

"무슨 말을 하고 싶은 거야?"

"그러니까 내 말은······."

위그는 말을 내뱉다가 다시 기가 막혀 입을 다물었다. 이 여자는 매일 아침마다 그 소란을 피워 놓고 정작 자신은 아무것도 모른다는 표정을 지었다. 간단하게 침대와 테이블 그리고 책장만 있던 자신의 방에다가 화장대에, 옷장에, 보석함에 그 외 등등 여러 가지를 들여놓아 심기가 불편했던 건 그렇다 쳐도, 아무리 그래도 숙면을 방해하는 행위는 너무 파렴치하지 않은가.

그는 곧 여유작작하게 머리를 터는 비비안을 보며 입을 열었다.

"잘 때 좀 얌전하게 자지 그래."

"싫은데. 그건 나도 어쩔 수 없는 문제야. 난 원래 옆에 누가 있으면 잘 달라붙는다고."

그리고 가끔 그녀의 침대 위에 있던 정부들은 그런 그녀의 행동을 무척 좋아했다. 원래 옆에 온기가 있으면 따뜻한 쪽을 찾아가는 게 인간의 본능이 아니던가. 하물며 요즘 같은 날씨에.

"내가 말한 건 그게 아니다. 이불, 이불 좀 뺏어 가지 말라고."

"내가 이불을 뺏어 갔어?"

"그래."

"어머, 어떡해. 우리 남편 추웠나 봐. 내가 꼭 안아 줄까?"

웃음기 섞인 목소리로 애를 달래듯 비비안이 까르르 웃음을 터뜨렸다. 그에 비비안의 머리를 빗겨 주던 헤더와, 공작 부인의 시중을 맡기 위해 영지에서 올라온 켄슨 자작 부인 및 그 뒤의 시녀 몇몇이 풉 웃음을 흘렸다.

켄슨 부인은 비록 평민 출신이지만 그럼에도 적당하게 활발하고 생기 넘치는 비비안을 좋아했다. 성질머리 더럽기로는 바첼론에서 첫 번째를 다툴 공작을 손에 놓고 다루는 것도 웃겼고, 무엇보다도 천박하기 짝이 없다던 소문과 다르게 딱히 격에 맞지 않는 행동을 보인 적 없는 것도 꽤 좋았다. 굳이 말하자면 기대치가 원래 낮아서 그런 것도 있긴 했지만. 어쨌든 귀부인들 사이에서 적당하게 연륜이 있는 그녀가 보기에 비비안은 그렇게까지 덜돼 먹은 계집애는 아니었다.

제 말에 이마를 짚으며 도리머리를 친 위그를 보며 비비안이 거울 쪽으로 고개를 돌렸다. 그러게 각방을 쓰자고 할 때 그냥 제 말을 들었으면 오죽이나 좋아. 보통 자신의 옆에서 누군가가 자고 있을 때는 밤중에 정사가 이루어진 뒤였고 정사가 이루어진 뒤에는 그녀도 꽤 피곤했기 때문에 세상모르고 푹 자곤 했다. 하지만 힘이 넘치는 상황이라면 엎치락덮치락 이불과 씨름을 하는 버릇이 제게 있다는 것을 그녀는 모르지 않았다.

결국 위그의 요구는 싸그리 무시한 채 비비안은 얌전하게 치장을 받았다. 공작 부인이 된 뒤, 그래도 시녀들은 가문에 걸맞은 사람을 써야 한다고 많은 사람이 말했지만, 그녀는 타인이 제 몸에 손을 대는 것을 별로 즐기지 않았다. 영지에서 새로 올라왔다던 켄슨 부인은 첫눈에 탐탁잖은 눈길로 저를 보는 게 빤히 보였지만, 뭐, 사람 하나 구워삶는 건 그녀 인생에 그다지 특이한 사건이 되지 못하니까 넘기고, 비비안은 그냥 제 삶의 터전을 로젤리스 저택에서 공작가로 옮기기만 한 채 평소와 다름없는 생활을 지내고 있었다.

그게 눈에 빤히 보여서 위그는 더 억울해졌다. 다시 말하지만, 집도 제집이고 방도 제 방이고 침대도 제 침대이고 고용인들도 자기 고용인들인데 왠지 모르게 갑자기 생활이 확 변한 건 저 자신 같았다. 자신의 집무실 위층의 접대실을 2개월 내에 집무실로 바꿔 달라 할 때 알아봤어야 했다. 그때는 그냥 제 식솔에 사람 하나 더 얹히는 것뿐이라고 생각했는데 그게 틀렸다는 것을 느낄 때는 이미 결혼식을 마친 뒤였다.

'2년만 참자.'

그는 주문처럼 그 마지막 희망을 동아줄 잡듯이 잡고 속으로 되뇌었다.

치장을 마치고 화장대에서 일어난 비비안이 곧 걸상에 삐뚜름하게 앉아 있는 위그를 보며 웃었다. 저를 집에 들인 후, 정부처럼 필요할 때만 보고 필요하지 않을 때는 방해하지 않는, 자신의 일상에 전부 맞춰 행동하는 그런 여자와의 삶을 상상한 게 너무 눈에 보여서 웃겼다. 그런 상상을 하는 게 눈에 보이면 보일수록 더 가서 건드리고 싶은 걸 보니 그녀의 성격 자체가 글러 먹은 건 옳은 것 같았다.

그러나 이번에 자리에서 일어난 비비안을 보며 미소를 지은 건 다름 아닌 위그였다. 공작 부인이 된 뒤 비비안이 수업을 받기로 한 게 생각이 났기 때문이었다. 그게 오늘부터였나…… 속으로 읊조리던 그가 입을 열었다.

"오늘 오후부터 수업이 있었지?"

"그래, 특별히 그 수업을 위해 시간도 비워 뒀어. 그 시간에 더 벌 수 있는 돈을 포기하는 거니 영광으로 알아 둬."

"뭐. 그러지."

그녀의 비아냥에도 위그는 예상 밖으로 너무 순순히 수긍했다. 비비안은 살짝 눈썹을 까닥였다.

저 인간이 저렇게 제 말에 긍정을 표할 리가 없는데. 또 무슨 꿍꿍이인지 몰랐지만 그럼에도 비비안은 굳이 말을 얹지는 않은 채 방을 나갔다.

사실, 그녀도 어느 정도 예상이 가긴 했다.

\* \* \*

'나 아주 깐깐하오'라고 이마에 써 붙인 남자가 자신의 앞에 서 있었다. 탐탁잖은 표정으로 비비안을 훑는 그의 얼굴에는 평민인 주제에 공작과 결혼해 신분 상승을 꾀한 계집을 가르치는 것에 대한 지독한 불만이 서려 있었다.

패턴도 좀 신선한 걸로 바꾸지.

예정대로 진행된 수업이 시작되자마자 저런 얼굴로 앞에 서 있는 선생을 보며 비비안은 속으로 비웃음을 흘렸다. 남편은 그녀에게 며칠간 당한 괴롭힘을 어마어마한 양의 공부로 보답하려는 것 같았다. 보아하니 그녀의 앞에 있는 이는 학식이나 위망으로는 꽤 이름이 있는 자였고, 그런 자에게서 가르침을 받으면 그녀도 나름대로 스트레스를 받지 않을까 하고, 그의 남편은 제 나름대로 생각한 모양이었다.

"저는 이제부터 공작 부인의 수업을 책임지게 될 알버트 티즌입니다."

"비비안 로젤리스 이디에트예요."

비비안은 우아하게 웃었다. 그래도 얼굴에 제가 마음에 들지 않는다고 써 붙이는 이는 나은 편이었다. 그녀는 다년간의 경력으로 저렇게 그녀를 대놓고 경멸하는 것보다는 앞에서 방긋방긋 웃다가 뒤에서 뒤통수를 치는 이가 진정으로 무섭다는 것을 잘 알고 있었다.

"여성분을 가르치는 건 처음이라 어떤 방식을 취해야 할지 모르지만, 그래도 최선을 다해 보겠습니다."

"선생님께는 정말 놀라운 사실이겠지만 저도 머리는 있어요. 배움은 선생님보다 한없이 짧지만 그래도 기본적인 이해 능력은 장착하고 있어서 그리 어려울 것 같지는 않군요."

"다행이군요."

"그런데 진짜 제가 첫 번째 여성 제자인가요?"

"그렇습니다. 저는 현재 칼베른 대학원에서 교수를 하고 있으니까요. 공작 각하께서 부탁하지 않으셨다면 아마 여기에 오게 될 일은 없었을 겁니다."

"이런, 학술의 기본은 권위와 권력에 복종하지 않는 것이라고 들었는데, 선생님께서 그런 것들을 어길 정도였다면 제 남편이 대단하긴 한가 봐요?"

그녀의 말에 학자로서의 자존심을 도전받은 알버트 티즌이 얼굴을 구겼다. 그는 곧 책을 폈다. 얼굴에 불만이 가득했지만 그래도 그는 이디에트 공작가의 후원을 받으며 공부를 한 사람이었다. 평민 출신인 그는 귀족들의 세계를 동경했고, 결국 몇십 년의 연구 끝에 수많은 귀족의 존중을 받을 수 있었다. 귀족들은 비록 평민에게 까다로웠으나, 그렇다고 해도 지식인에게는 언제나 예우를 취하곤 했다.

그러나 눈앞의 계집은 겨우 반반한 얼굴과 여자라는 이유 때문에 그가 몇십 년 동안 한 노력을 전부 허무하게 만들어 버리고 쉽게 귀족들의 세계에 발을 들이게 되었다. 그 사실이 그를 못내 기분이 더럽게 만들었다. 여자는 역시 살기 편한 존재들이었다. 그저 남자 하나 잘 물면 신분 상승 따위는 쉬이 할 수 있으니.

정확히 무슨 생각을 하는지는 몰랐으나 그래도 대충 상상이 가는 알버트의 내심 세계를 엿보며 비비안은 헛웃음을 지었다. 예전에 카트린이 열심히 연애 소설들을 읽어 제낄 때 그녀는 저와 놀아 주지 않는 언니 때문에 그 옆에서 함께 소설을 읽어야 했다. 10여 년 전쯤에 유행했던 내용이란 그저 평민 소녀가 귀족 남자와 결혼해 갖은 곤란을 헤치고 오래오래 잘 살았다는 것 정도인데, 그런 유의 소설들 중에는 평민 소녀가 귀족가의 교육을 받으며 점차 성장하는 내용이 꼭 있었다. 그리고 그 결과는, 언제나 제일 처음 평민 소녀를 탐탁지 않아 했던 선생님이 그녀의 천재성을 알아보고 점점 그녀를 인정하게 된다.

뭐, 이런 종류의 소설이야 결혼 외에 딱히 출세 방법이 없는 바첼론의 평민 소녀들에겐 일종의 판타지이므로 사실 유행이 지난 지금에도 심심찮게 서점에서 볼 수 있었으나.

'과연 현실이 그리 만만할까?'

천재성을 알아봐 주고 인정을 한다고? 그게 과연 가능할까?

비비안은 속으로 웃었다. 본격 수업을 시작하겠다고 책을 펼치는 알버트를 보며, 그녀 또한 책을 펼쳤다. 그리고 그녀는, 비로소 제 생각과 한 치의 어긋남도 없는 결과에 다시 한번 너털웃음을 지었다.

"공작 부인, 감히 말씀드리지만, 겨우 내용을 외우는 것으로는 심오한 학문의 세계를 이해할 수 없습니다."

"그렇군요."

"부인께서 다소 영민한 머리를 가지셨다는 것은 인정하나, 그렇다고 그것 때문에 오만할 이유는 없습니다. 바첼론에 책 내용을 외울 수 있는 사람은 많고도 많으니까요."

"그래요."

"그러니까 제 말은, 지금까지 해 오셨던 것처럼 그리 쉽게 생각하시지 마시고, 조금 더 깊은 이해를 해 보라는 겁니다. 부인, 학문은 결혼이나 신분 상승처럼 그렇게 쉽고 얄팍한 문제가 아닙니다."

이런. 이 남자에게는 제가 귀족과의 결혼으로 신분 상승을 꾀하는 평민 계집, 그 이상 그 이하도 아니구나.

사실 비비안은 타인의 평가에 그리 신경 쓰지 않는 편이었다. 하지만 그것은 자신이 원하는 것을 이루면서 얻은 타인의 평가에 무덤덤하다는 뜻이지, 이런 식으로 무조건 제 능력을 얕보는 것은 또 쉬이 넘어가지 않았다. 그리고 지금 이 남자는, 그 어떤 방식으로든지, 그 어떤 결과를 보이고, 그 어떤 말을 자신이 하든지 저를 인정해 줄 생각이 없었다. 꽉 막힌 벽에 소리를 치는 느낌과 다를 바가 없었다.

사실 비비안은 배우는 것을 퍽 즐겼다. 공작 부인으로서의 수양을 위해 수업을 받으라고 할 때도 굳이 그것을 거절하지 않은 건, 아니, 내심 그것을 즐긴 건 그녀 또한 지식이 힘이 되어 줄 것이라는 사실을 잘 알고 있어서였다.

어렸을 때 저보다 더 멍청하면서도 학교에 갈 수 있는 오라비들에게 질투를 느낀 적도 있었다. 그나마 집에 돈이 없는 건 아니라 그럭저럭 교육을 받긴 했지만, 그래도 그녀가 혼자 접할 수 있는 지식에는 한계가 있었다. 단주가 된 뒤에도 그녀는 대부분 지식을 독학으로 얻었다. 아무리 돈이 많아도 여자는 학교에 갈 수 없었으니까. 그래서 그녀는 웬만하면 이 대학원의 교수라는 남자가 저를 어떻게 보든 별 상관하지 않고 그저 지식을 곱게 배워 가려고 했다. 웬만한 무시는 견딜 만큼의 가치가 지식에는 존재했으니까.

하지만 이 수업에 배우려는 자는 있었으나 가르치려는 자는 없었다.

비비안은 서늘하게 웃었다. 가르치려는 자가 마음이 없는데 제가 뭘 어떻게 배우는가. 아무리 냉대와 부정적인 평가에 익숙한 그녀이지만…….

"부인께서는 이제 여성의 사고를 벗어날 필요가 있습니다. 남자들의 학문은 심오한 것이니까요."

……이건 좀 '재미있다'.

비비안은 우아하게 웃으며 책을 덮었다. 그녀가 눈꼬리를 접어 활짝 웃고는 나긋하게 입을 열었다.

"요컨대, 학문의 성별은 남자라는 거군요."

"굳이 학문의 성별을 나누고 싶지는 않지만, 부인의 행위는 그것을 증명하는 것 외에 딱히 큰 역할을 하지는 않는 것 같습니다."

"그래서 선생님께서는 제 어느 지식이 그리 얄팍한 것 같나요?"

"방금 부인께서 해석하신 그 내용, 왕실계승법 제2조의 내용에는 분명히 이 법의 목적, 왕실의 안위에 대해 쓰여 있습니다. 그리고 그 목적을 부인께서는 어떤 식으로 해석하셨죠?"

"왕가의 정상적인 계승, 혈통의 순수성 및 왕권의 신성성을 보장하기 위해서, 라고 말씀드렸죠."

"죄송하지만 부인. 그게 바로 얄팍한 겁니다. 심오하지 못하고 논리적이지도 못하며 그저 표면적인 것만 보죠. 뭐, 여성의 사고방식에 뭘 기대하느냐마는, 솔직히 너무 기대 이하라 실망스러울 수준입니다."

비비안은 혀로 입술을 핥았다. 무슨 개소리를 하는지 이해가 가긴 했다. 하지만 그녀는 이게 왜 얄팍한 것인지는 둘째 치고, 그 여성의 사고방식이라는 것 자체가 우습기 그지없었다. 대체 남성의 사고방식은 뭐고 여성의 사고방식은 또 무엇인가. 설사 그 둘이 일정하게 차이를 보인다고 해도 남성의 사고방식만이 진리라고 믿고 결국 여성의 특징은 전부 열등한 것으로 분류해 버리는 그 행태는, 어쩐지 제가 갓 단주가 되었을 때 아버지의 비서가 알려 주던 그 개소리와 흡사하기 짝이 없었다.

웬만한 개소리를 쉽게 넘길 수 있는 그녀라지만 비비안은 아쉽게도 이 분야에서는 아주 훌륭한 전투가였다. 그리고 그녀는 자신이 이길 수 있는 전쟁에서 절대 도망치지 않았다.

잘됐다. 기분도 더러웠는데 싸우지 뭐. 그렇게 생각한 그녀가 빙긋 웃었다.

"지금 설마 일부러 제 트집을 잡는 것인가요?"

"설마요, 부인. 그런 피해망상은 좋은 버릇이 아닙니다. 그리고 저는 그렇게 감성적으로 일을 처리하지 않습니다."

알버트의 말에 비비안은 납득했다는 듯이 천연덕스럽게 고개를 끄덕였다. 곧 그녀는 문 옆에 서 있는 헤더를 향해 입을 열었다.

"헤더."

"네, 부인."

"가서 위그를 좀 불러오렴."

순간 알버트가 노골적인 비웃음을 지었다. 이제는 남편을 불러 해결하겠다 그거지. 그래 봤자 귀족들은 대학원의 교수들에게는 큰일이 아닌 이상

적당하게 한 걸음 물러서곤 했다. 설사 공작이 진짜 비비안의 편을 들어 그를 나무라기만 하면 그는 바로 대학원에 가서 이 사건을 토대로 평민 계집의 치마폭에 홀린 공작의 이야기를 넌지시 흘릴 자신이 있었다. 어쨌든 귀족들은 명예에 민감했으므로. 그는 귀족들 사이에서 정부의 질과 양으로 승부를 보는 습성을 잘 알았으나 그만큼 그들의 호색에는 선이 있어야 한다는 것을 더 잘 알고 있었다. 특히 위그 이디에트는 소문이 날 정도로 공과 사에 민감한 사내였다. 그는 선대 공작만큼이나 여인을 일종의 장신구 취급을 해도, 장신구가 공작으로서 자신의 명예를 해치는 것은 용납지 않았던 것이었다.

서늘한 제 주인의 얼굴에 비로소 일이 심상치 않게 돌아감을 느낀 헤더가 급히 집무실에 있던 위그를 불러왔다.

그리고 얼마나 지났을까, 서재에 들어오기 무섭게 팽팽하기 짝이 없는 방 안의 공기를 눈치챈 위그가 한숨을 쉬었다.

어느 정도 예상한 문제긴 했고, 사실 그도 이것을 이용해 비비안에게 나름의 복수를 하려고 했지만―물론 그 또한 이게 얼마나 유치한 일인지 알았다―지금 공기는 아무리 봐도 그가 예상한 상황보다 훨씬 더 심각하게 가라앉은 상태였다.

그는 비비안의 옆에 다가가, 입가에 미소를 매달고 입을 열었다.

"무슨 일이야?"

"위그."

얼굴에 미소를 띠고 있는 것과 반대로 비비안의 목소리는 얼음이 묻어 있다고 착각할 정도로 차가웠다. 득의양양하게 저를 보는 교수를 응시하던 그녀는 더욱더 진한 미소를 달고 위그를 향해 고개를 돌렸다.

"방금 선생님께서 내게 정말 좋은 조언을 해 주셨어."

알버트는 예상 밖의 상황에 미간을 찌푸렸다. 저게 무슨 말이지? 그가 의문을 품는 사이, 비비안이 말을 이었다.

"그래서 말인데, 당신 의견도 듣고 싶어 불렀거든."

"의견?"

"왕실계승법 제2조에서 밝힌 왕실의 안위에 대한 함의를 조금 풀어 봐."

"왕권의 신성성, 그리고…… 혈통의 순수성?"

위그는 갑자기 웬 말도 안 되는 물음을 물어보느냐는 듯한 표정을 지으며 바로 대답했다. 왕실계승법은 귀족들이 제일 처음 배우는 법이었다. 하지만 그 내용의 가장 중요한 부분은 사실 중반부에 있으며, 그 앞의 목적이나 주체, 객체에 관한 규정은 대충 짚고 넘어가는 경우가 허다했다. 그런데 이 대학원 교수씩이나 되는 사람과, 지금까지 겨우 그딴 걸 토론했다고?

하지만 그런 그의 어이없는 표정을 보던 알버트의 표정이 일그러졌다. 그는 곧, 눈앞의 여자의 목적을 깨달았다. 그리고 그의 예상을 증명하듯, 비비안이 나긋하게 웃으며, 안타깝기 그지없다는 목소리로 위그를 향해 입을 열었다.

"축하해, 위그. 당신은 방금 얄팍하고 심오하지 못하고 논리적이지도 못하며 그저 표면적인 시각으로 이 문제를 해석했어."

"……."

"여성의 사고방식으로 말이야."

비비안의 싸늘한 말이 공기 속에 퍼지자 위그는 어렵지 않게 사건의 경위를 알 수 있었다. 학문이라고 하기에는 너무 쉬운 내용, 그리고 그 쉬운 내용 때문에 잡힌 트집.

알버트는 학계에서도 꽤 유명한 교수였으며, 동시에 이디에트의 후원을 받고 있는 인재이기도 했다. 마흔이 얼마 넘지 않는 나이에 발표한 논문만 벌써 수십이었다.

솔직히 그 정도 인재면 제아무리 똑똑한 비비안이라도 공부 스트레스 정도는 받으리라 생각했는데, 아예 다른 쪽으로 일이 발전하고 있는 상황인 게 눈에 빤히 보였다.

위그는 비비안을 보았다. 그녀가 저를 부른 이유는 정말 명백했다. 네가 찾은 사람이니 네가 알아서 해결해라. 비비안은 화살을 정말 우아하고 확실하게 피할 여지도 없이 그에게로 돌렸다. 그리고 이게 바로 그녀의 전투 방식이었다.

원래 싸움에 수단의 옳고 그름은 없다. 이기면 되니까.

그녀는 여자들을 업신여기는 남자들을 꺾는 가장 좋은 방법은 바로 더 강한 남자가 와서 인정사정없이 바닥에 밟는 것이라는 사실을 알고 있었다. 그녀가 시간 낭비를 해 보았자 얻는 것 따위 없을 것이고, 설사 진정으로 교수가 그녀의 재략을 인정한다고 해도 그녀에게 그 인정은 하찮고 값싼 것이었다. 그럴 바에야 차라리 판을 키워서 재밌는 구경이라도 하는 게 좋지 않은가.

사실 여기서 위그의 선택지는 단 하나밖에 없었다. 그가 교수의 말에 긍정을 표하기만 하면 그는 곧 여성적인 사고를 하는 남성으로 해석된다. 그는 제 대답을 남성도 할 수 있고 여성도 할 수 있는 것으로 인정하고, 그러려면 여성과 남성의 사고방식에 대한 일종의 편견부터 부정해야 했다.

그러므로 위그는 지금 비비안과 같은 선에 설 수밖에 없었다. 하여튼 머리 굴리는 건 세상 일등이었다.

결국 비비안의 말이 떨어지기가 바쁘게 위그가 얼굴을 완전히 일그러뜨렸다. 그녀의 의도 그대로 변한 방 안의 공기에 비비안은 팔을 책상 위에 놓고 턱을 기댔다.

"그게 무슨 말이지, 티즌 교수."

"가, 각하, 제 말은 그게 아니라."

"나는 교수에게 이딴 것을 가르치라고 데리고 온 게 아닌 것 같은데. 언제부터 학문에 여성적 사고와 남성적 사고 따위를 붙였나. 그리고 기껏 수업을 부탁했더니 한 시간 동안 내 아내와 남녀 사이의 차이점에 대해 고찰을 했나?"

위그의 말에 알버트가 헛기침을 했다. 그는 이디에트가에서 나온 돈으로 연구하고 있었다. 얼음이 묻어 나오듯 뚝뚝 떨어지는 차가움에 교수는 몸을 떨었다. 아무리 이디에트 공작가가 현재 디텔과 팽팽하게 대치하고 있는 것이 실정이라고 하나 그래도 결국에는 이디에트였다.

왕실의 검이자 방패, 그리고 바첼론의 영광과 함께한 개국 공신 이디에트. 다년간 바닥에서 구르며 교수 자리에 올라온 그는 잘 알고 있었다. 여기서는 사과해야 한다는 사실을. 싫어도 어쩔 수 없었다.

"죄송합니다. 각하."

"뭐가?"

"제가, 부인의 총혜를 의심하고, 편협한 시선 때문에 그만 무례를 저질렀습니다."

"방금 트집이 아니라고 하지 않았나요?"

"죄송합니다. 부인. 제가 틀렸습니다."

적당하게 똑똑한 것들은 이래서 싫다. 그 똑똑한 것 중에서도 꽤 똑똑한 편에 속하는 비비안이 속으로 중얼거렸다. 클로리트 후작처럼 쓸데없이 고집 세고 멍청하면 욕이라도 해 줄 텐데 이렇게 쉽게 제 잘못을 인정한다. 이럴 때면 차라리 진짜 멍청한 새끼가 와서 빽빽댔으면 좋겠지만 그래도 그 쓸데없는 고정관념을 제외하고는 이 교수는 꽤 현명하고 처세를 잘하는 편에 속했다. 어디까지나 그 편협한 시선을 제외하고는.

비비안은 괴었던 턱을 빼고 입을 열었다.

"선생님."

"네. 부인."

이를 악무는 게 여기서도 보였지만 짐짓 발견하지 못한 척 비비안이 나긋하게 웃으며 말을 이었다.

"제가 결혼 하나로 신분 상승을 한 계집으로 보이시나요?"

"아닙니다."

"그렇군요. 다행이에요. 그런 삶을 질투하시는 줄 알았거든요."

비비안의 말에 알버트가 움찔거렸다. 질투? 그런 천박한 몸뚱어리로 신분 상승 따위를 꾀한 행동을 질투해? 천만에, 그는 그저 경멸하고 있는 것뿐이었다. 자신이 수십 년을 거쳐 얻은 것을 그저 여자라는 이유 하나만으로 쉽게 얻은 그 계집을.

비비안은 웃었다. 저 교수의 마음을 굳이 이해하라면 이해 못 할 것도 없었다. 로튼에는 같은 물건을 사고도 가격이 다르다며 진상을 부리는 인간이 수두룩했다. 하나는 원료와 질이 차해 일부러 가격을 낮춘 것이라고 설명을 해도 들어 처먹지 않는 새끼들 말이다. 그들이나 저 알버트의 공통점은, 어떻게든 제가 손해를 보는 게 있으면 물고 늘어지는 것이었다. 그 속에 어떤 이면이 있는지도 모르고.

그리고 대부분 삶이 그러했다. 사실은.

"만약 선생님께서 질투라도 하시면 그런 생활을 소개해 드리고 싶었어요. 귀족들 중에는 뭐 특이한 취향 하나쯤 가진 사람이 있으니까요."

알버트는 미간을 찌푸렸다. 저 계집이 지금 무슨 소리를 하는지 이해가 가지 않았다.

"그러니까 잘나고 귀한 귀족 하나 잘 물어 신분 상승을 한 계집처럼 선생님도 그렇게 만들어 드리겠다는 말이에요."

"……."

"대신 선생님은 배우자가 때려도 맞아야 하고, 강제로 관계를 요구해도 참고 들어줘야 하며 밖에서 정부를 찾아도 보고도 못 본 척해야 해요."

"……그것은 부당합니다. 왜 굳이 그래야……."

저도 모르게 반문한 알버트가 곧 입을 다물었다. 하지만 그런 그를 보며 비비안이 우아하게 웃었다.

"왜냐하면 경제권이 상대의 손에 있고, 그것을 떠나면 선생님은 굶어 죽어야 하니까요."

"……그렇게 극단적인 상황은 없습니다."

"많고 적음은 제가 조사를 해 보지 않아 잘 모르겠지만, 존재 여부를 따지자면 제가 꽤 극단적으로 표현해 그렇지 그리 손꼽을 정도로 드문 논리 관계는 아니에요."

"……."

"뭐가 되었든 배우자를 떠나면 선생님께서는 살아갈 방법이 없죠. 이 나라는 그것 외에 그나마 인간처럼 선생님께서 살아갈 수 있는 방법이 없어요. 아니, 있다고 해도 극히 제한적이죠. 저처럼 인간성을 버리거나, 평균시급의 10분의 1도 되지 않는 돈으로 입에 풀칠하면서 산다거나. 그것마저도 결혼하면 다 빼앗기고."

"……."

"그래도 그런 삶을 살고 싶으세요?"

비비안은 웃었다. 교육받을 기회도 주지 않고 재산권은 남편이나 아버지를 통해 행사할 수 있고 남자들의 보호가 없다면 살아갈 수도 없다.

그래서, 대체 뭘 어떻게 살아야 하는가.

인간의 존엄은 살아남을 수 있을 때에야 고려하게 된다. 굶어 죽는 와중에 존엄 따위 남겨 둘 필요도 없다. 남자에게 빌붙어 사는 기생충이라고 욕을 먹어도 일단 살아야 하지 않겠는가. 생명과 생존 앞에 그깟 욕이 대수인가.

자신의 자존심을 팔지 않고 적당하게 그럭저럭 살아가는 여자들도 있었고, 조금 더 나은 삶을 위해 남자들을 유혹하는 여자도 있었지만 그건 어디까지나 인간의 욕심의 차이였다. 최소한 평민이라고 할지라도 그 작은 '기회', 대부분 여자가 가질 수 없었던 그 '기회'라도 손에 쥐었던 저 잘난 교수한테는 욕심 많은 여자들을 욕할 자격이 없었다. 뭐, 애초에 그게 아니더라도 비비안은 언제나 타인의 삶에 관여하지 말자는 것을 진리로 알고 있지만.

"하지만, 훌륭한 남자들은 여자들을 보호할 겁니다. 각하께서 그러했듯이."

"그렇겠죠."

비비안은 긍정했다. 바첼론의 환경이 아무리 그녀의 기준으로 말이 안 돼도 정상적이고 훌륭한 남성이 어찌 없겠는가. 멀리 갈 필요도 없이 귀족가에는 이미 아내를 사랑하기로 유명한 애처가들이 많았다. 하지만…….

"그건 결국 훌륭하고 자상한 남편이나, 아버지에 의해 결정되는 것뿐이죠."

"훌륭한 아버지와 남편으로는 부족하십니까?"

"네, 부족해요. 그것은 그저 그들 내키는 대로 운에 따라 무작위로 결정되는 은혜나 배려일 뿐이죠."

얼어붙은 알버트에게 비비안의 태도는 시종일관 부드럽고 나긋하고 더없이 상냥했다. 마치 무지한 아이를 타이르는 어른처럼. 그럼에도 그는 현재 자신이 공격받고 있다는 느낌을 지울 수가 없었다. 그 꼴을 보다가, 비비안이 마지막으로 한마디를 덧붙였다.

"하지만 이 바첼론에서, 과연 훌륭한 아버지와 훌륭한 남편을 동시에 둘 수 있는 여자가 얼마나 될까요?"

그럼 훌륭한 아버지와 훌륭한 남편을 동시에 두지 못한 여자는, 또 어떻게 살아야 하나요?

\* \* \*

"날 가르치러 왔다는 작자 꼬락서니하고는. 학비 아까워 죽겠네."

"선생을 바꿔 주지."

"됐어. 오는 것마다 저렇게 하나하나 가르치다가는 내가 되레 남아나지 않겠어. 난 딱히 타인을 설득하고 가르치는 데에 취미 없어. 미안하지만 나 하나 간수하는 것도 힘들어."

비비안은 치즈케이크를 포크로 한 점을 뜯어 입 안에 넣었다. 달콤하게 풀어지는 향긋한 냄새에 기분이 좋아진 듯 미소를 띠다가 그녀는 곧 의미심장하게 저를 보는 위그를 보았다.

"왜 그런 눈길이야?"

"의외로군, 이런 일을 만나면 화나서 길길이 날뛸 줄 알았는데."

"어렸을 때부터 이런 소리를 밥 먹듯 들으면, 그다음부터는 들어도 화가 나지 않아."

비비안은 포크를 테이블에 놓았다.

"그 사람은 나한테 피해망상이라고 하더군."

"뭐?"

"저 자신은 그런 적 없는데 왜 혼자 여자이기 때문에, 라고 생각하는지, 오히려 본인이 여자인 사실을 부끄러워하는 건 아니냐는 표정이었어."

"비약일 수도 있지 않나."

"비약일 수도 있지. 어쩌면 피해망상일 수도 있고. 하지만 어렸을 때부터 내가 할 수 없는 대부분 일에 '여자라서'라는 이유가 붙었고, 내가 하고자 하는 일은 여자라는 이유로 끊임없이 제지당했어."

"……."

"그렇게 끊임없이 제지를 당하다 보면, 그다음부터는 무슨 행동을 하든지 방해나 비난을 받을 때 혹시 내가 여자라서 그런 게 아닌지부터 생각하게 돼. 습관이라는 거지."

"……습관이라."

"그래도 그 '피해망상'이라는 게 온전히, 전부 내 탓이라고 말하고 싶어?"

화려한 문양이 그려진 찻잔에 입을 대는 비비안을 보며, 위그는 한숨을 쉬었다. 솔직히 알버트 그 작자를 선생님으로 붙이며 이런 결과를 예상하지 않은 건 아니지만, 그렇다고 해도 그 작자가 너무 선을 넘었다는 것만큼은 인정해야 했다. 저 여자를 상대로 열을 내 봤자 본전도 못 얻는 경험은 이미 그도 수없이 해 봤다.

하지만, 과연 제일 처음 저 여자를 제대로 판단하지 못했던 제가 과연 그 교수를 비난할 자격이 있는 또한 의문이었다.

위그는 어느새 자신이 비비안의 어떤 것을 인정하고 있다는 사실조차 몰랐다. 그것이 정말 작고 작은 것이라서.

그때 비비안이 다시 포크를 들어 치즈케이크를 찍어 누르자, 그가 곧 생각난 듯이 테이블에 놓인 찢어진 편지 봉투를 들었다.

"왕궁에서 온 초대장이야."

"초대장?"

"우리의 결혼을 축하할 겸, 태자가 파티를 벌인다는군."

"그래서 진짜 목적은?"

"태자의 선물 상납 고지서."

비비안은 얼굴을 일그러뜨렸다. 이건 또 무슨 개소리래? 아무리 정치 같은 데에 관심이 없고 정치적 암투에 무지한 그녀라지만 진짜 목적이 그들의 결혼 축하 따위가 아니라는 것쯤은 그녀도 잘 알았다. 하지만 무슨 선물 상납 고지서?

설명을 요구하는 표정에 위그가 쓰게 웃었다.

"결혼 전에 물었지. 공작가씩이나 되면서 돈이 그렇게 없느냐고."

"응."

"우리 가문의 빚이 얼마였는지 알아?"

"7억 케이즈 정도. 내가 갚아 줬잖아."

"그 7억 케이즈 전부가, 태자의 손에 들어갔다고 하면 믿겠어?"

"아니. 위그. 자신의 사치를 타인의 탓으로 돌리는 건 그다지 좋은 습관이 아니……."

"……."

"진짜야?"

그럴 줄 알았다는 위그의 허탈한 표정에 비비안이 이마를 짚었다. 7억 케이즈가 뉘 집 개 이름도 아니고. 아무리 로튼이라고 해도 몇 달 치 총수입 정도 되는 돈을 지금 그깟 태자한테 다 썼다고?

"공작가에 영지가 있지 않나?"

"있긴 하지만, 아무리 그렇다고 해도 선조가 남긴 땅을 팔아 버리면 저녁에 꿈에서 선조를 보지 않겠나?"

"……아."

비비안은 헛웃음을 터뜨렸다. 결혼 전 자신에게 채무 상납서가 오기에 이건 또 뭔가 했다. 그리고 그게 공작가의 빚이라 더 놀랐고, 인제 와서 그게 다 태자의 손에 들어갔다니 더 웃겼다. 그 태자의 손에 들어간 게 어디에 쓰였는지는 딱히 해석할 필요도 없을 것 같다. 그 인간이 설마 그 돈을 무슨 고아원을 짓는 데 썼겠는가.

"이제까지 어떻게 살아온 거야?"

"아무리 어려워도 결국은 귀족이다. 물론 더 가다가는 어떻게 될지 모르겠지만."

귀족들의 영지는 보통 두 부분으로 나뉜다. 매매가 가능한 부분과 매매를 할 수 없는 부분. 후자는 왕이 일정하게 간섭하고 있는 부분이며, 고정 수입을 얻는 부분이라 매매가 불가능하지만, 전자는 온전히 공작가의 통치에 속하는 부분이라 매매할 수 있다. 대부분 귀족들은 전자를 통해 명맥을 유지하고 있었다, 어쨌든 직접 수입을 얻는 부분이므로. 그것을 판다는 것은 곧 가문의 수치요 가문의 멸망과 그리 멀지 않다는 것을 광고하고 있는 것이나 마찬가지였다.

그러니까 위그는 가문이 망하는 것을 방지하기 위해 그녀를 찾아온 것이나 마찬가지였다. 그 기간 동안 태자를 바꾸어 더 긴 시간의 안녕을 도모하고.

여기까지 생각하자 측은해졌다. 권력과 재력이 직통으로 통하지 않는 것을 깨닫자 은근하게 동정이 갔다. 물론 그 동정과 측은함에는 결혼 전에 빠르게 받은, 그녀를 착취하던 각종 법안 취소 통보와 말도 안 되는 관련 규정의 폐지가 있었지만. 덕분에 그녀는 왕실에 울며 겨자 먹기로 냈던 돈을 전부 돌려받았다.

그녀가 돌려받은 그 어마어마한 숫자의 돈을 보며 위그가 기막히다는 표정을 지었지만 어쨌든 로튼 휘하에 있는 브랜드만 몇 개인지 생각해 본다면, 더 질질 끌면 잃는 건 그 정도 돈만은 아닐 것이었다. 그래서 그녀는 흔쾌히 공작가의 7억 케이즈를 물어 줬다.

"진즉 엎어 버리지 않고 뭐 했어?"

"엘리미아가 태자비로 있는데 가주로서 누이를 죽이는 짓을 할 수는 없지."

"이디에트가 먼저 줄을 댔군. 그러게 줄은 잘 서야지."

"내가 선 줄이었으면 억울하지도 않지."

비비안은 고개를 저었다. 이래서 권력 암투를 싫어했다. 장사는 약간의 타이밍과 운, 그리고 재능이 있으면 투자한 것만큼 돌아오는 게 많은데 권력 암투는 온통 사람 천지였다. 그녀는 돈은 믿을지언정 사람은 믿지 않았다.

"어쨌든 태자 전하께서 우리의 '선물'을 기다린다는 말이지?"

"그래. 그리고 태자는 여자라면 사족을 못 쓰지."

"그건 당신이지 않아?"

"나와는 결이 달라. 나는 그 정도 지저분한 관계는 혐오한다. 그는 여인을 정부로 들이는 게 아니라……."

"보통 남자들은 다 그러던데. 나는 그래도 그 정도는 아니라고."

"…….."

"정부도 가득했던 주제에."

"…….."

"아아, 알았어. 당신 그 정도는 아니야. 아니고말고. 우리 남편이 어디 그 정도야? 요즘 얼마나 똑바로 사는데."

아무리 그래도 나랑 태자를 비교하냐는 표정을 지으며 혐오 가득한 얼굴을 하는 위그를 보며 비비안이 피식 웃었다. 그리고 곧 편지를 들고 쭉 훑었다.

"그래서 뭘 가져갈까? 태자가 원하는 거면 보통 물건으로는 부족할 텐데."

"물건도 중요하지만, 사실 이번에 중요한 건 따로 있다."

위그는 말꼬리를 흐렸다. 태자의 가장 가까운 곳에서 그를 살펴야 할 엘리미아는 이미 태자와 동침이라면 진저리를 쳤다. 디텔에서 끊임없이 보내온 여자들한테 둘러싸여 정신없는 시간을 보내는 태자 때문에 옆에서 적당하게 동향을 살필 사람을 붙이기도 어려웠다. 그렇다고 갑자기 정부를 보내는 것은 지나칠 정도로 눈에 띈다.

위그의 표정을 살피던 비비안이 흐음, 하고 숨을 내쉬었다.

"물건도 중요한데, 사람이 더 중요하다?"

"그래."

"이왕이면 똑똑하고 예쁘장한 여자로 붙였으면 좋겠다고 얼굴에 쓰여 있는데, 당신 누이가 태자비라 아무런 이유도 없이 여자를 붙이는 건 문제가 많으니 이번 기회에 어떻게든 성공시키고 싶은 거고."

이제는 제 마음을 딱딱 짚어 내는 게 놀랍지도 않았다. 로튼을 제 손으로 직접 그만큼 키워 냈다는 것을 증명이라도 하듯 비비안은 눈치와 머리만으로도 상대방의 생각을 귀신같이 잡아 내는 능력이 있었다. 다만 그만큼 욕심도 많았지만.

눈동자를 데굴데굴 굴리더니 비비안이 뭔가 생각난 듯 피식했다. 그리고 곧, 눈가를 접으며 요사스레 웃었다. 그 미소를 보던 위그가 불안한 느낌이 들어 뒤로 몸을 뺐다. 그러거나 말거나, 마치 비밀 담화를 하듯 비비안이 소리를 낮춰 속삭였다.

"태자가 이디에트가 보낸 자를 무조건 옆에 두게 하면 되지?"

"말만 쉬운 일이지. 아무리 태자가 생각이 없다고 해도, 우리가 보내는 이를 그렇게 쉽게 받아들일 리가 없어. 게다가 태자는 생각이 그렇게 없지 않아."

"그 디텔에서 무희 열 명을 보냈다며. 아주 대놓고 진상했는데 받았잖아."

"그건 태자가 우리보다 디텔을 더욱더 신뢰하고 있다는 방증이지."

위그의 말에 비비안이 더욱더 고개를 숙였다.

"그거 내가 도와줄 수 있는데."

"뭐?"

"내가 도와줄 수 있어."

"……원하는 게 뭐지?"

"아, 역시, 당신은 이제 나를 너무 잘 알아."

위그의 눈길이 그녀의 눈에 닿았다. 곱게 휘어진 눈이 이렇게 저를 볼 때는 무언가 원하는 게 있다는 것을 의미했다. 그리고 그것은 대개 돈으로 해결하기 귀찮은 것이었고 권력으로 쉽사리 이룰 수 있는 것이었다. 아니나 다를까, 비비안이 요구를 말했다.

"이번에 왕실에서 로일 해역 쪽으로 영역 확장을 진행한다고 하던데."

"그래."

"거기에 우리 상단의 배를 써 줘."

"뭐?"

로일해는 왕실의 영역이어서 아무리 로튼이라고 해도 함부로 들어갈 수 없는 곳이었다. 하지만 로일해를 한번 뚫게 되면, 그동안 섬을 쭉 돌아 험난한 바다를 뚫어 인명 피해를 당하는 손해를 더는 입지 않아도 된다. 한마디로 현재 비비안은 왕가 해역 통항 자격을 달라고 하는 것이었다.

이 여자가 대륙을 먹더니 이제는 바다까지 먹으려고 하는 건가. 저번에 이디에트와 로튼의 해상 무역권을 독점해 가더니 이번에는 로일해를 뚫으려고 한다. 애초에 저와 결혼해서 이것저것 챙겨 갈 예정이었던 게 확실했다.

하지만 왕가 해역의 통항 자격은 아무리 위그라도 쉽게 허락할 수 있는 게 아니었다. 이건 귀족원의 권한보다는 왕실의 권한에 가까웠기 때문이었다. 게다가 비비안이 어떻게 일을 처리할지도 모른다. 그는 굳은 표정으로 잠시 생각하다가 입을 열었다.

"좋아. 당신이 무사하게 태자의 옆에 사람을 붙이면, 그 문제는 내가 알아서 처리해 주지."

"뭐야. 지금 그러니까 내가 내놓은 것부터 확인을 하고 움직이겠다는 건가?"

비비안이 어이없는 표정을 지었다. 그러나 위그는 무심하고 오만한 얼굴로 말을 이었다.

"뭐가 무섭지? 당신이 완벽하게 일을 해결하면 되는 일이다."

"당신이 나중에 말을 바꾸면?"

"자백서가 있지 않나."

"이런, 이제는 자백서의 존재를 인정하기로 한 거야?"

비비안이 피식 웃음을 흘렸다. 며칠 전까지만 해도 그녀가 자백서를 들고 그를 위협했고 그는 결국 거기에 꼬리를 내렸다. 당장 자백서를 찢어발기겠다는 표정으로.

위그는 눈동자를 굴렸다. 글쎄, 포기보다는. 눈앞의 여자는 딱히 기분이 나쁘다고 그렇게 큰 사고를 칠 만한 사람으로는 보이지 않았다. 제 입으로 말하지 않았는가. 도덕은 없어도 상도덕은 있다고. 그리고 그가 보건대 그녀의 그 말은 틀리지 않았다.

그때 비비안이 곰곰이 생각하다가, 고개를 끄덕였다.

"좋아. 어디 한번 고객님의 요구에 딱 어울리게 일을 처리해 보지."

"받아들이겠다는 건가?"

"어디 한번 해 보겠다는 뜻이야."

이익 손해를 자세히 따진 비비안이 입꼬리를 말아 올렸다. 남자들은 여자들을 멍청하고 판단력이 없는 것으로 보면서도 정작 필요할 때는 여자들을 찾았다.

그녀가 머리를 굴렸다. 태자의 옆에 24시간 붙어 있을 수 있는 여자, 그들에게 정보를 가져다줄 수 있는, 똑똑하고 일 처리 깔끔한 여자. 그러면서도 남자를 휘어잡을 수 있는……

얼핏 떠오르는 얼굴에, 비비안이 의미심장하게 웃었다.

왕궁으로 향하는 마차 안, 밖을 내다보던 위그의 눈길이 비비안에게로 떨어졌다. 화려하게 펄럭거리는 드레스 위로 놓인 책에 시선을 고정한 비비안이 곧 시선을 느끼고 고개를 들었다. 커다란 모자 위에 달린 공단 리본이 천장에 닿을 듯 말 듯 나풀거렸다.

"무겁지 않아?"

"괜찮은데?"

비비안은 살짝 고개를 움직였다. 옆에 앉아 수를 놓던 헤더가 꽃장식이 살짝 삐뚤어진 것을 발견하고 손을 뻗어 장식을 바로 했다. 그것을 보던 위그가 미묘한 얼굴을 했다.

"웨딩드레스는 무겁다고 징징대더니 이건 또 잘 참는군."

"징징이라니, 언어 표현이 다소 건방진데? 그리고 애초에 장시간 서 있어야 하는 경우와 앉아 있는 경우가 어디 같아?"

"그것을 감안하더라도 화려하다는 거다."

"퀸슨 부인이 공작 부인으로서 왕궁에 입장할 때 기가 죽으면 안 된다고 그렇게 난리를 피웠지."

솔직히 이렇게 치장을 하지 않는다고 기죽을 비비안이 아니었다. 오히려 그녀는 어떤 차림이든지 왕궁을 제집처럼 활개치고 다닐 가능성이 더 컸다. 그래도 열심히 꾸미는 것을 준비하는 모습이 갸륵해서 딱히 반항하지 않은 채 곱게 단장을 했다. 그리고 옷이나 장식들도 예뻤고.

위그는 비비안을 보고서는 고개를 끄덕였다. 제일 처음 만났을 때부터 느꼈지만, 참 화려한 여자였다. 이목구비나 생긴 건 둘째 치고 단장 자체를 좋아하는 것 같았다. 결혼하기 전에는 향수 냄새도 일주일에 한 번씩 바뀌는 것 같았다. 결혼하고서야 향수만 열 개가 넘는다는 사실을 알았다. 립스틱은 뭐 몇십 개는 쌓아 놓고 사는 것 같고. 드레스와 구두에 보석은 몇 개인지

셀 수 없었다. 주인의 방 옆에 있는 게스트 룸 두 개를 드레스 룸으로 고친 것만 봐도 유추 가능하지 않은가. 역시 큰 스케일의 부자라고 해야 할지, 아니면 자기애 하나는 끔찍하게 깊다고 해야 할지.

"왜 그렇게 봐?"

"그냥 수수한 게 더 예쁘다는 생각은 해 본 적 없어?"

"없는데."

비비안의 칼 같은 대답에 위그는 더 말하는 것을 포기했다.

그는 솔직히 말하자면 여자의 분 냄새를 좋아하지 않았다. 향수 냄새도 그랬다. 취향만 놓고 보자면 클로에처럼 청초하고 수수하고, 깔끔한 스타일을 더 선호했다. 사교계에만 가도 얼굴에 분칠하는 여자들이 한가득이었으니까.

하지만 그는 어차피 자기가 싫다고 말해 봤자 신경도 쓰지 않을 비비안 이라는 사실을 너무 잘 알았으므로, 그냥 입을 닥치기로 했다. 그리고 그 분 냄새라는 것도 적당하게 맡으니 습관이 되기도 했다. 여자의 화장품이 화장대 가득 쌓이자 요즘 그의 방은 문만 열어도 화장품 특유의 향기가 가득했다. 그 냄새가 그녀의 체향과 흡사해서, 그는 방에 들어갈 때마다 이상한 감각에 휩싸이곤 했다.

그런 위그의 모습에 비비안은 피식 웃었다.

"내가 이렇게 치장하는 게 그렇게 이상해?"

"이상하다기보다는 당신은 왠지 모르게 남자들 비위 맞추겠다고 예쁘게 꾸밀 것 같아 보이지 않아서 하는 말이다."

"난 남자들 비위 맞추려고 꾸민 적이 없어."

"그렇다 치지."

"사실인데. 꾸민 내 모습을 어떤 남자들이 좋아한다고 내가 그 남자들 비위 맞추려고 꾸몄다는 건 너무 논리 비약이야. 게다가 누군가에게 예쁘지 않게 보이려고 기를 쓰는 것도 오히려 더 그 누군가를 신경 쓴다는 반증 아니겠어? 물론 나도 인간인지라 속세의 심미적 기준에서 완전히 벗어날 수 없지만 원래 인간은 다 세상의 룰에 적당하게 영향받으면서 살아."

"당신이 그런 타협을 한다고?"

"그럼 당신은 세상에 타협한 적 없을 거 같아? 이 세상의 룰에서 완전히 벗어나 사는 인간은 없어. 그리고 가장 근본적이고 결정적인 건, 난 꾸미는 거 좋아해. 화려하고 비싸고 예쁜 게 좋거든. 나 같은 사람이 있으니 로튼의 화장품업이 대성하는 거겠지."

"외모에 집착하지 마."

"내가 언제 집착한댔어? 내 본능이지, 아름답고 예쁜 것에 끌리는걸. 그걸 굳이 부정하고 싶지 않은 것뿐이야."

비비안이 눈길을 위그로부터 다시 책 쪽으로 넘기며 말했다.

"그러니까 당신은 당신 반반한 얼굴과 깔끔한 생활 습관에 감사하도록 해."

"왜?"

"당신이 제 몸 하나 간수 못 했다면 내 침대에 올라오지도 못했을걸."

"다시 말하지만 내 침대야."

"내 침대이기도 해."

아침마다 이불 쟁탈전에서 패배하다시피 해 결국 백기를 든 위그가 어이없는 얼굴을 했다. 이불을 두 개 놓으려고 했다가 켄슨 부인이 '어머, 부부는 이불을 두 개 쓰는 습관을 들이면 안 돼요. 하나로 같이 쓰면 되죠. 껴안고 자면 나름대로 따뜻하답니다. 호호.' 공격을 시전하는 바람에 결국 그것도 무산되었다. 그는 날이 가면 갈수록 자신이 땅을 파서 그 안으로 들어가 얌전하게 누워 있다는 느낌을 지우지 못했다.

덜컹거리는 마차 안이 다시 침묵으로 가득 찼다. 그러다가 왕궁 부근까지 왔는지 익숙한 모습이 눈에 안겨 오자, 위그가 다시 입을 열었다.

"그런데 당신, 그 준비하라는 건 다 했어?"

"준비? 아, 태자한테 '진상할' 거?"

"그래."

"아직."

"뭐?"

위그가 얼굴을 일그러뜨렸다. 파티가 내일이었다. 내일 저녁까지 준비하지 않으면 안 된다. 파티는 보나 마나 태자의 개인 파티 홀에서 벌어질 게 분명했고, 태자의 양쪽에 각각 앉을 이디에트와 디텔은 엄청난 기 싸움을 벌일 게 분명했다.

그의 안색에 비비안이 피식 웃음을 흘렸다. 그러나 위그의 안색은 더욱더 어두워졌다. 준비하지 못했다는 여자치고는 지나치게 여유로웠다. 요 며칠 뭔가 분주하게 돌아다니기에 당연히 준비를 마쳤다고 생각했는데 설마 아니었나?

"얼굴 풀어."

"……."

"안심하고. 나 못 믿어? 내가 언제 일 처리 대충대충 하는 거 봤어?"

"……내일 저녁에 파티인 건 아냐?"

"알지. 그리고 준비를 다 못 한 거지, 전혀 못 한 건 아니야. 다만."

"다만?"

비비안이 의미심장하게 웃는 걸 보며, 위그는 직감적으로 그녀가 뭔가를 꾸미고 있다는 것을 깨달았다. 갑자기 불안감이 스멀스멀 기어올랐다. 하지만 다른 한구석에는 은근히 기대하고 있는 자신을 발견하고는, 저도 모르게 깜짝 놀랐다.

말을 고르던 비비안이 곧 말을 이었다.

"약간의 사전 준비가 더 필요할 뿐이지."

"사전 준비?"

위그가 더욱더 의문 섞인 투로 물었다. 하지만 그런 그의 의문에는 더는 답이 돌아오지 않았다.

* * *

태자가 여인을 좋아한다는 것은 과연 거짓이 아닌지, 위그와 비비안이 도착했다는 것을 고하자마자 열린 문 틈 사이로 헐벗은 여인이 나왔다.

대충 걸친 천 쪼가리를 보건대 무희인 모양이었다. 그녀는 위그와 비비안을 힐끔 보더니 곧 요사스럽게 웃으면서 엉덩이를 살랑살랑 흔들며 복도의 끝으로 사라졌다. 그럼에도 불구하고 잔류한 진득한 분내와 향수 내에 질식할 것 같은지 위그가 얼굴을 대놓고 일그러뜨렸으나, 정작 그의 옆에 있는 비비안은 얼굴에 미소를 가득 띤 채 흡족한 얼굴을 하고 있었다. 그녀는 저와 결혼한 남편이 그저 여인의 헐벗은 몸에 넋을 잃는 팔푼이가 아니어서 너무 다행이라고 생각하고 있었다.

"오, 이디에트 공작 부부께서 오셨군."

위그와 비비안이 등장하기가 무섭게 단상에 있던 태자, 제이슨이 입을 뗐다. 방금 무희와 무슨 짓을 했는지 대충 짐작할 수 있게, 무희만큼이나 제이슨의 차림새는 형편이 없었다. 그러나 그것보다도 더욱더 그들을 놀라게 한 것은, 이 방에 있는 사람이 제이슨 혼자가 아니라는 것이었다. 시종이나 기사들은 그렇다 치고 태자의 가까운 곳에는 몇몇 귀족들도 서 있었는데, 비비안은 그들이 바로 위그가 그렇게 미워하다 못해 처박고 싶어 하는 디텔 공작을 위시로 한 무리라는 것을 곧장 깨달았다.

그러나 비비안은 일부러 굳이 고개를 들지 않은 채 위그의 에스코트를 받아 천천히 태자의 앞에 섰다. 방금 전 무희를 보면서 얼굴을 찌푸렸던 것이 거짓이라는 듯, 위그는 담담하기 그지없는 얼굴로 입을 뗐다.

"태자 전하를 뵙습니다. 왕궁으로 초대해 주셔서 황송하기 그지없습니다."

그렇게 말하는 그의 목소리에는 일말의 황송의 뜻도 없었으나 태자는 알아채지 못했는지 아니면 듣고도 일부러 모른 척하는 것인지 그저 빙그레 웃고만 있었다. 위그는 고개를 살짝 들어 원래라면 제이슨의 옆에 있어야 하는 제 누이를 찾다가, 그녀가 코빼기도 보이지 않는다는 사실을 깨달았는지 살짝 미간을 좁히고 입을 열었다.

"태자비 전하께서는 함께하지 않으셨습니까?"

"우리 고귀하신 이디에트의 태자비 전하야, 나 같은 무뢰배치들과 섞이기 싫어 고상하게 후원에서 독서를 하고 있겠지."

태자의 대답에는 은근히 가시와 뼈가 가득했다. 그것을 듣고도 위그는 일부러 못 들은 척했으나, 비비안은 속으로 웃음을 흘리고 말았다. 태자비의 성정이 그런 것을 아는 새끼가 아무리 계집질에 흥미를 붙였다고 해도 알현실까지 나신의 무희를 들이다니. 부인이 싫어하면 사랑받기 위해 노력하는 것이 인지상정이 아닌가.

속으로 인정사정없이 태자의 흉을 보는데, 그때였다. 갑자기 제이슨의 시선이 비비안에게 닿더니, 그가 눈을 반짝 빛내며 입을 열었다.

"오호. 이디에트 공작 부인께서는 소문보다도 훨씬 아름답고 어여쁘시군."

순간 위그뿐만 아니라 이 방에 시립해 있던 시종과 기사들마저 살짝 미묘한 얼굴을 했다. 아무리 그래도 태자가 가신의 부인의 미모를 찬탄하는 것은 그리 예법에 맞는 일이 아니었다. 종종 귀족 부인이 왕의 정부가 되는 일이 있다고 하나 이디에트는 성질이 다른 가문이었다. 심각하면 희롱적인 언사라 하여 위그가 크게 분노해도 할 말이 없는 상황이었다. 그러나 정작 비비안은 제이슨의 말이 마치 기회라도 되듯 냉큼 곱게 웃으며 입을 열었다.

"전하. 저보다 더 어여쁜 것에 관심이 없으십니까."

"호오?"

"내일, 로튼에서 들여온 가장 귀한 것들을 전하께 진상하겠습니다."

일종의 예고였다.

그 말이 끝나기가 바쁘게 태자의 가장 가까운 곳에 있던 디텔 공작이 미간을 팍 찌푸렸다. 웬 졸부 계집과 결혼했다기에 무슨 심산인가 했더니 이거였다. 세기의 사랑이다 스캔들이다 사람들이 떠들어 댔지만 저는 애초에 믿지도 않았다. 그 여우 같은 이디에트 자식이 설마 진짜 사랑에 빠져 제게 도움이 되지도 않는 여자와 결혼했겠는가. 제 돈 보기를 신보다 더 귀히 여긴다는 로튼의 계집을 어떻게 회유하고 꾀었는지는 모르겠지만 여하튼 그 목적만큼은 확실했다.

하지만 그는 곧 얼굴을 풀었다. 어차피 돈 좀 많고 곱상하게 생긴 계집이었다. 그리고 태자는 이디에트에 대한 불신이 이미 극에 달해 이디에트의 사람은 하나도 제 옆에 붙여 놓고 있지 않았다. 그런 상황에서 아무리 고운 계집을 100명이나 붙인다고 해도 결과는 똑같았다.

그렇게 득의양양한 표정을 짓던 디텔 공작이 곧 고개를 돌렸다. 그 순간, 묘한 미소를 짓던 비비안의 서늘한 파란색 눈동자와 마주쳤다. 그의 눈가가 파르르 떨렸다.

그때였다. 태자가 호탕하게 웃음을 터뜨렸다.

"그래, 그래. 공작 부인이 벌써 예쁨받으려고 노력하는 게 눈에 보여서 기쁘기 그지없군."

"저보다는 제 남편을 더 어여삐 봐 주십사 부탁하는 것이죠."

"이런, 공작 부인의 정성이 갸륵하기 그지없어 어디 한번 공작한테 거하게 상이라도 내려야겠군."

'저딴 새끼한테 어여쁨 따위 받을 생각 없다'라고 얼굴에 써 붙인 위그를 보며 비비안이 살포시 웃음을 흘렸다. 이미 왕실에 대한 호감도가 영하로 내려간 듯한 남편의 차가운 표정에 저만 죽어 나간다. 하여튼 고귀하게 자라 한평생 떠받들려 자란 사람은 굽힐 줄을 모른다. 제게 제안이라는 걸 하겠다고 제일 처음 찾아왔던 그날에도 알아보긴 했지만. 뭐, 어차피 이런 남자라 딱히 놀랍지도 않았다. 그리고 그녀는 어느 정도 그것을 이해하고 있었다. 원래 사람마다 건드리지 말아야 하는 마지막 선이라는 게 있지 않은가. 내용은 달라도.

딱딱하게 굳어 있는 공작과 그 옆에서 새물새물 웃고 있는 공작 부인을 번갈아 보다가, 태자, 제이슨은 피식 웃음을 흘렸다. 위로 오라비들과 아래로 남동생을 전부 물리치고 특수 상속권을 받은 여자라기에 무슨 특이한 점이라도 있는지 궁금했는데 그저 보통 여자와 다를 바가 없었다. 최소한 지금 그가 보기에 비비안은 별로 특이한 것이 하나도 없는 계집이었다. 다만 생각보다 훨씬 낭창낭창한 허리에 계집 맛이 나는 모습을 하고 있었다. 어쨌든 저를 보면서 혐오스러운 얼굴을 하는 엘리미아보다는 훨씬 더 사랑스러운 여인임에는 틀림없었다. 그래 봤자 결국에 여인이 거기서 거기지만.

그것을 알아챈 듯 비비안은 더욱더 진하게 미소를 지었다.

곧, 이만 물러나도 좋다는 말과 함께 두 사람은 알현실에서 나왔다.

* * *

"태자를 만난 소감은?"

"지금까지 뒤지지 않고 살아 있는 게 용하네."

"우리가 그동안 보호했거든. 정확히 말하자면 선대 공작이자 내 아버지가."

"그럼 우리가 뒤지게 하면 되겠네."

"……."

"내 피 같은 세금이 저런 새끼한테 간다니, 이럴 줄 알았으면 당장 돈 다 들고 다른 데로 튈 걸 그랬어. 바첼론의 미래가 차암 밝아."

파티 기간에 거주할 방에 들어가자 비비안이 거칠게 장갑을 벗고 침대로 던졌다. 그것을 집은 뒤 한쪽에 곱게 개어 놓고, 헤더는 화장대 앞에 앉은 비비안의 머리를 만졌다.

푹신한 침대에 걸터앉은 뒤, 위그가 비릿하게 웃었다. 멍청하다고 수도 없이 말했지만 그래도 태자였다. 그건 어디까지나 분풀이에 가까운 욕이었고, 실제로 제이슨은 뱀처럼 교활한 자였다. 그는 엘리미아와 결혼해 이디에트를 손에 넣은 뒤, 이제는 엘리미아를 멀리하고 디텔과 거리를 가깝게 두고 있었다. 그렇게 이디에트와 디텔이 싸우면서 결국에 이디에트가 야금 야금 좀먹히게 된 것이었다.

순진하게 여색을 밝히는 방탕아 행세에 속아 휘두르기 쉽다고 판단한 선대 공작이 제 딸을 준 게 화근이었다. 그때까지만 해도 그저 멍청한 놈인 줄 알았는데, 지금 보니 다 계획적이었다. 귀족의 세력 중에서 가장 센 두 대가리부터 잡아 싸우게 하면 결과적으로 어느 하나는 크게 타격을 입게 된다. 어쩌면 싸우는 도중에 하나가 사라질 수도 있다. 그렇게 귀족 세력을 누르고 제 왕권을 넓혀 간다.

그래서 제이슨은 별로라고, 차라리 욕심이 없어도 부드러운 제3왕자가 낫다고 그렇게 반대했는데 제 딸을 왕비로 만들기로 마음을 먹은 선대 공작은 완고했다. 사랑하는 남자가 아니면 죽겠다고 울고불고 난리 치는 엘리미아를 기어코 제이슨과 결혼시켰다. 귀족 가문의 딸로 태어나 그 의무를 이행해야 한다고 번듯하게 말했지만, 그 뜻은 분명했다. 그동안 입혀 주고 먹여 주고 사치를 부리게 해 줬으니 밥값을 하라는 것이었다. 사실 그 부분에서는 저나 제 아비나 그녀를 도구로 사용했으니 뭐라 할 자격은 없다.

위그는 한숨을 쉬었다. 태자와 디텔이 짜고 이디에트를 죽이려고 한다. 개국 공신 가문에 바첼론의 역사와 함께한 이디에트라 대대로 그 세를 죽이기 위한 왕들은 수많았지만 이렇게 대놓고 디텔과 한통속이 된 태자는 또 처음이었다. 그렇다고 여자를 붙이기도 애매했다.

갑자기 머리를 짚고 한숨을 쉬는 남편을 보며 비비안이 거울 너머로 묘한 표정을 지었다. 그리고 곧 제 뒤에서 머리를 만지는 헤더를 보며 우아하게 웃었다. 그 웃음을 본 헤더가 눈을 깜박거리자, 비비안이 한쪽에 놓인 메모지와 펜을 들어 뭔가를 휘갈겼다.

그것을 손에 쥔 헤더가 눈을 크게 떴다. 하지만 곧, 결연하게 고개를 끄덕이고 방을 나갔다.

그리고 그다음 날 저녁.

태자와 태자비를 중심으로 양쪽으로 쫙 갈라 앉은 사람들의 무리에서 정치적 파벌이 명확하게 드러났다. 디텔을 위시한 가문과, 이디에트를 위시한 가문. 태자비 엘리미아와 가장 가깝게 앉은 위그 덕에 그녀의 차갑게 굳은 얼굴을 똑똑하게 본 비비안이 제 맞은편에 앉은 디텔과 그에 줄을 댄 가문을 쭉 훑고는 느긋하게 와인 잔을 들었다.

우아한 연회보다는 이런 식으로 놀고먹고 즐기는 것을 더 좋아한다는 태자의 취향은 너무 확고했다. 그는 남녀들이 제각각 짝을 지어 노는 것보다 모든 사람의 눈길이 제게 향하는 것을 더 즐기는 것 같았다. 그러다가 분위기가 오르면 또 적당하게 흥을 돋워 줄 여자들이 들어오겠지. 하여튼 술자리에 여자 없으면 노는 방법을 모르는 걸까. 비비안은 사내들의 단일한 여흥 방법에 한심함을 느꼈다.

파티라는 이름을 달고 사실은 만찬에 가까운 구도에 유일하게 만찬과 다른 건, 두 쪽으로 갈라 앉은 귀족들 사이에 있는 커다란 공간이었다. 이제 그 공간에 각종 진귀한 것들이 들어오고 온갖 예쁜 것들이 밀려온다는 것을 모르는 자는 없을 것이다.

엘리미아는 더없이 싸늘한 얼굴로 태자의 옆에 서 있었다. 그녀는 되도록 이런 공식 석상에서 제 남편의 면상 자체를 보고 싶지 않아 했고, 제이슨 또한 엘리미아를 딱히 신경 쓰지는 않는 듯했다.

이 모든 것들을 눈에 넣은 뒤 와인 잔에 담긴 와인을 느긋하게 돌리며 비비안은 묘한 표정을 지었다. 어제 오후 급하게 나간 헤더가 아직 들어오지 않고 있었지만, 어차피 일 처리 하나는 깔끔하게 하는 아이니 딱히 걱정되지 않았다. 하지만 옆에서 죽일 듯한 표정을 짓고 있는 제 남편은 신경 쓰였다. 얼굴 좀 풀라고 말해 봐도 무용지물이었다. 평소에 제게 깨갱거리는 모습만 보다가 오늘처럼 이렇게 위압감을 풍기고 있는 것을 보노라니, 그제야 그의 별명이 전장의 미친개라는 게 생각이 났다.

파티의 시작은 무척 좋았다. 각종 애피타이저가 들어오고부터 식사를 하며 이런저런 덕담을 나누던 귀족들은 서로 적이라는 게 전혀 티 나지 않을 정도로 하하호호 웃고 있었다. 하물며 어제 오전까지 방탕아의 냄새를 풀풀 풍기던 태자마저도 지금은 멀끔하게 차려입고 제 앞에 차려진 음식을 먹고 있었다. 마치 정글 속에서 웃고 있는 귀족들을 보는 것 같은 착각이 들었다.

그때였다. 조용하게 문을 열고, 익숙한 얼굴이 들어왔다. 조금 급하게 왔는지 약간 흐트러진 머리를 한 채 귀족들의 뒤를 쭉 돌아 제게 종종걸음으로 달려온 헤더가 그녀의 옆에 섰다. 원래 귀부인들은 시녀들이 옆에서 계속 시중을 들어 주기에 딱히 누구도 헤더의 등장에 의문을 표하지 않았다. 비비안은 입 안에 있는 샐러드를 다 씹어 삼킨 뒤, 느긋하게 걸상에 기댔다. 헤더가 허리를 숙이고 입을 열었다.

"준비 다 되었습니다. 단주님."

"물건들도 전부?"

"네."

"선물은?"

"곱게 '포장'되었어요."

"너무 꽁꽁 묶지는 마. 숨 못 쉬겠다."

"안 그래도 툴툴대더라고요. 머리 망가진다고."

"좀 참으라고 해."

"그런데 펼칠 때 뒹굴면 어쩌죠?"

"그러니까 한 번만 크게 감으라고, 데구르르 바닥에서 구르게 하지 말고. 기술이 필요해."

"루크에게 일러둘게요."

말을 마친 뒤 헤더가 다시 종종걸음으로 파티 홀을 나갔다. 옆에서 그녀들이 대화 나누는 모습을 곁눈질하던 위그가 몸을 슬쩍 기울여 물었다.

"됐나?"

"당신 은근하게 보채는 데에 재능 있는 거 알아?"

"……불안해서 그런다. 당신은 무슨 일이 있어도 그런 표정이잖아."

"믿지도 못할 거 나한테 일은 어떻게 맡겼대?"

"그냥 입을 닥치지."

위그의 말에 비비안이 웃음을 터뜨렸다. 다시 원위치로 돌아가는 위그를 향해, 이번에는 비비안이 몸을 기울이며 입을 열었다.

"내가 이것 때문에 며칠 동안 얼마나 머리를 짰는지 알아?"

"어제도 봤겠지만, 태자는 우리를 엄청나게 경계해."

"그러니까, 그 경계도 무시할 만한 관심거리를 주면 되지."

"단순히 보석이나 실크 같은 걸로 환심을 얻으려 하지 마. 쓸모없어. 여자를 보내는 것도 이제는 웬만한 여자한테 면역이 되어 있는 자다."

비비안은 태자를 곁눈질했다. 방금까지 얌전하게 식사하던 것도 언제 다 끝냈는지 그는 어느새 곁에 다가온 정부를 무릎에 앉히고 입을 맞추고 있었다. 태자의 식사가 끝난 것을 발견한 사람들이 알아서 포크를 놓고, 곧 뒤에 있던 시종들이 그들의 식기들을 거둬 갔다.

비비안은 냅킨으로 입가를 살짝 닦았다. 그때 그녀의 옆자리에 있던 엘버린 공작에게 살짝 기대 있던 공작 부인이 남편의 몸 앞으로 얼굴을 빼꼼 드러내 놓고 입을 열었다.

"이디에트 공작 부인은 굉장히 지혜로운 것 같아요."

"……네?"

갑자기 웬 뚱딴지같은 소리인가. 살면서 별소리를 다 들어 봤으나 지혜롭다는 소리는 또 처음 들은 비비안이 순간 표정 관리에 실패한 채 어리둥절한 표정을 지었다. 무뚝뚝한 남편의 팔을 살랑살랑 흔들며 공작 부인이 입을 열었다.

"안 그래요, 여보? 굉장히 지혜로울 것 같아."

"그건 모르겠고. 수완이 있게 생긴 건 확실하군."

애교 섞인 부인의 말에 무뚝뚝하게 대답한 엘버린 공작은 뒷조사로 들었던 사교계 최고의 애처가답지 않은 기색이 흘렀다. 저 얼굴로 애처가라고? 역시 사람은 얼굴로 판단하면 안 되었다. 비비안은 묘하게 제게 호감을 보이는 엘버린 공작 부인에게 활짝 웃었다. 그녀는 살면서 줄곧 적의만 받아 왔고, 적의에 대처하는 훌륭한 스킬을 연마했으나 정작 이런 이유 없는 호감에는 어떻게 대처하는지 몰랐다. 결국, 계속 그러던 대로 미소를 지어 주고, 비비안은 시선을 자신의 앞쪽에 놓인 과일로 돌렸다.

벨스 백작가의 막내딸로 태어나 엘버린 공작과는 정략결혼을 한 엘버린 공작 부인은, 집에서도 사랑받는 딸이었다고 대충 들은 적 있었다. 결혼한 뒤에도 집에서 남편의 사랑을 독차지하는 게 눈에 보일 정도로 얼굴에서 사랑스러움이 뚝뚝 떨어지는 귀부인이었다. 결혼식 날 한 번 보고 오늘 한 번 본 게 다였지만 최소한 사랑받은 티가 확 나는 그녀의 웃음소리를 들으며 피식 웃었다.

그래, 훌륭한 아버지와 훌륭한 남편을 두고 사랑받으며 사는 것. 이 나라가 법을 제정할 때 상상했던 가장 훌륭한 결과가 엘버린 공작 부부겠지. 남편은 아내를 보호하고 아내는 남편을 내조한다. 남자는 밖에, 여자는 안에. 아무리 개 같은 제도라도 갖고 있는 그 나름의 합리적인 면이 저 부부한테서 보였다.

하지만 안타깝게도 대부분 사람이 그렇게 살지 못한다. 설사 다 그렇게 산다고 해도 결국에는 서로서로 이해하지 못한 상황에서, 어느 한쪽이 일방적으로 보호받으며 진행되는 관계는 쉽게 비틀어진다. 보호하는 쪽은 쉽게 지치고, 보호받는 쪽은 제게 부여된 족쇄를 슬슬 지겨워한다. 한쪽은 왜 나만 의무를 짊어지고 고생하느냐고 불만을 터뜨리고, 다른 한쪽은 나는 당신에게 억압받고 사는 게 뭐 그리 행복한 줄 아느냐고 소리친다. 그렇게 싸움이 시작되고 갈등이 깊어진다.

인간은 원래 제 일이 아니면 이해를 잘 못 하는 법이다.

비비안은 인간의 본성은 악하다는 속설을 더 굳게 믿는 사람이었다. 최소한

이 세상에 사욕이 있고 힘이 있고 욕심이 있는 한 과연 모든 인생이 그렇게 꿈처럼 돌아갈까. 사랑과 희망으로만 해결하기에 삶은 너무 퍽퍽했다.

갑자기 입 안이 씁쓸해져 비비안은 와인을 들었다. 방금부터 입 안에 와인을 계속 털어 넣는 아내를 보던 위그가 복잡한 표정을 했다. 비비안이 대체 무슨 생각을 하는지 그는 하나도 알 수 없었다. 그럼에도 묘하게 신뢰가 가서 그게 더 이상했다.

모든 식기가 다 치워지고, 깔끔하게 정리된 테이블 너머로 곧 파티의 하이라이트가 진행되었다. 먹는 것보다 즐기는 데에 중점을 둔 게 분명한 전개였다. 어제 그들이 도착할 무렵 알현실에서 나오던 그 무희는 이미 제이슨의 옆에서 아양을 떨고 있었고, 제이슨은 그녀에게 입을 맞추고 있었다.

옆에 아내가 있든 말든.

그 꼴에 엘리미아의 시녀장이었던 엘버린 공작 부인이 속상한 얼굴로 남편에게 안겼다. 품을 파고드는 부인을 부드럽게 안으며, 공작이 무뚝뚝한 표정으로 태자를 올려다보았다.

"전하."

그때 디텔 공작의 목소리가 들려왔다.

"디텔에서 전하께 바치는 선물입니다. 퀴텐에서 데려온 무희들이 부디 전하의 밤을 아름답게 장식할 수 있었으면 좋겠습니다."

"호오, 그래. 디텔 공. 나는 공의 그런 안목을 무척 좋아하지. 그래, 어디 한번 볼까?"

디텔 공작의 자신만만한 얼굴을 보던 비비안이 피식 웃음을 흘렸다. 오늘 밤 자신이 뭔가를 준비했다는 것에 엄청난 도전을 보내는 게 틀림없었다. 유치하기 짝이 없는 경쟁이었다. 하지만 지면 엄청나게 자존심이 상할 법한.

화려하게 치장한 무희들이 나풀나풀 춤을 추고, 악단의 연주가 계속되는 와중에 비비안은 굳게 닫힌 문을 힐끔 보았다. 그리고 곧, 제 뒤에 서 있던 왕실의 수많은 시종들 중 한 명에게 손짓을 했다.

"밖에 내 시녀가 있을 거야. 들어오라고 해."

"알겠습니다."

곧 시종이 나가고, 약간 어리둥절한 표정의 헤더가 급히 들어왔다. 손짓으로 허리를 굽히라는 표시를 하자, 헤더가 그녀의 입가에 귀를 댔다.

"이제 이 곡이 끝나면 내가 선물을 진상할 거야. 준비시켜. 문 앞에 서 있다가 내가 말을 끝내면 바로 문을 열고."

"네."

"준비는 다 됐지?"

"갑갑하다고 빨리하라는데요?"

"알았다고 해."

비비안은 웃음을 흘렸다. 하긴 저라도 조금 답답하긴 할 것 같았다. 하지만 원래 퍼포먼스는 돈을 처바르면 처바를수록, 화려하면 화려할수록, 그리고 완벽하면 완벽할수록 좋다.

그녀는 언제나 고객의 수요를 훌륭하게 충족시키는 게 가장 훌륭한 상인의 자세라고 생각했다. 그런 의미에서 그녀가 가장 확실하게 파악해야 하는 건, 저 태자도 홀라당 넘어갈 정도의 퍼포먼스였다. 뱀 같은 남자가 넘어갈 만큼 남자 다루는 것에 능수능란해야 하고, 그녀에게 태자의 동향을 알려줄 정도로 똑똑해야 한다. 물론 위그의 말마따나 제이슨이 경계를 할 수 있겠지만, 그럼에도 불구하고 그가 '적은 가까이 놓는 게 좋다'라는 생각 하나로 호랑이를 제집으로 이끄는 선택을 하게 만들 정도로 매력이 있어야 했다.

그런 사람이 왜 없겠는가. 그녀의 인생에서 가장 큰 공헌을 한 사람 중 하나인데. 이 넓은 바첼론에서 쓸 만한 계집이 진짜 그녀 하나뿐이면 그건 정말 밑도 끝도 보이지 않는 절망이었다. 다행스럽게 그런 일은 일어나지 않았다. 그녀가 그렇게 만들었기에.

곧 무희들의 화려한 춤이 끝나고 우레 같은 박수가 울려 퍼지자 비비안이 우아하게 웃었다. 그리고 단상 위에서 느긋한 표정을 지으며 와인 잔을 기울이는 제이슨을 향해 입을 열었다.

"태자 전하."

"그래. 공작 부인. 무슨 일이지?"

"어제 제가 말씀드린 이디에트의 선물을 보시겠습니까?"

"호오, 내 신하들은 참 훌륭해. 앞다투어 내 예쁨을 받으려고 노력하는 게 정말 가상하기 그지없어."

그게 네 목을 조르는 독사라고 해도 그런 말이 나올까?

엘리미아와 위그의 눈길이 동시에 비비안에게로 꽂혔다. 성격이 다르더라도 남매는 남매인지 묘하게 닮은 눈매에 궁금증이 담겼다. 위그는 대체 이 여자가 무슨 짓을 하려고 하는지 기대하고 있는 자신을 발견했지만, 태연자약하게 나는 다 알고 있다는 표정을 지었다.

그리고 곧, 비비안의 눈짓에 헤더가 문을 지키던 기사에게로 고개를 돌렸다.

그리고 문이 열렸다.

"어머, 세상에!"

사방에서 감탄이 울렸다. 화려하고 반짝거리는 실크들이 줄을 지어 들어오고 있었다. 이 대륙에서는 눈을 씻고 볼 수 없는 것들이었다. 화려한 문양이 수놓아져 있고, 손가락을 대면 바로 감겨 나올 것 같은 보드라운 감촉의 천들이 제 존재를 뽐내듯 반짝거리고 있었다.

"전하. 바이덴해 너머 파튼 대륙에서 건너온 물건입니다."

"오오, 저게 그 파튼의……!"

"전하. 이디에트와 로튼을 제외하고는 그 누구도, 감히 전하께 이런 물건을 올리지 못할 겁니다. 전하는 바첼론 역사상 처음으로 파튼의 물건을 접한 주군이 되십니다."

원래 높은 분들은 첫 번째라는 이름을 좋아했다. 그리고 비비안의 말이 거짓이라고 생각하는 자는 누구도 없었다. 말로만 들어 봤지 설마하니 저 계집의 재부가 이 정도나 될 것이라고 생각도 못 한 귀족들이 저마다 다른 표정을 지었다.

화려하고 반짝거리는 실크들이 들어오자, 그 뒤로 도자기, 양탄자, 각종 보석함과 조각상들이 들어왔다. 이것들을 다 모아 팔면 못해도 백작가의 영지 하나는 살 수 있을 것이었다. 그 정도로 귀한 것들이라 눈이 달린 자라면 얼마나 좋은 것들인지 모를 리가 없었다.

그리고 다행이게도 제이슨에게는 눈이 달렸다.

그는 비록 여자를 좋아했지만 그만큼 또 예쁘고 화려한 것들을 좋아했다. 특히 파튼의 수공예품은 책으로만 접해 온 전설 같은 것이어서 언젠가는 꼭 보고 싶어 했으나 결국에는 실패하고 만 것이었다. 그런데 그것을 오늘 보았다. 이 자리에서.

한동안 끊이지 않던 선물의 세리머니에 엘리미아마저도 멍한 표정을 짓고 말았다. 그 와중에 그나마 결혼 전 재산 상황을 확인한 위그만이 조금 절제된 표정을 짓고 있었다. 곳곳에서 이디에트를 치하하는 목소리가 흐르자 기분 나쁜 티를 팍팍 내는 디텔을 보며, 비비안은 해맑게 웃었다.

벌써부터 기분이 나쁘면 어쩌나. 진짜 하이라이트는 마지막에 있는데.

끝이 날 것 같지 않은 선물들이 점점 끝을 보이고, 제이슨은 황홀한 선물들의 향연에 제 애첩을 쓰다듬던 것도 잊고 시종이 가져다주는 실크 하나를 손으로 만졌다. 손끝에 감기는 느낌이 부드럽기 그지없었다. 그에 그가 호탕하게 웃으며 입을 열었다.

"그래, 이디에트가 오랜만에 좋은 일을 하는구나. 아니, 공작 부인. 이건 로튼의 힘인가?"

"이디에트와 로튼의 심혈이 들어찬 것입니다. 전하."

죽어도 이디에트 혼자의 공로라고는 하지 않는 비비안을 보면서 위그가 웃었다. 그래도 로튼이 혼자 다 해 먹었다고 말하지 않아서 다행이었다. 하지만 그는 곧, 사방에 화려하게 펼쳐진 사치품의 향연에 미간을 찌푸리고 비비안에게 속삭였다.

"이봐."

"보채지 말라니까."

비비안이 곧 그 말을 잘랐다.

그녀는 자리에서 일어났다. 화려한 드레스 자락이 바닥에 쓸리고, 그녀가 고고하게 고개를 쳐들었다. 돈지랄로 혀를 마비시켰으니, 이번에는 여자로 정신을 마비시킬 차례였다. 또 뭔가 남았느냐는 기대에 찬 눈빛을 하던 태자를 보며, 비비안이 입을 열었다.

"전하. 뭔가 부족하신 감이 없으십니까."

"글쎄. 그건 딱히 모르겠는데, 이디에트께서 또 무슨 선물을 준비했나?"

무슨 선물이야, 네 목을 조를 밧줄이지.

"전하. 보석이 빠졌잖습니까."

"오오, 보석도 있나?"

"네, 보석도 있습니다. 가장 비싸고, 가장 귀한 것. 그것을 전하께 바칩니다. 부디, 전하의 마음에 들어 그 귀한 옥체와 하나가 되었으면 좋겠습니다."

"그래, 어디 한번 보지."

곧 비비안의 눈짓에 여섯 명의 장정이 들어왔다. 하지만 정작 보석이라고 말한 것과 달리 그들이 어깨에 들고 온 것은 두껍고, 크게 말린 양탄자였다.

귀족들의 웅성웅성하는 소리가 들리고, 위그가 더욱더 영문을 알지 못하는 표정을 지었다. 아니, 여자를 붙이라고 했는데 웬 보석이며, 갑자기 무슨 양탄자…….

그때였다. 마치 귀하고 귀한 것을 만지듯 조심스레 말린 양탄자를 바닥에 내려놓은 장정들이 홀을 떠나고, 차가운 대리석 위에 곱게 놓인 양탄자에 모두의 이목이 쏠렸다. 제이슨은 기대와 달리 달랑 양탄자 하나가 들려 온 상황에 놀림받았다고 생각했는지 미간을 팍 찌푸렸다.

"부인, 이게 뭔가."

하지만 비비안은 급하지도 않은 목소리로, 느긋하게 말했다.

"전하. 세상에서 가장 아름다운 것은, 언제나 가린 듯 가리지 않은 듯, 보일 듯 보이지 않는 듯, 그리고, 사람 마음을 간질거려 기대하게 하는 그 어떤 것입니다."

"그래서 저게 뭔⋯⋯."

"전하께서 직접, 그것을 펼쳐 주십시오. 세상에서 가장 진귀한 보석이 안에 전부 들어 있습니다."

"이런 무례한! 공작 부인, 어떻게 전하께서 직접 움직이게 하는 것이오!"

"원래 가장 귀한 것은 직접 손으로 얻어야 의미 있는 법이지요."

디텔 공작이 무슨 개소리를 하든지 전혀 상관하지 않은 채, 비비안이 나긋하게 말했다.

제이슨의 의심 어린 눈길이 그녀에게 닿았지만, 그녀는 떳떳하기 그지없는 표정이었다. 그에 제이슨이 곧 애첩을 밀어 내고 단상에서 일어났다. 솔직히 방금 본 사치품의 향연에 조금 기대되는 것도 사실이었다. 돈지랄로 혀를 마비시키겠다는 작전이 먹힌 듯한 그의 기색에 비비안이 만족스러운 표정을 지었다. 그는 다른 한 손에 와인 잔을 들고, 빈손으로 양탄자를 조심스레 펼쳤다.

그때였다. 비비안이 다시 입을 열었다.

"전하. 조심하십시오. 그 안에는, 무척 위험하고 무시무시한 것이 들어 있답니다."

"이런, 공작 부인! 태자를 시해하려고!"

"하지만 태자 전하라면, 공격하지 않을 겁니다. 그는 제 주인을 알아보니까요."

곧 말을 마친 비비안이 자리에 앉았다. 방금부터 얼굴을 굳히고 긴장한 표정으로 저를 보는 위그에게 부드럽게 웃어 주고, 그녀는 느긋하게 물을 들어 입을 가셨다. 정적으로 가득 찬 파티 홀에, 모두의 눈길이 양탄자에 향했다. 대체 무슨 보석이 있나. 대체 무슨 위험한 것이.

그때였다.

부스럭거리며 양탄자를 조심스레 펼친 태자가 움찔거렸다. 커다랗게 말린 양탄자는 애초에 한 겹 정도만 말려 있어 펼치기 어렵지 않았으나, 조금 펼친 그 시야로도 반짝거리는 것들이 가득 보였다. 곧 그는 대담하게 양탄자를 펼쳤다. 그리고 그 사이로…….

"이, 이게 무슨."

새하얗고 부드러운 손이 마치 잡아 달라는 듯이 살랑살랑 제이슨을 향해 흔들거렸다. 화려한 다이아몬드 반지를 끼고, 치렁치렁한 진주 팔찌를 한 손목을 따라 내려가자, 양탄자 안에는 새하얀 피부의 여자가 몸에 옷이라고는 실오라기 하나 걸치지 않은 채 그를 향해 웃고 있었다.

마치 눈처럼 새하얀 피부, 만지면 크림이 묻어날 듯 달콤하기 짝이 없는 보드라운 살결. 태양을 닮은 화려한 금발이 양탄자에 구불구불 호선을 그리며 떨어졌다. 우아하게 휘어지는 눈 사이로 반짝거리는 녹색 눈동자가 마치 에메랄드 같았다. 아침 이슬을 머금은 듯 촉촉한 입술을 베어 물면 과즙이 나올 것처럼 달콤해 보였고, 백조처럼 길고 가는 목과 풍만한 가슴, 한 줌에 잡힐 것만 같은 착각이 드는 가는 허리와 탐스러운 엉덩이를 타고, 긴 다리가 곱게 놓여 있었다.

머리부터 발끝까지 보석으로 감은 여자였다. 목에는 진주와 다이아몬드로 열 겹은 되어 보이는 것들이 감겨 있었고 다리에는 사파이어와 크리스털이 마치 뱀처럼 감겨 있어 다리를 살짝살짝 움직일 때마다 청초한 소리를 냈다. 팔에 감긴 진주들이 좌르륵 팔을 타고 흐르자 그건 그 나름대로 아름다웠다.

마치 여신의 탄생을 그린 성화에나 나올 법한 광경이었다. 알알이 주변에 펼쳐진 보석들이 데굴데굴 굴러다니고 있었고, 나신의 여자가 우아하고 요사하게 웃으며 손을 뻗었다. 엉겁결에 그것을 잡은 제이슨의 손을 되레 제가 잡아, 여자는 그것을 제 쪽으로 끌어당겨 입가에 댔다. 옆으로 비스듬히 누워 실오라기 하나 걸치지 않았음에도 부끄러운 기색 하나 없이 마치 여신처럼 여자는 당당하게 웃으며, 제이슨의 손에 키스했다. 그러고는 그의 손끝을 마치 세상에서 가장 다디단 사탕을 핥듯 정성스레 할짝거렸다.

순간 제이슨의 얼굴에 진득한 희열이 담겼다.

개미 새끼 지나가는 소리 하나도 들리지 않았다. 비비안은 파티 홀에 있는 사내들의 은근한 반응을 보고 가볍게 한숨을 쉬었다. 그래도 이 와중에 경악 말고는 다른 감정을 느낄 새가 없는 이 남자가 제 남편이라 다행이었다. 겨우 여자의 벗은 몸 따위에 흥분하는 촌뜨기는 그녀도 사양이었다.

그때였다. 마치 여신이 탄생하듯 양탄자에서 몸을 보인 여자가 달콤하게 속삭였다.

"이 카티야 플로이, 바첼론 최고의 남성이자 가장 존귀한 태양을 뵙습니다."

엄연히 말하자면 최고의 남성이자 존귀한 태양은 국왕이지만 그 누구도 그녀의 말에 있는 오류를 짚어 내지 않았다. 이미 경악으로 물들어 당황한 표정을 짓던 귀부인들은 정신이 없었고, 그 와중에 제이슨은 제 허영심을 만족하게 하는 여자의 말에 정신이 혼미해졌다.

입꼬리를 요사스럽게 말아 올리며 웃던 카티야가 곧 제 입에 댔던 손을 들어 뺨에 댔다. 저도 모르게 그녀의 뺨을 쓰다듬은 제이슨이, 잔뜩 흥분된 표정을 짓더니, 갑자기 폭소를 터뜨렸다.

"하하하하, 세상에, 이디에트가 내게 가장 귀한 보석을 주었구나."

"전하. 저 진주와 다이아몬드는 아클리산맥에서 채취한 것으로, 최상급 중의 최상급입니다."

분명 카티야를 말한 게 분명하지만, 비비안은 짐짓 모른 체하며 우아하게 대답했다. 그에 제이슨이 다시 웃음을 터뜨렸다.

"그래, 그래. 그래, 좋아. 아주 좋아. 이 선물 받겠네. 부인의 말대로 평생 한 몸처럼 걸쳐 주지."

"황송합니다. 전하."

양탄자에 쌓인 여자를 일으켜 세우며, 제이슨이 호탕하게 웃었다. 그는 현재, 바로 카티야를 방으로 데려갈 계획을 세우는 듯했다. 그리고 모두의 예상대로, 제이슨은 곧장 파티의 끝을 고했다.

"오늘 파티는 여기서 마치지."

"전하! 오늘 저녁에는……."

"디텔 공작. 오늘 저녁은 내 개인 시간이야. 그리고 나는 내 보석을 감상하러 가야겠어. 너무 매혹적이라서, 당장 보듬어 주고 싶거든."

말을 마친 제이슨이 바로 카티야를 안아 들었다. 미약하게 비명을 지르던 그녀가 곧 까르르 웃음을 터뜨렸다. 그리고 순간, 아주 짧은 찰나 비비안을 향한 그 눈길에 윙크 하나를 섞은 채 그녀가 교태롭게 웃었다.

비비안은 아무것도 모른다는 듯이 담담하게 있었다. 비록 천박하다 뭐다 말하지만, 원래 비싸고 화려하고 시각적으로 엄청난 충격을 주는 것만큼 효과적인 것도 없다. 화려한 양탄자에 감싸인 채, 화려한 보석들을 몸에 걸치고 입을 맞추는 여자를 누가 마다할 수 있을까.

어이없어하는 디텔 공작을 뒤로하고, 비비안은 와인 잔을 들었다. 하지만 그것을 저지하는 위그의 손이 더 빨랐다.

"저 여자, 누구야?"

"왜, 마음에 들어?"

"말고. 뭐냐고."

"아. 뭐 하는 여자냐고?"

비비안이 화사하게 웃었다. 술이 들어가 약간 풀어지듯 요사스럽게 휘어지는 눈을 멍하니 보다가, 위그가 다시 제정신을 차렸다. 그리고 비비안이 대답했다.

"한때 뒷골목에 있던 여자라고 말하면, 알아들으려나?"

"설마, 창부?"

"그래. 맞아."

"……."

"왜. 여신인 줄 알았어?"

"아니다."

"그렇게 보여도 상관없어. 내가 그렇게 만들었거든."

"어떻게 알게 된 여자지? 너와는 딱히 관계가 없는 것 같은데."

"내가 단주가 되는 데 지대한 공헌을 한 여자지."

"……."

"우리 첫째 오빠가, 저 여자의 침대 위에서 죽었거든."

자세한 건 묻지 마. 다치니까.

마지막 말은 속삭이듯이 내뱉었다. 비비안은 위그의 뺨에 가볍게 입을 맞춘 채 드레스를 팔랑거리며 발걸음을 옮겼다. 난 피곤하니 먼저 가야겠어, 라고 한마디를 건넨 그녀가 곧 자리를 떴다. 머리를 장식했던 리본을 풀어헤치고, 파티 홀을 떠나는 뒷모습을, 연회색 머리카락이 하늘거리는 그 뒷모습을 바라보다가 위그는 저도 모르게 헛웃음을 흘렸다.

"위그, 방금 그거, 뭐야. 너도 알았니? 세상에, 이 방법은 대체 누가 생각해 낸 거야? 난 방금 너무 놀라서…… 위그?"

갑자기 뒤에서 들려오는 낮은 속삭임은 분명 엘리미아의 것이었지만 위그는 굳이 제 누이에게 시선을 주지 않았다. 방금 그 차가운 표정과 달리 그의 얼굴에는 묘하게 흥분이 배어 있었다. 하지만 저를 달달 볶으며 말하는 엘리미아의 말은 하나도 들리지 않았다.

저를 보며 곱게 휘어지던 그 눈매가, 빨갛게 칠한 입술이, 파르르 떨리던 속눈썹이, 마지막으로 제 뺨에 내려앉던 그 온도가, 시리도록 파란 눈동자가 저를 향할 때마다 이상한 느낌이 드는 게 과연 공포인지 아니면 다른 것인지 몰랐다. 저를 위협해 공포에 질리게 한 다음, 그것이 사랑인지 위협인지 모를 감정에 휩싸이게 하는 게 저 여자 작전이라면 정말 훌륭하게 먹혀

들어갔다. 머릿속에 뭐가 들었는지 까 보고 싶을 만큼 여자는 예상을 뛰어넘고 뛰어넘었다.

그야말로 상상 이상이다.

그는 한평생 여인은 쓸모없다고 여기며 살아왔다. 그런 그에게 여인은 언제나 지나치게 예민하지 않으면 지나치게 멍청한 존재였다. 그러나 비비안은 달랐다. 날카로운 가시가 돋쳐 있는 꽃을 손에 넣은 기분이었다. 그녀는 분명 다른 여자와 달랐다. 아름답지만 멍청하지 않고, 심지어 총명하다 못해 매력적이기까지 하다. 난생처음 여인에게 미모를 제외한 그 어떤 매력이 보인다는 생각까지 했다. 저렇게나 대단하다니. 그것은 그간 여인의 매력이란 그저 예쁘장하고 적당하게 사랑스러운 것이 전부라고 여겼던 위그에게 어마어마한 충격으로 다가왔다.

순간, 위그는 인정할 수밖에 없었다.

그는 세상에서 가장 위험하고 매혹적인 것을 제집에 들였다.

* * *

'저는 남자들의 권력에 기생하는 여자고, 단주님은 권력을 만들어 내는 사람이죠.'

'굳이 말하자면 그렇지?'

'그런데 우리는 언제나 유쾌하기 짝이 없는 만남을 이어 가네요? 단주님은 보통 저 같은 사람을 경멸하지 않나요?'

'내가 왜?'

'당신이 가장 경멸하는 세상에 복종하며 그 사이에서 이익을 얻는 게 저 같은 사람이니까요. 제가 당신이 만들고자 하는 세계의 수호자니까.'

'이봐, 카티야.'

'그래요, 단주님.'

'나는 내 생존과 욕망을 위해 내가 내키는 대로 살고 있어. 그리고 너는 네 생존과 욕망을 위해 네가 내키는 대로 살고 있지.'

'그렇죠.'

'그런데 내가 왜, 이 거지 같은 세계에서 생존하기 위해 열심히 사는 사람을 경멸해야 하지?'

'…….'

'정작, 내 앞을 막는 건 따로 있는데?'

'할게요.'

'뭐?'

'그 제안, 받아들일게요.'

* * *

열기로 가득 찬 방 안은 그야말로 난장판이었다. 파티 홀에서 돌아오자마자 그녀를 안은 제이슨은, 그녀의 허리를 잡고 목에 키스했다. 그 아래에서 거짓된 미소를 흘리며 카티야는 나른하게 웃었다.

'하지만 단주, 나는 그렇게 고결하지 않아요. 내가 할 수 있는 건 겨우 이런 것뿐인걸. 그럼에도 그게 당신의 권력에 도움이 된다면 나는 기꺼이 이런 것이라도 바치겠어.'

그녀는 언제나 예쁘고 매력적이라는 말을 들어 왔다. 카티야는 제게 남자를 미치게 하는 매력이 있다는 사실을 저를 뒷골목에 팔아 버린 부모가 떠나자마자 방에 불려 들어갔을 때 다시 알았다. 아내와 딸이 있던 남자는 저를 보자마자 묘한 얼굴을 하며 다가왔고, 입꼬리를 말아 올려 웃기만 했는데 목에 보석이 걸렸다.

그러다가 어느 여름날, 그녀는 분노한 아내들에게 길거리로 끌려갔다.

열 명이 넘는 여자들이 그녀의 얼굴을 짓밟으며 몸을 난도질했다. 가슴과 엉덩이가 훤히 드러난 채 대낮에, 시장 한복판에서 얻어맞아 돌부리에 긁히고 상처를 입었는데 하나도 슬프지 않았다.

여우 같은 년에게 남편을 빼앗긴 아내들의 매질은 그녀의 사정만큼이나 처량해서 그녀는 백번이고 맞아 줄 수 있었다. 왜 분명 외도를 한 건 남편인데 그녀를 때리느냐고 물을 필요도 없었다. 그래서 맞으면서도 울고 싶지 않았다. 몸은 아팠지만, 그것보다는 이런 처지에 있을 수밖에 없는 저 여자들이 더 가여워서 가슴이 더 아팠다.

그녀들도 좋은 남편을 만났으면 이러지 않아도 될 것이다. 그녀들의 남편이 저 같은 여자를 만나지 않았다면 그러지 않아도 될 것이다.

아니, 애초에 그녀들이 혼자 살아갈 수만 있다면.

누군들 착한 사람으로 남고 싶지 않겠는가. 누군들 매질을 하고 싶어 그러겠는가. 타인에게 상처를 주는 게 무어 그리 기쁘다고 겨우 저 같은 계집 하나 때리고 싶겠는가.

그래서 그녀들에게 맞는 게 하나도 억울하지 않았다. 잘못했으면 맞아야지 뭘 어쩌겠는가. 그녀들의 이익과 생존을 위협했으니 이해가 되었다.

그런데 그것과 다르게, 저기서 그녀들을 손가락질하는 남자들을 보노라면 조금 억울했다. 정작 그녀를 사랑한다고 속삭이던 남자들은 저 멀찍이서 혀를 차고 있었다. 역시 여자들은 무섭다고 말하고 있었다. 이래서 계집들은 저들끼리 싸우는 게 피에 밴 속성이라 그랬다.

그게 역겹기 그지없었다. 최소한 카티야는 그 순간, 자신을 때리던 여자들보다 그녀들의 남편을 더욱더 경멸했다.

그렇게 미친 듯이 매질을 당하고 바닥에 버려져 숨을 고르는데 몸이 욱신거려서 일어나지도 못하는 그녀에게 그림자가 드리워졌다.

나풀대는 하얀색 치마를 입은 채, 챙이 넓은 화려한 모자 아래로 연회색 머리카락이 하늘거렸다. 겨우 열댓 살 돼 보이는 소녀였으나 차갑게 식은 얼굴은 그 나이의 것으로 보이지 않을 만큼 서늘했다. 또 때릴 매가 남았나 생각하는데, 갑자기 소녀가 입을 열었다.

"당신을 사랑한다고 속삭이던 남자들은 다 어디로 갔죠?"

아, 글쎄…… 저기서 아내들에게 용서를 빌고 있을지도. 저 계집애가 저를 유혹했다고. 모두 저년의 탓이라고.

"당신이 그 뒷골목의 꽃인가요?"

"시든 꽃도, 꽃인가……?"

꿈틀거리며 힘겹게 웃는 그녀를 내려다보다가, 비비안이 피뜩 웃었다. 그녀가 곧 제 위에 입은 코트를 벗어 그녀에게 던졌다. 차가운 공기 속에 노출된 나신 위로 코트가 덮이고, 비비안이 말을 이었다.

"시든 꽃은 다시 피우면 되죠."

"……."

"어떤 남자들은 언제나 계집은 꽃 같다고 하는데, 그치들은 세상에 사람을 잡아먹는 식인화도 있다는 걸 모르나 봐요. 당신이 딱 그 짝이면 되겠네요. 생긴 건 좀 끔찍하다던데, 까짓것 생존력만 엄청나면 뭐."

"……누, 누구."

"아, 제가 자기소개를 하지 않았네요. 비비안 로젤리스. 앞으로 로튼의 주인이 될 사람이에요. 제안을 하러 왔어요. 뒷골목에서 만져 보지도 못한 돈을 만져 드리게 해 주죠. 대신."

"……?"

"날 좀 도와야겠어요."

\* \* \*

모든 것이 끝난 뒤 카티야는 제이슨의 품에 폭 안겼다. 그녀의 모습에 제이슨이 매우 만족스러운 듯이 빙그레 웃으며 그녀를 더욱더 품에 안았다. 카티야는 마치 그를 위해 만들어진 듯 그가 원하는 모든 것을 전부 충족시킬 수 있는 이였다. 그는 카티야를 향해 작게 속삭였다.

"요물이 따로 없군. 너란 계집은 왜 안아도 안아도 끝이 없는 것 같지?"

"어머, 이리 말씀하시다니, 부끄러워요."

꺄르르 웃으며 카티야가 제이슨을 올려다보았다. 파티로부터 이틀이 지났다. 그렇다는 것은 그녀가 방 안에서 나가지 않은 것도 이틀이라는 것이었다. 애초에 태자가 그녀에게 다가올 때마다 여유롭게 받아들였지만, 그녀는 짐짓 힘든 체하며 얼굴을 붉혔다. 그러나 그녀의 귓가에는, 이곳으로 오기 전 비비안이 하던 말이 맴돌았다.

'태자를 감시해 줘야겠어.'

'이런, 지나칠 정도로 대단한 임무네요.'

'왜 어렵나?'

'그럴 리가요.'

'그리고…….'

침대 위에서 잠자리 시중이나 들 사람을 구하는 게 아니었다. 저를 보며 휘어지던 눈가를 상기해 낸 카티야가 곧 손가락을 들어 제이슨의 뺨을 만졌다. 그녀는 비비안의 도구였다. 그리고 원래 도구는, 제 임무만 제대로 하면 됐다.

종국에 부서지든 잘리우든, 그것은 그녀 알 바가 아닌 것이었다.

그렇게 생각하며 그녀는 더욱더 제이슨의 품에 파고들었다.

＊　＊　＊

위그는 오늘 아침도 서늘한 바람이 저를 스치는 걸 느끼며 눈을 떠야 했다. 이제 그는 자신에게 이불 하나 없는 것이 그렇게 놀랍지도 않았다.

늦잠을 자지 않아 정말 다행이라고 생각했다. 그래도 방이 쌀쌀해 불을 더 많이 때라고 한 게 무척 현명한 선택 같았다. 그는 제 옆에서 이불을 다 걷어차고 자는 비비안을 보고 한숨을 쉬었다.

이 잠버릇을 참고 산 그동안의 정부들은 대체 돈에 유혹당한 것인가 아니면 그만큼 그녀가 사랑스러운 것인가. 하긴, 돈이 그렇게 많은데 안 사랑스럽기도 힘들겠지. 저만 해도 이 여자를 참고 살지 않나.

왕궁에서 돌아온 지 사흘이 지났다.

엘리미아는 제 남편이 이디에트가 '진상'한 그 여자를 안고 방에서 사흘째 나오지 않는다며 무척 좋아했다. 그게 그렇게 좋아할 일인지 궁금했으나 엘리미아의 표정은 한없이 해맑았다. 네 아내가 수완이 있다고 방방 뛰며 좋아하기에 한숨이 나왔다.

엘리미아는 그만큼 제이슨을 싫어했다. 정작 살을 맞대고 살다 보면 살아질 것이라고 타이르던 제 아비 앞에서 바락바락 대들다가 그녀가 집을 나간 날, 위그는 한심하게 제 누이를 보고 있었다. 귀족 가문에서 태어난 자들은 다 적당하게 포기하는 게 있어야 했다. 사랑 따위 사치스럽게 여기는 게 귀족의 습성이었다.

비비안은 카티야를 제이슨에게 진상한 그다음 날, 바로 제게서 로일해 통항 자격을 요구했다. 그 모습이 너무 당당해 거래 하나는 정말 믿고 맡길 만하겠다는 믿음이 묻어났다. 하지만 태자가 아직 방에서 나오고 있지 않아 회의가 열리지 않았다. 결국 그는 오늘 다시 태자를 찾아가야 했다. 어쨌든 요구한 건 줘야 하지 않는가. 날로 먹는 건 사양이었다.

옆에서 비비안이 몸을 뒤척였다. 추운지 몸을 웅크리는 걸 보고 그는 한숨을 쉬며 그녀에게 이불을 덮어 주었다. 제가 덮을 것도 아닌데 뺏어 가는 것부터 보면 욕심 하나는 정말 기막힌 여자일지도 모른다.

그는 죽어도 그녀가 그런 방법을 쓸 줄 몰랐다. 화려하기 짝이 없는 홀의 양탄자 속에서 탄생한 여신은 우아하게 태자의 마음을 빼앗았다. 여자든 남자든 상관없이 모두의 이목이 다 카티아에게 쏠렸는데 정작 제 눈은 옆에서 득의양양하게 웃고 있는 비비안에게 향했다. 빨간 입술이 호선을 그리며 그럴 줄 알았다고 웃는 게 지독하게 섹시했다. 평생토록 여자에게 넋을 **빼앗길** 줄은 몰랐는데.

그래서 잠시 넋을 놓고 보다가 정신을 차렸을 때는 이미 자리에서 일어난 뒤였다. 방에 들어와서 아무 일도 일어나지 않은 듯이 방긋방긋 웃는 비비안을 보며 복잡한 생각이 들었다.

제 오라비를 어떻게 죽였는지, 어떻게 정신 병원에 넣었는지는 알 수 없었다. 10년 전 그 진실을 파헤치겠다고 수많은 기자가 달라붙었는데 걸리는 것 하나 없었다. 그래서 그녀는 대체 어떤 여자인가.

그는 문득 궁금해졌다. 아니, 궁금하다기보다 묘하게 그녀를 이해할 듯 말 듯 하면서 호기심이 생겼다.

이렇게 수완이 좋은 사람이 단순히 여자라는 이유로 후계자 자리에서 밀려나다니, 사실 꽤 슬픈 일이 아닌가.

비비안은 몰랐겠지만 위그는 생각 그 이상으로 총명하고 능력이 있는 사람을 좋아했다. 그는 언제나 약육강식의 룰에 따라 승자에게는 승자의 대우를 해 주곤 했다. 물론 그것이 저를 삼켜 버리면 말이 달라지겠지만 비비안 로젤리스는 아닐 것이니.

바람이 시린지 비비안이 뒤척거렸다. 침대 위에서 몇 번 뒹굴더니 습관처럼 안겨 오자 저도 모르게 팔을 뻗었다. 그녀는 남이 제게 손을 대는 것은 싫어했지만 아이러니하게 사람의 체온은 좋아했다. 평소에 눈을 희번덕이던 맹수가 휴식을 취하는 것 같았다. 겉보기에는 더없이 얌전해 보이지만, 결국 그 속은 변하지 않는 것.

그녀가 어느새 눈을 떴는지 그를 보고 있었다. 이불에 돌돌 말린 채 약간 풀린 눈을 깜박거리다가, 비비안이 입을 열었다.

"추워."

"당신 혼자 이불 다 덮고 있는 건 알지?"

"유치하게, 또 그 소리야?"

"당신이 나와 같은 침대에서 자는 한 아마 2년 동안 변하지 않을 주제일 거야."

"그래도 추워."

비비안이 입술 끝을 똑 떨구는 것을 보며 위그가 어이없어 웃었다. 가끔 제게 데굴데굴 굴러와 안기는 걸 보면 추운 건 거짓이 아닌 듯했다. 그러면서도 웃기게도 지나치게 차가운 태도를 보면, 또 저를 좋아한다는 착각 따위 할 수도 없게 만드는 게 재주였다.

지독하게 선이 확실한 여자였다.

그녀에게 사랑한다는 말이나 연인에게 굴 듯 달콤하게 구는 건 사실은 그 어떤 것보다도 의미 없는 행동이었다. 사람들 앞에서 제게 반쯤 안겨 들거나 뺨에 입을 맞춰도 정작 눈길에는 단 하나의 애정도 없었다.

보통 여자들은 스킨십에 엄청난 의미를 부여한다고 하지 않던가. 지고지순하게 사랑하는 남자에게만 몸을 바치는 게 여자라고 어렸을 때 가정 교사가 그러지 않았던가. 남자와 달리 여자는 사랑에 목을 매는 생물이라고, 사랑에 목을 매는 행동은 계집들이나 하는 것이라고 다들 그랬다.

그런데 이런 차가운 눈길과 달콤한 스킨십에 정작 서툰 것은 자신이었다. 수많은 여자를 안아 왔으면서, 그녀들을 품에 수없이 안으면서 겪을 것 다 겪었다고 생각했는데 자신만 당황하고 있었다. 상대는 유혹할 의사가 하나도 없는데 거기에 의미를 부여하고 싶은 제가 더 어이없었다. 그러다가 다시 무슨 말도 안 되는 생각을 하는지 회의감이 들어 깜짝깜짝 놀라는 게 더 싫었다.

하여튼, 별난 여자였다.

그는 뒤로 펼쳐진 연회색 머리카락을 몇 가닥 잡아 쓸어내리며 최대한 제 목소리에 밴 떨림을 삼키고 여유롭게 물었다.

"가끔 생각하는데, 당신 혹시 몸으로 날 유혹하는 건 아니지?"

"우리가 언제 잤어? 웬 몸?"

"말고, 이런 거."

"웃기고 있네. 무슨 스킨십에 쓸데없이 의미를 부여해. 당신 정부들도 많다고 하지 않았나?"

비비안이 어이없다는 듯이 말했다. 다른 사람이면 몰라도 이 남자한테 이런 풋풋한 순정이 남아 있을 줄 몰랐다. 여자 경험이 많다기에 이 정도는 아무렇지도 않게 받아들이는 줄 알았다. 정작 먼저 같은 방을 쓰겠다고 한 것도 이 남자였고. 죽고 못 사는 연기를 하자고 했던 것도 그였다.

하지만 비비안은 피뜩 웃었다. 그래, 제가 잘못했다. 아무리 정부가 많았다고 해도 사람은 원래 사랑에 대한 기대 같은 게 있었다. 제가 그럴 것이라고 생각해 상대도 당연히 그럴 것이라 생각한 게 잘못됐다.

"우리 남편이 이렇게 천진한 면이 있는 줄 알았으면 조심할 걸 그랬어. 이제 사랑한다고 하면 어쩌지?"

"그럴 일 없다."

"그럼 나도 먼저 말해 둘게. 난 스킨십 같은 데에 의미를 부여하지 않아. 그리고 그 많은 것들을 먼저 제안한 건 당신이었어."

"알아."

"그리고 무엇보다도 당신 하나 유혹하는데 굳이 몸까지 들이댈 필요 있어? 당신이 그 정도 가치는 하고?"

이건 좀 기분이 상했다. 마치 너 따위 아무것도 아니라는 듯한 어조라서 자존심이 팍 상했다. 위그는 얼굴을 일그러뜨렸다. 하지만 비비안은 그런 그의 얼굴을 보면서도 태연했다.

"당신을 진짜 유혹하고 싶었다면 몸까지 갈 필요도 없을 거야."

"예를 들면?"

"그건 말 안 해 주지."

"쯧."

"그나저나 몸으로 유혹한다는 말을 하다니, 우리 남편 퍽 순진해."

"닥쳐. 나도 말하고 부끄러운 중이야."

위그는 진심으로 말하고 있었다. 방금 분위기에 홀려, 그 파란색 눈을 보다가 저도 모르게 뱉은 말이 지독하게 부끄러웠다. 하지만 비비안은 그냥 웃고 있었다. 그에 위그가 한숨을 쉬었다. 그리고 입술을 삐뚜름하게 끌어올리고 입을 열었다.

"그런데 당신이야말로 너무 무방비한 거 아닌가?"

"뭘?"

"남자를 옆에 두고 편하게 자고 있잖아."

"우리 남편이 빌어먹을 겁탈을 즐기는 사람은 아니라고 나는 믿어. 그 정도 선은 지키지?"

"그런 건 나도 싫다."

제가 내뱉었지만 위그는 웃었다. 그래, 정신을 잃은 여자나, 우는 여자와 관계를 맺는 건 그도 정말 끔찍해하는 짓이었다. 아무리 여자를 밝힌다고 해도 그와 태자 제이슨의 차이가 거기에 있었다. 제이슨은 울고 반항하는 여자를 깔아 눕히는 재미가 있다고 특별히 반항하는 계집을 탐하는 '취미'가 있었다. 그런 상스럽고 짐승 같은 짓.

아무리 계집을 천대하는 바첼론이라고 해도 겁탈을 당연시하는 야만적인 풍습은 없었다. 정작 비비안은 그냥 그런 게 있다는 것만으로도 야만적이라고 웃겠지만.

위그의 표정을 보며 비비안이 말을 이었다.

"다행이야. 그래도 남편, 그런 선을 지킨다고 너무 뿌듯해하지는 마. 그건 인간의 최저한도의 도리니까."

"알아."

"인간의 최저한도의 도리를 지킨다고 뿌듯해할 필요는 없는 거, 알지?"

"그것도 알아. 그 전에 당신은 왜 날 애처럼……!"

"어머, 우리 남편 착해라. 가치관은 바르지 않아도 그래도 아직은 인간이라 너무 다행이야."

위그는 비비안의 말에 들어 있는 뜻을 알아차리고 어이없어 웃었다. 저번에 알버트와 말할 때부터 알아봤는데, 그녀는 부드럽고 조곤조곤하게 나긋한 표정으로 비꼬아 공격하는 것을 정말 잘했다. 얼핏 보면 칭찬 같지만 결국에는 욕이었다. 그 실력 하나는 정말 훌륭하기 짝이 없었다.

위그는 침대에서 일어났다. 오늘 왕궁으로 들어가 어떻게든 로일해 통항 허가를 가져와야 했다. 때에 맞춰 노크하고 들어온 시종의 손에서 신문을 받아 들고, 한 부는 비비안에게 넘긴 뒤 그는 침대 헤드에 기대 기사를 훑었다.

요즘 바첼론에서 소문이 자자한 것이라고 해 봤자 사실은 한 가지밖에 없었으므로 쉽게 유추할 수 있었다.


[바첼론의 태양을 홀린 희대의 요녀 등장, 결국 이디에트의 승리인가?!]


"얘네들은 희대의, 세기의, 뭐 이런 말을 굉장히 좋아하나 봐?"

어느새 제 신문을 다른 데에 놓고 옆에 온 비비안이 눈을 깜박거리며 붙어 왔다. 덩달아 자신도 침대 헤드에 기대고, 비스듬히 위그의 어깨에 턱을 올린 그녀가 신문을 훑었다. 위그는 갑자기 저를 덮쳐 오는 비비안 특유의 달콤한 체향에 헛기침을 했다. 그러거나 말거나 비비안이 신문을 읽었다.

"'이디에트의 선물에 태자의 마음이 완전히 디텔에서 돌아선 것일까. 이틀째 방에서 나오지 않는 태자의 행태에 귀족원은 비상 사태에 들어섰다고 한다.'라…… 진짜야?"

"반쯤은 진짜다. 덕분에 당신 그 공해 통항 허가서도 아직 떨어지지 않고 있지."

"우리 카티야는 역시, 내가 사람 보는 안목 하나는 끝내주는 것 같아."

"너무 좋아하지는 마라. 흥미가 가시면 더 큰일이야."

"안 가실걸? 카티야는 그런 데는 또 귀재야, 아, 여기…… '태자의 마음을 쉽게 홀리는 희대의 요녀에, 사람들은 역시 미인은 역사를 흔든다고 했다. 자고로 세상을 정복하는 건 사내고, 그런 사내를 정복하는 건 계집이 아니던가!' 이건 또 무슨 개소리야?"

신문을 읽던 비비안이 마음에 들지 않는 듯 미간을 팍 찌푸렸다. 이건 또 무슨, 말도 안 되는 개소리인가. 왜 세상을 정복하는 게 남자고, 그런 남자를 정복해야만 권력이 손에 들어오는지 알 수 없었다. 직접 손에 쥔 권력이 아닌 한 의미 없다. 뭐든 제 손에 확실하게 쥔 게 가장 달콤한 법이었다.

"남자가 정복한 세상에는 관심 없는데."

"정설이 정설인 데는 다 이유가 있지. 여자들이 남자를 쉽게 다룬다는 데 별로 동의는 하지 못하지만…… 솔직히 제이슨 정도 되는 천치면 딱히 틀린 말이 아닌 것 같기도 해. 그리고 원래 여자들은 가끔 권력에 욕심을 내지 않나."

그의 말에 비비안이 비웃음을 흘렸다.

"아니, 그거 말고. 왜 남자를 정복하느냐고."

"뭐?"

위그의 반문에 비비안이 고개를 들고 그를 똑바로 바라보았다. 한 뼘 정도 떨어진 거리를 사이에 두고, 두 눈이 마주쳤다. 파란 비비안의 눈동자에 순간 속이 떨리는 걸 겨우 잠재우며, 위그가 눈썹을 까닥였다. 그에 비비안이 살풋 웃었다.

"남자를 정복해? 그런 흥미도 없고 재미도 없고 심지어 의미도 없는 짓을 왜 해?"

"그거야 당연히 세상을 정복하는 게 남자니까. 여자는 세상을 얻으려면 남자를 정복해야 한다."

"어머, 누가 그래? 세상을 정복하는 게 남자라고?"

"당신 빼고 다 인정하는 사실이다. 세상을 정복하는 건 남자고, 그런 남자를 정복하는 것은 여자야. 뭐, 사실 후자는 아니라고 생각하지만."

위그는 이마를 짚었다. 제 앞에서 새물새물 웃고 있는 여자는 지금 세상의 '보편적인 상식'을 거부하고 있었다. 하지만 너무 자주 있던 일이라 이제는 놀랍지도 않았다. 그는 이제 저 여자 입에서 무슨 '헛소리'가 나올지 기대하는 자신이 더 놀라웠다.

"이런, 우리 공작께서 대단한 착각을 하고 계시는 것 같은데. 나는 그런 짓 안 해. 말했잖아, 흥미도 없고 재미도 없고 심지어 의미도 없다고."

"과연? 못 하는 게 아니라?"

"그러니까 내 말은, 세상은 내가 정복할 테니, 어디 한번 당신이 나를 정복해 보라고."

"……."

"왜? 못 하겠어?"

비비안이 나긋하게 속삭이며, 눈꼬리를 접어 우아하게 웃었다. 순간, 위그는 제 심장이 쿵 하고 내려앉는 것을 경험해야 했다.

순간 둘 사이에 적막이 내려앉았다. 비비안은 여전히 나른하게 웃으며 그를 보고 있었고, 위그는 여전히 비비안의 그 빨간 입술과 파란 눈동자 사이에서 쉴 새 없이 시선을 움직이고 있었다. 그 둘의 얼굴은 여전히 한 뼘 거리였고, 비비안의 가늘고 고운 손이 신문을 잡은 그의 손 위로 곱게 포개져 있었다.

얼마인지 모를 적막이 흐르고, 먼저 반응한 건 비비안이었다.

"우리 공작께서 바첼론 최고의 매력남이라는데, 그 정도 자신도 없나?"

"……말했지만, 너는 내 취향 아니다."

"그건 나도 알아. 하지만 누가 알아? 원래 운명은 취향을 이기는 거야."

"그런 쓸데없는 운명론 따위를 믿을 줄 몰랐군."

말은 그렇게 했지만 속은 아직도 울렁거렸다. 그때 카티야를 볼 때 휘어지던 그 눈, 그 눈에 떨렸던 속이 다시 한번 제 존재감을 드러내기 시작했다. 하지만 위그는 급히 저를 부정했다. 무슨 말도 안 되는 소릴 하나. 공포감이 심해지면 그게 사랑이라 착각한다는데 딱 그 짝이었다. 아무리 매력적이어도 결국에는 계집이었다. 남자는 다른 건 몰라도 여자를 가장 조심해야 한다고 선대 공작이 그렇게……

"아, 재미없어. 우리 공작은 농담도 못 하나 봐."

"……"

"아니면 농담이 아니길 바랐거나?"

"헛소리를."

"그래도 반쯤은 진심이었어. 어차피 이디에트는 돈이 부족하잖아. 혹시 알아? 날 정복하는 데 성공하면, 제발 한 번만 자 달라고 내가 바짓가랑이를 잡을지. 혹시 그런 기회가 있으면 잡아. 하룻밤에 1억 케이즈, 적은 돈은 아니야."

"나를 무슨 말도 안 되는 취급하는 거지?"

"극단적으로 생각할 필요 없어. 정부가 될 수도 있잖아? 어차피 내 정부에는 귀족도 많았어."

"그들은 대체……"

"나처럼 돈 많은데 몸매와 얼굴까지 받쳐 주는 여자를 어디 가서 찾아? 시각적, 경제적 충족감이 드는 밤이라면, 아무리 마녀 같은 년이라도 하룻밤쯤 내주는 거 괜찮다고 생각 안 해?"

"……씻는다고 하지 않았나?"

"알았어. 꺼질게."

위그의 서늘한 목소리에 비비안이 까르르 웃음을 터뜨렸다. 곧 헤더와 함께 욕실로 들어가는 그 뒷모습을 보다가, 위그가 이마를 짚었다.

군이 말하자면 비비안은 정의나 그 어떤 이상을 위해 돈을 쓰는 타입이 아니었다. 그 많은 돈을 모아서 왜 자선 사업이나 구제원을 짓는 데 쓰지 않느냐고 그녀를 손가락질하는 인간들이 있었지만, 비비안의 대답은 한결같이 '그렇게 타인을 돕는 데 관심이 있으면 너희나 돈 벌어 해라'였다.

그렇다고 그녀가 자선 사업이나 공익 따위에 전혀 관심을 두지 않는 건 아니었다. 사업을 길고 탄탄하게 하는 여러 가지 요소 중에 인재는 필수적이었고, 따라서 그녀는 인재 양성에는 나름대로 힘을 쏟고 있는 편이었다. 물론 그 끝은 언제나 로튼과 함께했다.

그리고 그 중요한 결과물 중 하나인 예델 사립학교가 두 달 전 완공되었다. 귀족원에서 통과시킨 그 거지 같은 법안 때문에 잠시 운영을 중지했던 최고급 시설과 최고급 교수들로 이루어진 학교는 어마어마한 학비 때문에 입학생들이 적었지만, 정작 그 학비만큼이나 유혹적인 장학금 때문에 재산이 없는 평민들도 눈독을 들이고 있는 게 실정이었다.

물론 귀족들은 한낱 평민이 꾸린 학교에 발을 들이고 싶지 않다는 의사를 보였지만 정작 수도의 한쪽에 떡하니 있는 궁전 같은 학교 외관과 시설, 그리고 각종 대학원에서 두 배의 월급을 주고 데려온 교수들을 보는 순간, 이미 저도 모르는 사이에 입학 신청서에 이름을 써 놓고 있었다.

투자는 크고, 장기적으로 해야 한다는 이념만큼이나 화려한 대오였다. 그 정도 돈을 눈 하나 깜박하지 않고 쓰는 그녀의 행위에 대체 로튼의 부의 끝이 어디인지 사람들이 수군거렸으나 비비안은 그냥 웃기만 했다.

글쎄, 어느 정도냐고? 우리 남편이 내 재산의 '일부'를 보고 세상에 미련 따위 없는 표정을 지은 것만큼?

그 당시에 7억 케이즈를 흔쾌히 내놓는 그녀를 보며 위그가 어떤 표정을 지었던가. 아마 질린다는 표정을 지었을 것이다. 그녀 손에 그 자백서만 없었더라면 절대 이혼 따위 해 주지 않을 것이었다.

물론, 비비안은 그 자백서 또한 그녀를 영원히 지켜 주지 못한다는 것을 너무 잘 알았다. 그게 아니라면 카티야를 태자에게 보낼 이유도 없었을 것이고, 그렇게 시원스럽게 계약 결혼 따위를 허락하지도 않았을 것이다.

즐겁게 욕실에서 목욕하고 나온 비비안이 한쪽으로 샤워 가운을 여미며 화장대 앞에 앉았다. 어느새 멀끔하게 차려입은 위그가 크라바트 끈을 여미고 있었다. 그 모습을 보다가 비비안이 입을 열었다.

"그 로일해 통항 자격, 빨리 해결해. 난 공짜로 먹는 사람에게는 잔인하니까."

"나도 알아. 밥값 정도는 하는 게 예의지."

"기특하기도 해라."

"당신은 오늘 뭘 하려고?"

"처리할 일들이 많아. 당신 덕분에 그 법안이 취소되고, 예델도 이제는 문을 열 때가 되었거든."

"알버트의 수업은?"

"그 인간 수업은 매주 3회 아니었나? 오늘은 아니잖아."

위그는 마지막으로 코트를 입었다. 그는 비비안과 있을 때는 보통 시종을 물렸다. 혹여 그녀와 사적인 이야기를 할 수도 있었으니까.

비비안은 젖은 머리카락을 털다가, 거울 너머로 위그가 문을 닫고 나가는 것을 보며 의미심장하게 웃었다.

\* \* \*

"세믄 교수는 뭐라고 해?"

"법학원 원장직을 수락하겠다고 합니다."

"그래. 잘됐네."

"그리고, 리아델 교수께서 경제학원 쪽 교수를 하겠다고……."

길고 긴 복도를 걷던 비비안이 고개를 갸웃거렸다. 미간을 살짝 찌푸린 그녀가 뒤에 서 있는 헤더를 향해 입을 열었다.

"그 인간이? 그 인간이라면 저번에 경제학 교수 연맹에서 퇴출을 당하지 않았던가?"

"아무래도 성격이 괴짜라 다른 교수들과 잘 어울리지 못하는 것 같아요."

"채용해."

"네?"

"왜. 안 돼?"

"그게 아니라, 그 사람은 그렇게 학술계 쪽에서 환영을 받는 사람이 아니에요. 게다가 디텔 공작과 연줄이 있다는 소문도 있는데, 괜찮으시겠어요?"

"나는 개소리 잘하는 사람들을 좋아해. 싸우는 맛이 있거든."

"아……."

"잘됐네. 그 사람 이제 입학생들 면접에 들여보내. 어디 한번 학생들이랑 얼마나 잘 싸우는지 보자고."

헤더는 한숨을 푹 쉬었다. 그녀는 영원히 비비안의 머리 회로를 이해하지 못할 것이었다. 가끔 괴짜의 시조 같은 그 사고방식 덕분에, 어쩌면 그래서 더 잘되었는지도.

"아무리 그래도, 학생들이 어떻게 교수랑 싸워요."

"왜 못 싸워?"

"교수는 곧 권위잖아요."

"정말 놀랍게도 나는 딱 그렇게 권위랑 싸울 생각이 있는 글러 먹은 학생을 아주 좋아해."

"교수들이 기분 나빠 할 거예요."

"겨우 어린아이들의 패기에 기분 나빠 할 사람이면 교수로 쓰고 싶지 않아."

특이한 비비안의 이론에 헤더는 한숨을 쉬었다. 비비안은 그저 웃으면서 서재로 향했다. 어느새 서재 앞에 선 비비안이 손잡이를 잡았다. 살짝 힘을 주어 문을 열자, 서재 특유의 종이와 잉크 냄새가 풍겨 왔다. 걸음을 옮겨 방 안에 들어가는 순간, 그녀는 의외의 인물에 눈을 크게 떴다.

"어머?"

화려한 금발에 햇빛이 부서지고 있었다. 에메랄드 같은 옅은 초록색 눈동자가 놀란 빛을 머금고, 곧 당황한 듯 눈가가 파르르 떨렸다. 비비안은 결혼 전에 한 번 보았던 인물에 은은하게 미소를 띠고 눈꼬리를 접으며 서재로 들어갔다.

"클로에…… 뭐라고 했죠?"

"클, 클로에 이슨입니다. 부인, 저, 그, 그…….''

클로에는 당황함에 물든 얼굴로 허둥지둥 자리에서 일어났다. 위그와 비비안이 결혼한 뒤 그녀는 마지막으로 그녀가 맡던 내무를 끝마치고 아이센에 내려갈 준비를 했다. 위그가 마련해 준 별장에 들어가는 것도 죄송해 안절부절못했지만, 그냥 말을 들으라는 오빠 요한의 말에 그녀는 수긍할 수밖에 없었다.

오늘은 클로에가 공작저에서 지내는 마지막 날이었다. 위그와 함께 왕궁으로 간 요한 때문에 그녀가 그 대신 공작가의 지출 수입 장부를 정리하고 있었다. 그래 봤자 얼추 오라비의 흉내를 내는 것뿐이었지만.

그동안 피해 다닌다고 잘 피해 다녔는데, 이렇게 만나게 될 줄 몰랐다. 더군다나 여기는 공작의 서재였다. 비록 앉아 있는 곳은 요한의 자리였지만, 원래 공작의 서재는 보통 여자들이 들어오지 못했다. 공사가 분명한 그가 싫어했으므로.

공작의 서재에서, 그의 전 정부와 부인의 만남이라.

남편의 서재에 있는 그의 정부였던 여자를 보며, 공작 부인이 얼마나 분노할지 감히 상상조차 할 수 없어 클로에가 고개를 푹 떨구었다. 저번에는 공작이 있어 제게 분노를 드러내지 못한 게 분명했다. 생각해 보니 돌체 백작 부인도 제 어미한테 그랬다. 백작이 있을 때는 그래도 적당하게 예의를 차렸다. 하지만 백작이 없으면 호된 매질을 하고, 그러다가 백작이 그것을 발견하고 묵인해 주자, 그 폭력은 점차 거세졌다.

클로에는 바들바들 떨었다. 눈가에 눈물이 맺혔다. 이럴 줄 알았으면 오늘 안 오는 건데, 왜 하필 이렇게 만나 버린 걸까.

눈앞에 제 어미가 매질을 당하던 장면이 떠올라서 저도 모르게 어깨가 움찔거렸다. 공작 부인의 침묵에 더더욱 공포감이 들었다. 화가 난 걸까, 어떻게 벌할까 생각 중인 걸까.

그때, 비비안의 목소리가 들려왔다.

"아직 안 갔네요?"

"죄송합니다. 죄송합니다. 잘못했어요, 공작 부인. 오늘 내려가려고 했어요. 죄송합니다."

"아니, 잠깐만."

비비안은 그녀가 말을 내뱉기가 바쁘게 갑자기 책상 뒤에서 나와 머리를 땅에 박을 듯이 허리를 굽히는 클로에를 보며 당혹감에 휩싸였다. 그녀는 정말 아무런 암시도 없이 순수하게 궁금해서 물었던 것에 불과했기 때문이었다.

비비안이 고개를 돌려 헤더와 눈을 마주쳤다.

'내가 쟤한테 무슨 짓을 했니?'

'단주님은 존재 자체가 위협적이세요.'

헤더의 눈길에 비비안은 눈동자를 데굴 굴렸다. 클로에 이슨이 요한 돌체와 이복 남매라는 소리는 들었다. 돌체 백작의 정부가 낳은 딸인 데다가, 그 정부가 백작 부인의 매질과 함께 집에서 쫓겨났다는 소리를 듣긴 했는데. 아, 그래서 저러는 건가 싶다가도, 자신은 아무것도 안 했는데 너무 지나친 반응에 그녀는 기분이 미묘해졌다.

"레이디 이슨? 고개를 들어 봐요."

"죄송해요. 제가 일부러 여기에 머무른 건 아니었어요. 오늘 꼭 내려갈 테니……."

"레이디 이슨이 이곳에 있든 말든 그건 저와 별로 상관이 없어요. 그리고 나는 화를 내고 있는 게 아니니 고개를 들어요."

부들거리며 고개를 드는 클로에를 보며 비비안이 가볍게 웃음을 흘렸다. 바들바들거리면서 저를 보는 게 마치 그녀가 어릴 때 키우던 아기 고양이 같았다. 처음 집으로 온 날 커튼 뒤에서 바들바들 떠는 것을 그녀가 어떻게 달랬던지. 그녀는 그날 처음으로 자신이 의외로 인내심이 어마어마하다는 사실을 깨달았다.

클로에는 갑자기 웃음을 흘리는 비비안을 보며 고개를 들었다. 하지만 비비안은 그녀의 눈에 깃든 공포감을 딱히 신경 쓰지 않은 채, 방금까지 클로에가 뭔가를 쓰던 책상에 다가갔다.

"하던 거 마저 해요. 난 서류 가지러 왔으니까."

"부인, 부디 말씀을 편하게 해 주세요."

"좋아. 클로에. 그냥 하던 거 해."

겸양도 없이 비비안은 웃으며 책상 위에 놓인 서류 뭉치 중 하나를 빼 들었다. 며칠 전 위그의 서류와 함께 섞여 들어갔나 했는데 진짜였다. 그것을 쭉 훑다가 발걸음을 옮기려던 비비안의 눈길이 순간, 책상 위에 있는 장부로 옮겨졌다.

클로에는 멈춰 선 비비안을 향해 고개를 돌리다가, 그녀가 자신이 정리하던 공작가의 장부를 보자 하얗게 질렸다.

"부인, 오해하지 마세요. 제가 부인께 드리려고 했는데, 제가 절대 주제넘게 함부로 공작가의 내무에 손을 댄 건 아닌지라."

그러나 비비안은 클로에의 횡설수설에 그저 무심하게 입을 다물라는 듯이 손을 살짝 들어 저지했다. 클로에는 입을 다물고 더욱더 죽을 것 같은 얼굴을 하고 있었다.

비비안은 장부를 들어 쭉 훑었다. 장부에는 근 한 달 동안 공작가의 내부 지출과 수입, 그리고 각종 명세가 꼼꼼하게 분류되어 적혀 있었다. 그 옆에 자잘하게 적어 놓은 비고를 보다가, 비비안은 장부의 두 번째 장을 펼쳐 들고는 곧 그게 요 며칠 위그의 일정표라는 것을 깨달았다.

비비안이 일정표를 유심하게 보고 있는 것을 발견한 클로에는 더욱더 실성할 듯 얼굴이 하얗게 질렸다. 그건 원래 요한이 그녀더러 정리하라고 한 것이었다. 그리고 예전에도 가끔 위그의 스케줄을 정리하고, 그것에 비고를 달아 놓는 건 그녀의 일 중 하나이기도 했다. 그리고 가끔 그 비는 시간을 채워 주는 게 그녀의 역할이기도 했고.

공작의 정부였다는 여자는 정말 진심으로 비비안을 무서워하는 게 옆에서 있는 헤더의 눈에도 훤히 보였다. 그녀는 아무리 제 주인의 성질머리가 사납고 막무가내에 전부 다 밀어 버리는 재주가 있다고 하나 그래도 도리까지 무시할 사람은 아니라는 것을 알려 주어야 하나 고민하다가, 그냥 입을 다물기로 했다.

그리고 장부와 스케줄을 전부 훑은 비비안이, 차분한 어투로 물었다.

"평소에 뭘 하고 있지?"

"네?"

"내 말은, 위그 옆에서 무슨 일을 했냐 말이야."

"저, 그…… 가끔. 아주 가끔……."

목소리에 울먹임이 배어났다. 비비안은 스멀스멀 오르려는 짜증을 삼키고 입을 열었다.

"정부로서 해 주던 사적인 일을 가리키는 게 아니야. 내 말은."

비비안이 장부를 짚었다.

"평소에 장부 관리와 스케줄 관리를 전부 네가 혼자 했냐는 말이야."

"아, 그건 아니에요. 오빠가, 저한테 가르쳐 주어서 함께……."

"그럼 이건?"

"이건 제가 한 것이에요. 부인."

비비안은 장부를 보았다. 꼼꼼하게 쓰여 있는 장부는 비서 협회에서 교육을 받고 나온 사람들이 봐도 놀랄 만큼 잘 관리되어 있었다. 그리고 뒤에 정리된 스케줄과 각종 비고.

비비안은 헤더를 보았다. 헤더는 그녀의 시녀였지만, 지금까지 비서의 일도 도맡아 하고 있었다. 하지만 아무리 그래도 시녀가 할 수 있는 일은 한정되었다. 특히 헤더는 시녀 쪽은 잘해도 비서 일은 많이 서툴렀다. 딱히 재능도 없었고. 물론 상단의 비서실이 따로 있긴 했지만 그녀의 개인 비서로 쓰는 건 또 다른 문제였다.

그녀는 입꼬리를 말아 올렸다.

"클로에. 따로 직업이 있나?"

"네?"

"사람 말 좀 제대로 들어. 반문하지 말고."

"아, 없, 없습니다."

"비서 일을 배워 본 적은 있고?"

"정식으로 배워 본 적은 없어요. 오빠한테서 간단히 업무 지도를 받은 적은 있지만."

"그럼 공작가에서 받는 월급은 있나?"

"월급이라고 하심은."

"공작가의 내무를 맡으면 따로 월급을 받겠지. 비서는 물론이요 하다못해 안주인도 따로 비용을 가주에게서 배급받는데. 아, 정부라서 딱히 필요가 없었나? 위그가 알아서 이것저것 안겨 줬겠군. 흐음."

비비안은 마치 홀로 읊조리는 듯하다가 길게 한숨을 쉬었다. 그리고 얼마나 지났을까, 그녀가 갑자기 입을 열었다.

"내 비서로 일해 볼 생각은 없어?"

"……네?"

"큰일은 아니고, 그냥 내 스케줄 관리, 개인 지출 관리, 더불어 각종 잡일을 하면 돼. 월급은 3천 케이즈. 초기에는 교육이 필요할 테니 일부러 낮게 잡고, 석 달 교육이 끝나고 정식으로 내 개인 비서가 되면, 그때는 5천 케이즈. 유급 휴가 있고, 휴일 출근 시 기본 수당의 두 배 지급. 물론 나는 돈을 더 주고 휴일에 사람 부려 먹는 걸 아주 좋아하니 이건 감안해야 해."

"아, 저, 잠시만요."

"말해."

"저…… 지금 무슨 말씀을 하시는지."

"아, 뭐야. 말뜻을 못 알아듣는 건 좀 곤란한데."

"아니, 그게 아니라, 지금 저를 채용하시겠다는 건가요?"

"정확히는 제의지. 그걸 받아들이느냐 받아들이지 않느냐는 클로에 양의 선택이고."

클로에는 멍한 표정을 지었다. 그러니까 지금 이 공작 부인이, 아니, 그로튼의 단주가 그녀를 비서로 채용하겠다고 한다. 3개월의 시험 기간을 거쳐서.

"어, 어째서……?"

너무 당연하게도 물음부터 나갔다. 왜? 왜 나를?

클로에는 너무 당황해 눈앞의 사람이 위그의 아내이며, 이디에트의 공작 부인이라는 사실도 잊고 그저 망연하게 서 있었다. 그 멍한 얼굴을 보며, 비비안이 살풋 웃었다.

"내가, 비서가 필요하거든."

"하지만 굳이 제가 아니더라도……."

"물론 그건 그렇지. 하지만 나는 제일 잘하는 사람을 뽑는 게 아니라, 제일 잘할 것 같은 사람들을 뽑아. 무슨 말이냐면, 가능성만 보이면 일단 내 걸로 만들고 본다는 거지. 다 큰 뒤에 다른 데로 튀지 못하게."

"……."

"해 볼래? 꼼꼼하니 잘할 것 같아서 묻는 거야. 월급도 이 정도면 바첼론에서 잘 먹고 잘 살 만한 정도고. 내 옆에서 일하면 아마 추가 수당도 많이 받을 거야. 물론, 딱히 강요는 하지 않겠지만."

"……."

"수도를 떠나지 않아도 되고, 오빠 옆에 있을 수 있어. 내가 공작가 쪽에 있을 거니까 이 집을 떠나지 않아도 되고, 무엇보다 개인 수입이 생기는 거야."

"……그건."

"결혼할 생각이 있든 없든 미혼인 상태에서는 개인 재산을 가지는 거야. 일단. 이 정도면, 해 볼 만하지 않나?"

개인 재산.

그 혀끝에 걸리는 어감이 너무 예상 밖이라 클로에는 침을 삼켰다. 그녀는 태어나서부터 온전히 제 것을 가져 본 적이 없다. 백작가에서는 하녀보다도 못한 취급을 받았고, 공작가에 온 뒤로는 공작에게 아양이나 떨고 몸을 파는 계집이라는 말을 들었다. 사치를 부리면 괜히 위그가 좋아하지 않을 것 같아 일부러 그가 주는 것들도 마다했고, 그저 그 위태위태한 관계에 기대 살았다.

아무리 그래도 꽤 오랫동안 살았던 수도였다. 갑자기 이곳에서 떠나는 게 기쁠 리가 없었다. 하지만 공작은 결혼했고 저는 이곳에 있으면 안 되었다. 정부란 딱 그런 관계였다.

그런 자신에게 생각지도 못한 기회가 떨어졌다. 잡고 싶은데 잡으면 안 될 것 같았다. 자신에게 반반한 낯짝과 침대 위에서 사내를 즐겁게 해 주는 것 외에 뭔가 더 볼만한 게 있을지도 몰랐다.

눈앞의 여자가 특이한 것이었다. 세상 모든 이들이 다 비비안처럼 살 수 있는 것은 아니었다. 그녀처럼 강한 이도 있었지만, 그렇다고 해도 대부분은 약하고 힘이 없었다.

그때 비비안이 웃으며 말했다.

"조금 더 고려해 봐. 너무 오래 기다리게 하지는 말고."

말을 마친 그녀가 걸음을 옮겼다. 그러나 그녀가 방을 나가기도 전, 클로에가 작은 목소리로 입을 뗐다.

"저도 잘할 수 있나요?"

"글쎄, 그건 해 봐야 알지 않을까?"

"제가 잘 못하게 되면 어떻게 되는 거죠?"

"해고되는 거지."

비비안은 언제나 능력 앞에서 사람을 공평하게 채용했다. 그녀는 총명하고 영리한 사람을 좋아했고, 자신에게 건방져도 선만 넘지 않고 똑똑하면 어느 정도는 눈감아 줄 정도였다. 그리고 당연히 그 능력의 기준은 어디까지나 '그녀가 쓰기에 편한가'였다. 철저히 그녀 기준이었지만, 이것은 클로에에게는 꽤 큰 기회라는 것은 자명했다.

"이 기회를 잡느냐 잡지 않느냐는 철저히 너한테 달렸어. 네가 잘하면 나는 너를 우대할 것이고, 못하면 나는 가차 없이 너를 해고할 거야. 여자든 남자든, 나를 위해 이익 최대화를 할 수 있는 사람이라면 뭐든 상관이 없어."

"……."

"그 경쟁에 공평하게 참여하고 싶다면, 며칠 더 생각해 보고 내게 답을……."

"할게요."

"응?"

"해 볼게요."

클로에는 웃었다. 그녀의 얼굴에는 은근한 기대와, 예상치도 못한 순간에 대한 감격이 서려 있었다.

그에 비비안이 오만하게 웃었다.

"그럼, 계약서부터 쓸까?"

"우리 태자 전하께서는 오늘 나오셨나?"

마차에서 내리기가 바쁘게 들려오는 목소리에 위그가 고개를 들었다. 멀찍이서 바람에 펄럭거리는 숄을 두르고 다가오는 비비안의 모습에 그가 한숨을 푹 쉬며 고개를 저었다.

"아니, 허탕이다."

"이런, 혹시 죽은 건 아니야? 방에 들어가서 확인해 보라고 해."

"살아 있다는 시종의 증언이 있다."

"다행이네. 죽은 줄 알았어."

비비안은 어깨를 으쓱했다. 그러나 위그는 오늘 그녀의 행동이 예전과 다르다는 사실을 깨닫고 미간을 좁혔다.

"그런데 왜 갑자기 나와 있지?"

"기분이 좋아서. 내가 오늘 개인 비서를 하나 채용했거든."

"개인 비서?"

자신이 왕궁에 다녀온 지 몇 시간이 되었다고 그 짧은 시간에 갑자기 개인 비서를 채용했는가. 의문이 가득한 그의 표정에 비비안이 입을 열었다.

"클로에 이슨, 그 여자를 내 개인 비서로 채용했어."

"클로에?"

"그녀는 아이센에 내려가지 않을 거야. 그래서 말하는데 게스트 룸 하나 깨끗하게 비워 놔. 내 비서가 잘 곳이니까."

"아니, 잠깐."

"왜?"

사뿐사뿐 발걸음을 옮기는 비비안을 보며, 위그는 경악에 빠져 얼굴을 완전히 일그러뜨렸다. 그는 비비안이 지금 무슨 말을 하는지 이해할 수 없었다.

"그러니까, 클로에를, 지금, 당신 비서로?"

"응. 왜, 잘못됐어?"

"그녀는 내 정부였어."

"알아. 그게 그녀가 내 비서가 되는 데 무슨 영향이라도 있어?"

진심으로 궁금한 듯 비비안이 고개를 갸웃거렸다. 정부였으면 비서 일을 못 하나? 하지만 위그는 진지하게 말했다.

"그녀는 비서 일을 배워 본 적 없다."

"정규적인 교육만 못 받아 본 것뿐이야. 보니까 그동안 당신 스케줄과 장부 관리는 그녀가 적당하게 했던데."

"공작가의 내무일 뿐이야."

"당신은 귀족가의 내무가 쉬운 일인 줄 알아? 그리고 비서 일이라는 게 개인의 내무 정리지 뭐. 아, 그리고 한마디 덧붙이겠는데."

위그는 이제 비비안의 말이 두렵다는 듯이 얼굴을 팍 찌푸렸다. 비비안은 곱게 눈매를 접으며 말을 이었다.

"그런 재능을 가진 사람을 침대 덥히는 데만 쓰다니. 그러니까 이디에트 꼴이 이 지경이지."

"……."

"성공의 대명사 같은 내가 알려 주자면, 성공에는 세 가지 조건이 필요해. 첫째, 인재를 알아보는 훌륭한 리더, 둘째, 훌륭한 리더를 고를 줄 아는 훌륭한 부하, 셋째, 훌륭한 리더와 부하 사이의 조화로운 관계. 이디에트에는 두 번째는 있는데 첫 번째가 모자라네? 받아 적어. 이런 설교 어디 가서 못 들어."

더없이 오만했지만, 내 말이 곧 법이라고 외치는 듯한 그 표정에 위그가 반응할 새도 없이 말을 마친 비비안이 저택 안으로 들어갔다. 뒤에서 세계관과 가치관이 송두리째 뽑힌 경험을 한 위그를 혼자 남겨 두고.

* * *

클로에가 비비안의 임시 비서로 고용된 지 한 달이 지났다. 그동안 클로에는 매일 비서 협회에서 파견되어 나온 전문 비서에게서 기본 교육을 받고 있었고, 비비안은 태자가 방에 나온 뒤 위그가 엄청난 토론을 동반해 가져온 통항 자격증을 안고 행복해하고 있었다.

위그는 어디서 왕실 영역에 상단의 배를 들이느냐고 고래고래 소리를 치는 디텔 때문에 하마터면 귀가 먹을 뻔한 위기에 처했으나, 집에는 디텔보다 더 무시무시한 사람이 거주하고 있기 때문에 하나도 무섭지 않았다. 오히려 이걸 갖고 가지 못하면 폭발할 게 분명한 비비안이 디텔 열 개보다 더 무서웠다.

그 와중에 로튼에게 통항 자격을 주겠다는 위그의 제의에 태자가 무척 흔쾌히 동의를 해 다시 한번 디텔이 폭발했지만, 카티야를 옆에 앉히고 희희낙락거리는 태도에 뒷목을 잡아야 했다. 회의 중간중간에 카티야의 눈길이 위그에게로 향하자, 그 눈을 본 위그는 묘하게 저 여자와 비비안이 닮았다는 생각을 감출 수가 없었다.

어찌 되었든 간에 그렇게 시간은 흘렀다. 카티야는 디텔과 태자의 접선 및 여러 가지 논의를 비비안에게 물어다 주었고, 비비안은 그것을 다시 위그에게로 물어다 주었다. 비비안과 결혼하는 덕분에 자금줄이 몇십 배는 늘어난 위그가 슬슬 입맛에 어울리는 왕위 계승자를 포섭하려고 준비하려는 중, 어느 날, 공작가로 초대장 한 통이 날아왔다.

"생일 파티?"

갑작스러운 말에 비비안이 고개를 갸웃거렸다. 어떻게 된 게 왕실에는 파티가 끊이질 않는지 궁금했다. 자신이 그간 바친 돈이 이런 파티 따위에 쓰인다는 것을 생각하자 혈압이 거꾸로 솟아 그녀는 찬물을 벌컥벌컥 마셨다.

그녀가 하는 꼴을 빤히 보던 위그가 다시 초대장으로 눈길을 돌렸다.

알렉산드르 제4왕자.

파티의 주인공은 전 왕비의 소생이자, 한때 그와 약혼 이야기가 오갔던 크리스티나 왕녀의 유일한 동복동생이었다. 올해 갓 열여덟 살을 맞이해, 생일 파티를 거하게 치르겠다는 것이 공식적인 말이긴 하나, 사실상 빈손으로 오면 두들겨 패겠다는 의지가 다분한 초대장이었다.

하지만 그것보다 더욱 그의 주의를 끄는 것은 알렉산드르가 현재 그가 점찍어 놓은 왕위 후보라는 것이었다.

어리고, 성정이 부드럽고, 다루기 쉽다.

다만 태자도 한때 멍청하고 다루기 쉬웠던 그 명단에 이름이 올라갔다는 것을 감안하면 어느 정도 신중할 필요는 있었다.

비비안은 두 번째 잔을 비우고 위그를 보았다.

"그래서, 이번에는 뭘 또 들고 가야 하는거야?"

"딱히 들고 갈 필요 없다. 알렉산드르는 그렇게 세가 있는 왕자가 아니야. 아니, 정확히 말하자면 가장 세가 없는 왕자지."

"그래? 그러고 보니 지금까지 딱히 물을 필요 없어 입 다물고 있었는데, 왕실 가계도와 세력 상황이 어떻게 되는 거야?"

"당신이 그걸 모른다고?"

"그냥 바첼론의 대부분이 아는 정도만 알아. 그리고 나는 왕실이나 귀족들 상황에 별로 관심이 없거든."

"그렇군."

위그는 손에 들린 초대장을 내려놓고 느긋하게 입을 열었다.

"사망한 제1왕자까지 더하자면, 왕에게는 여섯 명의 왕자와, 세 명의 공주가 있어."

"새끼치기만 훌륭하게 했군."

"……."

"말해 봐."

비비안의 언사에 위그가 어이없다는 얼굴을 했다. 이제는 적응할 때도 되었는데 아직도 이런다. 그러나 그는 다시 표정을 갈무리하고 말을 이었다.

"국왕에게는 다섯 명의 왕비가 있었어. 첫 번째 왕비는 공주 출신인데 젊은 나이에 소생을 남기지 않고 눈을 감았고, 두 번째 왕비가 낳은 게 바로 제1왕자와 현 태자이자 제2왕자인 제이슨, 제1왕녀와 제2왕녀이고, 세 번째 왕비가 낳은 건 제3왕자인 로건, 네 번째 왕비가 낳은 게 제3왕녀인 크리스티나와 제4왕자인 알렉산드르, 마지막으로 현재 왕비인 마샤 왕비는 제5왕자와 제6왕자를 낳았지."

"폐하께서는 정사를 돌볼 때 써야 하는 정력을 전부 아이를 보는 데에 썼나 보네."

"하지만 그렇게 힘을 써서 낳은 것치고 아들은 하나같이 쓸 만한 게 없어. 제1왕자는 그나마 낫긴 했는데 병으로 요절, 태자인 제2왕자는 저 꼴, 제3왕자는 갑자기 사랑의 도피를 한답시고 외국으로 도망, 제4왕자는 알렉산드르, 마지막 두 쌍둥이 왕자는 유전병 때문에 지능에 문제가 있어."

"이건 뭐 저주도 아니고."

"저주라고 하지, 모두들. 첫 번째 왕비가 아이를 못 낳는다고 핍박받다가, 왕실 한복판에서 왕의 손을 빌어 칼로 목을 그어 자살했거든. 난리였지, 목에서 피가 터져 나오는데 그게 왕의 몸에 전부 튈 정도였으니까. 그 뒤로 대를 이을 왕자가 하도 저 꼴이라."

비비안은 그만 웃고 말았다. 그야말로 비극이라면 비극이고 희극이라면 희극인 이야기였다. 그러나 위그는 이미 익숙한지 미간을 좁히며 의자에 등을 기댔다.

"어쨌든 첫 번째 왕비가 죽고 식음을 전폐하다가, 왕은 두 번째 왕비를 들였어."

"제가 죽음으로 몬 주제에 무슨 식음 전폐야."

"어쨌든 제이슨과 현 국왕의 나이 차가 크게 나는 건 그래서야. 늦둥이거든."

"국왕이 여든이 넘었다고 하지 않았던가?"

"일흔하나에 제5, 6왕자 쌍둥이를 보았어."

"오."

"대단한 늙은이지."

"왕녀는?"

비비안은 그냥 저 왕실의 추잡한 아들 욕심에서 신경을 끊기로 했다. 호기심만 가져 봤자 거기서 거기였다. 대신 그녀는 주의를 왕녀에게 돌렸다. 문득 결혼식에서 배시시 웃던 그 왕녀가 생각났다. 크리스티나 왕녀라고 했던 것 같았다.

"제1왕녀는 요크의 왕과 결혼했고 제2왕녀는 신을 모시러 신전으로 들어갔다. 그리고 결혼식에서 당신이 본 그 왕녀가 바로 제3왕녀 크리스티나야."

"역시, 막내 공주님답게 얼굴에 사랑이 철철 넘친다 했더니."

"꼭 그런 건 아니야. 아들을 기대했는데 딸이어서 왕이 실망했거든."

"위에 아들놈들 그렇게 주렁주렁 달고 있으면서 또 아들?"

"어쨌든 왕들의 아들 욕심은 무한하니까."

비비안은 고개를 절레절레 저었다. 멀쩡한 아들이 못 나오는 이유를 알 것 같았다. 원래 사람은 가장 절박하게 원하는 걸 얻지 못하는 경우가 있다고 하지 않는가. 원하면 원할수록 점점 그것과 멀어지는, 그런 것.

"어쨌든 이번 파티는 갈 필요가 있겠네. 생일 선물은 당신이 알아서 준비해. 요즘따라 상단 지출이 쓸데없이 커져서 슬슬 기분 나빠지고 있었던 참이니까."

"나 때문에?"

비비안이 얼굴을 찌푸리자 위그는 은근히 찔리는 것이 있는지 크흠 헛기침을 했다. 비비안은 그에 피식 웃었다.

"아니. 당신한테 쓰는 돈은 어차피 새 발의 피니 마음대로 써도 돼."

"쓸데없이 두근거리는군."

"어머, 그래 주면 감사하고."

"그래서 무슨 일이지?"

"예델 사립학교 때문에 지출이 이만저만이 아니야. 하지만 그것도 뭐, 완전히 마무리를 지으면 일이 잘되겠지."

비비안이 방긋 웃었다. 그녀는 요즘따라 기분 좋은 나날을 보내고 있었다. 그녀와 위그가 결혼한 지도 어언 한 달이 지났고, 언니 카트린의 산달도 점점 다가오고 있었다. 물론 아직도 몇 개월 남긴 했지만, 그래도 시간만큼 훌쩍 지나가는 게 어디 있던가.

"우리 언니가 곧 아이를 낳을 텐데."

"언니? 아, 그 빌케르 백작 부인?"

"그딴 식으로 부르지 마, 카트린이라고 불러."

비비안이 순간 미간을 팍 찌푸리자, 위그가 고개를 갸웃거렸다. 부인이라는 호칭에 민감하게 반응하기에는 비비안 본인도 그닥 이디에트 공작 부인이라는 호칭에 그렇게까지 큰 반응을 보이지 않았다. 공무를 볼 때를 제외하고 가끔 고용인들의 공작 부인 호칭을 부드럽게 웃어넘길 정도니까. 하지만 지금 비비안의 표정은 사람 하나 씹어먹을 것 같은 얼굴이었다.

"그래, 카트린, 당신 언니 말이야. 임신했다고?"

"응. 출산 선물을 뭐로 준비하면 좋을까?"

"첫째와 둘째가 있지 않았나?"

"있지. 아리아와 리즈. 예쁜 애들이야. 내 보석들."

위그는 떨떠름하게 웃었다. 내 보석들? 그런 달콤한 호칭을 쓸 만한 사람으로 보이지 않아 더 그랬다.

"애들을 좋아하나 봐?"

"아니, 나는 아이를 싫어해. 내 조카니까 예뻐하는 거지."

비비안은 수줍게 웃고 있는 아리아와 말괄량이처럼 사방으로 뛰어다니는 리즈를 생각하고 웃었다. 위그가 그 모습을 보다가 떨떠름하게 입을 열었다.

"당신, 의외로 언니한테는 아주 관대한 것 같은데. 가족애라는 게 남아 있는 것 같지 않게 굴더니."

"빚이 있어서."

"……."

"큰 빚이."

"빚?"

"원래 장사치들은, 빚에 민감하잖아."

비비안은 드물게 쓰게 웃으며 자리에서 일어났다. 위그는 그녀의 모습을 복잡한 눈길로 응시했다. 이제 그의 마음속에 비비안은 또 한층 다른 면을 갖고 있는 여자가 되었다. 의외로 가족에게는 다정한가. 그는 새삼스럽게 그것을 생각하다가 흐음, 길게 한숨을 쉬었다. 의외로 그렇게까지 냉혹한 여자는 아닌 것 같았다.

그것을 발견한 듯 비비안이 뒤를 힐끔 보았다. 그녀가 의미심장한 얼굴을 했다.

*　*　*

"공부는 잘돼 가?"

"아, 단주님."

비비안의 비서가 된 이후로 그녀에 대한 호칭을 고친 클로에가 자리에서 일어났다. 그녀의 부름에 옆에서 뭔가를 가르치던 데이브가 고개를 들었다. 그는 비서 협회에서 교육을 담당하는 사람으로서, 현재는 비비안에게 고용되어 클로에의 개인 강습을 맡고 있었다.

오래전에 비비안 앞에서 함부로 행동하다가 그녀의 야단에 울면서 집무실을 나간 경험이 있는 그는 이제는 비비안 앞에서 깨갱거리는 경지에 올랐으나, 이번에는 여자의 교육을 맡으라는 명령에 반쯤은 불만을 품고 있었다.

하지만 한 달간 클로에의 강습을 맡은 결과, 그는 클로에가 꽤 훌륭한 학생임을 부정하지 않았다.

"어때?"

비비안의 물음에 데이브가 비비안에게 다가가 낮은 소리로 말했다. 클로에는 데이브가 내려 준 임무를 한쪽에서 완성하고 있는 중이었다.

"꽤 총명합니다. 딱히 두 번 말할 필요는 없고, 한 번 말하면 열까지는 아니더라도 두어 개는 혼자 잘 알아서 처리하고 있어요."

"비서로는 쓸 만해?"

"아직 초보적인 실수가 있긴 하지만, 고쳐 나가는 수준을 보면 한 달 뒤에는 정식으로 고용하셔도 될 것 같습니다."

"요즘 몇 번 데리고 다녔는데 꽤 괜찮은 것 같아."

"단주님은 의외로 똑똑한 여자를 발굴하는 안목이 있는 것 같아요. 비서일을 완전하게 해낼 정도로 똑똑한 여자는 많지 않은데."

"너는 나한테 혼나고도 아직도 그런 말을 하는구나. 또 눈물 콧물 범벅이 돼서 이 방에서 나갈래?"

"……그 역사는 좀 머릿속에서 지워 주세요. 돌아가서 반성했단 말입니다."

"말하는 꼬락서니를 보면 넌 아직도 반성이 더 필요한 것 같아. 됐고, 오늘은 이만 가 봐."

비비안의 말에 데이브가 반쯤 눈물을 머금고 방을 나갔다. 그 뒷모습을 힐끔 보고, 비비안이 책상으로 다가갔다.

"공부는 쉬워?"

"쉽진 않은 것 같아요. 예전에 하던 일이랑 많이 차이 나는 것 같아요."

"당연하지, 이제는 월급을 받는 사람이니까. 제대로 해야 돼."

"네."

"아, 그러고 보니, 이번 달 월급이 사흘 뒤에 정산이 될 거야. 첫 번째 월급이니까 알아서 잘 써. 뭐, 어련히 잘 알아서 하지 않을까 싶지만. 뭐, 하고 싶은 거 있어?"

"글쎄요. 딱히 생각해 둔 게 없어서………."

"그래? 잘 생각해 봐. 물론 로튼에 와서 돈을 써 준다면 더 좋고."

비비안이 웃으며 말하자, 클로에는 웃음을 흘렸다. 사실 바첼론에서 로튼
의 물건을 소비하는 건 엄청 쉬운 일이었다. 수도의 거리 두 개를 전부 로
튼의 브랜드로 채워 넣는 기함을 토한 뒤 바첼론에서 로튼의 손을 거치지
않는 돈이 없다는 반쯤 진실에 가까운 우스갯소리가 돌고 있었다.

"저는 돈을 크게 써 본 적이 없어서. 돈을 어떻게 써야 할지도 잘 모르겠
어요."

"돈 쓰는 것만큼 쉬운 일이 이 세상에 있어?"

"단주님이야 그렇겠지만……."

클로에는 말꼬리를 흐렸다. 처음 볼 때부터 생각했지만, 참 화려한 여자
였다. 화려한 화장에, 화려한 차림에, 지금 귀에서 찰랑거리는 귀걸이도 다
이아몬드와 사파이어가 몇 개씩 박혀 가격이 낮지는 않을 것이다.

"단주님은 꾸미는 걸 좋아하시나 봐요."

"기본적으로 화려하고 예쁜 걸 좋아해. 그런데 그런 것들은 비싼 게 많더
라고, 자연스럽게 사치스러운 것도 좋아하게 됐지."

"그렇군요."

"뭐, 이제 내 비서가 되면 개인 지출도 보게 되겠지만. 기본적으로 나는
나한테 돈을 많이 쓰는 편이야. 물론 취향은 사람마다 다르긴 하겠지만, 네
가 수수한 것을 즐기는 것처럼 나도 화려하고 비싼 걸 즐기는 거지."

클로에는 고개를 떨구었다. 사실 그녀도 예쁜 걸 좋아하긴 했다. 다만 귀
부인들은 언제나 여자의 사치는 옳지 않다고 말했다. 응당 검소하고 소박하
게 사는 게 훌륭한 여자의 표본이라고.

그녀는 고개를 들었다. 비비안은 어느새 그녀가 적어 놓은 장부를 훑고
있었다.

길게 드리워진 속눈썹, 오똑한 콧날과 그 아래 자리 잡은 빨간 입술, 신상 립스틱이라고 제게 하나를 준 것 같기도 한데 차마 써 보지는 못했다. 위그는 분내나 향수 냄새를 싫어하는 편이었고, 저 또한 그런 것을 함부로 쓰면 괜히 사치하고 정숙하지 못한 여자로 보일까 봐 그게 두려워서. 되레 쓰라고 내준 걸 입에 발라 보지도 못하고 곱게 화장대에 모셔 놓고 있었다.

그런데 사실, 상관없지 않을까.

눈앞의 여자는 욕구와 욕망의 표본이었다. 정부를 여럿 두고, 제게 돈을 쓰고, 그만큼 벌어들인다. 뒤에서 수군거릴지언정 누구도 비비안의 면전에서 그런 소리를 하지 못했다. 설사 한다고 해도 오만한 시선으로 밟아 주고, 코웃음을 친다.

대체 어디서 나오는 자신감일까.

돈에서 나오는 자신감이라기에는 돈이 없다고 해도 주눅들 것처럼 보이지 않는다. 저만 해도 손에 개인 재산을 쥐고 있어도 딱히 변한 건 없을 것 같다.

그럼, 저 여자의 당당함은 어디서 나오는가.

햇빛에 부서져 반짝거리는 다이아몬드와 그것보다 더 눈길을 끄는 매혹적인 얼음장 같은 눈동자를 보다가, 클로에가 저도 모르게 입을 열었다.

"저, 사실은, 저도 예쁜 걸 좋아해요."

"그래? 그럼 월급 타면 좋아하는 옷이나 구두나 하나 사. 그 정도 월급이면 이것저것 다 저축해도 충분히 예쁜 거 장만할 수 있는 금액이야."

"하지만…… 그럴 자신이 없어요."

"예쁜 걸 사는데 뭘 또 자신씩이나."

"여자는 함부로 사치하면 안 된다고 그랬어요. 사치스러운 여자는 나라를 망하게도 할 수 있다고."

"웃기지도 않아, 여자가 나라를 망하게 하는 유일한 상황은 여자가 왕이었을 때야. 나는 그것 외에는 망국의 요녀라는 그 어떤 말도 인정하지 않아."

"단주님은 다른 사람들의 눈길이 두렵지 않으세요?"

"두려워. 내가 돈이 없다고 비웃을까 봐."

"그게 아니라. 사치스러운 여자라거나, 하는 평가 말이에요."

"헛소리. 그런 건 내가 좋으면 그만이야."

비비안은 장부에서 눈을 떼지 않은 채 코웃음을 쳤다.

클로에는 문득 깨달았다. 우아하게 웃으며 말하는 여자는, 방금부터 그녀의 모든 물음에 자신을 중심으로 대답하고 있었다.

타인의 평가에서 자유로울 수 있는 인간은 없었다. 사실 비비안도 그러한 것 같았다. 가끔 위그와 투닥거리는 모습을 먼발치에서 봤으니까. 설사 그렇다고 해도, 비비안의 대부분 선택은 자신으로부터 출발했다.

그게 이기적인 것일까. 모르겠다. 하지만 비비안이 어떻게 꾸미고 어떤 취향을 가졌든지 사실 타인에게 그것을 강요한 적은 없었다. 제 이익만 건드리지 않으면 그냥 그렇게 내버려 두는 편이었다.

클로에는 문득 그런 삶이 꽤 부러웠다.

비비안은 장부를 쭉 훑은 뒤 그것을 내려놓았다. 그리고 제6열에 적힌 숫자를 짚으며 입을 열었다.

"이 부분은 빨간색으로 표시하는 게 좋아. 최신 사업과 관련된 부분은 강조를 해서 나도 볼 때 한눈에 볼 수 있도록 해 놓거든."

"아, 네, 알겠습니다."

"그 외에는 다 괜찮은 것 같아. 데이브가 잘 가르쳤는데?"

"아, 사실, 아직 이 부분은 수업을 받은 적 없어요."

"없는데 이 정도로 했다고? 이렇게 깔끔하게?"

"네, 예전에 배운 정리법으로 제 나름대로 해 본 건데. 이상하지 않다니 다행이네요."

환하게 웃는 클로에를 보며 비비안이 혀를 찼다.

데이브 이 새끼는 쓸데없이 칭찬에 야박해서.

"이 정도 수준이었으면 사실 위그의 부관을 했더라도 괜찮은 솜씨였을 텐데. 이디에트가 망하는 데는 이유가 있어."

"네?"

마지막은 거의 중얼거리다시피 해 정확히 듣지 못한 클로에가 당황하여 반문했다. 그에 비비안이 다시 활짝 웃으며 고개를 저었다.

"아니야. 내 말은, 이 정도 솜씨면 사실 오라비한테서 강습을 받아 위그의 부관을 했어도 되었을 거란 말이야."

"하지만 저는 여자니까요. 아무래도 어려울 것이라고 생각해요."

"나는 여자가 아닌가?"

"하지만 단주님은……."

클로에가 말을 얼버무리자 비비안이 그녀의 뜻을 깨달은 듯 생긋 웃었다.

"내가 특례라고 생각할 필요 없어. 사람은 기회를 가져 봐야 자신의 한계를 알거든."

"그렇군요."

"물론, 나처럼 굉장히 잘되기는 좀 힘들겠지만 말이야."

자랑하듯, 뻐기듯 말하지만 하나도 밉지 않았다. 클로에가 풋 웃음을 터뜨렸다. 곧 그녀가 책상 위의 서류와 교과서를 들고 자리에서 일어난 뒤 책장으로 다가갔다.

그 모습을 보다가, 비비안은 묘한 얼굴을 했다.

여자는 똑똑하지 못하다.

여자는 욕망에 충실하면 안 된다.

여자는…….

이 나라는, 이런 식으로 얼마나 많은 여자들을 죽였나.

## Chapter 3
## 원초적 본능

카트린의 아침은 대부분 아리아와 리즈를 깨우는 것으로부터 시작된다. 저절로 알아서 잘 일어나는 아리아와 달리 리즈는 유모도 포기한 말괄량이로, 카트린이 일으키지 않으면 평생 침대에 붙어 있을 것만 같은 아이였다.

오늘도 카트린은 진땀을 빼며 리즈를 깨운 뒤, 곱게 차려입고 식탁 앞에 앉아 있는 아리아의 뺨에 키스하고는, 자리에 앉아 하녀가 내온 아침을 들었다.

"어머, 부인. 좋은 아침이에요."

아니, 들려고 했다.

귀를 간질이는 목소리에 카트린의 손에 들린 스푼이 떨렸다. 그녀는 다이닝 홀의 문을 열고 들어온 여자를 보며 어색하게 웃었다. 여자의 머리 위에는 카트린이 며칠 전 집어 던진 그 머리핀과 똑같은 것이 달려 있었고, 그 아래 있는 얼굴은 어여쁘다 못해 꿀이 뚝뚝 떨어질 것처럼 달콤했다.

여자는 카트린과 아리아, 리즈를 한 번 쭉 둘러보더니, 활짝 웃었다.

"아침을 드나 보네요?"

"아이렌 양. 아침은 드셨나요?"

카트린은 남편의 정부에게 아침 식사 따위를 권해야 하는 제 처지에 속이 떨려 부들거리며 말을 내뱉었지만, 정작 아이렌은 활짝 웃더니 사뿐사뿐 다이닝 홀로 들어왔다.

"아니요. 요즘 몸매 관리를 하고 있어서요."

"아. 그래요."

"제가 부인처럼 날씬하고 예뻤다면 이러지 않아도 될 것이에요. 아아, 부인은 어쩜, 아이를 낳고도 몸매가 그리 좋으신지."

풍만한 아이렌과 달리 좋게 말하자면 날씬하고, 나쁘게 말하자면 밋밋한 카트린의 몸매를 비웃는 게 분명했다. 하지만 카트린은 거기에 어떤 대꾸도 할 수가 없었다. 그녀의 남편이 멀지 않은 곳에서 그녀들을 보고 있었기에.

언제 문을 열고 들어왔는지 빌케르 백작이 이 광경을 지켜보고 있었다. 그는 무심한 표정으로 다이닝 홀에 들어와서는, 아이렌에게 웃어 준 뒤 카트린에게로 다가갔다. 그리고 뒤에서 팔을 뻗어 카트린을 안아 준 그가 손을 그녀의 배에 대고 조용하게 속삭였다.

"우리 아이는 얌전한가?"

"요즘 태동이 세서."

"건강한 사내아이가 태어나겠어. 무리하지 말고 잘 먹고 잘 쉬어. 원한다면 당신 동생한테 다녀와도 좋아."

"알겠어요."

"이번에는 나를 실망하게 하지 말아 줬으면 좋겠어. 내 사랑."

"……."

"당신과 결혼한 걸 후회하게 하지 마. 얼마나 비싼 값을 치렀는데."

더없이 다정한 음성이었지만 그것만큼 끔찍한 소리도 없어, 카트린은 눈을 꾹 감았다. 그러나 빌케르 백작은 딱히 그녀의 기분을 신경 쓰는 것 같지 않았다. 그는 카트린의 표정을 무시하고 더욱더 그녀에게 얼굴을 들이밀었다.

"이제 곧 아이가 태어나면 모유를 먹여야 할 텐데. 당신은 다른 건 몰라도 젖은 차고 넘치지."

"아이들이 옆에 있어요."

카트린은 옆에 앉아 있는 제 딸들을 황급히 곁눈질했다. 순간, 아리아가 스푼을 놓더니 옆에 있는 동생의 귀를 막고 자리에서 일어났다. 그에 답답한 듯 리즈가 바둥거렸지만, 아리아는 침울한 얼굴로 그녀를 끌고 다이닝 홀을 황급히 나갔다.

몸부림치는 카트린을 잡아, 빌케르 백작은 그녀의 턱을 제 쪽으로 돌린 뒤 입을 맞췄다. 그 순간 카트린은 저도 모르게 구역질을 하고 말았다. 그에 백작이 미간을 찌푸리고 입을 뗐다. 저 멀찍이서 그들을 보고 있던 아이렌이 손으로 입을 가리면서 웃었다.

백작은 자신이 거부당한 것에 몹시 화가 난 듯했지만, 곧 카트린이 임신 중이라는 사실을 깨달은 뒤 다시 부드럽게 웃으며 그녀의 뺨에 입을 맞추었다.

"우리 부인께서 오늘따라 속이 좋지 않은 모양이군."

"임신하면 입덧을 한다고 하잖아요. 달링. 이해해 줘요."

아이렌의 간드러진 말에 빌케르 백작이 눈썹을 까닥였다.

"입덧이 끝날 때도 되지 않았나?"

"죄송해요. 이번에는 조금 반응이 거세서."

사실 카트린은 그렇게 입덧을 하는 편이 아니었다. 그럼에도 뭔가 그럴듯한 변명을 해야만 했다. 그런 그녀를 빤히 보다가, 백작이 비웃음을 흘리고는 입을 열었다.

"당신 동생은 아주 앙칼진 게 당신과 다르던데."

"비비는 안 돼요!"

"뭐가 안 된다는 거지?"

"비비는 결혼했잖아요!"

"알아. 그래서 내가 뭘 어쨌나?"

카트린의 다급한 목소리에 빌케르 백작이 뱀같이 웃었다.

"어디 한번 동생 흉내라도 내 보든가. 당신 동생은 앙칼진 게 건드리는 맛이 있다던데. 공작이 그런 취향일 줄 몰랐어. 그치는 당신 같은 여자를 좋아하거든."

"비비는 남편에게 사랑받고 있어요! 그 아이를 건드리지는 마요."

"나도 알아. 공작 부인에게 손을 대서 좋을 건 없거든."

"……."

"그래도 배울 건 배워. 아무리 정숙이 아내의 미덕이라고 해도, 당신처럼 얌전하기만 하면 그 어떤 사내라도 질릴 테니."

카트린은 저도 모르게 눈을 질끈 감았다. 그녀의 손이 바들바들 떨려 왔다. 그녀는 제 속에서 치밀어 오르는 감정이 분노인지 슬픔인지 잘 알 수 없었다. 그때 그들을 지켜보던 아이렌이 다가왔다.

"그러고 보니 로튼의 단주가 그렇게 미인이라죠?"

"미인이지. 내 아내와 달리 색기 있어."

"어머, 그 얼굴로 왜 단주를 했대요? 목매는 남자가 한둘이 아니라던데."

"그러니 이상한 계집이지. 그래 봤자 남자한테 꺾이고 말았잖나."

백작의 말에 카트린은 악몽이 지나가길 바라는 아이처럼 눈을 꼭 감고 속으로 숫자를 셌다. 제발, 제발 좀 나가. 제발 내 앞에서 꺼져 줘. 제발, 입 좀 다물어 줘.

그런 그녀의 소원을 들어주듯, 백작이 곧 그녀에게서 멀리 떨어졌다. 그리고 아이렌을 안은 뒤, 카트린 쪽으로 고개를 돌리고 입을 열었다.

"아, 그러고 보니, 당신 준비해 둬."

"준비……라니요."

"다음 주면 왕자의 생일 파티가 열릴 거야. 적당하게 선물을 준비해야 해. 장소는 왕실 별장."

"네."

"그럼 이만 가 보지. 무리하지 말고. 아이가 유산되면 큰일이야."

카트린은 고개를 주억거렸다. 하지만 사실 아무것도 들리지 않았다. 그런 그녀를 동정 어린 눈길로 보던 하녀가 결국 한숨을 쉬며 먹을 것들을 치웠다.

뺨을 타고 흐르는 눈물을 보이지 않게 닦으며, 카트린은 자리에서 일어났다.

* * *

"아, 기분 더러워."

"왜, 또 뭐가 문제지?"

얌전하게 뭔가를 만지작거리던 비비안이 갑자기 내뱉는 말에 위그가 미간을 찌푸렸다. 두 사람이 결혼한 지 꽤 되었지만 그는 아직도 그녀가 뭔가 중얼거리기만 하면 저도 모르게 속이 철렁거리곤 했다. 특히 저렇게 기분 나쁜 표정으로 뭔가를 말할 때면.

그는 비비안이 애초에 다른 이들에게도 자신의 성질머리를 숨기지 않고 드러낼 때가 있다는 사실을 알았다. 그러나 또 그럴 때면, 괜히 제가 남편임에도 불구하고 특별한 대접을 받지 못하는 것 같아 묘한 기분이 들기도 했다. 물론, 그는 단숨에 자신의 이런 모습에 당황하고 말았지만.

위그는 결국 침착하게 말을 잇는 것을 선택했다. 다행이게도 비비안은 딱히 그의 이상함을 눈치채지 못한 듯, 그저 담담하게 앉아 있었다.

"그래서 뭐가 기분이 더럽다는 거지?"

"아니, 언니 선물을 준비하는데 갑자기 그 새끼가 생각나서."

"그 새끼?"

"빌케르 백작."

"그 새, 아니, 그 사람은 뭘 어떻게 당신을 건드렸는데?"

위그는 저도 모르게 비비안의 말을 반복하다가 다시 말을 고쳤다. 비비안은 드물게 위그의 말을 트집 잡지 않고 입을 열었다.

"개새끼지. 사람이라는 말이 아까운."

"극단적이군."

"그때 죽여 버렸어야 했는데."

"그 정도인가?"

"그 새끼가 무슨 짓을 하고 다녔는지 알지도 못…… 아, 됐어. 어차피 당신도 그다지 반응해 줄 것 같지 않아."

"내가 어떻게 나올 줄 알고."

"내가 당신을 모를까 봐? 아무리 당신이 요즘따라 내 비위를 맞춘다고 해도 내 눈에는 똑같아."

위그는 왠지 모르게 자신의 속을 들킨 것 같아 헛기침을 했다.

"망상이 과하군. 대체 어디서 그런 걸 느꼈지?"

"내가 하는 말에 과하게 관심을 주잖아."

"내가 언제."

"사람이 죽을 때가 되면 변한다더니. 혹시 무슨 불치병 판정이라도 받았어?"

위그는 자신의 행동을 되짚다가 저도 모르게 억울한 얼굴을 했다. 그가 생각하기로 자신은 그렇게 노골적으로 행동한 적이 없었다. 물론 비비안의 말에 예전보다 조금 더 과하게 반응했다는 사실을 새삼스럽게 인정하긴 했다. 그 스스로도 알 수 없는 행동이었다.

비비안은 그런 위그의 모습을 보고 피식 웃었다. 그리고 자신의 앞에 있는 보들보들한 이불을 들었다. 자신의 행동을 되짚어 보던 위그는 그녀의 손에 들린 새하얀 작은 이불을 보고 의아한 얼굴을 했다.

"그건 뭐지?"

"이제 곧 올 요람에 넣을 이불. 신생아들이 쓰는 거야."

"신생아 이불? 그렇다 쳐도 뭘 그리 많이 샀나?"

"언니를 위해 특별히 주문한 거야. 예쁘지?"

"예쁘긴 한데."

위그는 비비안과 하얀색 아기용품들을 보며 얼떨떨한 표정을 지었다.

"살면서 이렇게까지 안 어울리는 장면은 처음 보는군."

"……입이라도 닥치면 밉지나 않지. 나한테 예쁨받겠다는 인간이 꼭 내 신경을 건드리면서."

"내가 언제 당신 예쁨을 받겠다고 했나."

"그래도 닥쳐. 요즘따라 빌케르 백작 이야기가 많이 들려와서 기분이 나쁘니까."

비비안은 어제도 빌케르 백작과 그의 정부 아이렌의 소식을 듣고 한바탕 난리를 쳤다. 물론 아이렌은 그녀가 몇 달 전 극장에서 본 그 여자였다. 카트린과 똑같은 머리핀을 꽂았던.

"성의도 없는 새끼."

위그는 이번에는 또 무슨 일인가 싶어 얼굴을 찌푸렸다. 설마 자기한테 하는 말인가 싶어 은근히 움찔거리기는 했지만 딱히 그런 건 또 아닌 것 같았다. 그는 결국 손에 들린 신문을 내려놓고 비비안을 향해 저도 모르게 조심스럽게 물었다.

"무슨 일인데?"

"당신, 혹시라도 나 몰래 밖에서 여자 찾고 싶으면."

"그럴 일은 없어. 계약서에 제대로 쓰여 있지 않나."

"만약에 그런 일이 생긴다면, 최소한 나랑 그 여자한테 똑같은 선물은 하지 마. 하나밖에 없는 거라고 개소리도 하지 말고."

"다시 말하지만 그럴 일은 없어."

"그럼 다행이고."

위그의 말은 애초에 밖에서 여자를 찾을 일이 없다고 하는 것이었으나,

비비안은 다른 뜻으로 알아들은 모양이었다. 하지만 지금 은근한 분노에 감정을 주체하지 못하는 건 비비안인지라, 그의 눈에 그녀는 딱히 제가 무슨 소리를 하는지 별로 생각하지도 않는 것 같았다. 저 여자 성격에 그가 진짜로 정부를 만들면 아마 바로 그 자백서를 들고 왕궁으로 쳐들어갈 것이니까. 그 전에 사실 그러고 싶지도 않았다.

그러니까 비비안은 지금 다른 얘기를 하고 있는 것이었다.

곧 비비안은 이불을 전부 정리해 가방에 넣었다. 이게 끝이 아니라는 듯, 다른 가방에서 하나둘씩 나오는 신생아 신발을 보면서 위그가 미간을 찌푸렸다. 아니 무슨, 요즘은 별것이 다. 그 작은 발에 뭘 신길 게 있다고.

그는 저도 모르게 손을 뻗어 테이블 위에 있는 작달막한 아기 신발을 집어 들고는 이리저리 훑어보았다. 제 손의 절반도 안 되는 크기였다. 물론 그의 손이 큰 것도 있지만, 그렇다고 해도 과하게 작은 신발에 그는 저도 모르게 신기한 눈빛을 했다.

그때였다.

"단주님. 예델의 세믄 원장님께서 오셨어요. 어머……!"

"알았어. 곧 나갈게."

노크하고 들어온 클로에는 마주 앉아 있는 위그와 비비안 사이에 자리 잡은 각종 아기용품을 보고, 심지어 위그 손에 들려 있는 앙증맞은 신발을 보고 얼굴을 붉혔다.

"어머나, 예뻐라."

"예쁘지? 내가 직접 골랐어. 로튼에서 쭉 밀고 있던 유명한 아기용품 브랜드야."

"정말 귀여워요."

클로에가 뺨을 붉히며 비비안에게 다가갔다. 그러고는 곧, 위그의 손에 들린 하얀색 레이스 신발을 보고 예뻐 죽겠다는 표정을 지었다. 그러다 갑자기 그녀의 눈길이 위그와 비비안에게 번갈아 가며 머물렀다.

"그런데 갑자기 웬 아기용품이에요?"

"당연히 아기한테 주려고 산 거지. 물론 쓰려면 시간은 좀 걸리겠지만. 유행이 지나면 그때 가서 새로 또 사면 되고."

"아기한테…… 혹시!"

"음……?"

"이봐, 클로에. 지금 무슨 거지 같은 생각을 하는 것인지 모르겠지만 말이야."

위그는 클로에의 가녀린 목소리를 듣다가 미간을 팍 찌푸렸다. 무슨 상상을 하는지 빤했다.

"일단 그 생각 중지시켜."

"네에."

클로에는 기어들어 가는 소리로 자신을 진정시켰다. 그래, 지금 비비안과 위그의 분위기는 전혀 그쪽으로 흘러가는 것 같지 않았다. 더군다나 이 며칠 그들을 가까이서 살펴본 결과, 그렇게까지 달콤한 분위기는 아니었다. 하지만.

'그래도 사이는 좋아 보이는걸.'

클로에는 고개를 갸웃거렸다. 사실 처음에 그녀는 위그와 비비안이 대화할 때는 감히 말을 걸지 못했다. 어찌 되었든 간에 자신은 한때 위그의 정부였고, 비비안은 그의 부인이니까. 될 수 있으면 위그에게는 말을 걸지 않는 게 비비안을 배려하는 행위라고 생각했다.

하지만 비비안의 생각은 다른 듯했다.

'고용주의 배우자한테는 잘 보여 두는 게 좋아.'

'네?'

'상상치도 못한 케이크가 굴러들어 올 때가 있거든.'

'……아, 네.'

'그래서 내 말은, 위그한테 말을 걸어도 된단 말이야. 아, 혹시 그 인간이

혐오스럽다 못해 말 섞기 싫은 거라면 말하지 않아도 돼.'

'아니에요.'


클로에는 비비안과 위그의 모습을 멍하니 바라보다가, 곧 커다란 가방을 위그에게 안겨 주며 제대로 정리해서 넣을 것을 당당하게 요구하는 비비안을 보고 눈을 깜박거렸다. 하지만 그녀를 더 놀라게 한 건, 위그가 고분고분 비비안의 말을 듣는다는 점이었다. 그는 한편으로 '내가 왜 이딴 일을'이라는 표정을 지으면서도, 부지런히 테이블 위의 물건을 가방 안에 넣었다.

그것을 보며, 클로에는 묘한 기분이 되어, 웃음을 흘릴 수밖에 없었다.


\* \* \*


잔뜩 잡쳐진 기분을 뒤로하고 비비안은 접대실 앞에 서서 표정을 갈무리했다. 그녀는 외부인을 만날 때면 언제나 미소를 담는 편이었고, 그게 진심이든 진심이 아니든 어쨌든 얼굴을 펼 필요는 있었다.

접대실에 발을 내딛자 비비안은 익숙한 얼굴이 저를 향해 웃는 것을 보고 입꼬리를 말아 올렸다. 희끗희끗한 머리를 뒤로 깔끔하게 넘기고, 갈색 정장을 입은 세믄 교수였다.

세믄 교수는 현재 예델의 법학원 원장을 맡은 자로서 예델에 첫 번째로 고용된 교수이기도 했다. 비비안의 요청에 가장 흔쾌하게 승낙을 한 그는 올해 예순을 바라보는 나이에 학계에서도 권위자의 반열에 들 정도로 명망을 자랑했다.

세믄 교수는 문을 열고 들어오는 비비안을 보며 온화한 미소를 띤 채 자리에서 일어났다. 저에게 허리를 굽혀 인사하는 그를 보며, 비비안 또한 그에게 허리를 굽혀 인사했다.

곧 둘이 자리에 앉자, 비비안이 환하게 웃으며 입을 열었다.

"오시는 데 불편함은 없으셨나요?"

"없었습니다."

"그럼 다행이네요. 그래서 무슨 일로 절 찾아오셨죠?"

비비안의 말에 세믄 교수는 느긋하게 소파에 기댔다. 그에게는 비비안에게 없는, 그리고 대부분 사람이 가질 수 없는 여유가 있었다. 동시에 함부로 짓밟을 수 없는 그 어떤 위엄 또한 갖고 있었다. 웬만해서는 타인을 눈에 넣지 않는 비비안마저 쉬이 무시할 수 없는.

비비안은 입가에 미소를 매달고 세믄 교수의 말이 떨어지길 기다렸다. 그러다가 얼마나 지났을까, 세믄 교수가 입을 열었다.

"사실, 부탁할 일이 있어서 직접 찾아왔습니다."

"필요하신 건 전부 제 비서를 통해 말씀해도 괜찮았을 텐데요."

"그게 아니라……."

세믄 교수는 말을 고르는 듯하다가, 곧 입을 뗐다.

"법학원 입학 조건을, 조금 변동해 주셨으면 합니다."

"입학 조건이요?"

비비안은 눈을 깜박거렸다. 예상 밖의 요구라 조금 놀랐다. 입학 조건을 변동해 달라니. 입학 조건이 뭐였더라……. 비비안은 뭔가 생각하는 듯하다가 다시 우아하게 웃었다.

"제가 말씀드린 것 같은데요. 법학원 입학 조건은 학교 교칙의 범위 안에서 원장님의 재량에 따라 결정지을 수 있다고."

"교칙에 어긋나는 일이라서 그럽니다."

비비안은 숨을 내쉬며 동시에 미소를 지었다. 법학자들은 대개가 보수적이라던데, 꼭 그렇지도 않은 모양이었다. 아닌가, 보통 법학자들이 더 비판적이던가. 모르겠다. 사실 툭 까놓고 말하자면, 인간의 성향이 어떻게 한쪽으로만 특정 지어질 수 있겠느냐마는.

비비안은 개인적으로 세믄 교수를 좋아했다. 그는 학식이 있고 상냥할

뿐만 아니라 사람을 존중할 줄 알고 으스대지 않는 성격이었다. 비비안이 그리는 가장 이상적인 학자의 모습을 한 세믄 교수에게 법학원의 원장직을 맡긴 건 그래서였다.

그런 의미에서 세믄 교수는 사실 비비안의 마음속에서 꽤 지위가 있는 사람이었다. 그가 너무 과분한 요구만 들이밀지 않는다면 아마 다 들어줄 수 있을지도 모른다.

비비안이 잠시 고민하다가 어디 한번 들어나 보자는 의미에서 입을 열었다.

"일단 말씀해 보세요."

비비안의 말에 세믄 교수가 잠시 주저했다. 그리고 그의 입에서 나온 말은 비비안도 멍하니 눈을 깜박거릴 수밖에 없는 내용이었다.

"제 조카를 법학원에 입학시키고 싶습니다. 물론, 정당한 시험과 면접을 거쳐서."

"실력이 있다면 누구든지 가능해요. 특별히 원장의 특권을 이용하시겠다면 다른 말이겠지만 정당한 시험과 면접을 거치겠다면 안 될 것 없는데요."

"여자입니다."

"……네?"

"제 조카 중에 리디아라는 아이가 있는데, 올해 열아홉 살입니다. 어렸을 때부터 제 서재에서 제가 읽던 책은 다 읽던 아이인데, 조금 가르쳤더니 누구보다도 알아듣는 게 빠르더군요."

비비안의 얼굴에 머물렀던 여유로운 미소가 완전히 가셨다. 대신 그녀의 얼굴에는 스스로도 어찌 형용할 수 없는 미묘한 표정이 서렸다. 세믄 교수는 그녀의 표정을 살피고는 계속해서 말을 이었다.

"열다섯 살 때부터 제가 가르쳤습니다. 제 전문이 혼인법과 상속법이라, 그 부분에서는 왕립 법학원에 있는 그 어떤 학생보다도 훌륭할 겁니다."

"그렇군요."

"그런데 그 아이가, 예델 법학원에 들어오고 싶다고 해서 이렇게 찾아온 겁니다. 압니다. 조금 황당하실 수도 있습니다. 그래도 한번 재고를 부탁드리고자 왔습니다."

"그 전에, 하나만 묻고 싶은 게 있는데."

다소 초조한 모습으로 말을 건네는 세믄 교수를 보며 비비안은 길게 숨을 들이쉬고 다시 내쉬었다. 사립학교에 여자를 입학시켜 달라. 생각을 해 보지 않은 건 아니었다만…….

"혹시 왕립학교에서 사직서를 쓰고 나온 이유가 이것과 관련 있나요?"

"저는 혈통과 성별로 학술의 한계를 결정짓는 왕립학교의 행태에 더는 동조하고 싶지 않습니다. 학술은 인간 모두에게 평등합니다. 아니, 평등해야 합니다. 최소한 배움의 기회 앞에서 차별받는 이는 없었으면 좋겠습니다."

"흐음."

"죄송합니다. 사실, 제일 처음 법학원의 원장직을 수용할 때도, 어느 정도 흑심을 갖고 있었습니다. 단주님. 하지만 저는 당신께서 조금은 이해해 주시길 바랐습니다."

"이해라."

"강요하는 건 아닙니다만, 재고해 주십시오. 많은 이들이 학술계에는 여자가 필요 없다고 하나, 저는 이제 학술계에는 여성의 사고방식이 필요하다고 생각합니다. 그것을 감안하지 않더라도 리디아는 똑똑한 아이입니다. 학비는 제가 가지는 월급에서 절반 그 이상을 가져가셔도 좋습니다. 그대로 놓아두기에는 너무 아깝습니다. 제가 제 손으로…….."

"알겠습니다."

그때였다. 초조한 세믄 교수의 표정과 호소력 짙은 목소리에 잠시 생각에 빠진 듯하던 비비안은 그의 말이 끝나기도 전에 입을 뗐다.

"생각해 보겠습니다."

"감사합니다."

자리에서 일어나 제게 허리를 굽히는 세믄 교수를 보며 비비안은 희미하게 웃었다. 그럼에도 그 표정이 일그러져서 세믄 교수는 침을 꿀꺽 삼킬 수밖에 없었다. 그는 집에서 제 소식을 애타게 기다릴 조카를 생각하며 더욱더 고개를 숙였다. 제발 단주가 조금이나마 자신의 뜻을 알아주기를 바랐다.

비비안은 모르겠지만, 그리고 실제로 그녀도 꽤 놀랄 만한 사실이지만 그는 개인적으로 이 단주에게 호감을 느끼고 있었다. 당시 비비안이 로튼을 이어받았을 때, 그 속에 있는 내막을 모르는 그로서는 당연히 희열에 들떴다. 그는 이것이 나름대로 좋은 시작이라고 생각했다. 동시에 그는 지금까지의 상속권이 얼마나 불합리한 제도인지 왕립 학술원에 이의를 제기했다. 그러나 결국에는 말도 안 된다는 이유로 쓰레기통에 들어갈 수밖에 없었다.

그래서 비비안이 예델 사립학교의 법학원 원장직을 제안했을 때, 그는 진심으로 기뻤다. 그의 반백 살 인생을 통틀어 절대 보지 못할 것이라 생각했던 기적을 보았다는 게 너무 감격스러웠다.

그는 학술 앞에서는 누구나 평등해야 한다고 생각했다. 학술의 근본은 지식이요, 지식의 무서움은 힘에 있다. 사람들은 어떻게 그런 무서운 힘을 가녀리고 약한 여자한테 주느냐고 했지만, 그는 대체 왜 여자들에게 힘을 주면 안 되는지, 어렸을 때부터 이해를 하지 못했다.

그의 어머니는 그저 평범한 농민의 딸이었고 글을 쓸 줄 몰랐지만, 누구보다 현명했다. 아버지가 해결하지 못하는 것들을 풀어내는 능력이 어머니에게는 있었다. 누군가는 여자들의 도움이란 그저 하찮은 것이라 일상생활에서밖에 빛을 발하지 못한다고 하지만, 그건 여태껏 그녀들에게 기회를 주지 않았기 때문이었다.

그는 학술계에 새로운 피를 주입하고 싶었다. 그 단초가 여성에게 있다고 여겼다. 남자들이 보지 못하는 것을 여자들이 보아 낼 수 있다고 믿었다.

그는 리디아를 생각했다. 아직 열아홉 살이었다. 그럼에도 바첼론에서는 결혼 적령기에 아슬아슬하게 걸친 나이라 그녀의 부모는 적당하게 돈이 있는 남자에게 그녀를 급히 시집보내고 싶어 했다. 혹시 주위에 바르고 건실한 교수가 없는지 묻기도 했다. 그러나 그 아이는 학자에게 시집을 가기보다는 직접 학자가 되는 게 더 어울리는 아이였다. 결혼해 한평생 유리 감옥에서 누군가의 꽃으로 살기에는 지나치게 아까웠다. 물론 모든 이에게 결혼이 최악의 선택은 아니지만, 최소한 바첼론에서 리디아 같은 여자에게 결혼은 너무 잔인했다. 가장 중요한 건, 리디아 본인이 그런 것을 원하지 않는다는 사실이었다.

그는 차갑게 내려앉은 비비안의 얼굴을 보며, 긴장에 떨리는 손을 모았다. 그는 진리와 학술을 제외한 그 어떤 것에도 허리를 굽히지 않았다. 하지만 그는 믿었다. 그가 오늘 굽힌 허리는, 반드시 내일의 새로운 희망을 부를 것이라고. 그것을 위해서라면 허리를 굽힐 가치가 있었다. 그는 어린 단주에게 허리를 굽히는 게 아니라 학술에, 진리에 허리를 굽히는 것이었다.

그래서, 그는 비비안이 그만하라고 만류할 때까지, 계속 허리를 굽히고 있었다. 자신의 염원이 전해지길 바라며.

\* \* \*

"클로에. 법학원에 여학생이 입학하는 것에 대해 어떻게 생각해?"

클로에는 갑작스럽게 들려오는 비비안의 목소리에 고개를 들었다. 오늘 새롭게 배운 정리법을 써 보느라 진땀을 뺐지만, 그렇게 쉽지 않았다. 그럼에도 비비안의 물음은 그녀가 연습을 포기하고 고개를 들 정도로 흥미로운 것이어서, 클로에는 기꺼이 머리를 굴려 그녀의 물음에 대답했다.

"모르겠어요."

심심한 대답이지만 그건 진심에 가까웠다.

사실 몇 달 전까지만 해도 누군가가 그녀에게 이렇게 묻는다면 클로에는 벼락 맞은 토끼처럼 깜짝 놀라 손사래를 저었을 것이다. 어디서 그런 무례하고 말도 안 되는 생각을 하느냐고. 학술과 지식은 남자의 전유물이다. 여자는 그것에 도전할 이유도, 감당할 능력도 없다.

하지만, 지금은 모르겠다.

"왜 그런 걸 물으세요?"

"나는, 내가 교육을 받는 건 너무 당연하다고 생각했어."

"네."

"그런데 왜 예델을 만들면서 여자들의 입학을 고려할 생각을 못 했을까."

비록 교칙을 그녀가 정한 건 아니었지만 모든 것은 그녀의 동의와 허락 하에 진행되었다. 그 말인즉슨, 입학 자격 또한 그녀가 사인한 그 문서에 끼어 있었다는 말이었다. 그녀는 적극적으로 여자아이를 배제하지는 않았다. 하지만 결국 그것은 배제였다. 그녀는 그 입학 조건을 보면서도 이상한 점을 발견하지 못했다. 바첼론뿐만 아니라 전 대륙을 통틀어 비슷비슷한 입학 자격이었으니까.

비비안은 제가 사인한 교칙의 입학 자격을 상기해 내며, 잠시 한숨을 쉬었다.

[만 15세 이상의 남자는 입학 자격을 가지며……]

"여자아이에게 거액의 돈을 들이면서 교육을 할 사람이 있을까, 라고 생각했던 걸까? 아니면, 굳이 그 어려운 걸 배우고 싶은 여자아이가 있을까? 라고 생각했던 걸까."

"……."

"아닌데. 사실, 그 어려운 걸 좋아하고, 여자아이에게 거액의 돈을 들이면서 교육을 할 사람이 바로 나인데."

"익숙해져 버린 거 아닐까요?"

그때였다.

비비안은 클로에의 말에 고개를 돌렸다. 클로에는 난감한 표정을 지으며 고개를 갸웃거렸다. 사실, 그녀도 딱히 답을 모른다. 어쨌든 비비안이 한 행동 아닌가. 그녀가 비비안의 머릿속에 들어갔다 나온 게 아니면 어떻게 완전히 이해할 수 있을까. 그래서 클로에는 자신이 생각할 수 있는 범위 안에서 어떻게든 자신의 의견을 말하고자, 입을 열었다.

"단주님께서 하신 일들은 전부 단주님께 직접 이익이 되는 것이잖아요. 하지만 예델 사립학교를 남자에게만 개방시키든, 아니면 모두에게 개방시키든 사실 단주님께 직접적인 이익은 떨어지지 않죠."

"아. 단기적으로 금전적 이익만 놓고 말하자면 그렇긴 하지."

"그러니까요. 직접적인 본인의 이익과 관련이 없으니 굳이 고려할 생각을 못 했을뿐더러, 애초에 그런 상황에 익숙해졌으니까요."

"하지만 나는 달라. 나는 달라야 해."

"단주님, 이 세상의 룰에서 완전히 벗어날 수 있는 인간은 없어요."

순간 비비안이 멈칫했다. 방금까지만 해도 곤혹스러움이 가득했던 그녀의 얼굴에 갑자기 미소가 걸렸다. 그러나 그것을 눈치채지 못한 듯, 클로에는 그저 담담하게 말을 이었다.

"물론 단주님은 대단하지만, 그래도 단주님도 인간이니까요. 그러니 그렇게 자책하실 필요는 없을 것 같아요. 사람은 전부 실수하면서 살아가니까요. 물론 단주님이 잘못했다는 것은 아니지만."

"흐음."

"그래도 사실 단주님 정도면 정말 훌륭하게 잘하셨다고 생각해요."

비비안은 입 끝에 미소를 매달고 클로에를 보았다. 그러고는 웃음을 흘리며 의자에 기댔다.

그녀의 얼굴은 이제 완전히 웃음기로 젖어 있었다. 그녀는 이 짧디짧은 시간에 너무도 간단하게 클로에의 말에서 답을 얻어 낸 듯했다. 그에 클로에가 미소를 지으며 다시 자신이 하던 일로 돌아가려는데, 비비안이 입을 열었다.

"내 비서가 되더니, 이제는 꽤 설교에도 일가견이 생겼네?"

"서, 설교라니."

클로에가 '내가 어떻게 설교를!'이라는 표정을 지으며 자리에서 일어나자, 비비안이 앉으라는 손짓을 했다. 그러고는, 길게 숨을 내쉬며 입을 뗐다.

"뭐, 알고는 있었지만 이 제안을 남자한테서 들어서 그래."

"훌륭하고 말고는 인간의 품성의 문제지 성별의 문제는 아니니까요."

"물론 나도 알아. 알지만 내가 눈치를 못 챘다는 사실이……."

비비안은 나른하게 말끝을 흘렸다. 그녀는 뭔가 생각을 하는 듯하다가 피식 웃으며 말을 맺었다.

"웃겨서."

비비안은 곧 팔을 뻗었다. 그녀는 서랍에 들어 있는 고급스러운 편지지를 꺼내고는, 곧 펜을 들었다. 유려한 글씨체가 하나하나 문장을 이어 가고, 곱게 수놓아지듯 종이 위에 새겨졌다.


[존경하는 피터 세믄 원장님께

일전에 말씀하셨던 조카분의 입학 문제에 대한 답을 드리려 이렇게 편지를 씁니다.

예델 사립학교의 최종 종지는 인재를 키워 내는 것, 그리고 학술을 좇아 진리의 한계점을 끊임없이 부수는 것. 이것을 이룰 수 있는 인재라면, 그것이 아이든 노인이든, 귀족이든 평민이든, 아니면 여성이든 남성이든, 모두 평등하게 그 기회를 제공해야 합니다.

그런 의미에서, 학교의 종지를 어기는 교칙 제2조에 대한 지적에 감사드리는 바, 동시에 제 짧은 생각과 과오에 대해 사과의 말씀을 드리고 싶습니다.

조카분의 입학 절차는 교칙 제3조와 제4조에 따라 2차의 필기시험과 2차의 면접시험으로 이루어질 것이며, 모든 절차를 통과하여 받은 점수에 따라 법학원의 입학 여부를 판단받게 될 것입니다.

물론, 저는 이 학교의 설립자로서, 그리고 재단의 이사장으로서 조카분께서 공정한 심사를 받을 수 있도록 노력을 기울이겠으나, 동시에 조카분께서도 어김없이 자신의 실력을 발휘하여, 어쩌면 불공평할 수도 있는 시험에 과감히 맞서고, 도전하라고 말씀드리고 싶습니다.

제 성공이 여성의 성공이 아니고, 제 실패가 여성의 실패가 아니듯이, 그 어떤 개체도 한 개 무리를 대표하지 못하는 것처럼, 타인의 인생 궤적보다는 본인 스스로의 가치에 더 집중하며, 조카분께서 그 어떤 위험과 좌절에 부닥치든지 또다시 일어나 싸우기를, 간절히 기도하겠습니다.

그럼 교수님의 기지에 다시 한번 감사의 인사를 올리며, 이만 펜을 놓겠습니다.

비비안 로젤리스, 로튼의 단주로부터.]


"클로에. 이걸 예델의 법학원 원장 사무실로 전해."

"알겠습니다."

비비안의 말에 클로에가 자리에서 일어났다. 그녀의 손에서 편지를 받아 든 뒤, 방문을 열고 나가는 클로에의 뒷모습을 보며 비비안이 웃음을 흘렸다.

사실 그녀가 틀렸다. 틀렸다기보다는 차마 생각하지 못했던 부분이었다. 물론 장사치가 그런 곳에까지 신경을 써야 하냐고, 변명할 수도 있었겠으나 그럼에도 굳이 그렇게 변명하고 싶지 않은 것은, '당연히 여자에게 입학권을 부여하지 않은' 그 안일한 행위가 가지는 의미가 그리 간단하지 않았기 때문이었다.

'물론 이익 면에서도 간단하지는 않고.'

지적당한 느낌이었지만 기분은 나쁘지 않았다. 하지만 자신이 차마 이 모든 것을 생각하지 못했다는 사실에 기분이 이상하긴 했다. 결과적으로 그녀도 인간이었다. 인간이므로 그녀는 당연히 인지의 한계를 가진다.

결국, 그것은 누구도 피할 수 없는 인간성의 약점이리라.

* * *

창문을 비집고 들어온 바람에 얇은 커튼이 둥글게 펼쳐졌다가 다시 사르
륵 저들끼리 부딪치며 가볍게 창문에 늘어앉았다. 그 과정을 반복하다 보니
어느새 쌀쌀해진 공기에 비비안이 몸을 웅크렸다. 위그는 제 앞에서 웅얼거
리는 목소리에 미간을 찌푸렸다.

"뭐라는 거야."

잠에 묻혀 잔뜩 가라앉은 목소리에 위그는 못마땅한 듯 미간을 팍 찌푸
렸다. 다시 뭐라 중얼거리는 것 같은데 들리지가 않았다. 위그는 한숨을 푹
쉬고 자리에서 일어났다.

그는 창밖으로 눈을 돌렸다. 아직 새벽이었다. 간간이 달을 빌려 들어오
는 빛만이 유일했다. 헤더가 깜박하고 닫지 않았는지 창문이 열려 있었다.
그 사이로 들어오는 바람에 비비안이 이번에는 그도 들을 수 있는 목소리
로 낮게 웅얼거렸다.

"추워."

위그는 몸을 웅크린 비비안을 보았다. 얇디얇은 네글리제는 이게 옷의 기
능을 하는지 궁금할 정도로 몸을 가리는 역할도, 보온 작용도 하지 못했다.
달빛에 비쳐 고스란히 어둠 속에 드러난 비비안의 하얀 몸을 보다가, 그는
한숨을 푹 쉬었다.

"자기가 춥게 입고 나한테 난리군."

그는 비비안이 아래로 밀어 버린 이불을 집어 그녀의 몸에 던지고는, 침
대에서 일어났다. 그제야 비비안이 어느새 자기 쪽에 뒹굴어 왔다는 사실을
깨달았다.

쓸데없이 과감한 여자였다. 타인의 영역에 성큼성큼 걸어 들어와 뻔뻔하
게 앉아 있는다. 왜 여기서 이러느냐고 하면 제 마음이라고 말할 여자였다.
그 모습이 너무 당당해서 뭐라고 반박할 여지도 없었다. 그렇다고 딱히 쫓아

내고 싶지도 않았다.

그는 창문을 닫고 다시 침대에 누웠다. 이불 속에 완전히 들어가고도 추운지 웅얼거리는 비비안을 보다가, 위그는 어쩔 수 없이 저도 이불 안에 들어갔다. 내일이면 새 이불로 바꿔야겠다고 생각하며.

그리고 위그가 다시 잠이 든 몇 시간 뒤.

이른 아침에 눈을 뜨자, 비비안은 제 코앞에 있는 하얀색 물체에 눈을 깜박거렸다. 이게 뭐지, 라고 생각하기 시작할 무렵, 그녀는 고개를 살짝 들고 나서야 그게 위그의 셔츠임을 깨달았다. 인형처럼 저를 꼭 감싸 안은 남자는 눈을 감고 꿈에 빠져 있었다. 비비안은 한숨을 푹 쉬었다.

저를 유혹하는 건 아니냐고 말하더니 오히려 자기가 더했다. 혹시 원하는 게 옆에서 맨날 살을 맞대고 있으면서 사람 습관 되게 하는 건 아닌지 의심이 갈 정도니 말 다 한 셈이었다. 비비안은 제 머리 위에서 쌔근쌔근 자는 위그의 얼굴을 빤히 보다가 피식 웃음을 흘렸다.

다른 건 몰라도 정말 잘생긴 건 인정해 줘야 했다. 이건 취향의 문제보다는 인간의 보편적인 미적 기준의 문제였다. 다시 말해, 얼굴만 보자면 신이 정말 불공평하다는 말을 들어도 변명의 여지가 없다는 것이었다.

맨날 타박하고 비아냥거리고 한 소리 하곤 했지만 사실 비비안도 인정해야 했다. 그는 바첼론 최고의 매력남……까지는 아니더라도—어쨌든 매력이라는 건 주관적이므로—완벽함 정도는 갖추고 있었다. 바첼론 사람들의 눈에는 그랬다는 얘기다. 얼굴이나, 체격이나 딱히 타박할 게 없었다. 솔직히 말하자면 비비안도 아직 저렇게 잘생긴 남자는 본 적이 없었다. 작위로 놓고 보자면 '그' 이디에트이고 심지어 태자비가 누이로 있다. 성격이야, 일단 뭐, 냉정하고 오만하긴 하지만 그건 어디까지나 성격 문제지, 냉정할지언정 그렇다고 폭력적이거나 강압적이지는 않다. 물론 이건 비비안의 시점에서 보았을 때 그렇다는 말이고, 다른 여자를 어떻게 대하는지는 모르는 문제이니 잠시 보류하자. 아무리 대단한 사람도 비비안 앞에서는 보통 고양이

앞의 쥐가 되니까.

위그는 여자를 무시하고 하찮게 보긴 하지만, 그렇다고 짓밟지는 않았다. 이게 무슨 모순되는 평가인가 하겠지만, 그에게 있어 여자란 약해서 보호해야 할 대상, 쉽게 부러지고 망가지는 것으로 간주되었다. 결국, 같은 현상을 어떻게 말하느냐의 차이였다.

클로에를 대하는 것만 봐도 그게 보였다. 심지어 저와 함께 있을 때도 훤히 드러났다. 둘이 길을 갈 때면 한쪽으로 저를 감싸는 게 보였다. 방에 들어갈 때면 습관적으로 한 걸음 먼저 가 문을 열고, 그 뒤를 따라 들어왔다. 자리에 앉을 때면 의자를 빼 주는 게 몸에 뱄고 단 한 번도 소리를 지르거나 무력으로 사람을 위협하지 않았다.

여자를 약하고 보호해 줘야 하는 것으로 취급하는 게 전제가 되어서 문제지, 그래도 본성이 나쁜 남자는 아니었다. 최소한 교육은 잘 받았다. 교육의 내용 자체가 흠집이 있어 그렇지 위그의 탓은 아니었다.

그럼에도 만약 그가 저와 이혼하지 않겠다고 하면, 그녀는 절대 그것을 용납해 줄 생각이 없었다. 티즌 교수에게 말했던 것처럼 결국에는 은혜고 관용이었다. 그에게는 저를 쉬이 제압할 만한 힘이 있었고 권력이 있었다. 사실 지금 이 상황에서 당장 그녀를 깔아 눕히고 강제로 범한다고 해도 그녀는 반항할 수 없었다. 심지어 그 사실을 하소연할 데 하나도 없다. 그는 권력을 갖고 있으니까. 상식적으로 거구의 남자를, 심지어 전장에서 굴렀던 미친개를 그녀가 이길 수는 없었다.

비비안은 단 한 치의 가능성과 위험도 남겨 두고 싶지 않았다. 그건 엘리미아만 봐도 그러했다. 그녀는 부자의 욕심에 희생된 여자였다. 비비안의 눈에도 엘리미아가 위그를 무서워하는 게 그대로 보였다. 위그가 목소리만 깔아도 두려워하고 겁을 먹는 게 너무 선명했다. 저번에 그렇게 엘리미아한테 말하다가 비비안에게 뒤통수를 한 대 맞은 뒤 위그도 자제하는 게 보였지만, 그렇다고 해도 이미 반복적으로 학습된 공포는 쉽게 사그라지지 않는다.

다시 말하지만, 비비안은 불행했다. 불행한 가운데서 가장 행운아스러웠다.

바첼론에서 형제를 가득 달고, 평민 여자로 태어난 게 가장 큰 불행이었다. 하지만 그녀는 능력이 있고 욕심이 많았으며 집요하리만치 반항적인 성격을 가졌다. 그녀의 남편은 각종 권력에서 그녀를 보호해 줄 수 있었고─비록 한동안이지만─말이 통하는 사람이었다. 이것들은 그녀의 행운이었다.

사실 아직도 모르겠다. 근본적으로 불행할 수밖에 없는 사람이 약간의 행운을 갖고 행복하게 사는 게 과연 합리한 것인지. 그게 진짜 행복인지.

뭐, 답이 뭐든 결말은 이미 정해져 있었지만.

그녀는 단물에 빠져 갈 곳을 잃을 여자가 아니었다. 그럴 여자였으면 7년 전에 이미 결혼했어야 했다. 제게 꽃을 주며 당신의 재산을 전부 포기하겠다고 속삭이던, 그저 세상에 온통 낭만과 꿈, 그리고 그녀만을 담던 '그' 남자와 결혼했겠지.

하지만 결국 하지 않았다. 그녀는 불안정한 것을 지독하게 싫어했고, 애초에 결혼 따위 생각해 본 적도 없었다. 그리고 그를 사랑했는지도 모르겠다. 떠나보내고 보니 조금 아쉬웠던 것도 같았다. 하지만 종국에는 후회 없이 훌훌 털어 버릴 수 있을 정도였다.

사실 시간이 지나면, 대부분 그렇게 될 것이다. 어쩌면 눈앞의 남자도.

지금이야 신선하고 충격적이겠지만 결국 한때였다. 사람 취향은 그리 쉽게 변하지 않는다. 시간이 지나면 그도 제 영역을 함부로 짓밟는 그녀의 행위에 반감을 느낄 것이고, 짜증을 낼 것이다. 호감이 식는 건 한순간이다. 차라리 저와 헤어지고 공작가에 맞는 여자와 결혼해, 적당하게 후계자를 보는 게 나을 것이다. 비비안의 기준에 한참 미달이어서 그렇지, 그래도 나쁜 남편이 될 남자는 아니었다. 그러다가 아이를 보면, 뭐, 또 우아하고 부드러운 아내와 사랑스러운 아이에 그녀 따위는 잊을 게 분명했다.

사실 호감이고 사랑이라는 게 다 그렇지 않은가.

저를 좋아하지 않는다고 수백 번 부정해 보이지만 그 속을 눈치채지 못할 정도로 비비안은 눈치가 없지 않았다. 그게 사랑인지 아니면 인간적인 호감인지, 아니면 그저 신선함인지 모르겠지만, 그렇다고 해도, 비비안에게 영향을 끼칠 일은 없을 것이다.

비비안은 숨을 길게 내쉬었다. 그 뜨뜻한 숨결에 위그의 눈가가 떨리더니곧 그의 짙은 녹색빛 눈동자가 드러났다. 그 눈동자가 잠시 갈 곳을 찾더니, 곧 제 품에 안긴 여자의 하얀 얼굴 위에 내려앉았다.

아직 비몽사몽한 눈길이 비비안의 얼굴에 떨어졌다. 깨어났으면 당장 날놓으라는 듯이 비비안이 눈썹을 까닥거렸지만 위그는 잠에서 덜 깬 얼굴로그녀를 빤히 보기만 했다. 그러다가, 문득 그가 웃었다.

그래, 웃었다.

"예쁘네."

그러고는 다시 눈을 감았다.

이번에는 비비안이 웃었다.

역시, 아무리 부정을 해도 무의식적으로 드러내는 감정을 어떻게 부정하겠는가. 비비안은 위그의 감정이 초반과 다르다는 것을 다시 한번 확인받은것 같은 느낌에 휩싸였다. 그리고 그 시작은 아마도 그녀가 카티야를 태자에게 진상할 때였나? 아니면 그 전부터였나. 어쨌든 비비안은 위그의 마음을 어느 정도 짐작했다.

이유를 추측하는 것은 어렵지 않았다. 그는 한평생 여인을 보호해야 할상대로 생각하면서 살아왔다. 그의 눈에 여인은 평생 자신의 뒤에서 보조를해 줄 만한 이지, 비비안처럼 저와 비슷한 위치에 오르겠다고 발버둥 치는이는 아닐 것이었다. 그녀는 제 미모에 자신이 있었다. 아름답고 돈도 많은데 심지어 똑똑하기까지 한 여자를 마다할 사내는 없었다. 그의 세계관을짓밟고 성큼성큼 들어갔으니, 마음이 흔들릴 법도 했다.

원래 인간은 신선한 것에 끌리니까. 꽤 흔한 이야기 아닌가.

그다음 전개는 어떻게 될까. 비비안은 생각하다가 피식 웃었다. 그녀는 제 남편의 정교한 얼굴을 보다가 읊조렸다.

"오만하네."

하지만 오만해서 좋다.

그녀의 읊조림에 위그가 움찔거렸다. 그러나 깨어나지는 않았다. 비비안은 느긋하게 웃고 눈을 감았다.

다시, 방 안은 고른 숨소리로 가득 찼다.

\* \* \*

"연극?"

머리를 한쪽으로 느슨하게 땋아 내린 채, 비비안은 고개를 돌렸다. 갑자기 무슨 뚱딴지같은 소리를 하는가 했더니 기껏 한다는 말이 연극이다. 비비안의 의문 섞인 말에 위그가 입을 열었다.

"오늘 저녁, 태자가 연극을 보러 간다더군."

"아. 그래서?"

"디텔과 함께."

"이런."

"무슨 얘기가 오갈지 모른다."

"카티야는?"

카티야가 태자와 가장 가까운 곳에 있었다. 그녀가 듣지 못할 이야기는 없었다. 그녀는 왜 굳이 극장까지 따라가야 하는지 이해하지 못했다. 그에 위그가 약간 주저하다가, 입을 열었다.

"엘리미아가 가."

비비안은 그제야 깨달았다는 듯이 고개를 끄덕였다.

"그녀가 가니까, 카티야는 아마 갈 수 없을 거다. 태자비까지 초청한 건 그래서겠지."

"그 인간이 언제 그런 눈치까지 봤다고."

"그게 아니라 디텔이 태자비까지 초청했고, 태자는 그 뜻을 알아들었다는 말이지. 둘이 비밀 담화를 할 것이라는."

"가서 엿듣자고?"

"그럴 필요는 없지만. 대충 동향을 파악할 필요는 있어."

비비안은 고개를 갸웃거렸다. 오후에는 티즌 교수의 수업이 있었다. 그 외에 새로 들어올 예델의 입학생 프로필도 봐야 하고. 비비안은 문득 2차 필기시험을 전부 통과했다는 리디아의 소식을 상기하고 미소 지었다. 그러고 보니 마지막 면접에도 들어가야 하는데…….

"나 바쁜데."

"바쁘면 어쩔 수 없고."

"혼자 가려고?"

"아니, 그럼 사람을 보내야지."

"……뭐야, 그래도 되는 거였어?"

비비안의 정곡을 찌르는 말에 위그가 무슨 개소리를 하느냐는 듯이 미간을 팍 찌푸렸다. 아무리 그래도 직접 가는 것보다 낫겠는가. 사실 그들이 직접 가면, 모종의 의미에서 디텔이 더욱더 경계하겠지만, 그래도 그 일그러지는 얼굴을 보는 것도 꽤 괜찮겠다는 생각이 들었다.

위그를 빤히 보다가 비비안이 생긋 웃었다. 그리고 입을 열었다.

"좋아. 가자."

"뭐?"

"가자고. 저녁 7시랬지? 가자. 나도 오랫동안 연극을 안 봤더니 문화생활이 필요한 것 같아. 그래서 연극 제목이 뭐라고?"

"'비엘로의 꿈'."

"오, 이런 우연이. 그래. 그거 좋네. 가서 보자."

위그는 갑자기 흔쾌하게 동의하는 비비안을 보며 눈썹을 까닥였다. 그리고 그녀가 화장대 앞에서 일어나 자신에게로 다가오는 것을 보며 경계 어린 눈빛을 했다. 이 여자가 또 뭘…….

쪽.

"왕궁에 갔다가 저녁에 나 데리러 오는 거야? 아니면 바로 극장에 갈까?"

"……어차피 나도 저택에 들러야 한다."

"잘됐네."

"……."

"예쁘게 하고 기다릴게."

위그는 곱게 휘어지는 눈을 보며 저도 모르게 넋을 잃고 말았다. 이 여자는 대체 뭘 하자는 건가. 갑자기 제 뺨에 입을 맞추더니 이번에는 저렇게 이상한 소리를, 예쁘게 하고 기다린다니. 그는 일부러 얼굴을 굳히고 대수롭지 않은 듯이 말했다.

"그냥 대충 입어. 볼 사람 어디 있다고."

"당신이 볼 거잖아."

"……."

"아니야?"

"그게 아니라."

"당신이 보니까 예쁘게 하고 가야지."

그렇게 말하는 비비안의 얼굴은 누가 봐도 아름다웠다. 살면서 지금껏 그녀보다 더 아름다운 얼굴을 수도 없이 보았지만, 위그는 비비안이 다른 여자와 다른 묘한 매력이 있다는 사실만큼만 인정해야 했다. 곱게 휘어지는 눈매가 마치 여우처럼 달짝지근하고 요사스러웠다. 새빨간 입술, 가는 목. 어느새 그의 옆에 다가간 그녀가 작게 속삭였다.

"당신도 근사하게 하고 와. 내가 볼 거니까."

위그는 일순 움찔했다. 그것을 보던 비비안이 속으로 웃었다.

저를 정복하랬더니 제게 정복당했다. 하여튼 저렇게 순진해서는. 그 많은 여자를 데리고 소꿉놀이를 했나. 제 감정 하나도 추스르지 못하는 게 눈에 보여서 괜히 더 놀리고 싶었다.

한바탕 몰아치는 감정의 폭풍 속에 서 있는 위그를 뒤로하고, 비비안이 방에서 나왔다. 이미 일찍이 기다리고 있던 클로에가 그녀를 보고 허리를 굽혔다. 이윽고 자연스럽게 클로에에게서 간략하게 예정된 일정표를 보고받은 뒤, 비비안이 입을 열었다.

"아, 저녁 7시에 연극이 있어. 그 뒤 스케줄은 다 취소해."

"연극이요?"

"우리 남편분께서 귀여운 핑계를 대며 연극 하나 보고 싶어 하는데, 가 줘야지. 기특해서."

"네? 공작 각하께서요? 하지만 각하께서는……."

"왜?"

"각하께서는 연극을 즐기지 않아요."

"아, 일 때문에 가는 거랬어."

"일 때문이라도 보통은 잘 안 가세요. 특별히 누군가가 초대를 해도, 얼굴만 비치고 바로 나오시는 분인걸요."

"이런. 그래?"

비비안이 갑자기 폭소를 터뜨렸다. 클로에가 깜짝 놀라 눈을 동그랗게 떴다. 그리고 순간, 방 안에서 그 괴기스러운 웃음소리를 들은 위그도 깜짝 놀라 어깨를 떨었다. 아니, 무슨 여자가 웃음도 저렇게…….

그러거나 말거나 비비안은 진심으로 웃겼다. 뭐가 웃긴지 몰랐지만, 그냥 웃겼다. 배가 아플 때까지 웃고, 비비안이 입을 열었다.

"내가 좋아해. 연극."

"그러세요? 그러고 보니, 예술에 조예가 깊으시다고……."

"그리고 오늘 연극, 나도 못 본 거야. '비엘로의 꿈', 옛날에 한번 보려고 했는데 기회가 안 돼서."

"네?"

비비안의 말에 클로에가 화들짝 놀랐다. 그에 비비안이 고개를 갸웃거렸다. 왜 그러느냐는 눈빛에 클로에가 잠시 머뭇거렸다. 이걸 알려 줘야 하나, 말아야 하나. 하지만 곧, 그녀는 본인이 비비안의 비서이지 더는 위그의 정부가 아니라는 사실을 상기하고는 입을 열었다.

죄송해요, 각하. 그런데 전 현재 주인이 더 마음에 드네요.

"그 연극, 여자 주인공이 일리야 디칸인데요."

"일리야 디칸?"

"네, 각하의 정부였어요. 이런 말씀 드리기 그렇지만."

"혹시."

클로에는 침을 꿀꺽 삼켰다. 비비안이 당장에 분노를 터뜨리리라고 생각했기 때문이었다. 그도 그럴 것이, 남편이 본인의 전 정부가 주인공인 연극을 보러 가자고 했으면 화가 나는 게 정상이었다. 클로에라도 당연히 화가 날 것이었다. 그러나 정작 클로에의 예상과 달리 비비안의 입에서 튀어나온 말은 전혀 다른 종류의 것이었다.

"대륙의 최고 미인? 미의 여신의 헌신, 한번 보면 더는 일상생활이 불가능하다는 바첼론의 꽃, 대륙의 여신?"

"……아, 네."

저렇게 휘황찬란한 수식어는 대체 어떻게 기억하는 건가. 심지어 일리야를 알고 있는 그녀도 기억 못 하는 수식어였다. 그러거나 말거나 비비안은 진지했다. 그리고 곧, 눈알을 굴렸다.

"클로에. 꽃다발 두 개 준비해."

"네?"

"하나는 화려한 빨간색 장미로, 다른 하나는 하얀색 백합으로. 아, 하얀색 백합은 옅은 보라색 포장지로 포장하는 거 잊지 마. 중간중간 진주 장식을 달고."

"네. 저, 그런데 왜 두 개를 준비하시는지? 어디에 쓰실 건가요?"

"당연히 오늘 연극의 남자 주인공과 여자 주인공한테 줘야지."

"남자 주인공도 아세요?"

비비안이 가끔 배우들을 후원한다는 소문은 들은 것 같다. 이번에도 그런 건가 싶어서 물었으나, 들려오는 대답은 그녀가 상상도 못 할 만큼 놀랍고, 당황스러운 것이었다.

클로에의 물음에 비비안이 눈가를 곱게 휘었다.

"그 남자 주인공, 다니엘 키트야. 내 전 정부."

"⋯⋯네?"

"내가 꽂아 줬지."

"⋯⋯!"

"극본이 좋았거든."

말을 마치고, 비비안이 또각또각 발걸음을 옮겨 복도를 가로질러 갔다. 그 뒷모습을 보며, 클로에는 지금쯤 방에 있을 공작을 동정하고 싶은 마음에 휩싸였다.

\* \* \*

"이게 뭐지?"

위그는 귀족 회의를 마친 뒤 공작가로 돌아와서는, 눈앞에 보이는 광경에 충격을 받아야 했다.

자신의 앞에 우아하게 앉아 있는 법적 아내라는 저 여자. 비비안 로젤리스가 화려하게 치장한 채 테이블 앞에 앉아 있었다. 하얀색에 가까운 옅은 분홍색 드레스 위로 진주와 꽃 장식이 화려하게 달리고 드레스 자락은 하늘하늘하게 아래로 퍼졌다. 꽃잎처럼 몇 겹으로 겹쳐져 있어 풍성하면서도 예뻤다. 청순하고 사랑스러운 장식과 달리, 위로는 어깨도 훤히 내놓고, 내놓다

못해 가슴까지 보일 듯 말 듯 한 높이에서 일자로 몸을 감싸면서 내려오는 드레스가 또 은근히 야했다.

그는 순간 비비안이 왜 저런 옷을 입었는지 곤혹에 휩싸이고 말았다. 아무리 그래도 저녁이라 바람이 찬데 굳이 몸매가 다 드러나는 옷을 입어야 하는지, 그리고 청순이면 청순, 관능이면 관능, 하나만 골라 치장하면 될 것을 저렇게 두 매력을 다 줄줄 흘릴 필요가 있나 싶을 지경이었다. 그는 얼굴을 일그러뜨리고 입을 열었다.

"드레스, 꼭 그걸로 입어야겠어?"

"응. 내 옷에 신경 꺼."

왜 부인의 옷차림을 남편이 단속하지 못하는지에 대한 의문은 집어치우고—어쩐지 이 말을 꺼내기만 하면 비비안에게 세 시간 동안 설교를 들을 것 같으므로—일단 옷을 지적하는 건 그만두기로 했다. 본인이 그러고 싶다는데 어쩌겠나.

하지만 그는 평소와 달리 화사하기 그지없는 비비안의 얼굴을 보면서 숨을 들이켰다. 화려하고 원색의 화장을 즐기던 그녀가 오늘따라 희고 옅은 분홍색을 칠해 놔서 이상하게 보였다.

"얼굴 상태는 그게 또 뭐야?"

"이상해? 퀸슨 부인, 이상해요?"

"제가 본 것 중에서 오늘이 가장 아름답습니다, 부인. 물론, 예전에도 충분히 아름다웠지만."

"그러게, 오늘따라 힘을 줬는데."

"……."

"우리 남편 보라고."

위그는 깨달았다. 이 여자는 지금 저를 놀려 먹고 있었다. 그것도 아침부터. 묘하게 강조되는 저한테 보인다는 말치고 비비안은 전부 제 마음대로 하고 있었다. 비위를 맞춰 준다기에는 비비안은 처음부터 그에게 끌려가지 않았다. 저를 끌고 다녔으면 다녔지.

그는 한숨을 푹 쉬었다. 저걸 어디에 데리고 다니겠는가. 보나 마나 사람들 눈길이 확 끌릴 것이다. 그냥 단순히 예뻐서 그런 거면 괜찮았을 텐데 '그' 로튼의 단주라 이목이 더 모였다. 그는 결혼을 하고부터 비비안과 있을 때면 묘하게 제게 집중되는 시선을 상기해 냈다. 안 그래도 저번에 제이슨이 묘하게 관심을 보이던데. 심지어 디텔의 그 새끼는 집에 부인도 있으면서 힐끔힐끔 비비안을 훔쳐보았다.

연극 소리를 하는 게 아니었는데. 그냥 집에만 있게 할걸.

그러거나 말거나 비비안은 우아하게 웃으며 자리에서 일어났다. 마치 꽃잎처럼 사르륵 퍼지는 드레스가 유난히 우아했다. 특히 땋아서 틀어 올린 머리에 단 꽃 장식과 어울려서 세트처럼 보이기도 했다. 비비안은 처음으로 해 본 스타일의 치장이 꽤 마음에 든 상태였다. 예전에는 딱히 이렇게 입을 필요도, 시도해 본 적도 없어서 몰랐는데 앞으로도 종종 입어야겠다.

"옷은 대체 누가 고른 거야?"

물론 센스라고는 개뿔도 없는 남편 말은 홀라당 무시한 채.

"내가."

"그게 뭐야? 뭔가 밸런스가 안 맞는 것 같군. 아래는 길게 늘어뜨렸으면서 위는 왜 그렇게 허하지?"

"허하다니. 예쁘지 않아? 헤더, 예쁘지 않니?"

"아름다워요, 단주님. 특히 어깨선이 드러난 게 진짜 예뻐요. 되게 우아하고 청순해 보여요."

"난 가슴 선도 예뻐서. 예쁜 건 드러내야지. 당신한테는 안 예뻐 보여?"

위그는 비비안의 말에 침묵했다.

예쁘다. 사실대로 말하자면 예뻤다. 매일 저녁, 그 얇디얇은 네글리제에 비치는 몸매를 그대로 봐 온 그가 왜 모르겠는가. 그 얼굴을 맨날 봐도 비비안은 예쁜 편이었다. 다른 사람과 굳이 비교하고 싶지도 않았다. 시허옇고 시뻘겋게 칠해 놓을 때도 예뻤는데, 이렇게 분홍분홍하게 칠해 놔도 예뻤다. 위에 무슨 색이 덧입혀졌는지는 중요하지 않았다. 일단 비비안의 얼굴이라는 것만으로도 예쁘다는 말이 그대로 나갈 것이 분명했다.

'이건 또 무슨.'

위그는 눈을 한 번 감았다가 뜨고는 숨을 골랐다. 그리고 최대한 강박적으로 보이지 않도록 차분하게 말을 꺼냈다.

"왜 꼭 밖에 나갈 때만 그렇게 입는데?"

"그야, 밖에 나갈 때는 차려입는 게 좋으니까? 기왕 예쁜 거, 많은 사람한테 보여 주면 좋잖아."

"그냥 집에서만 그렇게 입으면 안 되나?"

"그럼 당신밖에 못 보잖아. 당신만 보려고? 내 얼굴을? 그건 좀 낭비 아냐? 이런 얼굴에 몸매를 왜 당신만 봐?"

"……."

"이기적이야."

비비안이 입을 삐죽 내밀었다.

순간 위그는 길게 한숨을 쉬었다. 그는 절망의 도가니에 빠져 허우적댔다. 솔직히 말하자면 자신이 왜 이러는지도 몰랐지만, 그 이유를 찾기보다 일단 저 여자를 어디다가 꼭꼭 숨기는 게 시급한 것 같았다. 그런데 문제는 어디다가 꼭꼭 숨기려 했다간 당장 물어뜯을 사람이라는 것이다. 지금이야 무해한 얼굴을 하지, 제 선을 넘으면 금방 맹수가 되는 여자다.

그는 저도 모르게 읊조렸다. 저걸 집에 들이는 게 아니었는데.

그때, 그의 절망을 뒤로하고 클로에가 갑자기 들어왔다. 그는 이번에는 또 뭔가 하다가 클로에의 뒤를 따라오는 두 명의 시종과, 그들의 품에 안긴 꽃다발 두 개를 보고 어디에 쓰는 것인지 몰라 조금 의아한 얼굴을 했다. 하지만 그의 의문을 상관하지 않은 채, 비비안이 입을 열었다.

"딱 맞게 준비됐네?"

"마음에 드세요?"

"그럼, 대니가 좋아하겠네. 백합이랑 보라색을 좋아하거든. 진주는 탄생석이고."

"대니?"

척 들어도 남자 이름인 것에 위그가 반응했다. 갑자기 웬 대니? 난데없이 튀어나온 대니라는 이름에, 이번에는 또 무엇인지 감도 안 잡혔다. 그에 비비안이 백합을 한 번 만지작거리다가, 곧 그 옆의 빨간 장미의 향기를 맡고는 입을 열었다.

"아, 다니엘 키트라고 있어. 이번 연극의 남자 주인공이라던데?"

"……그 사람을 잘 아나?"

"알지. 한때 나랑 침대를 공유하던 사이인데. 당신 바로 이전에."

위그의 표정이 싸늘하게 굳었다. 수컷 특유의 본능적인 경계였다. 그 새끼는 또 어디서 굴러들어 온 새끼인지 묻고 싶은 얼굴이었다. 그 전에 침대를 공유했다는 표현은 척 듣기만 해도 정부라는 뜻이 분명했다. 정부는 결혼 전에 정리하기로 한 것이 그들의 약속이었다. 하지만 그가 서늘한 목소리로 그녀에게 그것에 대해 따지려고 할 때, 문득 그의 시야 속으로 방긋방긋 웃으며 저를 보는 클로에가 들어왔다.

제가 여기서 멀쩡하게 서 있는데, 진짜로 그걸로 단주님께 따지시게요?

클로에의 시선은 너무 명확해서, 그는 차마 입을 열 수 없었다. 위그가 저를 보고 뭔가를 느꼈다는 사실을 깨달은 클로에가 잠시 멈칫하다가 위그에게 다가가 조용하게 입을 열었다.

"저, 하나는 그분께 드릴 거고, 다른 하나는 일리야에게……."

"뭐? 일리야?"

"네. 모르셨어요? 일리야가 이번 연극 여주인공인데요."

"……뭐라고?"

"아, 각하께서는 연극에 관심이 없으시니까."

아무리 전 정부라지만 관심은 좀 두지. 좋은 것만 사 주고 선물해 주면 다냐.

클로에가 속으로 중얼거렸다. 그래서 그 결과가 이거다. 연극의 여주인공은 일리야고, 위그의 전 정부였다. 그는 현재 대니인지 뭔지 하는 그 새끼를 왜 만나러 가느냐고 화를 낼 수도 없었다. 이미 클로에가 비비안의 옆에 있으므로.

그는 해탈했다. 저 앞에서 꽃같이 웃고 있는 비비안은 전생에 그에게 나라를 뺏긴 게 분명했다. 맹수처럼 상대를 물어뜯기 위해서는 일단 몸을 낮춘다, 여우처럼 살살 달래는 듯하다가 방심하는 순간 공격한다. 그렇게 상대방의 멘탈을 혼란에 처박히게 하는 능력이 있었다.

사람이 저렇게 빈틈이 없는 것도 재주였다.

그때였다. 비비안이 돌아보더니, 곧 그를 보며 화사하게 웃었다. 그 순간, 그는 저도 모르게 미소를 얼굴에 띨 뻔했다.

그래, 그 대니인지 달링인지 하는 새끼가 있은들 무슨 소용이랴. 옆에 있을 남자는 그였다. 법적 남편도 그였고, 그녀와 계약서에 도장을 찍은 것도 그였다. 계약서가 있는 한 그녀는 그 대니인지 하는 놈과 어쩌지 못한다. 그리고, 어차피 적은 처리하면 그만이다. 그는 어렸을 때부터 미인을 얻는 것은 승리한 사내의 특권이라고 배웠다.

위그는 결국 환하게 웃으며 외출 준비를 하는 비비안을 보다가 한숨을 푹 쉬었다.

"이봐, 당신은 모든 걸 자기 뜻대로 해야 돼?"

"글쎄, 굳이 다른 사람 뜻을 따라야 하나?"

"……."

"아, 혹시 맨날 내 말대로 끌려가서 괜히 자존심 상하는 거라면 이렇게 하는 건 어때?"

위그는 눈썹을 까닥거렸다. 웬일로 순순히 저 여자가 져 주나, 그의 의문스러운 얼굴에 비비안이 곧 답을 내놓았다.

"공평하게 한쪽 말을 돌아가며 듣는 거야."

"어떻게?"

"우리 둘의 생각이 같을 때는 당신 말을 듣고, 우리 둘의 생각이 다를 때는 내 말을 듣는 거지."

"그러…… 잠깐만."

공평하다는 말에, 심지어 얼핏 듣기론 그럴싸한 말에 홀라당 넘어가 저도 모르게 고개를 끄덕일 뻔한 위그가 순간 뭔가 잘못됐음을 깨닫고 미간을 팍 찌푸렸으나, 비비안은 어느새 까르르 웃으면서 저택의 대문을 나갔다. 팔랑거리는 드레스를 보며 위그가 기가 막혀 소리를 질렀다.

"비비안, 그거 결국 당신 말만 듣는 거…… 이봐, 외투는 입고 가야지!"

헤더의 손에서 드레스 위에 걸칠 얇은 외투를 넘겨받은 뒤 급히 비비안을 따라가는 위그를 보며 켄슨 부인과 헤더, 그리고 클로에가 의미심장하게 눈길을 교환했다. 곧, 헤더가 입을 열었다.

"그냥 홀딱 넘어간 것 같죠?"

"그냥 홀딱 넘어간 것 같은데?"

"그냥 홀딱 넘어간 거죠, 뭐."

곧, 세 여자가 웃음을 터뜨렸다.

\* \* \*

비비안은 위그의 손을 잡고 마차에서 내린 뒤 순식간에 저에게로 몰린 시선을 스스로 즐기면서 발걸음을 옮겼다. 그러나 미모를 업그레이드시키고 혼자 좋아하는 비비안과 달리 옆에 있는 위그는 기분이 그렇게까지 좋지 못했다. 마치 화려한 인생의 보상품처럼 예쁘고 고귀한 아내를 트로피처럼 데리고 다니는 남자도 있다던데, 대체 그놈들은 어떻게 그런 행동을 할 수 있는지 몰랐다.

물론 위그는 비비안 전에 자신도 수많은 정부들을 장식품처럼 달고 다녔다는 사실을 까맣게 잊고 있었다. 비비안이 위그의 속마음을 알면 아마 코웃음을 쳤을 것이다. 네가 무슨 자격으로 그런 개소리를 하냐고. 결정적으로 정부에 대한 관심도 없이 철저히 물질적인 관계를 이어 온 건 그였다.

여하튼 객관적인 사실과 상관없이 위그는 기분이 더러웠다. 예쁜 게 있으면 자랑하고 싶은 마음보다는 숨겨 놓고 저만 보고 싶은 게 인지상정이 아니던가. 누가 뺏어 가면 어쩌려고. 더군다나 방금부터 제게 쏟아지는 눈길 전부가 남자들 것인 것 같다. 물론 그건 심각한 착각이었지만 어쨌든 위그는 진지했다.

그때 비비안이 갑자기 꼈던 팔짱을 풀었다. 안 그래도 잔뜩 예민해진 터라 건드리기만 해도 깨지기 쉬운 위그의 정신이 바스슥 유리 가루가 될 무렵, 갑자기 비비안이 그의 손에 깍지를 껴 왔다. 이게 무슨 짓인가 해서 보니, 비비안이 배시시 웃고 있었다.

"손잡고 싶어서. 안 돼?"

"……."

"아, 남자들은 이런 거 싫어하나? 다른 남자들과는 손잡아 본 적이 없어서 나도 모르겠어."

"다른 남자들과……."

"못 잡아 봤어. 그래도 당신이랑은 손잡고 싶어서. 다른 남자들이랑 다르잖아."

순간 위그의 얼굴에 은근한 희열이 떠오른 것을 발견한 비비안은 웃음을 참고 싶어 죽는다는 게 어떤 것인지 알 수 있었다. 조금 전부터 기분 나쁜 티를 팍팍 내기에 살살 달래 줬더니 금방 헤실거리는 거 좀 봐. 다른 남자들이랑 다르다는 게 그렇게 좋은 칭찬인가. 하여튼 별 남자를 다 봤다. 물론 비비안은 '그 사람들은 정부고 당신은 어쨌든 법적으로 남편이잖아,

그러니까 다르게 보여야지'를 간단하게 생략해서 말한 거지만, 다르게 받아들인 게 분명한 위그를 보면서도 딱히 사실을 짚어 주지는 않았다.

착각해서 행복하다면 그냥 행복하게 내버려 두자. 그것이 그녀에게는 필히 더 좋은 일일 것이었다.

비비안은 채찍을 열 대 맞고 사탕 하나 내줬다고 세상 행복해하는 위그를 보며, 자신이 그렇게까지 심했나 하는 고민에 휩싸였다. 하지만 그녀답게 대수롭지 않게 걸음을 옮겼다.

결국 커다란 손에 파묻힌 채 곱게 깍지가 껴져 있는 자신의 손을 딱히 빼낼 생각을 하지 않은 채 비비안은 극장 안까지 걸어 들어갔다. 하지만 곧 보는 사람들이 많아지자 비비안은 깍지를 풀었다.

사탕은 여기까지다.

"사람들이 봐. 내 허리 잡고, 행복해 죽겠다는 표정으로 날 봐."

"당신 방금부터 나한테 명령질인 거 아냐?"

"어머, 위그. 오늘 연극 진짜 재밌겠어요. 날 이런 데로 데리고 와 줘서 고마워요. 사랑해요."

"지금……."

질질 끌려가는 느낌을 지울 수가 없어 왠지 모르게 기분이 이상해진 위그가 그녀에게 속삭였다. 하지만 몸으로는 착실히 그녀의 말을 따르고 있어 하나도 위협적이지 않았다.

비비안은 그의 말을 싸그리 무시하고, 혼자서 호들갑스럽게 중얼거렸다. 그리고 곧, 가는 허리에 그의 팔이 감겼다. 그는 비비안이 키는 큰데 생각보다 허리는 가늘다는 사실을 깨달았다.

그는 저도 모르게 가벼운 웃음을 흘렸다. 그렇게 대단한 단주님도 결국에는 여자였다. 제 품에 폭 안길 정도로 가녀리고, 언니에게 애정을 퍼붓고, 조카를 말하며 미소를 짓고, 아기 옷을 준비하면서 행복해하는. 그것을 생각하자 저도 모르게 그가 입가에 미소를 달았다.

어느새 예약해 놓은 박스석으로 들어간 위그를 보며 비비안이 웃었다. 그녀의 눈길이 위그에게 살짝 닿았다. 그리고 곧 그녀가 고개를 돌려 입을 열었다.

"그러고 보니, 꽃다발은? 헤더!"

박스석에 있는 소파에 몸을 맡기고 와인을 따르는 소믈리에를 보다가 비비안이 뒤편에 있는 헤더를 불렀다. 보통 업무와 관련되지 않은 일을 볼 때는 시녀를 데리고 다니는 게 관례이므로 헤더는 자연스럽게 비비안에게 다가왔다.

"꽃다발은?"

"아, 루크가 두 개를 보관하고 있어요."

"잘 보관해. 이제 두 주인공한테 줄 거니까."

"네."

헤더가 나가고, 비비안이 다시 고개를 돌려 무대를 보았다. 그때 옆에 있던 위그가 미간을 찌푸렸다.

"꼭 꽃다발을 준비해야겠어?"

"응."

"그 대니인지 달링인지 하는 새끼한테?"

"대니도 있지만……."

"무슨 이름이 애완견 이름 같아?"

"유치하기는, 본인 이름도 그렇게까지 세련되지는 못했어. 그리고 대니 본명은 다니엘이거든."

"애칭도 부르는 사이야?"

위그가 와인 잔을 들다가 다시 테이블 위로 내려놓았다. 테이블과 와인 잔이 부딪치는 소리가 들리고, 비비안이 위그를 힐끔 쳐다보았다. 나란히 붙어 앉은 터라 둘은 고개만 살짝 돌려도 반 뼘도 안 되는 거리에 있었다. 위그의 일그러진 표정을 보다가, 비비안이 피식 웃음을 흘렸다. 그에 위그가 입을 열었다.

"그 새끼는 당신을 뭐라고 불렀는데?"

"비비."

위그의 표정이 더욱더 구겨졌다. 비비안이 웃으며 물었다.

"왜. 싫어? 우리 언니도 그렇게 불러."

뭐 그딴 식으로 부르냐고 타박할 수도 없었다. 언니도 부르는 애칭이라는데 욕할 수는 없지 않나. 하지만 묘하게 짜증 났다. 누군가가 그녀를 비비라고 부른다, 사랑을 담아, 예쁘게. 그러면 이 여자도 그에 예쁘게 웃어 줬겠지? 어쩌면 저 빨갛게 예쁜 입술로 뺨에 입을 맞춰 줬을 수도 있었다. 저는 감히 손도 못 대는 저 사랑스러운 얼굴에, 목에, 어깨에, 그리고 구석구석에. 저는 보지도 못하는데.

그것만 생각하면 속에서 천불이 났다. 그렇다고 화를 낼 수도 없었다. 사실로 놓고 말하자면 저도 그러했으니까. 물론 나는 감정 따위 없었다고, 어디까지나 물질적인 관계였다고 말하기에는 너무 치졸했다. 뭐가 됐든 저 또한 수많은 여자와 관계를 맺었고, 그녀들은 모두 정부라는 이름을 걸고 있었다.

위그는 저도 모르게 비비안에게 흠 잡힐 만한 일을 한 과거의 자신을 원망했다. 바첼론의 상식 속에서 딱히 이상할 것 없다고 생각했는데 따져 보면 지독하게 문제가 많았다. 다른 남자라면 아내가 남편의 과거에, 사생활에 어디서 함부로 손가락질을 하느냐고 했겠지만 그가 결코 그렇게 말할 수 없는 건, 그가 그렇게 말하는 순간 이 여자는 혐오스러운 표정을 지으며 제 얼굴에 손가락 하나도 대지 못하게 할 게 분명했기 때문이었다. 그건 좀 끔찍했다. 그리고 이렇게 말하겠지, 당신은 뭔데 내 사생활에 간섭하느냐고.

사실 어렴풋이 불공평하게 느껴지기도 했다. 비비안이 한때 그랬다. 세상에 깔린 게 남자인데 꼭 당신이어야 할 필요가 있냐고. 그때는 무슨 이딴 여자가 있냐고, 나도 딱히 당신이어야 할 필요가 없다고 말했는데 생각해 보자면 그녀가 그렇게밖에 말할 수 없는 이유가 있었다.

자신이, 그 수많은 남자들 중 한 명에 불과하다는 사실을 상기할 때마다 짜증이 울컥울컥 치밀어 올랐다. 저한테만 시선을 고정해 주었으면 좋겠는데 그녀는 정말 공평하게 남자들을 대했다. 저한테 호의적인 남자들은 적당히 좋게 대하고, 호의적이지 않은 남자는 똑같이 짓밟았다.

지독하게 공평해서, 그 사실이 그를 절망하게 만들었다.

그러다가 이런 생각을 하는 자신을 발견하고 다시 절망했다.

아니, 그럴 필요가 있는가? 대체 이 여자가 뭐 그리 특별하다고? 수많은 사교계의 여자들 중에 던져 놔도, 키가 멀대 같다는 걸 제외하고는 전혀 특이할 게 없었다. 분을 발라 흰 피부 위에 이리저리 칠을 해 놓고, 자연적인 향보다는 향수 냄새에, 화려한 차림은 여느 여자들과 마찬가지였다.

특이한 점? 그래, 많지. 그건 많았다. 여자라는 사실을 망각할 만큼 총명하고 영리하고 적당한 성질머리도 있다. 똑똑해서 어디 가서 지고 살 성격은 아니었다. 얼굴도 예쁘고 몸매도 좋고, 무엇보다도 그렇게 강해 보이면서도 은근히 마음이 쏠릴 만큼 연약한 구석도 있었다. 결국 그 점이 그녀의 어떤 강렬한 분위기를 상쇄시키고 위그로 하여금 그녀에게 마음을 내주게 했다.

비비안은 방금부터 저를 빤히 보는 시선을 느끼고는 한숨을 쉬었다. 이번에는 또 무슨 생각을 하는 건가. 하여튼 기껏 제이슨과 엘리미아를 보러 왔다고 제 입으로 말한 주제에 시선은 줄곧 자신 쪽으로 향해 있었다. 그녀가 생각하는 그 이상으로 그녀에게 관심을 주고 있는 위그를 보며 그녀는 이마를 짚었다.

그리고, 비비안이 입을 열었다.

"무대에 집중 좀 해. 이제 시작이야."

"당신."

"응."

"아까부터 주인공들한테 관심 많던데. 그 대니인지 하는 새끼는 됐고."

"아니, 왜 한 번도 못 본 사람을 그렇게 싫어해."

"일단, 그건 됐고. 일리야한테는 왜 그렇게 관심이 많아?"

"응?"

위그는 동그랗게 눈을 뜨고 저를 보는 비비안을 보며 생각했다.

예쁘다.

'내가 무슨 말도 안 되는 생각을.'

위그는 침을 꿀꺽 삼키고 고개를 저었다. 아니, 집중하자. 그는 비비안을 보았다. 솔직히 말하자면 일리야를 보고 싶어 하는 게 다름 아닌 그 때문이었으면 좋겠지만―예를 들면 질투라거나, 경계라거나, 내지는 탐색이라든가 ―그럴 리는 절대 없어 보였다. 그 사실이 그를 슬프게 만들었지만 어쨌든 비비안은 그런 여자니까 그는 납득하고 말았다. 그리고 우습게도 그 사실이 바로 그를 흔들지 않았는가. 하지만 그 외에는 그 또한 딱히 찾을 만한 이유가 없었다. 혹시 그 새끼를 보고 싶은데 눈치 보여서 일리야도 같이 엮는 건가 싶었지만, 비비안은 계약서를 누구보다도 잘 알고 있는 사람이었다.

그러니까…….

"미인이라며. 대륙 최고 미인. 한번 보면 일상생활이 불가능하다며. 그렇게 아름다운 사람이라면 보러 가는 게 옳지. 더군다나 기회도 생겼는데."

"아니, 그러니까 왜 여자한테 그렇게 집착하지."

"아름다운 여자니까 보러 가는 거지. 여자든 남자든 그게 중요해?"

"……."

보통 여자들은 서로 경계하지 않나?

"지금 여자들은 서로 경계한다고 생각했지?"

"아니다."

"아니긴."

코웃음 치며 고개를 돌리는 비비안을 보며 위그는 한숨을 푹 쉬었다. 그는 지금까지 서로 경계하는 여자들밖에 보지 못했다. 그로서는 너무 당연한 상황이라 그게 정설로 느껴지는 게 이상하지도 않았다. 하지만 그것을 보며, 비비안이 비웃음을 흘렸다.

"나는 여자들은 천성적으로 적이라는 말을 별로 좋아하지 않아. 여자는 태어날 때부터 적으로 태어난 게 아니라 그렇게 적대시하도록 만들어지거든. 세상이 문제라는 거지."

"뭐?"

"권력은 남자들이 잡고 있으니 여자들은 자연스레 생존과 더 괜찮은 부귀영화를 위해 물어뜯는 거야. 물론 그게 옳고 그르고와는 별개로, 권력을 위해 싸우는 건 여자뿐만 아니라 인간의 본성이니까."

"하지만 당신은 그러지 않잖나."

"그거야 난 당신들과 같은 권력을 잡고 있으니까. 내 적은 더 이상 여자들이 아닌 거지."

비비안의 말이 잘 이해되지 않아, 위그는 미간을 찌푸렸다. 그게 무슨 소리인가. 그러니까 이 여자가 하고자 하는 말은, 남자들이 가진 권력을 나눠 잡기 위해 여자들이 서로 물어뜯는 것이란 말인가? 그것은 어디까지나 그의 상식을 배신하는 일이었다. 결국 그가 냉랭하게 말했다.

"여자들은 언제나 저들끼리 싸워 왔어, 그게 현실이다."

"물론 언젠가는 여자들과 싸울 수도 있어. 하지만 그건 어디까지나 인간으로서 권력을 독점하기 위한 싸움이지, 사내 하나를 놓고 결투를 벌이는 상황은 아닐 거라는 이야기야. 내가 당신을 사랑한다면 말이 달라지겠지만."

"딱히 그런 상황은 오지 않을 것 같다. 여자들이 권력과 재력을 놓고 물어뜯는다니, 세상 여자들이 다 당신 같은 건 아니야. 여자들은 힘에 관심이 없어. 관심이 있을 이유도 없고."

"과연 그럴까? 위그 이디에트, 나는 처음이지만 마지막이 될 수는 없어. 그리고 내 나름대로 경고를 하자면, 너무 안심하지는 마."

비비안의 표정은 방금까지 생글생글 웃던 것과 확연히 달랐다. 서늘하게 식어 있는 그녀의 표정을 보면서, 위그가 미간을 찌푸렸다. 하지만 비비안은, 여전히 한쪽 입꼬리를 말아 올리고 부드럽게 웃고 있었다. 곧, 그녀가 말을 이었다.

"여자는 결국 인간이고, 인간은 생각보다 그렇게 멍청하지 않아. 방심하다가는 큰일 나."

"큰일이라."

"큰일이지. 온화하고 부드럽게 원하는 것을 말하는 여자를 죽이면, 진정으로 분노한 무리 앞에서 당신들을 도와줄 수 있는 이는 아무도 없을 거야."

"왜?"

"당신들이, 죽여 버렸잖아. 당신들과 함께 손을 잡고 조금이나마 괜찮은 세상을 만들고자 희망을 말하는 온화한 여자들을 전부 다."

비비안의 파란 눈동자가 저를 직시하자, 위그는 숨이 막히는 것을 느끼고 저도 모르게 숨을 들이켰다. 피부로 확실하게 닿는 공포가 이토록 생생하게 느껴지다니. 제가 시작이 될 것이라고 말하는 여자의 눈은 확신으로 가득 차서 그는 그것을 믿지 않을 수가 없었다.

그 얼굴은 위그로서는 처음 보는 것이었다. 진지하고 싸늘하며, 냉정한 얼굴. 언제나 심술궂은 얼굴이거나 분노한 얼굴만 본 그로서는 그녀가 이런 표정을 지을 수도 있다는 사실에 조금 놀라긴 했다.

기실 그녀가 무슨 말을 하는지 그는 이해할 수 있었다. 그는 머리가 있었고, 그의 머리는 심지어 이해 능력이 꽤 뛰어나기도 했다. 사실 어느 정도 논리적으로 이해를 한다면 못 할 것도 없었다. 게다가 눈앞의 여자는 이 모든 것을 제 몸으로 겪었으니 그렇게 말하는 것이 당연하겠지. 그녀가 겪은 그 모든 것들을 하나하나 헤아리자면, 그는 아마 영원히 이해를 하지 못할 거다.

그렇게 생각하는데, 갑자기 비비안이 생긋 웃었다.

"물론 그렇다고 해도 다른 사람을 증오하고 폭력을 휘두르고 상해까지 입히는 행동이 옳다는 건 아니야. 증오는 증오를 낳고 분노는 분노를 재생산하니까."

"그런가."

"뭐, 걱정하지 않아. 똑똑한 우리 남편이 알아서 잘 처신하겠지."

"……내가 진짜로 잘할 것이라고 믿는 건가?"

"잘할 거야."

"하지만 나는 아직도 정확히 여자가 어떤 존재인지 모르겠다."

"당신 눈에 여자는 어떤데?"

비비안의 물음에 위그는 입을 다물었다. 여자가 어떤 존재인가? 글쎄, 딱히 생각해 본 적은 없었다. 인생에 있으면 좋고, 없어도 생존에 영향이 가는 존재는 아니었다. 물론 아이를 낳아 후계를 키울 때 필요야 하겠지만, 그 외에는 그렇게 절실하다고 생각해 본 적이 없었다. 그저 존재하니 함께해 왔고, 약하다 보니 보호해야 하는 존재였다. 솔직히 말하자면 귀찮은 것 같기도 했다.

그런데 과연, 그러할까? 눈앞의 여자는 로튼의 단주이고 대륙의 부자다. 로튼으로 인해 화장품, 가구, 예술, 그 외 수많은 분야가 근 10년 내에 얼마나 큰 발전을 거쳐 왔는지 부정할 만한 사람은 없었다. 심지어 무역업도 그녀만큼 크게 판을 벌인 사람은 없었다.

하지만 다른 여자는?

대답이 들려오지 않자 비비안은 위그에게서 주의를 거두고 제 앞쪽의 박스석에 앉아 있는 태자를 보았다. 가서 인사라도 해야 하나 생각하다가, 곧 저를 보며 우아하게 웃는 엘리미아에게 눈웃음을 짓고 그냥 이대로 넘기기로 했다. 애초에 디텔의 주의를 불러일으킬 이유가 없었다. 그냥 자연스럽게 연극만 보고 갔다는 인상이면 충분할 것 같았다.

그때, 뜬금없이 위그가 입을 열었다.

"그것도 모르겠어. 나한테 여자는 너무 어렵고 복잡하다."

위그의 답에 비비안이 다정하게 웃었다.

"괜찮아. 천천히 생각해 봐. 나는 언제나 남자한테는 관용을 베풀었으니. 많은 사람들은 내가 남자를 증오한다고 하지만, 나는 생각보다 남자를 꽤 사랑해."

"나는 당신이 관용을 베푸는 상대가 아니다."

"괜찮아. 당신이 천천히 생각하다 보면, 언젠가는 내가 베푸는 관용을 받아들이는 날이 있을 거야."

그렇게 말을 내뱉은 비비안이 다시 고개를 돌렸다. 위그는 그녀의 옆모습을 보다가 그녀가 방금 한 말을 곱씹었다. 그것이 무엇을 의미하는지 알 수 없었다. 그녀는 언제나 그가 생각지도 못한 곳에서 통찰력을 발휘했다. 그 열악한 환경에서도 사내를 증오하지 않은 채 이렇게 성공을 누려 왔다는 것은 생각 이상으로 어마어마한 일이었다. 누구보다도 날카로운 통찰력과 깊은 생각. 그로써 그는 조금이나마 비비안 로젤리스라는 여자를, 이해하게 되었다.

'대단한 여자군.'

······이라고 생각했다.

\* \* \*

"아, 너무 좋았어."

"그래?"

"그 여주인공, 정말 예뻤지 않아? 세상에, 넋을 잃고 봤다니까."

"다행이네."

"그리고 대니도 너무 좋았어. 연기가 많이 늘었던데."

"뭐?"

들떠서 재잘거리는 비비안을 꽤 다정한 눈빛으로 보며 데려오길 잘했다고 흐뭇하게 미소 짓던 위그의 얼굴이 순식간에 일그러졌다. 그는 대니라는 인간이 있었던지 되짚다가 그가 주인공이었다는 사실을 상기했다.

솔직히 세 시간 동안 진행되는 공연 시간 내내 얌전하게 자기 어깨에 기대 있는 비비안만 보느라 대니가 나왔는지 일리야가 나왔는지 아니면 엑스트라로 개가 나왔는지 그는 하나도 몰랐다. 이따금 '주위에서 우리를 보고 있어'라는 핑계를 대면서 슬금슬금 비비안의 이마에 몇 번 입을 맞추었는데도 그녀는 얌전하게 방긋방긋 웃고 있어서 더 꿈만 같은 시간이었다.

그런데 그 달콤한 시간을 대니라는 이름이 아주 와장창 깨뜨렸다. 위그는 구시렁거리며 무대 뒤편으로 향하는 비비안의 허리를 감쌌다.

헤더와 루크는 뒤에서 두 사람을 따르면서 입을 열었다.

"그런데 지금 뭐 하러 가는 거야?"

"보면 모르겠어? 주인공들 만나러 가는 거잖아."

"그런데 걔네 다 두 분 정부라며."

"응."

"헉!"

"재밌는 구경이 될 것 같아."

"어떤 의미로?"

"다니엘 잘생겼잖아."

"맞아. 좀 비리비리해 그렇지."

"그러니까. 심지어 우리 단주님 취향이야."

헤더가 의미심장하게 웃는 걸 보며 루크는 몸을 떨었다. 비비안의 시녀를 오랫동안 하더니 묘하게 같이 사악해지는 것 같았다. 그는 같은 남자로서 공작을 동정했다. 다니엘, 만만찮은 놈인데. 그 부드럽고 사근사근한 얼굴로 비비안을 꼬셨다. 아니, 정확히 말하자면 비비안 앞에서 알짱거리다가 꼬셔진 것이었다. 그 계획적인 접근과 비비안의 정부가 된 과정을 생각해 보건대, 어디 가서 가만히 당하고만 있을 남자로는 보이지 않았다.

곧 그들이 대기실에 도착했다. 앞장선 직원이 문을 노크함과 동시에 손잡이를 잡아당겼다.

"이디에트 공작 각하와 공작 부인이십니다."

비비안은 기대에 가득 찬 얼굴을 했다. 그리고 곧 문이 열리자, 오늘 연극의 주인공들이 있었다. 이미 귀띔을 받았는지, 일리야와 다니엘이 각각 자리에서 일어나 그들을 맞이하고 있었다.

다니엘은 익숙한 얼굴이 들어오기가 바쁘게 얼굴을 활짝 폈다. 비비안은 몇 달 전 보았던 그 모습과 달리 상당히 청초한 자태였지만, 그럼에도 불구하고 그 매력은 여전했다. 그 얼굴, 그 미소. 달라진 점이 있다면 그녀 옆에 다른 남자가 서 있다는 사실이었다.

그 사실을 상기하자마자 그의 얼굴에 은근하게 씁쓸한 기색이 돌았다. 그는 감히 쳐다보지도 못하는 여자를 저렇게 당당하게 독점하고 있다는 게 못내 싫었다. 아무리 정부와의 관계가 대부분 사랑보다는 물질 때문이라고, 정부라는 게 결국에는 액세서리 같은 것이라고 하지만 그래도 저는 보통 그 이상으로 비비안에게 정을 쏟았다. 그 사실을 되새겼을 때, 그 공작이라는 사람이 무척 고깝게 느껴졌다.

그럼에도 그에게는 자격이 없다. 그걸 생각하자 속이 쓰렸다.

"아, 대니. 연극 정말 잘 봤어. 너무 훌륭하던데. 너한테 이 역할을 준 건 그야말로 훌륭한 선택이었어."

"비비, 당신이 와 줘서 무척 기쁩니다."

비비란다. 은근한 애정과 과시와 독점욕에 찌든 그 말에 위그의 얼굴에는 노골적인 경계와 불쾌감이 서렸다. 그러나 그는 일부러 침착하고 무심한 얼굴로 서 있다가 예의적으로나마 옆에 있던 일리야를 향해 입을 열었다.

"괜찮던데?"

성의도 없고 감정도 없는 칭찬에 일리야가 풋 웃음을 흘렸다. 위그는 그녀에게 칭찬을 하면서도 정작 눈길은 아직도 비비안을 보고 있었다.

"방금 독백할 때 보니까 부인만 보시던데. 연극 내용은 아세요?"

"알아. 사랑 이야기 아니야?"

"……잃어버린 남매의 정을 그린 이야기인데요."

"그렇군."

일리야는 어깨를 으쓱했다. 그녀는 위그와 정부 관계를 맺긴 했지만 그리 오래 유지한 편은 아니었다. 클로에야 원래 요한 때문에 오래 알았다 쳐도, 일리야가 정부로 있었던 기간은 3개월 남짓한 시간에 불과했다. 대부분 귀족들의 정부란, 가끔 데이트를 하고 잠자리를 하는 정도였다. 위그 같은 경우는 약혼녀나 아내가 없는 터라 사적인 파티나 모임에 그녀를 데리고 가는 경우가 많았다. 그 대가로 많은 것을 보상해 주고.

솔직히 좋아하지 않았다면 거짓말이었다. 그건 그녀뿐만 아니라 위그의 대부분 정부들이 그러했다. 그는 권력을 가졌고, 잘생긴 얼굴과 다부진 체격에 명예까지 가진 남자였다. 나쁜 버릇이 있지도 않았고, 폭력적이지도 않았다. 그리고 보상도 확실하게 해 줬다. 침대 위에서도 꽤 다정하게 구는 편이라 그녀들은 가끔 그와 진짜 사랑을 하고 있다고 믿곤 했다. 물론 키스는 해 주지 않았지만.

그래서 그가 결혼한다고 했을 때, 그녀는 조금 아쉬웠다. 그 여자보다 자신이 뭐가 더 못한지도 궁금했다. 솔직히 조금 추잡스럽긴 했지만, 어쩌면 돈 때문에 그럴지도 모른다고 생각했다. 아니면 신선한 여자에 대한 찰나의 감정, 결국 시간이 지나면 저처럼 예쁘고 고분고분한 여자한테 오겠지. 그렇게 기대를 하지 않은 게 아니었다. 귀족들 사이에서는 아내가 있다고 해도 정부는 흠이 아니었다. 심지어 정부가 없는 게 더 이상했다.

하지만 방금 무대에서 힐끔 그를 보았을 때, 그녀는 똑똑히 볼 수 있었다. 이건 순전히 그녀의 괴물 같은 시력 때문이었다. 표정은 볼 수 없었지만, 무대를 보고 있는 부인만 하염없이 바라보고 있을 뿐만 아니라 심지어 부인의 얼굴에 자잘한 키스를 퍼붓고 있었다. 그녀의 시선이 머무른 그 순간에 일어난 일이었으니 사실 세 시간의 공연 시간 동안 애초에 비비안에게만 집중했을 게 뻔했다.

그래서 일리야는 그냥 포기하기로 했다. 아무리 그래도 대륙을 대표하는 미인이다. 그녀에게도 자존심이 있었다. 그녀가 좋다고 발치에 무릎을 꿇는 남자가 얼마나 많은데 굳이 저 싫다는 남자에게 목을 매며 추잡스럽게 굴 이유가 어딨겠는가.

하여 그녀는 그냥 이 감정을 웃어넘기기로 했다. 애초에 위그가 저를 사랑하지 않았다는 것도 안다. 사랑하는 사람에게 키스도 해 주지 않는 남자가 어디 있는가. 그는 굳이 입맞춤을 해야 하는 이유도 모르는 것 같았고, 왜 혀를 맞대야 하는지도 몰랐다. 그녀가 조르면 그제야 단순히 입술을 맞대 주었다. 잠자리는 하면서 키스는 해 주지 않는다니, 웃겼지만 그러려니 했다. 원래 사람은 중요시하는 게 다르니까.

"어머, 일리야 디칸?"

상념에 빠져 있던 일리야는, 간드러지는 목소리에 깜짝 놀라 뒷걸음질 쳤다. 그제야 비비안이 제 앞에 서 있었다는 사실을 깨달았다. 저보다 한참 큰 여자는, 화려하게 웃으면서 빨간 장미를 제게 내밀었다. 일리야는 엉겁결에 그것을 받아 들고, 우아하게 웃으며 답했다.

"감사해요, 부인."

"별말씀을요. 이렇게 훌륭한 공연을 보게 해 줘서 정말 고마워요. 인상 깊었답니다."

"부인께선 예술 쪽으로 조예가 깊으시다지요."

"조예는 무슨, 그저 관심이 많을 따름이에요."

"후원하시는 분도 많다고 들었어요. 듣기로는 다니엘 씨도 그중 하나라고……"

일리야의 말에 순간 위그가 얼굴을 싸늘하게 굳혔다. 그 모습을 보면서 일리야는 괜히 고소해져 더욱더 해사하게 웃었다. 그동안 수많은 여자들을 울리고 다닌 죄를 물어 그도 한 번쯤은 고생을 해 볼 필요가 있었다. 물론 일부러 울린 건 아니지만 무관심도 죄 아닌가.

위그는 바로 고개를 돌려 다니엘을 보았다. 허여멀게 가지고 비리비리한 새끼. 저런 게 뭐가 좋다고. 그는 속으로 중얼거렸으나 그렇다고 해도 헤더가 넌지시 흘린 다니엘이 비비안의 취향이라는 말은 차마 무시할 수 없었다.

저런 게 취향이란 말이지. 저런 게.

그때 다니엘이 그를 보더니, 갑자기 부드럽게 웃었다. 그에 더 혈압이 올라갔다. 특히 품에 비비안이 안겨 준 꽃이 있어 더 그랬다. 일리야에게는 보통 배우에게 보내는 빨간 장미면서, 정작 다니엘한테는 하얀 백합에 심지어 포장지 색깔도 맞추고 진주 장식까지 곁들였다. '고마워요, 제가 좋아하는 것만 모아 놨네요'라고 한 것 같은데 젠장, 저 여자는 남편인 자신이 뭘 좋아하는지는 모르면서 왜 저런 놈이 좋아하는 건 귀신같이 잘 아는지.

그때였다. 그를 향해 미소 짓던 다니엘이 갑자기 비비안 쪽으로 고개를 돌리더니 입을 열었다.

"비비."

"비비?"

결국 참다못해 위그가 서늘하게 식은 목소리로 그의 말꼬리를 잡았다. 연극 내용에 대해 일리야와 대화하던 비비안이 심상찮은 남편의 목소리에 고개를 돌렸다. 그리고 그의 차갑게 가라앉은 얼굴을 보며 무슨 상황인지 파악했다.

위그는 현재 '질투'로 인해 이성을 잃기 일보 직전이었다. 단순히 질투라면 그저 웃어넘기겠으나, 공식적으로 밝혀진 위그와 비비안의 연사에 의하면 위그는 사실 오래전부터 다니엘의 존재를 알고 있어야 했다. 다른 말로 하자면, 지금 비비안과 위그의 관계가 까발려질 위기에 있다는 것이었다.

그때 위그가 입을 열었다.

"공작 부인의 애칭을 함부로 부르다니, 예의가 한참 떨어지는군."

"죄송합니다. 각하. 예전부터 아는 사이라, 제가 주의가 떨어졌습니다."

"예전부터?"

지금 자기한테 너보다 훨씬 그녀를 오래 알아 왔다고 과시하는 건가. 사실 객관적으로 보자면 다니엘에게는 전혀 그런 뜻이 없었다. 공식적으로 위그와 비비안의 러브 스토리의 역사는 다니엘을 만나기 전부터 시작되었고, 사정을 모르는 다니엘이 설마 그런 걸로 잘난 척 따위를 할 리가 없었다. 따지고 보자면 더 억울해야 하는 상대는 위그가 아니라 다니엘이었다. 자신을 정부로 두고 있던 여자가 알고 보니 애초에 결혼할 상대가 있었다는 거니까.

그러나 아침부터 시작된 감정의 소용돌이는 지금 위그의 이성을 점점 더 뒤흔들고 있었다.

생각할수록 기분이 미묘하게 더러워졌다. 그러니까 다니엘은 다 봤다는 거다. 저보다 훨씬, 더 많이. 비비안이 어떻게 해 주면 좋아하는지, 어떻게 말해 주면 기뻐하는지, 어떤 것을 받으면 즐거워하고 그 외 등등. 그리고 저 가는 목에 키스도 해 봤겠고, 힘을 주어 품에도 안아 봤겠지.

저는 정작 그녀에게 입맞춤 하나 받은 게 전부였는데.

그때였다.

"내 사랑. 뭐가 그렇게 화가 났어?"

갑자기 나긋한 목소리가 들려왔다. 어느새 제 옆에 온 비비안이 눈가를 나긋하게 접어 저를 보고 있었다. 그 파란색 눈동자와 활짝 핀 미소를 보니 순식간에 분노가 사그라들었다. 어느새 그의 팔을 꼭 끌어안은 비비안이 입을 열었다.

"다니엘과 나는 그냥 친구잖아. 알면서 왜 그래."

"아니, 그게……."

"비비는 우리 언니도 부르는 애칭이야. 당신한테 그렇게 부르니까 당신은 싫다며. 날 계속 내 사랑, 내 보석, 내 꽃이라고 부른 주제에."

괜히 새침하게 비비안이 삐친 듯이 말하자, 그제야 이성이 돌아왔다. 위그는 방금 제가 스스로 만든 스토리를 망칠 뻔한 사실을 깨달았다. 그때 비비안이 계속 말을 이었다.

"화내지 마."

"……."

"응?"

제 팔을 끌어안고 입을 삐죽 내미는 비비안의 모습이 지나치게 아름다웠다. 이제 연기인지 진심인지는 상관없어졌다. 이대로 그녀를 끌어안고 당장이마부터 발끝까지 키스를 퍼붓고 싶다. 저 예쁜 눈이 파르르 떨리게 입술을 찍고, 달콤한 말만 내뱉는 분홍색 입술을 혀로 맛보고, 백조처럼 하얗고가는 목에 얼굴을 묻으면 간지럽다고 까르르 웃지 않을까. 그 낭랑한 목소리를 듣다 보면 웬만한 분노도 식을 것 같다. 비비안이 공작가를 달라고 해도 줄 것 같다. 그녀가 원한다면 왕관을 달라고 해도 당장 제이슨을 베고줄 의향이 있었다.

하지만 비비안은 한술 더 떴다. 곧 그녀가 손을 들어 그의 귀에, 하지만다른 사람들이 다 들을 수 있게 속삭였다.

"오늘 밤에 당신이 원하는 대로 해 줄게. 그러니까 화내지 마. 응? 우리남편."

"……."

"나한테는 당신밖에 없잖아."

마지막 이성을 지키던 요새가 와르르 허물어졌다.

비비안의 입장에서 말하자면, 욕정이 뚝뚝 떨어지는 위그의 눈을 보는 순간, 이 남자가 제게 어떤 감정을 품고 있는지 깨달았다. 하지만 이게 연기인지 진심인지 분간조차 할 수 없다는 건 그녀도 잘 알 것 같았다.

사실 그리 놀라운 상황은 아니었다. 몇 달 동안 붙어 있는데, 감정이라는 게 생기지 않을 리가. 그녀는 남자 하나 꼬시는 데 일주일의 시간도 걸리지 않았고, 위그와 그녀는 몇 달을 내내 붙어 있었다. 비록 그녀는 작정하고 위그를 어찌해 볼 생각이 없었지만…… 아니, 있었나? 뭐, 그건 중요한 문제가 아니었다. 그저.

이건 좀 곤란한데.

위그의 눈에 들어 있는 그 애정과, 욕망을 알아본 사람들의 탄성이 흘러나왔다. 그녀는 주변을 힐끔 보다가, 잠시 애매한 표정으로, 조금 슬픈 얼굴로 서 있는 다니엘에게 눈썹을 까닥였다.

여기까지야, 다니엘.

그들의 관계는 오래전에 끝났다. 그걸 모르는 게 아니었다. 그럼에도 불구하고 귀족 부인들 사이에서는 가끔 몰래몰래 정부를 만드는 사람들이 있었고, 더군다나 비비안 정도의 성격이라면 어쩌면 그런 모험을 할 수 있을지도 모른다고 기대했다.

사실, 전혀 그럴 여자가 아님에도.

정부도 한 번에 딱 한 명만 만들 정도로 깔끔한 여자였다. 지저분하게 얽히는 관계를 지독하게 싫어했고, 그 선을 넘을라 치면 끝을 맺었다. 그런 여자가 남편이 있는 상황에서 저와? 웃기는 소리. 다니엘은 방금 전 비비안을 불렀던 저 자신을 꾸짖었다. 저 여자는 일단 제 기준에 어긋나면 그게 누구든 전부 말끔하게 처단한다. 이대로 멀찍이서 보면 그나마 옛 정부 정도로 남았을 테지만, 여기서 더 선을 넘으면 그 또한 건방지게 기어오르는 한낱 사내들 중의 하나가 되었을 것이었다.

그럴 바에야, 차라리 깨끗하게 선을 긋는 게 낫지 않은가.

다니엘의 얼굴에 미소가 피는 것을 보고, 비비안은 다시 고개를 돌려 위그를 보았다. 이 새끼는 지금 제 말에 홀라당 넘어가서, 이성이고 논리고 하나도 남지 않았다. 그저 본능과 욕정만이 뚝뚝 떨어지고 있었다. 누가 그랬던가, 남자들은 전부 이성적인 존재라고.

웃기고 있다. 이성은 개뿔이.

그녀는 곧 화사하게 웃었다. 꽃이 만개하듯, 우아하게 퍼지는 미소에 위그의 얼굴 위로 사랑스러워 견디지 못하겠다는 기색이 떠올랐다. 그가 그녀의 허리를 다잡자, 비비안이 그의 품에 살포시 안기고는, 그의 목을 살짝 끌어안은 채 주변 사람들을 향해 입을 열었다.

"우리 남편이, 이렇게 곁에 있어도 제가 많이 그리운가 봐요."

"어머, 사이 정말 좋네요."

"어쩜, 세기의 로맨스라잖아요."

"부럽습니다. 하하."

비비안은 주변을 쭉 둘러보고, 곧 다시 위그와 눈을 마주쳤다.

"내 사랑, 우리는 이만 갈까? 이분들께 폐만 끼친 것 같아."

"그러지. 빨리 가도록 해."

"그래, 그럼. 아, 우리는 이만 가 볼게요. 오늘 연극은 정말 훌륭했어요. 기회가 된다면 꼭 다시 보고 싶네요. 아, 그리고 일리야 양."

"네."

비비안의 말에 일리야가 고개를 끄덕이며 화답했다. 그녀로서는 저 전장의 미친개를 아주 동네 애완견처럼 굴리는 공작 부인에게 지대한 호감을 갖고 있었다. 솔직히 사랑 없이도 살 것처럼 굴던 남자가 여자한테 이렇게 매달리는 모습이 웃기기도 하고, 괜히 고소하기도 했다. 공작 부인이 앞으로도 좀 잘 굴려 줬으면 좋겠는데. 사실 이대로 가도 저 남자는 그냥 혼자 애타서 미칠 것이다.

지금도 보면 비비안은, 공작의 비위는 다 맞춰 주는 듯하면서도 정작 하고 싶은 말은 다 하고, 공작 편을 드는 듯하면서도 다니엘에게 향한 화살을 묘하게 다른 데로 돌렸다.

일리야는 본능적으로 비비안 로젤리스라는 여자가 보통내기가 아님을 깨달았다. 그때 비비안이 말을 이었다.

"기회가 된다면, 꼭 사적으로 뵙고 싶어요. 제가 연극을 많이 좋아해서."

"영광입니다. 부인."

곧 비비안이 위그와 함께 대기실을 나갔다. 그 뒷모습을 보면서 일리야는 혀를 찼다. 모르긴 몰라도 공작이 어마어마한 여자를 사랑하게 된 건 확실했다. 눈은 웃지만 눈빛은 싸늘하고, 입꼬리는 올라갔지만 웃는 것 같지 않다. 그녀는 눈치 하나로 이 자리까지 올라왔고, 사람을 보는 재능을 가졌다. 그녀를 후원해 주던 수많은 남자들, 그중에서 몇몇만이 가졌던 그러한 눈빛을 비비안이 하고 있었다.

그녀가 속에 뭘 감췄는지 알 수 없었다. 여하튼 위험한 여자인 건 확실했다. 저런. 각하.

일리야는 가볍게 고개를 저으면서도, 위그의 앞날이 기대가 돼 환하게 웃었다.

\* \* \*

"당신 미쳤……!"

대기실을 나오기가 바쁘게 사람이 없는 곳으로 위그를 끌고 간 비비안이 복도의 끝에 서서 말했다. 하지만 그녀의 말이 끝나기도 전에 말캉한 입술이 부딪쳐 왔다. 이게 무슨 일인지 생각할 틈도 없었다. 비비안은 제 말을 막은 입술에 미간을 팍 찌푸리고는, 발을 들어 위그의 구두 위를 꽉 찍어 눌렀다.

알싸한 고통이 밀려오자 저절로 입술이 떨어졌다. 비비안은 어느새 구석으로 몰린 저 자신의 상황을 보고 비릿하게 웃음을 지었다.

"달달한 거 좀 먹여 줬더니 이성이 싹 날아갔어?"

"이봐. 아무리 그래도 구두 굽으로……."

"그러니까 정신 좀 차리라고. 방금 다니엘한테 그렇게 날을 세우면 어떡해?"

"그 새끼……."

"말을 좀 처알아들어. 그 신문 기억 안 나? 당신은 다니엘을 알고 있어야해. 내 정부까지 포용해 준 위대한 남자니까. 알았어? 그런데 그렇게 처음알았다는 표정을 지으면 어떡해?"

"……."

비비안의 말에 위그가 고민했다. 그게 중요한가? 아, 중요한 것 같기도했다. 그들의 결혼 자체가 계약이었고, 그들의 모든 행동이 연기였다. 그 사실을 깨닫자마자 그제야 잔뜩 화가 난 비비안의 얼굴이 눈에 들어왔고, 제가 무슨 상황을 맞이했는지 깨달았다.

순간 찬물을 확 뒤집어쓴 듯 정신이 돌아왔다.

자신은 지금 이성을 잃었다. 그런 짐승 같은 행동을 하려고 했다는 게 너무 어이가 없었다. 그것도 본연의 목적이고 뭐고 이 여자한테 완전히 넘어가 그런 행동을, 앞뒤도 안 맞고 상식에 들어맞지도 않은 행동을 했다.

위그의 충격에 젖은 얼굴을 보다가 비비안이 길게 한숨을 쉬었다. 상황파악을 한 것 같으니, 충격은 이만 주고, 이제는 좀 부드럽게 다뤄 줘야 할때였다.

비비안은 위그의 얼굴을 보다가, 우아하게 웃었다.

"내가 너무 예뻐서 환장할 것 같은 당신 마음은 이해하지만."

"누가."

"……."

"그렇다고 치지."

비비안은 조소를 머금었다. 하여튼 쓸데없이 고집은 세서. 조금 인정이라도 하면 귀엽게라도 봐 주지 저한테 반했다는 게 뭐 그렇게 큰 수치고 치부라고, 끝까지 입은 여전히 부정이고 고개는 여전히 도리도리다.

비비안은 위그의 눈을 똑바로 보면서 입을 열었다.

"당신은 교육과 훈련이 필요한 것 같아. 무슨 개도 아니고, 꼭 내가 이런 짓까지 해야 할까 싶지만, 그래 뭐, 2년 동안 데리고 살 건데 대충 훈련이라도 시켜야지."

"뭐?"

"내가 잘못 생각했어. 아무리 신사라고 해도 본능의 한계가 그렇게 얄팍할 줄이야. 갑자기 입술부터 들이대면 내가 좋아할 줄 알았어? 미안한데 난 그런 거 싫어해."

"나도 순간적으로 감정에 휘둘렸을 뿐이다. 무시해."

"그래? 그럼 하던 거 마저 하지 말까?"

"뭐?"

"키스는, 말이야."

자신이 이성을 잃고 이 여자한테 본능을 맡겼다는 사실에도 충격을 먹었는데 심지어 마음까지 들킨 것 같아 괜히 기분이 이상해진 위그가 미간을 팍 찌푸렸다. 솔직히 말하자면 지금 저한테 건방지게 개니 뭐니 하는데도 입술밖에 보이지 않았다. 예쁘게 재잘대는 입술이, 복숭아 꽃잎처럼 휘어지는 눈가가 지독하게 유혹적이었다.

그때 비비안이 팔을 뻗어 그의 목을 감쌌다. 예상치 못한 움직임에 위그가 그녀를 향해 앞으로 몇 걸음 다가가자, 비비안이 입술을 말아 올렸다. 천천히 그의 입가에 다가간 비비안이 속삭였다.

"이렇게. 부드럽고 달콤하고, 그리고 녹아내릴 듯이. 그렇게."

곧 말랑말랑한 입술이 그의 것에 덧대어졌다.

그 순간 진한 꽃향기와 체향이 한데 섞여 밀려들었다. 촉촉하고 말캉한 혀가 입 안을 휩쓸자, 그제서야 제 눈앞에 눈을 감고 있는 여자가 들어왔다. 파르르 떨리는 속눈썹을 보다가, 위그는 깨달았다.

아, 나는 이 여자를……

반쯤 어정쩡하게 서 있던 그가 곧 그녀를 품에 안았다. 진득한 체향이 밀려와 순식간에 취해 버렸다. 품에 안겨 있는 여자는 그의 아내고, 그의 여자고, 어쩌면 그가 한평생 사랑하는 사람이 될 수도 있었다. 모르겠다. 그녀는 저를 사랑하는지. 사실 아닐 것이라 생각했다. 하지만 이 순간만큼은 그냥 그렇다고 생각했다. 그 약간의 감정에나마 기대, 그녀를 온전히 갖고 싶었다는 감정만큼은 진실이니까.

위그의 손이 비비안의 뒤통수를 감쌌다. 허리를 휘감은 팔이 단단하게 그녀가 빠져나가지 못하게 가둬 놓고, 다른 한쪽 손이 뒤통수를, 목을 따라 천천히 내려왔다. 말캉한 입술은 계속해서 얽혀 있었고, 서로의 향을, 온기를 온전히 주고받으면서 천천히 속을 잠식했다.

비비안은 그제야 조금 잠잠해진 위그의 감정의 소용돌이를 보며, 웃었다. 입 안은 달콤했고, 그녀는 칼칼했으며, 상대는 그녀에게 모든 것을 줄 준비가 되어 있었다. 그의 혀는 그녀의 입천장을 살짝 핥다가 다시 혀를 집요하게 좇아 살짝 뒤집어 놓고, 그녀가 그것을 다시 공격할 때 다시 느긋하게 꾹 눌러 붙였다. 입 속에서 울컥 어떤 것이 올라오고, 그의 손이 저의 목을 타고 천천히 내려올 즘, 그녀가 신고 있던 한쪽 힐을 벗어 던졌다.

다리를 들어 올리자 드레스가 사르륵 걷히는 소리가 났다. 그가 그녀를 감싸던 팔을 풀어, 제 허리를 찾아 순식간에 감아 버리는 그 다리를 붙들었다. 그리고 살짝 벽에 기대게 한 뒤 그녀의 발목을 쓰다듬었다. 앙증맞은 발목이 한 손에 잡힐 것만 같았다. 종아리를 타고 쭉 올라가던 손이 그녀의 무릎 아래를 받쳐 들었다. 곧 그에게 완전히 기댄 비비안이 그의 목에 감았던 팔에 힘을 주고 온전히 그에게 매달렸다.

몰랐다. 저를 믿고 매달려 오는 것이 이렇게나 좋을 줄은. 달라붙는 여자들은 싫다고 생각했는데 비비안은 달랐다.

사실 꼭 말하라면 짚어 낼 게 한두 가지가 아니지만, 그런 것들 때문에 반한 것 같지도 않았다. 그래서 모르겠다. 그냥, 그게 그녀라서 이렇게 좋은 것 같기도 했다.

그녀가 제게 안겨 오는 게 이렇게 달콤한 일인 줄 몰랐다. 키스가 이렇게나 달콤한 일인 줄도 몰랐다. 입 안에 퍼진 그녀의 향기는 그 나긋한 속살을 그대로 삼켜 버리고 싶을 만큼 유혹적이었고 그녀의 체향에 취하다 보면 저도 모르게 그녀를 그대로 제게 각인시켜 버리고 싶었다. 한 몸이 아니라는 게 이렇게 통탄스러울 수가 있나 싶었다.

무릎을 받친 손을 계속 올리면 화를 낼까, 그 예쁘고 매서운 눈을 부릅뜨며 안 된다고 할까. 그러면 나는 어째야 하나.

그냥 이대로 평생 안고 다녀야 하나.

그때 비비안이 그의 입에서 입술을 뗐다. 가쁘게 숨을 내쉬는 모습이 정말이지 아름다웠다. 가능하다면 이 순간을 그대로 그의 머릿속에 박아 넣고 싶었다. 평생 이 기억으로 살 수 있게.

비비안이 입을 열었다.

"숨 막혀."

"……그래?"

"응."

그녀의 말에 위그가 고개를 숙였다. 그녀의 입가에 꾹 도장을 찍은 뒤 천천히 뺨을 타고 내려갔다. 그리고 뜨뜻한 입술이 하얗고 시린 목을 만났을 때, 문득 저 하얀색 도화지에 뭔가를 그려 넣고 싶다는 충동이 몰려왔다. 이 정도면 괜찮지 않을까.

그는 그렇게 생각하며 비비안의 목에 코를 묻고 입을 맞췄다. 짙은 살 내음에 정신이 혼미해졌다. 그 순간 뜨거운 혀가 차가운 목을 핥고 지나가고 곧 입술을 살짝 벌려 그 목에 짙은 낙인을 만들기 시작했다. 살살 핥으며 진정시키고, 입으로 빨아들였다. 그 체취를 가능한 한 목구멍까지 전부 넘겨 버리고 싶은데 그게 안 됐다. 그래서 더욱더, 더욱더 진하고 세게, 그녀의 목을 입 안에 가득 담았다.

비비안이 나른하게 숨을 내쉬었다. 그녀의 다리를 잡던 손이 천천히 내려가고, 부드럽게 바닥에 놓아 주었다. 그의 구두 위에 발끝을 대 살짝 지탱한 그녀가 위그의 목을 더욱더 감싸 안았다.

그녀의 반응에 더욱더 과감해진 입술이 목을 지나 쇄골을 따라 내려갔다. 그리고 다시 한번 낙인을 새겼다. 비비안은 고개를 들고 눈을 감은 채 웃었다. 물 만난 물고기 같았다. 사실 말하자면 저도 즐겼으니 어쩔 수 없었다.

하지만, 이 이상은 위험했다.

"위그."

비비안이 달콤하게 그를 불렀다. 그 목소리에 위그가 고개를 들었다. 비비안은 그와 눈을 마주치며, 요사스럽게 웃었다.

"그래서. 알 것 같아?"

"뭘?"

"난 이런 거 좋아해."

"……."

"난 이렇게 부드러운 걸 좋아하거든. 키스는."

그러니까 앞으로 하고 싶으면 이렇게 해 주는 게 좋을 거야. 방금처럼 말고.

그녀의 눈에 새겨진 뜻에 그가 눈썹을 까닥였다. 그 파란색 눈동자를 홀린 듯이 보다가, 그가 저도 모르게 입을 열었다.

"꼭 해야 하나?"

"뭘? 키스? 싫으면 말……."

"이혼."

"……뭐?"

"2년 뒤, 이혼 꼭 해야 하나?"

위그의 말에 비비안이 웃었다. 그녀의 웃음에 위그는 은근히 기분 좋은 듯했으나, 정작 그녀의 입술을 비집고 나오는 것은 그가 원하는 대답이 아니었다.

"응."

"왜?"

"글쎄. 내가 하지 말아야 하는 이유라도 있나?"

"내가, 하지 말자고 하면?"

"답이 틀렸잖아. 내가 하지 말아야 하는 이유지, 당신이 하지 말아야 하는 이유가 아니야."

"그럼, 내가 당신 없이 못 살 것 같다고 하면?"

"글쎄. 그것도 당신이 이혼을 하지 말아야 하는 이유지."

예상한 말이었지만 그래도 기분이 묘했다. 위그는 제 품에 안긴 여자를 보면서 미간을 찌푸렸다. 잠도 같이 자고, 침대도 같은 걸 쓰고 키스도 했는데 정작 이 여자는 저를 아직도 사랑하지 않는다. 저는 이미 빠질 대로 빠진 것 같은데, 감정의 소용돌이에 빠져 앞뒤 분간 못 할 것 같은데 이 여자는 시작도 하지 않았다. 그 사실이 지독하게 잔인했다. 그에게.

비비안은 곧 그의 뺨을 만지작거렸다.

"내가 그랬지."

"뭘?"

"내가 세상을 정복할 테니, 어디 한번 날 정복해 보라고."

"그랬지."

"그런데 난 아직도 당신한테 정복당하지 않았어."

"……"

"날 갖고 싶다면 날 정복해야지, 본인이 먼저 정복당하면 어떡해?"

그가 쓰게 웃었다. 하지만 곧, 언제 그랬냐는 듯이 차갑고 서늘한 표정으로 돌아갔다. 그가 곧 입술 끝을 말아 올렸다.

"해 보지."

"뭘?"

"당신을 유혹하면 되는 거지?"

"그렇지."

"그래, 해 보지."

"어려울 텐데."

"상관없어. 당신한테는 그 정도 가치가 있어."

위그의 말에, 비비안이 까르르 웃었다. 곧 그녀가 그의 입가에 입술을 닿을 듯 말 듯 하게 들이대며 답했다.

"그래, 어디 한번 날 정복해 봐."

"······."

"기꺼이 응해 주지."

곧, 두 사람의 체취가 다시 한번 겹쳤다. 조금 더 격렬하게.

* * *

긴장감이 흐르는 방 안에는 모두 여섯 사람이 앉아 있었다. 다섯 명과 한 명. 서로 마주 보고 있는 상황에서 모두의 시선을 받는 그 한 사람이 침을 꿀꺽 삼켰다. 빨간색 곱슬머리를 목까지 짧게 깎고, 말간 얼굴에 홍조를 띤 채 리디아는 제 앞에 앉아 있는 사람들을 쭉 바라보았다.

왼쪽으로부터 각각 이름 모를 교수 두 명이 앉고, 그 중간에 그녀의 삼촌인 세믄 교수가, 그 옆에는 조금 젊은 교수와 마지막으로 로튼의 단주라는 비비안 로젤리스가 있었다.

그녀는 긴장을 풀려는 듯 길게 숨을 내쉬었다. 앞선 두 번의 필기시험에서 각각 1등과 3등이라는 성적으로 통과했고, 조를 짜 토론 형식으로 이루어진 면접시험에서 2등을 했다. 마지막으로 가장 중요하다는 최종 면접을 보게 된 그녀가, 침을 다시 한번 삼켰다.

이게 마지막 기회였다. 법학원에 들어가지 못하면 그녀는 두 달 뒤 옆집 토미 아저씨의 셋째 아들과 결혼해야 한다. 토미 아저씨네 셋째 아들이 그녀를 오랫동안 사랑했다는 건 사실이지만, 그리고 그 아들이 썩 나쁘지 않다는 것을 알지만 괜찮은 남자라고 꼭 결혼해야 하는 법은 없다. 사실 이것 또한 법학원 입학 자격을 따 온 삼촌이 부모님과 열렬한 토론을 맞이해 가져온 결과였고, 그녀는 법학원 입학을 조건으로 부모님과 협상에 성공했다.

그녀는 제일 끝에 앉은 비비안 로젤리스, 로튼의 단주를 보았다. 단주이 며 예델의 이사장이면서도 정작 가장 끝에 있어 처음에는 누군가 했다. 하 지만 그녀가 우아하게 웃는 것을 보고, 그녀 앞에 쓰인 명패를 보며 곧 그 게 소문의 그 여자라는 사실을 깨달았다.

그때였다. 단주의 옆에 앉은 교수가 입을 열었다.

"리디아 세믄 양. 일단, 필기시험을 훌륭한 성적으로 통과한 것을 진심으 로 축하합니다."

"감사합니다."

"저는 예델 법학원 무역법 수업을 진행하고 있는 윌리엄 위크라고 합니 다. 지금부터 리디아 세믄 양께 여러 가지 질문을 드릴 것입니다. 이 질문 에 따라 여기 계신 면접관 다섯 명이 매긴 가장 높은 점수와 가장 낮은 점 수를 제외한 점수들을 평균으로 계산해, 앞선 세 차례 시험의 성적과 합산 하여 최종 결과를 결정합니다."

"알겠습니다."

"최종 결과를 받아 보신 뒤 7일 내로 이의를 제기할 수 있으며, 시험 성 적 공개를 요구할 수 있습니다. 이 모든 조항에 이의가 있으십니까?"

"없습니다."

"좋습니다. 그럼, 지금부터 면접을 시작하죠."

무미건조한 윌리엄의 말이 끝나고, 곧 나머지 사람들이 앞쪽에 있는 서류 들을 펼치기 시작했다. 그 모습을 보며 리디아는 긴장에 몸을 떨었다. 그리 고 곧, 두 번째로 앉은 중년 교수가 입을 뗐다.

"현재 앞쪽에 있는 자료들 중 17번 자료를 꺼내고, 질문에 답하십시오."

자료 뭉치 중에서 '17번'이라고 씌어 있는 것을 보던 리디아는 길게 숨을 내쉬었다. 그래도 제일 처음은 쉬운 걸로 주는구나. 판례의 법률 적용 문제는 사실 어느 시험에나 꼭꼭 나오는 문제였다. 그리 어려운 것이 아니라 그녀는 쉽게 대답할 수 있었다.

그녀의 말이 끝나기가 바쁘게 새로운 질문이 들어왔다. 이번에는 그녀의 삼촌인 세믄 교수의 질문이었다. 그 질문에 대답하자 새로운 질문이, 그렇게 하나하나 꼬리를 물고 이어졌다. 와중에 그녀가 천천히 대답해 가자, 쭉 입을 다물고 있던 비비안이 갑자기 입을 열었다.

"리디아 세믄 양."

"네."

"현재 앞에 있는 자료 25번을 꺼내고, 그 판례에 대한 본인의 생각을 말해 보세요."

그녀의 말에 주변에서 가벼운 웃음이 터져 나왔다. 리디아는 고개를 갸웃거렸다. 비비안은 은은한 미소를 띠고 그녀를 보고 있었고, 방금까지 생기 없이 엄숙하기만 하던 교수들이 재미있다는 표정으로 그녀를 보고 있었다.

리디아는 앞에 놓인 자료들 중 25번을 꺼내 들고, 쭉 훑었다.

'이건.'

"왕립 법학원 학생들은 입학과 함께 제일 처음 그 판례를 교수들에게 소개를 받죠. 그리고 그 주제는 대부분 '법은 완벽한 것이 아니다'라는 결론으로 끝나고요. 미안해요, 내가 법학 관련 전공이 아니라 학술적으로는 표현할 수가 없네요."

"단주님께서는 충분히 그 의미를 표현하셨습니다. 실제로 법학원 대부분 교수가 이 판례를 법의 허점을 설명하는 데 가장 많이 쓰고 있습니다."

윌리엄이 설명하자 리디아의 얼굴에 난감함이 스쳤다.

법의 허점? 이게?

그녀는 다시 판례를 훑었다. 이건 그녀로서도 사실 익숙한 것이었다. 아니, 굳이 말하자면 바첼론에서 이 사건을 모르는 사람이 어디 있을까. 심지어 이 물음을 제기한 이는 다름 아닌 이 판례의 당사자였다.

"말해 봐요, 부담스럽게 생각하지 말고. 어차피 제일 높은 점수와 제일 낮은 점수는 합산이 안 되고, 여기에 있는 교수들 중 누가 어떤 점수를 줬는지 모르니까 내 눈치 볼 필요도 없어요."

"……"

"이런, 권위와 학술의 한계에 도전한다는 사람이 이 정도에 쉬이 고개를 떨구면 안 되겠죠?"

비비안의 말에 다시 교수들 사이에서 웃음이 터져 나왔다. 뭐가 그렇게 웃긴지 모르겠지만 여하튼 제가 여기서 땀을 삐질삐질 흘리는 모습을 즐긴다는 건 알 것 같다.

"제 물음이 이상했나요? 아니, 왜 저기 앉은 모든 학생들은 다 내가 묻기만 하면 저러지?"

"아무래도 당사자 앞에서 나쁜 말을 하기는 좀 그러니까 그런 거 아니겠습니까?"

"이런, 난 내 앞에서 말도 못 하는 학생은 싫어하는데."

"아직 어리잖습니까."

비비안이 다시 까르르 웃었다. 그녀의 낭랑한 웃음소리를 듣다가, 리디아는 숨을 골랐다.

그녀의 손에 들린 자료는 다름 아닌 비비안 로젤리스가 특수 상속권을 받은 그 판례였다. 위에는 재판관의 의견이 구구절절하게 씌어 있었다. 첫 번째 특수 상속권, 첫 번째 여자 상속자. 솔직히 말하자면 여기에 신랄한 비판을 하는 것도 웃기고, 그렇다고 아부하자니 너무 속이 보이는 것 같다.

결국 그녀는 그냥 운에 맡기기로 했다. 그녀의 대답을 받아들여 주면 좋고, 아니면 마는 거지 뭐.

곧, 리디아는 길게 숨을 들이쉬고, 입을 열었다.

* * *

"그래서 됐나?"

"뭘?"

"리디아, 리디아 세른, 입학이 됐냐고."

위그의 물음에 비비안이 입꼬리를 말아 올리고는, 눈을 감았다. 푹신한 베개에 머리를 맡기고, 그녀가 입을 열었다.

"됐지."

"뭐라고 대답했기에?"

"글쎄. 뭐라고 대답했을까?"

비비안은 의미심장하게 웃었다. 그 어린 소녀는 아직 타인의 앞에 나서는 게 익숙하지 않은 것 같았다. 그리고 자신의 의견을 강하게 피력해 본 적이 없는 듯 무척 떨려 했다. 하지만 그럼에도 나름대로 열심히, 조금 떠듬거렸지만 그래도 자기 생각을 진솔하게 표현했다.

'저는, 특수 상속권 자체가 상속법의 목적을 위반한다고 생각해요.'

'그 해결 방법은?'

'일반 상속권의 범위를 넓히는 것이 아닐까요?'

비비안은 눈을 떴다. 옆에서 팔을 기대 누워 있는 남자가 그녀의 풀어헤친 머리카락을 갖고 이리저리 만지작거리고 있었다. 저번에 극장에서 키스를 허락해 준 뒤로 위그는 틈만 나면 자신을 만지작거렸다. 그 뒤로 몇 주 지나긴 했는데 은근슬쩍 스킨십 강도가 올라가는 것 같았다. 물론 그녀는 제 선을 넘지 않는 이상 흔쾌히 그것을 용납했다. 솔직히 그냥 보는 것도 재밌고.

위그는 그녀가 기분이 나쁠 때는 멀찍이서 떨어져 있다가, 기분이 조금만 좋아 보이면 와서 칭얼댔다. 저 덩치에 저런 분위기를 해서 저러는 게 사뭇 귀엽기도 해서 가끔은 일부러 뺨에 입을 맞춰 주기도 했다.

그녀와 눈이 마주치자 위그가 미소를 띠었다. 머리를 만지작거리던 손이 가볍게 머리카락을 베개 위로 놓고, 곧 그녀의 뺨을 살살 어루만졌다. 은근하게 미소를 띤 얼굴과, 사랑스러움을 가득 담은 시선이 그녀를 감쌌다. 그리고 손가락으로 입술을 살짝살짝 건드리다가, 목을 타고 내려가 도드라진 쇄골을 훑었다.

비비안은 이걸 말려야 하나 말아야 하나 고민하다가, 그냥 내버려 두기로 했다. 방금부터 은근하게 방 안의 공기가 뜨거워지고, 이런 분위기에서 저 또한 약간 달아오르지 않았다면 거짓말이었다. 애정을 담아 그녀의 살결을 만지작대는 그 손길이 좋았다. 솔직히 말하자면 약간 충동이 일기도 했다. 어쨌든 그녀는 남자가 끊이지 않던 여자였다. 그 이유는 굳이 말할 필요도 없었다.

그녀가 용납하는 듯한 분위기를 파악하자, 위그는 조금 더 과감하게 선에 다가갔다. 마치 귀한 것을 다루듯 부드러운 손길에 순간 잇새에서 나긋한 웃음이 흘러나왔다. 발갛게 달아오른 얼굴 위로 웃음이 사르르 퍼지는 것을 황홀하게 보다가, 위그가 곧 자연스럽게 제 쪽으로 뻗어지는 팔을 잡고 못 참겠다는 듯이 몸을 살짝 들어 올려 그녀를 내려다보았다.

"나는 누굴 올려다보는 걸 싫어해."

"오늘만."

"하여튼, 내 몸이 그렇게 좋아?"

"당신이 좋아서, 당신 몸도 좋은 거다."

"입발림하는 데만 선수지."

그리고 곧 그가 고개를 숙여, 머리를 지탱하던 팔을 내려 베개를 짚고, 다른 한쪽 다리로 비비안의 다른 한쪽을 짚은 뒤 완전히 그녀 위에 올라탔다.

손가락이 그녀의 입술을 만지작거리다가, 곧 목을 가볍게 감싸 안았다.

체중이 그녀에게 너무 실리지 않게 다리로 침대를 지탱하면서도 그녀를 끌어안아 입을 맞추자, 비비안이 반사적으로 그의 목을 끌어안았다. 촉촉한 혀가 목구멍을 잠식해 버릴 듯이 진득하게 달라붙었다. 침이 얽히는데 갈증이 더 났다. 위그는 제 아래, 제 품에 있는 여자를 끌어안으며 더더욱 그녀를 으스러질 듯이 밀어붙였다.

진득한 키스가 끝나고, 입술이 서로 갈라지자 위그가 발갛게 달아오른 비비안의 얼굴을 빤히 보다가, 곧 그녀의 이마에 입을 맞추었다. 그리고 오뚝한 코에, 눈에, 뺨에, 입에, 다시 뺨에……

"그만해. 내가 키우던 개도 이 정도는 아니었어."

"개?"

"하여튼 내가 누워 있을 때마다 침 범벅으로 만들어 놔서 피곤했는데 어떻게 당신도 그래?"

"내가 개보다 못해?"

"개는 귀엽기라도 하지."

비비안의 말에 위그가 침울한 표정을 지었다. 비록 여전히 서늘하고, 단단하고 오만한 듯했지만, 그 뒤에 비낀 감정을 느끼지 못할 그녀가 아니었다. 너무했나 싶어 잠시 고민하던 그녀가 입을 열었다.

"그래도 당신은 그 아이보다 잘생겼어."

"……"

"그리고 키도 크고."

"……"

"그리고 키스도 더 잘해."

"지금 개보다 내가 더 잘생기고, 키도 크고, 키스도 더 잘한다고 말하고 싶은 건가?"

은근히 기분이 상한 게 확실한 목소리에 비비안이 피뜩 웃었다. 곧 그녀의 위에서 몸을 일으키려는 그의 목을 확 잡아 이끌면서, 비비안이 말을 이었다.

"그리고 당신은 내 남편이잖아. 세상에 하나뿐인."

"당신 이제 보니까 은근하게 그 말 잘 써먹는 거 같다."

"그래서 싫어?"

"……."

"흐응. 그래, 싫구나. 내 남편이라는 게 싫었던 거였어."

"싫지 않아."

"그래?"

"응."

솔직하기도 해라.

"그럼 키스 한 번 더 해 줄래?"

"……."

"사실, 나도 좋거든."

나지막이 속삭이는 목소리가 마치 마취제처럼 그를 나른하게 만들었다. 무슨 이런 여자가 다 있나. 저를 손바닥에 놓고 입맛에 맞게 쥐락펴락한다. 그런데도 거기에 끌려가는 제가 더 웃겼다. 키스해 달라는 말에서 전쟁에서 승리했다는 말보다 더 진한 희열이 느껴졌다. 그녀가 좋아한다는 사실에 쓸데없이 뿌듯했다. 평생 이대로 침대에 함께 누워 있기만 해도 좋을 것 같았다.

곧 새빨간 입술을 집어삼킨 그가 비비안의 허리를 잡아 끌어안았다. 얇은 네글리제를 사이에 두고 새하얗고 보드라운 몸이 손에 잡혔다. 여기서 멈추지 않으면 그는 오늘 밤 잠에 들 수가 없을 거라고 이성이 말해 주었지만, 소용없었다. 차라리 오늘 밤 뜬눈으로 지새우는 게 지금 멈추는 것보다 나을 것 같았다.

그들은 애초에 잠자리를 제외한 모든 스킨십에 제약을 걸지 않았다. 이게 잠자리와 뭐가 다르냐고 말하자면, 글쎄, 그 기준은 철저히 비비안이 정하는 것이었다. 그녀가 싫다고 하면 멈춰야 했다. 사실, 그녀 또한 그가 싫다고 하면 딱 멈출 게 분명했다. 물론 그가 싫다고 한 적이 없어 그렇지.

검을 오랫동안 잡아 투박한 손이 비비안의 등을 죽 쓸었다. 하지만 그 아래로 끝까지 더 내려가지 못하는 걸 보면 그래도 마지막 이성은 남아 있는 듯했다. 왠지 모르게 뜨거워지는 공기에 비비안은 손을 뻗어 어느새 자신에게 코를 박고 숨을 들이쉬고 있는 위그의 머리를 뗐다. 그의 짙은 녹색빛 눈동자를 보며, 그녀가 나른하게 입을 열었다.

"이 이상은 안 돼. 미안한데 싫어."

"자기도 즐겨 놓고."

"난 딱 이 정도만 즐기거든. 그리고 애초에 약속이 그랬던 것 아닌가? 뭐, 사실 이 이상 더 해도 상관은 없지만⋯⋯."

"한 번도 안 되나?"

"돈은 있고?"

"⋯⋯."

"1억 케이즈."

"⋯⋯."

"내가 공작가 채무 상황을 좀 아는데, 우리 남편이 지금 내 몸을 탐할 때가 아닌데."

"⋯⋯외상은 안 되나?"

의외의 단어에 비비안이 헛웃음을 쳤다. 외상이라니, 장사치가 세상에서 가장 싫어하는 단어를 내놓고 지금 저를 설득하려고 하나. 그 전에 무슨 외상이야.

"미안한데 1억 케이즈는 상품 거래가 아니라, 위약금이야."

"알아. 그러니까 외상으로 달아 놓겠다잖아."

"내 구역에 외상은 없어. 그리고 당신 아래로 밀어 놓은 네글리제 좀 다시 원 상태로 복구시켜 줄래?"

"예쁜데 왜, 그냥."

"빨리. 추워."

위그는 결국 부들거리는 손가락으로 비비안의 옷을 다시 끌어 올려 주었다. 그리고 곧 그가 낮게 읊조렸다.

"당신 진짜 잔인한 거 아냐?"

"글쎄."

"……."

"내가 이런 걸 좋아해."

"이런 거?"

"날 좋아해서 어쩔 줄도 모르면서, 나한테 안달복달하면서도 결국 나한테 손 못 대는 당신 모습. 내가 딱 그런 걸 좋아해."

위그는 어이없다는 얼굴을 했다.

어찌 되었든 간에 다시 옷이 곱게 입혀지고, 곧 그가 제 위에서 내려갈 것이라고 예상했던 것과는 달리 위그는 여전히 그녀의 위에서 그녀를 안고 있었다. 다만 옆으로 고개를 숙인 그의 뜨뜻하고 커다란 품에 안겨 비비안이 눈을 깜박거리다가, 피식 웃었다.

"당신, 은근히 몸을 맞대는 걸 즐기는 거 알아?"

"내가 언제 그랬지?"

"꾸준하게 그랬지. 설마 내가 몸을 주면 마음도 주게 될 거라고 생각을 하는 건 아니겠지? 그렇게 순진하고 말도 안 되는 생각을 품고 있다면 버려."

위그는 웃었다. 물론 그는 여자들이란 원래 몸을 주면 마음도 주게 되어 있다고 생각을 하긴 했지만 비비안 로젤리스는 달라 보였다. 그의 상상 속에 비비안은 그와 몇 번 몸을 섞어도 여전히 그 상태 그대로 그를 응시할 것 같았다. 그것을 어느 정도 예상하면서도, 그가 은근하게 물었다.

"사실, 그럴 수도 있지 않나. 한번 자 보면 보이지 않던 게 보이기도 해."

"이런, 한번 잤다고 상대를 사랑하게 되는 사람은 아니야. 잠자리에서 혹시 내가 사랑한다고 속삭이면, 그건 그냥 빈말이라고 생각해도 돼."

"글쎄, 막상 해 보면, 당신도 달라지지 않을까? 그 어떤 남자보다도 더 환상적인 밤을 줄 수 있을 것 같은데."

"이런 쓸데없는 자신감이란. 오히려 당신이 더 집착하게 될걸? 날 뭐로 보고. 나와 밤을 한 번 보낸 남자는 있어도 한 번만 보낸 남자는 없다지."

"그게 뭐 그리 자랑이라고."

"그러는 당신은 그게 뭐 그리 자랑이라고?"

도대체 왜 이딴 대화가 이루어지는지 몰랐지만, 비비안의 말에 위그가 쓰게 웃었다. 그녀가 대단해 어쩌나, 저는 꼼짝도 못 하는데. 그에 비비안이 입을 열었다.

"내가 너무했나."

"아니."

"그래. 내가 너무한 거였으면, 그냥 선을 확실하게 그어 주려고 했는데."

괜히 희망 고문이라도 하는 것 같았다. 하지만 아주 열심히 어떻게든 그녀를 유혹하려던 그의 몇 주간의 몸부림은 여전히 수포로 돌아가고 있었고, 방법을 찾지 못해 결국 애정을 갈구하는 아이처럼 그는 더욱더 그녀에게 매달렸다.

솔직히 말하자면 그냥 이대로 선을 딱 그어 버리는 것이 더 나을 것 같았다. 그렇다고 해도 비비안은 그러고 싶지 않았다. 왠지 모르겠지만, 사실 재미있는 것 같기도 하고, 자신이 즐겼던 것 같기도 했다. 한동안 남자가 없었기도 했고, 자기가 좋다고 부딪쳐 오는 남자를 거절할 이유가 없었다.

하지만, 왠지 모르게…….

그녀는 괜한 희망 따위를 주지 않는 편이었지만, 그리고 그 무엇보다도 그런 걸 싫어했지만 그럼에도 이건 꽤 좋았다. 그래도 말해 두는 편이 나을 거다.

그녀의 그런 마음을 알아차렸는지, 그녀를 안고 있던 위그가 웅얼거렸다.

"아니라니까."

"……."

"이대로도 좋아."

비비안은 미묘한 얼굴을 했다. 차라리 이러는 게 낫다. 열렬하게 사랑하다가 식어야 한다. 시간이 지나면 아마 깨닫겠지. 아, 이건 아니다, 라고. 설사 식지 않는다고 해도 식게 할 방법은 수도 없이 많다.

"말하지만, 그 빌어먹을 법안이 있는 한 이혼은 꼭 할 거야."

"그래. 해."

"그런데도 계속 날 유혹하고 싶어?"

"응."

"왜?"

"그냥."

"희망도 희박한걸?"

"희망도 절망도 내가 하고, 당신은 그저 당신이 하고 싶은 것만 해."

나머지는 내가 할 테니까.

비비안이 웃음을 흘렸다. 이렇게까지 말하는데도 밀어 낼 만큼 양심적이지는 않았다. 그녀는 그를 감싸 안았다. 훗날 무엇이 되었든 일단 지금은 이대로 있기로 했다.

2년은 빨리 간다. 그사이에 그는 왕을 고르고, 그녀는 '목적'을 달성한다. 요즘 카티야가 점점 제이슨의 침실뿐만 아니라 다른 곳도 잠식한다고 하더니, 어쩌면 그날이 더 빨리 올 수 있겠다.

이제 곧 알렉산드르의 생일이 다가오고, 그날은 위그가 그를 떠볼 기회였다. 그는 알렉산드르를 왕으로 앉히고 디텔을 견제하려고 한다. 그것이 떠오르자, 비비안이 입을 열었다.

"위그."

그녀의 부름에 위그가 고개를 들었다. 그리고 곧, 그녀의 눈짓에 몸을 일으키고, 다시 제자리로 돌아갔다. 그 아쉬운 표정을 보다가, 비비안이 입을 열었다.

"생일 준비는 했어?"

"했지."

"사람들 많이 온다며. 우리 언니도 오고, 리즈랑 아리아도 올 텐데. 난 뭐 입고 갈까?"

"당신은 거적때기를 뒤집어써도 예뻐. 기왕이면 그걸로 입고 가. 내가 구해다 줄까?"

"나한테 그런 거 안 통해."

"진심인데."

비비안은 한심한 것을 보듯 고개를 절레절레 저었다. 결국 그녀가 말을 돌렸다.

"크리스티나도 온다던데."

"그래."

"저번에 보니까 작고 예쁘고, 딱 당신 취향이던데. 결혼 얘기까지 오갔으면서 왜 결혼 안 했어?"

"지금 질투하는 건가?"

"좀 정상적인 대화를 하면 안 되는 거야?"

위그의 계속되는 엉뚱한 말에 비비안이 작게 짜증을 냈다. 하지만 그 찌푸린 미간도 예뻐 죽겠다는 표정을 지으며, 위그가 고개를 숙인 뒤 그녀의 미간에 입을 맞췄다. 그에 비비안이 한숨을 푹 쉬고 대화를 이어 가는 것을 포기했다.

"그냥 자자."

"안아도 되나?"

"안 돼. 난 잘 때 누가 건드리는 거 싫어해."

그래 봤자 자고 일어나면 저는 또 이 남자 품 안이다. 비비안이 새침하게 웃으며, 위그에게 손짓했다.

"그러니까 가서 불이나 꺼."

* * *

정말 놀랍지만 비비안은 의외로 이 세상에는 진정한 사랑이 있다고 믿는 낭만주의자였다. 그것이 얼마나 가는지는 사람에 따라 다르더라도, 객관적으로 사랑이라는 게 있다는 것을 긍정했다. 그러나 결혼은 다른 문제라고 생각했다. 모든 사랑이 다 결혼으로 통하지 않는 것은 꽤 자연스러운 일이고, 설사 통한다고 해도 그것이 쉽게 파열되는 것 또한 당연하다.

최소한 이 바첼론에서는 그랬다.

어떤 남자들은 아내는 주식이고, 정부는 디저트 같은 존재라며 아내의 존재가 얼마나 중요한지 말하고 다녔지만, 사실 까놓고 말하자면 결국에 둘 다 갖고야 말겠다는 의지였다. 물론 모든 사람이 다 그런 건 아니었으나, 그럼에도 그 대부분을 믿을 수밖에 없는 게 인간의 본성이었다.

뭐가 됐든 그러한 생각이 상식으로 인정받는 상황에서 비비안이 결혼에 코웃음을 치는 것 또한 무척이나 당연한 일이었다.

그래서 그녀는 위그가 자신을 사랑한다는 말, 그 사랑의 본질이 무엇이든 간에 어쨌든 제 나름대로 그녀를 사랑한다고 하는 말 자체는 믿었지만, 그렇다고 그게 오래갈 거라고는 결코 생각지 않았다. 한평생 오만하게 떠받들려 산 남자였다. 주위에 여자가 끊이지 않았던 남자였다. 꼭 그녀여야만 하는 이유가 없었다. 그녀와 비슷한 체격에 비슷한 외모를 가진 여자는 많았고, 그중에서 그녀처럼 그에게 사사건건 져 주지 않는 되바라진 성격 하나쯤은 꼭 있을 게 분명했다.

그래서 그녀는 위그의 모든 애정 공세에 굉장히 초연할 수 있었다.

사랑스럽게 제 뺨을 어루만지던 손길도, 허리를 끌어안던 팔도, 입가에 키스하던 입술도, 그녀를 담지 못해 안절부절못하던 눈도 언젠가는 다른 여자의 것이 될 게 분명했다. 그가 안고 있는 저 꽃다발도, 언젠가는 다른 이를 향하게 되겠지.

원래 그랬다. 사실 그래야만 했다. 그와 그녀는 근본적으로 달랐다. 그가 그녀를 얼마나 사랑하든지, 그것은 비비안이 원하는 것이 아니었다. 위그는 그렇게 여기지 않는 것 같았지만.

제 품에 폭 안겨지는 장미 꽃다발을 보며 비비안이 입꼬리를 말아 올렸다. 이 사랑이 언제까지 가는지는 모르지만, 어쨌든, 그 전까지는 어디 한 번 즐겨 볼까. 저를 유혹하려는 상대 앞에서 그녀는 모질게 굴지 않았고, 언제나 기회를 주는 타입이었으므로, 조만간 끝날 감정이라고 해도, 끝날 때는 초연하게 수고했다고 말하며 떠날 수 있다면 사실 별거 아닌가 싶기도 했다.

그래서 우아하게 웃을 수 있는 그녀 앞에, 위그가 조용하게 물었다.

"예쁜가?"

"예뻐."

"……."

"고마워."

그야말로 행복하기 그지없다는 표정이었지만 그럼에도 마음에 들지 않는 듯 위그는 미간을 찌푸렸다. 겨우 꽃다발 따위로 기뻐할 여자는 아니었다고 생각했지만, 그렇다고 해도 이런 표정은 싫다. 뭔가 잘못된 듯한 비틀어진 느낌이었다. 꾸준하게 애정 공세를 퍼부었지만, 그녀는 정작 웃으면서도 웃지 않았고, 행복해하면서도 행복하지 않았다.

그의 키스에 목을 끌어안고, 가끔 허리를 잡아 쥐면 간지럽다고 까르르대면서도 정작 마음 한 가닥은 주지 않았다. 살짝 달뜬 표정으로 저를 올려다보며 입을 맞추면서도 생각은 다른 데 가 있고, 달콤하게 웃으며 품에 안겨 오지만 정작 중요한 건 아무것도 없었다.

그는 손을 뻗어 비비안의 뺨을 만졌다. 장미에 얼굴을 묻고 우아하게 웃는 여자는 대체 무슨 생각인지 알 수 없었다. 그렇게 애를 썼지만, 그녀의 세계에는 한 걸음도 내딛지 못했다. 그 사실이 못내 싫어서, 그는 미간을 찌푸렸다.

"왜 그래?"

비비안은 갑자기 미간을 찌푸리는 위그를 보며 고개를 갸웃거렸다. 눈을 동그랗게 뜨고 그를 보는 얼굴이 지독하리만치 사랑스럽고 잔인해서, 위그는 그녀의 입술에 입을 댔다.

장미 향이 퍼지는 가운데 촉촉하고 빨간 입술이 오물거렸다. 그의 입 안에서 살랑살랑거리는 혀에 갈증이 치밀어 올랐다. 그럼에도 그는 곧 입을 뗐다. 눈가를 곱게 휘며 그를 보는 그녀의 뺨에 입술을 대고, 그가 입을 열었다.

"좋으면 됐어."

"응?"

"예쁘면 됐어."

"……."

무슨 말을 하는지 몰라 비비안이 살짝 고개를 갸웃거렸다. 하지만 위그는 얼굴에 그저 미미한 미소만 띤 채 그녀를 보고 있었다. 그 미소에, 비비안의 표정이 살짝 일그러졌다. 하지만 언제 그랬냐는 듯이, 곧바로 다시 만개하듯 활짝 피는 그 웃음에, 그가 엄지손가락을 들어 촉촉한 입술을 쭉 쓸었다. 그리고 그가 곧 입을 열었다.

"꽃 좋아하나?"

"좋아해."

"무슨 꽃?"

"당신이 주는 건 다 좋아."

달콤하다. 사실 진심이었다면 더 달콤했으리라.

곧 위그가 입을 열었다.

"앞으로 매일매일 주지."

"그래."

"질릴 때까지."

"난 질리지 않을 거야."

당신이나 먼저 질리지 마.

그 뒤에 삼켜 버린 말이 무엇인지 둘 다 알고 있었다. 위그는 길게 숨을 내쉬었다.

아무래도 그는 가야 할 길이 멀었다.

* * *

알렉산드르의 생일이 벌써 코앞으로 다가왔다. 그동안 위그는 정말 날마다 그녀에게 꽃을 가져다주었다. 그리고 날마다 안아 줬고, 날마다 그녀를 사랑한다고 했다. 마치 자신의 아내를 극진하게 사랑하는 애처가의 모습 같았다. 그 모습에 비비안 또한 우아하게 사랑한다고 속삭이며 달콤하게 굴었다. 그러나 두 사람의 온도 차는 여전히 그대로였고, 심지어 비비안은 차라리 그와 한번 자는 게 오히려 그의 마음을 식히는 데에 더 도움이 되지 않을까 따위의 생각이나 하고 있었다.

그는 그녀의 취향이 아니었지만, 그렇다고 해도 그가 굉장히 근사한 남자라는 사실은 변함이 없었다. 그가 그렇게 그녀를 갈구하는데, 매일 저녁 욕정이 흘러넘치는 눈으로 저를 훑으면서도 손끝 하나 대지 않는 게 웃기기는 했다.

비비안은 오늘도 제게 안겨진 꽃을 꽃병에 놓고, 고개를 돌렸다. 언제 뒤에 와 있었는지 집사가 부드럽게 웃으며 서 있었다. 그녀는 그를 보며 마주 웃어 주었다. 어차피 고용인들에게 좋게 대해서 나쁠 것은 없었으므로. 그때 집사가 입을 열었다.

"저택에 꽃향기가 가득합니다."

"그이가 하도 꽃을 가져오니."

"부인께 드리려고 가져오시는 것 아니겠습니까."

"그렇죠."

"꽃을 싫어하시는 분이라 처음 꽃다발을 가져왔을 때는 무슨 일인가 했습니다."

"그래요?"

비비안은 눈썹을 까닥였다. 꽃을 싫어한다는 사람이 이렇게 꾸준하게 꽃으로 애정 공세를 퍼붓는 걸 보면, 어지간히 그녀에게 빠졌나 보다. 원래 사랑에 갓 빠질 때는 그러지 않던가, 간도 빼 주고 쓸개도 빼 줄 것처럼 굴고, 싫어하는 것도 좋아하게 되고. 하지만 사람의 본성은 그 사랑이 식어 갈 때쯤에 나타난다. 그래서 그녀는 그 사실이 웃기고, 그 덩치는 산만 한 남자가 이러는 게 귀엽기는 해도 딱히 설레지는 않았다.

그때 그녀의 생각을 아는지 모르는지 집사가 묘한 표정을 지으며 입을 열었다.

"각하께서는 어렸을 때부터 분 냄새, 꽃 냄새를 싫어했습니다."

"이런, 그러면서 꼬박꼬박 여자는 안았네요?"

"선대 공작께서 엄하신 분이라."

"그 둘 사이에 무슨 관계가 있죠?"

선대 공작이 엄한데 위그가 여자를 안을 필요가 있나. 비비안이 입술 끝을 삐뚜름하게 끌어 올렸다. 하지만 그녀의 비꼼이 역력한 웃음에도 집사는 자애롭게 웃기만 했다. 그리고 그가 곧 고개를 돌렸다.

그 시선 끝에 있는 초상화는 선대 공작의 것이 분명했다. 굳게 닫힌 입술, 고집스러운 눈매가 위그와 닮았다. 사교계의 꽃이라고 일컬었다는 선대 공작 부인을 똑 닮았다고 하더니, 사실 아버지도 조금 닮긴 했나 보다. 비비안은 단 한 번도 눈여겨본 적 없던 선대 공작의 초상화를 보다가, 옆에서 들려오는 집사의 말에 시선을 돌렸다.

"이런 말씀, 드리는 게 조금 조심스럽지만, 그럼에도 각하께서 부인을 믿으시고, 누구보다도 사랑하시니 드리는 말씀입니다. 그리고 안주인으로서 부인께서도 아셔야 할 부분이고요."

무슨 말을 하려나 싶어 비비안이 미간을 좁혔다. 집사는 그녀가 귀담아듣는 듯하자, 말을 이었다.

"선대 공작께서는 계집이 남자가 망하는 지름길이라고 여겼습니다. 남자의 호색은 당연하지만, 그렇다고 그 선을 넘으면 안 된다고 했죠."

"뭐, 대부분은 그렇게 말하지 않나요?"

"선대 각하께서는 하나뿐인 아들이 계집에게 홀릴 것을 무엇보다도 염려하셔서 차라리 그럴 바에야 원 없이 여자를 안아 계집에게 빠지지 않도록 예방을 하는 게 좋다고 여겼습니다."

"그건 또 무슨 논리죠?"

"각하의 첫 상대는 선대 공작 각하의 정부셨습니다. 그때 각하는 갓 성인식을 마치셨습니다."

"……."

그렇게 말하며 집사가 한숨을 쉬었다. 그는 아직도 기억났다. 성인식을 갓 마친 그 어린 공자가 처음으로 여자와 잠자리를 가져야 했던 날. 소년의 그 불안했던 얼굴. 그리고 계집 하나 따위도 꺾지 못하면 남자도 아니라던 선대 공작의 그 차가운 얼굴.

비비안이 헛웃음을 터뜨렸다. 그러니까 일종의 의식 같은 거였다. 남자가 되었음을 알고, 여자를 원 없이 안게 해 오히려 여자에 관한 관심을 끊으려는 것. 고위 귀족들뿐만 아니라 가끔은 돈 많은 상인들도 그런 일을 한다고 했다. 마치 성교육처럼 진행되는, 아들의 첫날밤을 결정하는 그러한 일.

"역겹기 짝이 없어."

"……."

비비안이 입술 끝을 말아 올렸다. 그 이면에 숨겨진 일종의 상식 같은 것에 더 역겨움을 느꼈다. 남자는 자신이 원치 않은 상대와 관계를 맺어도 괜찮을 거라는 '상식'. 잠자리를 한번 가지면 여자는 다 잃고, 남자는 오히려 이득이라는 '상식'.

사실은 바첼론의 비극이었다.

꽃병에 꽃을 다 꽂고 그녀는 몸을 돌렸다. 역겹고 불쾌하다. 솔직히 말하자면 그랬다. 아무리 성인이라지만 굳이 여자를 가르치려고 들다니, 솔직히 말하자면 이것 또한 일종의 강박이 아닌가.

그녀는 집사를 뒤로하고 걸음을 옮겼다. 집사가 무슨 생각으로 이런 말을 했는지 잘 알았다. 아들처럼 봐 온 그를, 공작 부인이 품어 주고 상처를 보듬어 주기를 바라는 것일 테지. 대부분 착하고 바른 아내가 그러하듯이.

그런데 정작, 그녀의 상처는 누가 보듬어 주나.

사실 모르겠다. 안타깝긴 하나 그렇다고 해서 그녀가 그를 동정하고 슬퍼하고 위로해 주고 보듬어 줄 일은 없을 것이었다. 그녀는 저 혼자 살아남았다. 이 거지 같은 세상에서 그 하나만으로도 몸에 무수한 상처를 입어야 했다. 서로서로 상처를 핥으며 행복하게 사는 결말도 좋지만, 결국에는 저 스스로 눈을 가리는 것이었다. 이 나라 아래 그와 그녀가 모두 피해를 입었다는 건 어쩌면 확실하지만, 그렇다고 그게 그녀가 그를 받아들여야 하는 이유는 되지 못했다.

침실 문을 열고 들어가자 위그가 먼저 잠이 들었는지 자고 있었다. 그의 얼굴을 보다가 비비안은 우아하게 웃고는 곧 옷을 갈아입었다. 푹신한 침대에 몸을 맡기자, 신경이 예민한 그가 미간을 움찔거리더니, 곧 눈을 떴다.

이 몇 달간 그녀가 발견한 게 있다면, 그는 정말 예민하기 짝이 없다는 사실이었다. 성격을 말하는 게 아니라 감각을 말하는 것이었다. 그녀가 약간만 뒤척여도 잠에서 깼다. 전장에서 뒹굴면서 생긴 일종의 습관 같은 것이라고 그가 말했지만, 그럼에도 그녀를 품에서 놓지 않은 채 꿋꿋하게 한 침대를 주장하는 그 모습이 기특했다. 비비안은 희미하게 뜬 위그의 눈을 보며 눈꼬리를 접었다. 곧 그녀가 입을 열었다.

"내가 안 왔는데 벌써 자면 어떡해."

"아…… 이런, 피곤해서."

"나도 같이 자자."

"이리 와."

"나 좀 안아 주고."

"그래."

"그리고……."

비비안은 화사하게 웃었다.

"키스해 줘."

어차피 끝날 사랑이긴 했다. 그러면, 끝나기 전에 마음껏 즐기는 것은 별 문제가 없을 것이다.

* * *

화려하기 그지없는 드레스가 둥글게 바닥을 쓸었다. 화려하게 퍼지는 드레스 자락을 보면서 위그가 길게 숨을 들이쉬었다. 숨이 막힐 정도로 아름다운 여자는 장미처럼 새빨간 옷을 입고 있었다. 허리를 조인 코르셋에 풍만한 가슴이 드러났고 그 위에서 반짝거리는 다이아몬드 목걸이를 만지작거리는 손길은 마치 나비처럼 가벼웠다.

저도 모르게 손을 뻗어 만져 볼 뻔했다. 한입 베어 물면 과즙이 흘러나올 것 같은 복숭앗빛 뺨에 손가락이 닿자, 비비안이 고개를 돌렸다. 사랑이 철철 넘치는 눈빛에 그녀가 요사스럽게 웃었다.

"그래서, 우리 남편은 새삼스레 나한테 또 반한 거?"

그녀의 말에 들어 있는 놀림을 눈치챈 듯 위그가 얼굴을 굳혔지만, 비비안은 오히려 장갑을 낀 손으로 그의 크라바트를 살짝 매만졌다. 약간 삐뚤어진 크라바트를 다듬다가, 그녀가 입을 열었다.

"우리 남편은 오늘도 멋있어."

"빈말이라도 고맙군."

"빈말 아닌데."

그 모습에 옆에 서 있던 고용인들이 얼굴을 붉혔다. 날마다 행해지는 공작 부부의 애정 행각에 저택이 꽃향기에 물든 듯이 달콤한 공기로 가득 찼다. 서로서로 사랑하는 부부를 모시는 아랫것들이야 언제나 행복하므로, 어쨌든 그들은 이 뒤에 어떤 상황이 있는지 모른 채 마냥 좋고 기뻐할 수 있었다.

곧 공작가의 인장이 박힌 마차가 다가오자, 위그는 손을 뻗었다. 그 위로 장갑 낀 손을 곱게 포개고, 비비안이 수줍게 웃었다. 사정을 모르는 사람들이 보게 된다면 왕자의 생일 파티에 초대되어 가는 게 아니라 데이트하러 가는 줄로 알 만큼 달콤한 미소였다. 심지어 여자의 분내에 질색하는 공작이, 분을 곱게 바른 공작 부인의 뺨에 얼굴을 묻고 키스하는 그 모습에 역시 사랑이란 위대하다고 사람들이 속삭였으나.

"그럼 갈까?"

사실 그 뒤에 뭐가 있는지는, 아는 사람만 아는 것이었다.

어쨌든 그렇듯 달콤한 공기를 뒤로하고, 마차가 움직였다.

# Chapter 4
## 칼끝의 행방

악몽의 시작은 언제나 장롱의 문 틈새와 함께한다.

비비안은 여전히 열세 살의 여름날 밤에 머물러 있었고, 언니의 드레스 사이에 숨어 있었다. 장롱의 문틈으로 희미한 빛이 들어오고, 그녀는 울고 있었다. 걸어 잠근 장롱의 문을 두드려 보려 손을 들었으나, 순식간에 귀를 찌르는 비명 소리에 다시 손을 거뒀다. 공포에 가득 찬 눈에서는 눈물이 방울방울 터져 나오고, 잇새를 타고 흐르는 울음소리를 막아 보려 작은 손으로 입을 꽉 누르고 있었다.

결국 굴복할 수밖에 없던 소녀의 눈물로 범벅진 그날 밤은, 비비안이 평생토록 잊지 못하는 최악의 날이며 공포의 순간이었다.

사람을 죽이고 싶다는 생각을 한 것은 그날이 처음이었고, 세상에 절망한 것도 그날이 처음이었다. 난장판이 된 방 안에서 울면서도 손수 걸어 잠근 장롱 문을 연 열여덟 살의 소녀는, 남자의 눈에 띄지 않게 빨리 도망가라고 그렇게 제 동생의 등을 떠밀었으나 속에서 올라오는 살의를 참지 못한 열세 살의 소녀는 결국 테이블에 놓인 과도를 들었다.

'죽여 버릴 거야.'

'안 돼, 안 돼, 평민은 귀족을…….'

'죽여 버릴 거야. 죽여야 돼.'


죽인다. 그것 말고는 다른 걸 생각할 새도 없었다. 귀족에게 상해를 입힌 평민은 참수당한다. 그 사실을 누구보다도 잘 알고 있는 어린 소녀가 과도를 잡아 쥐고, 여운에 잠들어 있는 남자가 깨 이번에는 제 동생에게 손을 댈까 무서워 힘겹게 동생을 만류했다.

그리고 과도가 떨어지고, 점점이 바닥에 떨어지는 핏방울.

"……비, 비비, 이봐!"

비비안은 눈을 떴다.

누군가가 저를 흔들었다. 공기 속에 드러난 어깨를 잡아 쥐고 흔드는 그 손이 남자의 것임을 깨달았을 때, 비비안은 순간 앞뒤 생각을 할 새도 없이 온 힘을 다해 그것을 쳐 냈다.

철썩!

젖 먹던 힘까지 다 해 사정없이 쳐 낸 손이 허공에서 갈 길을 잃은 채 멈칫했고, 비비안은 식은땀으로 가득 젖은 이마를 쓸어 내다가 그제야 자신이 마차 안에 있다는 사실을 깨달았다.

덜컹거리며 마차는 가고 있었고, 저는 온몸이 흠뻑 젖은 채 앉아 있었다. 방금 자신을 흔들던 손은 남편의 것이었고, 저는 방금 악몽을 꾸었다.

"당신, 괜찮나?"

위그의 다정한 음색이 들려오자 그제야 상황 파악이 되었다. 자신은 다시 그 밤을 꿈꾸었고, 그것에 반쯤 이성을 잃었다. 맞은편에 앉아 있던 위그는 심상찮은 그녀의 상태에 드물게 불안한 표정을 지었고, 곧 허공에 멈추었던 손을 내려놓았다.

비비안은 거칠게 숨을 내쉬었다.

주기적으로 꾸는 꿈이다. 잊을라 치면 다시 나타나 그녀를 흔드는 꿈. 악몽. 현실에 기반한 끔찍한 기억.

왜 갑자기 이런 꿈을 꿨는지 모르겠다. 신의 장난이라면 너무 악랄했다. 이렇게 사람 밑바닥을 건드는 꿈이 어디 있나. 아무리 그래도 이건 너무하지 않은가.

정신이 슬슬 돌아오자, 비비안은 혀로 입술을 살짝 핥고, 심술궂게 쿵쿵거리는 심장을 진정시키고 길게 숨을 내쉬었다. 그리고, 언제 그랬냐는 듯이 다시 입꼬리를 말아 올리고 미소 지었다.

"괜찮아."

괜찮다. 괜찮지 않으면 어쩌란 말인가.

이 상황에서 웃지 않으면 어쩌란 말인가. 울어야 하나? 그건 좀 싫다. 그녀는 악랄하기 짝이 없는 악마가 될지언정 가엾게 피해를 입는 천사가 되고 싶지는 않았다. 누군가의 동정은 끔찍하게 싫어했고, 불쌍한 척 가련한 척 궁지에 몰려 타인의 위로를 받는 것은 더더욱 싫어했다.

이유가 있어 그럴 수밖에 없었다는 말 또한 싫어했다.

그녀는 그냥 그대로였다. 비비안 로젤리스. 그뿐.

비비안은 부드럽게 웃으며, 방금 위그가 거둬들인 그의 손을 잡았다. 부드럽게 감겨 오는 그녀의 손에 위그가 눈썹을 까딱이자, 비비안이 우아하게 입을 열었다.

"미안, 아팠어?"

"……."

"다신 안 그럴게. 고의는 아니야."

이 여자가 지금 뭐라고 하는지.

위그는 방금까지 죽을 것 같은 표정을 짓다가 갑자기 웃는 여자를 보며 무슨 말을 어떻게 해야 할지 몰라 가만히 있었다. 안아서 위로해 주자니 그렇다고 이 여자가 그걸 흔쾌히 받아들일 것 같지는 않다. 무슨 일인지 묻고 싶었으나 입을 꾹 다물고 아무 말도 하지 않을 게 분명했다. 그래서 그는 그저 도리머리를 쳤다.

"아니, 괜찮다."

"응, 그래. 괜찮으면 됐어."

"당신은 괜찮나?"

그래도 한마디 물어봐야 될 것 같아서, 그는 나름 다정하게 물었다. 그에 비비안이 멈칫하더니, 곧, 화사하게 웃었다.

"응, 괜찮아."

* * *

알렉산드르의 생일 파티는 수도의 변방에 있는 왕실 별장에서 이루어졌다. 태자를 비롯해 몇몇 왕족들과 수많은 귀족들이 참가한 가운데, 비비안은 나긋하게 웃으며 위그의 팔에 기대 있었다.

비비안을 보지 못했던 수많은 사람들의 이목이 그녀에게 닿자, 비비안이 곧 수줍다는 듯이 위그를 향해 웃어 주었다. 그 모습이 못내 아름다워 사람들은 이디에트 공작 부인에게 하나둘씩 다가가기 시작했다. 그들의 인사를 하나하나 받아 주며 비비안은 자신들에게 배치된 방으로 들어갔다.

"아, 힘들어."

그리고 방에 들어가기가 바쁘게 얼굴을 팍 구겼다.

침대에 털썩 주저앉은 그녀를 보며 위그가 미묘한 감정에 휩싸였다. 몇 시간 전 마차에서 발작하듯 떨어 대더니 지금은 언제 그랬냐는 듯이 아무렇지도 않은 듯 행동했다. 그 행동이 진심인지 아니면 거짓인지 몰라서 뭐라 말을 붙이기도 애매했다. 그런 위그의 복잡한 심경을 아는지 모르는지,

비비안이 웃으며 입을 열었다.

"당신은 왜 거기 서 있어?"

"아니다."

"여기 와서 앉아."

"……."

"와서 나 좀 안아 줘."

비비안은 가끔 과감하게 그에게 스킨십을 요구했다. 안아 달라, 쓰다듬어 달라, 키스해 달라, 사실 그럴 때마다 내심 기뻤으나, 지금 같은 상황에서 그 말이 그렇게 달콤하게 들리지 않는다는 게 못내 이상해서, 그는 잠시 머뭇거렸다. 그래도 몇 달 동안 그녀를 어느 정도 알게 되었다고 생각했는데, 착각인 모양이었다.

평소와 달리 우뚝 서 있기만 하는 위그를 보며 비비안이 고개를 갸웃거렸다. 왜 저러나 싶었다. 평소라면 안아 달라는 말에 바로 와서 안아 줬을 텐데, 혹시 너무 요구해서 삐졌나 싶었다. 튕겨 보는 건가, 아니면 그사이에 사랑이 식어 그녀를 안기 싫어졌다든가. 그녀는 입을 삐죽였다.

"안기 싫으면 말고."

그녀의 새침한 목소리에 위그가 그제야 정신이 돌아온 듯 그녀에게 다가왔다. 그리고 곧, 그녀를 품에 안았다.

"아, 좋네."

"뭐가?"

"내가 사람 체온을 좋아해."

"그래 보여."

"그래서 안기는 걸 좋아해. 어렸을 때부터 언니한테 많이 안기고 다녔거든. 사실 둘째 오빠도 나 많이 안아 줬어."

생각보다 화기애애한 말투라 조금 놀랐다. 형제들을 다 처단했다기에 집에서 피 튀기는 살육의 현장을 연출했을 거라 생각했던 것과 달리, 꽤 일상적인 내용이었다. 그걸 눈치챘는지 비비안이 피뜩 웃었다.

"난 그래도 우리 집에서 사랑받은 편이었어. 원래 미운 애들이 더 정도 가고 그렇다잖아."

"그래."

"그래서 우리 오빠들도 나 예뻐했어. 물론 내 기준으로 말고, 그들 기준으로."

"……."

"원래 다 그런 거야. 좋다가도 나쁘고, 나쁘다가도 좋고. 부대끼면서 서로 사랑하다가도 죽이면서."

비비안의 목소리에 위그가 그녀의 뒤통수를 살살 쓰다듬었다. 비비안이 길게 숨을 내쉬었다. 그리고 입을 열었다.

"난 당신 냄새 좋아."

"무슨?"

"비누 향이랑, 이것저것 체향이 섞여서. 맡으면 기분이 좋아져."

"나도, 당신 향기는 좋다."

"향수 냄새는 싫다면서."

"당신이 하니 다 좋다."

사실이었다. 그는 분내와 꽃향기가 이렇게 달콤할 수 있다는 사실을 처음 알았다. 이제는 방 안에서 그녀 특유의 향수와 체향이 섞인 내음이 옅어지면 불안해지기까지 했다.

모르겠다. 한 사람을 좋아하게 되면서 싫어하던 것을 좋아하게 되는 게 있을 수 있는 일인지.

비비안은 눈을 감았다. 아까의 악몽이 계속해서 그녀를 괴롭혔지만, 억지로 떨쳐 냈다. 그녀는 가끔 악몽을 꾸곤 했고, 그렇게 깨어날 때마다 옆에 있는 누군가에게 안기곤 했다. 그때 카트린이 그녀를 그렇게 안아 준 것처럼. 그러면 마음이 편해졌다.

사실, 그것보다 더 웃긴 일이 있을까. 어떻게 카트린한테서 위로를 받을 수가 있나.

비비안은 위그의 품에서 벗어났다. 칭얼거림은 여기까지다. 저는 이제 그 꿈에서 벗어났고, 현실로 돌아올 때가 되었다. 언제까지고 단물에 빠져서 앞뒤 분간 못 할 수는 없는 노릇이므로.

비비안이 자리에서 일어났다.

"그러고 보니 왕족들은 언제 온대?"

갑자기 화제를 바꾸는 비비안의 뒷모습을 빤히 보다가, 위그가 길게 한숨을 쉰 뒤 답했다.

"내일."

싫으면 싫은 대로 그냥 내버려 두는 게 예의였다.

비비안은 화장대 앞에 앉아 흐트러진 머리를 다듬다가, 거울 속의 자신에게 웃어 보였다. 완벽하다. 그럼 되었다.

"귀족들은?"

"오늘 대부분 도착하지 않을까 싶은데."

"그래?"

"그, 빌케르 백작 부인도 올 것이다."

"응, 알아."

그 사납던 여자가 언니 이야기만 나오면 누그러지기에 일부러 말을 꺼내 봤는데 비비안은 딱히 얼굴색 하나 변하지 않고 고개를 끄덕였다. 그에 위그가 잠시 고민하다가, 입을 열었다.

"언니한테 가 봐."

"어련히 알아서 잘 가지 않을까."

"어딘지 가르쳐 줘?"

"위그."

비비안이 고개를 들었다. 그리고 거울 속에 보이는 그의 얼굴을 향해 입을 열었다.

"왜 아까부터 내 눈치를 보고 있어? 답지 않게?"

"내가 언제 그랬나."

"아까부터."

그게 그렇게 티가 났나. 위그는 잔뜩 굳은 얼굴로 생각했다. 어떤 표정을 지어야 할지 몰라서 더 그랬다. 그는 단 한 번도 누군가를 기쁘게 해 주고, 누군가를 위로하고, 타인의 마음을 헤아려 본 사람이 아니었다. 공작은 그럴 필요 없다고 다들 그랬고, 특히 상대가 여자라면 더더욱 그럴 필요 없다고 했다.

하지만, 그래도…….

비비안은 우아하게 웃었다. 위그가 왜 저러는지 이해가 가지 않는 건 아니었지만, 안타깝게도 그가 상관할 문제가 아니었다. 그래서 그녀는 돌아앉아 위그의 얼굴을 빤히 보며, 입을 열었다.

"내 눈치 볼 필요 없어. 난 아무 일도 없다니까."

"그래."

"그냥 악몽을 꾼 것뿐이야. 그러니까 괜찮아."

그건 마치 경고 같았다. 그래서 위그는 고개를 끄덕였다. 그가 곧 비비안의 옆에 다가가 한쪽 무릎을 꿇고 그녀를 올려다보았다. 한평생 누구한테 무릎을 꿇어 본 적 없는 남자였다. 그럼에도 복숭아꽃처럼 화사하고 고운 얼굴에 가볍게 입을 맞추고, 그가 입을 열었다.

"그래도, 혹시 무슨 일 있으면 말해."

"응. 알았어."

비비안은 서툴지만 나름대로 어떻게든 해 보려고 하는 그가 기특해서 고개를 끄덕였다.

물론, 진짜 그녀가 말할 일은 없겠지만. 그리고, 그가 '이해'를 하는 일도 없겠지만.

곧 꿀이 흐르듯 반지르르한 입술 위로 위그가 입을 맞췄다. 딸기 향이 감도는 입술 위에 가볍게 도장을 찍고, 달콤하게 맛보자 삽시에 기분이 좋아졌다. 곱게 휘어진 눈가에 다시 입술을 대자, 사르르 풀리는 파란색 눈동자가 못내 유혹적이었다. 저도 모르게 그녀의 목을 감싸 안고 다시 한번 코에 입을 대려는데.

그 순간.

"이모! 이모! 이모! 여기 완전 커!"

우렁찬 목소리와 함께 여자아이가 문을 벌컥 열고 들어왔다. 그 무거운 문을 어떻게 열었는지 모르지만, 팔랑거리는 분홍색 원피스를 입은 아이는 대충 대여섯 살쯤 되어 보였고, 가장 결정적으로 이모를 외치면서 들어온 덕에 위그는 곧 아이가 비비안의 조카라는 것을 깨달을 수 있었다.

갑작스레 문을 열고 들어온 아이는 거의 붙어 있다시피 한 비비안과 위그를 보더니 갑자기 두 손을 들어 눈을 꼭 가렸다. 그 모습이 사뭇 귀엽기도 하고, 얄궂기도 해서, 비비안이 웃음을 터뜨렸다.

"리즈, 손가락 틈새로 다 보이는 거 알아."

"쳇."

리즈는 입을 빼죽이며 손을 내려놓았다. 양 갈래로 곱게 머리를 땋은 그녀가 위그와 비비안을 번갈아 보더니 곧 입을 열었다.

"그런데 이모. 이모는 왜 싫어……."

"리즈! 뛰지 말라는데 또!"

리즈의 말이 뚝 끊기고 뒤에서 헐떡이며 뛰어오는 듯한 카트린의 목소리가 들려왔다. 리즈는 '히익' 이상한 소리를 내더니, 곧 도도도도 달려와 비비안과 위그의 틈새에 쏙 들어왔다. 그리고 위그의 옷자락을 꼭 잡더니, 고개는 비비안을 향한 채 입을 열었다.

"이모, 나 좀 숨겨 줘."

"왜?"

"마녀가 쫓아오고 있어."

비비안이 까르르 웃음을 터뜨렸다. 위그는 겁도 없이 제 옷자락을 방패 삼아 쏙 들어온 아가씨를 어떻게 해야 하나 고민하다가, 방금과 달리 진심으로 사르르 녹는 미소를 짓는 비비안을 보며 그냥 인간 방패막이가 되어 주는 게 좋겠다는 결정을 했다.

아니나 다를까, 뒤쪽에서 아리아의 손을 잡은 카트린이 급히 방 안에 들어왔다.

"세상에, 리즈, 이렇게 남의 방에…… 비비!"

"언니. 대체 뭘 어쨌길래 리즈가 언니더러 마녀래?"

"이모! 그걸 말하면 어떡해?"

"아, 이런, 고자질할 생각은 아니었는데. 아니야, 언니. 잘못 들었어."

"리즈! 빨리 이리 안 와? 세상에, 각하. 죄, 죄송합니다."

급히 딸을 향해 소리를 지르려던 카트린이 곧 제 딸이 잡고 있는 옷자락이 누구의 것인지 깨닫고 새하얗게 질렸다. 그에 비비안이 입을 열었다.

"언니, 너무 그러지 마."

"리즈! 빨리 와! 비비, 너는 애를 말릴 생각은 하지 않고."

"왜 말려? 이렇게 귀여운데. 그렇지?"

"응, 내가 세상에서 제일 귀여워!"

굉장히 당당하게 자신의 귀여움을 어필하는 딸의 모습에 카트린이 기절할 것 같은 표정을 지었다. 평소에도 담이 큰 아이이긴 했으나, 그 무섭다는 이디에트 공작의 옷자락을 당당하게 쥐고 있을 줄은 몰랐다. 그럼에도 생글생글 웃으면서 조카의 무례를 탓하지 않는 동생 때문에 그녀가 이마를 짚었다.

"리즈, 빨리 와. 엄마가 걱정하시잖아. 안 그래도 몸이 불편하신데, 너까지 그래야겠어?"

그때였다. 카트린의 옆에 조용하게 서 있던 아리아가 리즈를 불렀다.

언니의 부름에 방금까지 고집스럽게 서 있던 리즈가 움찔거리더니, 곧 호소하는 눈빛을 비비안에게 쏘아 댔다. 물론, 비비안은 그저 웃기만 했다.

세상의 유일한 아군인 이모가 쓸모없다는 사실을 깨달았는지 리즈는 어깨를 축 늘어뜨린 채 터덜터덜 아리아에게 걸어갔다. 그 모습에 카트린이 길게 안도의 한숨을 내쉬고, 드레스 자락을 들어 허리를 굽혔다.

"죄송합니다. 각하. 여식이 버릇이 없어 무례를 저질렀습니다."

"괜찮다."

위그는 피식 웃음을 흘렸다. 비비안과의 시간이 깨진 건 조금 싫었으나, 그 이상으로 진귀한 것을 얻었다. 방금과 달리 확연히 밝아진 비비안의 표정에 마음이 놓인 그는 사실 마음 같아서는 리즈한테 큰 상이라도 내리고 싶었다.

그때 두 눈을 반짝이던 리즈가 입을 열었다.

"그런데 저 아저씨 누구야?"

"리즈! 아저씨라니, 각하셔. 이디에트 공작 각하!"

"아, 괜찮아. 그냥 아저씨라고 불러. 아, 이모부인가."

카트린이 기겁해서 리즈를 말렸으나, 비비안이 느긋하게 말했다. 어느새 그녀의 뒤편에 서 있는 위그에게 가볍게 몸을 맡기며, 비비안이 곧 말을 이었다.

"부르고 싶은 대로 불러."

"그럼 이모부라고 부를래. 그런데 이모부가 뭐야?"

리즈의 물음에 아리아가 이마를 짚었다. 곧 그녀가 배움이 짧다 못해 귀엽기까지 한 제 동생에게 이모부의 개념에 대해 가르치기 시작했다. 그 모습을 보다가, 비비안이 위그에게 속삭였다.

"귀엽지?"

위그는 비비안을 보았다. 조카를 보는 눈길에서 다정함이 철철 묻어났다. 사실 저 아이들도 귀엽지만, 그런 아이들을 보는 당신이 더 귀엽다고 말하려다가, 위그는 그냥 고개를 끄덕였다.

"그래, 귀엽군."

곧 아리아한테서 이모부가 무엇이고 공작이 무엇인지 설명받은 리즈가 고개를 갸웃거렸다. 그리고 서 있는 위그와, 앉아 있는 비비안을 번갈아 보더니 곧 큰 목소리로 물었다.

"그럼 이모랑 이모부랑 누가 더 세?"

더없이 순수한 물음이었으나 아리아는 어떻게 대답해야 할지 몰라 망설였다. 비비안이야 대륙 최고의 부자니 더 말할 것도 없지만, 위그는 바첼론에서 최고의 권력을 가진 사람이다. 애초에 길이 다른 두 사람을 비교해 달라는 게 분명한 동생의 말에 고민하던 아리아가 난감한 표정으로 입을 열었다.

"그건 비교할 수가 없……."

"이모가 더 세."

그때 한쪽에서 위그한테 기대 있던 비비안이 우아하게 웃으며 답했다. 딱히 기세등등한 표정도, 오만한 표정도 짓지 않고 마치 서술하듯 자연스럽게 내뱉는 말에 위그가 헛웃음을 지었으나 비비안은 아무렇지도 않다는 듯이 태연자약하게 말을 이었다.

"이모는 혼자 컸고, 이쪽은 태어날 때부터 키워졌거든."

"무슨 묘사가 그래?"

"아니야? 난 혼자 컸어."

"나도 딱히 다 받아먹으면서 큰 건 아니다."

"세습 귀족 주제에."

비비안의 말에 위그는 미간을 찌푸렸다. 귀족으로 한평생 살아온 그의 자존심이 와장창 조각이 나는 순간이었다. 한평생 지켜 온 귀족으로서의 명예가 그에게 당장 받아치라고 명령을 내리고 있었으나 위그는 그냥 입을 다물기로 했다.

그래, 대단한 여자였다. 누가 그녀를 대단하지 않다고 할 수 있을까.

그때 옆에서 그들의 대화를 듣던 카트린이 부드럽게 웃었다. 티격태격하는 모습이 사랑스럽고, 행복해 보였다. 그녀의 동생은 그녀와 다른 것 같아서 무엇보다도 좋았고, 행복했고, 그게 큰 위안이 되었다.

그때 비비안이 갑자기 카트린을 향해 물었다.

"그런데 이렇게 마음대로 돌아다녀도 돼?"

그녀의 눈길이 카트린의 배에 머물러 있는 것을 보고, 카트린이 부드럽게 웃었다.

"응. 이 정도는 괜찮아."

사실 그녀는 꽤 조심스럽게 행동하는 편이었다. 혹여 아들인데 유산이라도 하면 큰일이니까. 방금 뛰어가는 리즈를 제대로 잡지 못한 것도 그래서였다. 그녀는 어떻게든 이 아이를 무사하게 낳길 바랐다. 그리고 그 아이가 아들이어서, 그녀와 그녀의 딸들을 보호해 줄 수 있었으면 했다.

그런 카트린의 생각을 읽어 냈는지 비비안이 잠시 굳은 표정을 했다. 하지만 언제 그랬냐는 듯이 다시 아무렇지도 않은 듯 입을 열었다.

"빌케르 백작은?"

"아, 그이는 아직 방에 있어."

"……둘만 온 거 아니야?"

카트린은 입을 다물었다. 그들의 행렬에는 그들 부부와 두 명의 아이, 그리고 꽃처럼 아름다운 정부 한 명이 있었다. 아이렌, 빌케르 백작의 정부이자, 갓 등단한 신인 오페라 가수.

"나는 아이를 가졌으니까, 안정을 취해야 하잖아."

순간 저도 모르게 험한 말을 내뱉으려던 비비안은 카트린의 뒤에 있는 아리아와 리즈를 보면서 말을 삼켰다. 어쨌든 애들 앞에서 꼭 해야 할 말은 아니었다. 그리고 카트린은 아무리 거지 같아도 애들 앞에서 저희 아빠를 매도하는 법은 없었다.

비비안은 입을 꾹 다물고 비웃음을 흘렸다. 하지만 다시 길게 숨을 내쉬고, 입을 열었다.

"그래. 뭐, 차라리 안녕을 가져왔다고 생각해."

백작의 요구에 관계를 맺다가 하마터면 리즈를 유산할 뻔한 기억을 가진 카트린에게는 어쩌면 좋은 일일 수도 있다.

젠장, 이런 일을 좋다고 해야 하는 게 싫었다.

비비안의 미간이 팍 찌푸려지자 카트린이 쓰게 웃었다. 그러고는 아리아와 리즈를 향해 입을 열었다.

"아리아, 리즈. 우리는 가자."

"왜?"

"이모와 이모부의 시간을 함부로 방해하면 못써."

카트린의 말에 리즈가 픽 입술을 삐죽였으나, 아리아가 어른스럽게 리즈의 손을 잡았다. 그 모습을 보다가 비비안이 기가 막혀 눈을 흘겼다.

저게 어디 아이의 모습인가.

열두 살 아이치고는 지나치게 세상을 잘 아는 아리아의 모습이 짠하기도 하고 위안이 되기도 했다. 엄마의 품에서 응석을 부려야 할 아이가 엄마의 정신적 지주가 되어 준다. 그게 어떻게 말이 되는가. 한편으로는, 카트린이 세상을 살아감에서 가장 중요한 동력이 아이라는 사실을 잘 알았기에, 비비안은 차마 뭐라고 말할 수가 없었다.

"쓰레기는 여전히 잘만 사는군."

곧 카트린 모녀가 나간 뒤 비비안이 싸늘하게 읊조렸다. 그에 위그가 미간을 살짝 찌푸렸으나, 그는 결국 그녀를 다독이듯 어깨를 톡톡 쳤다.

* * *

다음 날, 귀족들과 왕족들이 모인 파티장에 비비안은 위그의 팔을 껴안고 다시 화사한 미소를 지으며 나타났다. 새롭게 등장한 공작 부인의 얼굴에 귀족들이 힐끔힐끔 말을 붙이고 싶어 하는 게 훤히 보여, 비비안은 굳이 귀찮은 티를 내지 않았다.

뭐가 되었든 간에 계약서에 그렇게 쓰여 있었다. 공작 부인의 의무를 이행할 것.

위그의 옆에서 마치 인형처럼 방긋방긋 웃어 주던 비비안은 방금 카트린과 등장한 빌케르 백작을 죽일 듯이 노려보다가, 갑자기 제 눈을 가로막는 손길에 미간을 팍 찌푸렸다. 욕설 대신 고개를 돌리는 것으로 대신한 비비안이 위그를 쳐다보자, 그가 무심한 표정으로 입을 열었다.

"싫은 건 보지 마라."

"……어머, 내가 무어 싫은 게 있다고."

가는 건 진심이었지만 오는 건 거짓이었다.

위그는 방긋방긋 웃는 비비안의 얼굴을 보다가, 얼굴을 굳히고 고개를 돌렸다.

저쪽에서 오늘의 주인공인 알렉산드르와 그의 누이 크리스티나가 들어오고 있었다.

사실 터놓고 말하자면 아무런 세도 없는 왕자일 뿐이고, 심지어 왕위와는 거리가 먼 데다 욕심도 능력도 이렇다 할 만한 걸 하나도 보여 주지 않은 이라 파티는 제이슨이 여는 작은 모임보다도 더 조촐했다. 물론 그렇다고 해도 왕실 별장에서 열리는 파티이므로 화려하긴 했지만, 어쨌든 확연히 보이는 세력의 차이에 비비안이 비릿하게 웃음을 지었다.

저걸 왕으로 올리겠다고.

그녀의 눈길이 한쪽 구석에서 카티야와 함께 있는 제이슨에게로 향했다. 오늘의 주인공은 분명 알렉산드르인데 정작 귀족들은 전부 태자 주위에 몰려 있었다. 엘리미아는 오지도 않았는지 보이지 않았고, 덕분에 카티야만 하하호호 웃을 수 있었다.

뭐, 사실 상관없었다.

비비안은 어색한 표정으로 제이슨에게 다가간 알렉산드르를 빤히 보다가, 곧 눈길을 크리스티나에게로 주었다. 그녀의 가슴께에 닿을락 말락 하는 작은 키에 리본으로 머리를 장식한 그녀는 인형처럼 귀엽고 예쁘게 생겼다. 스무 살을 갓 넘겼다더니, 대충 보면 열여섯, 열일곱쯤으로 보일 지경이었다.

그녀는 화려한 밀크색 드레스를 입고 있었는데 제이슨이 알렉산드르에게 내 형제 어쩌고저쩌고 할 때마다 떨떠름하게 웃다가, 곧 손뼉을 치는 모양새를 보여 주곤 했다.

그 모습이 마치 어릿광대 같았다.

비비안은 느긋하게 서 있다가, 제이슨과 알렉산드르에게 인사를 마친 뒤 위그와 왈츠 한 곡을 추고 한쪽으로 물러났다. 어차피 그녀가 진짜로 원하는 건 이게 아니었다. 카티야의 의미심장한 눈길을 마주하다가 웃어 준 뒤, 그녀는 소파에 앉았다.

그리고 몇 분 뒤, 그녀는 곧 저를 향해 다가온 귀부인들한테 둘러싸여 눈썹을 까닥였다. 켄슨 부인이 경고해 준 대로 꽤 나이가 있는 귀부인들의 행렬에 그녀가 부드럽게 미소 지었다.

"처음 뵙겠습니다. 이디에트 공작 부인."

비비안은 고개를 까닥였다. 그녀는 이미 여기에 있는 모든 귀족의 이름과 초상화를 외웠다. 따라서 제일 앞에 서 있는 이가 윈느 후작 부인이라는 사실을 모르지 않았다. 비비안은 제이슨 쪽에서 그녀를 넘어다보는 위그를 한 번 봐 주고, 다시 고개를 돌렸다. 그의 눈길에서 불안함이 그대로 드러났다. 그것이 '평민 출신 공작 부인'을 향해 명백히 경계 어린 눈빛을 보내는 이 귀부인과 영애들 때문인지, 아니면 이디에트의 명예를 실추시킬까 봐 걱정하는 것 때문인지는 몰라도, 사실 비비안은 전혀 상관없었다.

대부분 사람은 그녀가 사교계에 어떻게 들어갈까, 그 무서운 여자들의 세계에서 어떻게 행동할까 궁금해했지만 그녀는 장사치였다. 사람 마음 주물럭거리는 데는 천재적이었다. 로튼에는 여성을 타깃으로 한 브랜드가 엄청나게 많았고, 그 대상에는 귀부인들도 있었다. 비록 직접 그녀들을 본 적은 없지만 어쨌든 시장 조사라는 걸 했으니 수요가 뭔지도 알 터였다.

그래서 비비안은 정확히 한 시간 뒤에 모든 귀부인과 영애들 사이에서 우아하게 웃으며, 로튼의 수많은 상품을 광고하는 데 성공했다.

"향수 하나 만드는 데에, 그렇게 많은 장미가 들어가나요?"

젊은 영애의 물음에 비비안이 고개를 끄덕였다.

"시중에 나오는 '블랙 티어즈' 한 병 만드는 데에, 삼천 송이가 넘는 장미가 들어간답니다."

"세상에."

그녀의 말에 주변의 귀부인들이 눈이 휘둥그레졌다. 곧 누군가가 또 물어왔다.

"그럼 그 많은 장미는 어디서 재배하나요?"

"바첼론의 남부에 장미 정원이 있어요. 거기서 재배하죠. 거기가 안 되면, 다른 대륙에서 가져오기도 하고요."

"어머, 그리고 보니 공작 부인께서는 파튼 대륙도 가 보셨다고……."

"네."

"좋던가요? 거기는 우리와 다른가요?"

"글쎄요. 딱히 다른 점은 못 느꼈는데. 아, 의복은 저희와 달랐어요. 기후 때문에 대부분은 얇은 천을 사용해 옷을 만들더군요. 저희와 달리 살갗을 많이 드러내기도 하고요."

비비안의 말에 디스트 백작 부인이 신기한 듯 입을 살짝 벌렸다. 그녀는 방금부터 무척 열정적으로 그녀에게 질문을 퍼붓던 사람들 중 하나였다. 더불어 비비안의 화려한 입담에 넘어가 로튼에서 런칭한 구두 브랜드의 한정판을 꼭 사겠다고 벼르고 있는 사람들 중의 하나였기도 하고.

비비안은 주변의 사람들을 쭉 둘러보며 활짝 웃었다. 사람 구워삶는 것쯤이야 그녀에게는 일도 아니었다. 덕분에 부도, 남자도, 사랑도, 하물며 선망조차도 이리 쉽게 얻지 않는가.

사람은 언제나 미지의 것에 공포를 느끼면서 호기심을 느끼는 존재였다. 그 사실을 잘 알고 있는 그녀가 귀부인들에게 넌지시 자신의 이야기를 풀었다. 그녀는 정치부터 경제, 미술, 음악, 문학, 최신 유행까지 다양하게 말할 수 있는 사람이었고, 그들이 던지는 주제는 모조리 재미있게 꾸며 말할 수 있는 능력이 있었다.

물론 그렇다고 해도 그녀를 고깝게 보는 무리는 꼭 존재했지만, 어차피 대충 보아도 그런 이들은 디텔 쪽이었고, 그쪽에는 아직 마수를 뻗칠 시기가 되지 않았기 때문에 비비안은 그냥 제 앞에 있는 사람들을 하나하나 포섭하기 시작했다.

그때 옆에서 듣던 어떤 귀족 영애가 얼굴을 발그레 붉힌 채 입을 열었다.

"공작 부인은 아는 게 참 많으신 것 같아요."

"……글쎄요."

아는 게 없는데 상단은 어떻게 꾸릴까. 꽤 담담하게 말을 이었지만, 사실 비비안은 저 자신이 아는 게 많다는 것보다도 저를 둘러싼 여자들의 지식에 더 감탄했다. 어느 계절에 어떤 옷을 갖춰 입는지, 귀족들의 유행은 어떻게 도는지, 패션부터 시작해서 어느 극작가의 극본에는 어떤 특점이 있는지, 그렇게 문화를 거쳐 마지막에는 현재 정세가 어떻게 돌아가는지도 그녀들은 잘 알았다.

덕분에 시장 조사를 잘 끝마친 비비안이 우아하게 웃으며 답했다.

"뭐, 그냥 많은 사람이 아는 만큼만 알죠."

"세상에, 겸허하기까지."

겸허가 아니라 진짜인데. 이 정도도 모르면 단주의 이름이 아깝다.

하지만 비비안은 아부성이 다분한 그 칭찬에도 딱히 다른 말을 하지 않았다. 다만 화사하게 웃으며 찻잔을 들 뿐이었다.

귀부인들의 대화가 무르익어 가고, 사실상 알렉산드르의 생일을 핑계로 한 제이슨의 파티에 모두가 겉보기에 번지르르한 시간을 보낼 무렵, 카트린이 그녀들의 무리에 끼었다. 그녀가 이디에트 공작 부인과 자매라는 사실은 모두가 알고 있었다. 평민인 데다 남편의 존중을 받지 못하는 백작 부인이라는 사실에 알게 모르게 모두의 무시를 받던 카트린이 순식간에 무리의 중심이 되는 기이한 현상이 발생하자, 비비안이 후후 웃음을 터뜨렸다.

하여튼 인간의 본성이란.

그녀는 고개를 돌렸다. 저쪽에서 남자들이 뭔가 얘기를 하고 있었다. 그것을 보던 비비안이 속으로 한숨을 쉬었다. 솔직히 그녀가 진정으로 가고 싶은 곳은 저기였다. 그러나 그것이 생각보다 쉽지 않은 것은 사실이었다. 비비안은 괜히 짜증이 나서 혀를 찼다. 그때 누군가가 그녀에게 말을 건넸다.

"공작께 가고 싶으신가 봐요."

"신혼이시니 그럴 수밖에요."

"그래도 귀족 부인은 그러면 안 돼요. 이제 곧 대화가 끝나면 공작 각하께서도 왈츠를 요청하러 오실 거예요."

자신이 간식 타임을 기다리는 개도 아니고, 비비안은 꼭 그렇게 해야 하나 눈썹을 움찔거리다가 카트린의 불안불안한 눈빛에 비웃음을 흘렸다. 그리고 곧 그녀가 자리에서 일어났다.

커다란 드레스가 둥글게 원을 그리자 귀부인들과 영애들이 기겁했다. 그녀들은 공작 부인의 행동에 놀라 그녀의 손을 잡았다.

"부인. 공작 각하께서 화를 내실 겁니다."

"맞아요. 부인의 마음은 이해를 하지만, 그래도 저희와 있는 게 가장 올바른 행동이랍니다."

그녀들은 어렸을 때부터 귀에 박히게 교육받았다. 남편이 공사를 볼 때는 절대 방해해서는 안 된다. 아내의 덕목은 뒤에서 조용히 남편을 기다려 주는 것. 일이 끝나면 그는 자연스레 아내를 예뻐해 줄 것이다.

훌륭한 아내는 정부처럼 교태를 부려서는 안 되고, 그렇다고 너무 목석처럼 굴어서도 안 되었다. 남편이 원할 때 원하는 모습으로, 그래야만 사랑받을 수 있다고 배웠다.

아무리 다정한 남자라도 공무를 볼 때 자신의 아내가 천박하게 웃음을 치며 안겨 드는 것을 쉬이 봐주지 않는다. 그래서 그녀들은 비비안의 행동을 어떻게든 말리려고 안간힘을 다 썼다. 어찌 되었든 간에 아직 젊고, 게다가 평민이라 제대로 된 교육을 받지 못했을 수도 있다는 생각에 한 귀부인이 저도 모르게 그녀의 소매를 잡자, 비비안이 환하게 웃으며 그녀의 손을 부드럽게 감싸 쥐며 자신에게서 떼어 냈다.

"상관없어요."

"부인께서는 평민이라서 모를 수도 있지만…… 귀부인은 그러면 조롱을 받아요."

"그 평민을 아내로 들인 건 저 사람이죠."

세상에 무슨 그런 무서운 소리를.

그러면서 눈을 찡긋거리는 모습이 지나치게 우아하고 예뻤다. 몇몇 부인들은 걱정스러운 눈빛을, 어떤 이는 심기 불편한 표정을, 어떤 이는 선망 어린 표정을, 그리고 어떤 이는 불쾌한 표정을 지었으나 비비안에게는 아무 상관 없었다.

공작 부인의 의무를 다하라고 했다. 그녀는 자신이 그 의무를 다했다고 굳게 믿고 있었다. 세상에, 몇 시간 만에 그 까다롭다는 귀부인과 영애를 휘어잡았는데 뭘 더 어쩌라고.

남편의 뒤에서 조신하게 기다리는 건 재미없다. 무엇보다도 그녀는 지금 저 남자들의 옆에서 이야기를 듣고 싶어 미칠 것 같았다. 특히 방금 린덴 골짜기의 철광이 어쩌고저쩌고 따위의 얘기를 들었는데, 린덴 골짜기는 로튼에서 요즘 새롭게 탐내는 곳이 아니던가.

비비안은 자신을 걱정하는 무리에게 환하게 웃어 주고 위그에게 다가갔다. 그리고 곧, 무슨 일인지 몸을 일으키는 위그를 살짝 눌러 앉히고, 그의 무릎에 앉았다.

헉…….

주변에서 숨을 들이켜는 소리가 들렸다. 저쪽에서 경악한 표정을 짓는 귀부인들을 향해 요사스레 웃어 주고, 비비안은 입을 열었다.

"내가 와서, 방해되었어?"

그러나 답은 엉뚱맞은 곳에서 들려왔다.

"이게 뭐 하는 짓입니까, 부인. 어서 돌아가시죠."

"어딜?"

"부인들이 있는 곳으로."

"제 남편이 여기에 있는데, 저는 여기에 오지도 못하나요?"

"부인. 이런 체통 없는 행동을……."

"위그, 저자가 지금 나를 당신 곁에서 떼어 내려고 하고 있어. 혼내 줘."

옆에 있던 포도를 집어 위그의 입 안에 넣어 주며, 한 뼘도 안 되는 거리에서 비비안의 입술이 간드러지게 속삭였다. 꼬리를 살랑살랑 흔드는 여우 같은 모습에 멀리에 있던 남자들의 시선마저 그녀에게 집중되었다. 남자의 세계에 성큼성큼 들어와 질서를 흐트러뜨리고, 엉망진창으로 만들어 버리는 그녀의 행태를 공작이 어떻게 받아 줄까, 사람들이 기대하는 와중에, 비비안이 말을 붙였다.

"사람들이 그러는데, 내가 가만히 있으면 당신이 와서 예뻐해 줄 거래."

"누가?"

"나는 애완견이 아닌데 말이야. 그렇지?"

"공작 부인!"

"린덴 골짜기의 철광을 말씀하고 계시던데……."

하지만 크로첼 백작의 목소리가 떨어지는 순간, 비비안은 언제 그렇게 나른하게, 교태롭게 위그를 불렀느냐는 듯이 순식간에 얼굴이 돌변해 고개를 획 돌렸다. 한 치의 따뜻함도 용납하지 않는 냉랭한 얼굴에 귀족들이 미간을 찌푸릴 무렵, 비비안이 입을 열었다.

"그거, 제가 어디 한번 말해 볼까요?"

* * *

"하여튼."

비비안은 와인 잔을 들고 복도를 걸어가고 있었다. 린덴 골짜기의 철광부터 시작해서 공해 무역 현황까지 전부 듣고 난 그녀는 기분이 무척 좋았고, 현재는 위그를 뒤로 남겨 둔 채 다른 곳으로 가는 중이었다.

알렉산드르와 대화를 해 보지 않겠느냐고 묻는 위그의 물음에 고개를 절레절레 저은 그녀는 현재 연회장의 뒤편에 있는 정원으로 향하고 있었다. 그리고 몇 걸음이나 걸었을까, 진한 장미 향과 함께 익숙한 소리가 그녀의 귀를 찔렀다. 다만 그 사이사이에 제이슨의 목소리도 섞여 있다는 사실이 좀 예상외였을 뿐.

비비안은 제가 너무 빨리 왔음을 깨달았다. 하지만 그럼에도 딱히 발걸음을 돌리지 않은 채, 느긋하게 벽 귀퉁이 쪽에 서서 일이 끝나기를 기다렸다. 카티야의 반쯤은 거짓이 섞인 비음이 들려오자, 비비안이 비릿하게 웃었다. 돈을 써서 교육한 보람이 있었다. 아무리 뒷골목 출신이라고 해도 처음에는 반반한 얼굴 빼고는 아무 가치가 없었기에 적당하게 교육을 했더니, 타고난 것처럼 일을 빼어나게 했다.

웃기지만 그러했다. 서로서로 이용하는 관계에서 그녀는 딱히 누군가에게 동정심이나 혐오를 느끼지 않았다. 이용할 만하면 이용하고, 싫으면 버린다. 그게 그녀의 본질이고, 목적을 위해 수단과 방법을 가리지 않는 돼먹지 못한 인간의 생존 방식이었다.

쭉 이어지던 열기에 슬슬 지겨워질 무렵, 갑자기 카티야의 입에서 다른 소리가 나오기 시작했다.

"전하, 디, 디텔은……."

"보채지, 마라."

"디텔은, 어디에……!"

비비안은 웃었다. 왜 일찍 나오라고 했는지 알 것 같았다. 그리고 카티야의 말대로 일찍 나오길 잘했다. 이런 기막힌 대화도 들을 수 있고.

하지만 카티야의 물음에 돌아오는 것은 답이 아닌 그저 일을 끝낸 뒤, 제이슨의 여운에 젖은 탄성이었다. 얼마나 지났는지 모르지만 어쨌든 제이슨이 카티야에게 뭔가를 중얼거리고, 곧 그가 먼저 정원을 떠났다. 비비안이 다 마신 와인 잔을 손가락 사이에 끼우고 나타나자, 나른한 표정으로 옷을 추켜 입은 카티야가 웃었다.

"오셨어요?"

"그래."

"일찍 오셨군요."

"일부러 그랬잖아."

비비안의 말에 카티야가 웃음을 터뜨렸다. 곧, 그녀가 입을 열었다.

"일단, 조금 조용한 곳으로 가요."

어차피 비비안도 그럴 생각이었기 때문에 그녀는 카티야와 자리를 옮겼다. 무심한 비비안의 얼굴 위로 카티야가 입을 열었다.

"하여튼 귀여운 구석이라고는 없는 분이시네요. 단주님은."

"너 지금 나한테서 귀여운 구석을 찾는 거야?"

"공작께서 사랑이 뚝뚝 떨어지는 눈빛으로 보시던데, 무슨 수를 쓴 거예요? 대단도 하셔라. 어쩜, 저는 못 할 것 같아요. 그런 남자를."

"본론."

짤막한 비비안의 말에 카티야가 활짝 웃었다. 그리고 곧, 그녀가 주섬주섬 자신의 펜던트를 풀어 헤쳤다.

"여기요."

"뭔데?"

"저도 몰라요. 하지만 굉장히 중요한 물건이라는 건 확실해요."

"어디에?"

"이디에트에."

비비안은 손에 쥔 펜던트를 보며 피식 웃었다. 이디에트에 중요한 물건이라…… 좋지.

"그래서 다른 건?"

"아직이요. 하지만 대충 알 것 같긴 해요."

"빨리해. 태자를 유혹하는 건 어떻게 됐어?"

"나름 잘되고 있어요."

카티야의 대답에 비비안이 흡족한 듯이 웃었다. 그녀가 곧 펜던트를 건네받아 자신의 옷 속에 숨기고, 입을 열었다.

"계속해."

"계속이요?"

"그래."

카티야는 웃었다. 그리고 곧, 그녀가 입을 열었다.

"계속 생각한 거지만, 역시 세상에서 가장 경계해야 하는 건 같은 침대를 쓰는 사람이에요."

그 말에 비비안이 웃었다. 당연했다. 제이슨은 꿈에도 모를 터였다. 아니, 사실은 알고 있겠지. 알면서도 그러했을 것이다. 수상쩍다 짐작을 하면서도 이디에트가 보낸 여인을 안다니, 그것도 자신의 쾌락을 위해서. 태자도 별것 없다. 그만큼 카티야가 대단하다는 것도 있겠지만.

어찌 되었든 간에 비비안이 입을 열었다.

"수고해."

카티야가 활짝 웃고는 곧 걸음을 옮겼다. 그녀의 나풀거리는 뒷모습을 보다가, 비비안이 한쪽 입꼬리를 말아 올려 섬뜩하게 웃었다.

같은 침대를 쓰는 사람을 주의하라.

속으로 중얼거린 그녀가 곧 카티야가 온 반대 방향으로 발걸음을 옮겼다. 조용하고 아늑한 복도, 그리고 덩굴이 겹겹이 감싼 기둥, 그 사이를 걷던 비비안이 갑자기 자신 앞에 나타난 인영에 깜짝 놀라 미간을 팍 찌푸렸다. 그녀의 눈빛이 날카로워졌다. 그 순간…….

"아, 죄송해요. 부인. 제가 길을 잃는 바람에."

미약한 목소리와 함께 크리스티나가 나타났다.

비비안은 잠시 멈칫하다가, 언제나 그러하듯 화사하게 웃었다. 그 미소에 크리스티나가 멈칫하더니, 덩달아 수줍게 웃으며 입을 열었다.

"오랜만이에요, 단주님."

예상 밖의 칭호에도 당황한 티를 내지 않은 채, 비비안이 드레스 자락을 들어 우아하게 인사했다.

"왕녀 전하를 뵙습니다."

"아, 네."

크리스티나의 앳된 얼굴을 보다가, 비비안이 입을 열었다.

"길을 잃으셨다고요."

"그래요."

"저와 함께 가죠. 제가 길을 기억하니까요."

비비안은 웬만하면 한번 간 길을 잃는 법이 없었다. 그만큼 기억력이 좋기도 하고, 또 그만큼 주위를 살피는 편이기도 했다.

그녀의 말에 크리스티나가 주저하는 듯하더니 고개를 힘차게 끄덕였다. 저와 얼마 차이가 나지도 않는데 우습게도 한참 어려 보였다. 비비안은 미소를 지으며 길을 짚었다.

조용하게 걷는 와중에 먼저 입을 연 건 크리스티나였다.

"저, 그때 받은 부케, 소중하게 간직하고 있어요. 말려서 액자에 보관하고 있답니다."

"영광입니다."

"사실 태워 버리면 부부가 잘 산다는 소문을 듣긴 했는데, 너무 아까워서…… 말려서 보관하는 것도 괜찮을 것 같아서요. 제가 고집이 좀 세거든요."

"그렇군요."

"어렸을 때부터 제 고집에는 아바마마도 어쩌지 못했어요."

"네."

비비안은 우아하고 부드러우며 예의 바르게 대답하고 있었으나 솔직히 그렇게까지 정성이 들어간 대답을 내놓고 있지는 않았다. 덕분에 꽤 애매한 대답이 이어졌으나, 크리스티나는 딱히 개의치 않은 채 자신의 이야기를 늘어놓고 있었다.

그에 적당하게 맞장구를 쳐 주는 사이, 어느새 둘은 파티장 부근까지 와 있었다.

"저, 단주님."

문을 열고 들어가려는 비비안을 잡는 목소리에 그녀가 돌아섰다. 파티장에서 흘러나오는 빛을 벗 삼아 고고하게 서 있는 크리스티나의 모습에 비비안이 눈썹을 까닥였다. 방금까지 굉장히 수줍은 소녀 같았는데, 지금은 또 다르다. 이래 봬도 왕녀긴 한가 보다, 라고 그녀가 생각하는 사이, 크리스티나가 입을 열었다.

"다음번에, 왕궁에 초대하면 오실 텐가요?"

그녀의 물음은 왠지 모르게 단순히 비비안과 친해지고 싶다는 의미보다 더욱더 깊은 뜻을 담고 있는 듯했다. 비비안은 눈을 가늘게 뜨고 크리스티나의 안색을 살폈다. 그리고 얼마나 지났을까, 쌀쌀하고 긴 침묵이 끝나고, 비비안이 답했다.

"영광입니다."

"감사합니다."

진심으로 기뻐하는 게 눈에 보였다. 그녀의 얼굴에 걸린 미소에 비비안은 살짝 예를 취했다. 자신의 별장에서 길을 잃은 왕녀라. 개도 믿지 않을 서툰 거짓말이다. 그러나 비비안은 굳이 더 말을 잇지 않은 채, 자리를 떠났다. 그녀가 상관할 바가 아니었다. 최소한 지금은.

* * *

연회장으로 들어간 뒤 자신을 맞는 사람들 사이에서 비비안은 어렵지 않게 조금 다른 느낌을 찾을 수 있었다. 몇몇 사람들의 호의는 그대로였고, 몇몇 사람들의 눈에는 멸시가 들어 있었다. 그러나 온갖 부정적인 감정을 그대로 받으며 자란 그녀에게는 새 발의 피라서, 비비안은 끝까지 여유롭게 앉아 있을 수 있었다.

힐끔힐끔 자신을 계속해서 보는 몇몇 남자들의 눈빛과, 그런 눈빛에 대놓고 경계하는 기색을 보이는 위그의 표정도 꽤 보는 재미가 있었다. 어쨌든 카트린의 '다시는 그러면 안 돼'라는 말에 '싫어'라고 대답해 그녀의 속을 다시 한번 뒤집어 놓은 비비안은 굉장히 해맑은 얼굴로 위그의 팔을 잡고 방 안에 들어왔다.

그리고 들어가자마자, 입을 열었다.

"크리스티나는 어떤 왕녀야?"

위그는 방에 들어가기가 바쁘게 다른 사람을 입에 올리는 비비안을 보며 미간을 찌푸렸다. 방금 저에게 와서 안길 때는 그렇게 나긋했는데, 너무 아쉬워서 입 안에 넣어 준 포도알을 씹지도 못할 뻔했다. 품에서 벗어난 뒤로는 허전해서 죽을 것 같았다.

어쨌든 저는 그녀와 둘만의 시간이 생긴 게 좋아 죽겠는데 정작 그녀의 입에서는 다른 사람의 이름이 나왔다.

하지만 위그는 왕실에 관심도 없던 비비안이 크리스티나의 이름을 올렸다는 것 자체에 뭔가 있다고 생각하는 듯했다. 그는 뭔가 답을 할 만한 말을 고르다가 입을 열었다.

"그냥, 보통 왕녀지."

"보통 왕녀?"

그러나 꽤 진지하게 답해 주던 그 모습은 그리 오래가지 못했다. 고개를 갸웃거리면서 되묻는 모습이 예뻤다. 아까 저에게 안기며 혼내 달라고 말하는 순간, 진짜 검을 들어 다 베어 버리고 싶었던 그 감정을 이 여자는 죽어도 모를 것이다. 제 아내가 저한테 안기는데 그게 무에 문제인가.

비비안은 제 반문에 답이 없자 고개를 살짝 돌렸다. 그러고는 저를 빤히 보고 있는 위그를 보며 한숨을 길게 쉬었다.

"이봐."

"응?"

비비안의 말에 위그가 미간을 움찔했다. 정신을 팔고 있었다는 게 다 티가 나나. 하지만 얼굴을 구기며 화를 낼 것이라고 생각했던 비비안은 되레 그에게 손짓하며 부르고 있었다.

"여기 와서 이거 좀 해 줘."

"뭘?"

위그는 홀린 듯이 화장대 앞에 앉아 있는 비비안의 뒤편으로 다가갔다. 그리고 제 코르셋 끈의 끝을 잡아 주는 비비안의 행동에 어리둥절한 표정을 지었다. 거울 너머로 비비안이 우아하게 웃고 있었다. 그제야 그녀가 저를 시녀 대신으로 썼다는 걸 알아챘다.

"내 팔이 안 닿아서. 좀 도와줘."

"……시녀는?"

"내가 물렸잖아. 할 말이 있어서."

"나는 해 본 적 없다."

목욕마저 시종의 시중이 있던 남자였다. 여자를 안아 봤자 대부분 다 벗겨진 여자일 테고, 알아서 준비가 다 된 상대일 것이다. 충동적으로 누군가를 안아 봤자 대부분 드레스만 거두면 되는 상황이었을 터였다. 여자를 정성스럽게 사랑해 준 적도, 키스해 준 적도 없는 남자일 게 뻔했다.

위그가 비비안을 하나도 모르는 것과 달리, 비비안은 위그를 너무 잘 알았다. 그녀는 사람을 너무 많이 만나 보았고, 특히 그중에는 남자가 많았다. 그녀는 남자들이 흔히 여자를 '자신과 다른 특이한 존재'로 인식한다는 사실을 깨달았다. 그만큼, 여자라 하면 제일 처음 어떻게 상대해야 하는지조차 모른다는 것도.

그런데 정작, 그녀도 사실 별다를 바 없는데.

그리고 비비안의 예상대로, 위그는 현재 혼란스러운 상태였다. 겹겹이 조여진 코르셋 끈을 풀어 보려고 했으나 한 겹이 아니라서 어디서부터 풀어야 할지 알 수 없었다. 이건 무슨…… 몸을 감싼 수준이 아니다. 그가 미간을 찌푸렸다.

그때 비비안이 화장대에 팔을 놓고 턱을 괴며 입을 열었다.

"그거 풀면, 안에 있는 건 당신이 가져."

"……."

곧 요사스럽게 휘어지는 눈가와, 은근하게 흘러나오는 말에 위그는 미간을 찌푸렸다.

코르셋 안에 있는 게 뭐겠는가, 매일 저녁 보면서 잠드는 네글리제 안으로 은은하게 비치는 새하얗고 보드라운 살결. 그리고 더욱더 유혹적인 곳.

저도 모르게 그것을 상상하던 위그는 미간을 팍 찌푸렸다.

이 여자는 대체 무슨 생각으로 이런 소리를 하는지 모르겠다. 대화의 내용이 이쪽으로 튀었다가 생각지 못하게 저쪽으로 튀고 다시 이쪽으로 튄다. 그의 짧은 생각으로는 절대 따라갈 수 없는 사고방식이었다.

하지만, 그럼에도 그는 제 손에 있는 코르셋 끈을 보았다. 이걸 그냥 잘라 버리려고 하다가, 그랬다가는 비비안이 당장 그에게 베개를 집어 던질 것 같았다. 그래서 그는, 일단 하나하나 잡아당기기 시작했다.

비비안은 피뜩 웃었다. 그래도 머리는 있는지 코르셋이 점점 느슨해지는 게 느껴졌다. 속을 꽉 집는 코르셋의 끝에 그의 손이 있었고, 열심히 하나하나 풀어 주는 세심한 손길이 웃기게도 다정했다.

이 코르셋은 그가 채웠다. 그리고 그가 풀어 주고 있었다.

그녀는 이 아이러니가 웃겨서, 옅게 웃음을 터뜨렸다.

천천히 풀어지는 끈을 보는 위그의 얼굴이 펴지다가, 문득 그 안에 있는 하얀색 보정 속옷을 보고 다시 찌푸려졌다. 비비안은 그가 무엇을 봤는지 대충 예상하고는, 입을 열었다.

"줄까?"

"……뭘?"

"지금 당신이 보고 있는 거."

"……."

"그 코르셋 풀면, 안에 있는 건 당신한테 주겠다고 했잖아."

"……그."

"무슨 생각을 한 거야, 우리 남편께서는."

생각해 보지 않아도 알 것 같았다. 다른 여자들이 대놓고 유혹해도 제가 싫으면 넘어가지 않았다고 하던 이 남자는—클로에는 이 말을 하면서 은근히 비비안을 숭배하듯 보았다—정작 그녀에게는 말 한마디에 몇 번씩이나 반응을 보이곤 했다. 그 사실이 웃기기도 하고 쓰기도 해서, 비비안이 웃음을 터뜨렸다.

"왜 웃지?"

"속옷, 줄까?"

"내가 그걸 가져서 뭐 해. 누굴 변태로 아나?"

"안고 자면 내 체향도 맡을 수 있어."

"……."

"꽤 괜찮은……."

"닥쳐. 제발."

으르렁거리는 듯한 위그의 말에 비비안이 까르르 웃었다. 제 딴에는 위협적이게 말한다고 했겠지만, 한쪽으로 곱게 그녀의 코르셋을 풀어 주면서 그러니 하나도 무섭지 않았다. 비비안은 이제 온전히 자신의 몸을 감싸던 코르셋이 벗겨진 걸 보며, 위그한테서 그걸 건네받아 한쪽에 집어 던졌다.

그리고 곧, 그녀가 고개를 돌렸다.

"그래서 크리스티나는 어떤 왕녀야?"

"그저…… 평범하다니까."

"약혼 얘기까지 오갔다며. 아, 질투하는 건 아니야. 대답이나 제대로 해."

"……별로 관심 없었어. 애초에 약혼 얘기만 오갔을 뿐. 알렉산드르의 누나, 그거 빼고 다른 거 없다."

사실이었다. 애초에 그와 크리스티나는 나이 대도 비슷하지 않았고, 둘이 만난 적도 얼마 없었다.

이놈한테는 정보가 없다는 거군. 비비안은 방금 홀로 고고하게 서 있던 크리스티나의 모습을 머리 뒤편에 놓고, 곧 고개를 다시 들었다.

자신의 눈을 마주치지 않으려 노력하면서도, 흘끔흘끔 목 아래로 눈이 가는 위그의 손을 부드럽게 잡으며 비비안이 입을 열었다.

"알았어. 알았으니까 나 좀 봐 줄래?"

"왜."

"어차피 보고 싶잖아."

비비안이 팔을 뻗자, 위그가 그녀를 빤히 보았다. 눈썹을 까닥거리며 비비안이 그와 눈을 마주쳤다. 그의 시야 안으로 위로 묶은 연회색 머리카락과, 백조처럼 가는 새하얀 목, 그리고 톡 튀어나온 쇄골이 들어왔다. 그는 어떻게든 저를 진정시키려 시선을 확 돌렸다. 하지만 그의 손을 잡는 비비안이 더 빨랐다.

"나 싫어졌어?"

"아니다."

좋다, 좋아, 죽을 듯이 좋아서 품에 안고 다 먹어 버리고 싶다. 아기들이 왜 좋아하는 것만 보이면 입에 가져다 대는지 알 것 같다. 서른 살이나 먹었음에도 그 본성은 여전한가 보다. 계속 키스해 달라고 조르는 여자들이 도저히 이해가 가지 않았는데 지금은 그녀들에게 미안해 죽을 것 같았다.

제가 지금 그러했으므로.

하지만 지금 그녀를 안았다간 짐승처럼 덮칠 것 같았다. 그러면 비비안은 어찌할까, 보나 마나 내일 당장 그 자백서를 들고 왕궁에 들어가고, 당장 짐을 싸서 공작저를 나갈 것이다. 그를 보는 순간 혐오 어린 시선이 닿고, 질색하듯 그의 손을 쳐 내고, 어쩌면, 죽여 버리겠다고…… 아니, 그 전에 여자를 강제를 범한다는 것 자체가 잘못된 일이다. 힘으로 여자를 제압하는 건 끔찍한 일이다.

그 생각이 들자 저도 모르게 고개가 돌려졌다. 곱게 휘어진 눈매가 그의 눈에 닿았다. 그러자 거짓말처럼, 다른 건 다 생각할 틈도 없었다.

위그는 화장대 앞에 앉은 그녀를 잡아 바로 화장대 위로 앉혔다. 저와 비슷한 높이에서 마주쳐 오는 눈동자를 빤히 보다가, 그가 침을 꿀꺽 삼켰다.

"입."

"으음."

"맞춰도 되나?"

비비안이 까르르 웃었다. 처음에는 입술부터 부딪쳐 오던 그 남자가 맞는지 의심스러웠다. 교육 없이 처음부터 이랬으면 가장 좋았을 테지만, 그게 안 되면 말이라도 처먹는 태도가 나쁘지는 않았다. 그녀가 그의 목에 팔을 감고 입을 열었다.

"키스해 줘."

곧 그가 그녀의 입에 제 것을 비벼 왔다. 훅 들어오는 그의 체향에 비비안이 눈을 감았다. 새빨간 혀가 제 것에 얽혀 오는 상상을 하며, 위그가 더욱더 그녀의 안쪽을 감아 왔다.

아, 달다.

달콤한 체향과 향수가 한데 섞여, 꽃향기인지 그녀의 향기인지 분간도 가지 않는 공기가 몸을 덮쳐 왔다. 어떻게든 조금 더 파고들려 손가락으로 그녀를 살짝 건드리는 순간, 비비안이 살짝 눈을 감으며 읊조렸다.

"나는 부드러운 걸 즐긴다고 했어."

허락의 순간이었다. 그 끝이 어디까지인지는 몰랐지만, 애초에 시작과 끝의 주도권은 전부 그녀였으니 그는 안심했다. 그는 그녀에게 미움을 받고 싶지 않았다.

그는 손을 뻗어 그녀의 옷을 끌어 냈다. 새하얀 살결이 마치 여신 같았다. 인간이 이렇게 아름다울 수 있나. 그렇게 생각하던 그가 그녀의 목에 얼굴을 묻었다. 살 내음이 얼굴에 다가왔다.

그에 비비안이 살짝 뒤로 물러났다.

아, 달다. 입술이 닿은 곳이 홧홧하게 타오르는 것 같았다. 정신이 혼미해져 위그는 본능적으로 제 입을 움직였다.

정신이 없었다.

언제나 욕정을 풀기 위한 관계, 그 이상 그 이하도 아닌 잠자리를 가져온 그로서는 그저 이렇게 다디단 입맞춤 하나만으로도 기분이 좋아진다는 사실을 깨닫고 놀라고 있었다.

꿈이라면, 가능한 한 절대 깨어나지 말았으면 좋겠다.

비비안이 그의 머리를 감싸 쥐었다. 나른하게 숨소리가 흩어졌다. 공기 속에 핀 달콤한 기운, 뜨겁게 피어오르는 공기, 그 사이에서 비비안이 우아하게 웃었다.

"좋아."

"좋아?"

"그래, 좋아."

"얼마나?"

"모르겠어. 그냥 좋아."

비비안의 나른하게 풀린 눈이 그에게로 향했다. 그 순간 불길이 일듯 쾌감이 위그의 눈에 자리 잡았다. 제 입맞춤에 그녀가 기뻐한다는 사실이 그어느 때보다 더욱더 큰 희열을 안겨 왔다. 제가 그랬다. 제가 이 여자를 이렇게 기쁘게 했다. 얼굴을 발그레 붉히고, 눈에 희열을 담게. 다른 새끼가아니라.

위그는 살짝 고개를 들었다. 비비안은 나른하게 웃으며 그와 시선을 맞추었다. 차갑게 내려앉은 그의 표정과 달리, 눈만큼은 정말 솔직하게 열기로흘러넘치고 있었다. 그럼에도 그녀의 말에 마지막 이성을 잡듯 그녀에게 허락을 갈구하고 있었다. 물론, 비비안의 대답은 한결같았다.

"돈은 있고?"

이 말이 나올 줄 알았다. 그래도 조금은 흐트러지길 바랐는데 끝까지 페이스를 잃지 않는 여자였다. 까르르 웃으면서도, 한껏 얼굴이 발개졌으면서도 끝까지 도리머리를 친다.

애초에 기대도 하지 않았는지 비비안의 말에 위그는 별다른 실망의 기색을 보이지 않았다. 비비안은 그의 얼굴을 살짝 어루만지며, 침으로 번들거리는 그 입술을 혀로 핥으며 속삭였다.

"당신 그거 알아?"

"무슨."

"지금까지 본 당신 모습 중에서, 지금이 가장 내 취향이야."

위그는 그녀의 말에 어떻게 대답하면 좋을지 몰랐다. 취향이라서 감사하다고 해야 하나, 생각하다가 그는 결국 갈 곳을 잃은 제 입술을 가장 다디단 곳에 댔다. 입술이 부딪쳤다. 말랑말랑한 혀가 서로 얽히고, 살짝 고여 있는 침을 삼켰다. 검을 잡아 거칠기 그지없는 손이 그녀의 목을 감쌌다.

"예쁘다."

거친 손가락이 섬세하기 그지없는 손길로 사랑스러운 아내를 쓸어내렸다. 그에 화답하듯, 비비안이 입술을 살짝 물고, 위그의 목을 쓸어내렸다. 위그는 비비안의 허리를 감싸 내리다가, 곧 한마디 덧붙였다.

"당신은 언제나 환상적이야."

"당신도, 딱히 나쁘지는 않아."

비비안이 웃음기 어린 목소리로 답했다. 명백히 차이가 갈리는 평가였으나 그럼에도 그녀의 말에 위그가 웃음을 터뜨렸다. 그에 비비안이 입을 열었다.

"사실 나는 온갖 데가 다 환상적이야."

말을 마친 비비안이 곧 그의 손을 감싸 쥐고, 달콤하게 속삭였다. 살짝 허리를 숙인 그녀가, 더없이 유혹적으로 우아하게 말을 이었다.

"당신이 나를 정복하면, 구경 정도는 시켜 줄게."

"이런."

"자, 그럼 이제 이만할까?"

그녀의 모습에 위그가 저도 모르게 그녀의 허리를 안았다. 그러나 비비안은 언제 그를 유혹했냐는 듯이, 그의 입을 막으며 달큰하게 읊조렸다.

"안 돼. 난 들어가서 씻을 거야."

"……."

비비안의 얼굴에 비낀 표정은 그 무엇보다도 달콤했지만 동시에 선을 넘으면 가차 없다는 것을 말해 주고 있었다. 방금까지 웃고 있던 여자라고는 도저히 상상할 수 없을 만큼 냉정한 그 어조에, 위그는 본능에 따라 깨달았다.

자신은 이 여자를 영원히 이기지 못한다.

사실 애초에 깨달았으나 지금 이 순간만큼 절실한 적도 없었다. 결국 그는 길게 한숨을 내쉬고 그녀에게서 떨어졌다. 비비안은 흐트러진 제 머리를 뒤로 쓸어 넘기고는, 우아하고 고고하게 입을 열었다.

"하지만 오늘 저녁은, 나를 안고 자도 좋아."

그녀의 말에 위그가 쓰게 웃었다. 마치 상이라도 내리겠다는 말투였다. 그러나 거기에 반응하는 자신이 더 웃겼다. 누구에게도 지지 않고 오만하게 굴던 남자의 세상을 와장창 부수고 들어온 여자는 그토록 당당했다.

비비안은 머리를 묶으며 욕실로 들어갔다. 그러다가 그녀가 곧, 발끝에 걸리는 하얀 보정 속옷을 들고 갑자기 그에게 던졌다. 이게 지금 뭐 하는 짓이냐고 그가 고개를 갸웃거리자, 비비안이 눈가를 휘며 곱게 웃었다.

"내 체향이 배어 있다니까. 안고 있어."

비비안이 살짝 턱짓했다. 위그는 그제야 저 여자가 무슨 소리를 하는지 깨달았다. 누굴 변태로 아나! 하지만 정작 은근하게 배어 있는 그녀의 향기가 그를 미치게 했다.

끝까지 제멋대로다, 그는 어찌할 수 없는.

그 사실이 그의 자존심을 부수면서도, 동시에 묘하게 쾌감을 불러일으켰다.

* * *

고요한 밤이었다. 창문은 꼭 잠기고 공기는 차가웠으며, 그에 비비안이 뒤척이자 위그가 그녀를 끌어안았다. 그에게 자연스레 끌어당겨지며, 비비안이 그의 품을 파고든 채 계속해서 잠을 이어 갔다.

조용하기 그지없는 저녁, 깊은 잠, 그리고······.

탁탁탁탁ㅡ.

가벼운 발걸음 소리가 들려왔다. 꽤 오랜 시간을 전쟁터에서 보낸 터라 발걸음 소리에 누구보다 예민한 위그가 미간을 팍 찌푸렸다. 비비안은 여전히 잠들어 있었고, 작게 시작된 발걸음 소리는 점점 공작 부부의 방을 향해 오고 있었다.

위그는 눈을 떴다. 굽이 낮은 구두를 신은 사람, 대충 짐작해 보건대 체격이 한없이 작지 않으면, 아마 나이가 어린 아이, 대충 열 살가량의……여자아이.

위그는 자리에서 일어났다. 열 살가량의 여자아이에 지금 이 방에 찾아올 사람이라면 그는 한 사람밖에 모른다. 하지만 시계를 본 그는 미간을 찌푸렸다. 새벽 3시다. 아이가 갑자기 이모의 방에 올 이유가 없었다. 그렇게 생각하는 사이, 작은 주먹으로 문을 두드리는 소리가 들렸다.

위그는 침대에서 훌쩍 일어나, 걸음을 옮긴 뒤 방문을 열었다. 그리고 눈앞에 있는 자그마한 인영은, 그가 예상했던 대로 아리아였다. 하늘하늘한 잠옷을 입고, 눈물을 글썽거리는.

"무슨 일이지?"

새벽에 아이가 찾아왔다는 것만으로도 이미 심상찮은 일이었다. 그는 뭔가 일이 잘못되었음을 깨닫고, 한쪽 무릎을 꿇어 아이와 눈을 맞추었다. 하지만 샘처럼 퐁퐁 쏟아지는 눈물은 여전했고, 아리아는 꺽꺽거리며 울고 있었다.

"엄마, 엄마가."

위그가 미간을 찌푸렸다. 엄마라면 빌케르 백작 부인, 즉 카트린이었다. 카트린에게 무슨 일이 생겼나?

"무슨 일이야."

그때 언제 일어났는지 모를 비비안이 숄을 걸치고, 위그의 뒤에 서 있었다. 한쪽으로 머리카락을 쓸어내리며, 비비안이 느긋하게 발걸음을 옮기다가 눈물을 흘리며 울고 있는 제 조카를 보고 얼굴을 굳혔다. 그리고 곧, 아리아가 훌쩍거리며 입을 열었다.

"엄마가 아파요."

　　　　　　　　　* * *

"이게 무슨 소리죠? 예정일은 한참 남았잖아!"

"저도 모르겠습니다. 오늘 아침, 아니, 저녁까지만 해도 안정적이었는데."

비비안은 급히 방에 들어섰다. 그리고 곧 눈앞에 벌어진 풍경에 두 손으로 입을 막았다. 잔뜩 흩어진 이불에 카트린이 헉헉 숨을 내쉬며 누워 있었다. 이미 양수가 터진 듯했다.

"언니!"

비비안이 새된 소리를 지르며 카트린에게 다가갔다. 카트린은 금방이라도 죽을 것만 같았다. 그녀는 단 한 번도 언니의 이런 모습을 본 적이 없었다. 첫째와 둘째를 낳을 때는 비비안이 옆에 없었고, 아이를 다 낳은 뒤 전해 들었을 뿐이었다. 카트린은 이미 숨이 넘어갈 듯이 굴고 있었고, 이로 입술을 꾹 물고 간간이 비명을 지르고 있었다.

"부인, 호흡, 호흡을 안정시키세요."

왕실 별장에 배치된 의원이 카트린을 진찰하고 있었다. 옆에서 카트린의 시녀와, 출산 경험이 있는 부인 몇몇이 자리를 잡고 백작 부인을 지키고 있었다.

비비안은 혼란스러운 장면에 정신을 차리지도 못했다. 그녀는 아이를 낳아 본 적도 없었고, 아이를 낳을 생각도 하지 못해 이쪽으로는 아무것도 몰랐다. 하지만 얼굴이 하얗게 질리고, 이를 악물고 버티는 카트린의 모습 그 자체는, 그녀도 한 번도 본 적이 없어 충격에 아무런 말도 못 하고 있었다.

그때 누군가가 비비안의 팔을 잡았다.

"부인, 산실에는 최소한의 인원만 남겨 두어야 합니다. 사람이 많으면 백작 부인께서 스트레스를 받으실 거예요."

"아, 네."

비비안은 카트린을 보았다. 땀범벅이 되어 거칠게 숨을 고르는 그 모습이 뇌리에 박혀, 아무리 대단한 그녀라도 할 수 있는 게 없어 결국 비비안은 조용하게 발걸음을 옮겼다.

탁.

문을 닫고 나온 비비안을 보며 위그가 그녀에게 다가갔다. 아이를 낳는 건 그녀가 아님에도 얼굴이 새하얗게 질린 게, 마치 환자를 보는 것 같았다. 비비안은 침을 꿀꺽 삼키고는, 고개를 들었다. 빌케르 백작이 초조한 얼굴로 방 앞에 서 있었다. 그에 비비안이 미간을 팍 찌푸렸다.

"어떻게 된 거죠?"

"부인, 지금 부인과 싸울 때가 아니오. 아이 아버지는 나요. 부인보다 더 급했으면 급했지."

"아이 말고."

"그럼 뭐란……."

"언니."

"……."

"언니가 왜 저러냐고요."

카트린은 마치 죽을 것 같았다. 그녀도 아이를 낳는 고통에 대해 들어만 보았지만 그래도 카트린은 그 정도가 심한 것 같았다. 그것도 아직 예정일이 한참 남은 시점이었다. 아직 때도 아닌데 벌써 진통이 왔고, 아이가 나오려고 한다. 스트레스가 많을 때 조산을 한다는 소리를 얼핏 들은 것 같기도 했다. 비비안은 그것에 대해 묻고 있었다.

"나도 모르오."

빌케르 백작이 냉랭하게 내뱉었다. 숨도 못 쉬고 빌케르 백작을 빤히 보는 비비안의 눈길이, 그 옆에서 조용하게 서 있는 여자에게로 향했다.

저 새끼가.

아내는 진통에 몸부림치는데 그 와중에 정부를 데려올 생각을 한다. 그녀가 제 발로 왔는지 아니면 끌려왔는지 이미 상관없었다. 그녀가 언니의 방문 앞에 있다는 사실만으로도 충분한 분노가 치밀어 올랐다.

위그는 비비안의 낯빛을 보고 그녀가 무엇 때문에 저러는지 알 것 같아 급히 눈짓했다. 그에 옆에 있던 몇몇 귀족들이 눈치 좋게 입을 열었다. 언니의 산실 앞에 정부가 서 있다. 기분 좋을 사람이 어디 있나.

"백작. 부인의 산실 앞에까지 다른 계집을 세워 놓는 건 법도에 어긋나는 것 같소만."

"아무리 그래도 지금은 시기가 맞지 않소."

백작의 눈길이 그제야 아이렌에게로 떨어졌다. 조용하게 서 있던 아이렌이 미간을 살짝 찌푸렸다. 축 늘어진 입가를 움찔거리다가, 아이렌이 섭섭함이 뚝뚝 떨어지는 목소리로 입을 열었다.

"꼭 가야 하나요?"

그녀의 말이 끝나기가 무섭게 귀족들이 기가 막힌다는 듯이 입을 딱 벌렸다. 일부는 경멸스러운 얼굴로 혀를 차고 있었다.

"이런 못된 계집을……."

그러나 어느 이름 모를 귀족의 호통이 끝나기도 전이었다. 그의 목소리를 자르고 비비안이 싸늘하게 식은 목소리로 거칠게 말했다.

"꺼져. 내가 아직 곱게 말할 때."

문 앞에 있던 사람들 모두가 거칠기 짝이 없는 공작 부인의 언행에 놀란 눈을 했다. 하지만 비비안은 진심이었다. 그녀가 빌케르 백작의 정부가 아니었다면 애초에 상관도 없었을 것이었다. 그러나 그녀의 존재가 이미 카트린의 신경을 거스르고, 나아가서 제 신경을 거스른 이상 여자든 남자든 중요하지 않았다.

솔직한 심정으로는 빌케르 백작과 함께 꺼지라고 하고 싶었으나 어쨌든 아버지는 아버지니 밖에 세워 두기는 해야 할 것이다. 비비안 본인의 일이었다면 남자 여자 쌍으로 묶어서 바다에 던져 버렸겠지만, 카트린은 그녀와 달랐다.

아이렌이 입을 삐죽였다. 그녀는 카트린이 왜 저러는지 잘 알았다. 방금 저녁, 연회가 끝나자 백작이 카트린을 찾았고 그 안에서 무슨 일이 있었는지는 모르지만 여하튼 기분 좋은 일이 있었다고 할 수는 없었다. 사실을 말하자면 제가 더 잘났는데 왜 그런 가녀리다 못해 금방이라도 쓰러질 법한 여자를 부인이랍시고 떠받드는지도 몰랐다. 그런데 인제 와서, 그 여자의 동생 때문에 제가 쫓겨난다는 것도 괜히 괘씸했다.

그녀의 눈길이 비비안에게로 닿았다. 그러고는 순간적으로 몸을 흠칫 떨었다. 저 눈이 어떻게 사람 눈이란 말인가. 제가 지금 꺼지지 않으면 당장 죽여 버릴 것 같았다. 상대가 누구든 당장 와그작와그작 씹어 먹을 기세였다. 아이렌은 입을 꼭 다물었다. 그녀의 시선이 백작에게 닿았다. 도와 달라는 것이 명백한 시선이었다. 빌케르 백작은 아이렌의 눈을 보다가 곧 비비안을 보았다. 정부와 공작 부인, 답은 정해졌다. 그가 곧, 입을 열었다.

"돌아가."

"백작님……."

"돌아가. 주제넘게 굴지 말고."

아이렌이 이를 꽉 물었다. 그리고 동시에 비비안이 비웃음을 지었다. 아이렌을 향한 게 아닌 명백히 백작을 향한 조롱이었다. 이 순간 그녀의 생각은 단 하나였다.

이럴 줄 알았다.

원래 그런 족속이었다. 예쁘다, 사랑한다, 어쩐다 하면서도 정작 제 이익과 상충할 때는 가차 없이 잘라 버린다. 비비안의 웃음기 섞인 시선이 아이렌의 얼굴에 떨어졌다.

알았니?

그 시선에 담긴 의미는 명백했다. 아이렌은 백작을 힐끔 흘기고는, 곧 피식 웃음을 흘리고 곧 요사스럽게 입을 열었다.

"백작 부인의 순산을 빌게요."

누군들 그 도리를 모르나. 원래 빌케르 백작은 그런 작자였다. 가장 전형적인 바첼론의 남자 귀족. 여자들을 밟아 버리면서, 절대 제 이익을 침범하지 못하게 구는 게 그들이라는 것을 누구보다 잘 알았지만, 그래도 아이렌은 별 상관없었다. 바짝 엎드려서 원하는 것을 얻었다. 아무것도 없이 빌빌대는 카트린보다야 제게 줄 게 있는 빌케르 백작이 더 나았다.

곧 사라지는 아이렌의 뒷모습을 보며 비비안이 웃었다. 어차피 제 눈앞에서 사라지면 그만인 여자였다. 딱히 관심을 둘 필요가 없었다. 제 앞가림을 열심히 하면서 사는 이상, 이익이 충돌되면 없애 버리고 아니면 내버려 둔다.

그때 아이렌이 사라진 방향에서 산파로 보이는 사람이 헐레벌떡 달려왔다. 어쨌든 아이를 많이 받아 본 이가 옆에 있는 것이 중요했기에 카트린의 시녀가 급히 주변에서 불러온 사람이었다. 그에 비비안이 급히 그녀에게로 다가갔다.

"산모, 산모는……!"

"안에 계세요. 그 전에 부인."

사람들의 이목이 그녀에게 집중되자, 곧 비비안이 살풋 웃으며 산파를 다른 곳으로 불렀다. 그녀의 조수로 보이는 젊은 여자가 급히 산실로 들어가고, 산파가 얼떨떨한 표정으로 비비안을 보았다.

구석진 곳에 다가가자 비비안이 갑자기 품에서 뭔가를 꺼냈다. 하얀색 수표. 숫자가 쓰여야 할 곳은 온전히 비어 있었고, 산파는 한평생 보지도 못한 그것이 바로 백지 수표임을 깨달았다. 세상에, 촌구석에 박혀 한평생 아이를 받는 것 외에는 아무것도 해 본 적 없는 촌뜨기가 보기에는 지나치게 하얗고 귀한 것이었다. 산파는 둥그렇게 눈을 뜨고 비비안을 보았다. 하지만 비비안은 더는 지체할 시간이 없다는 듯이, 수표를 내밀며 입을 열었다.

"받으세요."

"저, 이, 이걸 왜 제게……."

"지금부터 내 말 잘 들어요. 저희 언니는 조산이고, 아직 예정일은 한참이나 남았어요. 양수도 터져서 위험한 상황이고, 어쩌면…… 산모와 아이 중에서 하나를 선택해야 하는 상황이 올지도 몰라요."

"네, 네……."

"그러니까 내 말은, 혹시, 아, 물론 그런 상황이 오지 않길 바라지만 혹시라도 오면, 밖에 있는 저 병신 새끼들의 개소리는 전부 무시하고, 우리 언니부터 살려 줘요."

"하지만 부인, 혹시 남자아이라면……."

"그래도! 언니부터 살려. 언니가 살아야 한다고!"

산파는 침을 꿀꺽 삼켰다. 보통 산모와 아이의 생명에 위협이 있을 땐 당연히 남편의 의견을 듣는다. 그리고 정략결혼으로 이루어진 귀족 가문에서 대부분은 아이를 남길 것을 원했고, 특히 남자아이일 확률이 높을 때는 더 그랬다. 물론 전부가 그렇다는 것은 아니지만 다년간 아이를 받아 본 그녀는 최소한 남편의 얼굴만 봐도 무슨 선택을 할지 다 알 수 있었다. 저 백작이란 작자는 절대 아내를 살릴 인물이 아니었다. 감이었다.

그때 비비안이 입을 열었다.

"무슨 수를 쓰든 우리 언니는 살려."

"……."

"알았어?"

"알았습니다."

산파가 곧 고개를 끄덕였다.

급히 산실로 들어가는 산파를 보며 비비안이 길게 한숨을 쉬었다. 미리 태어날 조카한테는 미안하지만, 그래도, 언니와 아이 중에서 꼭 선택해야 한다면 당연히 카트린이다. 아이한테는 미안해도 그게 그녀의 선택이었다. 카트린에게는 아리아와 리즈가 있었고, 두 아이는 엄마가 필요했다. 설사 그 두 아이가 없다고 해도, 그녀는 카트린이 살아 주길 바랐다. 끝까지 살아남아서. 제발.

비비안이 길게 한숨을 쉬었다. 그에 위그가 그녀를 품에 안았다.

"괜찮을 거야."

"그랬으면 좋겠어."

"당신 언니, 착하잖아."

"응."

"……."

"착해."

"그러니까."

"그리고 강해."

나 따위와는 비교할 수도 없을 만큼.

비비안이 위그의 어깨에 얼굴을 묻었다. 제멋대로 사는 그녀의 인생에서 유일하게 '예외'를 두는 사람이 카트린이었다. 그렇게 듣기 싫어하는 말도 카트린이 하면 억지로 들어 주고, 답답하게 굴면 욕하고 난리를 칠지언정 옆을 떠나지는 않았다. 비비안의 성격을 보면 '그래, 너 혼자 그렇게 살아'라고 내팽개치고 갈 법도 한데 끝까지 그 끈을 놓지 않았다.

그는 아마 평생 이해하지 못할 감정이었다. 어떤 변화가 일어나도 절대 이해하지 못할, 공감하지 못할, 자매 사이의 기묘한 유대감. 단순히 핏줄 따위에 의해서가 아닌 서로 이해하고 지탱해 주는 버팀목. 희망도 미련도 없는 빌어먹을 세상에서 지켜야 하는 유일한 존재.

그때였다. 산파가 들어간 지 한참이나 지난 방 안에서 카트린의 비명 소리가 들려왔다. 한 가닥의 피마저 그대로 토해 낼 듯이 처절한 소리에 비비안이 눈을 꼭 감았다. 그리고 급하게 뛰어다니며 나왔다가 들어오기를 반복하는 시녀들.

그러다가 얼마나 지났을까, 간헐적으로 들려오던 비명의 간격이 점차 좁아지고, 그 속에서 점점 짙어지는 통증의 색채에 직감적으로 곧 마지막이겠다고 사람들이 느낄 즈음.

"응애."

신생아의 울음소리가 방 안에서 들려오고 비비안은 미간을 팍 찌푸렸다. 옆에서 빌케르 백작이 한숨을 놓는 게 보였지만 비비안은 아직도 안심을 할 수 없었다. 아직 산파가 나오지 않았고 카트린이 어떻게 됐는지 모른다. 그때 문이 벌컥 열렸다.

"언니는 어떻게 됐죠?"

"남자요, 여자요?"

각각 다른 물음에 산파가 어리둥절한 표정을 짓다가, 곧 웃었다. 그리고 그녀가 동시에 두 물음에 대답했다.

"산모는 무사합니다. 그리고 어여쁜 따님이세요."

순간, 빌케르 백작의 얼굴이 사정없이 일그러졌다.

그러나 비비안은 안도의 한숨을 내쉬었다. 어찌 되었든 간에 카트린이 무사하다. 그것만으로 충분히 그녀를 안심시킬 수 있었다. 하지만 그녀의 눈길이 빌케르 백작에게로 닿는 순간, 그녀는 싸늘하게 식은 그의 얼굴에 바로 얼굴을 구겼다.

애초에 뭔가를 기대한 건 아니었다. 그럼에도 최소한 양심이 있다면 저 앞에서 이런 표정을 짓지는 말아야 했다. 최소한.

그때 백작의 뒤로 몇몇 귀족들이 몰려들어 그의 어깨를 툭툭 쳤다.

"축하하네. 백작. 귀한 딸을 얻었군."

"괜찮소. 부인은 아직 어리지 않소. 아들이야 이제 가지면 되는 거 아니겠나."

"딸도 귀엽고 키우는 재미가 있다오."

"물론 아들이었다면 더 좋았겠지만, 뭐, 어떻습니까."

저 새끼들이 최소한 양심이라는 게 있다면, 최소한 뇌가 있고 눈이 있다면 저런 걸 위안이라고 내뱉지는 않을 것이다. 비비안이 표독스럽게 그 몇몇 귀족들을 보았다. 그러나 그녀는 언제나 그랬냐는 듯이 상냥하게 웃었다.

"선대 빌케르 백작 부인께서 딸을 낳으셨어야 했는데."

그녀의 말에 남자들의 눈이 그녀를 향했다. 그리고 곧, 그 말뜻을 알아들은 빌케르 백작이 으르렁거리듯 비비안을 향해 입을 열었다.

"공작 부인, 그게 무슨 말이오."

"이해하신 그대로입니다. 선대 백작 부인께서 딸을 낳으셨어야 했다고요. 백작이 아니라. 그랬다면 우리 언니 인생도 평화를 맞이할 수 있었겠죠."

"부인, 말이 심하군."

"금방 아이를 낳은 산모의 산실 앞에서, 다음은 아들일 거라니, 딸도 키우는 재미가 있다니, 그게 지금 할 소리인가요?"

"부인은 모르겠지만 가문을 잇는 것은……."

"저것들도 아들이라고 낳고 좋아했을 선대 노부인들이 가여워 죽겠군."

말을 뱉은 귀족들을 차례차례 보면서 우아하게 내뱉은 비비안이 활짝 웃었다.

"내가 이래서 아이를 낳고 싶지 않다니까. 당신들 같은 인간을 품어야 할까 봐."

"부인, 무례하오!"

"이런 아들 새끼가 내 배에서 나올 거란 상상만 해도 끔찍해 뒤지겠어. 당신들 같은 걸 낳을 바에야 배를 갈라리 찢어 버리는 게 더 의미 있는 것 같아. 최소한 깨끗한 세계를 만드는 데 일조라도 하게."

말을 마친 뒤 비비안이 산실 문을 열고 들어갔다. 반박할 새도 없이 처음 들어보는 언어 폭격에 기가 막힌 귀족들이 뒤통수를 잡았으나, 이미 사라져 버린 비비안을 향해 뭐라고 할 수 없는 일, 그에 그들의 눈길이 자연스레 위그에게로 향했다.

"공작 각하, 부인께서 처음 귀족이 돼 보시더니 분수를 모르는 모양입니다."

"흐음."

"공작께서 많이 가르치셔야 할 것 같습니다. 교육이 필요합니다. 이디에트의 이름을 더럽힐 것이 분명합니다!"

"내가 보기에는."

그에 위그가 길게 숨을 들이켰다. 죽을 것처럼 굴던 비비안의 얼굴을 회상해 내자 더럽기 그지없던 기분이 더욱 더러워졌다. 뭐가 문제인지 모르겠지만, 기분이 나빴다. 일단, 산실 앞에서 그런 소리를 할 정도로 인성이 쓰레기인 건 둘째 치고, 아무리 남자가, 여자가 따위를 입에 붙이고 사는 그라도 최소한 산모의 가족 앞에서 이런 얘기를 하는 게 실례라는 건 안다. 그는 언제나 부인은 부인의 의무를 다해야 한다고 주장했지만, 그것과 별개로 남편의 의무에도 능통한 사람이었다.

그가 곧 느긋하게 말을 이었다.

"경들께서 욕을 해 달라고 일부러 말을 뱉은 것 같았는데."

"각하! 부인의 편을 들 때가 아닙니다. 저렇게 건방진……!"

"지금 우리 자작께서, 감히 내 아내에게 건방지다는 단어를 사용한 건가?"

"아, 아니. 그건 아니라……."

"건방지게?"

"아닙니다. 각하. 실례했습니다. 제가 때와 장소를 가리지 못하고 감히 부인께 실례되는 언사를 내뱉었습니다."

머리를 조아리는 자작을 보며 위그가 미간을 찌푸렸다. 하지만 계속해서 용서를 구하는 귀족들을 보며, 위그는 싸늘한 얼굴로 고개를 돌렸다. 건방지다라, 비비안 로젤리스가, 그 여자가 건방지다라. 그 여자가, 건방지다는 소리를 들을 수 있는 여자인가.

비비안 로젤리스 같은 사람도 건방지다는 말을 듣나?

그렇게 대단한 여자가?

위그는 숨을 길게 내쉬었다.

엉망이었다.

"언니."

비비안이 방에 들어서자 땀에 흠뻑 젖은 카트린이 힘이 들어 풀린 눈으로 비비안을 보았다. 하지만 곧 그녀의 얼굴에 걸리는 미소를 보면서, 비비안이 우아하게 입을 열었다.

"축하해. 아이 이름은 정했어?"

카트린이 고개를 절레절레 저었다. 비비안이 곧 시녀들과 부인들 사이를 질러 가며, 침대 옆에 앉았다. 카트린의 옆에 꽁꽁 싸인 신생아를 보며, 비비안이 입을 열었다.

"못생겼어."

카트린이 피식 웃었다. 비비안의 말이 진심이 아님을 알고 있기 때문이었다. 그녀는 예전에 아리아를 보고도 못생겼다고 말했고, 리즈 보고는 어쩜 첫째보다 더 못생겼냐고 한 전적도 있었다. 그때마다 아가들이 원래 다 그렇다고 카트린이 말했지만, 비비안은 피식 웃을 뿐이었다.

"조산이라서, 아이를 따뜻하게 해야 한다고, 특히 주의해야 한다고 해."

비비안의 말에 카트린이 고개를 끄덕였다. 그리고 곧 제 옆에 놓인 아이를 보고 온화하게 미소 지었다. 아들을 누구보다 고대했지만 정작 아들이 아님에도 카트린의 애정 넘치는 눈을 보며 비비안은 얼굴을 굳혔다. 한 번쯤 원망해 볼 법도 한데 카트린은 끝까지 그러지 않았다. 사람이 저렇게 넘치는 사랑을 줄 수 있나. 비비안은 아직도 모르겠다. 어쩌면 가능할지도 모른다. 그렇지 않으면 저 같은 이를 그렇게 사랑할 리도 없지 않나.

갑자기 흐른 침묵에 카트린이 아이를 보던 눈길을 거두고 비비안을 보았다. 그리고 곧, 그녀가 잔뜩 쉰 소리로 입을 열었다.

"이름. 네가 지어 줘."

비비안이 눈을 깜박거렸다. 아이 이름 짓는 데는 소질이 없다. 그렇다고 마구 짓자니 어떻게 해야 좋을지 모르겠다. 원래 아이 이름은 아버지와 상의하는 것이지만, 그 아버지라는 작자는 밖에서 들어올 생각을 하지 않으니…….. 비비안이 입을 열었다.

"케이트."

"그럴까?"

"어, 장난이었는데."

"케이트, 좋네."

지금은 불리지 않는 카트린의 애칭이었다. 자매들끼리 부르는 그들의 애칭. 케이트, 비비.

카트린이 잔뜩 쉰 목소리로 답하다가, 환하게 웃었다. 그리고 다시 한번 애정을 담아 아이를 불러 보았다. 케이트, 이름은 저와 같지만, 그래도 저와 다르게 살게 하고 싶다.

"언니."

비비안의 말에 카트린이 고개를 돌렸다. 그 파란색 눈동자를 보노라니, 괜히 기분이 묘해져서 비비안이 입을 열었다.

"이혼, 안 할래?"

금방 아이를 낳은 산모한테는 전혀 어울리지도, 사실은 하지 말아야 하는 말이었다. 그럼에도 비비안은 물었다. 그녀의 물음에 카트린이 멈칫하더니, 곧 쓰게 웃었다. 그녀로서는 왜 비비안이 이러는지 모를 리가 없었다. 자신의 아름답고 똑똑한 동생은, 강하기도 강해서 제 마음에 들지 않는 것들은 죄다 눈앞에서 치워 버리는 사람이었다.

그러나 그녀는 그런 사람이 아니었다.

아리아와 리즈는 이제 사교계에 데뷔도 해야 한다. 셋째도 태어났으니 더더욱 빌케르 백작가의 이름이 필요하다. 여기서 이혼하면? 비비안이 책임지겠지. 그 아이는 분명 제 조카와 언니를 끝까지 책임져 줄 것이다.

하지만 비비안은 이미 결혼을 했고, 그녀 또한 아이를 낳아야 한다. 그녀는 이미 이디에트 공작 부인이 되었고, 이제 시간이 되면 로튼의 모든 것이 이디에트 공작의 소속이 된다. 남편의 돈은 함부로 쓰는 게 아니다. 이디에트 공작이 어떻게 나올지도 모르는 일이다. 둘 사이에 어떤 계약이 오갔는지 카트린은 몰랐지만, 설사 알았다고 해도 카트린은 끝까지 비비안에게 손을 벌리지 않을 것이다.

그녀는 이미 동생에게 너무 많은 것을 받았다. 울고 있던 그녀에게 고사리만 한 손을 내밀어, 잔뜩 녹아 떨어진 사탕을 건넨 그날, 피아노 아래에 숨어 아버지의 매질을 피하던 그녀 옆을 끝까지 지켜 주던 그날. 제구실을 했다며 웃고 있는 아버지에게 유일하게 반항하던 비비안은 그녀의 아픔을 온전히 공감해 준 유일한 사람이었다.

비비안이 카트린에게 가진 그 감정, 그 몇 배씩이나 카트린은 비비안을 사랑했다. 두 오빠를 처리하고 마지막에는 남동생까지 처리하던 그녀의 모습에 공포를 느꼈어도, 막연한 믿음이 그녀를 지탱하고 있었다.

비비라면 곁에 있어 줄 것이다. 언제나 그러했듯 새침하게 팔짱을 끼고, 툴툴거리면서도 결국 그녀 옆에 있어 줄 것이다. 그 여름날, 절망스러운 밤에 그녀가 옆에 있어 주었던 것처럼.

떠올리고 싶지도 않은 어느 여름날 밤, 그녀는 빌케르 백작에게 겁탈당했다. 사실 선대 로튼 단주는 오래전부터 그녀를 빌케르 백작에게 시집보내고 싶어 했으니 빌케르 백작은 그것이 당연한 절차이며 겁탈이 아니라고 했으나 그녀는 그리 생각했다. 그것은 꽤 끔찍한 경험이었다. 반항하면 그녀는 죽을 수도 있었다. 실제로 빌케르 백작이 그녀를 죽이려고 했는지는 중요하지 않았다. 중요한 건 그녀가 거기서 그러한 공포를 느꼈고, 질식할 것 같은 죽음의 향기를 느꼈다는 것. 반항하고 싶었지만 죽을 것 같아서 반항하지 못하고, 여기서 반항한다 한들 아버지에게 맞아 죽을 것이다.

마지막은 체념이었다. 그리고 장롱에는 그녀의 동생이 있었다. 열셋. 미친 듯이 장롱의 문을 닫고, 수다스러운 동생이 오늘만큼은 제발 입을 닫아

주길 그렇게 바랐다. 제발 너만큼은. 너만큼은.

한 사람의 불행한 서사로 쓰이기에는 지나치게 잔혹한 일이었다.

꺾였다는 표현이 모욕적일 정도로 고통스러웠다. 꽃은 꺾으면 죽지만 그녀는 죽지 않는다. 그녀는 사람이었다. 생각을 하고, 고통을 견디고, 그리고 기억을 할 수 있는 사람. 밤마다 나타나는 고통의 그림자를 오롯이 견디고, 죽는 것만도 못한 시간을 혼자 견뎌야 한다. 눈을 감으면 저를 찍어 누르던 그 힘이, 다리를 더듬던 그 손이, 몸을 갈가리 찢을 듯한 고통이 저를 잡아 쥐어뜯고, 다시 한번 지옥으로 던졌다가 다시 한번 끌어 올리고, 머리채를 쥐어 잡아 다시 한번 나락으로 떨군다.

죽는 게 사는 것보다 나을 것 같았다. 죽을 용기로 살아 보라고 고고하게 말하는 인간들 입을 전부 찢어발기고, 그럼 너도 어디 한번 당한 후에 죽을 용기로 살아 보라고 말하고 싶었다.

그럼에도 왜 죽지 못했느냐고 물으면.

두려워서.

결국에는 죽는 게 두려워서.

그다음은 억울해서.

잘못한 것 하나 없이 죽는 게 억울해서.

모르겠다. 제가 살아남은 게 나약한 겁쟁이라서 그런지, 아니면 용기 있는 강자라서 그런지. 하지만 그 무엇이 되었든 간에 결국 그 끝에는 그녀가 살아남았다는 그 사실이 중요할 것이다.

살아남았다. 그래서 카트린은 계속해서 살고 싶었다.

매일 밤 악몽에 시달리고, 악몽에서 깨어나면 백작이 옆에 있지 않다는 사실에 안도했다. 가끔 옆에서 자는 남편을 보면 제가 놀랐다는 사실을 들키지 않으려고 욕실에서 물을 틀어 놓고 혼자 울었고, 그러다가 다시 나와서 웃었다. 10년이 지나면 그날의 기억도 어렴풋해질 것 같았는데 그렇지도 않았다. 더럽고 불쾌한 기억은 끝까지 그녀를 괴롭혔다. 아이 셋을 낳았는데도.

아리아와 리즈를 보면 가끔 빌케르 백작이 생각나 섬뜩해질 때도 있지만, 그래도 아이에게 죄는 없었다. 절반은 제 핏줄이었다. 그 사실 하나만으로도 온전히 사랑을 퍼부을 수 있었다.

카트린은 그렇게 살았다. 그리고 그렇게 살 것이다. 그녀는 아무것도 가진 게 없었다. 그럼에도 동생에게 빌붙어 살고 싶지 않다. 사실 빌케르 백작에게 빌붙는 거나 비비안에게 빌붙는 거나 마찬가지였지만, 그래도 그녀는 비비안에게 충분히 많은 것을 받았고, 더 이상 받고 싶지 않았다. 그 아이는 그 아이의 인생을 살아야 한다.

강하고, 아름답고, 똑똑하고, 사랑스러운 내 동생은. 그녀와 달리 행복한 가정에서 그렇게…….

여기까지 생각이 닿자, 카트린이 고개를 저었다.

비비안은 결국 그녀를 보다가, 눈을 감았다. 그리고 언제 그랬냐는 듯이 곧, 고아하게 웃으며 입을 열었다.

"그래."

\* \* \*

카트린이 아이를 낳았다는 소식을 들은 귀족 부인들이 카트린의 방을 찾았다. 아이는 열 달을 채우지 못해 무척 작았고, 쉽게 세균에 감염될 수도 있다는 명목하에 곱게 곱게 싸여 다른 방에 안치되었다. 비비안은 주변에서 가장 비싼 보모를 구하려고 했고, 그들이 백작저로 돌아가기 전까지 아이를 잘 돌봐 주기를 바랐다.

왕실 별장의 주인인 제이슨은 카티야가 옆에서 살랑거려 준 덕에 백작 부부가 아이를 얻게 된 것을 무척 호탕한 웃음으로 축하하며 왕실 별장에 있고 싶은 만큼 있어도 된다고 했다.

아리아와 리즈는 셋째 동생이 무척 보고 싶은 모양이지만, 비비안에 의해 격리당했다. 시간이 좀 더 지나면 보고 싶은 만큼 보라는 것이었다. 그리고 곧장 부근에 있는 마을에 손수 보모를 구하러 나간 비비안 때문에 위그는 아내한테 내팽개쳐진 채 방 안에 있어야 했다. 그는 창문가에 앉아 마차를 타고 나가는 비비안의 뒷모습을 상기하다 한숨을 쉬었다. 뭐가 됐든 기분이 찝찝했다. 비비안의 그 표정이나, 아니면 비비안이 보던 빌케르 백작이나, 어쩌면 이 상황 자체도.

사실, 딱히 이상할 것 없어야 할지도 모른다. 그는 이런 상황을 자주 봐왔다. 여자아이를 낳은 귀족 부인, 그리고 주변에서 떨어지는 시선과 그에 따른 위안.

그럼에도 기분이 묘했다. 비비안의 그 얼굴이 계속해서 생각나고, 종국에는 그 끝에 있는 것에까지 치닫기 시작했다. 그래서 과연, 여자아이를 낳은 게 그리 큰 죄냐는.

저라면 기쁠 것이다. 사실이 그러했다. 비비안의 아이라고 생각하면, 아들이면 아들인 대로, 딸이면 딸인 대로, 그 자체만으로도 어여쁠 것 같았다. 산실에서 시녀가 안고 나가는 그 작은 생명체를 보는데 순간 그게 제 아이라면 딸이든 아들이든 끔찍하게 예쁠 것 같았다. 그는 아이를 싫어했다. 그럼에도 그러했다.

그는 자신이 이런 생각을 한다는 것을 깨닫고 놀랐다. 몇 달 전까지만 해도 후계자가 필요했던 남자였다. 공작 부인을 들이고 아이를 낳는다면 그래도 아들이 더 좋겠다고 생각했던 사람이었다. 사실 그럴 수밖에 없었다. 그는 공작이고, 가문은 아들이 이어야 하니까.

그런데 왜 꼭 아들이어야 하나.

자신이 왜 갑자기 이런 생각을 하는지 모르겠다. 그조차도 혼란스러웠다. 그때였다.

감히 공작 부부의 방문을 허락 없이 열고, 도도도도 달려오는 인영이 있었다. 위그는 고개를 돌려 문을 열어젖힌 리즈를 보고 미간을 슬쩍 찌푸렸다. 아이의 손에는 비비안이 동생을 못 보게 한 사과의 의미로 쥐여 준 게 분명한 막대 사탕이 몇 개 들려 있었다. 그것을 쪽쪽 빨던 리즈가 창문가에 폴짝 뛰어올라 엉덩이를 붙이고 앉았다.

허락도 없이 이루어진 일련의 행동에 위그가 헛웃음을 지었다. 이건 뭐, 축소 버전 비비안도 아니고. 작은 입술을 오물거리며 사탕을 쪽쪽 빠는 모습이 퍽 귀여웠다. 카트린을 닮아 파란색 눈동자가 묘하게 비비안을 연상시켰다. 그때 동글동글한 눈을 빛내던 리즈가 고개를 확 들었다. 위그는 이 꼬마 아가씨가 무슨 소리를 할지 궁금해 입가에 미소를 매달았다. 리즈가 갑자기 원피스에 달린 작은 주머니에서 사탕을 꺼내더니 곧 그것을 내밀었다.

"줄까?"

"······너나 먹어라."

"줄게. 이거 딸기 맛이야. 언니한테도 안 주는 건데 이모부는 특별히 줄게."

위그는 자신이 리즈한테 친언니보다 더 좋은 대우를 받은 게 기쁜 일인지 기쁘지 않은 일인지 몰라 얼떨떨하게 사탕을 받았다. 친히 포장까지 곱게 벗겨 제게 넘겨진 막대 사탕을 보며 그는 결국 그것을 입 안에 넣었다. 그때 우물거리며 사탕을 먹던 리즈가 갑자기 그를 보며 입을 열었다.

"이모부야."

"왜."

"이모 좋아해?"

위그는 떨떠름해졌다. 여섯 살이라고 하지 않았나······?

"우리 이모 예쁘지?"

이건 대답이 쉬웠다.

"예쁘다."

위그의 대답에 리즈가 환하게 웃었다. 그리고 다시 고개를 돌려 사탕을 쪽쪽 빨았다. 하지만 그것만으로는 성에 차지 않았는지, 곧 오독오독 사탕을 씹기 시작했다. 그에 위그가 무표정하게 그녀의 막대 사탕을 잡았다.

"이 상한다."

"괜찮아. 양치하면 돼."

"……말 안 듣는 건 이모를 똑 닮았군."

"우아, 이모부도 그러네? 사람들이 다 나더러 이모 닮았대."

마치 신대륙을 발견한 듯 신기한 눈빛으로 리즈가 감탄했다. 위그는 아이를 보다 웃고야 말았다. 그리고 그녀의 작은 뒤통수를 쓰다듬으며 말했다.

"적당하게만 닮아."

"왜?"

"주변 사람들이 고생해."

나처럼.

위그의 말에 리즈가 입을 삐죽였다. 그러고는 곧, 오독오독 깨물던 사탕을 입 안에서 잘게 부스러뜨리다가, 다시 입을 열었다.

"그런데 이모부야."

"왜."

"이모부도, 이모한테 뽀뽀하고 싶어?"

위그는 고개를 돌렸다. 요즘 애들은 원래 다 이렇게 조숙한가. 그는 애매한 표정을 지었다. 아니, 뽀뽀뿐이겠냐, 다른 것도 하고 싶다고 말하고 싶었지만 그렇다고 여섯 살한테 벌써 그런 걸 가르칠 필요는 없었다. 그는 결국 고개를 끄덕였다.

"그렇지."

"그렇구나."

"……?"

"이모부도 하고 싶은 거였어."

"응?"

도? 위그가 미간을 찌푸렸다. 이건 또 무슨 말인가. 의아한 위그의 얼굴 위로 리즈가 말을 붙였다.

"그런데 이모는, 왜 이모부가 뽀뽀하면 안 싫어해?"

위그는 멈칫했다. 뽀뽀하면 싫어해야 하나? 이건 어디에서 나온 시각인가. 아무리 아이의 시각이 조금 다르다고 해도, 뽀뽀하면 싫어하는 게 무슨 말인지 그는 몰랐다. 그래서 차마 대답하지 못하고 있는데, 리즈가 말을 붙였다.

"엄마는 싫어하던데."

"……."

"엄마는 아빠가 뽀뽀하면 싫어하던데."

"그건……."

위그는 숨이 턱 막혔다. 카트린이 왜 싫어하는지 그로서는 알 수 없지만, 비비안의 반응을 보건대 부부 사이가 정상적인 것처럼 보이지는 않았다. 최소한 그가 보기에는 그러했다. 그들 사이에 어떤 일이 있었는지 모르는 그로서는 차마 정확하게 답을 내리기 어려운 문제라서, 그는 길게 한숨을 쉬었다.

그때였다. 또 리즈가 불러 왔다.

"그런데 이모부야."

"그래."

방금보다 퍽 온화해진 목소리에 리즈가 고개를 들었다. 그녀는 전부 먹어 치운 사탕의 막대를 쪽쪽 빨면서, 그를 보고 있었다. 그러다가 잘못해서 목으로 넘어가기라도 하면 어쩔까 싶어, 위그가 막대기를 빼앗았다. 그게 다소 불만스러운지, 리즈가 볼을 빵빵하게 불리더니, 곧 뾰로통해져서 입을 열었다.

"이모가 싫어해도, 이모부는 뽀뽀하는 거야?"

"……."

"엄마가 그러는데, 아빠가 엄마한테 뽀뽀하는 건 엄마를 너무 사랑해서 그렇대. 그런데 엄마는 싫어하잖아. 이모부도 그래? 이모가 싫어해도 뽀뽀하고 싶어?"

너무나 천진난만한 얼굴로, 지나치게 심각한 문제를 묻는 아이에게 위그는 어떻게 대답해 줘야 할지 몰라 말문이 턱 막혔다. 그가 곧 입에 넣었던 막대 사탕을 빼고 길게 숨을 내쉬었다.

어떻게 대답해 줘야 하나. 보통 아이라면 무슨 쓸데없는 물음이냐고 그렇게 말하겠지만, 그렇게 대답해 주면, 과연 아이가 만족할까? 그는 비비안이 눈에 넣어도 아프지 않게 예뻐하는 이 조카님들에게 호감을 얻고 싶었다. 게다가 이 깜찍한 아가씨는 그가 무슨 말을 했는지 비비안에게 가서 일러바칠 게 뻔했다. 거기까지 생각이 미치자 그는 왠지 모르게 자신의 열과 성을 다해 아이에게 정성스러운 대답을 내놓아야 한다는 사명감에 휩싸였다.

위그는 생각했다. 사실 정답은 정해졌다. 아이의 시각에서 뽀뽀라고 표현했지만 실제로는 그 이상일 확률이 높다. 아빠가 네 엄마를 너무 사랑해서 그런다고 말하면, 아이는 어쩌면 그것을 당연하게 여길지도 모른다. 카트린이 왜 싫어하는지 정확하게 알 수는 없지만, 그렇다고 아이의 시각에서 엄마가 싫어하는 게 훤히 보일 정도면, 실상은 더욱더 엄중한 문제일지도 몰랐다. 그러면…….

사랑하면 그렇게 해도 된다고. 상대가 싫어해도 뽀뽀하고, 키스하고, 만지고, 더 나아가 어쩌면 다른 걸 요구할 수도 있다.

하지만 사랑이라는 핑계를 댈 수 있나. 그 전에 상대가 싫어하는 행동을 하고 제 의사를 밀어붙이는 게 사랑인가. 모르겠다. 그는 여태껏 이런 것을 진지하게 고민해 본 적이 한 번도 없었다. 좋으면 애정 표현을 하고, 상대가 싫어하면 굳이 강박할 필요 없다.

하지만 비비안이라면. 그녀가 제 입맞춤에 질색을 한다면, 저는 어쩔까. 그래도 그녀에게 입을 맞출까.

설마.

아무리 그래도 그는 상식이 있는 사내였다. 기본적으로 그뿐만 아니라 그가 아는 귀족 남자들, 노아 프레스트처럼 꽤 여인을 섭렵하고 다니는 이들도 강제로 여인을 취하지는 않았다. 그들에게 그것은 가장 수치스러운 일이었다.

그럼 다시 한번 생각해 본다면, 어떤 여자가, 자신에게 사랑한다며 옷을 벗고 몸을 들이대고, 입을 억지로 맞출 것을 요구하면 그것을 사랑이라고 받아들일 수 있나.

세상에. 끔찍할 것이다.

그는 답을 요구하는 리즈의 눈을 보았다. 비비안을 닮아 파란 눈동자에 정이 갔다. 아이가 주는 물음은 가끔 어른들을 생각하게 한다.

"아니."

"……."

"상대가 싫어하는 애정 표현은 사랑이 아니다. 누군가가 너를 사랑한다고 하면서 네가 싫어할 만한 행동을 하면, 그런 사람은 꼭 멀리해야 해."

"……왜?"

"세상에 있는 그 어떤 사람도, 사랑하는 사람이 싫어하는 행동을 하지 않으니까. 제대로 된 남자는 절대 여자한테 자기 사랑을 강요하지 않아."

위그의 말에 리즈가 눈을 깜박였다. 알아들었는지 못 알아들었는지 모를 정도로 눈을 귀엽게 깜박이자, 위그가 그녀의 머리를 톡톡 두드렸다. 그에 리즈가 고개를 푹 숙이더니, 입을 열었다.

"하이그 백작가의 마크가 계속해서 내 치마를 들춰."

"개…… 아니, 나쁜 놈이군."

개새끼라고 말하려고 하다가 아이 앞에서 내뱉을 만한 언사는 아닌 것 같아 그는 말을 바꾸었다. 그에 리즈가 말을 이었다.

"유모가 그러는데, 그게 나한테 관심이 있어서 그런 거래. 원래 남자아이들은 그런 짓궂은 장난을 한다고."

"헛소리. 나는 살면서 어느 여자아이의 치마도 들춰 본 적 없다."

그것은 사실이었다. 그는 어렸을 때부터 기본적으로 공작가의 귀족 교육을 받으면서 자란 사내였다. 그런 그에게 여인의 치마 속을 강제로 들춘다는 것은 꽤 추잡스러운 일이었다. 그랬다간 꽤 강압적이고 엄숙한 그의 아버지도 호되게 꾸짖을 게 뻔했다. 물론 침대에서는 아니긴 하지만 그런 상황은 아니니 그건 생략하기로 하자.

하지만 위그의 답에 리즈가 더더욱 침울한 목소리로 물었다. 아이의 작은 뒤통수를 바라보며, 위그가 진지하게 답했다.

"그것도 관심이 아니야?"

"아니다. 방식이 잘못됐어."

"그럼 나는 어떻게 해?"

"하지 말라고 단호하게 말해."

"그랬는데 듣지 않아."

"그럼 어른들한테 알려."

"하지만 어른들은, 그냥 마크가 나한테 관심이 있어서 그렇다고 말한단 말이야."

리즈가 급기야 울먹거리면서 위그의 품에 안겨 들었다. 그에 위그가 당황해 아이의 작은 몸을 안아 들었다. 품에 폭 안겨 드는 아이의 몸이 잘게 떨리고, 곧, 흐느끼는 소리가 그것에 아이가 얼마나 크게 상처를 입었는지를 보여 주고 있었다.

위그는 미간을 찌푸렸다. 어른들은 리즈에게 그것이 관심의 표현이라고 말했다. 어쩌면, 누군가가 위그에게 물었다면 그 또한 그렇게 말했을 수도 있다. 사실 리즈가 아니라 다른 아이가 그렇게 말했다면, 저 또한 짓궂은 남자아이의 작은 장난이라고 치부했겠지. 그리고 무슨 그런 걸로 제 시간을 방해하느냐고 아무렇지도 않게 여길 것이다.

그렇지만…… 그 짓궂은 작은 장난에 어린 여자아이는 수치심을 느끼고 급기야 스트레스를 받는다. 주변에는 도와줄 어른이 없고, 아이는 결국 그저 속으로 삭인다.

그리고 느끼겠지. 남자들의 '작은 장난'은 너에게 관심을 두는 표현이며, 그것이 잘못된 것이 아니라고. 그건 그들이 너를 좋아한다는 표시이며, 너는 그것에 감사를 느껴야 한다고.

사실, 그것만큼 허황한 표현이 어디 있나.

그는 리즈를 속일 수도 있었다. 아빠가 그러는 건 엄마를 사랑하기 때문이며, 마크가 그러는 것 또한 너한테 관심이 있어서 그렇다고. 그렇게 어린아이의 마음속에서 아빠의 이미지를 지키고, 소년의 이미지를 수호한다.

하지만 아이는 언제까지고 작은 아이로만 남지 않는다. 아이는 곧 커서 소녀가 되고, 소녀는 곧 커서 여자가 된다. 어렸을 때의 교육은 한평생을 가고, 어쩌면, 이후에 남자가 추파를 보내도 그것이 저에게 관심을 두는 것이라고 여길 수도 있다. 사실 그런 게 아니라는 것을 알면서도 그렇게 저를 세뇌시킨다. 아니면 너무 수치스러워서 죽을 것 같으니까. 그리고 혹여 용기 내 말하면 주변에서는 이렇게 말할 것이다.

뭐 그런 걸로 그래.

자신이 그러했듯이.

아이를 피해자로 몰고 연약하기 짝이 없는 여자로 키운 건 비단 어느 특정 인물이 아니다. 어쩌면 그 또한 거기에 속하는 무리 중 하나였다. 아니, 엄연히 말해서 그는 그 무리의 수장이었다. 권력을 가진 사람은 흔히 불편함을 느끼지 못하고, 불편함을 호소하는 사람들의 문제를 쉽게 지르밟는다.

어쩌면 마크라는 소년은 진짜로 리즈에게 관심이 있어서 그럴 수도 있고, 어린 코흘리개 소년이 생각할 수 있는 방식이란 겨우 그런 것일 수도 있다. 그 또한 소년의 탓만은 아니었다. 그 소년의 주위에는 그것이 틀렸음을 알려 주는 사람이 없고, 이 소녀의 주위에는 그것이 부당한 것임을 알려 주는 사람이 없었다.

그렇게 저도 모르는 사이에 엇갈린다. 모든 것들이.

그 생각을 하자 속이 텁텁해졌다. 품에서 훌쩍거리는 아이의 눈물과 콧물에 셔츠가 축축해졌다. 그러나 작은 몸을 바르르 떨며 우는 아이의 등을 두드려 주며, 위그는 결국, 한숨을 쉴 수밖에 없었다.

사실, 그는 아직도 모르겠다. 정확히 뭐라고 할 수 없는 의문이었다. 그는 여전히 위그 이디에트였고, 이 나라의 권력 최정점에 있는 남자였고, 앞으로도 그러할 것이다. 그는 제가 받아 온 교육에 대해 하나도 의심해 본 적이 없었고, 그러할 기회 또한 없었다.

하지만 틈이, 아주 작은 틈이 생기자 비로소 뭔가 이상함을 느꼈다. 그는 권력의 꼭대기에 있다. 그런 그가 느낄 수 있는 이상함이라면 이미 뭔가 비틀어져도 한참을 비틀어진 것이다. 원래 권력을 가진 자는 쉽게 불편해하지 않는다. 왕이 평생 평민의 삶을 이해하지 못하는 것처럼.

흐느끼던 리즈가 코를 닦더니 곧 고개를 들었다. 눈물범벅이 된 아이의 얼굴이 사랑스럽다고 여긴 건 처음이었다. 그는 아이를 싫어했고, 사실은 굉장히 귀찮아하는 사람이었다. 그럼에도 리즈의 눈물범벅이 된 얼굴을 보며 그는 셔츠 소매로 그녀의 얼굴을 서툴게 닦아 주었다.

그때였다.

"뭐야. 얘 왜 울어. 무슨 일 있어?"

마을에서 돌아왔는지 문을 열고 비비안이 들어왔다. 그녀는 한쪽으로 외투를 벗어 헤더에게 넘기며, 위그의 셔츠로 코를 풀고 있는 리즈를 보며 얼굴을 구겼다. 그녀의 시선이 리즈와 위그, 그리고 위그의 옆에 있는 먹다 남은 막대 사탕에 머물렀다. 그리고 곧, 비비안이 물었다.

"이모부가 사탕 뺏어 먹었니?"

"아니다!"

위그는 억울함에 몸부림쳤다. 아니, 내가 하다 하다 애 사탕까지 뺏어

먹을 사람으로 보였는가. 그 호소력 짙은 얼굴을 가늘게 뜬 눈으로 보다가, 비비안이 곧 피식 웃었다.

"리즈, 이모한테 와. 무슨 일인지 말해 줄래?"

"이모. 이모부 잘생겼어."

"……."

"……."

"얼굴 밝히는 것까지 닮을 필요는 없는데."

비비안이 중얼거리자 리즈가 까르르 웃으면서 코를 훌쩍거렸다. 그에 비비안이 슬쩍 미간을 찌푸리면서 어깨를 으쓱했다.

"그래서 대체 뭔데."

비비안은 계속해서 위그의 셔츠로 코를 풀고 있는 리즈를 보며 물었다. 어쨌든 애가 울었다. 물론 저 남자가 애한테까지 성질머리를 피울 남자는 아니니 그쪽으로 생각이 빠진 건 아니었지만, 어쨌든 사탕을 줄 때까지만 해도 동생을 보지 못하게 한다고 뾰로통하던 애가 외출하고 들어와 보니 제 남편한테 안겨서 울음을 터뜨리고 있다.

충분히 비비안이 물어볼 만한 상황이었다.

그때 리즈가 마지막으로 콧물 범벅이 된 위그의 셔츠로 눈까지 닦더니─위그는 반쯤 포기한 상태였다─곧 창문에서 폴짝 뛰어내린 뒤 비비안의 품에 안겼다.

"흐흡, 끅, 마크가 내 치마를 들춰."

"그건 또 어느 새끼야."

어렸을 때부터 카트린의 치마를 들추는 남자아이들의 뒤통수를 갈기는 데는 천부적인 재능을 가졌던 비비안이 갑자기 떠오른 기억에 미간을 찌푸렸다. 하여튼 애새끼들이 문제다. 물론 더 큰 문제는 어른들이겠지만.

비비안의 말을 듣던 리즈가 입을 열었다.

"하이그 백작가의 아들이야."

"하이그? 좋아. 기억했어. 이모가 복수해 줄게."

"흡. 응."

"그래서 울었어? 이모부가 뭐라고 했는데?"

"이모부가 그랬어. 마크가 틀렸다고."

"오랜만에 맞는 말 했네."

"그리고, 아빠가 엄마한테 뽀뽀하는 건 사랑이 아니래. 제대로 된 남자는 절대 사랑하는 여자가 싫어하는 일을 하지 않는다고."

오랜만에 인간다운 말을 했다고 감탄하고 있던 비비안은 빌케르 백작의 이름이 나오자 순식간에 미간을 찌푸렸다. 대체 뭘 했길래 애 입에서 이런 소리까지 나오게 하나. 하지만 굳이 리즈 앞에서 티 낼 건 아니기에, 비비안이 억지로 웃음을 지었다. 그리고 곧, 그녀가 입을 열었다.

"당연하지. 리즈는 좋아하는 사람이 싫어하는 일을 할 거야?"

"아니."

"같은 거야. 세상 누구도 좋아하는 사람이 싫어하는 일을 하려고 하지 않아."

"하지만 유모가 그러는데, 원래 남자아이들은 그렇게 짓궂대. 그건 나를 좋아한다는 뜻이래."

"그래서 너도 좋았니?"

비비안의 물음에 리즈가 고개를 저었다. 그 모습에 비비안이 온화하게 미소를 지으며 입을 열었다.

"그럼 됐어. 상대가 무슨 의도였든 네가 싫었다면, 그건 잘못된 거고, 고쳐야 하는 거야. 그리고 세상 그 누구도 상대를 괴롭히면서, 수치스럽게 만들면서 관심을 표해서는 안 돼. 남자든 여자든."

"응. 알았어."

"어머, 우리 리즈 착하다. 이리 와, 이모가 마을에서 사 온 사탕 더 줄게."

"우아. 우유 맛이다."

"가서 언니랑 나눠 먹는 거 잊지 말고."

리즈가 활짝 펴진 얼굴로 비비안에게서 사탕 봉지를 받았다. 곧 이모부에게 짧은 다리로 달려간 리즈가 그를 향해 손짓했다. 아래로 고개를 내리라는 게 분명한 손짓에 위그가 또 무슨 할 말이 있나 고개를 내리자, 리즈가쪽 하는 소리와 함께 위그의 뺨에 뽀뽀했다.

"고마워, 이모부."

"리즈, 이리 와서 이모도."

"이모도 고마워, 잘 먹겠습니다!"

마지막으로 비비안에게 입을 맞추고, 곧 언제 울었느냐는 듯이 발랄하게뛰어나가는 리즈를 보며 비비안이 몸을 일으켰다. 위그는 갑작스러운 뽀뽀에 얼떨떨한 표정을 짓고 있었다. 그 모습을 보며 비비안이 웃으며 입을 열었다.

"사탕 줄까?"

"내가 애도 아니고."

"그럼 다른 거 줄까?"

"뭘?"

위그가 고개를 들자 순간 비비안이 그의 뺨을 감쌌다. 달콤하고 몽클한입술이 제게 닿자, 위그가 저도 모르게 비비안을 안았다. 아니, 안으려고 했다. 하지만 곧, 비비안이 저를 품에 안으려는 위그를 밀며, 입을 열었다.

"셔츠부터 갈아입고 와. 아주 콧물에 눈물에."

"당신 조카가 이런 거야."

"당신 조카이기도 해."

비비안의 말에 위그가 자리에서 일어났다. 뭐가 됐든 셔츠를 갈아입기는해야 했으니. 그런 그를 보며 비비안이 창가에 앉았다. 그녀가 곧, 나머지사탕 중 하나를 입에 물며 입을 열었다.

"리즈한테 그런 말도 해 주고, 기특하기도 해라."

"조카니까."

"좋아, 다른 건 몰라도 그건 좋게 봐 줄게. 작전이라면 잘 먹혔어."

"퍽이나 감사하군."

셔츠를 갈아입고, 다시 창턱에 앉은 위그의 어깨에 머리를 기대며, 비비안이 사탕을 쪽쪽 빨았다. 그 모습을 보다가, 위그가 곧 그녀의 어깨를 감쌌다.

"그래서, 보모는 구했나?"

"구했지."

"잘됐군. 한동안 여기에 있어도 된다고 하니까, 그동안 언니와 좋은 시간 보내."

"그럴 거야. 당신은 좋겠네, 당분간 이불 뺏는 사람 없어서."

비비안의 말에 위그가 무슨 말을 하느냐는 듯이 미간을 찌푸렸다. 그에 비비안이 되레 눈을 깜박거리며 물었다.

"왜."

"왜 이불 뺏는 사람이 없어?"

"당신 혼자잖아. 내가 없는 동안은 혼자 지낼 수 있을 거 아냐."

"당신이 여기 있는데 내가 왜 혼자 돌아가."

비비안은 사탕을 굴리던 것을 멈추고 위그를 빤히 보았다. 무슨 그런 말도 안 되는 소리를 하냐는 듯한 표정에, 그녀가 피식 웃음을 흘리며 입을 열었다. 그래 뭐, 꼭 같이 있겠다 그거지.

"그럼 그러든가."

대수롭지 않게 말을 마친 비비안이 오독오독 사탕을 씹었다. 그 모습을 보다가, 위그가 고개를 숙여 그녀의 입에 제 입술을 갖다 댔다. 새빨간 입술이 방금 입에 문 사탕보다 더 달아 보였다. 입술을 비집고 들어가자 채 부서지지 못한 사탕과 혀가 같이 들어와서 사탕이 단 것인지 그녀의 혀가 단 것인지 구분조차 못 할 정도로 달콤했다. 그리고 곧, 그의 어깨를 잡은 손이 그를 살짝 밀어 내자, 비비안이 가쁘게 숨을 쉬며 입을 열었다.

"당신, 키스는 언제나 격렬하게 하는 편이구나?"

"모르겠다. 당신과는 언제나 본능에 맡겨. 입술을 부딪치면, 나머지는 본능이 알아서 해 주거든."

"그거 좋네. 난 그런 거 좋아해. 너무 계산적인 건 별로야."

비비안의 말에 위그가 웃었다. 그리고 다시 그녀를 제 품에 기대게 한 뒤 입을 열었다. 사탕의 단내가 입에 퍼지자, 문득 리즈가 생각났다. 또, 비비안에게 건방지다고 하던 그 남자들이 생각났다.

"당신도, 어렸을 때 치마가 들춰진 적 있나?"

"있지."

"어떤 새끼지?"

"잊었어. 너무 많아서."

비비안의 말에 위그가 미간을 찌푸렸다.

"그럼, 당신은 어떻게 했나?"

"하나하나 따라다니면서 가위로 바지를 갈기갈기 찢어 놨지. 개구리를 잡아서 옷 안에 넣고, 한겨울에 얼음물 세례를 퍼붓고. 엉엉 울면서 나한테 잘못했다고 빌 때까지."

그래도 당하고만 있지 않아서 다행이다. 한편으로는, 그녀처럼 하지 않으면 용서를 받지 못한다는 사실이 떠올라서 기분이 이상했다. 꼭 그래야만 하나. 사람이 꼭 그 정도로.

"처음에는 내가 당한 것 그대로 돌려주고 싶었는데, 말았어."

"왜?"

"뭐, 그렇게 해 봤자 내게 이득이 오는 게 없으니까. 그런 상황에서 굳이 상대에게까지 똑같이 갚아 주는 건 불필요했지."

"남자인데 뭘 그러나."

"남자면 왜?"

위그가 아무렇지도 않게 말하자 비비안이 고개를 들었다. 그녀의 파란 눈동자를 바라보던 위그는 숨이 턱 막혔다. 그녀의 질문은 언제나 그의 숨을 막히게 했고, 입을 다물게 했다. 그리고 곧, 비비안이 그의 눈을 보며 우아하게 웃었다. 그 눈을 빤히 보며, 위그가 답했다.

"남자는, 괜찮다."

"누가 그래, 괜찮다고."

"……."

"우리 리암은 어렸을 때 맨엉덩이를 내놓고 매 맞은 일 때문에 열 살까지 부끄러워했어. 뭐가 됐든 나쁜 거야."

비비안의 말에 위그가 입을 꾹 다물었다. 모르겠다. 선대 공작은 언제나 그에게 남자라는 사실을 자랑스러워하고, 남자라는 사실을 잊지 말라고 가르쳤다. 그는 남자이기에 성적 수치심 따위 모르고 자란 사람이었다. 남자는, 그런 것에 부끄러워하면 안 됐으므로.

위그의 표정에 비비안이 웃었다. 방금 리즈한테 한 말에서부터 알아봤다. 그녀의 남편은 어렸을 때부터 '힘이 있는 남자'로 자라 왔고, 남자가 공격당할 수 있다는 생각 따위 해 보지도 못했을 게 분명했다. 자신이 첫 경험을 뗀답시고 여인과 억지로 잠자리를 가진 사실조차 그것이 이상한 일이라는 것을 느끼지 못했을 게 분명했다. 남성성을 강요당한 것조차.

평소라면 관심도 주지 않았을 것이다. 그녀와 관계된 일이 아니니까. 애초에 그녀 또한 불행의 바닥을 기던 사람이었고, 냉정하게 말하자면 비비안의 처지가 그보다는 백배 더 시궁창이었다. 하지만 그녀는, 최소한 이 남자가 리즈한테 그런 말을 해 줬다는 것이 기특해서 아량을 베풀기로 했다. 물론 동정은 아니었다. 다시 말하지만, 그녀는 그렇게 한가하지는 않았다.

비비안의 말에 위그가 미간을 찌푸렸다. 그는 아직도 모르겠다. 이 여자는 가끔 여자들의 대변인처럼 보이기도 하다가, 가끔 무서울 정도로 냉철하고, 가끔 남자들의 말을 대신해 주기도 한다. 아니, 사실 대변인이랄 게 있나, 그녀는 끝까지 비비안, 그 자체다. 누구의 대변인도 아닌. 오로지 저 자신만을 위해 사는 여자.

위그는 비비안의 어깨를 더욱더 감쌌다.

"그래, 그렇군, 당신이 한 말은 언젠가 곱씹어 보겠다."

"귀찮으면 안 해도 돼."

"꼭 해 보지."

위그의 말에 비비안이 웃었다. 얼굴에 예쁘게 퍼지는 웃음을 보다가, 그는 문득 이 여자의 어린 시절은 어떠했는지 궁금해졌다. 지금과 비슷했을까, 어린 나이에도 이렇게 예쁘고 사랑스러웠나. 그녀는 어떤 가정에서, 어떤 딸로 태어났나.

"내가, 당신을 좀 더 일찍 알았더라면 어떻게 되었을까."

계약 결혼 따위가 아니라 조금 더 운명적으로. 근사한 곳에서 낭만적으로, 로맨스 소설 속 한 장면처럼. 그럼, 그녀도 조금 더 저를 돌아봐 줄까.

그런 달콤한 상상을 하는데 갑자기 비비안이 차게 식은 표정으로 코웃음을 쳤다.

"당신은 나를 욕하고 다녔을 것이고, 나는 당신을 욕하고 다녔겠지."

"꼭 그러리라는 보장은 없지 않나."

"웃기고 있네. 당신, 내 손에 약점 하나 잡혀 있지 않으면 애초에 나 사랑하지도 않았을걸?"

너무 맞는 말이라 차마 반박도 하지 못한 채 위그가 길게 숨을 내쉬었다. 사실 그랬을 것 같다. 그의 주위에는 여자들이 넘쳐났고, 굳이 비비안처럼 제 비위도 맞추기 싫어하는 여자를 볼 필요가 없었을 것이었다. 그건 두 사람이 처음 만난 날에도 그랬지 않았는가. 저 여자의 손에 제 약점이 없었으면 자신이 이 여자의 말을 듣는 일도 없을 것이다.

거기까지 생각하자 괜히 기분이 이상했다. 그때 조금 더 다정했더라면, 그래도 이 여자가 저에게 조금이나마 호감을 갖지 않았을까. 비비안은 어쨌든 저에게 다정한 남자한테 굳이 모질게 구는 편이 아니었다. 저만 해도 자세를 낮추고 들어가니 많이 봐주지 않는가. 물론 내키는 선에서만.

그런 그의 생각을 읽어 냈는지 비비안이 피식 웃음을 흘렸다. 그리고 곧, 그녀가 입을 열었다.

"과거 일은 후회하지 말고 앞이나 봐. 난 후회하면서 청승 떠는 거 싫어해."

"안다."

"그리고 어차피 내 앞에서는 꾸며도 쓸데없어. 내 눈치 몰라?"

비비안이 창턱에서 일어나며 그를 향해 웃었다. 품에 안기던 것이 사라져 은근하게 허전함을 느낀 위그가 얼굴을 굳혔다. 허전함으로 점철된 얼굴을 보며, 비비안이 마치 아무것도 못 봤다는 듯한 표정으로 대수롭지 않게 입을 열었다.

"그래도, 나는 그건 마음에 들어."

위그의 무릎에 앉은 뒤 그녀가 그의 목을 팔로 감싸며 속삭였다.

"당신, 얼굴이랑 몸은 좋잖아."

"하여튼. 밝히기는."

"새삼스레. 당신도 내 성격에 이 얼굴에, 이 몸매가 아니었으면 아마 그렇게 빨리 나한테 사랑에 빠지지 않았을걸? 그리고 외모도 사람의 일부분이야. 굳이 그렇게 배척할 필요 없어."

"자신감이 과하군."

"그래서 내가 예쁘다는 거야 안 예쁘다는 거야."

"예쁘다."

만족스러운 대답에 비비안이 우아하게 웃었다. 그에 위그가 말을 이었다. 진심으로, 그녀의 눈가를 만지작거리면서.

"살면서 봤던 것들 중에서, 당신이 가장 예쁘다. 그 어떤 것들보다, 그 어떤 사람보다 당신이 가장 예뻐."

"그리고?"

"내가 가진 것들을 전부 포기하고서라도, 당신을 원한다면 줄 텐가?"

"······아니."

"그럼 내가 가진 것들을 전부 당신에게 바치면서 나를 주겠다고 하면 가질 텐가?"

"생각 좀 해 보고."

끝까지 확답을 주지 않는 비비안이 야속하기도 했지만, 그럼에도 그녀가 제 옆에 있다는 사실이 못내 기뻤다. 모르겠다. 언제 그녀가 이렇게 좋아졌는지. 그냥 어느 순간부터 사랑스러웠고, 어느 순간부터 예뻤다. 이렇게 순식간에 찾아온 감정은 또 처음이라 당황스러웠다. 욕정이 먼저인지 사랑이 먼저인지 모르겠다. 사랑해서 키스하고 싶은지, 키스하다 보니 사랑하게 된 것인지도 알 수 없었다.

비비안이 곧 그의 입술에 입을 맞추었다. 혀가 얽히지도 않은 단순한 입맞춤에조차 행복했다. 상대가 그녀라는 이유로.

입을 뗀 뒤, 비비안이 우아하게 웃었다. 약간의 침묵이 흐르고, 서로 미소 짓는 눈만 빤히 바라보는 두 사람 사이로 정적이 내려앉았다. 서로의 온기를 나누고, 눈빛을 바꾸는 것만으로도 시간이 멈춰 줬으면 싶을 정도로 좋다. 위그는 웃으며 비비안의 등을 살살 쓰다듬었다. 그에 그녀가 온전히 그에게 안기며 입을 열었다.

"그러고 보니, 그 하이그 백작인지 뭔지 하는 집 아들내미는 혼을 좀 내 줘야겠는데."

상황에 어울리지 않게 툭 튀어나온 말이었지만 위그는 당황하지 않은 채 입을 열었다.

"적당히 해. 애들 일에 어른들이 직접 끼어들어서 좋을 거 없어."

\* \* \*

"영식께서, 우리 처조카 치마에 그렇게 관심을 둔다던데."

푸우웁.

"쿨럭쿨럭."

귀족들이 모인 만찬 자리에서, 우아하게 와인을 들이켜던 비비안이 사레에 걸려 와인을 뿜어내는 불상사를 맞이했다. 그녀가 콜록대자 방금까지 느긋하게 의자 등받이에 기대 있던 위그가 급하게 그녀의 등을 토닥거렸다.

대체 세 시간 전에 애들 일에 끼어들지 말라고 하던 사람은 어디에 갔나. 물론 그 말을 들을 생각은 없었으나, 그렇다고 해도 본인 입으로 말해 놓고 이렇게 단도직입적으로 말을 꺼낸 위그를 향해 비비안이 웃음을 흘렸다.

"이게 당신이 말한 '적당히'야?"

"부모한테 말하는 게 적당하지. 아이를 직접 찾아간 것도 아닌데."

비비안은 떨떠름한 표정을 짓다가, 곧 피식 웃었다. 저 인간이 찾아가면 '애가 보자마자 엉엉 운다'에 로튼의 전 재산을 건다. 비비안은 고개를 절레절레 저으며 잔뜩 얼어 안절부절못하는 하이그 백작을 보았다. 내가 나서려고 했는데 딱히 그럴 필요는 없겠군. 뭐가 됐든 짜증 하나 덜 내고 꾸지람 하나 덜 하는 건 좋은 일이다.

그럼 저는, 착하디착한 선역이나 해 볼까.

"저희 집 마크가 무슨……."

"우리 처조카 치마에 지대한 관심을 보인다고 했다."

"치마에?"

"애들이야 뭐, 짓궂은 장난 같은 걸 할 때도 있지만, 그래도 치마를 들추는 건 너무 상스러운 행동 아닌가. 백작. 하물며 우리 리즈한테."

"아이들 장난……일 겁니다."

"우리 리즈는 장난이 아니라고 하던데."

"……."

"우리 백작께서는 지금 당장 그 바지를 벗겨도 장난이라고 치부할 수 있는 아량이 있나 본데, 나는 그런 아량 따위 없어."

위그의 말에 하이그 백작이 이마를 짚었다.

하이그 백작가와 빌케르 백작가는 예전부터 은근하게 친분이 있어, 아이들끼리도 자주 보곤 했다. 하지만 그런 일이 생길 줄 몰랐다. 아니, 그 전에, 사실 남자아이들이 여자아이들 치마를 들추는 거야 그렇게 큰일은 아니지 않은가. 하이그 백작은 제 옆에 난감한 표정으로 앉아 있는 부인을 보며 한숨을 쉬었다.

그리고 곧, 그가 입을 열었다.

"죄송합니다. 각하. 저희가 아이 교육에 소홀했습니다. 주의를 단단히 시키겠습니다."

"우리 리즈가 아니더라도 주의는 해야 하는 것 모르지 않겠지."

"물론입니다."

"우리 리즈가 말하길, 주위에서 장난이라고 넘어가는 분위기라고 하던데."

"죄, 죄송합니다. 제가 소홀했습니다. 제가 아이한테 주의를 깊게 돌리지 않았습니다."

"어머, 너무 그러지 마. 여보, 백작이 어련히 알아서 하지 않을까. 그리고 리즈가 백작한테 말하고 그런 소릴 들은 것도 아니잖아. 주위 사람들이 그랬겠지. 그렇지요, 백작?"

그때 위그의 팔을 살짝 잡으며, 비비안이 눈꼬리를 살짝 말았다. 그녀의 간드러진 목소리가 들려오자, 한겨울처럼 땡땡 얼어 있던 위그의 표정이 사르르 풀리며, 제 팔을 감아 오는 그녀를 품에 안았다. 그에 감격스러운 표정을 지으며, 하이그 백작이 공작 부인에게 감사하는 표정을 지었다.

"감사합니다. 공작 부인. 그리고 저희 아들은 꼭 주의를 시키겠습니다."

"어른들이야, 원래 그렇죠 뭐. 아이들 일이라고 쉽게 넘어가고. 그래도 이번 일로 하이그 백작께서 더 이상 아이들 일이라고 가벼이 보지는 않았으면 좋겠어요. 아이들이 결국 커서 어른이 되니까요."

"물론입니다. 부인."

"우리 리즈가 많이 슬퍼하더라고요. 어쩜, 우리 남편이 아니었으면 하이그 백작도 들어 주지 않았을 텐데, 당신이 내 남편이라 정말 잘됐다, 그렇지?"

……묘하게 말에 날이 서 있는 게 비꼬는 것 같았지만, 일단 하이그 백작은 머리를 도리도리 저었다.

"아, 아닙니다. 꼭 혼내겠습니다. 귀족 영애의 치마를 들추다니, 그런 상스럽고 천박한 짓을. 공작 각하가 아니더라도 꼭 주의를 시켜야 할 문제입니다."

"역시, 백작께서는 현명하실 줄 알았어요."

"네, 네. 감사합니다."

"여보, 얼굴 좀 풀라니까. 백작도 알았다고 했잖아."

"……."

"하이그 백작이야 지혜롭고, 현명하신 분이니까, 다시는 이런 일이 없게 해 주시겠지. 무슨 일이 있으면, 그때 가서 다시 해결하면 되잖아."

하이그 백작은 꽃처럼 아름답고 온화한 공작 부인의 얼굴을 보며 침을 꿀꺽 삼켰다. 분명 웃고 있는데, 왜 그때 가서 다시 해결하겠다는 말이 이렇게 섬뜩하게 들릴까. 공작의 팔을 잡고선, 가녀린 손가락으로 그의 미간을 만지작거리며 나긋하게 애교를 부리는 공작 부인을 보며 그는 공포에 몸을 흠칫 떨었다.

뭔지 모르겠다. 하지만, 어쨌든 알아서 잘 피해야 할 것만 같은 느낌이 들었다.

자신의 허리를 감아 오며 입을 맞춰 대는 위그를 보이지 않게 밀어 내며, 비비안은 하이그 백작을 힐끔 보았다. 그가 얼마나 당황했는지 뻔히 다 보였다. 땀을 뻘뻘 흘리며 부인과 대화를 나누는 그를 보며 입술 끝을 말아 올린 뒤, 비비안은 잘게 썰린 복숭아 한 조각을 들어 위그의 입을 막고는 다시 하이그 백작을 보며 배시시 웃었다.

제 웃음에 소름이 끼친 듯 어색하게 웃는 그를 보며, 비비안은 곧 눈길을 아래로 내렸다.

다음 단계는 어디 한번 보고 결정하는 게 좋겠다.

위그는 제 품에 나른하게 기대 다른 사람들의 말에 웃으며 맞장구를 치는 비비안을 내려다보았다. 입 안에 있는 복숭아 향이 그녀의 향기와 맞물리며 달콤하기 짝이 없는 여운을 만들고 있었다. 이런 자리를 싫어한다고 하던데, 정작 참석하면 누구보다 잘 응수했다.

잘하는 것과 좋아하는 것은 다르다 그건가.

비비안의 땋아 올린 머리카락을 매만지며, 그가 의자 등받이에 기댔다. 사람들 사이에서 누구보다도 화사하게 웃고 있는 그녀의 모습은 도저히 연기라고 생각할 수 없을 정도로 진실하였다. 하긴, 이 정도 능력은 있으니까 그 정도로 상단을 키워 낼 수 있었을 터였다.

그가 보건대 비비안은 최소한 성공한 상인이 갖출 만한 능력은 전부 갖춘 여자였다. 담략, 행동력, 안목, 기회를 잡는 능력, 마지막으로 철저한 자기 관리까지. 거기에 약간의 운만 더해 주면 비로소 로튼이 탄생하는 것인가.

그는 괜히 이상한 기분이 되어, 비비안의 머리에 가볍게 입을 꾹 맞췄다. 그의 그러한 기분을 아는지 모르는지, 비비안이 고개를 돌려 그를 보고는 눈가를 접어 사랑스럽게 웃었다.

그때였다. 그들의 행동을 빤히 보고 있던 누군가가 문득 생각이 났는지 입을 열었다.

"그러고 보니, 빌케르 백작께서 오지 않으셨군요."

마음에 들지 않는 이름이 들려오자 비비안이 미간을 팍 찌푸렸다. 빌케르 백작은 가능한 한 오지 않았으면 좋겠다. 기왕이면 세상도 좀 뜨면 얼마나 좋아. 눈에 거슬리는 것들은 전부 제거해 버리면서 살아온 비비안의 인생에, 유일하게 거슬리면서도 제거할 수 없는 물질이라 짜증 나는 존재였다.

그러한 그녀의 뜻을 알아차렸는지, 위그가 입을 열었다.

"그자가 없어도 딱히 문제 될 것 없는 만찬이었는데."

그의 말에 비비안이 고개를 휙 돌려 위그를 보았다. 그의 얼굴에는 은근한 득의양양한 기색이 서려 있었다. 비비안은 그만 헛웃음을 지었다.

하지만 위그의 말을 눈치도 없이 받아먹는 사람이 있었다. 에린 백작 부인이 고개를 갸웃거리다가, 입을 열었다.

"부인께 간 거 아닐까요? 갓 따님을 보셔서 기쁜 아버지잖아요."

순간 비비안의 얼굴이 급격히 싸늘하게 식어 내렸다. 그 인간이 진짜 카트린의 방에 갔다면 그녀는 당장 그의 머리채를 잡고 질질 끌고 나왔을 것이었다. 안 그래도 힘든 카트린에게 개소리를 하면서 그녀를 모욕하고 상처를 줄 게 빤했기 때문이었다. 현재 카트린은 그래도 혼자서 몸을 일으킬 수 있고 움직일 수 있는 상황이었지만 어디까지나 행동반경이 방 안으로 한정되어 있을 정도로 많이 허약한 상태였다.

여기까지 생각이 미치자 기분이 더러워졌다. 비비안은 길게 숨을 내쉬고, 앞에 놓인 물을 들이켰다. 그리고 곧, 자리에서 일어났다.

"어머, 부인?"

"아, 조금 실례할게요."

만찬 자리에서 여자들의 실례한다는 말이야 화장을 고치고 오거나 화장실에 가겠다는 의미였으므로 사람들이 곧 고개를 끄덕였다. 제 품에서 벗어나는 비비안에게 빨리 오라고 속삭인 위그는, 자리를 뜨는 그녀의 뒷모습을 빤히 지켜보더니 다시 고개를 돌렸다. 그리고 다른 귀족들의 이야기를 조용하게 듣는 그를 보며, 한쪽에 함께 앉은 에린 백작 부인과 케텔 후작 부인이 마주 보며 웃음을 흘렸다.

위그는 몰랐겠지만, 방금 만찬이 시작해서부터 그는 비비안에게 시선을 고정하고 있었다. 사랑스럽기 그지없다는 눈빛을 담아 한쪽 팔은 그녀의 어깨를 감은 채, 어디로 도망갈까 두려운 듯이 품에 꼭 끌어안고는. 가끔 비비안이 제 어깨에 머리를 기대기라도 하면, 본능에 따라 그의 입술이 그녀의 이마를 찾고, 가끔은 그녀의 눈과 입술을 찾는다. 그러다가 비비안이 그의 입술에 대답이라도 해 주면, 기뻐서 어찌할 줄 모르는 눈빛을 보인다.

지금도 무의식적으로 비비안이 나간 다이닝 홀의 문을 힐끔힐끔 쳐다보는 게, 이렇게 말하면 안 되지만 딱 강아지 같았다. 외출한 주인을 기다리며 문 앞에서 하염없이 기다리는 듯한 처량한 모습에 두 귀부인이 킥킥 웃음을 흘렸다.

결혼 전 그의 행적을 모두 알고 있는 두 부인으로서는 신기할 수밖에 없는 광경이었다. 위그의 옆에는 언제나 여자들이 끊이지 않았고, 그는 여자를 싫어하지도, 그렇다고 미친 듯이 좋아하지도 않은 채 딱 적당하게 거리를 유지하는 남자였다. 그럼에도 잘생긴 얼굴에 다부진 체격, 지위까지 삼박자를 골고루 갖춘 이 남자가 저렇게 부인에게 흠뻑 빠져 허우적대는 모습은 재미있기까지 했다.

까르르 웃는 두 귀부인이 나누는 밀담의 주인공이 된 줄은 꿈에도 모른 채, 위그는 조용하게 저번 달에 일어난 마차 전복 사건의 전말을 얘기하는 에린 백작의 말을 듣고 있었다. 그래 봤자, 자꾸 옆에 없는 비비안이 신경 쓰여 견딜 수가 없었지만.

위그가 곧 다이닝 홀 한구석에 있는 시계로 고개를 돌렸다. 비비안이 나간 지 10분 정도 되었다. 화장실이 이렇게 멀지는 않을 텐데, 화장 고치는데 시간이 얼마나 걸리나? 화장이라고는 해 본 적도 없는 그가 알 리 없었다.

혹시 중간에 무슨 일이 생긴 건 아닌지 신경 쓰여 자꾸 정신이 문 쪽으로 향했다. 그러다가 그는 곧, 에린 백작의 물음에 미간을 찌푸리고 대충 답해 주다가, 다시 문 쪽으로 시선을 돌렸다.

그렇게 시간이 흐르고, 화기애애한 다이닝 홀의 분위기와 달리 위그는 혼자 초조해서 안절부절못했다. 그런 그를 보는 귀부인들의 눈빛이 더욱더 웃음기를 머금고, 비비안이 나간 지 30분 정도 되었을 때, 다이닝 홀의 문이 열렸다.

드디어 왔나 싶어 얼굴이 펴지려는 순간, 위그는 곧 문을 열고 들어온 인영을 확인하고 미간을 찌푸렸다. 비비안이 아니었다. 하지만 비비안과 관계가 있는 아이였다. 딱 두 번 본 그의 또 다른 처조카, 리즈와 달리 얌전하고 부드러운 인상에 카트린을 똑 닮은 아리아였다.

다만 위그는 아리아의 눈에서 줄줄 흐르는 눈물을 보고 잔뜩 긴장했다. 아리아가 왜 울겠는가. 그가 계속 비비안을 신경 쓰고 있어 그런 것인지는 모르겠지만, 왠지 모르게 비비안과 관계있는 일일 것 같은 생각이 들었다. 그리고 곧, 그가 자리에서 일어났다.

"각하?"

"먼저 일어나겠다. 금방 오도록 하지."

주위 사람들이 영문을 묻기도 전에 위그는 어른들 사이에서 두리번거리며 무엇을 찾는 아리아에게 다가가, 그녀를 단숨에 안아 들었다. 그리고 다이닝 홀의 문을 열고 성큼성큼 걸어 나간 뒤, 다시 그녀를 놓아주었다. 아리아는 삽시에 자신이 들려져 공포에 질린 듯했지만, 그것이 위그라는 사실을 깨닫고는 갑자기 그의 옷깃을 꽉 잡았다.

위그가 다리를 굽혀 아이와 시선을 맞춘 뒤 최대한 자상하게 물었다.

"무슨 일이지?"

"……이모, 이모."

"비비안은 잠시 자리를 떴어. 나한테 말할 수 있나?"

이모라는 말에 순간 심장이 쿵 내려앉았으나, 그는 아리아가 비비안을 찾을 수도 있다는 생각이 들어 곧 입을 열었다. 그러나 그의 물음에도 아리아는 도리머리를 쳤다.

"아니, 흡, 그게 아니라……."

"그게 아니라?"

공포에 질린 얼굴로 열두 살짜리 여자아이가 눈물을 흘리고 있었다. 빨리 말하라고 다그칠 수도 없는 상황이었다. 그러기에는 아리아는 지나칠 정도로 흐느끼고 있었고, 눈 속은 온통 공포로 가득 차 있었다. 직감적으로 보통 일이 아님을 깨달은 위그가 곧 아리아의 자그마한 손을 잡았다. 그리고 그것이 신호라도 되듯, 아리아가 갑자기 그의 목을 끌어안고 통곡하기 시작했다.

"흐, 흐흑, 으아아앙."

리즈보다 더 큰 아이가 이렇게 서럽게 울어 대자, 그는 당황함에 젖어 어떻게 해야 할지 몰라 그녀의 등을 두드렸다. 솔직하게 말해서 당장 무슨 일인지 다그치고 싶었지만, 아이는 세상이 무너질 것처럼 울고 있었고, 아이의 울음은 폐부에 스며들 정도로 처절했다.

그때였다.

"어, 어머. 무슨 일이죠, 이게?"

가녀린 목소리가 들리고 위그가 고개를 옆으로 돌렸다. 화려한 하얀색 드레스를 입은 크리스티나가 눈을 동그랗게 뜨고 서 있었다. 그에 위그가 미간을 찌푸렸다. 그로서는 이 왕녀와 딱히 접점도 없었을뿐더러, 비비안이 자꾸 집요하게 물어 오는 바람에 조금 이상한 기분이 들었다. 하지만 어쨌든 왕녀였으며, 심지어 알렉산드르의 누이였다. 거기까지 생각이 미치자, 그가 굳은 얼굴로 입을 열었다.

"아닙니다. 제 처조카가, 무슨 일이 있는 것 같아서."

"이런, 단주님의 조카분이신가요?"

응?

어색한 호칭에 어색한 높임말이었다. 왕녀씩이나 되어서 왜 굳이 그렇게 부르는지 몰랐지만, 그보다 아리아의 울음을 그치게 하는 게 먼저였다. 크리스티나가 그에게 다가오는 것을 곁눈질하고는, 위그는 결국 아리아의 등을 톡톡 두드리며 입을 열었다.

"아리아."

"흡, 흑흑."

"아리아. 무슨 일이 있는지 말해 줄 수 있어? 내가 알아야, 해결을 할 수 있을 것 같은데."

"흑, 이모, 이모가."

"그래, 비비안이 어쨌다고?"

"이모가, 아빠한테…… . 흐아아앙, 도와줘요. 도와줘요! 엄마가, 아빠가…… ."

순간 심장이 쿵 하고 내려앉았다. 옆에 서 있던 크리스티나가 깜짝 놀라 입을 막았고, 위그는 급히 아리아를 품에서 떼 놓은 뒤 그녀의 얼굴을 매만지며 입을 열었다.

"여기서 기다려. 알겠지? 아니, 아니, 방으로 돌아가서 기다려."

"제가 옆에 있을게요, 공작, 어서 가 보세요."

크리스티나가 뭐라고 하는지 사실 들리지 않았다. 다만 아리아가 고개를 끄덕이기가 바쁘게 본능에 따라 다리가 움직였다. 엄마라는 말이 나왔고, 카트린은 현재 방에 딱 붙어 있었으니 장소가 어딘지는 확실했다. 다이닝 홀에서 카트린의 방까지는 걸어서 10분 정도 걸렸다. 쓸데없이 큰 왕실 별장에 욕을 내뱉으며 위그가 급하게 뛰어갔다.

머릿속에 수만 가지 생각이 들었다. 걸음을 옮기는 몇 분이 긴 세월처럼 느껴지고, 누군가가 제발 무사하기를 이토록 미치게 바란 적이 있나 싶을 정도로 간절하게 신을 찾았다.

제발, 제발, 제발.

전쟁터에서조차 이토록 간절했던 적이 없었다. 적이 급습해도 침착하게 대응하던 사람답지 않게 그는 지나칠 정도로 긴장해 있었다. 비비안이 아무리 강철 같은 정신력을 자랑해도 결국에는 여자였다. 가느다란 팔다리가 잡아 쥐기만 해도 끊어질 것 같고, 키만 컸지 사실은 그저 한 명의 여자일 뿐이었다. 검을 써 본 적도 없고, 무력을 연마해 본 적도 없고, 저 자신을 지킬 만한 수단 하나 없는.

거기까지 생각하자 순간 머릿속에 말로 표현할 수 없는 오만가지 상상이 튀어 오르고, 그는 어느새 제가 카트린의 방문과 몇 걸음을 사이에 두고 있다는 것을 깨달았다. 심장이 튀어나올 듯이 두근거렸다.

그리고 그런 그의 신경을 잡아 바닥으로 메치는 비명 소리가 귀를 찔렀다.

"꺄아아악!"

누구의 것인지 분간조차 가지 않았다. 그 순간, 그가 미친 듯이 카트린의 방문을 열어젖혔다. 쾅 하는 소리와 함께 문이 열리고, 가장 먼저 눈에 들어오는 것은……

"어머, 왔어?"

익숙한 목소리와 함께 그가 고개를 들었다. 그 순간 그는 얼어붙었다. 그가 상상하던 광경과 완전히 다른 참혹한 모습이 그대로 눈앞에 펼쳐졌다.

방 안은 엉망이었다. 바닥에는 유리 파편이 이리저리 널브러져 있었고, 누구의 것인지 모를 핏자국들이 점점이 떨어져 있었다. 각종 도자기가 깨져 있었고, 침대의 캐노피는 누가 쥐어뜯었는지 모를 정도로 흉측하게 구겨져 있었다.

그리고, 그 사이에 비비안이 우아하게 서 있었다. 섬뜩하리만치 차가운 눈을 한 채, 맹수의 그것처럼 모두 잡아먹을 듯한 시선으로.

"끄…… 끄윽."

남자의 신음이 들려왔다. 자연스럽게 소리를 따라 시선을 옮긴 위그는 곧 비비안과 몇 걸음 떨어진 곳에 널브러져 머리를 감싸고 있는 빌케르 백작을 발견했다. 그와 얼마 떨어지지 않은 곳에 있는 침대가 눈에 들어왔고 황급히 자신의 머리를 비롯한 외양을 정리하고 있는 카트린이 보였다. 그녀의 얼굴은 온통 눈물범벅이었다. 마치 무슨 일이 있었던 것 같지 않은가.

두 손으로 머리를 감싼 빌케르 백작의 손가락으로 핏물이 물줄기처럼 뚝뚝 떨어졌다. 그리고 그 주위에 널브러진 굵직굵직한 유리 조각들은 모든 방에 하나씩 비치되어 있는 재떨이로 보였다. 다만 현재는 파편으로 산산이 부서진 채, 그대로 바닥에 뒹굴고 있었다. 그 두꺼운 것이 어떻게 부서졌는지 생각할 새도 없었다. 위그가 길게 숨을 들이쉬었다. 그의 시선이 다시 한번 비비안에게 닿았다. 그리고 그 순간, 그녀가 생긋 웃었다.

"아, 내 손을 직접 쓰는 건 질색인데. 하여튼 이 인간이 문제야."

더러워진 하얀 장갑을 손에서 빼 내 빌케르 백작을 향해 가볍게 던진 뒤 비비안이 나른하게 중얼거렸다. 바닥에 꽃잎처럼 펼쳐진 드레스 자락이 피에 물들고 더럽혀져도 그녀는 전혀 개의치 않는 것 같았다. 그렇게 갓 사냥을 마친 사냥꾼 같은 표정을 짓던 비비안이 위그를 향해 웃었다.

"와서 좀 도와줄래?"

위그는 때렸으면 때렸지 절대 맞았을 것 같지는 않은 비비안의 얼굴을 보았다. 고혹적인 미소가 걸려 있었다. 이 방 안에서 빌케르 백작을 저리 만들 사람이라고 해 봤자 비비안밖에 없었다. 그녀는 장갑을 벗어 던진 손을 꾹꾹 누르고, 흐트러진 머리카락을 매만졌다. 그리고 곧, 다시 그를 보며 웃어 보였다. 그 우아하고 섬뜩한 미소를 보고 위그는 잊고 있었던 사실을 떠올렸다.

비비안 로젤리스는 제 형제를 제거하고 단주가 된 이였다. 그런 여자는 사냥감이 될 수 없다. 그 사실을 상기하자마자 그는 아리아가 차마 끝을 맺지 못한 뒷말을 짐작해 냈다.

'이모가 아빠한테 손을 댔어요.'

위그는 너무나 당연하게 비비안이 무력하게 당할 것이라고 생각한 자신을 자책해야 했다. 그러나 그럴 법하지 않은가. 그의 상식 내에서 손에 잡히는 것을 쥐고 남자를 죽을 때까지 팬 여자는 없다. 물론 상황은 충분히 오해할 만했지만.

비비안은 얼어붙은 위그를 보며 우아하게 미소 지었다.

대충 보아하니 아리아가 잘 가서 말한 것 같은데. 그녀가 예상한 대로 이상한 생각을 하며 달려온 게 분명한 남편은 방 안의 풍경에 경악을 금치 못하는 중이었다.

그러나 그녀는 위그에게 관심을 끄고 침대 위에서 눈을 꼭 감고 있는 카트린을 보았다. 그리고 화장실을 핑계 삼아 다이닝 홀을 나와, 혹시나 빌케르 백작이 진짜로 카트린의 방에 갔나 보러 간 자신에게 몇천 번이고 감사했다. 굳이 말하자면 빌케르 백작이라는 이름을 꺼내 준 그 어느 이름 모를 귀족과, 그 말을 물어 준 에린 백작 부인이 더 고마웠지만.

카트린의 방은 느긋하게 걸어서 10분이고, 뛰면 그보다 조금 더 적은 시간이 소요되었다. 불안한 마음을 안고, 그럼에도 '설마 그런 우연이 있겠어'라고 생각하며 카트린의 방 앞에 섰을 때, 그녀는 문 뒤에서 아리아가 귀를 막고 바들바들 떠는 것을 보고 자신이 제대로 왔음을 알아차렸다.

마치 아주 오래전 광경과 겹쳐지는 듯했다. 카트린이 어렸고, 비비안은 더 어렸던 '그' 날. 열세 살의 소녀가 바라보는 광경, 그녀의 언니와 빌케르 백작, 살짝 열린 틈, 그 사이로 비쳐 들어오는 풍경. 술에 취한 남자. 그리고 무력하게 울고 있는 언니.

모든 것이 생생하게 다시 펼쳐졌다.

'정말이지 쓸모라고는 없군. 그렇게 비싼 값을, 응? 그렇게 비싼 값을 치렀는데. 볼 거라고는 하나도 없는 평민 계집을 비싼 값에 사 왔는데, 아들 하나 낳지 못해서. 정말이지 쓸모라고는 없는 계집······.'

술에 취해 혀가 꼬인 남자가 느긋하게 내뱉었다. 두툼하고 끔찍한 악마의 손이 카트린의 어깨를 잡고, 곧 바들바들 떠는 카트린의 옷을 움켜쥐었다. 그에 흠칫해 고개를 비트는 카트린의 턱을 쥐어 잡아 저를 보게 하고 잔뜩 일그러진 얼굴로 제 아내를 보는 눈빛은 그야말로 악마의 것.

'아직 더 낳을 만하지?'
'여보.'
'아직 더 낳아야지. 어디 써먹을 구석도 없는 계집 주제에 아이라도 제대로 낳아야지 않겠어?'
'백작님. 제발.'

역겹고 토악질이 날 것 같은 더러운 말에 순간 피가 머리끝까지 치솟았다. 내장이 뒤집히고, 뇌 신경 마디마디가 당장 그를 죽여 버리라고 울분을 토했다. 제정신을 차릴 수가 없었다. 이 상황에서 제정신을 차릴 수 있는 사람이 있긴 한가.

다시 한번 그녀가 악몽에서 보던 그 장면이 펼쳐졌다.

그러나 그 악몽과는 또 달랐다.

장롱 속에서 몸을 숨긴 채 달달 떨고 있던 소녀는 스물일곱 살의 단주가되었고, 언니와 함께 우는 게 유일하게 슬픔을 달랠 길이던 과거와 달리 그녀는 이제 힘을 갖고 있었다. 순간 그녀의 눈길이 작은 테이블에 장식용으로 놓인 재떨이로 향했다가, 다시 한번 카트린을 쿠션으로 꽉 누른 사내에게 향했다. 이 문을 열고 들어가고, 손을 들고, 그리고 정확히 아래로 치면, 모든 것이 끝난다.

그리고 거기까지 생각하자 더는 고민할 필요도 없이 몸이 움직였다.

조용하게 문이 열리고 비비안은 방에 들어갔다. 옆에 놓인 재떨이를 집어드는데 카트린이고 빌케르 백작이고 정신이 없어 그녀를 발견하지 못했다. 분노는 솟아오르고 정신은 어지럽기 그지없는데 모든 행동이, 손끝이, 발끝이 알아서 숨을 죽여 줬다. 꼬인 혀로 뭐라 중얼거리는 남자. 한 번이고 두번이고 꿈에서는 백 번이고 죽였을 저 뒷모습.

펵!

둔탁한 소리가 울리고 빌케르 백작은 순식간에 머리를 때리는 힘에 정신이 아찔해져 휘청거렸다. 그 틈을 노려 비비안이 다시 한번 재떨이를 들어 빌케르 백작의 머리를 내리찍었다.

"비비!"

카트린이 곧 처절하게 소리를 질렀으나 하나도 들리지 않는 듯했다. 비비안의 얼굴은 표정 하나 없이 섬뜩하기만 했다. 14년. 저 새끼 대가리 하나 찍는 데 14년이 걸렸다. 피를 철철 흘리며 침대에서 쓰러져 내려온 빌케르 백작의 몸이 바닥에 쿵 하고 떨어지자, 비비안은 침착한 얼굴로 발을 들어 바닥에 놓인 빌케르 백작의 손을 구두 굽으로 짓밟았다.

"크흑, 헉. 으아아악!"

손바닥이 뚫릴 듯한 아픔이 전해져 오자 빌케르 백작이 비명을 질렀다. 머리가 띵해 아무것도 보이지 않았고, 손은 지독하게 아팠다. 그것을 보던 비비안은 문가에서 놀란 얼굴로 서 있는 아리아를 발견하고 멈칫했다. 아이는 이미 완전히 얼이 나갔는지 부들부들 떨고 있었다. 그리고 곧, 그녀가 다정하게 말했다.

"아리아, 사람을 불러오렴."

그녀의 말이 끝나자마자 아리아는 눈물을 뚝뚝 흘리며 밖으로 달려 나갔다. 사실 딱히 누군가의 도움을 받으려고 한 것은 아니었다. 그저 아이가 보기에는 그다지 좋지 않은 장면이라 여기에 그녀를 남겨야 할 이유가 없다고 생각했다. 게다가 아리아가 도움을 구할 만한 사람이라고 해 봤자 굳이 깊게 생각을 할 필요도 없었다. 뭐, 아이는 본능에 따라 가장 익숙한 사람을 찾지 않는가. 가장 믿을 만한 어른. 굳이 위그가 아니어도 상관은 없었지만, 그놈이 와 준다면 일이 훨씬 수월하게 끝난다.

그녀는 다시 고개를 돌려 제 발 아래서 고통스러운 신음을 흘리는 빌케르 백작을 응시했다. 그녀에게 거세게 맞은 데다가 손이 뭉개져서 그는 이미 제정신이 아니었다. 뾰족한 굽에 더욱더 힘을 주자 빌케르 백작은 고통에 몸부림쳤다. 그것을 보던 그녀가 천천히 몸을 낮췄다. 그리고 곧, 은근한 목소리로 물었다.

"아파?"

"이…… 이 미친년!"

"당신이 아플 자격은 되고?"

"네까짓…… 으으윽!"

그 와중에 빌케르 백작의 주둥아리는 여전히 비비안을 저주하고 있었다. 그것을 듣던 비비안이 피식 웃었다. 그녀는 곱게 빗은 머리를 뒤로 대충 쓸어 넘겨 버렸다. 어차피 드레스도 엉망, 구두도 엉망, 모든 것이 엉망이었다. 그녀는 더욱더 고개를 숙이고, 바닥에 엎드린 빌케르 백작에게 속삭였다.

"당신을 죽여 버리는 꿈만 매일 꿨는데. 드디어 이렇게 손을 쓰게 되는군. 앞으로는 오늘 밤의 기억을 두고두고 곱씹어야겠어."

그때였다.

무슨 힘이 어떻게 생겼는지 빌케르 백작이 팔을 휘둘렀다. 그리고 곧, 철썩하는 소리와 함께 비비안의 뺨이 돌아갔다. 얼얼한 뺨을 살짝 만지다가 비비안은 입 안이 터진 것을 깨닫고 웃었다.

그래, 그래야지. 체격이나 다른 건 더럽게 좋은 주제에, 이 정도로 부들거리면 재미없지.

비비안이 곧 자리에서 일어났다. 카트린은 바들바들 떨며 아무 말도 못하고 있었고, 느긋한 눈길로 주변을 훑던 비비안은 실내에 장식된 도자기 하나를 들고 와서 빌케르 백작의 머리에 다시 한번 내려쳤다. 일련의 행동이 분노한 사람의 것 같지 않게 침착하기 짝이 없게 이루어졌지만, 도자기가 머리에 닿는 순간 그것이 내는 소리만큼은 폐부를 찌를 만큼 감정이 잔뜩 실려 있었다.

쨍그랑, 소리를 내며 도자기가 깨지고, 백작이 머리를 감싼 채 그대로 쓰러졌다. 그것을 보던 비비안은 이번에는 치마를 거두고 구두로 그의 머리를 눌러 찍었다. 당연하지만 빌케르 백작은 더 이상 반항하지 못했다. 비비안은 곱게 웃었다.

"솔직히 말하자면 이대로 그냥 죽여 버리고 싶어. 그런데 어쩌겠어. 아리 아랑 리즈랑, 그리고 케이트의 생물학적 아버지가 당신이라는데. 우리 언니 동의는 구하고 죽여야지."

"끄, 끄으윽……."

"우리 언니가 당신한테 절절매는 게 우습게 보였나? 그동안 제 세상이라고 생각하고 아주 신났지? 그런데 어쩌나."

"……."

"내가 재미있는 사실 하나 알려 줄까?"

비비안의 얼굴은 지독하게 일그러져 있었고, 희열인지 슬픔인지 분간이 가지 않는 표정을 짓고 있었다. 마치 홍수에 둑이 터지듯 줄줄 감정이 범람하고, 진득한 혐오와 증오가 섞인 목소리가 방 안을 가득 메웠다.

"당신은 우리 언니 때문에 살고 있었던 거야. 우리 언니 덕분에. 당신이, 그렇게 조롱하고, 벌레 취급도 안 했던 우리 언니 덕분에 당신이 살고 있었던 거라고."

"으윽…… 그, 그만…… 자, 잘못……."

"진즉에 죽여 버렸어야 했는데."

"……."

"손에 피 묻히는 게 무어 그리 대수라고. 가족도 아닌 새끼한테."

퍽!

연거푸 말을 내뱉으면서도 비비안의 구두는 쉴 새 없이 빌케르 백작을 차고, 누르고, 찍어 누르고, 밟고를 반복하고 있었다. 머리를 밟고, 모가지를 굽으로 찍어 눌렀다가 곧 배를 찼다. 반항 의지조차 잃어버린 채 바닥에서 부들거리는 사람을, 아니, 그 괴물의 몸을 칼로 조각조각 난도질하고 싶었을 만큼, 그래도 성이 차지 않을 만큼 열세 살의 소녀가 속삭이고 있었다.

죽여.

죽이고 싶어.

네 언니의 인생을 망친 이 새끼를, 죽여.

그리고 곧, 빌케르 백작이 더는 신음 소리조차 내지 못하고 머리만 감싸 쥔 채 가만히 있자, 비비안이 그를 지르밟던 발동작을 멈추었다.

그 순간, 문이 벌컥 열리고 위그가 들어왔다.

비비안은 방금 저 새끼를 밟던 장면이 아직도 생생해 우아하게 웃었다. 드레스에 핏물이 들었는데 하나도 더럽지 않았다. 가능하면 저 새끼 피를 모조리 뽑아 버리고 싶을 정도였다. 파란색 눈동자가 한겨울 서릿바람처럼 차가웠으나 그 안에 서린 형형한 불길이 그녀가 얼마나 분노했는지 보여 주고 있었다.

그리고 그것을 발견한 위그가, 비비안의 곁으로 다가왔다.

위그는 바닥에서 뒹구는 빌케르 백작과 침대 위에서 울고 있는 카트린을 보며 무슨 일인지 대충 판단했다. 그리고 잇새를 타고 욕부터 치밀어 올랐다. 아무리 바첼론의 남자 귀족들이 정부를 달고, 여자가 많은 것을 나름의 긍지처럼 여긴다지만, 어디까지나 상대가 자원하고 합의했을 때의 경우다. 강제로 사람을 취하는 건 개새끼들이나 하는 짓이다. 그것이 위그가 제이슨을 혐오하는 이유 중의 하나였다. 아니, 이제는 이자도 거기에 더해야 할 것 같다.

카트린은 갓 아이를 낳은 산모였고, 몸이 많이 허약해진 상태였다. 바첼론 어느 귀족 가문을 뒤져 봐도, 하다못해 정부를 줄줄이 달고 있는 코틀 백작이라도 이런 짓은 하지 않는다. 아내를 사람으로 봤다면 하지 못할 짓이었다. 동물조차 해산하면 따뜻한 곳에서 쉬게 해 주고 보살펴 주었다. 하물며 인간이었고, 아내였다.

한평생 손잡고 가야 할 배우자, 반려, 인생의 나머지 반쪽.

"개새끼군."

위그가 나지막이 욕을 터뜨리자, 비비안이 우아하게 웃었다.

"개한테 그러지 마. 개는 무슨 죄야."

"일단 감옥에 넣어 두지."

"무슨 명분으로?"

비비안이 느긋하게 말하자 위그가 고개를 들었다. 비비안의 눈빛은 이 방 안을 난장판으로 만들어 놓은 것과 달리 무척 담담했고 차분했으며 무엇보다도 평온했다. 그럼에도 그를 향해 힐난하고 분노하고 슬퍼하는 것이 눈에 보이는 것 같아 그는 그게 가슴이 아팠다.

그때였다.

"나 동정하지 마."

"……비비."

"이 환상적인 순간을 당신의 역겨운 동정 따위로 더럽히고 싶지 않으니까."

"……."

"나는 그냥 복수한 것뿐이야. 내가 원하는 것대로. 그 대가를 지라고 하면 기꺼이 지겠어."

비비안이 서늘하게 말을 내뱉자, 곧 위그가 한숨을 쉬었다. 비비안은 그의 얼굴을 보다가 제가 과하게 반응했음을 알았는지 다시 생긋 웃었다.

"그래서, 무슨 죄목으로 어떻게 가두겠다고?"

"그건……."

"없지?"

비비안의 물음에 말문이 막혀, 위그가 떨떠름하게 눈을 깜박였다. 겁탈이라고 치기에 바첼론에서 부부 사이의 일은 간섭을 하지 않는 것이 관례였다. 폭행이라고 치기에 현재로서 카트린에게는 폭행의 흔적이 보이지 않았고, 군이 말하자면 폭행은 아무리 봐도 비비안이 더욱더 휘두른 것이 사실이었다.

결국 그는 바닥에서 널브러져 있는 빌케르 백작을 힐끔 보았다. 그리고 곧, 무심한 얼굴로 입을 열었다.

"죄목이야, 뒤집어씌우면 그만이다. 귀족 관례도 관례고, 법도 법이다. 그 수많은 것들을 중에서 적당한 것 하나 대지 못할까 봐."

위그는 뭔가 제 나름대로 생각이 있는지, 그렇게 말하며 서늘하게 웃었다. 비비안은 그가 이런 선택을 했다는 것이 조금 놀라운지 의외라는 얼굴을 했다.

"오, 다른 사람들 이목은 두렵지 않나?"

"내가 다른 이들의 이목을 신경 쓸 이유가 있나?"

다소 건방진 언사였지만 그것은 사실이었다. 위그 이디에트는 누군가의 눈치를 볼 사람이 아니었다. 반역만 아니라면 그가 처리하지 못할 사람도, 일도 이 세상에 존재하지 않는다. 비비안은 제 남편의 권력을 새삼스럽게 깨달았다는 얼굴을 했다. 아무리 그녀에게 제 밑바닥을 보였다고 해도 결국에는 그 이디에트였다. 귀족 중의 귀족.

"폭행도 내가 했는데?"

"상관없어."

"……흐음."

"누가 당신을 손가락질하면, 그 새끼 손가락부터 부러뜨릴 테니까 안심해."

비비안은 피식 웃었다. 그녀는 느긋하게 걸음을 옮겨 위그의 옆으로 다가갔다. 그녀의 얼굴에는 여유가 가득했다.

"귀족법으로 다스려. 공작 부인을 폭행한 죄."

"뭐? 당신 맞았나?"

비비안이 느긋하게 말을 내뱉자 위그가 화들짝 놀라 바로 비비안에게 다가갔다. 자신의 얼굴을 잡고 이리저리 돌리는 것을 말리지도 않은 채 비비안이 가볍게 한숨을 쉬었다.

그리고 곧, 살짝 부어오른 비비안의 입가를 발견한 위그의 얼굴이 사정없이 일그러졌다. 저 새끼가 감히 아내의 몸에 손을 댔다. 그는 만지는 것도 아까워서 손도 함부로 못 대는 저 얼굴에, 한평생 키스만 받아도 아까운 저 얼굴에. 웃음만 걸어도 아쉬운 저 얼굴에.

그의 시선이 바닥에서 뒹구는 빌케르 백작에게로 꽂혔다. 저도 모르게 한 걸음 내딛으려는 그를 비비안이 손을 잡아 말렸다. 위그는 왜 그러느냐는 듯이 고개를 돌렸으나 비비안이 입을 열었다.

"당신이 여기서 더 때리면 죽어. 목숨은 남겨."

"저자가 당신을 때렸어. 지금 나더러 참고만 있으라는 건가?"

"일부러 맞아 준 거야."

위그는 순간 의문 섞인 얼굴을 했다. 그러나 비비안은 여유롭게 웃었다. 아무리 빌케르 백작이 건장한 남자라고 해 봤자 이미 뒤통수를 두 번이나 가격당하고, 손바닥은 하이힐의 굽에 사정없이 찔린 상태였다. 비비안이 진짜로 도망쳤다면 뺨 하나 정도 피하는 건 쉬웠다. 물리적인 힘은 없어도 그 정도의 민첩함은 있으니까.

그럼에도 일부러 괴악스럽게 휘두르는 손에 맞아 준 이유는 간단했다.

"귀족법에는 지위가 더 높은 귀족을 상대로 폭력을 행사하면, 치죄하는 조항이 있다지?"

정식으로 성문화되지는 않았지만 관례로 남은 풍습이었다. 그 조항은 아직도 귀족들 사이에서 분쟁을 해결하기 위해 쓰이곤 했다. 공작 부인의 수업 어쩌고저쩌고 중에 하나 섞여 있기에 대충이라도 읽어 둔 게 도움이 되긴 했다. 비비안은 웃으면서 위그를 향해 입을 열었다. 물론 그게 없다고 해도 이디에트 공작 부인의 얼굴에 손을 댄 이상 빌케르 백작가는 항변 하나 하지 못한 채 엄벌을 당할 수밖에 없었다.

"공작 부인에게 손을 댔잖아. 제대로 죄를 물어."

분노와 증오에 물들어 이성을 온전히 잃었을 게 분명한 상황에도 나중 일까지 생각해 일부러 한 대 맞아 준 제 아내의 치밀함에, 위그의 시선이 묘하게 흔들렸다. 그에 섬뜩하게 웃어 주며, 비비안이 입을 열었다.

"내가 맞아 준 값은 톡톡히 받아 내야지."

* * *

"백작께서 공작 부인께 손을 댔다니. 그 무슨 말씀이십니까?"

"본인 입으로 지금 설명을 다 해 놓고 무슨 말씀이냐고 묻는 건가."

방문을 닫자마자 위그는 급한 목소리로 저를 찾는 귀족 무리들을 보며 얼굴을 구겼다. 하여튼 이런 소식은 언제나 빠르게 퍼졌다. 제 옆에 사람을 심어 놓은 건 아닌지 의심해야 할 정도로 그들은 빠르게 발을 움직였다.

위그는 삼삼오오 떼를 지은 귀족들을 죽 훑어보다가 고개를 돌렸다. 방 안에서는 비비안이 누워 휴식을 취하고 있었다. 얼굴이 끔찍하리만치 차분하기에 극도로 이성적이라고 생각했는데 그것도 아니었다. 결국 거칠게 숨을 내쉬다가 약을 먹고 잠든 비비안에게 이불을 덮어 주고 나온 그가 곧 길게 숨을 내쉬었다.

카트린의 방은 아무도 감히 방에 들어가지 못하게 주위 사람들에게 엄포를 놓았고, 난장판이 된 방 안과 빌케르 백작의 몸에 생긴 상처는 전부 위그가 한 짓으로 돌렸다.

비비안은 굳이 위그가 뒤집어쓰겠다는데 그것을 말릴 정도로 정의감이 넘치는 성격이 아니었다. 이런 걸로 생색낼 생각이나 하지 말라는 비비안의 뺨을 살살 쓰다듬은 뒤, 위그가 웃으며 입을 열었다.

'그깟 걸로 생색낼 정도로, 권력이 궁핍한 사람은 아니다.'

애초에 비비안이 일부러 한 대 맞아 준 게 큰 도움이 되긴 했다. 시녀들이 호들갑 떨며 비비안의 얼굴이 부었다고 난리 난리를 치는 바람에 사람들은 당연히 빌케르 백작이 잘못했다고 생각했다. 설사 그렇게 생각을 하지 않는다고 해도 그것이 티 나지 않게끔 반응해야 했다. 빌케르 백작과 이디에트 공작 앞에서 그들의 선택은 굳이 더 볼 것도 없었다. 뭐가 됐든 빌케르 백작이 비비안에게 손을 댔다는 것만큼은 사실이므로 평소 백작가와 친분이 있는 이들도 감히 위그 앞에서 그를 옹호하는 짓은 하지 못했다. 그래서 빌케르 백작을 지하 감옥에 가두어 놓았음에도 누구도 이의를 표하지 않았다.

다만 이쯤 되면 남편의 권력을 남용한다는 말이 나올 법도 했다. 아무리 로튼의 단주라도 결국 남편의 권력에 기댈 수밖에 없다는 뒷말이 나올까 봐 걱정하는 헤더에게 비비안이 비웃음을 지었다.

물론 헤더는 괜히 공작의 권력만 믿은 채 공작 부인이 제 형부에게까지 야박하게 군다는 말이 나돌 것을 염려한 것이었다. 그녀는 침대에 누워 있는 주인을 향해 걱정스러운 눈빛을 보냈으나 정작 당사자인 비비안은 무척 당연하다는 듯, 당당하게 입을 열었다.

'위그 이디에트는 내게서 어마어마한 돈을 가져갔어. 그걸 권력으로 돌려받는 것뿐이야. 이 정도도 못 하면 결혼을 한 의미가 없지.'

'그렇긴 하지만 모든 이들이 그 뒷사정을 아는 것은 아니니까요. 괜찮을까요? 명예에 흠집이라도 가면…….'

'내게 더 흠집이 갈 명예가 있긴 해?'

'…….'

'그리고 설사 더 흠집이 간다고 해도 내가 신경 안 써. 나는 명예에 흠집이 갔다고 생각하지 않아. 겨우 이런 일 때문에? 그러니까 별 상관이 없는 문제야. 그래도 정 납득이 안 되면…….'

'······안 되면?'

'자기가 공작 부인을 하든가.'

그렇게 말하고 비비안은 웃음을 터뜨렸다. 그러나 당연하게도 그것은 불가능했다.

그렇게 사건의 진실은 감춰진 채, 빌케르 백작이 공작 부인에게 손을 댔고, 거기에 분노한 공작이 빌케르 백작을 초주검으로 만들었다는 식으로 이야기가 전해졌다. 울고 있는 아리아를 목격한 크리스티나 왕녀조차도 '어쩐지 아이가 울더라니······' 하는 애매한 말을 흘려, 그것은 기정사실이 되었다.

그리고 다음 날 아침, 비비안이 카트린의 방을 찾았다.

\* \* \*

카트린은 방에 들어온 비비안을 보며 몸을 일으켰다. 카트린의 베개를 세워 주고 비비안은 의자를 하나 끌고 온 뒤 엉덩이를 붙였다. 곧 그녀가 느긋하게 의자에 등을 기댔다. 그러나 그녀의 여유로운 듯한 행동과 달리 입술을 비집고 나간 물음은 한없이 예리했다.

"이래도 계속 그대로 살고 싶어?"

어제보다 카트린의 얼굴은 더욱더 초췌해져 있었다. 비비안이 들어오자 부드럽게 미소를 담고 있던 그녀는 이제 쓰게 웃으며 고개를 숙였다. 그녀는 어제 비비안이 빌케르 백작을 밟는 장면을 두 눈으로 똑똑히 보았고, 비비안이 왜 그렇게 분노에 가득 차 있었는지도 누구보다도 잘 알았다. 미친듯이 제 남편을 밟는 동생을 말리지도 못한 채 그렇게 보고만 있는 것도 그래서였다. 이미 남편의 몰골 따위는 눈에 들어오지도 않았다.

솔직히 그러했다.

아무리 아이의 아버지라지만 그 모습이, 14년 전과 묘하게 겹쳐서 더욱더 그랬다. 그때처럼 그녀는 또 극한의 상황이었으며 여전히 아무것도 하지 못한 채 무력하게 당하기만 했다.

유일하게 다른 것이라면, 비비안은 더 이상 그때의 어린 소녀가 아니라는 것.

그녀는 여전히 끔찍했던 그 여름날 밤에 머물러 있는데, 동생은 어느 순간엔가 훌쩍 커 버려 로튼의 단주인 비비안 로젤리스가 되어 있었다. 그 사실을 누구보다도 잘 알고 있었지만 이렇게 절실하게 느낀 것은 처음이었다.

결국 저 혼자만 그대로였다. 나약하고, 비겁하고, 아무것도 할 줄 모르는 자신.

비비안 앞에서는 언제나 행복한 얼굴을 했지만 기실 그녀는 빌케르 백작을 사랑한 적이 단 한 번도 없었다. 도저히 사랑할 수가 없었다. 아버지는 거의 팔아넘기듯 그녀를 빌케르 백작 부인으로 만들어 버렸고, '누가 봐도' 그녀가 더욱더 이득을 보는 결혼이라 차마 거부할 수 없었다.

그럼에도 비비안 앞에서 말할 수 없었다. 그저 행복했노라고 웃고 있을 뿐이었다. 그렇게 말하지 않으면 무너질 것 같아서. 사실은 비비안이 아니라 저에게 그렇게 말하는 것이었다.

아리아와 리즈, 케이트.

그 아이들을 카트린은 진심으로 사랑했지만 자신이 행복하지 않다는 사실을 인정하면 더는 그 아이들을 사랑할 수 있을지 카트린조차 몰랐다. 하지만 그녀는 엄마였다. 세상 모든 사람이 아이들을 손가락질하고 배신해도 그녀는 품어 주고 사랑해 주고 끝까지 책임져야 했다. 엄마니까.

사실, 그 전에 카트린이었는데.

카트린 로젤리스였는데.

모르겠다.

아이를 위해 산다고 생각했지만, 사실은 저 자신을 위해서였다. 자신이 조금만 더 강했더라면 괜찮았을 것이다. 아이들의 손을 잡고 백작가를 나왔을 것이다. 사실은 저 자신도 스스로의 마음이 뭔지 몰랐다. 그냥, 그렇게 끝까지 버티고 싶었는데. 아닌가, 저는, 그것을 벗어나고 싶었나.

그러고 보니 나는, 내가 무엇을 원하는지도 몰랐구나.

카트린이 고개를 떨구는 것을 보며 비비안이 느긋하게 숨을 내쉬었다. 어젯밤 진정제를 하나 맞고 잔 게 아직 효과가 있는지, 아니면 그녀가 애초에 그런 성격이라서인지 모르겠지만 우습게도 화가 나지 않았다.

모든 인간은 본성을 타고 태어난다. 비비안의 본성이 사악함과 악랄함, 그리고 이기적이었다면 카트린의 본성은 선 그 자체였다. 아무리 사람이 명확하고 단순한 감정으로만 이루어진 생물이 아니라지만 그래도 굳이 한 단어를 들어 카트린을 표현하라고 하면 비비안은 주저 없이 '착하다'를 들 수 있었다.

그녀는 착했다. 겉으로 드러나는 이해와 포용 따위의, 강요된 그 어떤 품질을 짚는 게 아니라 가장 원초적인 본능을 말하는 것이었다. 카트린은 착했고, 또 착했다. 다만 그 착함을 스스로 지킬 수 있을 만큼 강하지 못했다. 그 결과는 고통이고 무너짐이었다.

카트린이 아직도 비비안을 제대로 파악하지 못하는 것과 달리 비비안은 카트린을 너무 잘 알았다. 그동안 자신을 빌케르 백작저 부근에도 오지 못하게 한 것이 무슨 연유에서 나온 행동인지 알았다. 갓 출산한 아내마저 이리 대하는 치가 평소라고 정상이었을 리가 없었다. 다만 비비안은 알고도 일부러 입을 다물었다. 그녀는 가족을 사랑했으나 제 목적을 위해 처리했고, 그중에서 유일하게 처리하지 않은 게 언니였으나 그래도 언니의 인생을 안고 함께 가 줄 만큼 그리 정이 많지는 않았다. 그럼에도 불구하고 그녀는 그 악몽을 계속해서 꿨다.

여름날 밤. 장롱, 문틈, 소녀, 남자.

그것은 죄책감인가 아니면 분노인가. 비비안은 그 사실을 상기하자 나타난, 속을 휘젓는 기묘한 감정에 이름을 붙여 주고 싶었으나, 그냥 포기했다.

그럴 시간에 앞이나 봐야 한다. 결국, 오는 건 미래지 과거가 아니니까.

생각에 빠져 있던 비비안이 갑자기 웃음을 흘렸다. 그에 카트린이 멍한 얼굴로 그녀를 보는데, 비비안이 느긋하게 입을 열었다.

"어렸을 때 기억나? 우리, 같이 루에 남작가로 초대되어 갔잖아. 아버지랑, 어머니랑, 그리고 우리 남매들."

카트린은 고개를 들었다. 뜬금없이 무슨 소리를 하냐는 듯한 표정이었지만 비비안은 더없이 진지했다. 그리고 곧, 비비안이 말을 이었다.

"그때, 우리가 가서 뭘 했는지 기억나?"

카트린은 고개를 저었다. 아니, 사실 그녀는 그런 일이 있었다는 것조차 잊어버리고 있었다. 20년도 더 지났을 일을 기억하는 게 더 대단했다. 그런 카트린을 보며, 비비안이 우아하게 웃었다.

"사실 나도 뭘 했는지 기억은 안 나."

"뭐야……."

"그런데 그건 기억나네."

푸스스 웃음을 흘리는 카트린에게 비비안이 입을 열었다.

"그렇게나 오만한 우리 아버지가, 땅에 머리가 박히도록 허리를 숙여 남작 부인에게 인사하던 모습은."

아이들의 마음속에서 아버지는 언제나 거대한 존재였다. 그것이 좋은 의미든 나쁜 의미든 무관하게. 비비안의 첫째 오빠는 집에서 엄숙하기 그지없던 아비가 땅에 파고들 기세로 허리를 굽히는 것을 보고 창피해했고, 둘째 오빠는 가문을 먹여 살리기 위한 아버지의 노고를 인정해 주었으며, 비비안은……

"그때 이런 생각을 했어."

"……."

"힘이 있으면, 그 어떤 오만한 자라도 내 앞에서 허리를 굽히고 고개를 숙이겠구나."

"……."

"그럼, 나도 힘을 갖고 싶다."

……그 앞에서 고고하게 서 있는 남작 부인을 보며 힘의 논리를 깨달았더랬다.

따져 보면 그녀가 되바라졌다는 것을 증명해 주는 일화일지도 몰랐다. 가문을 먹여 살리기 위해 허리를 굽히는 아버지와, 그 앞에서 고고하고 오만하게 서 있는 남작 부인을 보며 그런 말도 안 되는 생각을 하다니. 하지만 비비안은 진심이었다. 계집이라면 안중에도 없던 아버지가 그리 비굴하게 허리를 굽히는 것이 딱히 창피하지도 않았고, 그렇다고 안타깝지도 않았다. 그저 감탄했을 뿐이었다.

저 사람이, 저 남자가 집에서 어머니를 꾸짖고 저와 카트린을 매질하던 그자가 맞나? 무엇이 그를 이렇게 비굴하게 만들었나.

남자와 여자의 이분법으로 따질 문제가 아니었다. 그녀의 아버지는 언제나 여자로 태어난 것이 죄인 것처럼 굴었지만 결국에는 남작 부인 앞에서 허리를 굽혀야 했다.

그러니까 상대적이다. 힘의 논리였다. 이 먹이 사슬의 가장 위를 쥐고 있는 자가 누구냐에 따라 결정되는 문제였다. 여자들은 약한 존재가 아니었다. 그러나 사람들이 약하게 만들고 있었다. 왜냐하면 여자아이들은 약해도 되니까.

그리고 그 누구도 묻지 않았다.

왜?

왜 여자면 적당히 해도 되는지, 왜 여자면 조금 떨어져도 되는지, 왜 여자들에게는 권력욕을 요구하지 않는지, 왜 여자들에게는 출세를 요구하지 않는지. 누구도 묻지 않았다. 그리고 누구도 답해 주지 않았다. 사실, 애초에 답할 수 없는 문제일 수도 있었다. 그 말의 본질부터 글러 먹었으므로.

최소한 비비안이 그날 느낀 것은 그러했다. 아버지는 남작 부인에게 허리를 굽히고 있었고, 거기에는 남자와 여자가 아니라 힘을 덜 가진 자와 힘을 더 가진 자만이 존재했다. 단순히 체력의 문제가 아니었다. 사람이 살면서 휘두를 수 있는, 구체적으로 형태를 갖고 있지는 않지만 분명 존재하는 그런 힘이었다.

상대를 쉽게 굴복시키는 그 힘, 손에 쥔 달콤한 권력. 그것을 빼앗아 오기만 한다면, 그렇게만 한다면.

먹이 사슬의 꼭대기에 앉기만 한다면 여자든 남자든 불문하고 뒤에서 어떻게 말하든 앞에서는 내 앞에 무릎을 꿇고 발등에 키스라도 할 것이다.

결국에는 힘을 가진 자가 이긴다.

비비안은, 그날 힘의 논리에 흥분해 온 밤을 뜬눈으로 지새웠다.

그리고 비로소 힘을 가지려고 이를 악물었다.

저 아름답고 매혹적인 것은 그녀를 지켜 줄 수 있고 모든 사람이 그녀의 발아래에서 무릎을 꿇게 할 수 있다. 남녀를 막론하고 모든 사람이 그녀를 동경하고, 모든 사람이 그녀를 우러러본다. 그녀를 업신여기던 남자들은 그녀를 되바라졌다고 욕할진대 결국에는 무릎을 꿇고 돈을 구걸했고, 그녀를 조롱하던 귀족들은 천박한 년이라고 욕할진대 결국에는 평민 계집의 정부가 되기를 빌어 왔으며 저렇게 살아 무슨 의미 있냐 수군거리던 여자들은 결국에는 은근히 그녀에게 동경의 눈빛을 보내왔다.

바닥에서 구르던 보잘것없는 평민 계집애가 대륙의 부자가 되어 모두를 발아래에 짓뭉갰다. 그 짜릿함, 그 힘에서 오는 짜릿함. 왜 남자들이 그것을 손에 꼭 쥐고 놓지 않는지 알 것 같았다. 왜 그녀에게 재산권을 허락하지 않고, 교육권조차 허락하지 않는지도 알 것 같았다. 저 대단한 힘을 쥐고 있다면, 그녀라도 절대 손에서 놓지 않을 것이다. 이렇게나 아름다운 걸 다른 이와 나누어야 한다니, 미치지 않고서야.

아이러니했다. 그리고 그 아이러니함 속에서 비비안은 자신이 진정으로 원하는 것이 무엇인지 알았다. 그것은 그저 단순히 번지르르하게 내뱉는 몇

마디 말이 아니었다.

비비안은 힘을 좋아했다. 신이 그녀에게 힘을 허락하지 않았다면 그녀가 그녀에게 힘을 허락하면 그만이었다. 귀족이 아니면 어떤가, 재력을 손에 넣은 그녀가 필요해 저 잘난 권력자가 제게 계약 결혼을 제안하지 않는가.

그러니까, 힘이 옳다.

그리고 그녀에게는 힘이 있었다.

"그리고 나는 로튼의 단주가 되었고, 비로소 내 꿈을 이뤘어. 이제 나를 무시할 수 있는 사람은 없어. 그 누구도."

카트린은 비비안을 쳐다보며 쓰게 웃었다. 강하다. 저도 그녀만큼이나 강했다면, 인생이 조금 더 괜찮아졌을까. 그런 그녀의 마음을 엿보기라도 하듯 비비안이 우아하게 말을 이었다.

"그리고 나는, 그 힘으로 나뿐만 아니라 내가 원하는 모든 것들을 지킬 수 있게 되었어."

"……그래."

"언니를 포함해서 말이야."

"비비."

"언니."

비비안은 카트린의 파란색 눈동자를 빤히 보았다. 자매라고 하기엔 너무 다른 두 사람 사이에서 닮은 구석이라고는 눈동자 색 하나뿐이었다. 그 또한 우습게도 느낌이 아주 달랐지만.

온기라고는 하나도 품지 않은 제 눈과 카트린의 것은 다르다. 완전히 다르다. 따뜻하고, 부드럽고, 온화하고. 그것이 꾸며진 것이라고 생각하지 않았다. 카트린은 착한 사람이다. 그녀가 고집을 쓰고, 화를 내고, 이기적으로 군다고 해서 변하는 사실이 아니었다. 본성까지 착해서, 도저히 놓을 수 없는.

그리고, 카트린은 강한 사람이었다. 어떻게든 견뎌 보고자 바둥대고, 저 나름대로 열심히 살아간다. 그러니까, 한 번만.

"어제 그 새끼를 반쯤 죽여 버린 건 나였지."

"……."

카트린은 묵묵히 비비안이 하는 말을 들었다. 그 발길질에, 그 모든 행위 하나하나에 분노가 실린 그 모습. 그 참혹한 모습. 그럼에도 모든 분노를 태워 버리듯 거칠게 밟아 대던 그 모습. 행위는 폭행이었지만 사실은 참회였고 후회였고 마지막으로는, 만회였다.

무력하게 장롱 속에서 떨었던 소녀가, 장롱 문을 열고 언니를 구해 내지 못한 참회, 조금 더 용기 있지 못했던 그날의 후회, 마지막으로 망가져 버린 언니의 인생에 대한 만회.

그럼에도, 너라도 무사해서 다행이라고 말하던 언니에 대한 유일한 애정.

카트린은 비비안의 말을 들으며 옅게 웃었다. 비비안이 그것 때문에 저에게 죄책감을 가진 것을 안다. 그 오만하고 성격 나쁜 아이가 듣기 싫은 소리도 웃어넘기며 계속 제 옆에 있는 것에 죄책감이 들어 있지 않았다면 거짓말이다. 그럼에도 불구하고 그녀는, 지금까지 빌케르 백작에게 수모를 당하고 하루하루 고통스러웠으면서도 단 한 순간도, 그날, 장롱 속에서 주저하던 그 아이를 원망한 적이 없다.

비비안이 길게 한숨을 쉬었다. 그녀는 카트린을 너무 잘 알았다. 그래서 그녀는, 결국 웃으면서 입을 열었다.

"언니가 계속 빌케르 백작과 함께하겠다면 말리지 않겠어."

"비비……."

"하지만 언니, 만약 언니가 계속해서 그 새끼 옆에 서 있는다면, 내일 그 새끼에게 주먹을 휘두르는 건 내가 아니라, 언니를 사랑하는 다른 사람이 될 거야."

"비비."

"아리아나 리즈 같은. 어쩌면 케이트도."

아이는 자랄수록 더 많은 진실을 알게 된다. 엄마를 헤아리는 착한 아리아도,

말괄량이에 아직 해맑은 리즈도, 갓 태어난 케이트도, 그 누가 되었든 결국에는 사건의 진실을 알고, 주먹을 휘두르는 아버지의 영향을 받게 될 것이다.

아버지에게 복종하고 순응하든, 아니면 아버지를 증오하고 미워하든 그 어느 쪽도 그렇게 달가운 결말은 아니다. 어쩌면, 어제 비비안이 그랬던 것처럼 칼끝을 아버지에게 휘두르거나, 칼날을 갈게 될 수도 있다. 직접적이든 간접적이든 그렇게 증오와 복수를 배운 아이의 말로는, 사실 뻔하지 않은가.

비비안은 카트린을 너무 잘 알았다. 그녀처럼 이타적이고 한없이 착해 빠진 인간은 본인의 안위와 행복으로 설득하려 들면 안 된다. 그들에게 가장 중요한 건 제 행복이 아니라, 자신이 사랑하고 아끼고 싶은 사람들이니까.

아리아와 리즈의 말이 나오기가 바쁘게 카트린의 눈가가 파르르 떨리더니, 곧 눈물이 툭 떨어졌다. 내 아이, 내 핏줄, 내 모든 것. 열 달 동안 품어 세상에 내보낸 내 아이. 그런 아이들이 누군가를 증오하고, 누군가를 끔찍하게 혐오한다. 그리고 그 상대가 제 아버지다.

하늘이 무너질 것 같다.

곧 장대비처럼 후드득 눈물이 흘렀고, 그녀가 손에 얼굴을 파묻은 채 흐느껴 울었다.

"언니는 잘못한 거 없어."

"흐흑."

"그 누구도 언니에게 정확한 길을 제시할 자격이 없어."

"흐으윽. 흑……."

"그래도 더 괜찮은 선택지가 있는 이상, 누가 봐도 아닌 길로 갈 필요는 없어."

"……비비, 나는……."

"나는 더 이상 언니가 지켜 줘야 하는 어린아이가 아니고, 언니도 무력하게 당하던 예전의 소녀가 아니야. 우리는 이제 아주 많이 컸고, 자신의 운명을 어느 정도는 바꿀 힘이 있어. 그게 자신의 힘이든 타인이 준 힘이든, 어쨌든 있다는 것은 사실이지. 그렇다면, 그걸 굳이 이용하지 않을 이유가 있나?"

카트린은 흐느꼈다. 울음이 홍수처럼 터져 나왔다. 사실은 그녀도 알고 있었다. 사실은 그녀도 이미 자각하고 있었다. 다만 두려웠다. 뭐가 어떻게 된 것인지 몰라 그냥, 그렇게 시간 가는 대로 살았을 뿐이었다. 그러다가 죽으면 결국에는 안식.

그녀는 겁탈당했다. 그녀를 겁탈한 남자와 결혼했고 그의 아이를 세 명 낳았다. 죽을 것 같은 삶이었다. 죽음보다 더 고통스러웠다. 지옥을 오가는 느낌이었다. 미쳐 버리지 않은 게 용한 삶이었다. 그럼에도 살아남은 건…….

"비비."

"응."

"빌케르 백작이 어디 있는지 알려 줄래?"

……그녀도, 결국에는 살고 싶었기 때문이었다.

비비안은 카트린의 갑작스러운 요청에도 당황하지 않은 채 조용하게 응수했다. 다만 빌케르 백작이 갇힌 지하 감옥은 너무 쌀쌀하고 차가워서 금방 아이를 낳은 그녀가 가기에는 적합하지 않았다.

결국, 빌케르 백작은 쇠사슬을 칭칭 감은 채 카트린의 방에 압송되어 왔다.

비비안은 느긋하게 빌케르 백작을 보았다. 모양새가 그렇고 알려 주지 않았으면 알아보지 못했을 정도로 처참했지만, 솔직히 그것도 부족하다 싶을 정도였다. 비비안은 팔짱을 끼고 의자 등받이에 기댔다.

카트린은 바닥에 무릎을 꿇은 채 흉흉한 눈길로 저와 비비안을 보는 빌케르 백작을 조용하게 내려다보다가, 곧 입을 열었다.

"모두 다, 물러나."

"언니."

"나는 괜찮아."

"함부로 움직이지 못하게 발에 뭐라도 채울 순 없나요?"

"물론 됩니다."

사실 백작의 발에 뭘 채운다는 건 상상조차 할 수 없는 일이지만, 공작 부인의 명령은 사실상 절대적이라는 것을 이미 깨달은 기사들이 바쁘게 백작의 발목에 무거운 쇠고랑을 채웠다. 함부로 카트린에게 뛰어들지 못하게 적당하게 거리를 유지해 그를 묶어 놓는 것도 잊지 않았다.

일국의 백작이 받기에는 충분히 치욕스러운 벌이었지만, 자리에서 느긋하게 일어난 비비안은 저를 노려보는 그 눈빛을 보고는 분노가 뻗쳐올라 다리를 들어 백작의 배를 한 번 더 걷어찼다.

'커억' 하는 소리와 함께 백작이 입 안이 터진 것인지, 머금고 있던 피를 토했다. 비비안은 유유자적하게 방을 나갔다. 저쯤이면 움직일 힘도 없겠지, 뭐. 사실 그녀가 어제 빌케르 백작을 만신창이로 만든 상태 자체로도 백작은 혼자 움직일 수 없었지만, 비비안은 딱히 그런 건 신경 쓰지 않았다.

모두가 나간 방 안에 카트린과 빌케르 백작만이 남았다. 카트린은 조용하게 쿠션에 머리를 파묻은 채 빌케르 백작을 보고 있었고, 빌케르 백작은 증오 가득한 눈빛으로 그녀를 보고 있었다.

그리고 곧, 카트린이 입을 열었다.

"예전에는…… 당신이 그렇게 크고, 무서웠는데, 지금은 아니네요."

"건방진 계집년, 네가……."

"사실, 나는 이런 날이 올 줄 생각도 못 했어요. 난 당신이 언제나 무서웠거든."

그리고 사실은 지금도 무섭다.

카트린은 아직도 빌케르 백작이 무서웠다. 아직도 그가 갑자기 그녀의 몸을 짓누르고 치맛자락을 걷어 올릴까 봐 두렵고, 아직도 그가 그녀에게 손을 댈까 봐 무섭다. 아직도 그녀는 그에게 공포심을 느끼고 있었다.

하지만.

카트린은 길게 한숨을 쉬고는 눈을 꼭 감았다. 그리고 곧, 입을 열었다.

"사실, 계속 생각했어요. 당신이, 그날, 왜 나한테 그런 짓을 저질렀는지."

"그건 네 아비란 작자한테 물어보시지."

"하지만, 설사 그렇다고 해도 당신이 그러지 않았으면 됐잖아."

"……."

"내 거센 반항을 보고, 한 번쯤은, 가련한 계집아이 하나 구제하는 셈 치고, 나를…… 나를, 그냥 내버려 두었으면 좋았잖아."

"미련한 년, 어차피 내가 아니더라도……."

"그럼!"

"……."

"그럼 당신도, 당신이 아닌 그 누구든, 그냥, 나를 겁탈하지 않았으면 되었잖아."

"……."

"왜 꼭 누군가는 망가져야 모든 것이 끝나나요?"

왜?

그녀의 아버지와 빌케르 백작 모두가 그녀에게는 똑같은 치들이었다. 네 아버지가 너를 주는데 내가 왜 받지 않겠느냐고 변명하기엔 빌케르 백작이 한 짓은 지나칠 정도로 잔인했다. 그녀는 물건이 아니다. 왜 그녀의 의지를 전부 상실한 채 누군가의 딸이라는 이유로 그가 원하는 남자의 아내가 되어야만 했나.

카트린 로젤리스의 인생에 카트린 로젤리스가 결정한 일은 단 하나도 없었다. 결혼 전에는 그녀의 아버지가, 결혼 뒤에는 그녀의 남편이 모든 일을 결정해 주었다.

그녀의 의사는 전부 무시된 채.

카트린은 백치가 아니었다. 그녀는 알고 있었다. 바첼론에는 그녀처럼 사는 여자들이 많고도 많았다. 그중에서 그녀가 가장 극단적으로 불행했을 뿐이었다. 하지만 대다수가 그렇게 산다고 그게 옳은가? 차라리 제 손으로 만든 불행이었으면 납득이라도 하겠는데 전부 타인에 의해 만들어진 것들이었다. 그녀는 제 불행조차 제 손으로 선택하지 못한다. 처참하기 짝이 없었다.

그럼에도 불구하고 그녀는 그것이 뭐가 이상한지, 그것조차 모르고 있었다. 아니, 사실은 알고 있었다. 고통스러운데 이상하지 않을 리가 없었다. 다만 이미 만들어진 환경 속에서, 그냥 그렇게 살다 보니 뭐가 잘못됐는지도 잊어버리고 있었을 뿐이었다.

알면서도 모른다. 바첼론의 대부분 여자들은 그렇게 살았다. 알면서도 모르는 상태로.

카트린의 뺨을 타고 눈물이 한 방울씩 흘러나왔다. 사실은 증오스러웠다. 사실은 싫었다. 그럼에도 그런 말을 하면 안 될 것 같아서 입을 꾹 다물었을 뿐이었다. 그 말을 하는 순간 모든 게 다 무너질 것 같아서.

그녀는 입을 꾹 다물고 빌케르 백작을 보았다. 그리고 곧, 울음이 섞인 목소리로 입을 열었다.

"당신은 내 인생을 망치고, 나를 지옥으로 끌고 갔어."

"네 인생을 망친 건 너다."

"설사 그렇다고 해도, 모든 근원이 당신이라는 사실은 변하지 않아요."

"……닥쳐라. 웃기지도 않아서."

"싫어."

"……뭐라고?"

카트린의 말에 제 귀를 의심하듯 빌케르 백작의 눈썹이 꿈틀거렸다. 하지만 카트린은 다시 한번 제 말을 반복했다. 그녀가 언제나 하고 싶었던 말, 그녀가 입 속에서 곱씹었던 말. 하고 싶었지만 결국에는 하지 못했던 말.

카트린이 눈물이 뚝뚝 떨어지는 눈으로 빌케르 백작을 보았다. 그리고 다시 한 자씩 내뱉었다.

"싫다고요."

"이, 이 빌어먹을 년이! 기껏 천박한 핏줄을 귀족 부인까지 시켜 줬더니 뭐가 어쩌고……."

"싫어. 싫어, 싫다고요!"

"닥쳐!"

"싫어! 당신이 끔찍해! 역겨워! 당신 손도, 당신 몸도, 그냥 다 끔찍해! 싫어, 나는 당신이 싫어. 싫어, 싫어요."

"이 미친…… 윽!"

한평생 복종밖에 할 줄 모르던 아내의 반항에 빌케르 백작이 몸을 날리려고 했으나 곧이어 오는 통증과 발목에 걸린 쇠사슬의 무게 때문에 결국 바닥에 쓰러지고 말았다. 그 꼴을 보며, 카트린이 물기에 젖은 목소리로 쉴 새 없이 반복해 소리를 내질렀다.

"싫어, 싫어, 싫어. 그냥 다 싫어. 당신이 싫어. 그냥 싫어."

더는 어떻게 말해야 할지 몰라서 카트린은 앵무새처럼 똑같은 말만 반복했다. 그럼에도 그 한 마디 한 마디에, 그 단어, 그 모든 글자 하나하나에 분노와, 슬픔과, 회한과, 증오가 담겨 처절하기 짝이 없었다.

빌케르 백작이 바닥에서 움찔거리며 그녀를 노려보는 모습에, 정신없이 소리를 지르던 카트린이 숨이 차 거칠게 숨을 골랐다. 얼굴은 눈물범벅이고, 전부 다 엉망이다. 그녀의 모습도, 인생도, 모든 시간도. 전부 다.

하지만.

카트린은 어제 빌케르 백작을 향해 거침없이 분노를 토해 내던 비비안을 떠올렸다. 이제는, 더는 그러고 싶지 않아. 그녀가 사랑하는 사람이 그녀 때문에 분노하고 슬퍼하는 모습을 보고 싶지 않다. 그리고 무엇보다도.

"당신을 끔찍하리만치 증오해요."

"……이……."

"백작님."

"……."

"우리, 이혼해요."

그녀도 이제는, 살아가고 싶다.

＊　＊　＊

빌케르 백작이 카트린과 이혼하기로 했다는 소식이 퍼진 순간, 알렉산드르의 생일을 축하하기 위해 별장에 모였던 모든 귀족이 경악에 휩싸였다. 하지만 곧 그들은 제 동생에게까지 손을 댄 남편을 백작 부인이 견디지 못해 이혼한 것으로 이해하고는, 그냥 고개를 끄덕일 수밖에 없었다.

빌케르 백작은 지하 감옥에 다시 가둬지고 위그는 그자를 수도로 압송한 뒤 공작 부인의 얼굴에 감히 손을 댄 문제로 치죄하겠다고 했다. 그래서 무슨 방법으로 치죄하느냐고 물었더니, 궁금해하는 비비안의 뺨에 가볍게 입을 맞추며 위그가 답했다.

"결투."

"결투?"

갑자기 웬 결투냐며 묻는 비비안에게 위그가 답했다. 귀족법은 습관법이니만큼 예전부터 쭉 행해진 관습에 따르는 경우가 허다했다. 그중에는 귀족들 사이의 과한 분쟁을 완화하기 위해 존재하는 한 가지 방법이 있는데, 다름 아닌 죄를 저지른 귀족이 그 상대에게 결투를 신청해 승리하면 죄를 면죄받는, 그런 유형의 규정이었다. 대체 논리는 어디 가고, 애초에 귀족들 사이의 분쟁을 완화하는 것과 무슨 상관이 있느냐고 혀를 차는 비비안에게 위그가 웃으며 원래 귀족법이라는 것 자체를 논리로 보면 안 된다고 말해 주었다.

사실 빌케르 백작으로 놓고 말하자면 결투를 할 생각은 손톱만큼도 없었다.

그도 그럴 것이 저보다 더 지위가 높은 고위 귀족에게 폭행을 기한 죄는 보통 길어야 반년 정도 감옥에 갇히고 풀려날 수 있기 때문이었다. 하지만 결투를 신청했다가 지면, 죄를 면죄받기는커녕 되레 이긴 고위 귀족의 뜻대로 형벌이 정해진다. 그리고 현재 위그의 상황을 보건대 반년 정도 감옥에 가두어 놓는 호사스러운 형벌은 애초에 불가능할 듯싶었다.

설사 그가 자비를 베풀어 형벌을 낮게 결정한다고 해도 위그와 결투를 한다는 것 자체가 이미 고통이었다. 이 바첼론에서 그와 싸워서 이길 수 있는 사내는 없다. 그가 친우를 줄줄이 데려가 기사들과 단체로 덤벼들어도 위그 이디에트를 이길 생각은 하지 않는 게 정상이었고 위그가 제대로 제 실력을 발휘하기만 하면 그는 평생토록 눈도 뜨지 못할 것이었다.

하지만 위그는 빌케르 백작에게 결투에 응하지 않는다면 끝장나는 것은 너 하나뿐만이 아닐 것이라고 위협했다. 빌케르 가문까지 함께 역사의 뒤안 길로 접어들고 싶지 않다면 결투를 받아들여야 한다는 말이었다. 결국 가문 내부의 원성까지 들은 빌케르 백작은 억지로 위그에게 결투장을 보냈다.

그리고 빌케르 백작과 위그가 결투를 하게 되었다는 소식을 전해 들은 사람들은 모두 빌케르 백작의 명복을 빌기까지 이르렀다.

"왜 저렇게 무서워하는 거야?"

"글쎄."

위그는 낯빛이 새하얘진 귀족들을 보며 고개를 갸웃거리는 비비안을 향해 느긋하게 웃었다. 비비안은 애초에 싸움에 대해서는 관심도 없었으며, 위그의 '전장의 미친개'라는 소문도 그저 듣기만 했을뿐더러 제 눈으로 본 적이 없기 때문에 그 실체를 몰랐으나, 위그는 사실 무력이나 검술 쪽으로 는 누구한테 뒤지는 사람이 아니었다.

아니, 사실 이러한 표현도 겸손하기 짝이 없다 못해 모욕적으로 받아들여 질 정도였다.

그는 눈을 동그랗게 뜨는 비비안의 눈가에 입을 맞추며 웃었다. 제가 왜 쓸데없이 결투하라고 종용했겠는가. 그것만큼 '정정당당하게' 사람을 패는 방법도 없다. 뭐가 됐든 비비안의 입가는 부어 있었고, 그는 그 값을 제대로 받아 낼 예정이었다.

그런 위그의 얼굴을 보다가 비비안이 피뜩 미소를 흘렸다. 그리고 그녀의 미소는 헤더가 '저도 들은 이야기인데요, 듣기로는 공작 각하께서는 한 손으로도 사람 목을 꺾어 버릴 수 있대요. 신빙성 아주 높아요!'라는 말을 전해 온 뒤 폭소로 변했다. 그래, 귀엽게 군단 말이지. 뭐가 됐든 그녀는 제비위를 맞추는 사람에게는 언제나 자상했다.

물론 비비안은 위그에게 빌케르 백작을 죽이지 말라는 당부를 했다. 빌케르 백작을 죽이면 너도 죽을 것이라는 말에 위그는 은근히 아쉬운 얼굴을 했다. 어쨌든 비비안 또한 저 나름의 생각이 있다고 여겨 그는 고개를 끄덕였다. 조카를 사랑하는 여자니, 아이들이 아버지를 완전히 잃는 것은 방지하려고 그런가 보다고 생각했다.

그리고 카트린. 카트린은 위그와 비비안이 떠나는 날 왕실 별장에서 나와, 비비안이 손수 마련해 준 마차와 시녀들, 그리고 보모와 신변을 보호해 줄 공작가의 몇몇 사병들과 함께 바첼론 변방에 있는 비비안의 별장으로 산후조리를 떠났다. 가는 김에 푹 쉬고 오라는 그녀의 말에 가볍게 고개를 끄덕인 뒤 카트린이 곧 마차에 올랐고, 떠나가는 마차를 보며 비비안이 길게 한숨을 쉬었다.

어쨌든 몇 달 뒤면 다시 수도로 올라올 테고, 그때 다시 카트린의 미래에 관해 상의해 보도록 하는 것으로 하여 자매는 잠시 이별을 했다. 뭐가 됐든 카트린은 인생에서 크나큰 결정을 한 셈이고, 잠시 생각할 시간을 가져야 했기 때문이었다. 귀족가의 이혼은 절차가 어려웠다. 물론 비비안이라면 쉽게 해결할 수 있는 문제긴 했으나 그녀는 그저 이혼만을 원하는 것은 아니었다. 그녀의 욕심이 무한한 것은 이번 한 번이 아니었으니 사실 이것 또한 그리 큰 문제는 아니었다.

그렇게 사건이 반쯤 해결되었고, 위그와 비비안은 왕족들이 왕궁으로 돌아간 뒤 바로 별장을 떠났다. 마차에 앉기 전에 크리스티나가 의미심장하게 웃은 것 같았으나 비비안은 제가 그것을 알아챘다는 티를 내지 않았다.

그렇게 폭풍과 같은 시간을 보내고, 위그와 비비안은 수도에 있는 공작가의 저택으로 돌아왔다. 옆에 애들을 각각 하나씩 달고. 그리고 그 아이들의 존재는 당연히 공작가에 작은 파란을 불러왔다.

"……생일 축하가 아니라, 애 만들러 가셨습니까?"

"어머나."

요한과 클로에 남매는 위그와 비비안과 함께 마차에서 내리는 아리아와 리즈를 보며 번갈아 묘한 표정을 지었다. 분명 갈 때는 둘이었는데 올 때는 넷이 온 상황이었다.

미묘한 돌체 남매의 표정에, 위그는 제 품에서 자고 있는 리즈를 한 번, 그 옆에서 아리아의 손을 잡고 있는 비비안을 한 번 보고 가볍게 한숨을 내쉬었다. 어젯밤 갑자기 조용하게 제 손을 잡고 달콤하게 이름을 부르길래 왜 그러나 했더니.

'위그.'

'왜?'

'할 말이 있어. 사실은, 부탁이라고도 할 수 있지.'

'말해.'

'들어주겠다고 먼저 약속해.'

'나더러 가서 죽으라는 부탁만 아니면 다 들어줄 수 있을 것 같다.'

'그럴 리가. 당신 마음속에 내 이미지는 대체 뭐야?'

새침하게 말하는 게 너무 귀여워서, 그러마 하고 앞뒤 생각하지 않고 고개를 끄덕인 게 화근이라면 화근이었다. 아침이 되자 양손에 각각 리즈와 아리아를 데리고 나온 헤더를 보며 위그가 급하게 비비안을 향해 고개를 돌리자, 그녀가 달콤하게 웃으며 그에게 팔짱을 껴 왔다.

'언니가 산후조리 중이야. 몇 달뿐이긴 하지만…… 아이들이 시끄럽게 굴 것 같아서.'

'……'

'우리 남편, 뱉어 놓은 말을 주워 담는 사람은 아니지?'

예쁘고 사랑스러우면 다냐.

그래, 예쁘고 사랑스러우면 다였다.

사실 비비안이 그렇게 하지 않아도 두 조카를 맡자고 하면 승낙해 줄 예정이었다. 아니, 그 전에 제가 승낙하지 않아도 비비안은 원하는 대로 할 게 뻔했으므로, 그의 의견은 애초에 중요하지 않았다. 공작가에서 모든 결정은 암묵적으로 '둘의 의견이 맞을 때는 공작의 말을, 둘의 의견이 맞지 않을 때는 공작 부인의 말을 듣는 것'으로 통일된 지 오래였다.

왠지 모르게 억울해졌으나 그가 억울해한다고 해서 변하는 문제가 아니었으므로 그는 그냥 입을 닥치기로 했다.

어쨌든 그렇게 그들은 다시 일상으로 돌아왔다. 예전과 다소 다른, 그런 일상.

그리고 어느 날, 일상을 깨는 편지 두 통이 왕실에서 왔다.

# Chapter 5
## 적과의 동침

뉘엿뉘엿 넘어가는 석양이 지평선에 부딪쳐 산산이 부서졌다. 일과를 다 마친 뒤 단주의 집무실에 앉아 비비안은 제 앞으로 온 편지 두 통을 들고 팔랑팔랑 부채질했다. 오늘 아침 도착한 두 통의 편지는 전부 왕실에서 보내온 것이었고, 그것을 증명하기라도 하듯 둘 다 왕족들만 쓸 수 있는 최고급 용지를 사용했다.

비비안은 그중 화려한 글씨체로 쓰인 것을 개봉하고는 웃음을 지었다. 2주 전 크리스티나가 저를 초청하겠다고 한 것 같긴 한데, 진짜로 초청장을 보낼 줄이야. 이 정도 행동력이면 가히 칭찬할 만했다.

그녀는 편지를 펼치고, 그 내용을 쭉 훑고는 웃음을 흘렸다.

"'존경하는 로튼의 단주님께'……라. 이런, 우리 왕녀님, 너무 속 보이는 거 아니야?"

"도움이 필요하신가 봐요."

옆에서 차를 따르던 헤더가 웃으며 응수했다. 비비안이 입꼬리를 말아 올렸다. 그 도움이 뭔지는 정확하게 모르겠지만, 어쩐지 알 것 같기도 했다. 왕녀가 단주님이라고 꼬박꼬박 부르면서 높이 쳐 주는 이유가 뭐겠는가. 공작 부인도 아니고 단주님.

돈이 필요하거나 힘이 필요하거나 아니면 둘 다 필요하거나.

그런데 겨우 막내 왕녀님이 그게 왜 필요할까.

"바첼론 역사에 여왕이 있었던가?"

"섭정 왕비는 있어도 여왕은 없었죠."

"그렇지?"

"왕녀 전하께서 왕위에 욕심이 있다고 하세요?"

"글쎄, 그건 모르겠어."

다년간 비비안의 옆에서 수발을 든 덕분에 헤더는 웬만한 소식에도 놀라지 않는 담을 가지게 되었다. 애초에 대륙에서 돈이 제일 많은 여자의 시녀를 하면, 원래 왕이 되고 싶었던 왕녀의 이야기쯤은 '그래요? 열심히 해 봐요, 힘내요!'라고 담담하게 말할 수 있는 수준에 오르게 된다. 그래서 헤더는 비비안의 물음에도 그다지 별 감흥이 없었다.

하지만 비비안은 되레 그런 크리스티나에게 관심이 생겼다. 작고, 여리고, 그녀를 향해 말할 때는 손끝이 부들부들 떨기까지 했다. 애써 숨기려고 했지만 그게 숨겨질 리가 없었다. 그럼에도 꼿꼿하게 허리를 펴는 모습이 다소 우습기까지 했으나.

그럼에도 불구하고 뭐든 생각은 좋은 법이다. 행동으로 옮기겠다고 하면 그녀의 흥미가 계속될 수도 있다.

비비안은 크리스티나의 초청장을 한쪽에 놓고, 다른 하나를 개봉했다. 발신인이 적혀 있지 않은 편지였다. 그럼에도 그 안의 필체와 이름만큼은 확실해서 비비안이 훗 웃었다.

"카티야가 일을 잘하는 모양이야."

"카티야 님의 것인가요?"

"응."

비비안이 느긋하게 편지를 훑었다. 유려한 필체로 쓰인 편지의 내용은 별거 없었으나, 그녀를 웃게 하기에는 충분했다. 아니, 어디 웃는다 뿐이겠는가. 좋아서 미칠 것 같다.

[사랑하는 비비안 로젤리스, 나의 주인에게.

제가 태자 전하의 총애를 온전히 받기까지 어언 두 달의 시간이 걸렸네요. 이 모든 것들이 단주님의 은혜와 배려가 있었기에 가능한 일이에요.

그런 의미에서 단주님께서 원하시는 것을 준비해 놓고 모레 저녁 8시, 저희가 사랑하는 블로나 거리에서 만남을 기약하겠습니다.

당신의 카티야가.]

"헤더."

편지를 몇 번 읽은 비비안이 느긋하게 헤더를 불렀다. 조잡하기 짝이 없는 문장 구성이었지만 원하는 핵심은 딱딱 들어 맞춘 편지였다. 애초에 공부에는 그다지 소질이 없는 사람치고는 나름대로 열심히 구색을 잘 갖춘 편지였다.

헤더는 고개를 들었다. 비비안의 입 끝에는 묘한 미소가 걸려 있었다. 섬뜩한 것 같기도 하고, 희열 같기도 한 그런 것.

"네."

"물건 하나만 준비해 줄래?"

"말씀하세요."

비비안은 헤더에게 곧 손짓했다. 그녀의 입가에 귀를 가져다 대고, 헤더는 비비안의 입에서 나온 이름에 어깨를 흠칫 떨었다. 하지만 비비안의 얼굴을 보고는, 언제 그랬냐는 듯이 고개를 끄덕이고는 방문을 열고 나갔다.

헤더가 멀어져 가는 뒷모습을 보며 비비안이 느긋하게 미소를 지었다. 생각보다 일이 빨리 처리되었다. 솔직히 조금 더 걸릴 줄 알았는데 생각 그 이상으로 카티야가 일을 잘했다.

그녀는 편지 두 통을 들고 턱을 톡톡 쳤다. 크리스티나 쪽은 일단 간을 보고, 뭐가 필요한지는 그때 가서 다시 결정해 보면 된다. 그녀는 불가능한 것에 투자하지 않는다. 가능성이 없는 것에도 투자하지 않는다. 그런 의미에서 크리스티나의 의무는 막중했다. 진짜 그녀가 뭔가를 원하고 있다면 아마 그녀는 비비안에게 증명해 보여야 할 것이다. 그것이 비비안에게 진짜 도움이 된다는 사실을.

그리고 카티야의 경우는……

비비안은 위그를 생각하며 우아하게 미소 지었다.

당신은 나를 사랑한다고 했지.

그럼, 그게 진짜 '사랑'인지 어디 한번 볼까?

그때였다.

"단주님."

노크 소리와 함께 클로에가 들어왔다. 비비안은 그런 그녀를 보며 느긋하게 편지를 서랍 안에 넣었다. 그 일련의 행동이 너무 자연스러워서 클로에는 아무런 이상함도 느끼지 못한 채 해맑게 웃으며 손에 든 서류를 건넸다.

"이거 뭐야?"

"아, 오늘 왕궁에서 온 전보인데요. 오빠가 보낸 거예요."

"오빠? 아, 요한 말이야?"

오빠라는 말에 비비안이 고개를 갸웃거리다가, 그가 위그의 부관임을 기억해 내고 고개를 끄덕였다.

"무슨 전보를 여기까지 보내고 그래? 집에서 하면 안 되는 이야기야?"

"그게 아니라. 읽어 보세요."

클로에의 웃음기 서린 목소리에 비비안이 종이를 펼쳤다. 급하게 갈긴 듯 조금 난잡한 글씨에 비비안이 얼굴을 약간 구겼다가 금방 표정을 갈무리했다. 그리고 천천히 전보를 읽어 내려가던 그녀가, 피식 웃음을 흘렸다.

"이런."

"빌케르 백작께서, 감금형을 당하셨다고 해요."

"감금도 감금이지만, 한평생 침대에서 내려오기 힘들다는 게 핵심인 것 같은데."

비비안은 전보의 내용을 쭉 훑고는 곧 종이를 책상 위에 놓았다. 전보에는 오늘 위그가 빌케르 백작을 상대로 얼마나 정성스럽게 검을 휘둘렀는지 구구절절하게 씌어 있었다. 듣기로는 옆에서 보던 사람들이 기겁하며 자리를 떴다고 했다.

결과적으로 빌케르 백작은 열심히 얻어터진 것도 모자라 결투에서 진 덕분에 위그의 처분을 기다려야 했으며, 그에 위그가 내린 형은 귀족법이 허용하는 가장 큰 형벌인 종신형이었다. 귀족 부인에게 손을 댄 죄는 물어 마땅하지만 그래도 지나치게 과하지 않느냐고 묻는 귀족들에게는, 원한다면 같이 감옥에 손잡고 들어가도 딱히 말리지 않겠다는 대답과 함께.

원래 결투의 결과는 승자의 몫이기 때문에 결국 그들은 울며 겨자 먹기로 고개를 끄덕일 수밖에 없었다.

"목숨은 살리라고 했더니 진짜로 목숨만 살렸네."

비비안은 홀로 읊조렸다. 위그는 카트린의 과거를 모른다. 굳이 구구절절하게 내뱉을 필요가 없으므로 그러했다. 알면, 그자는 어떤 표정을 지을까. 하지만 어떤 표정을 짓든지 그것은 자신과 상관이 없다. 사실 기대도 되지 않았다. 그간 그녀를 보며 달콤한 말을 내뱉고, 그녀를 향해 짓던 애정 서린 얼굴.

비비안은 곧 자리에서 일어났다.

"저택으로 돌아가시는 거죠?"

"아니."

"그럼요?"

"왕궁에 들렀다가 가자."

비비안의 말에 클로에가 고개를 갸웃거렸다. 그런 그녀의 얼굴에 대고 비비안이 화사하게 웃었다.

"기특한 일을 하나 했으니. 상을 줘야지."

이제는 달콤하고 오만한 꿈에서 깰 시간이었다.

*   *   *

"엘버린 공작 각하께서는 참 집요하십니다."

"이게 벌써 몇 번째 안건 상정인지 모르겠습니다. 아무리 그래도 300여 년을 이어져 온 법안을 어떻게 수정합니까?"

"그렇게 오랫동안 명맥을 이어 온 데는 분명 합리한 부분이 있다는데 그 말도 듣지 않고."

얘기를 나누며 나오는 귀족들 사이에서 싸늘하게 얼굴을 굳힌 위그가 발걸음을 옮겼다. 엘버린 공작이 오늘도 상속법 개정에 관한 안건을 상정했다. 올해 들어 벌써 일곱 번째였다.

"하지만 상속법은 애초에 왕실에서 내놓은 법안입니다. 폐하께서 승인해 주시지 않으면 설사 귀족원에서 통과되어도 효력이 없다고요."

"아니면 귀족원의 5분의 4를 넘는 표수를 얻어야 하지. 역사상에서 귀족원의 80퍼센트를 넘는 표결을 얻은 적은 한 번도 없었고."

"각하. 각하께서 엘버린 공작께 말씀드리는 게 어떻습니까. 오늘 같은 날에 꼭 이런 말도 안 되는 일 때문에 이리 구시는 것도 참으로 이해되지 않습니다."

그러나 누군지 모를 귀족이 저에게 말을 걸어도 위그는 아무런 반응도 보이지 않은 채 그저 차분하게 복도를 걸었다. 옆에서 말도 안 되는 소리라며 수많은 귀족이 너도나도 말을 건넸지만, 솔직히 그는 하나도 들리지 않았다.

예전이라면 무슨 개소리를 하느냐고 그저 웃어넘겼을 일이지만 오늘따라 그게 안 됐다. 열변을 토하던 엘버린 공작의 얼굴이 떠올랐기 때문이었다. 그리고 그와 동시에, 지금쯤이면 이미 집에 도착했을 비비안의 얼굴이 생각났다.

상속법.

바첼론 최초의 상속법은 여자의 상속권 자체를 인정해 주지 않았다. 특수 상속권이나마 인정된 건 300여 년 전. 그 또한 은혜를 충분히 베푼 것이라고 사람들은 말했다.

그리고 그 특수 상속법이 생겨남에 따라 바첼론에는 기타 여러 가지 부가 법안이 생기기 시작했고 지금의 상속법 체계가 만들어진 것이었다.

"각하. 엘버린 공작께 말씀해 보시는 게 어떻습니까."

"무엇을?"

"상속법 개정안에 끌려 나오는 것도 지칩니다. 안 되는 일을 잡고 물고 늘어질 필요는 없지 않습니까."

밀레스 후작의 말에 위그는 미간을 팍 찌푸렸다. 안 그래도 차가운 인상에 얼굴까지 구기자 순식간에 주위 온도가 내려가는 느낌이었다. 그 순간, 밀레스 후작은 뭔진 모르겠지만, 자신이 공작의 심기를 크게 건드렸다는 사실을 깨달았다.

"나한테 명령이라도 하는 건가?"

"죄송합니다. 각하. 제가 실례했습니다."

"아무리 엘버린 공께서 평소에 말수가 적다고 해도 그리 함부로 뒷말을 남겨도 되는 지위는 아니다. 너희들은 평소에 나에 대해서도 이리 떠들고 다니나 보군."

"그럴 리가 있겠습니까!"

위그의 말에 밀레스 후작이 급하게 사과를 건넸다. 그에 몇 마디 더 덧붙이려던 위그는 귀족원 회의실이 있는 건물의 출구를 보고 입을 다물었다.

오전까지만 해도 빌케르의 그 새끼를 반쯤 죽여 놓은 것에 기분이 좋았는데, 정작 오후가 되니 기분이 착잡했다. 이유는 모르겠지만 그저 그랬다. 그것이 단순히 빌케르 백작 때문인지, 엘버린 공작의 말 때문인지 그는 알 수 없었다.

그는 속으로 나지막이 욕설을 내뱉으며 대문을 나섰다. 옆에서 기사가 그에게 예를 취했다. 위그는 습관적으로 마차를 찾아 걸음을 옮겼다. 그러나 그 전에, 갑자기 예상 밖의 목소리가 그를 불렀다.

"위그."

절대 들을 수 없으리라 생각한 목소리가 달콤함을 머금고 그를 불러 왔다. 그는 설마 하는 마음으로 소리가 들려온 곳을 향해 고개를 돌렸다. 위그는 순간, 눈에 들어온 광경에 숨이 멎는다는 게 어떤 느낌인지 깨달았다.

이디에트의 문양이 그려진 마차 앞에 비비안이 화사하게 웃으며 서 있었다. 긴 연회색 머리카락은 레이스와 함께 땋아서 옆으로 드리웠고, 화려한 목걸이도 귀걸이도 없이 새하얀 레이스 드레스를 단출하게 차려입은 모습이 마치 여신 같았다. 목부터 팔까지 감싸고 촘촘히 내려오는 반투명한 하얀색 레이스에, 가슴께부터는 새하얀 천으로 덮여 순백색의 느낌을 그대로 표현하고 있었다. 바닥에 닿을락 말락 하는 드레스 자락이 파도를 그리고 있었고, 그 아래로 언뜻언뜻 보이는 발목이 지독하리만치 금욕적인 분위기를 풍기고 있었다.

무슨 사람이 저렇게 목부터 발까지 온통 칭칭 감았는데 저렇게 예쁜가.

헤더는 이미 넋을 잃고 제 주인을 보는 공작을 향해 고개를 절레절레 저었다. 왜 갑자기 중간에 살롱에 들러서 하얀색 드레스를 입고 머리까지 곱게 단장하나 했더니 하여튼, 이런 속셈이었다. 내 주인이라서 정말 다행이야. 적이 아니라서 정말 다행이다.

주위의 이목이 전부 순진하게, 정확히 말하면 순진한 것처럼 웃고 있는 공작 부인에게 꽂혔다. 저도 모르게 그녀를 빤히 보던 위그가, 겨우겨우 제 정신을 차리고 주변을 훑고는, 비비안에게 꽂힌 시선들에 얼굴을 차갑게 굳혔다. 그러거나 말거나 비비안은 여전히 해맑게 웃고 있었으며, 여전히 그를 향해 손을 흔들고 있었다.

위그는 다리를 성큼성큼 옮겨 비비안의 앞에 섰다. 그와 동시에 달콤한 꽃향기가 풍겨 왔고 그가 그녀의 허리를 감싸 안았다.

"왜 왔어?"

"내가 와서, 안 기뻐?"

풀이 죽은 듯 속삭이는 목소리가 간드러졌다. 제 어깨에 손을 올린 비비안이 고개를 살짝 옆으로 까닥이자 그는 그 발그스름한 입술에 입을 맞추고 싶어 견디지 못할 것 같았다. 하지만 주변에는 보는 눈들이 많았고, 개중에는 노골적으로 비비안을 훑는 시선이 가득했다. 그에 비비안이 새물새물 웃으면서 입을 열었다.

"저 사람들, 나를 훑어."

"……신경 쓰지 마라."

"내가 공작 부인이 아니었다면, 진즉 나를 덮쳤을 거야."

"미친 새끼들이야."

"역시 그렇지? 저 사람들이 문제인 거지? 예쁘게 입은 내 문제가 아니라."

애초에 답을 요구하는 물음이 아니었다. 비비안의 말에 위그가 고개를 확 돌려 거의 침을 흘릴 지경인 몇몇 사람들을 살인할 기세로 노려보았다.

곧, 공포에 질린 표정으로 고개를 돌리는 그자들을 향해 비비안이 비웃음을 흘렸다. 얼굴은 기억해 두었다. 다행스럽게도 로튼과 약간의 사업 관계를 유지하는 가문들이라 대처는 쉬웠다. 죄목? 눈깔을 제대로 관리 못 한 죄.

하지만 비비안은 굳이 이런 말을 입 밖에 내지는 않았다. '아니야, 내가 해결할게'라고 웃으며 고개를 저을 만큼 그녀는 착한 사람이 아니었다. 이용할 수 있는 건 전부 이용했다. 그래서 비비안은 수줍게 웃으며, 위그를 향해 입을 열었다. 거기에 아쉬운 표정도 약간 얹어서.

"당신한테만 보여 주려고 했는데. 엄한 남자들한테 보여 줬네."

"당신 탓이 아니라니까."

"난 싫은데."

"……."

"당신 말고 다른 남자한테 보이는 거 싫은데."

새침하게 시선을 올리며 재잘거리는 입술이 끔찍하게 유혹적이었다. 위그는 비비안이 저를 이용한다는 사실을 머리로는 깨달았으나 그럼에도 마음이 알아서 그녀에게로 기울어졌다. 자기한테만 보이고 싶다는 말에 이미 반쯤 녹아내렸다. 그것을 눈치챈 듯, 비비안이 갑자기 한 걸음 내딛더니 그의 품에 폭 안겨 왔다.

"아, 좋아."

"……뭐가?"

"당신 품이 좋아."

나른하게 풀어지는 목소리에 정신이 혼미해졌다. 위그는 제 품에 안긴 비비안을 꼭 끌어안았다. 제 품이 좋다며 나른하게 안겨 오는 아내를 거절하는 남편이 어디 있을까. 순간 주위에서 지켜보던 귀족들이 헛기침을 하며 돌아섰지만, 그의 눈에는 비비안밖에 들어오지 않았다.

알고 있었다. 비비안이 이러는 건 주위에 귀족들이 있기 때문이고, 그를 놀려 주고 싶은 마음도 없지 않다는 것을. 이렇게 연거푸 단물을 먹여도 제가 선을 넘을라 치면 얼굴을 굳히고 싸늘하게 경고를 내릴 여자였다. 그럼에도 불구하고 그녀가 영원히 이래 줬으면 좋겠다는 것은 이기심일까.

비비안이 생긋 웃자 그가 곧 마부에게 눈짓했다. 마부가 눈치 있게 마차 문을 열어 주자, 위그는 비비안을 안아 든 채 마차 안에 들어갔다. 꽤 불편하고 어려웠을 터임에도 수월하게 이루어지는 동작에 비비안이 감탄하기도 전, 마차 문이 닫혔다.

"헤더는?"

"마부석 옆에."

눈치도 좋아라. 비비안이 웃음을 흘렸다.

공작이 쓰는 마차인 만큼 안은 꽤 넓어서 비비안은 편하게 앉아 있을 수 있었다. 하지만 곧 위그가 그녀의 옆에 자리를 잡고, 비비안이 살짝 고개를 돌렸다.

"왜 그렇게 봐?"

"당신, 오늘 무슨 좋은 일 있나?"

은은하게 미소를 띠고 있는 얼굴을 제 품에 꼭 껴안고 싶은 것을 겨우겨우 자제하며 그가 물었다. 평소라면 귀족원 자체에 별 관심이 없었을 비비안이 갑자기 찾아온 것부터가 의문이었다. 물론 가장 큰 의문은 꼭 이렇게 예쁘게 하고 왔어야 했나 하는 거지만…….

그때 비비안이 입을 열었다.

"그냥. 평범한 하루였는데 왜?"

"그런데 왜 갑자기, 여기로 왔나?"

"당신이 보고 싶어서."

"농담하지 말고."

"진짜인데."

비비안이 입을 삐죽였다. 제가 한동안 너무 애를 태웠나. 이제는 달콤하게 말해도 들어 먹질 않는다. 이제는 슬슬 정도를 조절할 때가 되었다고 생각하며 그녀가 웃었다.

"빌케르 백작을 바닥에 처박았다기에."

"아."

"기특해서. 상을 주러 왔지."

다른 일도 하나 더 있긴 하지만 그건 입을 다무는 편이 좋을 것 같다.

의미심장하게 웃고 있는 비비안의 얼굴을 보다가 위그가 침을 삼켰다. 저 입술에 키스해도 되나? 여기는 오직 그와 그녀 둘뿐이고, 공작가에 도착하려면 아직 좀 더 시간이 남았다. 피가 머리에 쏠렸다가 아래로 쏠렸다 하면서 미친 듯이 제 존재를 알렸다. 정신이 혼미해졌다.

"옷 예쁘지?"

"당신이 더 예뻐."

"그건 당연한 거고."

하나도 겸손하지 않은 말씨도 사랑스러웠다. 목부터 꽁꽁 싸매면 좀 덜할까 싶었는데, 오히려 다 싸매고 나니 더 매력적이었다. 풍만한 가슴과 잘록한 허리가 손에 잡혀 올 것 같았다. 새하얀 색이라 베어 물면 크림처럼 묻어날 듯했다.

위그가 조심스럽게 손을 뻗었다. 앞을 보고 있던 비비안이 제 뺨을 감싸는 손길에 고개를 살짝 돌리다가, 점점 다가오는 그의 얼굴을 보고 곧 눈을 감았다. 엉덩이를 약간 움직이고, 마차의 귀퉁이에 기대자 조금 더 편안한 자세가 되었다. 말캉하고 촉촉한 혀가 입술을 살짝살짝 핥다가, 입 안을 헤집기 시작했다.

느긋했지만 숨이 멎을 것 같았다. 그녀의 입 안을 집요하게 훑은 모든 것들이 갈증을 호소하고 있었다. 위그는 머리와 어깨를 마차의 벽에 기대고, 그의 키스를 받는 비비안의 허리를 부드럽게 감싸 안았다.

탐욕스럽게 숨을 쫓아오는 입술이 원망스럽다. 내 것인지 상대의 것인지도 모르는 침을 공기와 함께 목구멍으로 넘기면서 비비안은 한쪽 손으로 위그의 목을 감싸 안았다. 그녀의 허리를 잡은 팔이 단단하게 지탱하고 있었다.

그때였다.

덜커덕.

마차가 흔들리자 비비안이 미미하게 미간을 좁혔다. 혀를 깨물 수도 있는 위험한 상황이었지만 입 속에서 저를 찾는 혀가 느긋하게 그녀를 진정시켰다. 입가에 침이 약간 차는 것 같았다. 그리고 곧, 호흡이 거칠어지는 듯하자 위그가 입을 뗐다. 몽롱하게 풀린 눈가가 곱게 휘어졌다. 그 미소를 보다가, 위그가 입을 열었다.

"옷, 좀 편한 걸로 입고 오지."

이래서야 어찌해 볼 수도 없지 않은가. 그것을 눈치챈 비비안이 까르르 낭랑한 웃음소리를 흘렸다.

"원래 쾌락에는 약간의 번거로움이 필요하지. 참고로 단추는 뒤쪽에 있어."

비비안의 말에 승낙이 들어 있었다. 그에 위그가 만족스러운 듯이 그녀의 목과 어깨 사이 파인 곳에 턱을 기댔다. 눈치 좋게 비비안이 허리를 들었다. 한쪽 팔로 그녀가 편안하게 기댈 수 있게 지탱하고, 다른 한쪽 손이 수많은 단추를 하나하나 풀었다.

툭, 툭, 툭. 단추가 하나씩 풀렸다. 마차 안에서 이래도 되는가 싶었지만 아무럼 어떨까. 본능에 따라 보는 것도 나쁜 일은 아닐 것이었다. 단추가 다섯 개쯤 풀리자 몸을 꽉 감싸던 옷이 살짝 느슨해졌다. 그리고 단추가 아홉 개쯤 풀렸을 때, 그녀는 완전히 느슨해진 윗부분에 웃음을 흘렸다.

위그는 안쪽에 하나 더해 입은 코르셋에 미간을 찌푸렸다. 꼭 이걸 입어야 하나. 안 입어도 예쁠 것 같다. 그런 그를 알아챘는지, 비비안이 나른한 목소리로 입을 열었다.

"숨 막혀. 그것도 풀어 줘."

속옷과 코르셋의 작용을 동시에 하는 디자인이었다. 그것을 풀면 어떤 상황이 벌어질지 눈앞에 훤히 보였지만, 비비안의 은근한 속삭임에 위그가 더욱더 대담하게 그녀의 코르셋 끈을 풀었다. 한번 풀어 본 물건이라 쉬웠다. 그리고 곧, 투둑 하는 소리와 함께 단단한 코르셋이 풀렸다.

"아, 이제 좀 살 것 같아."

"그렇게 불편하면 입지 말지?"

"예쁘잖아."

"그거 안 해도 예뻐."

"내가 예쁘다는데?"

"당신은, 그냥 벗고 있어도 예뻐."

"벗고 있으면 더 예쁜 거겠지."

비비안의 정곡을 찌르는 말에 위그가 미간을 찌푸렸다. 아직도 다 가려진 앞과 달리 뒤는 훤할 정도로 온전히 눈앞에 드러났다. 새하얀 등이 언뜻언 뜻 보였다. 그가 곧 다시 그녀의 뺨과 목 언저리에 입을 묻었다. 그녀 특유 의 짙은 향기가 코를 비볐다.

비비안이 나른한 숨을 내쉬며 고개를 뒤로 젖혔다. 목에 키스하는 입술의 감촉이 부드러웠다. 모든 입맞춤에 사랑이 깃들어 있어서 그런가, 받는 입 장도 무척 즐거웠다. 길게 빨아들이다가 살짝 깨물고, 또다시 진득하게 달 라붙었다. 그렇게 그녀의 목이 사탕이라도 되는 듯이 정성스레 탐하던 입술 이 이번에는 쇄골 부근으로 내려갔다.

위그는 손을 뻗어 어깨에 걸쳐지다시피 한 드레스를 끌어 내렸다. 목부터 달린 단추를 다 풀어 버린 덕에 드레스가 어렵지 않게 흘러내렸다. 삽시에 한쪽 팔을 온전히 공기 속에 노출한 비비안이 길게 숨을 내쉬었다.

그리고 곧, 한쪽 손으로 허리를 받치고, 이번에는 다른 한쪽 손이 치마를 헤집고 올라왔다.

점점이 떨어지는 낙인이 사랑스러웠다. 약간 덜컹거리는 마차가 천천히 속도를 줄이기 시작했다. 그럼에도 불구하고 감정의 소용돌이는 점점 격렬 해지고, 그 반주에 맞춰 입맞춤도 계속되었다. 키스 소리에 섞인 그녀의 비 음이 밖에 흘러나가면 웃길 것 같기도 하지만, 어차피 귀족가의 마차는 밀 담이 오가는 경우가 많아 방음을 제대로 하는 경우가 많았다. 게다가 마부 석은 마차와 꽤 떨어진 곳에 있었다.

그렇게 점점 뜨거워져 가는 공기 속에서 희열이 섞인 열기가 흘러내릴 무렵, 갑자기 마차가 멈췄다.

"아…… 도착했네."

"기다려."

비비안은 거칠게 숨을 내쉬고 있었다. 저에게 얼굴을 묻은 위그의 머리를 들어 눈을 맞추자 그가 그녀의 입술에 입을 맞춰 왔다.

쪼옥, 귀여운 소리가 떨어지고 곧 그가 몸을 일으켰다. 몇십 분 전까지만 해도 몸을 곱게 두르고 있던 옷이 난장판이 되어 있었다. 치마는 전부 구겨지고, 윗부분은 이미 제구실을 못 했다. 그것을 본 위그가 자신의 코트를 벗고는 비비안의 몸에 걸쳐 주고 팔을 끼워 넣게 한 뒤 위부터 단추를 하나하나 채우기 시작했다.

몸에 나른하게 힘이 빠져 비비안은 딱히 별다른 반응을 보이지 않은 채 얌전하게 그가 해 주는 것을 보기만 했다. 그리고 곧, 위그가 마차의 문을 열었다.

손을 뻗어 오자 비비안이 눈썹을 까닥였다. 저걸 잡으면 오늘 저녁에는 어떤 일이 벌어질지 훤하다. 자신이나 위그나 둘 다 분위기에 취해 있었고, 호흡은 거칠어져 있었다. 그녀는 눈알을 살살 굴리다가 곧 피식 웃었다.

마지막이 될지도 모르는데, 즐겨 보는 게 좋지 않은가.

그녀가 그의 손을 잡았다.

\* \* \*

맞잡은 손은 뜨거웠고, 공기는 더 달았다.

대문부터 공작 부부의 방까지의 거리는 침묵으로 점철되었지만 거친 호흡에 비비안은 이미 한껏 취해 있었다. 방문을 열고, 방에 들어가기가 무섭게 저를 안아 오는 손길이 다급하기 그지없었다. 저를 안고 침대로 향하는 위그를 보며, 비비안이 피뜩 웃었다.

"당신, 돈은 있나?"

우아하게 웃으며 한 말치고는 지독하리만치 이성적이었다. 평소라면 미간을 찌푸리며 푸시식 식어야 할 남자는 그런 그녀의 말에 삐뚜름하게 미소를 담았다. 애초에 그녀가 할 말임을 알고 있었다는 뜻이었다. 그는 방금부터 제 짐승 같은 본능을 꽁꽁 싸맨 가는 이성 줄을 겨우겨우 잡고 있었고, 그녀가 자신의 다리를 제게 허락한 순간부터 이미 정신이 없었다.

오늘의 비비안은 조금 달랐다. 곱게 차려입고 저를 맞이하러 올 때부터 알았던 사실이었다. 그러나 그런 모습을 전부 무시하고서라도 그녀를 안고 싶을 만큼 그는 지금 제정신이 아니었다.

그래, 제정신이 아니라고 하는 게 맞았다.

그녀에게 무슨 목적이 있는지 모른다. 무슨 꿍꿍이인지도 말하기 어렵다. 그럼에도 묻고 싶지 않았다. 그저 품에 으스러지게 안아, 저 발간 입술을 아낌없이 입에 넣고 싶다.

비비안은 여유롭게 그를 보고 있었다. 위그가 곧, 으르렁거리듯이 그녀에게 말했다.

"공작가를 통째로 주지."

만족스러운 대답이었다.

현실성이 있나 없나는 둘째 치고 비비안은 까르르 웃었다. 세상에, 그동안 발밑에서 사랑을 구걸하던 남자들이 제시한 것 중에서 가장 큰 대가다. 하지만 그녀는 화대를 받고 몸을 파는 이가 아니었다. 상대에게 쾌락을 선물하는 것은 그녀가 아니라, 언제나 상대여야 했다.

"좋은 대답이야."

품에 안은 미인이 나른하게 속삭였다. 다시 그녀의 목에 얼굴을 파묻으려는데, 갑자기 비비안이 손을 뻗어 그를 제지했다. 그에 속절없이 끌려가며, 그가 미간을 찌푸렸다.

그때 비비안이 가볍게 속삭였다.

"그런데 내가 원하는 대답은 아니야."

"비비. 사랑해."

"알아. 그런데 나는 당신을 사랑하지 않아."

몸은 달아올라 제정신이 아닌 것 같은데도 이 여자는 여전히 차가웠다. 우아하게 제 뺨을 만지작거리는 모습이 정신없이 사랑스러웠다. 이미 본능만 남은 상태임에도 짐승처럼 그녀를 덮치지 않은 건.

두려워서.

뭐가 두려운 것인지 모르겠다. 그냥 두려웠다. 그것이 사랑에서 나오는 것인지 아니면 이성적인 계산을 거친 것인지 그도 몰랐다. 어쨌든 그는 두려웠다.

비비안은 그런 위그와 눈을 맞추다가, 웃었다. 아, 이 눈빛. 좋다. 그녀가 아니라면 안 되는 눈빛.

"그래서, 우리 남편이 뭘 하고 싶다고?"

"당신을 갖고 싶어."

"그게 아닌데. 나는 당신을 사랑하지 않는다니까. 왜 사랑하지도 않는 상대한테 나를 줘야 해?"

비비안이 느릿하게 물었다. 은근한 눈빛이 자신에게 떨어지고, 위그는 그제야 그녀가 하고 싶은 말이 무엇인지 깨달았다. 비비안은 저를 사랑하지 않는다고 한다. 그런데 저는 상대를 사랑했다.

그러면, 답은 하나였다.

"나를 가져."

"……."

"당신에게 나를 바치지."

비비안이 까르르 웃음을 터뜨렸다. 그래, 좋다. 이 잘난 남자가 저를 바치겠다는데 굳이 거절할 이유가 없다. 아아, 세상에. 이렇게 아름다운 순간이 있을까.

"좋아. 까짓 거 위약금 1억, 내가 줄게."

비비안이 만족스러운 웃음을 터뜨리자 위그가 그녀의 뺨을 어루만졌다.

자신이 남자라서 다행이다. 그녀를 만족시킬 수 있어서. 그녀와 잠자리를 가질 수 있어서. 그거 하나만으로도 주체할 수 없는 희열이 올라왔다. 심지어 그는 신에게 감사했다. 그녀와 비슷한 시기에, 같은 나라에서, 그녀에게 제안 따위를 할 수 있는 가문에 태어나게 해 줘서 고맙다고. 신에게 감사는커녕 저주밖에 내려 보지 못한 남자가 할 수 있는 한계였다. 사랑하는 여자를 만나게 해 줘서 감사하다는.

비비안이 손가락을 뻗었다. 저를 사랑한다고 했다. 그래서 당신은 언제까지 나를 사랑할 수 있나.

정적이 흐르고 애정이 담긴 눈빛으로 저를 보는 남자를 응시하던 여자가 입을 열었다.

"1억짜리야. 값은 해."

그에 애정을 담아 여자를 내려다보던 남자가 입꼬리를 말아 올리며 답했다.

"당연한 것을."

1억, 2억, 아니, 그 이상. 값으로도 매길 수 없는 밤을 당신에게 선물하고 싶다.

그리고 곧, 방 안에 열기가 가득 찼다.

\* \* \*

얼마나 잤는지도 몰랐다.

비비안이 눈을 뜬 건 계속해서 제 가슴께를 지분거리는 손길 때문이었고, 다리를 타고 올라오는 뜨뜻한 체온 때문이었다. 약간 한기가 들어 부르르 떨자 저를 안고 있던 손이 비비안을 칭칭 감을 듯이 자신의 쪽으로 끌어당겼고, 곧, 그녀가 눈을 뜨기가 바쁘게 위그가 그녀를 보며 웃고 있었다.

"좋은 점심."

"……벌써 점심이야?"

비비안은 약간 쉰 목소리에 한숨을 푹 쉬었다. 몸이 뻐근해서 일어나기도 싫다. 어찌나 집요하게 밀어붙이던지 잠자리를 갖다가 몸이 아픈 건 또 오랜만이었다. 운동 부족이 여실하게 드러나는 상황이었다.

비비안은 눈을 다시 감았다. 그러자 눈까풀에 입술이 떨어지고, 위그가 낮게 깔린 목소리로 입을 열었다.

"오늘은 뭐 하나?"

"일."

"이렇게 늦었는데."

"그래서 뭘 어쩌라고."

"그냥 같이 있어. 누워 있어, 응?"

비비안이 피식 웃음을 흘렸다. 어디서 세상 좋은 소리를 하고 있나. 오늘 분명 일이 가득할게 뻔했다. 그녀는 제가 해야 할 일을 미뤄 두는 법이 없었고, 아무리 늦어도 꼭꼭 일을 다 마치는 쪽이었다.

그녀의 대답을 알아들은 듯 위그가 조금 얼굴을 굳혔다. 침대에서 일어날 기운도 없이 만들어 놓으면 안 될까? 저를 두고 일하러 가겠다는 말도 못 하게? 불쑥 튀어나온 생각에 위그는 비비안을 더욱더 품에 안았다. 늘씬한 여체가 품에 쏙 들어왔다. 아, 좋다. 안으면 좋다. 그냥 좋다. 보들보들한 맨살도 좋고, 숨결도 좋다. 손가락에 걸리는 연회색 머리카락도 사랑스럽다. 무슨 여자가 머리부터 발끝까지 다 예뻐.

그런 그의 마음을 알아챘는지 알아채지 못했는지 비비안이 곧 그의 품에서 벗어났다. 삽시에 텅텅 빈 품에 그가 잠깐 서늘하게 얼굴을 굳히다가, 결국 한숨을 쉬며 저 또한 자리에서 일어났다.

"그래서, 오늘은 뭐 하나?"

"일한다니까."

"저녁에 일찍 들어와."

"아, 그건 좀 곤란한데."

위그의 말에 비비안이 웃음을 흘렸다. 근육통이 장난이 아니었지만 별 상관은 없었다. 그 이상으로 좋은 걸 얻었으니까. 그리고 오늘 저녁 카티야를 만나게 된다면 아마 그 이상으로, 더 좋은 걸 얻게 될 것이다.

그때 이 남자는 저를 어떻게 볼까.

"오늘 저녁에 약속이 있어."

"누구?"

"몰라도 돼. 남자 아니야."

비비안의 말에 위그가 가늘게 눈을 떴다. 그리고, 침대를 벗어나 옷을 걸치는 그녀의 모습을 빤히 보았다.

그렇게 좋았는데. 어젯밤 제 아래에서 유혹적으로 웃던 모습은 온데간데없이 저 여자는 다시 아무렇지도 않다는 듯이 굴었다. 발갛게 달아오르는 얼굴, 늘씬한 여체. 정작 자신은 얼굴을 보기만 해도 미칠 것 같다. 그의 것을 잡고, 입을 맞추면.

"으음."

"무슨 생각을 하는 거야."

저도 모르게 흘러나온 소리에 비비안이 고개를 돌렸다. 저 남자가 지금 이상한 생각을 하는 게 틀림없었다. 비비안은 나른하게 웃었다. 위그의 얼굴에 아쉬운 기색이 가득했다.

"오늘 저녁은 조금 늦게 올 거니까 당신이 먼저 자."

"얼마나 늦게 오는데?"

"글쎄."

위그의 다급한 목소리에 비비안이 느긋하게 대답했다. 그가 무엇을 기대하는지 그녀는 잘 알았다. 어젯밤 두 사람은 잠자리를 가졌다. 그 깔끔하고 간단한 사실은 아마 위그에게 그녀가 모든 것을 허락했다는 다른 의미로

다가올 것이 당연했다. 비비안은 손으로 그의 입을 살짝 막고 은근하게 속 삭였다.

"그건, 당신이 하는 걸 봐서?"

* * *

당신이 하는 걸 봐서.

비비안의 그 의미심장한 표정과 묘한 대답을 상기한 위그가 얼굴을 팍 찌푸렸다. 그의 옆에서 근무를 하던 요한이 고개를 갸웃거렸다. 어제까지만 해도 실실 웃으면서 집에 돌아왔다던데 왜 또 저기압인가. 공작 부인과 부 부 싸움이라도 했나. 아닌데, 그러기에는 집을 나설 때 부인을 배웅하던 공 작의 모습이 너무 해맑았다.

요한은 한숨을 푹 쉬고 고개를 저었다. 공작 부인은 그가 보기에도 보통 내기가 아니었다. 그러니까 저렇게 공작이 맨날 한숨을 쉬고 머리를 싸쥐고 고민하는 게 아니겠는가.

"요한."

"네."

위그의 부름에 요한이 고개를 들었다.

"클로에한테 뭐 들은 거 없어? 요즘, 비비가 이상한 행동을 하고 있다든가."

"……?"

"뭐, 이상한 데 가거나."

"각하. 부인의 외도는 함부로 의심하는 게 아닙니다."

"누가 그걸 의심해?"

요한의 말에 위그가 얼굴을 찌푸렸다. 그런 문제가 아니었다. 무슨 말도 안 되는 소리인지 몰랐다. 비비안이 외도라니. 그 여자가 왜 외도를 하 겠……. 그렇게 생각하던 위그가 멈칫했다. 왜 비비안이 외도를 하지 않을 거라 생각했을까.

위그는 저도 모르게 든 생각에 얼굴을 굳혔다. 그러고 보니 외도하면 그 것을 덮기 위해 배우자에게 과하게 잘해 주는 남자들이 있다고 했다. 제 아 버지만 해도 정부와 만난 날에는 어머니를 달래 주려고 일부러 이런저런 비싼 것들을 사서 안기곤 했다. 물론 비비안은 남자가 아니었지만, 그럴 가 능성을 아예 배제할 수는 없었다.

그는 문득 저번에 연극 무대 뒤편에서 만났던 다니엘을 떠올랐다. 허여멀 건 게 딱 비비안의 취향이랬다. 그가 비비안을 보는 눈에서 미련이 뚝뚝 떨 어지던 게 혹시…….

여기까지 생각하고 위그가 머리를 털어 냈다. 말도 안 되는 생각이었다.

비비안은 다른 건 몰라도 계약서의 내용은 끔찍하리만치 잘 지키는 사람 이었다. 그런 여자가 계약서에 있는 내용을 어길 리가 없었다. 그리고 외도 를 했기 때문에 그에게 잘해 준다고? 아니, 비비안의 성격이라면 차라리 '계약 파기를 하고 난 내 사랑을 찾아 떠나겠어'라고 말할 타입이다.

그럼 대체 뭔가.

혼자 낯빛이 하얘졌다가 다시 까매지고, 절망과 의문을 반복하는 자신의 주인을 보며 요한은 혀를 쯧쯧 찼다.

그때였다.

"이모부야!"

집무실의 문이 벌컥 열리고 곧 익숙한 인영이 달려들어 왔다. 위그는 자 신에게 뛰어드는 리즈의 작은 몸을 엉겁결에 안아 들고, 그녀와 눈을 맞췄 다. 방실방실 웃고 있는 얼굴이 기대에 가득 찼다. 뒤로 따라 들어오던 아 리아가 곧 위그와 눈을 마주치고, 얌전하게 인사했다.

"이모부야, 블로나 거리에 새로운 디저트 가게가 생겼대!"

"……디저트? 집에 파티시에를 부르지."

"말고. 직접 가자!"

리즈의 말에 아리아의 얼굴이 창백해졌다. 그녀는 카트린이 예전에 해 준 이야기를 기억하고 있었다. 이모와 결혼하는 사람은, 바첼론에서 가장 권력이 있고, 가장 지위가 높으며, 가장 무서운 사람이라고. 그런 사람이 이모를 지켜 줄 거라고.

일단 그가 비비안을 지켜 주는지는 둘째 치고 그런 사람한테 저렇게 무례하게 요구하다니. 아리아는 안절부절못하며 한숨을 푹 쉬었다. 하지만 그런 언니의 마음을 아는지 모르는지, 리즈는 한없이 해맑고 천진하게 웃고 있었다.

곧, 위그가 떨떠름하게 입을 열었다.

"난 바쁘다. 사람을 보내 줄 테니 같이 가도록 해."

"히잉……."

"흠, 진짜 바빠."

"흑……."

"……."

"……."

"언제 가려고?"

"오늘 저녁!"

울상이 된 채 눈물까지 그렁그렁 매달고 있는 리즈를 보며 위그가 결국 한숨을 푹 쉬며 고개를 끄덕였다. 묘하게 비비안을 닮은 눈동자에 눈물이 맺히는 건 보지 못하겠다. 그 전에 애들이 칭얼거리면, 어떻게 대응해야 할지도 몰랐다. 승낙이 떨어지자 바로 환호부터 지르는 모습이 딱 봐도 방금 그 불쌍하고 가련한 모습은 가짜인 것 같았다. 그럼에도 좋아서 방방 뛰는 모습은 또 보기 나쁘지 않았다.

그때 위그의 눈길이 문고리를 잡고 안절부절못하는 아리아에 닿았다. 동생과 달리 조금 위축된 모습에 그가 미간을 살짝 찌푸리자, 그 모습을 본 아리아가 입을 꼭 다물고 뒤로 주춤 물러났다. 제 눈치를 보는 게 확연한 모습이었다.

위그는 길게 한숨을 쉬고는 아리아를 향해 손짓했다. 그것을 본 주춤거리던 아이가 그에게 다가왔다.

"고맙습니다."

"뭐가?"

딱히 뭘 들어준 것도 없는 것 같은데. 위그는 얼굴을 찡그렸다. 리즈처럼 밀어붙이는 타입은 그래도 상대하기 어렵지 않을 것 같은데, 이렇게 얌전한 아이는 또 어떻게 해 줘야 하는지 몰랐다. 그때 아리아가 두 손을 꼭 모으더니 고개를 숙이고 입을 열었다.

"함께 가 주셔서 고맙습니다."

"별것 아니다."

"그래도 고맙습니다."

푹 숙인 작은 뒤통수를 보다가, 위그가 길게 숨을 내쉬고 손을 내밀었다. 머리를 살살 쓰다듬자 아리아가 놀란 눈으로 고개를 들었다. 그러고는 입을 꼭 다물고 얼굴을 발갛게 물들이며 미소를 지었다.

"감사합니다."

"또 뭐가?"

"그…… 함께 외출해 본 적이 없어서요. 엄마 말고, 다른 사람이랑……."

기어들어 가는 목소리로 더듬더듬 말하는 아이를 보던 위그가 미묘한 표정을 지었다. 그러더니 고개를 저었다.

"뭘 그런 걸로."

곧 아리아가 리즈를 끌고 방을 나가자, 위그는 조용해진 방에서 문 쪽을 빤히 보다가 고개를 돌렸다. 그러고는 요한의 기묘한 눈길을 알아채고 얼굴을 구겼다.

"왜."

"어…… 아이, 좋아하시나 봅니다."

"좋아하지 않는다."

"그런 것치고는 꽤 자상한데."

"그럼 나더러 애한테 소리라도 지르라고?"

"거절은 할 수 있잖습니까."

요한의 말에 위그가 코웃음을 쳤다.

"우는 애를 어떻게 거절해."

아니 뭐, 틀린 말은 아니었다. 하지만 그 우는 애의 아버지는 울면서 제발 살려 달라고 사정사정을 했는데 결국 죽기 직전까지 밟혔다. 물론 애와 빌케르 백작의 입장이 같은 건 아니었지만, 내막을 모르는 요한의 눈에는 어차피 비슷비슷했다. 아, 그러고 보니 전 빌케르 백작 부인이 공작 부인의 언니였지.

요한은 순간 그 공작 부인에게 신기한 생각이 들었다. 사랑해서 결혼했다기에는 어쩐지 공작이 일방적으로 매달리는 것 같고, 세기의 로맨스라고 떠들던 것과 달리 그렇게 열정적으로 보이지는 않았다. 안주인으로서 적당하게 품위는 지켜도 딱히 내무를 신경 쓰는 사람이 아니었고 로튼의 일에 더욱더 관심을 쏟았다. 고용인들 사이에서 평판이 나쁘지는 않았지만, 아니, 사실 공작 부인이 들어온 뒤부터 공작의 자애로운 면을 새롭게 발굴했다는 데서 이미 아주 좋은 평가를 듣고 있지만, 그렇다고 그쪽으로 신경 쓰는 것 같지도 않다.

신기한 사람이었다. 자기주장이 강하고 원하는 것이 있으면 이룬다. 공작가의 이름을 빌려 쓰기도 하고, 가끔은 공작의 권력을 이용하기도 한다. 사치를 부리는 것도 마다치 않고 제가 하고 싶은 대로 한다.

그런데 딱히 밉지가 않다.

귀부인들의 덕목은 개뿔도 없었고, 정숙이나 현명과는 거리가 멀어 보이는데 웃기게도 똑똑하다는 인상은 지울 수가 없었다. 고용인들은 그런 공작 부인의 옆에 다가가지도 못한 채 아직도 동태를 살피고 있었고, 공작 부인 대신 내무를 맡아보는 퀜슨 부인은 함부로 부인의 사생활에 관심을 두지 말라고 일렀다.

그 까다로운 퀜슨 부인을 구워삶은 걸 보면, 수완이 이만저만이 아니었다.

요한은 고개를 저었다. 어떤 부류의 사람인가 싶지만, 그는 공작 부인을 두고 훌륭하고 배울 게 많다면서 환하게 웃던 제 여동생을 떠올리며 딱히 나쁜 사람은 아니라는 생각이 들었다. 한평생 누군가의 눈치만 보면서 안타깝게 살던 아이가 많이 밝아졌다. 타인의 말에 고개를 끄덕일 줄밖에 모르던 아이가 부정의 말을 내뱉고, 제 의견을 말할 줄 알게 되었다.

그 변화가 꽤 마음에 들어서, 그는 공작 부인에게 묘한 호감이 들었다.

물론, 가장 큰 호감의 근원은 저를 부려 먹기에는 이미 착취 수준에 이른 저 공작을 손가락 하나로 다스릴 수 있는 그 능력을 향한 것이겠지만.

\* \* \*

블로나 거리는 수도의 명물이라고 불리는 다섯 개 거리 중에서 로튼의 휘하에 있는 상가가 즐비하게 늘어서 있는 거리였다. 그래서인지 가끔은 로튼 거리라고 불리기도 했다.

그런 의미에서 비비안에게 블로나 거리는 제집만큼이나 편한 곳이었다. 그 가운데에서 가장 화려하고, 가장 돈을 처바른 흔적이 보이는 샤를 호텔 또한 그녀에게는 두 번째 집이나 마찬가지일 정도로 편했다.

그중에서 자주 이용하는 방을 하나 골라잡고, 비비안은 창문가에 서 있었다. 어차피 카티야는 그녀가 있는 곳을 알 게 뻔했다. 아니나 다를까, 곧 문 두드리는 소리가 귀를 울렸다.

"빨리 오셨네요?"

"빨리 왔지."

카티야의 간드러진 목소리에 비비안이 웃음을 흘렸다. 평소와 다를 바

없었지만 분명히 흥분으로 점철된 얼굴이었다. 그녀의 얼굴에 비낀 그 미묘한 기대와 쾌감을 눈치챈 카티야가 요사스럽게 생긋 웃었다.

"단주님의 계획은 잘되어 가시나요?"

"네가 잘하면 잘되어 가는 거지."

"어머나, 저는 무척 잘됐답니다."

비비안의 얼굴은 여유롭기 그지없었다. 그녀는 평소에 그러했듯 숄을 걸치고 다리를 꼰 채 앉아 있었고, 평소에 그러했듯 머리카락을 위로 틀어 올리고 있었으며, 아름다웠다.

그 모습을 빤히 보던 카티야가 고개를 절레절레 저었다. 위그 이디에트. 이디에트의 그 잘난 공작은 과연 눈앞의 이 여자가 어떤 여자인지 제대로 파악을 하고 그녀를 사랑하는 것일까. 한평생 다른 이를 함정에 처박아만 봤지, 제가 걸려 넘어지는 일은 없을 게 뻔해서.

하지만 사실, 안타깝기보다는 고소하다.

바첼론 최고의 권력자, 바첼론의 먹이 사슬에서 가장 높은 위치에 있는 그 남자, 그 남자의 뒤통수를 치는 여자.

"같은 침대 위의 적을 조심하라는 말이 있죠."

"……."

"각하는 자신이 그런 말을 들어야 할 날이 올 줄은 꿈에도 몰랐을 거예요."

카티야의 말에 비비안이 미간을 찌푸렸다. 같은 침대 위의 적을 주의하라. 흔히 여자한테 홀려 큰일을 망치는 남자한테 쓰는 말이지만, 대체 얼마나 멍청하면 여자한테 홀려서 앞뒤 분간도 못 하나. 그 정도 대가리라면 여자가 아니라도 언젠가는 뒤질 게 분명했다.

그런 그녀의 마음을 알았는지 몰랐는지 카티야가 웃음을 흘렸다. 비비안은 만담을 싫어했다. 지금부터가 진정으로 그녀가 이곳으로 와야 했던 이유였다.

그녀는 방금부터 팔에 걸치고 있던 코트를 뒤적거렸다. 그리고 얼마나 지났을까, 천이 찢어지는 소리가 들리더니 그 속에서 두툼한 종이 뭉치를 꺼낸 카티야가 그것을 비비안에게 건넸다.

"여기요."

"많기도 해라."

종이를 받아 든 비비안의 얼굴에 화사한 미소가 비쳤다. 그 미소는 기묘하기도 하고 섬뜩하기도 해서, 카티야는 본의 아니게 비비안의 얼굴로부터 고개를 돌렸다.

무서운 사람이었다.

비비안의 손에 있는 것은 다름 아닌 그녀가 카티야에게 가져오라 명한 것으로서, 지금까지 제이슨의 궁에 기거하면서 그녀가 목숨을 걸고 찾은 것이었다. 태자를 술과 침대로 유혹해서 그 위치를 알아낸 카티야는, 서재의 가장 깊숙한 곳에서 저것들을 발견해 하나하나 필사한 뒤, 거짓 문서를 만들어 바꿔치기하고 원본 서류를 빼 왔다.

그리고 그 내용은 다름 아닌 이 바첼론의 근간을 뒤흔들 수도 있는 것으로서……

"이디에트와 당시 제2왕자였던 제이슨 사이에 오간 밀서라. 이디에트 공작의 친필로 쓰인 제1왕자 살해 사주에 관련한 내용, 심지어 디텔 공작과 나눈 것도 있군. 세상에, 사인에 인장까지 박혀 있는 내용이라 이건 빼도 박도 못하겠어?"

제 남편의 목줄과, 그 정적의 목줄.

제 오빠를 홀려 사랑의 도피를 떠나라고 할 때까지만 해도 비비안은 그저 욕심이 조금 많은 아이였다. 그리고 오빠가 죽었음에도 잘했다고 편지를 쓸 때는 목적을 위해 수단과 방법을 가리지 않는 사람이구나 싶었다. 마지막으로 큰오빠의 장례식에서, 검은색 베일 사이로 비치는 묘한 미소를 보는 순간, 카티야는 비로소 비비안이라는 사람을 똑바로 볼 수 있었다.

단단히 한몫 챙겨 별장에서 호의호식하던 자신을 어느 날 비비안이 다시 부르고, 태자에게 보낼 때까지만 해도 카티야는 비비안이 원하는 게 그저 남편의 말대로 제이슨을 적당히 감시하고 베갯머리송사 따위로 흔들어 줄 여자라고 생각했다.

하지만 그녀가 틀렸다.

'태자를 감시해 줘야겠어.'

'이런, 지나칠 정도로 대단한 임무네요.'

'왜, 어렵나?'

'그럴 리가요.'

'그리고……'

카티야는 의자 등받이에 몸을 살짝 기댔다.

그때, 그 말을 하던 비비안의 표정을, 그 희열에 가득 찬 표정을 그녀는 잊을 수가 없었다.

'이디에트와 디텔의 목줄을 내게 가져와.'

제이슨은 도덕적으로 결함이 많은, 아니, 도덕적으로는 개새끼였지만 머리는 잘 돌아가는 사람이었다.

제2왕자였던 그는 이디에트의 딸과 결혼해 이디에트의 힘을 빌려 태자가 되었고, 제1왕자를 시해하는 데 디텔과 이디에트를 모두 이용했다. 그리고 태자 위에 앉은 뒤, 저를 꼭두각시처럼 흔들려는 이디에트의 손에서 벗어나 디텔 공작과 붙었다.

애초에 딸을 왕비로 만들겠다는 야심으로 딸의 의사를 싸그리 무시한 아비가 겨우 딸의 목숨 따위가 아까워 태자를 제거하지 못했을 리 없었다. 그렇게 단순한 이유가 아니었다. 물론 딸을 불쌍해하는 척 따위는 했을지라도,

그렇게 오만한 이디에트 공작가 특성상 공작은 딸을 위해 참는 게 아니라 다른 왕으로 갈아치운 뒤 다시 딸을 왕비로 보내는 방법을 선택해야 했다.

그러나 그러지 않았다. 선대 공작은 태자의 배신에 그저 당하기만 했고 심지어 그 아들인 위그조차 태자에게 가산이 거덜 날 정도로 당했다. 그 이유를 생각해 보던 비비안은 너무나 간단한 결론을 내렸다.

이디에트의 약점이 태자의 손에 있어서.

그렇게 선대 이디에트 공작을 속여 넘긴 태자가 디텔과 붙어먹으며 디텔의 약점을 잡지 않았을 리 없었다. 비비안은 이디에트뿐만 아니라 디텔 또한 태자의 손에 약점이 잡힌 게 있을 것이라고 확신을 하고 있었다.

그래서 비비안은 애초에 위그의 말을 믿지 않았다.

'진즉 엎어 버리지 않고 뭐 했어?'

'잊고 있었던 것 같은데 엘리미아가 태자비다. 엘리미아가 태자비로 있는데 가주로서 누이를 죽이는 짓을 할 수는 없지?'

헛소리.

무소불위의 힘을 휘두르는 개국 공신 귀족 가문이 태자한테 빌빌거릴 만한 약점이라면 한 가지뿐이었다. 그 어떤 귀족가라도 절대 벗어나지 못하는, 사형을 확정 짓는 것과 마찬가지인 죄목.

반역. 혹은 왕족 시해.

혐의가 발견되는 순간 왕족은 물론이요 온 바첼론이 나서서 이디에트의 단두대행을 지지할 것이었다. 당연히 제이슨은 도와주지 않을 것이고, 설사 왕이 자비를 베푼다고 해도 이디에트는 사형을 피할 수 없을 것이다. 안 그래도 이디에트를 물어뜯으려고 혈안인 디텔은 당연히 그것을 핑계로 가급적 이디에트의 밑바닥 뿌리까지 전부 다 뽑아 버리려고 할 것이었다.

비비안은 위그가 제게 찾아온 그 순간에 그것을 깨달았다.

귀족들의 오만함은 평민들이 생각하는 것보다도 훨씬 더 고고하고 단단하다. 그런데 위그 이디에트는 겨우 평민 계집, 그것도 평판이 바닥에 있는 평민 계집에게 도움을 청하러 왔다. 어지간한 궁지가 아니고서야 올 수 없을 것이었다. 그렇게 궁지에 몰릴 때까지 당했다는 건, 필히 가문의 생존이 달린 약점이 태자의 손에 있다는 방증.

위그는 제1왕자가 병으로 요절했다고 말했지만, 그녀는 분명히 기억했다. 제1왕자가 세상을 떴을 때, 그게 왕위 싸움에서 밀려나 제거당한 것이라고 소문이 돈 것을.

멀쩡하던 제1왕자가 어째서 하루아침에 요절하겠는가.

뻔하지 않은가.

바첼론에서 가장 대단한 두 가문에게는 약점이 있다. 비비안은 자신의 무리한 요구에도 짐짓 고민하는 척하다가 결국 자백서를 내놓은 위그를 보면서 더욱더 자신의 가설에 대한 심증을 굳혔다. 가문이 무너질 정도의 문서를 그녀에게 넘긴다는 것은 어차피 그녀가 이것을 공개하든 말든 그는 어떻게든 반역에 휘말릴 리스크를 안고 있다는 것이었다. 그리고 그 리스크를 만든 사람은 분명 위그 이디에트보다 더욱더 높은 사람이리라.

한 걸음 한 걸음 그에게 다가가며 한 시험은 모두 그녀의 가설이 맞고, 실제로 그런 약점이 이 세상에 확실하게 존재한다고 알려 주고 있었다.

그래서 그녀는 그것을 손에 쥐고 싶었다.

모험이라고 해도 상관없었다. 원래 장사에는 모험이 필요한 법이고, 인생을 걸 만큼의 모험은 그만큼 짜릿한 결과를 가져온다.

비비안은 자신의 손에 있는 종이를 보면서 환하게 웃었다.

그녀가 뭐 진짜 위그 좋으라고 카티야를 제이슨에게 보냈겠는가. 그깟 통행 자격 하나 얻겠다고 그렇게 요란을 떨었겠는가. 진짜 그 법안 몇 개 때문에 이디에트와 결혼했겠는가. 왕이 바뀌면 그깟 반역 자백서는 백지가 되고, 저는 이혼을 못 해 이디에트에 모든 걸 빼앗길 수도 있는데 미쳤다고 그런 모험을 하겠는가.

그에 상응하는 수확이 있기에 했다.

바첼론에서 가장 세가 큰, 권력을 두 개로 나눠 가졌다고 해도 과언이 아닌 두 개 가문의 약점이 제 손에 들어왔다. 나라의 기반을 흔들 수 있는 약점이.

이게 퍼지면 디텔이고 이디에트고 전부 몰살이다. 왕이 살아 있는 지금 더더욱 그랬다. 그녀의 손짓에 몇백 년의 명맥을 이어온 두 가문이 개박살 나는 것이다. 자칫하면 바첼론을 유지해 온 귀족 체계가 뒤바뀌고, 왕실이 혼란에 빠질 수도 있었다.

그들이 그토록 무시하던 어린 계집의 손에.

손에 쥔 것들을 힐끔 보고, 비비안은 웃었다.

위그 이디에트는 그녀를 사랑한다고 했다. 비비안은 위그가 왜 자신을 사랑한다고 생각하고 있는지 그리 어렵지 않게 추측할 수 있었다. 얼굴 반반하고 몸매도 좋은데 똑똑하고, 강한 줄 알았는데 의외로 약한 면이 있다. 가족의 이야기를 하며 은근히 슬픈 얼굴을 짓기도 하고 언니의 말을 내뱉으며 애정 가득한 얼굴도 했다. 그런 여자를 보면서 그가 무슨 상상을 했을까?

역시 여자는 여자야?

그럼 지금, 그녀가 이 모든 것을 손에 넣은 지금, 당신은 무슨 표정을 어떻게 지을까.

위그 이디에트는 오만하고 총명한 사내였다. 그런 그가 그녀의 앞에서 경계를 늦추고 그리 풀어지던 이유는 간단했다.

그는 그녀를 경쟁 상대로 보지 않았다. 그의 세계에서 그녀는 영원히 여자였다. 그러니까, 자신의 아내, 혹은 누군가의 딸인. 사연 있고 슬픈 과거도 있고 나름대로 강해 보이나 사실은 나약한 모든 면을 감추기 위해 저를 꽁꽁 싸매고 있는, 그런 사랑스러운 여자.

하지만 비비안 로젤리스는 그런 사람이 아니었다.

비비안 로젤리스는 비비안 로젤리스, 그 자체였다. 그저, 비비안 로젤리스 그 이름으로 모든 행동이 설명 가능한 사람.

비비안의 섬뜩한 얼굴을 보던 카티야가 침을 꿀꺽 삼켰다. 비비안 로젤리스가 누구보다도 무섭고 치밀한 사람이라는 것은 사실이었으나 다른 한편으로 주인의 행동에 묘한 쾌감과 흥분이 일었다.

그러면 이런 여자를 사랑해 줄 남자는 있을 것인가.

비비안은 언제나 제 입으로 인간성 따위 버린 지 오래라고 했다. 그리고 그 말을 카티야는 부정하지 않았다. 양심도, 도덕도, 모든 것을 다 버리고 욕망에 충실하며 살아온 여자였다.

첫째 오빠를 죽이라 사주한 여자였다. 멀쩡한 둘째 오빠와 동생을 가둔 사람이었다. 언니, 그래, 그녀가 유일하게 안타까워하는 언니가 있었으나 그뿐이었다. 진짜로 그렇게 언니가 안타까워서, 마음이 약해서 절절할 사람이라면 이렇게 갑부가 된 상황에서도 언니를 이혼시키려고 하지 않을 리 없었다. 만약 카트린이 비비안의 결혼 전에 이혼했다면 그녀는 비비안의 경영권을 나눠 가질 수 있는 존재가 된다. 그건 비비안이 진정으로 카트린에게 선택이라는 명목으로, 어찌 보자면 적당하게 타협을 하던 이유이기도 했다.

비비안은 이 모든 것을 제 손으로 움직였다. 그녀의 모든 행동에는 논리가 있고 이성이 있고 이유가 있었다. 그리고 그 모든 것들은 지독하게 잔인했다. 하지만 그것과 별개로 그러한 잔인함이 없었다면 비비안이 오늘 이렇게 앉아 있을 리 없었다.

"서신이라니. 꽤 좋은 성과네. 오늘 저녁 잠은 다 잤어."

비비안의 말에 카티야는 상념에서 벗어났다.

"태자 전하께서 가문의 인장이 찍혀 있지 않으면 전달될 때 신분이 불분명해진다고, 무섭다고 일부러 찍게 했대요."

"카티야, 그거 아나?"

"네?"

"세상에서 가장 무서운 건, 강한 적수가 아니야."

비비안은 입꼬리를 말아 올리며 답했다.

"강한 적수를 얕보는 나 자신이지."

결국에는 방심해서였다.

선대 공작이 제이슨에게 배신을 당한 것도, 위그가 이 순간까지도 그녀를 철석같이 믿고 사랑하는 것도, 결국에는 상대를 너무 얕보아서 생긴 일이었다. 다만 전자가 애초에 제이슨의 계획의 일환이었다면, 후자는 위그의 뿌리 끝까지 배어 있는 그 철저한 편견 때문이었다.

하지만 비비안은 딱히 그것 때문에 분노하지 않았다. 자신을 얕보고 아무런 손도 쓰지 않는, 아니, 애초에 그녀가 적이 될 수도 있다는 사실 자체를 인지하지 못하는 적수는 그녀에게 이득이 되었으면 되었지 실이 되지는 않았다. 그녀는 바로 그것 덕분에 여기까지 올 수 있었다. 어린 계집이라 적수로 치지도 않은 채 사랑을 말하고 동정을 말하는 이들의 하찮고 값싼 감정을 이용하면서.

권력 싸움에는 옳고 그름이 없었다. 이기는 자만이 마지막까지 웃을 수 있다. 그리고 마지막에 웃는 자만이 진정한 승자였다.

비비안은 위그가 자신을 보던 눈빛을 기억했다. 그는 그녀가 그의 예상을 뛰어넘는 행동을 할 때면 놀라운 얼굴을 하다가 그녀가 곱게 웃으면 저도 모르게 그녀의 얼굴과 몸을 탐냈다. 그녀가 형제를 어떻게 처리했는지보다 언니를 얼마나 사랑하는지에 관심을 두었고, 아이를 좋아한다고 여기며 그녀를 애틋하게 여겼다. 그리고 그녀의 과거사를 생각하며 여자로서 그녀가 겪어야 했던 차별을 짐짓 이해하는 척하겠지.

딱히 나쁘지는 않으나 결국에는 그녀를 숭배하던 그치들과 별반 다를 것 없는 감정이었다. 그래서 비비안은 위그를 딱히 싫어하지는 않았다. 그는 그저 그녀에게 사랑을 속삭이는 수많은 사내들 중 하나였다.

아, 어젯밤은 좋았는데.

그녀는 입맛을 다셨다. 마지막이라고 즐겨 두기를 잘했다. 그녀는 애초에 위그가 진짜로 저를 위해 공작가를 바칠 리가 없다고 믿었다. 그게 당연했다. 그녀는 지금까지 그저 불행한 과거사와 환경 속에서 열심히 살아남은 가련한 계집이었다. 그러나 이제부터는 달랐다.

그녀는 성공과 욕망 때문에 인간이길 포기했다. 하나를 얻으려면 하나를 버려야 한다. 인간이길 바라는가, 아니면 욕망을 이루길 바라는가. 그녀는 문득, 나는 왜 가주가 될 수 없냐며 묻는 자신에게 아버지가 지어 주던 얼굴을 상기해 냈다.

"주제넘게 구는 계집애는 사랑스럽지 않지."

"네?"

카티야는 갑작스럽게 튀어나온 험한 말에 눈을 동그랗게 떴다. 하지만 비비안의 얼굴은 정말 담담했고, 차분하기 그지없었다. 그녀는 카티야의 호기심 어린 말에 생긋 웃어 주었다.

"우리 아버지가 나한테 그랬어. 나는 오빠보다 더 똑똑한데 왜 가주가 될 수 없냐고 물었거든."

"어머."

"그때 우리 아버지가 그랬지. 주제넘게 구는 계집애는 사랑스럽지 않다고. 뭐, 그때는 억울했는데 그래도 덕분에 배웠어. 현실이 어떤 것인지."

그렇지만 현실이 그러하다는 것은 그녀가 주제넘게 구는 것에 하나도 영향을 주지 않았다. 아마 그녀는 끝까지 주제넘을 것이고, 사랑스럽지 않다는 것을 대가로 자신이 원하는 것을 손에 넣었다.

"이제는 그 소리를 남편한테서 듣게 되겠네."

"꼭 그렇지 않을 수도 있지 않을까요?"

"진심으로 하는 말이야?"

카티야는 피식 웃었다. 그녀도 사실 알고 있었다. 한평생 타인의 위에서 군림해 오며 살아온 위그 이디에트는 자신보다 하찮고 비루하다고 생각되는 존재에게는 꽤 예의와 정중함을 차리고 보살펴 주고 애정을 퍼붓지만 그것이 자신의 머리 위에 올라타는 순간 바로 돌변해 분노할 인간이었다.

결국 카티야는 입을 다물었다. 긍정이나 마찬가지인 그녀의 반응에, 비비안이 서늘하게 웃었다.

* * *

"이모부! 저거, 저거!"

위그는 현재 차가운 공기 속에서 혼란에 몸부림쳤다. 분홍 뭉치가 가득하고, 노란색과 하얀색 레이스로 장식된 디저트 가게에는 아이들이 가득했다. 그래, 뭐, 아이들이야 저런 걸 좋아하니 그렇다 쳐도.

"꼭 내가 들어가야 하는 이유가 있나?"

"같이 왔는데 왜 안 들어가?"

"언니와 둘이 들어가라. 나는 밖에서 기다려 주지."

달콤한 냄새를 풍기는 디저트 가게를 보며 위그가 얼굴을 굳혔다. 그는 원래 단 걸 그렇게 좋아하지는 않는다. 강한 향내를 풍기는 것 자체를 좋아하지 않았다. 그런 사람이 사탕과 크림의 향이 풍겨 오는 곳에 직접 발을 들이밀 이유가 없었다.

위그의 말에 리즈가 입을 삐쭉 내밀었으나 곧 아리아가 어른스럽게 제 손을 잡아 오자 언제 그랬냐는 듯이 방방 뛰며 디저트 가게로 들어갔다. 애초에 작은 가게였고, 위그는 밖에서도 충분히 리즈와 아리아를 지켜볼 수 있었다. 게다가 요즘 리즈와 아리아의 생활을 책임지는 시녀 미네가 아이들 뒤를 따르고 있었다.

그는 디저트 가게를 힐끔 보다가 곧 거리를 쭉 훑었다. 그러고 보니, 블로나 거리는 로튼의 거리라고도 불린다지. 그 말인즉슨 이 거리에 있는 대부분 상가가 비비안의 것이라는 뜻이 된다.

그는 새삼스러운 눈길로 그중 가장 화려한 호텔을 하나 보았다. 참, 대단한 여자지. 그리고 그렇게 대단한 여자를 그가 사랑하고, 아내로 맞이했다.

그가 곧 눈길을 돌려 디저트 가게를 보려는 순간, 그는 호텔 안에서 나오는 익숙한 인영에 미간을 찌푸렸다. 늘씬한 몸매와 하늘거리는 연회색 머리카락, 조금 멀리 떨어진 곳이긴 하지만 분명 비비안이었다.

그 순간, 그의 눈가가 꿈틀거렸다.

'……왜 저기서 나오는 거지?'

그는 다시 한번 고개를 들어 건물을 보았다. 다시 봐도 호텔이었다. 먹고 자는 데 쓰는 호텔.

순간 머릿속으로 스쳐 지나가는 이상한 생각에 그는 얼굴을 구겼다. 오늘 오전까지만 해도 웃어넘겼던 가설이 갑자기 스멀스멀 기어오르기 시작했다. 아니다, 그럴 리가 없었다. 비비안의 성격상 그런 말도 안 되는 짓을 저지를 리가 없었다. 그 믿음의 이유가 그에 대한 사랑이 아니라는 것은 꽤 슬프지만, 그는 현재 그런 것을 가릴 때가 아니었다.

그는 숨을 들이쉬었다. 누구와 있었나. 저 안에서 누구와 있었나. 거기까지 생각하자 숨이 턱 막히는 것 같았다. 어제까지만 해도 방긋방긋거리며 제게 웃어 주던 여자였다. 저녁에도 그의 품에서 나른하게 웃던 여자였다. 그 예쁜 얼굴로, 그 눈으로, 그 입으로 그를 보고 그를 말하던 여자였다.

그런데 오늘, 호텔에서 나왔다.

"어머, 이게 누구죠?"

그때였다.

점점 이상한 쪽으로 기울기 시작한 그의 상념을 깨고 간드러진 목소리가 들려왔다. 몇 번 듣지는 못했지만 퍽 특색이 있는 그 목소리에, 그가 고개를 돌렸다. 그리고 그곳에는 현재 제이슨이 물고 빠느라 정신이 없는 카티야가 있었다.

그는 미간을 슬쩍 찌푸렸다. 카티야가 여기에 있었다. 비비안이 저 호텔에서 나왔고, 그는 그제야 자신을 이상한 상념의 소용돌이에 밀어 넣은 가설을 비웃을 수 있었다. 그 정도 눈치와 머리는 있었다. 그는 카티야를 향해 차가운 목소리로 물었다.

"비비를 만났나?"

진지한 위그의 목소리와 달리 그의 입에서 나온 이름에 카티야가 눈을 동그랗게 뜨더니 갑자기 풋 웃음을 흘렸다. 그에 위그의 얼굴에 더욱더 노골적인 의문이 서렸다.

그러나 위그의 의문과 별개로 카티야는 진심으로 웃고 있었다. 비비, 비비…… . 사랑하는 연인을 부르듯 달콤한 애칭이었다. 방금 전까지 비비안과 어떤 주제로 어떤 대화를 나누고 있었는지 기억하는 그녀로서는 당연히 웃음이 나올 수밖에 없었다.

카티야는 비비안을 잘 알았다. 그녀는 누구보다 남자들의 사랑을 받기 위해 태어난 것처럼 달콤하고 아양을 떨 줄 알았지만 정작 그 모든 것들이 거짓된 이였다. 그녀의 모든 달콤하고 사랑스러운 모습은 전부 거짓으로 꾸며낸 것으로서, 이미 충분히 많이 쥐고 있는 수많은 무기 중 하나에 불과했다.

반면 눈앞의 남자는, 여자도 많았고 애인도 많았고 정부도 많았다. 여성 편력이 과해서 오히려 여자한테 관심이 없어 보이고, 여자 따위 그저 침대를 덥히는 데 쓸 만한 남자였다. 그런데 그런 남자가, 여자 따위 아무렇지도 않은 것처럼 코웃음을 치고도 남을 이 남자한테 그런 열정이 숨어 있을 수 있다는 생각을 하니 그게 너무 웃겼다.

그러면 눈앞의 남자는 그것을 알까? 아니, 모를 것이었다. 알고 있었다면 지금까지 이리 굴지 않았을 것이었다. 그러나 만약 알게 된다면 어떻게 굴까.

위그 이디에트는 수도 없이 여인이 많았던 이였다. 대륙에서 가장 아름답고 매력적인 여자도 그에게는 그저 액세서리처럼 취급받곤 했다. 그런 그에게 진정으로 되는 열정이나 애정이 있다고 믿는 것은 꽤 어려웠다.

두 사람은 이렇게 묘한 데서 비슷하면서도 정반대였다. 결과적으로 그래서 더욱더 재미있는 싸움이 되겠지만. 그녀는 마지막으로 방을 나가기 전 비비안이 한 말을 상기했다.

'위그 이디에트에게는 적당한 때를 잡아서 내가 그자의 목숨 줄을 잡고 있다는 정보를 흘려.'

'어머, 그래도 되는 건가요?'

'내가 목숨 줄을 잡고 있다는 것을 알아야 건방지게 나를 사랑하네 마네하는 말을 하지 않겠지. 뭐, 그 팔푼이 같은 얼굴을 보는 것도 즐겁긴 했지만 그렇다고 오래가면 유쾌한 얼굴은 아니야.'

'잔인하셔라. 하지만 재미있어 보이니 따르도록 할게요.'

원래는 왕궁에서 만날 때 넌지시 흘리려고 했지만 이러한 천재일우의 기회를 굳이 놓칠 필요가 없었다. 카티야는 진득한 미소를 얼굴에 담으며 입을 열었다.

"단주님을 만나고 왔어요."

"역시 그랬군."

"좋은 걸 드렸죠."

"뭐, 오늘 저녁 내게 말해 주겠지."

카티야가 주는 정보를 비비안은 그대로 위그한테 전했다. 그것을 알고 있었기에 위그는 오늘도 그러하겠거니 하고 한 말이었다. 하지만 그 말이 끝나기가 무섭게, 카티야가 묘한 미소를 지었다.

"글쎄요, 단순히 말하는 것으로는 끝날 일이 아닌데. 과연, 진짜로 '그것'을 공작 각하의 손에 그대로 전해 줄까요? 그 단주님이?"

카티야의 표정을 발견한 위그의 얼굴이 삽시에 굳었다. 예쁘장한 얼굴에 걸린 질척한 미소에는 간담을 서늘하게 하는 힘이 있었다. 그러나 그것은 위그에게 아무런 위협도 주지 못했다. 대신, 그는 그녀의 말 속에 다른 함의가 담겨 있다는 사실을 깨닫고, 잠시 침묵하다가 천천히 입을 열었다.

"무슨 말이지?"

"단주님께 좋은 것을 드렸어요."

"좋은 것?"

"아주 좋은 것. 좋다 못해……."

"……."

"공작 각하를 죽일 수도 있는 것."

"……."

"선대 공작께서, 태자 전하를 위해 참 수고해 주셨더군요. 심지어 태자 전하의 손에 자신이 얼마나 수고했는지까지 제대로 남기고."

순간 위그의 미간이 꿈틀거렸다. 안 그래도 차가운 인상의 그의 얼굴 위로 얽힌 표정이 삽시에 싸늘하게 굳어졌다. 그를 죽일 수 있는 것, 그리고 카티야. 카티야는 태자의 옆에 있고, 다시 태자의 손으로 위그를 죽일 수 있는 것. 그것을 차례로 곱씹던 그의 눈빛이 차갑게 식어 내렸다. 그대로 얼어붙어 아무것도 하지 못했다. 속이 울렁거리며 한기가 솟아올랐다. 마치 석고상처럼 굳었다.

그것을 보던 카티야가 생긋 웃고는 뒤돌아섰다. 위그는 그녀를 붙잡지 않았다. 그동안 달콤한 여자의 미소와 나긋한 여체에 파묻혀 제대로 돌아가지 않던 사고가 이제 슬슬 제 기능을 했다.

"이모부야, 나 다 샀……!"

그때였다. 카티야가 사라지자마자 가게에서 폴짝폴짝 뛰어나온 리즈가 발랄하게 외치다가 말고 위그를 보았다. 서늘하게 굳은 얼굴은 한기뿐만 아니라 살기까지 서리고 있었다. 그것을 발견한 리즈가 주춤거리다가 뒤늦게 걸어 나온 아리아에게 달려가 그녀의 뒤에 숨었다.

리즈는 화내는 아버지를 무서워했다. 서늘하게 저를 보는 아버지도 무서워했다. 그리고 현재, 그녀의 이모부가 그런 표정을 짓고 있었다. 아니,

아버지와는 다른 수준이었다. 그의 아비는 그저 흉폭함에서 끝이 났지만 위그의 싸늘한 무표정은 사람도 그대로 죽일 수 있을 것 같았다.

하지만 위그는 제 생각과 카티야의 말을 곱씹느라 리즈가 어떤 얼굴을 하는지도 발견하지 못했다. 심지어 그의 시선은 카티야가 사라진 곳만 죽어라 노려보고 있었다. 그렇게 약간의 침묵이 흐르고, 리즈가 갑자기 입을 꼭 다물더니 아리아와 눈길을 마주쳤다. 아이들의 시녀인 미네마저도 긴장된 표정으로 무서운 얼굴을 한 공작의 눈치를 보고 있었다.

그리고 얼마나 지났을까, 리즈가 자그마한 손을 내밀어, 위그의 옷소매를 잡았다.

"이모부…… 화난 거야?"

"뭐?"

모기만 한 목소리가 들려오자 위그는 그제야 고개를 푹 숙이고 있는 리즈의 작은 뒤통수와 아리아의 불안한 표정을 눈치채고 뭔가 잘못되었음을 느꼈다. 평소라면 방방 뛰면서 호들갑을 뛰어야 하는 아이는 잔뜩 풀이 죽어 있었다. 원래 얌전하고 소심했던 아이는 더욱더 두려움 가득한 얼굴을 하고 있었다.

위그는 뒤늦게 자신이 어디에 있는지 다시 상기하고 표정을 갈무리했다. 하지만 그가 곧 입을 열기도 전에, 가늘게 어깨를 떨며 리즈가 고개를 들었다. 커다란 눈동자에서 눈물이 방울방울 떨어지자 위그가 조금 당황한 얼굴을 했다.

"왜, 왜 이러지?"

말을 더듬는 습관 따위 없었다. 하지만 갑작스럽게 울음을 터뜨리는 아이의 모습은 지나치게 그를 당황스럽게 하고 있었다. 그는 리즈의 등을 서툴게 토닥거렸다.

"울지 마라."

"흐읍. 흑."

"울지 마라. 내가 잘못했어."

사실은 뭘 잘못했는지는 몰랐지만 왠지 사과해야 할 것 같았다. 그의 사과를 들었는지, 리즈가 그와 눈을 맞추더니 입을 열었다.

"그런 표정 짓지 마. 무서워."

"……그래."

리즈의 말에 위그는 떨떠름하게 고개를 끄덕였다. 제 표정이 그렇게 무서웠나. 그랬던 것 같기도 하지만, 직접 제 앞에서 말하는 사람이 없어서 그는 제가 화날 때 얼마나 무서운지 몰랐다. 하지만 아이의 입장에서는 그럴 수도 있겠다 싶었다. 어쨌든 아이의 탓은 아니었다. 그는 자신이 묘하게 아이에게 친절을 베풀고 있다는 사실을 깨달았으나, 결국에는 그저 리즈를 다독이는 데 시간을 썼다.

곧 울음을 그친 리즈와 아리아가 마차 안에 들어갔다. 위그는 다시 카티야가 사라진 방향과 비비안이 나온 방향을 보았다. 리즈가 울음을 터뜨려서 잠시 잊긴 했지만, 그렇다고 카티야가 한 말을 완전히 잊을 정도로 그는 바보가 아니었다.

그를 죽일 만한 것. 선대 공작.

그는 미간을 찌푸렸다. 설마…… 아니다. 설마. 그걸 어떻게.

그는 단 한 번도 비비안의 앞에서 그에 연관된 이야기를 하지 않았다. 당시 왕위 싸움이 치열할 때 디텔 공작과 선대 이디에트 공작은 제이슨을 이용하려다가 되레 이용당했다.

제이슨은 엘리미아와 결혼해 이디에트의 손을 들어 주는 척하면서 정작 이디에트를 이용해 제1왕자를 죽였다. 그리고 당시에는 몰랐지만, 훗날 알아본 바에 의하면 디텔 또한 그 과정에 태자의 칼이 되어 준 적이 있었던 것이었다.

적인 두 가문이 어떻게 교묘하게 한 사람을 죽일 수 있느냐고 묻는다면, 답은 하나였다. 디텔과 이디에트는 두 쪽 모두 제이슨의 손아귀에서 놀아날

줄은 죽어도 몰랐다. 제1왕자의 직접적인 사인은 독살이었으나 그것이 과연 장기적으로 독을 복용하게 한 디텔로 인한 것인지, 아니면 직접 독을 탄 이디에트의 선물 때문인지는 누구도 몰랐다. 어쩌면 동시일 수도 있었다. 결국, 부검을 한 건 제이슨이 보낸 의사였으므로.

선대 이디에트 공작이 한 짓이지만 결국 그 뒷수습은 위그가 해야 했다. 디텔이 이디에트를 배신한 제이슨과 흔쾌히 손을 잡은 것도 그래서였다. 이디에트와 디텔은 절대 손을 잡을 가문이 아니었다. 이디에트를 배신한 전적이 있으나 결국 디텔은 제이슨의 옆에서 이득을 보는 것을 선택했다.

전부, 모든 게 다 엉망이었다. 그리고 그 엉망을 그 여자가 눈치챘다.

하지만 어떻게?

저는 단 한 번도 그 여자 앞에서 내색하지 않았다. 알려 줄 수가 없었다. 가문의 치부였고 비밀이었고 그가 한평생 해결해야 하는 난제였다. 그것은 그가 결혼을 해도 절대 공유할 수 있는 게 아니었다. 그녀가 이디에트의 공작 부인으로서 평생 그와 함께하겠다고 해도 그는 이 사실을 알려 줄 수 없었다. 그것은 가주로서, 이디에트의 주인으로서, 그리고 공작으로서 숨겨야 하는 그 혼자의 몫이었다.

그는 굳은 얼굴로 마차에 몸을 실었다. 금방 산 디저트를 구경하는 리즈와 아리아의 뺨을 가볍게 쓸어 준 채, 그는 창밖으로 고개를 돌렸다. 그러나 그의 마음은 이미 한바탕 폭풍이 쓸고 지나간 것처럼 엉망이었다. 그는 속으로 읊조렸다.

비비안 로젤리스.

너는 대체 무슨 심산인가.

\* \* \*

"일찍 왔네? 난 조금 늦게 올 줄 알았는데. 아이들이랑 나갔다며."

방에 돌아오자 비비안은 의자에 앉아 와인을 마시고 있었다. 그녀는 그를 보고는 언제나 그러하듯 해맑고 달콤하게 웃으며 인사를 건넸지만, 정작 그 인사를 받는 그는 웃을 수가 없었다. 그것을 발견했는지 비비안이 고개를 갸웃거렸다.

"왜 얼굴이 그렇게 굳어 있어?"

"아니다. 일찍 왔군."

"으응. 일이 좀 일찍 풀려서."

"그래."

"오늘 뭐 했어?"

비비안의 물음에 위그가 느긋하게 그녀의 맞은편에 앉았다. 생글생글 웃던 그녀가 곧 자리에서 일어나 화장대 위에 놓여 있는 빈 와인 잔을 들고 만지작거리다가 다시 테이블에 다가왔다. 쪼르륵 와인이 부어지고, 커다란 크리스털 잔 안에서 찰랑거리는 와인을 손에 쥔 뒤 비비안이 우아하게 웃으며 그것을 건넸다. 그것을 받아 든 위그는 습관적으로 와인을 몇 모금 마신 뒤, 천천히 입을 열었다.

"별것 하지 않았다. 블로나 거리에 다녀왔지."

"우연이네. 나도 거기에 다녀왔는데."

"카티야도 보았지."

"그래?"

위그의 입에서 카티야의 이름이 나옴에도 비비안은 여전히 담담했다. 지나치게 담담해서, 위그는 되레 카티야가 거짓말을 하지 않았는지, 제이슨의 입에서 뭔가를 전해 듣고 저에게 협박을 하는 건 아닌지 의심했다.

그래, 그의 아내가, 이 사랑스럽고 달콤한 여자가 그런 일을 저지를 리가 없지 않은가.

하지만, 그의 아름다운 환상은 비비안이 입을 열기가 무섭게 산산조각이 난 채 부서지고 말았다.

"그래서, 당신은 어쩔 예정이야?"

조금 전까지만 해도 대화가 오가던 방 안은 삽시에 정적으로 물들었다. 위그는 입매를 굳혔다. 질식할 것 같은 긴장감이 두 사람 사이에서 맴돌았다. 무슨 예정이냐니, 대체 무엇을 묻는지 되묻고 싶었으나 그것이 의미하는 바도 제대로 이해를 하지 못할 만큼 그는 멍청하지 않았다.

방금까지 몇 번이나 부정하고 부정했던 것이 진실로 확인되고, 그의 사랑에 달콤하게 웃던 여자가 사실 그동안 당신을 향해 말했던 모든 것들이 전부 다 거짓이라고 말하고 있다.

그 사실이 지독하리만치 잔인했다.

비비안은 위그가 답이 없자 고개를 갸웃거렸다. 그녀의 얼굴에 미소가 걸렸다.

"이런, 카티야가 말을 안 했나? 왜 답이 없지?"

"왜."

그때였다. 침묵을 고수하던 위그가 그녀에게 물었다. 그의 차가운 눈매에는 분노가 잔류해 있었다.

"왜 그랬나?"

비비안은 눈을 가늘게 떴다. 살짝 휘어진 눈가가 요사스럽게 웃음을 흘렸다. 위그가 묻는 게 무엇인지 잘 안다. 잘 알기에, 그녀는 웃고야 말았다. 집에 돌아올 때까지만 해도 이 순간이 이렇게 빨리 다가올 줄은 몰랐다. 하지만 공작께서 두 조카분을 데리고 블로나 거리로 갔다는 말을 들었을 때, 그녀는 이미 준비를 다 해야만 했다.

"세상일은 모르니까."

그래, 세상일은 모른다.

위그는 저도 모르게 의자 손잡이를 쥐었다. 살면서 단 한 번도 겪어 본 적 없는 극단적인 상황이 그의 눈앞에 적나라하게 펼쳐졌다. 그가 사랑한다고 속삭였던 여자는 우아하게 다리를 꼬고 그의 앞에서 속삭였다.

나는 당신을 믿지 않는다고. 그래서 너를 배신했다고.

누군가의 믿음을 갈구하게 될 줄 몰랐다. 그래도 조금이나마, 아주 조금이나마 제가 좀 특별하다고 여겼는데 그 또한 아니었다. 이 여자한테 저는 그저, 수많은 그녀의 추종자 중의 하나였고 그저 수많은 남자 중의 하나였다.

사실 그래야 맞았다. 비비안은 사랑을 받는다고 마음을 내놓을 여자가 아니었다. 그 사실을 무엇보다도 잘 알고 있었다. 처음 볼 때부터 그러했다. 그럼에도 저 혼자 달콤한 환상을 품고, 저 혼자 사랑하고, 사실은, 애초부터 답이 없었던 애정이었다.

뭔가. 자신은 왜 이렇게 혼란스러운가. 단순히 내가 믿던 사람이 나를 배신해서? 아니, 그는 30년 동안 바첼론에서 귀족으로 살면서, 저를 배신하는 사람을 무수하게 만나 왔다. 불신에는 익숙해서 놀랍지도 않았다. 애초에 그가 있는 곳은 불신이 기본이었다. 배신을 한 사람보다 당한 사람에게 더 큰 잘못이 있고, 심지가 곧게 패배하는 이보다 비겁하게 이기는 사람이 더욱더 칭송받는 곳이었다. 그러므로 비비안의 행위는 사실 이렇게 그를 충격에 빠뜨릴 만한 일이 아니었다. 원래라면 그래야 했다. 알게 된 지 반년밖에 안 된 여자였다.

그래, 여자였다.

"왜, 상상도 못 했어? 감회가 새롭나?"

비비안이 생긋 웃으며 말하자, 그는 그 순간 속을 치고 올라오는 격한 감정에 주먹을 꽉 쥐었다.

"언제부터였나."

한 자씩 으르렁거리듯 말하는 남자의 얼굴에 그녀를 사랑한다고 속삭이던 모습은 하나도 남지 않았다.

그럼 그렇지.

비비안은 느긋하게 웃으며 의자에 등을 기댔다.

"처음부터."

"애초에, 이것을 원했나?"

"그래."

"왜?"

"그냥."

그녀의 행동에는 거창한 이유가 없다. 그 사실이 더욱더 그를 미치게 했다. 그저 갖고 싶었으므로, 그저, 그만한 힘을 좋아했으므로.

그는 단 한 번도 제 권력욕에 이유를 대 본 적이 없었다. 그럼에도 지금은 묻는다. 왜 당신은 힘을 원하느냐고.

근본부터 잘못됐다. 그것을 깨달은 순간, 그는 치밀어 오르는 막막함에 어떻게 저를 제어해야 할지 몰랐다. 차가운 얼굴이 일그러지고, 분노를 담은 눈동자가 일렁거렸다. 비비안은 그런 남자를 보며 입가를 끌어 올렸다. 어차피 예상했다.

"당신도 어차피 나한테 숨겼잖아. 제이슨과 이디에트 사이에 존재하는 서신이나, 당신 아비가 제1왕자를 죽인 사실이라거나."

"그건 가문의 비밀이다!"

"이런, 나한테 가문을 바친다고 하지 않았나?"

"지금 그걸 말이라고 하는 건가?"

"역시, 당신도 그저 그런 사내야."

위그는 주먹에 힘을 주었다. 그러나 순간, 왠지 모르게 손에 힘이 잘 들어가지 않는다고 생각했다. 비비안은 그의 얼굴을 똑바로 보면서 자리에서 일어났다. 그리고 천천히 그의 앞에 다가가더니, 손잡이에 살짝 기댄 뒤 그의 뺨에 손을 올렸다.

"위그. 당신은 좋은 남자야."

"……."

"하지만 내가 원하는 남자는 아니야."

나는 당신 같은 남자를 원하지 않는다. 최소한 나는 당신이 필요 없었다.

수많은 남자 중에서 굳이 당신이어야 할 필요가 없다.

비비안의 눈은 그렇게 말하고 있었다. 순간 자리에서 일어나려던 그는 몸에서 힘이 쭉 빠지는 것 같아 그만 의자에 등을 기댄 채 다시 주저앉았다. 머리가 어지러워졌다. 그의 혼란스러운 시선이 그녀에게 꽂혔다. 비비안은 계속해서 생긋 웃었다.

"나는 당신이 주는 권력에 관심이 없어. 당신이 가진 권력에 관심이 있지."

그녀는 남자의 사랑으로 베풀어지는 것들을 믿지도 않았고, 그런 알량한 것들을 갖고 싶지도 않았다. 그런 확실치 않은 것, 그건 힘이 아니다. 그저 은혜. 그리고 그녀는 은혜 따위 필요 없었다.

"대륙에서 돈이 제일 많은 로튼의 단주는, 그저 바른말을 몇 마디 지껄이고 일침 하나 잘 놓는다고 될 수 있는 게 아니야."

당신은 애초부터 나를 사람으로 본 적이 없다. 그래서 내가 형제를 처리했다는 것을 알면서도, 내가 로튼의 단주라는 것도 알면서도, 대륙에서 누구보다도 성공한 사람이라는 것을 알면서도 끝까지 여인으로서 동정하고 애틋하게 여기고 가련하게 보듬어 주려고 했다.

결국 그는 비비안 로젤리스를 '여자로서' 사랑했다. 철저히 그가 사랑하는 '여자'.

비비안은 그 사실을 이용할지언정 견딜 사람은 아니었다. 동정도 필요 없고 궁지에 몰려 극단적인 선택을 한 가련한 계집이 될 생각도 없다. 그녀가 한 일을 알고 있음에도 사람들은 결국 그녀를 그저 그런 로튼의 계집으로 생각했다.

"디텔과 이디에트의 밀서와 그 외 등등 문서들은 폭로할 생각도 없고, 필요하다면 디텔의 약점 정도는 넘길 수 있어, 하지만 그 또한 지금은 아니야."

"당신."

"위그 이디에트."

비비안이 느긋하게 그를 불렀다.

"당신은 꽤 좋은 사람이야. 하지만 당신 품에서 수줍게 웃으며 상처를 위로받을 여자는 내가 아니야."

"왜?"

"나를 사랑한다고 했지."

비비안이 낮은 목소리로 속삭였다. 그것은 악마의 속삭임 같기도 했고, 은근하게 그를 유혹하는 마녀의 목소리 같기도 했다. 하지만 뭐가 됐든 그는 지금 제정신이 아니었다.

"나는 당신 같은 남자를 잘 알아. 당신은 제 비위에 맞고 생각에 들어맞는 계집을 아끼고 사랑해도, 정작 제 머리 위에서 놀라 치면 바로 지르밟으려고 해."

"……억측."

비비안의 말에 위그는 이마를 짚었다. 몸이 말을 듣지 않았다. 그래서 그의 성급한 부정은 결국 아무런 의미도 없이 그대로 사라졌다. 그것을 보던 비비안이 생긋 웃었다. 곧, 그녀가 천천히 허리를 굽히고 그를 향해 달콤하게 속삭였다.

"위그 이디에트."

"……."

"만약 내가 위에 있는 형제를 전부 제거한 남자였다고 해도, 당신은 나를 경계하지 않았을까?"

그 순간 위그가 멈칫했다. 비비안의 얼굴에 더욱더 진한 미소가 담겼다. 그녀는 이미 물음의 답을 얻은 듯했다.

"그때 나를 향해 물었지, 내 치마를 들추는 남자가 있었냐고."

비비안은 허리를 펴고 느긋하게 말을 이었다. 그러나 그녀의 시선은 한순간도 위그에게서 떨어지지 않았다. 위그는 다시 한번 몸을 일으키려고 했으나 무용지물이었다. 몸은 더더욱 그의 말을 듣지 않았다. 그쯤에야 그는 비로소 뭔가 제대로 잘못되었음을 느꼈다. 비비안은 그의 몸부림을 보다가 피식 웃었다.

"있었어. 왜 없었겠어. 결국에는 여자인데."

"당신, 대체 이 와인에······!"

"내가 로튼의 단주가 되어도, 내가 이 대륙에서 가장 돈이 많아도, 당신들 눈에는 결국 계집이야. 나는 여전히 '계집들 중에서' 가장 대단할 뿐이고, 당신들은 당신들만의 공고한 틀 속에 나를 끼워 주지 않아."

"······."

"'당신들은' 단 한 번도 나를 사람으로 취급해 주지 않았어. 사실, 당신도 그랬잖아? 내가 로튼의 단주라는 사실을 알고 있었으면서 나를 동정하고 불쌍하게 보고. 심지어 나를 이해하려고 했어."

위그는 이마를 짚었다. 밤새 술을 퍼마신 듯 머리가 무거워졌다. 몸도 무거워졌고, 정신이 없었다. 시야가 희뿌옇게 변했다. 그런 그의 상태를 깨달은 듯 비비안이 손을 뻗었다. 길고 가는 손가락이 그의 뺨을 훑었다.

"그래서 깨달았지. 애초에 글러 먹은 세상이라고. 내가 아무리 위협적으로 보이려고 해도 결국 나는 여자고, 연약한 존재야."

"······."

"나는 힘이 좋아. 손에 쥐고 있으면 안정감이 들어. 그리고 그건 당신도 마찬가지라고 생각하고. 뭐, 그러니까 그렇게 사랑한다 어쩐다 하면서 가문의 비밀을 결국 내게 알려 주지 않은 채 계약 결혼을 했겠지. 그러니 그냥 비긴 걸로 해."

비비안은 입꼬리를 말아 올렸다. 손에 힘을 쥐고 남자를 굴복시킬 생각 따위 쥐꼬리만큼도 없다. 그런 시시한 노릇을 왜 하는가. 남자가 무어 대수라고. 그녀는 '남자 못지않게' 잘하고 싶은 생각도 없고, '남자 못지않게' 똑똑하고 싶지도 않았고, '남자 못지않게' 능력이 있고 싶지도 않았다.

그러니까, 그녀는 그저 그렇게 사는 게 최고였다. 누군가의 인정 따위 바라지 않고.

위그는 이미 머릿속이 울려 비비안의 말을 듣지 못했다. 몸에 힘이 풀리고, 손과 발이 제 말을 듣지 않았다. 그 모습을 빤히 보다가, 비비안이 다시 요사스럽게 웃었다.

"미안."

"와인에……."

"독이야. 치사량은 아니니 너무 걱정하지 않아도 돼. 그저 잠에 빠지는 게 전부일 테니."

"왜, 왜 이런……."

"그거야, 당신의 분노를 내가 감당할 자신이 없으니까. 당신이 팔을 휘두르기만 해도 내 목은 꺾일 거거든. 나는 내 목숨을 지키고 싶어. 승리는 산 자의 특권이니."

"……쿨럭."

"한잠 자고 일어나면 오히려 머리가 시원할 거야. 생각 좀 해 보고, 결정을 내려. 물론, 선택지는 당신이 혼자 짜."

비비안은 유하게 웃었다. 카티야의 서신을 받은 어제, 그녀는 강한 수면 효과가 있는 독을 구해 오라고 헤더에게 부탁했다. 그리고 오늘 위그가 들어오기 전 그의 잔에 미리 독을 묻혀 놓았다. 물론 제 몫의 와인을 먼저 따라 놓은 뒤, 와인 병에도 독을 넣는 것 또한 잊지 않았다.

조금 미안하긴 했지만 그뿐이었다. 그녀를 사랑한다고 속삭이던 남자들 중에서 그녀에게 칼을 휘두른 자는 수없이 많았다. 물론 그게 그녀가 위그에게 이런 짓을 하는 이유는 되지 못하지만. 악은 원래 이기는 게 다니까.

"정 억울하면 피해망상에 걸려 힘에 정신을 놓은 계집의 발악질 정도로 여기고 있어."

비비안이 작게 속삭였다.

위그는 어느새 눈을 감은 채 쓰러져 있었다. 방 안은 어느새 정적으로 물들어 있었다.

환상적인 밤이었다.

그리고 더없이 잔인한 밤이기도 했고.

비비안은 웃었다. 곧 그녀가 방을 나갔다.

\* \* \*

위그가 눈을 떴을 때, 방 안은 이미 환한 햇빛으로 가득 찬 상황이었다. 의자에서 쓰러진 자세 그대로 눈을 뜬 그는 밖에서 지저귀는 새소리와 싱그러운 풀 냄새에 미간을 살짝 짚었다. 대체 무슨 독을 어떻게 썼는지 아직도 머리가 지끈거렸다. 머리가 개운할 거라는 말은 전부 헛소리인 듯, 그는 아직도 혼미했다. 그래도 치사량을 넣지 않았다는 것은 사실인지, 그는 다행이게도 아침의 태양을 볼 수 있었다.

곧 신선한 공기를 들이켜자 그래도 점점 제정신을 차릴 수 있었다. 아무리 독이라고 해도 어쨌든 치사량이 아닌 이상, 검을 연마한 무인인 그는 꽤 회복이 빠른 몸이었다. 결국 약간의 시간이 흐르고 그가 완전히 정신을 차린 뒤, 위그는 자신의 앞에 있는 와인 잔을 보고 잠시 뭔가 생각하는 듯하다가 갑자기 의미 불명한 웃음을 흘렸다.

그는 어제 와인을 마시고 쓰러졌었다. 그녀는 그에게 독을 탔고, 그는 속수무책으로 당하기만 했다.

그러고 보니…….

위그는 고개를 들었다. 아직도 은은하게 남아 있는 향수 냄새, 그의 옆에 배어 있는 체향. 그의 뺨을 쓸던 온기는 이미 사라졌지만 방 안에는 그녀의 흔적이 아직도 가득했다. 어젯밤 제 옆에서 작게 속삭이던 그녀의 모습을 상기하던 그가 길게 숨을 내쉬었다.

'만약 내가 위에 있는 형제를 전부 제거한 남자였다고 해도, 당신은 나를 사실 이 물음의 답은 아주 간단했다.

역사상 형제를 제거하고 군주 위에 오른 왕은, 열에 아홉은 공포와 경계의 대상이었다. 귀족가에서도 계승권의 가장 밑에 있는 이가 가주가 되는 일은 드물었고, 그것이 설사 평민이었다고 해도 가문의 재산 싸움에서 위로 있는 모든 형제를 처리하고 남은 승자를 그가 가만히 내버려 둘 리 없었다. 그만큼 그것은 그리 쉬운 일이 아니었다. 어지간한 담략이 아니고서야 불가능했다. 그리고 그런 담략을 가진 사람이 그의 가까이에 있었다. 어느 순간 그를 집어삼킬 생각을 하지 않는다고 어떻게 감히 장담하는가.

설사 형제를 처리하지 않았더라도, 비비안 로젤리스가 앉은 자리에 있던 것이 사내라면 그는 절대 그가 만만하다고 생각하지 않았을 것이었다. 정적인 디텔을 아무리 멍청하다고 평가해도 여태껏 디텔의 힘을 무시한 적 없었다. 제이슨이 정신 나간 짓만 한다고 말을 내뱉어도 그는 지금까지 그를 상대하기 위해 몸부림치지 않았던가. 그 둘의 힘을 무시했다면 지금까지 갖은 수를 써 오며 디텔과 제이슨을 상대하려 하지 않았을 것이다.

하지만 정작, 그는 비비안을 무시했다. 무시했나?

무시했다.

그 단어가 가지는 의미는 지나칠 정도로 섬뜩했다. 그러나 그것을 부정할 수 없었다. 무시하지 않았다면, 네까짓 게 할 수 있는 게 뭐가 있겠냐, 따위의 전제가 아니었다면 아무리 급해도 그녀에게 자백서를 써 주지는 않았을 것이었다. 조금 더 교활한 방법을 썼겠지. 아니, 설사 자백서를 써 준다고 해도 최소한 그녀에게 통째로 가문을 주겠다는 말을 하지는 않았을 것이었다.

그에게 지금까지 비비안은 꽤 사랑스럽고 가련한 여자였다. 동시에 대단한 여자였고 그래서 사랑했다. 그러나 동시에 무시했다. 이 모든 감정을 한 사람에게 적용시킬 수 있나 싶긴 했지만 어쨌든 합리성을 따지기 이전에 사실이긴 했다.

그럼 자신에게 비비안 로젤리스는, 대체 무슨 의미였나.

그가 그렇게 생각하는데, 갑자기 누군가가 노크했다.

"각하. 헤더입니다."

그는 얼굴을 굳혔다.

곧 문이 열리고, 헤더가 밝은 표정으로 들어왔다.

"각하, 아침을 준비해 드릴까요? 아, 단주님은 일찍이 로튼에 가셨어요."

헤더는 어젯밤 무슨 일이 있었는지 모르는 것인지, 아니면 알면서 일부러 이러는 것인지 그저 태평하기만 했다. 위그는 그녀의 얼굴을 빤히 응시하다가 잔뜩 가라앉은 목소리로 물었다.

"혼자?"

"아, 저, 클로에랑 같이."

"말고, 혹시 짐 싸들고 나가지는 않았나?"

헤더는 위그의 물음에 눈을 깜박거렸다. 비비안이 왜 짐을 싸들고 공작가를 나가는가. 그 물음의 함의를 차분하게 생각해 보던 그녀가 최대한 침착하고, 오해의 소지가 없게 답했다.

"아니요, 그저, 평소랑 다를 바 없이 가셨는데요."

헤더의 말에 위그가 안도의 한숨을 내쉬었다. 하지만 곧, 제가 왜 이런 걱정이나 하고 있는지 몰라 미간을 찌푸려야 했다.

헤더는 그러한 위그의 상태를 보다가 고개를 갸웃거렸다. 그러고 보니 어제 저녁 비비안은 방에서 자는 대신 집무실에서 밤새 뭔가를 처리하더니 이른 새벽에 바로 로튼 상단으로 향했다. 긴히 처리할 일이 있다고 하니 그런 줄 알았지만 평소와 다르다는 것은 사실이었다.

무슨 일 있었나.

그때 위그의 눈길이 헤더에게로 꽂혔다. 이 넓디넓은 공작저에서 유일하게 비비안의 과거를 아는 사람이다. 어차피 비비안도 없겠다, 그는 이 틈을 타 그녀에게 물었다.

"너는 언제부터 그녀 옆에 있었지?"

"아, 그분이, 단주가 되신 후부터요. 저를 뒷골목에서 데려오셨죠."

"너는 그녀가 무섭지 않나?"

위그의 물음에 헤더가 고개를 갸웃거렸다. 무섭다?

"당연히 무섭죠."

대단한 사람이다. 이 10년 동안 비비안이 어떤 식으로 정적들을 처리해 왔는지 아는 그녀였다. 옆에서 그 잔인한 행보를 보지 못했다면 그건 거짓 말이다. 거기에 무서움을 한 번도 느낀 적 없다면 그 또한 거짓말이다.

"그런데 왜, 그녀 옆에 있는 것이지."

"그거야, 상냥한 분이시니까요."

헤더의 대답에 위그는 미간을 찌푸렸다. 상냥한데 무섭다? 무서운데 상 냥하다? 앞뒤가 모순적인 대답이다. 그런 그의 기색을 살피던 헤더가 말을 이었다.

"상냥하시잖아요. 저한테는. 저희 같은 사람은, 그거면 됐거든요. 뭐, 계 속 입버릇처럼 자신이 나쁘다고 말씀하시지만, 세상에 자기가 나쁘다고 말 하는 나쁜 사람이 어디 있어요."

"……글쎄."

"설사 나쁘다고 해도 상관없어요, 저한테는 좋은 분이시니까요."

모든 사람이 그녀를 나쁘다고 해도 상관없었다. 그녀는 비비안이 손을 내 밀던 그날에 도움을 받았고, 그 순간만큼은 그녀 앞에서 착한 척 웃으며 동 정의 말을 내뱉던 그 누구보다도 비비안이 가장 선량했다.

헤더의 말에 위그는 얼굴을 일그러뜨렸다. 문득 완전히 의식을 잃기 전 비비안이 읊조리던 말이 생각났다.

정신 놓은 계집의 발악질.

생각에 잠긴 것 같은 위그를 내버려 두고 헤더는 비비안의 화장대로 다가갔다. 주인의 성격을 보여 주듯 깔끔하고 가지런하게 정돈된 화장대를 훑다가, 그녀는 비비안이 남긴 듯한 쪽지를 발견했다.

"저…… 각하. 단주님께서 뭔가를 남기신 듯한데."

헤더는 위그에게 쪽지를 남기고 화장대를 정리한 뒤 이제 곧 아침 식사를 준비하겠다고 말하며 허리를 굽히고 방을 나갔다. 그것을 보던 위그는 문이 닫히자마자 쪽지를 펼쳤다.

[생각 다 했으면 로튼으로 찾아와. 선택은 당신 몫이야.]

선택.

무슨 선택을 말하는지 그는 모르지 않았다. 갑작스러운 난제를 만난 느낌이었다. 그것도 살면서 단 한 번도 상상하지도 못했던 난제. 이런 것이 존재한다는 사실조차도 몰랐던 난제. 그러나 그 난제 속에서 비비안의 뜻만큼은 누구보다도 명확했다. 그런 그녀를 받아들이고 계속해서 사랑하거나, 아니면 그녀와 철저하게 관계를 끊고 남은 1년 반 남짓한 시간을 남남처럼 보내거나. 그러나 어느 쪽이든 그녀가 그의 목숨 줄을 잡고 있다는 사실은 변하지 않고, 아마 이로써 그녀는 이미 그의 우위를 점하게 될 것이었다.

위그는 쪽지를 놓고 한숨을 길게 쉬었다. 마른세수를 한 번 한 그의 눈빛이 더욱더 평온해졌다. 그는 어젯밤의 광경을 재차 상기했다. 그리고 그 광경 속에서 자신의 감정을 다시 한번 회상했다.

당연하지만 그녀의 손에 그의 약점이 있다는 것을 깨달았을 때 그는 분노했다. 어떻게 분노하지 않을 수 있나. 그녀는 감히 그를 갖고 놀았고, 그의 감정을 바닥에 짓밟고 사정없이 발길질했다. 감히 이디에트 공작을 농락하고 조롱하고, 전장의 미친개를 진정 개새끼처럼 부려 먹었다.

그러나 그것은 또 단순한 분노는 아니었다. 어쨌든 그는 그녀를 사랑한다고 했고 그것은 그녀가 그를 배신했다는 사실 하나만으로 순식간에 폭력과 분노로 바뀔 만한 것이 아니었다. 그 상황에서 그는 그녀가 왜 이런 짓을 했는지 저도 모르게 깊은 절망을 느꼈다. 그녀는 왜 그를 끝까지 믿지 않는가.

그렇게 생각하는 사이 그녀는 그에게 독을 탔고 그 뒤로 그는 아무런 사고도 용납되지 않은 채 정신을 잃었다. 그리고 깨어난 뒤 그는 무엇을 했나? 비비안을 찾았던 것 같다.

그는 자신의 감정을 애써 해석하기보다 최소한 객관적인 모든 사실을 열거하면서 생각의 소용돌이에 빠졌다. 그의 시선이 테이블에 닿았다. 그 위에는 와인 잔이 아직 남아 있었다. 그 안에는 독이 있다. 그리고 그 독을 탄 이유는?

그래, 그가 그녀의 목을 꺾을까 봐.

그녀가 말했던 피해망상이고 뭐고 그는 길게 침을 삼켰다. 그는 그녀를 이해하려고 했다. 사실 그는 나름대로 이해력이 대단했으니 이해하는 것은 어렵지 않았다. 머리가 빠르게 돌아갔다.

그 여자는 대체 얼마나 많은 위협에서 살아야 했나. 얼마나 많은 위협에서 살았기에 경계 어린 눈빛을 했나.


'당신들은 단 한 번도 나를 사람으로 취급해 주지 않았어. 사실, 당신도 그랬잖아?'


'당신들은'이 무엇을 뜻하는지 그는 잘 알았다. 일단은 남자. 그리고, 사람. 내지는 모든 것.

그는 다시 한번 제게 물었다. 그래서 너는 그녀를 인간으로 생각했냐고. 단 한 순간도 그녀를 여신처럼 떠받들며 신성한 '것'으로 생각한 적이 없었냐고.

당연하지만 부정할 수 없었다.

생각해 보자면 사실 비비안은 그저 인간이었다. 악하기도 하고 선하기도 하고, 가끔은 인간적이고 가끔은 무서울 정도로 잔인하고. 조카가 편식하면 나무라고, 그러다가 잘하면 칭찬하고. 언니가 편지를 보내오면 환하게 웃고, 태어나지도 않은 조카의 옷을 챙기고, 맛있는 걸 보면 먹고 싶어 하고, 잠이 오면 차를 마시고, 재미없는 책은 싫어하고, 예쁜 걸 보면 좋아하는.

그러고 보니…… 그 말을 할 때 그녀는 웃었던 것 같다.

화를 내기 전에 먼저 그런 생각이 들었다. 대체 그 여자는 왜 저를 믿지 않느냐고 분노하기 전에 우습게 든 생각은 왜 그럴 수밖에 없었나, 였다. 그래서, 그녀가 본성이 글러 먹어서 그랬다고?

사랑한다고, 공작가를 주겠다고 속삭이던 남자에게 약을 탈 정도로 사람을 믿지 않는다. 사람을 이 정도로 믿지 않는 것도 능력이었다. 한 번쯤은 믿어 줄 만한데 결국 끝까지, 모든 것을 제 손으로.

그녀는 끝까지 누구도 믿지 않았다.

믿음.

사실 위그 본인부터가 믿음을 쉬이 주는 성격이 아니었다. 그럼에도 비비안은 그보다 더했다. 그런데 왜 그는 그녀를 그렇게 믿고 사랑했나. 그리고 비비안 로젤리스는 왜 그를 믿지 않았나. 왜 그녀는 그를 단순하게 사랑할 수 없는가. 왜 그들은 원하는 게 비슷비슷한데 수단은 전혀 달라야 했는가.

사실, 모든 건 간단했다. 그렇게 어렵게 생각할 게 아니었다. 비비안은 앉아 있다가 피해자가 되기보다 차라리 가해자가 되기를 선택했고, 그 뒤에 무엇이 그녀를 그렇게 만들었는지 정도는 쉽게 이해할 수 있었다. 하지만 이 이해 뒤에는 또 다른 사실이 그를 괴롭히고 있었다. 그래서 그녀는 과연 세상이 만들어 낸 괴물인가, 아니면 애초에 괴물 자체인가. 아니면…….

그는 다시 한번 와인 잔을 보았다. 비비안이 건넨 와인을 아무렇지도 않게 마시고 얼마 지나지 않아 머리가 핑 돌았고 몸이 나른해졌다. 팔을 뻗었지만, 아무것도 할 수 없었고, 머리가 어지러웠지만, 아무것도 말할 수 없었다. 그 순간의 무력감. 반항할 수 없는 순간의 공포. 솔직하게 말하자면 그는 그 순간만큼은 오롯하게 비비안이 두려웠다. 그래서 이런 일을 빈번하게 당하면, 과연 그때에도 그는 비비안을 사랑한다고 말할 수 있을까.

그는 그녀와 함께 변화하고 있었다. 그래도 나름 뿌듯했는데 그녀한테는 부족했던 모양이었다. 사실 그럴 수밖에 없었을 것이었다.

그는 틀리면 고치면 되지만 그녀는 틀리면 죽어야 했다.

그녀는 철저한 장사꾼이었다. 남자라면 바첼론의 성공 신화를 다시 썼다고 칭송받았을 것이다. 하지만 여자이므로, 그리고 그가 그녀를 사랑하므로 그녀는 다시 한번 남자를 믿지 않고 공격적이며 심지어 인정머리 없는 계집이 되었다.

바첼론에 있는 대부분 사람들이 그렇게 말할 게 분명했다. 하지만 그가 로튼의 약점을 잡고 흔들었다면 사람들은 어떻게 말했을까.

그래, 참 끝까지 냉정하고 이성적인 남자야. 대단한 사람이지. 계집에게 휘둘리지 않고 뚝심 있게 공작다운 선택을 했어. 원래 남자들은 계집들과 바라는 게 다르지 않나. 사랑 같은 얄팍한 감정보다는 더 큰일이 기다리고 있지.

일단 이 행위 자체가 옳고 그름을 떠나, 그와 그녀의 성별이 다르다는 이유만으로도 그들은 다르게 평가받는다.

왜? 남자는 원래 이성적이고, 여자는 원래 감성적이므로. 여자는 원래 사랑을 먹고 사는 생물이므로.

헛소리. 사랑을 먹고 살기는. 그들도 똑같이 음식을 먹고 산다. 물을 마시고, 옷을 입고, 자고, 그렇게 산다.

그래, 그렇다.

위그는 길게 숨을 내쉬었다. 그는 비비안의 처지를 이해하려고 했고, 이해하려고 하니 또 나름대로 이해가 되었다. 그는 꽤 총명한 사내였다.

그때 그의 시선이 다시 한번 와인 잔으로 향했다. 비비안은 그의 목줄을 잡고 그에게 독을 탔다. 그전에 그녀의 손에서 제거당한 수많은 이들이 있었다.

그녀의 형제부터 시작한 수많은 적들. 그리고 어쩌면 저 또한 그중에 낄 수도 있을 것이었다. 왜냐하면 그는 그녀를 여자로서 사랑했으므로.

거기까지 생각한 뒤, 위그가 손에 묻었던 고개를 들었다. 그가 느긋하게 입꼬리를 말아 올렸다.

답은 나왔다.

곧 그가 자리에서 일어났다. 때마침 다시 방으로 들어온 헤더가 고개를 숙였다.

"각하. 아침 준비 다 됐……. 어머, 나가시게요?"

"아침은 필요 없어."

"아, 네. 단주님 만나러 가시는 거예요?"

"그래."

헤더는 아침도 거른 채 갑자기 비비안을 찾아가는 위그를 보다가 고개를 갸웃거렸다. 저녁이면 볼 것인데 굳이 이렇게 서두를 필요 있나 싶었다. 하지만 위그는 그런 헤더의 궁금증을 풀어 주지 않았다. 그에게는 현재 막중한 임무가 있었다.

곧, 외투를 걸쳐 입은 그가 방을 나갔다.

\* \* \*

"클로에, 혹시나 해서 말하는데."

"네."

"나랑 위그가 싸웠어. 넌 누구 편들래?"

한쪽에서 장부를 처리하던 클로에는 갑작스러운 비비안의 물음에 미간을 찌푸렸다. 마치 헤어지는 부모 사이에서 한쪽을 선택해야 하는 아이 같다. 어쨌든 물음을 받았으니 대답은 해야 했다. 클로에는 곰곰이 생각하다가, 상당히 현실적인 대답을 내놓았다.

"전 월급 주는 데로 갈래요."

"그래."

클로에의 말에 비비안은 입꼬리를 말아 올렸다. 이제는 슬슬 위그가 올 때가 되었다. 갖고 오는 대답이 뭔지는 딱히 궁금하지 않았다. 사실은 그녀도 애초에 알고 있었으므로.

와인에 독을 탄 건 꽤 미안하지만, 그녀는 원래 그러했다. 제 행동에 변명하고 싶지도 않았고, 그저 나쁜 건 나쁜 것이었다. 결국에는 너도 네가 혐오하는 사람과 비슷비슷하지 않느냐고 묻는다면, 사실, 그것도 그렇다고 대답할 수 있었다. 그래서 어쩌겠나. 나는 원래 글러 먹었는데.

안다. 사실 위그는 꽤 신사적인 편이었다. 그는 본성이 나쁜 사람이 아니었다. 물론 그녀는 저를 공격하던 그 남자들과 위그가 다르다는 사실 또한 잘 알았다. 제가 독을 타는 순간 그 어떤 변명도 모두 백지로 돌아가고 그녀가 처한 모든 상황이 그녀를 위해 변명해 주지 못하는 것을 안다. 이것은 방어의 선을 넘겼다. 하지만 상관없었다.

그녀는 하나, 딱 하나, 그저 자신이 무사하게 승자의 영광을 누릴 수 있기를 바랐다.

그녀에게 붙는 오명은 그리 큰 문제가 아니었다.

죽을 바에야 죽이겠다. 누군가는 그것이 끔찍한 피해망상이라고 칭할 수도 있겠지만, 그럼에도 그녀는 차라리 정신이 나간 피해망상에 찌든 계집이 될지언정 구석에서 슬프게 우는 가련한 여인이 되고 싶지는 않았다.

그녀는 본인을 너무 잘 알았다. 그리고 끔찍하게 객관적으로 평가했다. 그것이 그녀의 비극이자 희극이었고, 장점이자 단점이었다.

희곡 작가들은 말한다. 비극 속의 주인공은 언제나 완벽한 인간이어야 하며, 그런 영웅적이고 완벽한 인물의 유일한 약점이야말로 이 극을 비극으로 끌고 가는 가장 결정적인 문제점이라고.

만약 그녀의 인생이 극이라면, 아마 그녀의 끝없는 욕망에서 비롯된 공격성이 결국에는 그녀의 치명적 약점이 될 것이었다. 하지만 그것이 결국 그녀를 영웅으로 만들었다.

아이러니했다.

그때였다. 그녀의 상념을 깨고 밖에 있던 루크가 문을 두드리고 들어왔다.

"단주님, 각하께서 오셨습니다."

루크의 말에 클로에는 어리둥절한 표정을 지었다. 위그는 비비안의 근무 시간에 그녀를 찾아온 적이 한 번도 없었고 그녀를 방해한 적도 없었다. 물론 공작이 방해하러 온 건 아니겠지만 공적인 시간에 사적인 일을 처리하지 않는다는 비비안의 원칙을 모르는 위그가 아니었기에, 그녀는 더욱더 당황할 수밖에 없었다. 그러나 정작 비비안은 그 말에 예상했다는 얼굴을 했다.

"들어오라고 해."

그녀의 말이 떨어지고 얼마나 지났을까, 위그가 들어왔다.

비비안이 진하게 웃었다.

"클로에, 나가 있어."

"네."

얼굴에 궁금증을 가득 써 붙이고 클로에는 방을 나갔다. 마지막까지 힐끔힐끔 방 안을 살피는 그녀를 보면서 비비안이 눈가를 곱게 휘며 입을 열었다.

"왔네? 그래서, 선택은 했어?"

위그는 비비안의 얼굴을 보았다. 그동안 뒤에서 따로 계략을 꾸미고, 어젯밤 그에게 독을 탄 여자치고는 지나치게 담담했다. 그 곱상한 얼굴을 보며, 위그가 얼굴을 일그러뜨렸다. 어쩐지 얼굴을 보니 열이 치받았다. 자신은 그렇게 사랑한다고 속삭였는데 정작 저 여자는 끝까지 저를 믿지 않았다.

그는 비비안과 눈을 마주쳤다. 무엇을 담고 있는지 모를 파란색 눈동자, 얼음장같이 차가운 눈동자.

그 눈을 보며, 그가 잇새 사이로 으르렁거렸다.

"건방진 계집."

"어머."

위그의 말에 비비안이 활짝 웃었다. 이렇게나 솔직한 감상이라니. 놀랍기도 하다. 그래도 오자마자 분노를 터뜨릴 거란 예상과 달리 위그는 꽤 온순했다. 하지만 그건 어디까지나 그저 의식적인 감탄일 뿐 비비안은 그가 이렇게 나올 것을 깨달은 듯했다.

그래 뭐, 당신도 역시…….

그리 읊조릴 때였다.

"하지만 나도 똑같이 건방진 새끼니 그럭저럭 넘기지."

"……뭐?"

순간 비비안은 코를 찡그렸다.

무슨 의도인지 그녀로서는 이해할 수 없었다. 여태껏 이 자리에 서서 그녀를 향해 저주의 말을 내뱉던 남자도, 사랑을 모른다고 동정하던 남자도, 울면서 제발 이러지 말라고 하던 남자도, 분노에 손을 올리던 남자는 있었어도 정작 이렇게 말한 남자는 없었다.

처음 만난 상황에 비비안이 미간을 살짝 찌푸렸다.

하지만 비비안의 그런 마음과 달리 위그는 꽤 평온한 표정이었다. 그는 방금 그녀를 건방진 년이라고 칭하고, 저를 건방진 놈이라고 칭했다. 그리고 그가 계속해서 말을 이었다.

"그러니까 괜한 사람 해치지 말고, 그냥 우리 둘끼리 행복하게 살아 봐."

"뭐?"

"원래 사람은 끼리끼리거든."

"독 잘못 처먹고 백치가 됐나. 지금 당신이 무슨 소리를 하는지 알기나 해?"

"알아. 지금 당신을 사랑한다고 말하고 있잖아."

위그의 대답에 비비안은 숨을 쉬던 것도 멈추었다. 그리고 그녀가 눈썹을 까닥였다.

"사랑? 지금, 당신이 나를 사랑한다고?"

"이 몇 달 동안 꾸준하게 말했던 것 같은데. 아직도 부족해? 더 말해 줘?"

"내 손에 당신 목숨 줄이 있어. 내가 지금 당장 마음만 먹어도 이디에트는 끝장이야."

"상관없어. 해."

비비안은 숨을 들이쉬었다. 이 새끼가 뭐라는 건가. 지금 나한테 하고 싶은 대로 하라고 하는 건가. 그러면 내가 못 할 줄 알고?

"날 우습게 보지 마, 난 그 정도는 할 수 있어."

"알아. 피를 나눈 형제도 제거했는데 만난 지 겨우 반년밖에 안 된 남자 정도야 쉽게 없앨 수 있겠지."

위그의 목소리는 한없이 차분했다. 그는 비비안에게 마음대로 하라고 말했고, 여기서 되레 당황한 건 비비안이었다. 그녀는 지금까지 이익만을 좇아 온 여자였다. 그녀는 위그의 말을 믿을 수 없었다.

피에 새겨진 불신이었다. 한평생 위협당하며 살아온 사람의 생존 본능이었다. 단 한 번도 타인을 믿어 본 적 없는 자의 습관이었다. 수십 번, 아니, 수백 번의 살해 위협에서 벗어나고, 헤아릴 수 없이 수많은 위기에서 달아났으며, 몇 번이나 죽을 뻔할 고비를 넘긴 자의 생존 전략이었다.

누구도 믿지 않는 것.

그것이 사랑이라고 해도.

비비안은 단 한 번도 위그에게 진심으로 사랑한다고 말하지 않았다. 한 번도 이 남자의 마음을 받아 준 적도 없었고, 단 한 번도 희망을 준 적이 없었다.

그런데 왜?

비비안은 뭔가 잘못되었음을 깨달았다. 이건 잘못됐다. 이러면 안 되었다. 그녀의 상식에 도전하는 일이 발생하고, 상식에서 도저히 이해할 수 없는 일이 발생했다. 제 이익이 위협당하는데 그 상대에게 사랑한다고 할 수 있나? 아, 혹시……

"쓸데없이 날 방심하게 해 제거할 생각이라면 멈추는 게 좋아."

비비안의 목소리는 당황함에 꽤 노골적인 위협을 담고 있었다. 그러나 그녀의 말에도 위그는 느긋해 보였다. 그는 전혀 비비안을 두려워하는 눈치가 아니었다. 오히려 그는 그럴 줄 알았다는 듯이 대수롭지 않게 말했다.

"내가 공격할 걸 대비해서 독까지 준비해 놓은 여자가 그 정도로 철저하게 준비하지 않은 게 더 이상하지. 뭐, 당신 성격을 보건대 내가 당신을 죽이면 분명 뭔 조치가 있겠지."

"……하아."

"디텔을 이용했나? 아니면, 제이슨?"

위그는 웃음을 흘렸다. 이제는 알 것 같다. 눈앞의 여자는 끔찍하게 똑똑했고 끔찍하게 철저했다. 하지만 그 또한 상관없었다. 멍청한 것보다 똑똑한 게 더 낫다. 그는 원래 이런 여자를 사랑하지 않았나.

그래.

위그는 입꼬리를 말아 올리며 웃었다. 그는 원래부터 이 사람을 사랑했다. 비비안 로젤리스는 원래부터 이런 사람이었다. 그가 잘못 보았을 뿐이었다. 사실 그가 그녀에게 빠져든 것도 그것 때문이 아닌가. 한없이 똑똑하고, 철저하고, 냉정하고, 그 모든 것들이 잔인하고 유혹적이다.

이제 와서, 그 칼날이 저를 향했다고 분노하면 저는 뭔가. 그거야말로 진짜 개새끼다. 제가 사랑하게 된 면 때문에 그 사람을 증오하게 되다니. 이것이야말로 이중성 아닌가. 똑똑한 여자를 사랑해 놓고 저에게 멍청하길 바라는 것과 다름이 없었다.

여기까지 생각하자 속이 이상할 정도로 편해졌다. 그는 인정했다. 눈앞의 여자는 언제나 그의 목에 칼을 들이밀 수 있고, 언제든지 그를 죽여 버릴 수 있다. 하지만 그는 그만큼 눈앞의 여자를 잘 알았다. 제 이익을 건드리지 않는다면 굳이 그런 짓을 하지는 않을 것이다. 그 믿음이 어디에서 나오느냐면.

그녀가 비비안 로젤리스였으므로.

비비안은 나쁘다. 하지만 나쁘지 않았다. 그녀는 언제나 제가 매정하고 되바라졌다고 말하지만 정작 제 언니와 조카를 사랑하는 것만큼은 진심이었다. 그 눈이, 그 애정이, 그 오롯한 마음이 가짜일 리가 없었다. 누군가를 사랑할 때만큼은 그녀는 진심이었다.

사랑을 모르는 사람이 아니었다.

원래 사람은 이기적이지 않은가.

그는 곧 발걸음을 옮겼다. 그에 비비안이 움찔하며 뒤로 물러났다. 어느새 그녀의 옆에 다가온 그가 그녀를 가볍게 안아 책상 위에 앉혔다. 그 일련의 과정이 물 흐르듯 자연스러워서 비비안은 그저 그가 하는 양을 조용하게 보기만 했다. 방금까지 당황했던 것과 달리 그녀는 점차 평정을 찾아가는 것뿐이었다.

개소리. 결국에는 사랑에 취해, 잠시의 그 달콤함에 취해 이러는 것뿐이었다. 그러니까…….

그때 위그가 손을 뻗어 그녀의 뺨을 감쌌다. 차갑게 내려앉은 파란색 눈동자가 그를 직시하고, 그 하얀 얼굴을 쓰다듬으며 그가 입을 열었다.

"당신은 사람을 믿지 않지."

"그래."

애초에 그럴 리 없다고 부정하자 거짓말같이 평온해졌다. 그래, 어차피 이 남자도, 그저 그런…….

"믿음을 주지 않는 게 당신 생존 전략이라면, 내 생존 전략은 당신을 무조건적으로 사랑하는 거야."

비비안은 숨을 멈췄다. 이건 또 무슨 말도 안 되는.

"대체 왜 이러는지 모르겠는데."

"이봐."

"그래도 미안해."

"……왜?"

"내가, 당신을 사랑하니까."

논리적으로 엉망이었다. 앞뒤 말이 죄다 모순덩어리였다. 그럼에도 그 뜻을 알아들을 수 있었다. 비비안의 눈가가 파르르 떨렸다. 그녀가 곧 무엇인가를 생각하더니, 입꼬리를 말아 올렸다.

"이러면, 내가 풀어질 줄 알고? 내가 감동이라도 할 줄 알고?"

"아니. 그런 기대 하지 않았어. 상관없어. 사랑하는 남자가 생기면 나 버리고 떠나. 당신을 사랑한다고 말한 그 순간부터 내가 감당해야 하는 몫이었어."

"헛소리하지 마. 이익이 없는 투자는 하는 게 아니야."

"당신이 행복하다면 그게 나한테는 이익이야."

"미쳤어?"

"미쳤지."

비비안은 거의 소리를 지르다시피 하며 그를 보고 있었다. 잔뜩 굳은 얼굴은 파르르 경련하고 있었고, 단 한 번도 겪어 보지 못한, 한 번도 보지 못한 사심 없는 기여에 기분이 더러웠다. 아니, 이게 기분이 더러운 건가? 모르겠다.

"미친 거 맞아. 내가 당신을 사랑하니까."

핏줄도 아니고 이익이 얽히지도 않았다. 그녀는 위그의 그러한 행동을 이해할 수도 없었다. 머리를 아무리 굴려 봐도 앞뒤가 맞지 않고, 어울리지도 않고, 논리적으로 말이 되지도 않는다.

"그리고 비비, 사랑은 투자가 아니다."

"……."

"사랑은 사랑이야. 이익도, 수확도 없어. 보답이 없다고 허무해지는 게 아니다."

비비안은 입을 꾹 다물었다. 그래, 안다. 그 좋은 머리를 굴려 보면 사실 감정이라는 것이 그리 쉬운 것이 아님을 안다. 그렇게 단순하게 표현할 것이 아님을 안다. 알지만.

사랑? 웃기지도 않아서. 겨우 제 아양에, 사탕발림에 좋아하던 남자였다.

그런 남자가 이제 와서 그녀에게 말한다. 그래 제 목을 치고 싶으면 치라고. 그래도 저는 사랑한다고.

미친 거 아닌가. 그런 게 어디 있어.

하지만 그녀가 그렇게 생각하는 사이, 위그가 말을 덧붙였다.

"나는 아직도 모르겠어. 그래서 여자는 대체 뭔지."

비비안은 비웃음을 흘렸다. 그러면 그렇지.

"하지만."

"……."

"당신은 결국 여자고, 동시에 여자가 사람이라고 말하고 있어. 남자나 여자를 떠나, 결국에는 사람. 나는 사람을 모르는 거고."

"하고 싶은 말이 뭔데."

"그러니까 내 말은."

위그는 말을 골랐다. 이 여자는 지나칠 정도로 저를 믿지 못하고 있었다. 상처가 덕지덕지 해서 안타깝다고 동정하고 싶지 않다. 비비안도 애초에 그것을 원하는 게 아니었다. 그렇다고 그녀를 힐난하고 싶지도 않았다. 그는 생존을 위한 공격을 꽤 사랑했다.

비비안은 위그의 눈빛을 보면서 천천히 입을 열었다.

"나를, 동정하지 마."

"안 해."

"나는 궁지에 몰려 극단적인 선택을 한 피해자 계집이 아니야. 세상이 얼마나 거지 같든 그것과 무관하게, 나는 같은 선택을 했을 거야."

그녀가 행복한 가정에서 태어나, 사랑을 듬뿍 받고, 좋은 아버지와 좋은 오빠, 그 아래서 보호받고 자랐다고 해도 그녀의 욕심은 여전히 존재했다. 그녀의 욕심은 수동적인 것이 아니었다.

"알아. 당신의 욕망은 틀리지 않았어."

그리고 그는 말했다. 당신의 욕망은 틀리지 않았다고. 수단과 욕망은 별 관계가 없다. 욕망은 그도 많았다. 권력욕이 과연 잘못되었나. 그 또한 아니었다. 하지만 그럼에도 그녀는 저를 지키기 위해 누군가에게 피해를 줘야 했다. 원하는 것을 위해 손에 피를 묻혀야 했다.

원하는 것을 놓으면 되지 않느냐고 말하기에 그는 너무 가진 게 많았다. 제가 가진 것은 하나도 놓지 않으면서 그녀에게 그것을 강요할 수는 없었다. 그래서, 수단이 어긋나자 그녀는 당장에 '악당'이 되었다. 그럼 이제 생각해 봄 직하지 않은가. 대체 무엇이 가장 '근본적인' 문제인지.

그는 말을 골랐다. 사실, 그도 모른다. 사랑이라는 게 뭔지. 그는 이런 적이 처음이었고, 사랑을 처음 했는데 그것을 타인에게 주어야 하는 처지에 있었다. 그도, 그녀도 모든 게 처음이라 서툴렀다.

"우리는 부부야."

"알아."

"그리고 당신은 내 아내고."

"그래서 지금 나한테, 당신 아내로서……."

"그리고 나는 당신 남편이고."

비비안은 미간을 찌푸렸다. 감정으로 이해할 수 없지만, 머리로 이해할 수는 있었다. 그녀는 위그가 무엇을 말하려는지 알고, 입을 꽉 깨물었다.

"당신이 내게 의지하는 게 아니라, 우리가 서로 의지하는 거야."

"의지?"

"이제 우리는 서로의 목숨 줄을 쥐고 있어. 나는 당신을 언제든지 죽일 수 있고, 당신은 나를 언제든지 밟아 버릴 수 있어."

비비안은 미간을 찌푸렸다. 꽤 섬뜩한 내용이었지만 그것을 말하는 위그의 표정은 지나치게 밝았다.

이게 독을 먹더니 미쳤나.

그녀는 얼굴을 일그러뜨렸다. 애초에 이 남자는 대체 뭘 믿고 이러지? 진짜 그녀가 그를 죽여 버릴 수 없다고 여겨서…… 아니다. 그래도 멍청한 남자는 아니니 뜻은 알아들었을 게 분명했다. 이 지경까지 끌고 왔는데 사랑한다고 말하는 남자는 기묘했다. 그게 가능한지는 둘째 치고…… 아니, 사실, 제 목숨 줄을 쥐고 있는 남자와 사랑에 빠지는 여자는 수두룩했다. 한데 그것을 위그가 못 할 리가 없다. 그녀는 못 했지만, 상대방은 그것을 했다. 하겠다고 한다.

그때, 위그가 입을 열었다.

"이제야 알겠어. 당신이 원하는 게 뭔지."

그리고 미안하다. 그것을 이제야 알아차려서. 당신을 사랑한다고 말하면서 나는 결국 이제야 알아차렸다.

위그는 부드럽게 웃었다. 그녀가 그와 함께한 반년 동안 그가 보인 가장 부드럽고 진솔한 웃음이었다. 하지만 그 때와 장소가 지나칠 정도로 어울리지 않아서, 그녀는 눈썹을 까닥였다. 그것을 매만지며, 위그는 말을 이었다.

"우리가 서로 말하는 거야."

서로. 얼마나 듣기 좋은 말인가. 서로. 같은 높이에서, 같은 곳을 바라보는 것. 어느 한쪽이 희생하지도 않고, 어느 한쪽이 명령하지도 않는. 위그는 그녀의 뺨을 만지작거렸다. 그리고 곧 그녀와 눈을 마주치며 말했다.

"내 인생에서 당신을 만난 건 가장 큰 행운이었어. 신은 나한테 자비로웠지."

비비안은 서늘하게 식은 표정으로 위그를 보고 있었다. 그러거나 말거나, 위그는 웃었다. 그리고 곧, 그가 말을 내뱉었다.

"그러니까 나는 당신에게 '사랑'을 말하지."

"……"

"그리고 당신은 나한테 '사람'을 말하는 거다."

위그의 말이 떨어지기가 무섭게 비비안이 얼굴을 일그러뜨렸다. 일단 저를 사랑 따위 모르는 사람 취급한 건 둘째 치고, 저에게 사람을 가르치라니, 이게 지금 말이 되는 상황인가. 그 오만한 남자가 제게 사람을 가르쳐 달라고 청해 왔다.

사랑이 무엇인가. 어디서 철학가나 던질 법한 질문은 제쳐 두더라도, 비비안은 제 상식 이내에서 그깟 반년 동안 본 계집 때문에 가문이고 나발이고 다 버리고 사랑한다고 말하는 남자를 절대 이해할 수가 없었다.

27년 인생에서 가장 큰 미스터리였고, 올해 들은 최고의 개소리였다.

그녀는 미소를 짓고 있는 남자를 보았다. 서늘한 인상이었지만 그 위에 미소가 뜨니 그 나름대로 어울렸다. 저 얼굴로 사랑한다고 말했다. 지금, 제 가문을 바쳐서라도.

흔히 사람들은 계집들의 사랑은 쉬이 이해하면서, 사내들의 사랑은 쉬이 이해하지 못했다. 마치 가장 잘난 남자는, 무조건 제게 복종하는 순종적이고 사랑스러운 계집을 얻어야 한다는 듯이.

웃기기 짝이 없는 논리였지만 그렇다고 실제로 전혀 근거 없는 말은 아니다. 현실을 둘러보면 원래 그렇지 않은가. 방탕한 남자를 길들이는 현명하고 인내심 있는 여자. 그리고 그런 여자의 맹목적인 사랑에 후회하고 천천히 여자를 받아들이는 남자.

일단 왜 연인이라는 위치에 서서 굳이 부모가 해야 하는 인성 교육까지 도맡아야 하는지는 차치하고, 비비안은 이러한 관계에 코웃음을 치면서도 그것이 현실이 되는 상황을 너무 많이 보았다. 쓰레기 같은 새끼가 좋다고, 그를 제가 바꿀 수 있을 것이라며 인생을 바쳐 헌신하는 여자들이 수도 없이 많았다. 비비안은 굳이 제 인생 제가 꼬겠다는데 말리지도 않았고, 그냥 비웃는 것으로 제 반대를 표시하고 있었다.

그런데 지금, 이 남자가 제게 그 여자들이 할 법한 이야기를 하고 있다.

머리를 굴려 보았다. 대체 이 새끼가 무슨 약을 어떻게 잘못 처먹었기에 이런 결론을 내릴 수 있는가. 그러다가, 그녀가 위그와 눈을 마주치고는 홀린 듯이 말을 이었다.

"당신은 날 사랑하지 않으면 죽는 병에 걸렸나?"

"뭐?"

위그가 어이없다는 듯이 반문했지만 사실 그것 외에는 상식선에서 답이 나오지 않았다.

"지금 날 사랑한다고."

"그래."

"당신 가문의 약점을 내가 손에 쥐고 있는데도 말이지."

"그래."

"그리고, 내가 당신에게 독을 타는 짓까지 저질렀는데 말이지."

"그래."

"그래도 사랑한다고."

비비안이 머릿속에서 그린 수많은 장면에는 이런 장면이 없었다. 그가 화를 내거나, 분노하거나, 어쩌면 극단적인 상황에서 그녀에게 손을 댈 수도 있다고 생각했다. 굳이 그게 아니라면, 뭐, 동정하거나, 그 외 등등. 수많은 남자가 그러했듯이.

그 어디에도 이런 상황은 없었다.

상식에 도전하는 일이 일어났다. 비비안은 이것을 어떻게 받아들여야 하는지 몰라 열심히 머리를 굴렸지만, 아무런 전적도 없고 경험도 없고 하물며 본 적도 없는 이야기에 갑자기 해결책이라는 게 튀어나올 리가 없었다. 지독하리만치 똑똑한 머리가 그녀에게, 이건 나도 어쩔 수 없다고 알려 주고 있었다.

위그는 아직도 그녀를 보고 있었고, 그녀는 아직도 위그를 보고 있었다.

침묵으로 점철된 공기가 부글부글 괴고 있었고, 둘의 시선이 허공에서 마주쳤다.

그리고, 먼저 입을 연 건 비비안이었다.

"당신이 내게 사랑을 가르치겠으니, 내가 당신에게 사람을 가르쳐라?"

"그래."

"거절할게."

위그가 눈썹을 까닥였다. 어느 부분을 부정하는지 알 수가 없었기 때문이었다. 저더러 사랑하지 말라는 건가, 아니면 사람을 가르치지 않겠다는 건가. 하지만 그런 그의 의문은, 곧 비비안이 숨을 길게 내쉬며 한 말에 온전히 답을 얻을 수 있었다.

"당신이 나를 사랑하든 말든 상관하지 않겠어."

그래, 뭐, 굳이 사랑하겠다는데 말리지는 않겠다. 뭔가 분명 더 있지만, 아니, 사실은 분명 무엇인가가 더 있지만 그렇다고 해도 그건 그녀와 상관없다. 왜, 제 입으로 말하지 않았는가, 제 몫의 사랑이라고, 굳이 수확 없는 투자를 하겠다는데 말릴 이유가 없었다. 그래서 비비안은 일단 그건 그저 넘기기로 했다.

하지만.

"사람을 가르치는 건 거절하겠어."

"왜?"

"내가 왜 당신 부모 역할까지 자처해야 해? 인성 교육은 나 만나기 전에 다 뗐어야지."

"……."

"난 당신 부모가 아니야. 당신이 무슨 둥지에 있는 새 새끼야? 내가 하나하나 먹이를 물어 줘야 해?"

"……."

"왜, 내 말이 틀려?"

"당신 정말 무드 없는 거 아냐?"

"사랑은 제가 해 놓고 나한테서 왜 무드를 찾아."

퉁명스럽게 대답하는 비비안을 보며 위그는 헛웃음을 지었다. 과연 무너뜨릴 수 없는 요새였다.

하지만 그래도…….

"그래, 그럼 당신 마음대로 해."

"……."

"당신이 하고 싶은 대로 해. 나는 내 사랑 할 테니까."

"당신 지금 억지 부리는 거 알지?"

"알지."

"내가 이래서 사랑이란 걸 싫어해. 제정신이 아니야."

"굳이 그렇게 말하겠다면 할 말 없고."

위그는 담담하게 대답했다. 비비안이 혼란의 최정점에서 혼자 흔들거리는 것과 반대로, 위그는 현재 굉장히 이성적인 상태였다.

그래, 인정한다. 확실히 제가 이 여자를 얕보았다.

사랑? 그 또한 인정한다.

그래서 분노했나? 그래, 분노했다. 왜? 이 여자가 제 마음을 몰라줘서. 감히 그의 뒤통수를 치려고 해서.

하지만 그것과 별개로 그는 그녀를 온전히, 그 밑바닥까지 전부 다 보았다는 것에 너무 기뻐하고 있었다.

사랑? 사실 모르겠다. 이게 사랑인지.

그래서 그는 지금 시험을 하고 싶었다. 저 자신을 향한 시험, 그리고, 제 가설이 옳은지 틀린지 맞히려는 시험. 그것을 증명할 때까지는 그는 마음 편하게 오롯이 그녀를 사랑하기로 했다.

위그의 눈길이 제게 꽂히는 것을 빤히 보던 비비안이 눈을 가늘게 떴다. 이자의 속셈이 뭔지 하나도 모르겠다. 속을 가늠해 보려고 노력해 보았으나 그 또한 알 수가 없었다.

그녀는 머리를 굴렸다. 지금 이 상황에서 할 수 있는 게 무엇인지. 그녀가 할 게 무엇인지.

그들의 계약은 아직 1년 반이 남았고, 그녀의 손에는 그 위험한 물건이 폭탄처럼 안겨 있다. 이 남자가 제 뒤통수를 치는 순간 그녀가 짜 놓은 판이 알아서 열릴 것이고, 도미노 패처럼 주르륵 쏟아질 게 뻔했다.

그녀는 죽어도 혼자 죽기를 원하는 사람이 아니었다. 고고하게 자결하고 역사의 피해자로 남을 바에야, 차라리 죽으면서 여럿 함께 지옥으로 끌고 가는 편이 좋지 않은가.

눈을 감았다. 이때는 어떻게 해야 하는가. 여기서 그를 거절하나? 아니, 거절해서 얻을 게 무어 있나. 그럼 답은 하나다. 그저 그렇게 내버려 두는 것이 더 좋은 선택이었다. 그녀의 기분과는 별개로.

그래서 그녀는 입꼬리를 말아 올렸다.

사랑? 하라지.

그가 제 발로 걸어들어 왔다. 끝이 보이지 않는 늪으로 한 걸음 한 걸음 걸어들어 온 건 위그였다. 그녀는 그의 손을 잡아당기지도 않았고, 그렇다고 억지로 밀어붙인 적도 없었다.

아니, 오히려 수도 없이 경고했지.

그물에 제 발로 들어온 사냥감을 굳이 거절할 필요는 없다. 사랑한다니 사랑하라고 하겠다. 그 대단한 사랑이 대체 뭐기에 제 가문도 바치고 저도 같이 통째로 바치는 것인지 모르겠지만, 굳이 사랑한다는데 그것 또한 거절할 필요가 있나.

물론, 다른 한편으로 탐색 또한 해 볼 필요가 있었다.

그녀는 결국 감성에 맡겨 위그의 사랑을 이해하는 것보다, 그냥 머리로 그를 이해하는 길을 선택했다. 끔찍하리만치 영악하고 머리가 좋은 여자가 아니던가. 그녀는 다른 건 몰라도 그건 자신 있었다.

그래서 비비안은 지긋이 그를 보며, 웃음을 흘렸다.

"그래. 당신은 사랑을 가르치든가 해."

"받아들이겠다는 거?"

"물론 사람은 혼자 깨우치고."

"이런."

"그런데 난 좀 어려운 학생일 거야. 지독하리만치 반항적이라. 그래도 가르칠 거야?"

"그 정도는 예상했어."

그의 눈동자가 저를 직시해 왔다. 이 자리에서, 그녀를 이렇게 앉혀 놓고 그녀의 눈동자를 똑바로 바라본 남자는 또 처음이라 그녀는 미간을 찌푸렸다. 하지만 곧 다시 얼굴을 폈다. 처음이면 어떻고 처음이 아니면 뭘 어떨까. 이 세상에는 여러 가지 종류의 남자들이 많다.

그렇게 그녀는 저를 설득시켰다.

비비안의 얼굴에 미소가 퍼지는 것을 보던 위그가 미묘한 웃음기가 서린 얼굴을 했다. 그는 이제 그녀를 잘 알고 있었다. 어제까지만 해도 몰랐는데 최소한 지금은 알 것 같다. 쉽게 저를 믿으리라 생각한 건 아니었지만 이렇게 끝까지 저를 믿지 않을 거라 생각한 것 또한 아니었다.

하지만 무엇이 되었든 그는 제가 선택한 길을 오롯이 가려고 했다.

사랑인가 이성인가. 두 개가 굳이 따로 놀 필요는 없었다.

그는 그녀를 알아가기 시작했고, 그녀는 이제 그에게 까발려지는 중이었다. 그것이면 되었다. 승기는 잡혔다.

위그는 곧 책상을 짚은 손을 내리고, 비비안의 뺨에 입을 맞추었다. 그 일련의 행동이 이루어지는 과정에서 그의 눈길과 그녀의 눈길이 오롯이 허공에 마주치고, 그는 조각 같은 그 얼굴 위로 미묘한 웃음을 띠었다. 그에 비비안의 눈가가 파르르 떨렸다.

"이만 가 보지. 공사가 다망한 것 같은데."

"……그러든가."

"그럼, 이만 갈게. 내 사랑."

"……빨리 꺼져."

왠지 모르게 기분이 더러워져서 비비안이 얼굴을 찌푸렸다. 그리고 곧, 문을 닫고 나가는 위그의 뒷모습을 보며 입술을 꾹 다물었다.

다시 의자에 몸을 맡기고, 비비안은 눈을 감았다. 생각지도 못한 선택, 생각지도 못한 관계, 예상을 벗어난 건 언제나 싫고, 계획을 벗어난 상황은 언제나 그녀를 피곤하게 만들었다.

위그가 빠져나간 문을 빤히 보다가 비비안은 자리에서 일어났다.

저를 사랑한다. 사랑한다고…….

왜?

호감은 생길 수 있다. 그녀는 제 미모와 제 재력이 얼마나 매력적인지 잘 아는 사람이었다. 그 정도가 아니었다면 그렇게 많은 정부를 거느릴 수도 없었을 것이었다. 아무리 육체적으로, 금전적으로 오가는 관계라도 그 뒤에 그녀의 매력이 뒷받침했다는 것을 잘 알았다.

어차피 그런 것은 쉽게 사그라진다. 하룻밤 즐기고 나면 사라질 물건이었다. 그러므로 별 상관없었다.

하지만 진짜 사랑, 그 깊은 문제로 들어가자면 의미가 달라진다. 제 목숨을 걸고 하는 사랑? 그 정도의 가치가 있나? 어떻게 그럴 수 있지? 어떻게 제 목에 칼을 겨누는 사람을 사랑한다고 부딪쳐 올 수 있나. 그게 말이 되나. 인간이 어떻게 그럴 수 있나.

그녀는 고개를 저었다.

설마.

언젠가는 식겠지.

지금은, 그저 한번 딱 당해 보니 저러는 거다. 그는 그녀의 상도덕을 믿고 있는 것뿐이었다. 그래서 저렇게 당당하게 나오는 것뿐이었다. 시간이 지나고 그녀가 절대 그를 사랑하지 못한다는 것을 깨달으면 결국에 대부분 사람이 그러했듯이 뒤로 물러날 것이다.

그래서…….

비비안은 머리를 털어 내고 방금까지 보던 서류에 집중했다. 그가 무엇을 말하든 상관없었다. 그녀만 흔들리지 않으면 된다.

그래, 그녀만.

그 어떤 상황이든지.

# Chapter 6
## 누구의 왕관인가

비비안이 디텔과 이디에트의 약점을 손에 넣은 뒤에도 위그의 태도는 변함이 없었다. 얼마나 변함이 없었냐면 웬만한 상황에서도 여유롭게 웃고 넘어가는 능력을 지닌 비비안마저 이상함을 느낄 정도였다. 위그는 아무 일도 없었다는 듯이 꾸준하게 그녀에게 입을 맞추고, 심지어 저녁마다 그녀가 침대에 올라오기만 하면 제 품에 가두고 싶어 했다.

사실 비비안은 제 매력에 대해 상당한 자신감을 갖고 있는 사람이었다. 그렇다고 자신을 향해 맹목적으로 사랑한다고 부딪쳐 오는 남자를 당연시할 정도로 순진하지는 않았다. 심지어 그녀의 손에 약점을 잡힌 남자라면 더욱더.

사랑은 위대하다. 그녀도 그 정도는 알고 있었다. 하지만 사랑이 위대하다고 울부짖는 남자가 절대 위그 이디에트여서는 안 된다. 하다못해 그동안 스쳐 지나간 그 어떤 정부가 이렇게 말해도 그녀는 곧이곧대로 믿었을 것이다.

그런데 위그 이디에트가?

설마.

그가 갑자기 세상의 만물을 꿰뚫어 보고 신의 경지에 이르는 초인적인 이해력과 감성을 갖지 않는 이상 불가능했다. 차라리 카트린이 지하 감옥에 쳐들어가서 빌케르 백작을 패는 게 더 현실적이었다. 아니면 제가 현모양처를 꿈꾼다거나.

그래서 비비안은 이 상황이 무척 불쾌했다. 꿍꿍이가 있는지 없는지도 모르겠고, 설사 있다고 해도 그걸 알아낼 방법이 없었다.

이럴 줄 알았다면 그냥 비밀에 부쳐 둘 걸 그랬다. 나중에 가서 아주 거하게 뒤통수를 치면, 분노에 길길이 뛰는 모습이 차라리 개연성이라도 있지. 너무 조용해서 기분이 이상했다. 그렇게 생각하며 입술을 톡톡 건드리는데 옷을 갈아입은 위그가 그녀에게 다가왔다.

"오늘 어디 가나?"

그는 몸을 숙이고 화장대를 손으로 짚었다. 그 품 안에 갇히게 된 비비안이 잠시 멈칫했으나 결국에는 노련하게 미소를 지었다.

그래, 해보자는 거지. 대체 무슨 생각을 하고 있는지 모르겠지만 상관없다. 당신이 그렇게 나오면, 어디 한번 나도 내 모든 힘을 다해 당신을 상대해 보지. 그렇게 생각한 비비안이 나긋하게 대답했다.

"왕녀 전하의 초대가 있어서."

"왕녀?"

"그래, 크리스티나."

비비안의 대답에 위그가 미간을 찌푸렸다. 그러고 보니 저번 알렉산드르의 생일 파티 때 크리스티나의 기색이 약간 미묘하긴 했다. 이상하다기보다는 마치 비비안에게 잘 보이려고 하는 것 같았다.

오랜 단련으로 위그는 이미 제 적이 남자뿐만은 아니라는 사실을 깨달았다. 그게 사랑이든 사랑이 아니든, 비비안 로젤리스는 최소한 그의 눈에서는 가장 매력적인 여자였다. 그리고 세상에 머리와 눈이 동시에 멀쩡한 사람은 그 혼자만이 아니었다.

그는 거울 속에 비낀 비비안의 모습을 보았다. 왕녀를 알현하러 간다는 말에 귀부인들로 가득한 향연을 예상한 켄슨 부인이 힘을 좀 많이 준 덕분에 현재 비비안의 모습은 영락없이 정숙한 공작 부인이었다.

위로 말아 올린 연회색 머리카락, 그리고 반짝거리는 보석 장식들, 잔뜩 조인 코르셋과 풍성한 드레스 자락.

뭔가 어울리는 듯하면서도 어울리지 않는 모습이다. 거기까지 생각한 위그의 눈길이 바깥에 훤히 드러난 그녀의 뒷덜미에 닿았다.

"추울 텐데."

"외투를 걸칠 거야."

"그냥 옷 바꿔 입지."

"왜."

비비안이 고개를 들었다. 그녀가 눈썹을 까닥하자 위그는 웃음을 흘렸다.

"그냥, 추울 것 같아서."

"외투가 있다니까."

"드러내지 마."

"왜."

"다른 남자들이 보니까."

"이유가 충분하지 못해서 기각할게."

비비안은 자리에서 일어났다. 화려한 드레스 자락이 풍성하게 퍼지고, 그 모습을 보던 위그의 미간이 찌푸려졌다. 비비안이 이 며칠 그를 경계하는 걸 눈치채지 못할 리가 없었다. 다른 사람이라면 사랑한다는 고백에 감동이라도 먹겠는데 이 여자는 그런 게 없었다. 그 사실이 지독하게 씁쓸하면서도 그를 기쁘게 만들었다.

그는 이런 여자한테 반했다.

그리고, 이런 여자한테 목줄이 쥐어졌지.

그래도 나름 감동적이게 말했는데, 그것마저도 이 여자를 안심시키기에는 부족했나.

하여튼, 감은 좋아서.

그는 비비안을 사랑했다. 그리고 그녀가 제 목줄을 가진 상황을 인지하고 있었다. 그녀가 제게 왜 이런 짓을 저질렀는지 또한 이해할 수 있었다. 일단 머리로는.

무슨 이런 나쁜 여자가 다 있어.

그런데 그 나쁜 여자를 하필이면 그가 사랑한다.

그럼 어쩌겠나.

위그는 방문을 열고 나가는 비비안의 뒷모습을 보며, 가늘게 눈을 떴다.

그는 한평생 정복자로 살아왔다. 한평생 권력의 최고점에서 모든 것을 다 가지며 살아왔다. 제 손에 넣지 못할 것은 아무것도 없었다.

포기? 그런 걸 왜 하나. 정부에게 홀려 나라를 통째로 바쳤다는 제왕의 이야기는 들은 적 있다. 문제라면 그 정부는 제왕에게 아무런 해도 주지 못한다. 자신과 달리.

그는 비비안을 사랑했다.

그리고, 살아남을 방법을 선택해야 했다.

어떻게?

글쎄, 어떻게든 되지 않을까.

\* \* \*

비비안은 제 손에서 초청장을 받아 든 레타 후작 영애를 보며 우아하게 웃어 주었다. 현재 크리스티나 왕녀의 시녀인 그녀는 어렸을 때부터 왕녀와 함께해 온 친구였다.

레타 후작 영애는 비비안을 보고 기다렸다는 듯이 허리를 굽혔다.

"공작 부인을 처음 뵙습니다. 플로라 레타입니다."

"처음 뵈어요. 레타 후작 영애."

내숭을 떨다 못해 로튼 상단의 사람들이 보았다면 팔을 벅벅 긁었을 법한 표정을 지으며 비비안이 활짝 웃었다. 하지만 사정을 모르는 레타 후작 영애는 그저 비비안을 왕녀의 접대실로 안내할 뿐이었다.

긴 복도를 지나 문 앞에 선 비비안은 길게 한숨을 쉬었다.

'그래서, 우리 왕녀님께서 무슨 말씀을 하고 싶으신 건지 어디 한번 들어나 볼까?'

그렇게 속으로 읊조리는데 문이 열렸다.

"어서 오세요, 단주님."

지나치게 속이 보이는 호칭이었다. 비비안은 크리스티나의 모습을 보며 화사하게 웃었다. 흰색 실크에 금실이 수놓아진 드레스를 입고 있는 크리스티나는 요정처럼 사랑스러웠다.

작은 체구에 달콤하게 웃을 줄 아는 여자. 바첼론에서는 저런 여자를 그렇게 좋아했다.

"왕녀 전하를 뵙습니다."

"앉으세요. 단주님."

크리스티나의 말에 비비안이 웃었다. 그녀는 방금 이 자리에 들어왔을 때부터 미소를 띠고 있었지만 정작 눈길은 왕녀의 접대실 곳곳에 자리 잡고 있었다.

곧 그녀의 시선이 이번에는 크리스티나의 얼굴에 닿았다.

사실 별 특이할 것 없는 왕녀였다. 작고, 여리고, 사랑스럽고, 말씨도 조곤조곤 부드럽고, 거기에 애교까지 있으면 왕녀라는 신분에 못해도 공작이나 이웃 나라 왕자와 결혼해 한평생 사랑을 받으며 살 운명이었다.

최소한 바첼론에서는.

비비안은 편지 안의 내용을 상기했다. 드릴 말씀이 있다고, 왕궁에 방문해 주시면 고맙겠다고 했지. 기특하게도 왕녀는 상대를 높이는 방법을 잘 알았다. 원하는 게 뭔지는 정확하게 알 수 없었으나, 사실 비비안은 대충 예상할 수 있었다.

그때 크리스티나가 입을 열었다.

"단주님, 사실 예전부터 단주님을 뵙고 싶었어요."

"영광입니다."

시작은 좋다. 상대를 추어올리면서 허영심을 만족하게 한다.

"사실, 굉장히 대단하다고 생각했어요. 저는 상상조차 하지 못한 것을, 단주님께서 해내셨으니까요."

"운이 좋았을 뿐입니다."

"그래도, 운은 언제나 실력이 좋은 사람에게서만 효과를 보죠."

제법 달콤하게 말할 줄 안다. 왕녀니 그래도 배운 게 많을 것이고, 따라서 상대가 원하는 말을 읊조리는 법 또한 배웠겠지. 여자아이니 남들에게 사랑받으려면 어떻게 해야 하는지도 배웠을 게 분명하다. 그걸 지금 그녀에게 써먹어서 그렇지.

"그래서, 저는 단주님과 말씀을 나누고 싶었어요."

"어떤 것에 관한?"

"······그, 아무거나요."

비비안은 시선을 내리깔았다. 그러고는 제 앞에 놓인 찻잔을 집어 들었다. 목구멍을 통해 차가 흘러들어 가고, 정적으로 가득 찬 공기 속에서 여유롭게 찻잔을 내려놓는 순간, 비비안은 티 테이블 위에 놓인 크리스티나의 손이 달달 떨리고 있다는 사실을 깨달았다.

그녀는 눈을 깜박거렸다. 왜 이러는가. 뭐가 무서운가. 왕녀씩이나 되는 사람이 달달 떨면서 한때 평민이었던 공작 부인에게 할 말이 뭐가 있는가.

아니지, 단주라고 불렀으니 지금 저는 단주였다. 공작 부인이 아니라.

비비안은 조용히 크리스티나를 기다려 줬다. 왜 차를 놓고도 마시지 않나 했더니 손이 떨려 차마 찻잔을 들 수 없었나 보다. 그제야 작달막한 어깨도 파르르 떨리는 게 보였다. 방금부터 침을 꼴깍꼴깍 삼키는 것도.

비비안은 입꼬리를 말아 올렸다. 뭐, 용기는 가상하나 딱히 특이할 것 없다. 제게 말하는 것도 무서워서 달달 떠는데 하물며 더 대단한 일이야 뭐.

"단주님. 저는……."

크리스티나는 말을 골랐다. 어떻게 말하면 좋을지 몰랐다. 화법 선생님은 그녀에게 사교계에서 우아하게 돌려 말하는 법은 가르쳤지만, 정작 상대방에게 제 의지를 확실하게 표현하는 법은 가르치지 않았다.

사실 그럴 일이 없다고 여겼는지도 모르겠다.

크리스티나는 그래도 달달 떨고 있는 제 다리는 드레스가 잘 감춰 줘서 다행이다, 따위의 생각을 하고 있었다. 그리고 제발 이것 때문에 단주가 저를 비웃는 일은 없기를.

다시 공기 중에 침묵이 가득 찼다. 비비안은 슬슬 인내심이 한계에 다다르고 있었다. 계속해서 이렇게 입을 다물면, 그녀로서도 굳이 더 귀를 기울이고 앉아 있을 필요 따위 없었다. 그때 정적을 뚫고 크리스티나의 목소리가 들려왔다.

"저는, 단주님의 도움이 필요해요."

그녀의 목소리에는 긴장이 가시지 않았고 여전히 한없이 진지했지만 그럼에도 그 한마디를 내뱉은 것만으로도 커다란 일을 했다고 생각했는지 크리스티나의 표정이 순식간에 평온해졌다.

비비안은 고개를 갸웃거리다가 다시 입을 열었다.

"귀부인으로서 왕족의 안녕을 돕는 것은 언제나 영광입니다. 전하께서 곤란에 부딪히기라도 하신 건가요?"

"저는…… 다, 단주님이 필요해요."

"네, 알고 있습니다."

"이디에트의 공작 부인이 아니라, 로튼의 단주가요."

비비안의 얼굴에 더욱더 진한 미소가 걸렸다. 그래, 이제 슬슬 핵심이 나오기 시작했다. 그래서 이 왕녀님이 과연 무엇으로 그녀를 설득할지 꽤 궁금했다. 그녀는 언제나 일을 함에 있어서 목적은 궁금해하지 않았다. 궁금한 건 그 일을 이루었을 때 그녀가 얻을 수 있는 것이었다.

"단주님. 저는…… 욕심이 많아요."

"네. 그렇게 말씀하신 적이 있죠."

"그래서, 그래서 저는 바첼론을 떠나 타국의 왕자비가 되고 싶지 않아요."

왕자비?

비비안의 의문스러운 표정을 눈치챈 듯 크리스티나가 말을 이었다.

"하딜의 셋째 왕자와 제 혼담이 암암리에 오가고 있어요. 정식으로 수면 위에 떠오른 것은 아니고 어쩌면 상대가 다른 이로 바뀔 수도 있지만, 어쨌든 누구와 하든 이대로 가다가는 저는 제 의지와 상관없이 결혼을 해야 할 거예요."

"저런."

"오라버니는 저를 이용해 국교를 쌓으려고 해요. 하지만…… 저는 그 왕자에게 가고 싶지 않아요."

"그럼 거절하시면 되겠네요."

"그게 쉽지 않으니까요."

"그래서 제가 뭘 어째 주면 되죠?"

"저를 왕으로 만들어 주세요."

여유롭게 찻잔을 들던 비비안의 손길이 멈칫했다. 방금까지 방긋방긋 웃고 있던 그녀의 얼굴에서 웃음기가 가시고, 꽃처럼 환하던 미소가 삽시에 종적을 감추었다.

크리스티나는 비비안의 얼굴을 보고 이것이 비로소 로튼 단주의 얼굴임을 깨달았다. 제 앞에서 생글생글 웃고 있던 그 모습은 전부 거짓이었다는 것이다.

비비안은 찻잔을 내려놓았다. 폭탄 같은 발언을 들은 것치고 비비안은 꽤나 평온했다. 과연 그녀의 속은 어떨지 몰라도, 최소한 크리스티나의 눈에 비친 비비안은 평온하기 그지없었다.

"전하. 앞뒤 논리가 맞지 않는 것 같은데요."

"알아요, 저도. 뜬금없다는 거. 하지만 저는 왕이 되고 싶어요. 왕이 되어서, 바첼론을 떠나고 싶지 않아요."

"바첼론을 떠나지 않는 방법은 많죠."

"하지만 누군가의 아내로 살지 않으면서 바첼론을 떠나지 않는 방법은 그것 하나뿐이에요."

"차라리 신전에 가 보시는 건 어떤가요?"

"단주님, 저는 왕이 되고 싶어요."

"그건 떼를 쓴다고 해서 할 수 있는 게 아니고요."

"사실 결혼을 하고 싶지 않다는 것 따위 전부 다 핑계예요. 나는! 나는…… 나는 왕이 되고 싶어요."

크리스티나가 책상을 탕 치면서 자리에서 일어났다. 비비안의 말에 점점 격앙된 목소리로 답하던 그녀가 결국 입술을 꽉 깨물고 고개를 푹 숙였다.

그녀는 한평생 처음으로 누군가에게 이런 말을 해 보았다. 어렸을 때부터 하고 싶었던 것, 언제나 입 밖에 내지 못했던 꿈, 함부로 지껄이면 목이 잘릴 법한 말.

오라비들의 그늘에 잠겨 혼자 왕좌를 하염없이 보던 날.

"저 또한 폐하의 핏줄이고, 왕실의 혈족이에요. 그런데 왜, 저는 왕이 될 수 없죠?"

"그거야 전하께서 여자시니까요."

"단주님께서…… 그런 말을 하실 줄 몰랐네요."

비비안의 말에 크리스티나가 어깨를 늘어뜨렸다. 갑작스럽게 찾아온 감정에 혼자 울컥하던 왕녀를 차분하게 보며, 비비안이 빙긋 웃었다.

"왕이 되고 싶다고 하셨죠."

"네."

"이유를 물어도 될까요?"

"역대 왕들 중, 이유가 있어 왕이 된 자가 있었나요? 저 또한 마찬가지예요. 왕이 되어서 바첼론의 위에 군림하고 싶어요."

"왕녀 전하한테서는 딱히 제왕의 자질이 보이지 않는데."

"제 오라버니보다는 있겠죠."

"……."

"최소한 계집을 겁탈하고 그걸 아무렇지도 않게 여기지 않으니까."

"하지만 바첼론은 여자와 인성에 결함이 있는 사내 중에서 후자가 더 왕에 어울린다고 할 거예요. 전하의 약점은 통치에 어울리지 않는다는 것인데, 전하의 오라버니의 단점은, 사실 통치에 딱히 큰 문제가 되지 않거든요. 물론 통치가 아니라 그 정도는 인간적으로도 그리 문제가 안 된다고 생각하는 치가 많겠지만."

"단주. 그런 끔찍한 말을."

"끔찍하든 말든 저는 진실을 말한 거예요. 원하는 게 있는 사람은 언제나 현실을 제대로 파악해야 할 의무가 있으니까."

비비안은 맹랑하기 짝이 없는 왕녀의 얼굴을 보았다. 방금 긴장에 경직되었던 얼굴이 전부 풀어지고, 이제는 오롯이 감정이 드러났다. 그 얼굴을 보며 비비안이 입을 열었다.

"죄송하지만 전하. 전하의 부탁은 거절하겠습니다."

비비안의 말이 떨어지자 크리스티나가 울듯이 얼굴을 일그러뜨렸다. 그에 비비안이 느긋하게 의자에 기댔다. 공작 부인이 아니라 단주가 필요하다니, 그렇게 대해 줄 터였다.

"왜……요? 생각은, 해 볼 수 있잖아요."

"생각할 가치가 없기 때문입니다."

비비안의 말에 부들거리며 크리스티나가 입을 열었다. 하지만 비비안은 되레 웃으며 잔인하게 크리스티나의 말문을 막았다.

"저는 장사꾼이니까요. 이익이 없는 투자는 하지 않아요."

"……제가 왕이 되면, 이디에트의 안녕을 보장하겠어요."

"저런, 왕녀 전하. 로젤리스의 단주에게 이디에트의 안녕이 과연 무슨 의미가 있을까요?"

비비안은 피식 웃었다. 순진하기 짝이 없었다. 권력욕은 넘쳐 나는 모양인데 그에 따른 역량이 따라가 주지 않는다. 물론 이 또한 그녀를 탓할 것은 아니다. 먼발치에서 제 오라비와 동생의 권력 암투를 그저 눈으로 배운 사람이, 협상의 방법 따위를 알겠는가.

뭐, 그래도 왕녀로서 예술이나 학식 면으로 조예가 깊긴 하지만, 딱 거기까지다. 왕은 다른 문제이므로.

그래서 비비안은 무척 담담하게 거절했다. 사실 여기에 흥분해 '그래요, 우리 여자들끼리 손을 잡아 보아요!'라고 하기에는 그녀는 지나치게 이기적이었다. 해 줄 수 있는 게 있고, 없는 게 있다. 장기 이익을 위해 내놓을 수 있는 게 있고, 아닌 게 있다. 그녀는 여학생의 입학 건을 통해 세믄 교수의 인정을 받을 수 있었다. 그로 인해 법학계의 권위자가 그녀의 편이 되어 줄 것이다.

하지만 크리스티나를 여왕으로 만들면, 아니, 그 전에 여왕이 될 수나 있나?

바첼론의 상속법을 생각하자면 크리스티나가 여왕이 되기 위해서는 현존하는 모든 왕실 남자들이 행동력을 상실해야 한다는 전제가 뒤따른다. 그게 무슨 말인가 하면, 제 친동생도 제거해야 한다는 소리였다.

그게 가능할까?

크리스티나와 알렉산드르의 관계는 무척 가까웠다. 설사 가깝지 않더라도 크리스티나는 비비안과 달랐다. 비비안이라면 웃으면서 동생에게 정신 병원의 진단서를 내밀며 쉬다 오라고 말할 수 있지만, 크리스티나는 할 수 있을지 없을지 모른다.

비비안은 결과가 없는 투자는 하지 않는다. 어차피 대륙의 부자도 되었겠다. 더 큰 권력을 가져 봤자 돌아오는 건 없다. 하물며 본전과 이익의 비율이 맞지 않았다.

하지만 크리스티나는 결코 그런 이유로 포기할 생각은 없는 듯했다. 그녀는 속으로 비비안을 설득할 수 있는 조건을 생각해 보았다. 그러나 아무리 생각해 보아도 나올 수 있을 것 같지 않았다. 대륙의 부자, 이디에트의 안주인. 부족한 게 무어 있나?

있다. 왜 없기는.

크리스티나라고 마냥 해맑게 비비안이 제 말을 들어줄 것이라고 생각하지는 않았다. 그 정도로 멍청하지 않으니까. 그래서 그녀는 제가 생각하는 가장 유혹적인 조건을 이 단주에게 제시하기로 했다.

"단주님."

"말씀하세요, 전하."

"제가 여왕이 되면……."

비비안은 마치 어렸을 때 자신의 꿈을 재잘거리던 아이들이 생각나 웃었다. 내가 무엇이 되면 어떻게 하겠습니다, 라고 말하지 않던가, 흔히들.

그걸 생각하며 빙그레 웃는데 크리스티나가 말을 이었다.

"여성 재산권을 인정할 거예요. 제 말은…… 특수 상속권이나 재산권이 아니라, 독립적인 일반 재산권이요."

비비안이 미간을 찌푸렸다.

여자의 재산권?

순간 비비안은 비릿하게 웃었다. 이게 수라면 잘 두었다. 현재 바첼론의 모든 법률은 오직 남자의 재산권만 인정하고 있었다. 여자의 재산은 곧 남자의 재산이며, 남편이나 아버지, 혹은 오빠나 남동생이 있으면, 하다못해

사촌 형제만 있어도 여자는 재산권을 혼자 사용하지 못한다.

비비안이 로튼의 단주이면서도 경영권과 재산권을 위그에게 넘길 수밖에 없는 이유가 거기에 있었다. 그녀가 로튼을 운영하고 재산을 가져온 그 모든 행위가 '언젠가는' 남자의 것이 될 권리와 재산이었으므로.

크리스티나는 입술을 꽉 깨물었다. 그녀로서는 로튼의 단주를 설득할 만한 내용이 이것밖에 없었다.

"단주님의 재산은…… 3년 뒤면 공작 각하의 것이 되죠."

"그렇죠?"

"저를 여왕으로 만들어 주세요. 하면, 법 개정을 약속드리겠어요."

"……."

"상속법과 재산권 관련 법안은 왕실 소관이에요. 왕의 허락이 없이는 개정될 수 없고, 아니면 귀족원의 8할이 넘는 동의를 얻어야 하는데 현재까지 귀족원 무리가 그 정도로 일치한 결정을 내린 적은 없어요."

"……."

"그러니까 내가."

크리스티나는 더듬더듬 말을 이었다. 비비안의 매서운 눈길이 그녀에게 꽂히고, 웃고 있으나 섬뜩하기 짝이 없는 그녀의 눈빛에 크리스티나가 흠칫 떨었다.

하지만 곧, 다시 말을 이었다.

"내가, 내가 바꿀 거예요."

"……."

"그러니 나를 여왕으로 만들어 줘요."

비비안은 눈을 가늘게 뜨고 이 되바라진 왕녀의 속내를 살폈다. 이 왕녀는 저와 위그 사이의 약속을 모른다. 아니, 안다고 해도 이건 비비안에게 이익이 되었으면 되었지 실이 되지는 않는다.

더 이상 누군가가 그녀의 것을 빼앗아 갈까 염려하지 않아도 되고, 누군가가 그녀의 재산에 손해를 끼치면 형제의 이름이 아니라 제 이름으로 나서서 보호를 요청할 수 있다.

한없이 아름다운 상상이었다.

하지만 너무나 아름다워서 비비안은 결코 확답을 내릴 수가 없었다.

그녀는 시선을 아래로 향했다. 진짜로 여왕이 만들어진다고? 안 될 건 없다. 저는 바첼론에서 첫 번째로 특수 상속권을 이용한 계집이다. 동시에 가장 큰 상단을 가진 단주이고, 대륙의 부자다. 되고자 한다면 안 될 것이 없다.

다만 여기서 문제는 왕이 되고자 하는 게 그녀가 아니라 타인이라는 점이다.

그녀는 저 자신을 믿었지만, 타인을 믿을 수는 없었다. 왕녀가 무슨 의중으로 어떤 말을 하고 싶은지도 모르겠고, 사실 얼마나 절박한지도 알 수 없었다.

그저 조건 하나만 보고 덜컥 승낙하기에는 지독하게 위험이 컸다. 구태여 그녀로서는 그럴 필요가 없었다.

하지만…….

비비안은 고개를 들었다. 그리고 크리스티나를 향해 입을 열었다.

"굳이 여왕이 되고자 하는 이유가 뭐죠?"

"다시 말했지만, 되고 싶으니 되는 거예요."

"인간의 욕망이란 쉽게 부서지죠."

"하지만 그것보다 더 단단한 게 없다는 사실을 누구보다도 단주님께서 잘 알고 계시지 않나요."

크리스티나가 미약한 목소리로 비비안의 말에 대답했다. 그럼에도 그녀의 목소리는 선명했고, 의지는 확실했다. 그에 비비안이 웃음을 흘렸다.

"글쎄요. 하지만 저는, 이 상태를 바꿔야 하는 이유를 잘 모르겠어요."

"단주님."

"왜 굳이 바꿔야 하나요? 우리는, 나름 잘 살고 있지 않나요?"

비비안이 이런 말을 할 줄 몰랐다는 듯이 크리스티나가 멍하니 그녀를 쳐다보았다.

글쎄, 이 왕녀님이 어떤 인생 경력을 갖고 어떤 시간을 보내 왔든 그건 비비안이 알 바 아니다.

그녀에게는 이 왕녀의 현재와 미래의 시간이 필요했다.

그래서 비비안은 대수롭지 않게 말했다. 하지만 그런 어조가 더욱더 크리스티나를 부추겼는지, 그녀가 미간을 팍 찌푸리고 입을 열었다.

"아니요, 저희는 잘 살고 있지 않아요."

"이런."

"어마마마는, 저를 낳았다는 이유로 하마터면 폐하께 버림받을 뻔했죠. 저는 여자란 이유로 왕좌에 올라가면 안 되었고, 어렸을 때부터 고집스럽다는 소리를 듣고 자라야 했어요."

"……."

"귀족 남자들은 저를 상대하지도 않아요. 언젠가는 그들의 아내가 될 사람으로만 보면서, 제게 잘 보이기 위해 아양을 떨죠. 언젠가는 나한테서 떠나갈."

"모든 남자가 그런 건 아니에요. 왕녀 전하."

비비안이 느긋하게 말을 이었다.

"이 세상에는 훌륭한 남자도 많답니다."

크리스티나는 입술을 꼭 깨물었다. 그 모습이 그녀가 제 입으로 말했던 고집스럽다는 평가와 흡사해, 비비안이 웃음을 흘렸다.

그러나 크리스티나는 진지했다. 일생일대의 기회가 그녀 앞에 있었다. 유일한 동아줄이었다. 굳이 태자가 있는 상황에서 세도 없는 왕녀를 여왕으로 추대할 사람은 없다. 그만큼 어처구니없는 일이었다.

하지만 눈앞의 사람이라면 다르지 않을까. 그녀는 여자다. 사실, 그 이유만으로도 크리스티나한테는 동아줄이나 마찬가지였다.

비비안의 미지근한 반응은 크리스티나를 충분히 긴장하게 하고 있었다. 그녀는 단 한 번도 정치에 제대로 참여해 본 적이 없었다. 사람들이 그녀를 거기서 제외했기 때문이었다.

하지만 그럼에도, 그럼에도 생각 정도는 해 볼 수 있지 않은가.

"단주님. 귀족원에는 모두 스물한 개의 가문이 있어요."

"네, 알고 있답니다. 제 남편이 그 수장인걸요."

"귀족원은 매일매일 모여서 회의를 하고, 여러 가지 결안을 통과시켜요. 사실 그 결안 중에서 만장일치로 통과된 건 하나도 없죠. 그렇다 해도 그건 '귀족원'의 결안이 되고, 그 안에 있는 모든 가문의 뜻이 되는 거예요. 그 가문들이 귀족원에 있다는 이유로."

"……."

"사실 그 결안에 반대하는 가문도 있죠. 그것도 엄청나게 거세게. 하지만 그들은 귀족원에서 나올 생각도, 귀족원을 벗어나 따로 제 가문의 견해를 밝힐 의향도 없어요."

비비안은 웃었다. 정치를 배워 보지 못했다고는 하지만, 그래도 말은 제법이다.

그런 그녀의 마음을 아는지 모르는지, 크리스티나가 계속 말했다.

"왜냐하면, 귀족원에 있다는 사실이, 귀족원과 뜻을 함께한다는 사실이 그들에게 어마어마한 이익을 가져다준다는 것을 본인들도 알거든요."

"……."

"단주님 말이 맞아요. 분명 그렇지 않은 남자들도 많죠. 그래도 대부분 그 집단에서 벗어나려고 하지는 않을 거예요. 그것이 그들에게 이익을 준다는 것을 누구보다 잘 아니까. 조금의 손해를 감수하더라도."

"그래서, 하고 싶은 말이 뭐죠?"

"귀족원은 한 명 한 명의 개인인 남자들로 구성되어 있죠. 그들의 사정을 하나하나 이해하면서 훌륭한 남자, 훌륭하지 않은 남자 이렇게 가리는 것도 중요하지만, 알다시피 그 거대한 본전을 들여 남자를 판별하고 아군을 골라낼 만큼 우리 상황은 여의치 않아요."

"……."

"분명 좋은 남자들도 있죠. 그들이 그 집단의 룰을 부수고 나와 손을 잡으려 한다면 나는 기꺼이 그들과 함께 나아갈 거예요. 하지만 그 전에 나는 인간 본연의 습성에 따라 다수로써 한 집단을 판단할 거예요. 인간의 역사가 그래 왔듯이, 우리가, 귀족원의 뜻을 이해하듯이."

"……."

"그게 단주님의 말씀에 대한 제 답입니다."

비비안은 피식 웃었다. 무엇을 말하려는지는 알겠다. 그리고 사실, 그녀가 말하기도 전에 이미 알고 있었다.

비비안은 크리스티나가 말한 내용에 딱히 관심이 없었다. 집단과 개인 사이의 구구절절한 관계로 간단하게 축약할 수 있는 문제가 아니었다. 하지만, 약간 두서가 없긴 해도 제 뜻을 제대로 말할 줄 안다는 것은 납득했다. 제대로 가르치면 제법 할 수도 있다.

그만큼의 본전을 들일 가치가 있나? 비비안이 웃었다. 글쎄, 그건 두고 봐야 알겠지.

사실 인간은 다수 현상에 묻혀 가기 십상이다. 평민은 순박할 것이다, 귀족은 교활할 것이다, 남자는 강할 것이다, 여자는 약할 것이다…….

원래 모든 일에는 본전이라는 게 있다. 어느 집단을 판단하는 데에 굳이 큰 시간과 힘을 쏟아부을 필요는 없다. 그래서 사람들은 보이는 대로 믿고 다수 현상으로써 판단한다. 그런 판단 방식이 옳고 그름을 떠나, 그러한 현상 자체가 존재함을 부정할 수 없다는 것이다.

따지고 보면 이건 남자나 여자의 문제가 아니라, 그저 인간 사회의 룰일지도.

"그럼, 어떻게 해야 하나요?"

비비안이 입을 열었다. 그에 크리스티나가 침을 꿀꺽 삼켰다. 방금 전 달달 떨던 것과 달리 상당히 차분한 모습이었다.

"그러니까, 그러한 관념을 부숴야 하는 거죠. 우리는 우리의, 그들은 그들의."

"흐음."

"판단력이 없고 멍청하다는 것이 여자에게 씌워진 레테르라면, 그걸 없애 버리기 위해 노력해야겠죠. 이건 '응당'의 문제보다는, '당연히'의 문제에 가까워요. 백번 말해 봤자 듣지 않을 거고, 그럼 차라리 내가 옳다는 걸 손수 증명하는 거예요."

"어떻게?"

"지금, 제가 단주님께 제안하는 것처럼요."

크리스티나는 긴장한 얼굴을 했다. 그녀는 자신의 말이 이 단주에게 어떻게 들릴지 정확히 알 수 없었다.

그러나 그녀의 예상과 달리 크리스티나의 말이 끝나기가 무섭게 비비안은 그리 큰 동요도 보이지 않은 채 그저 미소를 지었다.

그리고 곧, 비비안이 입을 열었다.

"전하."

"네."

"전하의 말씀은 잘 들었어요."

"……."

"전하의 뜻 또한 제대로 알아들었고요."

"그럼……."

"하지만 저는 여전히 전하의 속마음을 완전히 파악할 수가 없어요."

"그럼 시간을……."

"아니. 시간은 돈이죠. 그런 데에 제 돈을 낭비할 수는 없어요."

그런 데에, 라고 평가받은 크리스티나가 얼굴을 빨갛게 물들였다. 하지만 비비안의 얼굴은 상당히 담담했다. 그리고 그녀가 말을 이었다.

"그래서 제가 드리고 싶은 말씀은."

"……."

"전하께서 진짜로 그 욕심을 이루고 싶다면, 한 사람을 더 설득해 오세요. 그럼, 제가 아낌없이 전하의 욕심을 채워 드릴 테니까."

"그게, 누구죠?"

"제 남편이요."

비비안의 말에 크리스티나가 얼굴을 구겼다. 하지만 말을 내뱉는 비비안의 표정은 더없이 여유로웠다.

"제 남편을, 설득해 오세요."

마침 의도를 알 수 없는 두 사람이 서로 부딪쳐 온다. 굳이 하나하나 이해할 필요 없다. 둘을 동시에 파악하면 되니까. 그녀는 땀 한 방울도 흘리지 않고.

그렇게 생각하며 비비안이 활짝 웃었다. 어리벙벙한 크리스티나의 표정과 달리, 진한 미소가 그녀의 얼굴에 걸렸다.

일이 재미있게 흘러간다.

비비안의 말이 끝나고 조금 멍해 있던 크리스티나는 서서히 경악을 얼굴에 담았다. 그럼에도 비비안의 여유롭기 그지없는 표정에 크리스티나는 고개를 숙였다. 그리고, 다시 고개를 들 때쯤, 비비안은 우아하게 웃으며 차를 한 모금 마시고 있었다.

"……제가, 공작 각하를 설득할 수 있었다면 단주님께 부탁했을까요?"

"저런. 제 남편을 설득하지 못하면 귀족원 역시 설득하지 못할 거예요."

"……알아요. 알지만……."

크리스티나는 고개를 다시 푹 숙였다. 그녀의 작은 뒤통수를 보다가, 비비안이 웃으며 말을 이었다.

"제 남편을 설득하면 전하를 도와드리죠."

"이건, 시험인가요?"

"아니요, 이건, 여왕이 되기 위해 언젠가는 해야 하는 일이에요."

"……."

"역대 왕들은 이디에트의 왕이 아니면 디텔의 왕이었죠. 디텔보다는 이디에트가 낫지 않나요?"

"아마도요."

"그리고 사실 저는 권력 암투에 그리 흥미가 없어요. 흥미가 있었다면 진즉에 귀족이 되었겠죠. 너무 지루하고 재미없어요. 귀족들의 권력도 딱히 쓸모없고. 돈은 쓰는 재미라도 있지."

"지루하다니."

"네, 지루하죠. 그것만큼 지루한 일이 어디 있겠어요?"

비비안의 여유로운 말에 크리스티나가 입술을 꼭 깨물었다. 엄연히 말하자면 크리스티나는 현재 그 '지루한' 권력을 갖고자 바둥거리고 있는 것이었다. 하지만 비비안은 딱히 개의치 않았다.

"권력 판에는 제 남편이 더 오래 있었으니 도움이 될 거예요. 저는 뭐, 기껏해야 돈이나 대 주는 정도?"

"단주님."

"그러니까 왕이 되려면 제가 아니라 제 남편을 설득해야죠. 설마하니, 제가 대신해 줄 거란 상상을 한 건 아니죠?"

비비안의 물음에 크리스티나는 멈칫하다가 애써 고개를 절레절레 저었다. 사실, 조금 기대는 했다. 그렇게 아내를 사랑한다는 공작이니 어느 정도 들어주지 않을까. 하지만 그런 생각은 비비안을 본 순간 완전히 사라지고, 크리스티나는 비로소 단주로서의 비비안 로젤리스를 볼 수 있었다.

비비안의 입가에 진한 미소가 걸렸다. 그리고 그녀가 마지막으로 쐐기를 박았다.

"그러니까 제 남편을 설득하세요. 그러면, 전하의 제안을 한번 고려해 보죠."

＊　＊　＊

왕녀의 궁에서 나온 뒤 비비안은 천천히 발걸음을 옮겼다. 주변에서 그녀를 알아보고 가볍게 허리를 숙이는 이들에게 고개를 끄덕이다가 비비안은 피식 웃고 말았다.

왕녀 전하는 왕관이 필요하다고 하신다.

대단도 하지. 왕녀의 제안을 받기도 하고. 그렇게 감탄하며 천천히 걸음을 옮기던 비비안, 갑자기 보이는 인영에 얼굴을 구겼다.

"왔나?"

위그는 비비안의 모습에 얼굴을 폈다. 그의 얼굴에 미소가 걸림과 동시에 비비안의 얼굴이 팍 일그러졌다. 예전이라면 간드러지게 웃으며 연기라도 하겠는데 요즘은 그게 잘 안 됐다. 솔직히 그럴 생각도 없었고. 저 새끼의 의중이 짐작이 가지 않아서 기분이 나빠졌다.

결국 비비안은 무표정하게 위그에게 다가갔다.

"왜 왔어?"

"저기 사람들 보이지?"

위그의 손가락이 짚은 방향에는 몇몇 시녀들이 지나가고 있었다. 그것을 힐끔 보고, 방금까지 무표정하던 비비안이 입꼬리를 말아 올리고는 요사스럽게 웃었다.

"어머, 여보, 나 데리러 온 거야?"

위그는 비비안의 말에 소름이 쫙 돋았다. 그야말로 놀라울 정도의 변화였다. 그녀에게 배우의 핏줄이라도 흐르는 것일까. 그러나 생각은 그렇게 하면서도 그는 결국 그녀의 허리를 다정하게 감쌌다. 그리고 곧, 그가 속삭였다.

"그래, 데리러 왔지."

"세상에, 나 너무 행복해."

"……그 말은 좀 감정을 담아 하는 게 어떻……."

"닥쳐. 왜 왔는데."

시녀들이 사라지기가 무섭게 비비안이 다시 무표정하게 변했다. 그 모습에 위그가 웃음을 흘렸다. 그리고 곧, 그녀에게 답했다.

"같이 있으려고."

비비안은 얼굴을 굳히고는 눈을 가늘게 떴다. 의중을 파악하려 했으나 도무지 파악되지 않았다. 그녀의 행동에 당황하던 남자는 없었다. 아니, 이제 그쪽은 저를 다 파악했다는 건가 싶을 정도로 그는 능수능란하게 자신의 감정을 통제하고 있었다. 위그의 현재 모습은 여유롭기 그지없어서, 도저히 비비안의 손에 약점이 쥐인 사람 같지 않았다.

'나를 사랑한다고.'

비비안은 속으로 읊조렸다. 그러나 그녀는 빠르게 조금 전 크리스티나의 제안을 상기하고는 그저 서늘하게 웃었다. 사랑하든 아니든 상관없다. 어차피 그녀는 흔들리지 않을 것이고, 그의 진심은 끝의 끝까지 가야 알 수 있는 것이었다.

'그럼 나를 사랑하고 이해한다는 당신은 왕녀의 제안 앞에서 어떻게 나올까?'

거기까지 생각한 비비안이 다시 눈을 곱게 휘었다. 그에 방금까지 여유롭기 그지없던 위그의 얼굴에 살짝 금이 갔다. 역시, 아직도 익숙해지지 않는다. 그에 비비안이 더욱더 진하게 미소를 지으며, 그의 손을 잡았다.

"그래, 같이 있어. 남편이랑 같이 있지 뭐."

"뭐 하고 싶은데?"

"연극 보러 갈까? 대륙 최고 미인님 보러."

"안 돼."

"어머, 왜? 대니는 안 나올 거야. 다른 연극이잖아."

"일리야가 나온다며, 안 돼."

"이런. 왜 안 돼?"

"하여튼 안 돼."

위그는 딱 잘라 비비안의 말에 거절했다. 그에 비비안이 활짝 웃으며 입을 열었다.

"그래, 그럼 같이 있지 말고 집에 가자."

"아, 잠깐만."

위그가 비비안의 팔을 턱 하니 잡았다. 그에 비비안이 미간을 움찔거렸다.

"누가 나 잡는 거 싫어하는 거 알지? 주둥아리 뒀다가 어디에 써? 처먹는 데다만 쓰나?"

부드럽기 그지없는 말투였지만 내용은 신랄했다. 비비안은 누가 자신의 행동을 통제하는 것을 지독하게 싫어했다. 어깨를 잡는 것도 싫어했고, 팔을 잡는 것도 싫어했다. 그건 저번에 벽을 쳐 그녀를 가두자 팔 아래로 쏙 빠져나간 그녀를 보며 위그가 깨달은 사실이었다.

그래서 그는 손을 놓았다. 비비안이 다시 생글거렸다.

"그래서 뭘 어쩌려고?"

"가서 보자고."

"뭘?"

"그, 일리야가 하는 연극."

비비안의 얼굴에 미소가 다시 걸렸다.

＊ ＊ ＊

일리야와 다니엘의 연극이 수도를 한바탕 휩쓸고 간 뒤, 일리야는 수도에서 최고의 여배우로 자리매김했다. 미모는 둘도 없이 뛰어나나 연기가 안 된다는 편견을 깨고 수도 최고의 여배우가 된 일리야에게 쏟아지는 대본의 수는 엄청났다.

사실, 일리야의 인기에는 로튼의 단주가 후원한다는 소문도 한몫했다. 하지만 진짜로 로튼의 단주가 후원하든 말든, 일리야의 인기가 현재 바첼론 최고라는 사실만큼은 변함이 없었다. 그래서 극장에는 사람들이 바글바글했다.

이디에트를 위해 남겨 놓은 박스석에 들어간 비비안이 소파에 앉았다. 그 옆에 자리한 위그는 와인 잔을 들어 비비안에게 넘겼다. 그것을 받아 들며 비비안이 물었다.

"이 연극이 무슨 내용인지는 알아?"

"모른다."

"그런데 왜 보지 말자고 했어?"

비비안의 의미심장한 눈길이 위그에게 닿았다. 마치 원하는 대답을 딱 정해 놓고 기다리는 눈빛 같아서, 위그가 손을 뻗어 그녀의 어깨를 감싸 안았다.

"그냥, 마음에 들지 않아서."

"뭐가?"

"꼭 듣고 싶어?"

"그래."

"당신이 나 말고 다른 사람 보는 게 싫어."

위그의 대답에 비비안이 입꼬리를 말아 올렸다. 하다하다 별 걱정에 별 질투를 다 한다. 심지어 이제는 거리낄 것도 없이 마음껏 질투하는데 한없이 웃겼다. 네가 그러면 그렇지, 라는 뜻이 담겨 있는 오만하기 그지없는 미소에 위그가 그녀의 이마에 입을 맞추었다.

"더 말해 줄까?"

"뭘?"

"당신 예뻐."

"응."

"아름답고."

"그다음은?"

"사랑해."

"얼마나?"

"모든 걸 다 줄 수 있을 만큼."

"모든 것이라……."

비비안은 말꼬리를 흐렸다. 그에 위그가 그녀의 입술에 입을 맞추었다. 와인을 한 모금 들이켜 달달한 향이 입 안을 파고들었다. 말캉한 혀가 입 속을 헤집었다. 진한 향수와 체향이 서로 얽히고, 비비안은 손에 든 와인 잔을 내려놓고 위그의 목을 감싸 안았다.

등이 소파에 닿았다. 입술이 떨어지고 비비안은 저를 내려다보는 시선에 우아하게 웃었다.

"솔직하게 말해."

"뭘?"

"나한테 뭘 숨기고 있어?"

비비안의 물음에 위그가 그녀와 시선을 마주했다. 파랗게 얼어 버린 눈동자. 온기라고는 하나도 없는 눈빛. 저를 향해 부딪쳐 오는 서늘한 냉기.

그녀는 사람을 믿지 않는다. 새삼 감탄스럽지만 이렇게까지 사람을 믿지 않는 것도 재주였다. 사실 그렇지 않은가. 바첼론에서 드높은 권력을 가진 데다가 누가 봐도 눈길을 빼앗길 수밖에 없을 정도로 잘생기고 몸 좋은 남자가 사랑한다고 부딪쳐 오는데 설레기는커녕 경계나 하다니, 지독하리만치 똑똑하고, 그래서 더 사랑스럽다.

위그는 비비안의 입술을 손가락으로 훑었다. 이걸 빨아들이면 달콤한 꿀이 입 안에 밀려들어 올까. 예쁘다.

"왜, 그렇게 생각하지?"

"당신이니까."

"……."

"다른 놈도 아니고 당신이니까. 위그 이디에트잖아, 당신은."

"내가, 그렇게 신뢰를 못 받는가."

"신뢰의 문제가 아니야. 사람의 문제지."

비비안의 말에 위그가 피식 웃음을 흘렸다. 글쎄.

"나도 머리는 있어. 당신 처지를 이해하지 못할 정도는 아니야."

"그래, 거기까지는 대충 이해할 수 있겠지. 당신은 기본적으로 다정한 남자니까."

"후한 칭찬 고맙군."

비비안의 말에 위그가 눈썹을 까닥였다. 하지만 비비안은 진지했다.

위그는 최소한 매너는 있다. 여자와 아이들에게 다정하다. 뭐가 되었든 윽박지르고 폭력을 쓸 만한 남자는 아니었다. 최소한 개새끼와 개새끼가 아닌 선에서 개새끼가 아닌 자로 분리된다. 머리도 좋다. 그러니 하나하나 이해하려고 하면 이해하지 못할 것도 없다. 하지만 과연 감정으로 뻗어 나갈 수 있나? 적을 사랑할 수 있나?

위그 이디에트는 권력을 취해 온 남자였다. 뼛속까지 권력자였다. 그런 남자가 갑자기 비비안을 이해할 리가 없었다. 최소한 비비안의 상식선에서는 그랬다. 그래서 그녀는 위그의 사랑을 온전히 받아들일 수 없었다.

그건 이미 사랑의 문제가 아니다. 생존의 문제였다. 이 남자는 생존과 사랑 중에서 사랑을 선택했다.

미친 거 아닌가?

비비안은 그렇게 생각했다. 그녀가 사랑의 존재를 믿는 것과 별개로, 그의 행동은 절대 그녀가 납득할 수 있는 게 아니었다.

그런 그녀가 무슨 생각을 하는지 알아챈 위그가 웃음을 흘렸다. 이 여자는 똑똑했다. 누구보다도. 제 사랑에 정신이 팔려 헤롱거리지 않는 모습이 사랑스럽다고 해야 할지 모르겠다. 알고 보니 저도 정신이 좀 나간 사람 같다. 그렇게 생각한 위그가 가늘게 눈을 떴다.

"내가 생각해 봤는데."

위그가 비비안에게 속삭였다. 쪽 입맞춤을 한 뒤, 한 뼘도 안 되는 거리에서 속삭이는 소리가 오롯이 들려왔다. 은밀하게, 조용하게, 그리고 진지하게.

"역시 나는 당신을 사랑해."

"끝까지 말하지 않겠다는 거지?"

"그래서 더 생각해 봤는데. 굳이 둘 중 하나를 고를 필요 없잖아?"

"뭐?"

"꼭, 권력이냐 당신이냐, 둘 중 하나를 골라야 하나?"

비비안은 미간을 팍 찌푸렸다. 그러나 위그는 그의 귓가에 속삭였다.

"당신은 똑똑하지."

"당연한 것을."

"내가 당신을 얕봤어. 그저 그런 수많은 계집들 중 하나라 생각했고, 사실 그렇지 않다는 걸 알면서도 당신을 너무 얕잡아 봤어."

"이봐."

"그러니까 나도 죽기 살기로 덤벼 보지."

"……."

"당신에 대한 내 예의야. 그게."

비비안은 깨달았다. 그래…….

그때였다. 갑자기 극장의 샹들리에가 꺼지고 어둠이 찾아왔다. 연극이 시작되고 서로의 얼굴만 오롯이 보이자 위그가 몸을 일으키려고 했다. 하지만 곧 비비안이 팔을 뻗어 그의 목을 살짝 끌어당겼다.

위그는 비비안의 입가에 걸린 미소를 보며 미간을 찌푸렸다. 그러자 비비안이 그에게 속삭였다.

"그래, 어디 한번 덤벼 봐."

"기꺼이."

"결국에는 내가 이길 테니까."

비비안의 속삭임에 잠시 침묵이 흘렀다. 낮게 읊조리는 그녀의 목소리에 위그가 그녀와 눈을 맞췄다.

내가 이길 것이니까.

그녀의 눈매가 곱게 휘어졌다. 이 며칠 자신을 향했던 그 미심쩍은 눈동자가, 경계가 잔뜩 서린 눈길이 온화하게 변했다. 아니, 정확하게 말하자면 다시금 그 눈빛으로 돌아왔다.

비비안만의, 그 자신만만하고 오만한 눈빛으로.

자신감이 어마어마하다. 사실 그럴 만도 했다. 그래서 위그는 입꼬리를 말아 올렸다.

"그래. 어디 한번 덤벼 보지."

새빨간 입술이 다시 한번 삼켜졌다. 입 속이 서로 섞이며 체온이 흩어졌다. 그리고 곧 입술이 떨어지고 비비안은 몸을 일으켰다. 그런 그녀의 허리를 잡아 주며 위그가 빙그레 웃었다. 그의 팔이 비비안의 허리에 감겼다. 그와 동시에 비비안이 위그의 품에 안겼다. 그녀의 머리를 제게 기대고, 이미 막을 올린 연극을 보며 위그가 물었다.

"이 연극, 내용 알아?"

"알아."

낮은 목소리로 들려주는 대답에 위그는 그녀의 이마에 입을 맞추었다. 비비안의 눈길은 무대에 향해 있었다. 미미한 미소가 그녀의 입가에 걸렸다. 그 모습이 한없이 예뻐서, 그가 다시 그녀의 입술에 입을 맞추었다.

"아, 그만해."

비비안이 그의 머리를 밀어 냈다. 하지만 그는 멈추지 않았다. 여전히 그녀의 이마에, 코에, 입술에, 목에 입을 맞추었다. 파르르 떨리는 속눈썹까지 한 올 한 올 집어삼키고 싶었다. 저 예쁜 눈이 저를 향해 줬으면 좋겠는데. 저 입술이 저만 사랑한다고 말했으면 좋겠다.

사실 사치였다.

이 여자의 세계에 사랑이라는 게 있나? 모르겠다. 제가 이 여자를 사랑하나?

내심, 그렇게 생각했다. 하지만 그 또한 처음이라서 결코 확신할 수 없었다. 너무 예쁘고 사랑스러워서 입을 맞추고 싶고, 저를 경계하고 공격하는 모습을 보면 무섭지만 그래도 손을 대고 싶다.

하지만 어쩌겠나, 그는 제 감정에 솔직하기로 했다. 비비안이 들었다면 결국에 가진 게 많아 그렇게 오만할 수밖에 없다고 말하겠지만 어쩌겠는가, 그렇다고 감정을 부정하고 남자로 태어나서 정말 미안하다고 울면서 자살이라도 하겠는가. 그건 애초에 불가능했다.

이 여자를 만만하게 본 게 인생 최대의 실수였다.

사랑스럽다고 어느새 귀한 꽃처럼 다룬 것 또한 최대의 실수였다.

그는 사람을 사랑했다.

그러면, 사람처럼 '사랑'하는 게 예의 아니겠는가.

그때 비비안의 입꼬리가 말려 올라갔다. 그녀의 눈빛이 미소를 담고 일리야를 향하고 있었다. 그 모습이 한없이 사랑스러워서, 그가 다시 그녀의 이마에 입을 맞추었다.

* * *

"아, 좋았어."

"좋았어?"

"응."

연극이 끝이 나고 비비안과 위그는 박스석에서 나왔다. 들어갈 때와 달리 명백하게 웃음이 걸린 비비안의 얼굴을 보며 위그는 고개를 끄덕였다. 좋았다니 다행이다. 예전부터 생각했지만, 그녀가 연극이나 오페라를 좋아하는 건 사실인 듯했다.

"당신 연극 많이 좋아하는 것 같은데."

"응. 좋아해."

"원한다면 공작저로 극단을 불러 줄까?"

위그의 물음에 비비안이 피식 웃었다. 그리고 한쪽 입꼬리를 말아 올리며 그를 향해 물었다.

"우리 남편, 돈은 있고?"

"당신, 뭐만 하면 돈 있느냐 물어보는 거 아나?"

"그거야, 돈이 있어야 뭐든 하니까."

"돈으로 사지 못하는 것도 있어."

"뭐?"

위그의 말에 비비안이 고개를 들었다. 그에 위그가 잠시 생각하다가, 예전에 어디서 들었던 것 같은 대답을 내놓았다.

"행복?"

위그의 대답에 비비안이 미간을 팍 찌푸렸다. 진심이냐고 묻는 듯한 그녀의 눈빛에 위그가 고개를 끄덕였다. 그에 비비안은 비웃음을 흘리며 대답했다.

"돈으로 행복을 사지 못한다고 말할 때는 말이지, 본인이 가진 돈이 부족한 건 아닌지 한번 생각해 볼 필요가 있어."

비비안의 대답에 위그가 말문이 턱 막혀 입을 다물었다. 대체 사람이 뭘 어떻게 하면 저렇게 돈에 집착할 수가 있지? 물론 귀족으로 살면서 돈이 중요한 건 그 또한 알았다. 그만큼 권력의 대단함 또한 알았다. 하지만 비비안의 돈에 대한 욕망은 새삼 그를 놀라게 하였다.

그때였다.

복도를 지나가 홀로 나간 비비안은 사람들이 몰려 있는 곳을 발견하고 발걸음을 멈췄다. 몇몇 귀족들이 한쪽 복도에 걸린 초상화를 보며 감탄하고 있었고, 비비안의 걸음이 멈추자 덩달아 걸음을 멈춘 위그가 입을 열었다.

"왜 그래?"

비비안의 눈길이 사람들이 모여 있는 곳에 걸린 몇 점의 초상화와 연극 포스터에 멈추었다. 그리고 곧, 그녀의 입가에 미소가 걸렸다.

"방금 나한테 물었지, 이 연극 내용 아느냐고."

"그래."

"이 연극, 한때 극장가를 휩쓸었던 배우의 이야기야. 유명했지."

"잘 아시네요."

그때였다. 비비안의 말에 그런가, 하고 끄덕이던 위그의 뒤에서, 꾀꼬리 같은 목소리가 들려왔다.

위그와 비비안은 고개를 돌렸다. 그곳에는 연극의 종막에서 입었던 차림 그대로인 일리야가 서 있었다. 그에 비비안이 활짝 웃었다. 다만 위그의 표정은 조금 떨떠름해졌다.

일리야는 위그를 힐끔 보았다. 저랑 만나는 게 어색한 것인지, 아니면 제 아내가 저한테만 눈길을 쏟는 게 싫은 것인지 자신을 보는 위그의 눈길은 상당히 탐탁잖았다. 물론 그런 것에 물러날 그녀가 아닌지라 일리야는 여전 히 웃으며 입을 열었다.

"단주님께서는 여전히 연극에 엄청난 관심을 두고 계신가 봐요."

"아, 뭐. 그런 편이죠."

단주? 위그의 미간을 찌푸려졌다. 단주라고 부르는 사람이 적은 건 아니 었지만, 일리야까지 그렇게 부를 이유가 없었다. 하지만 그의 의문은 곧 일 리야의 말에 의해 풀렸다.

"이번 연극도 단주님께서 후원하셨다고 들었어요. 제가 주인공 자리를 꿰 찰 수 있도록 엄청난 공을 들이셨다고."

"당연하지만 돌아가야 할 분께 갔을 뿐이에요. 배우를 뽑는 건 극작가이 지 제가 아니니까요."

"그렇다고 해도 이렇게 멋진 무대를 만들어 주셨잖아요. 후원도 그렇고, 저번부터 꼬박꼬박 꽃바구니를 보내 주셔서 너무 감사하다는 말씀을 드리 고 싶었어요. 아, 첫 번째 공연 때는 목걸이도 주셨죠?"

위그는 그제야 왜 일리야가 화장도 고치지 않고 급하게 나왔는지 알 수 있었다. 도도하기로는 귀족 못지않은 여자였다. 보통 귀족들은 얼굴 한번 보기도 힘든 여자. 그런 여자가 쪼르르 나와 인사까지 할 정도라면……. 위그는 비비안을 힐끔 보았다. 그녀의 눈빛은 저 멀리에 있는 초상화에 꽂혀 있었다.

"그런데 단주님은 어떻게 오드리나 켈리어를 아시게 된 거죠? 저도 이름만 들었는데. 극장가에서는 전설 같은 분이시죠."

"아……."

일리야의 말에 비비안이 미소를 지었다. 40년 전, 열일곱 살의 나이에 데뷔해 수도를 휩쓴 최고의 여배우. 바첼론의 보석, 극장가의 총아. 오드리나 켈리어.

사실, 지금 그녀의 나이대에 있는 사람들이라면 모를 법도 했다. 무대에는 수많은 여배우가 쉴 새 없이 쏟아져 나오고, 언제나 새롭고 어리고 예쁜 계집들은 넘쳐났으니까.

그러나 오드리나 켈리어는 단순히 예쁘고 사랑스러운 여자가 아니었다.

비비안은 굳이 더 말을 잇지 않고 그저 입을 꼭 다문 채 미소만 흘리고 있었다.

"그 여자가 그렇게 대단해?"

위그가 미간을 찌푸렸다. 아주 예전에 제 아비의 입에서 그 이름을 들어 본 적은 있었다. 아주 대단했노라고, 정부로 삼고 싶었으나 못 삼았노라고. 콧대가 높기 그지없어서, 자신은 배우로서의 자존심이 있다 말하던 여자라고 듣긴 했었다.

그의 물음에 일리야가 고개를 끄덕였다. 사실 오드리나 켈리어는 극장가에서 다시는 없을 존재로 그려졌다. 결혼 뒤 자취를 감추긴 했지만, 열일곱 살에 데뷔해 스무 살에 은퇴한 그 3년이라는 시간만으로 수도를 휩쓸었다. 화려한 요부부터 순박한 시골 소녀까지 전부 소화할 수 있는 연기력.

그야말로 대단한 배우였다. 정부가 되어 달라는 귀족들을 전부 거절하고,

자신은 필연코 한 남편의 아내가 되겠다고 하던.

"대단하죠. 저희한테는 교과서 같은 분이시고."

"그래?"

"스무 살에 결혼을 하시고 극장가에서 은퇴는 하셨지만, 그래도 연세가 있는 극작가들은 그녀만 한 대배우는 없었다고 다들 그래요. 그래서 저도 이번 연극은 연기하기가 조금 어려웠어요. 부담도 되고."

일리야의 말에 위그는 그런가 싶어 고개를 끄덕였다. 그러고는 비비안 쪽으로 눈길을 돌렸다.

비비안은 아직도 저쪽에 걸린 초상화를 보고 있었다. 자연스럽게 그의 시선도 초상화를 향했다.

보석처럼 아름다운 파란 눈동자를 가진 여인이 화려하게 웃고 있었다. 모피를 걸치고, 빨간색 립스틱을 바른 입술이 호선을 긋는다. 솔직히 말하자면 초상화로도 그 미모와 매력이 철철 넘치는 사람이었다.

위그는 비비안의 어깨를 감쌌다. 그리고 속삭였다.

"저 초상화가 마음에 들어? 사 줄까?"

"헛소리하지 마. 저것보다 더 많은 초상화가 우리 집에 있으니까."

로맨틱하게 속삭인 말이 산산조각이 났다. 하여튼 무드를 이어 가는 법이 없다.

하지만 비비안은 개의치 않고 말을 이었다.

"그리고 저건 일부러 저기에 걸어 놓으라고 내가 시켰어."

"그래?"

이젠 놀랍지도 않다. 뭐, 상단주니 그러려니 했다.

그때 비비안이 말했다.

"더 많은 사람이 기억해 줬으면 좋겠다고 생각했거든."

"그래? 당신도 팬인가?"

"팬이지."

"흐음. 대단한 배우였나 보군."

"그리고 가여운 배우였어."

"……뭐?"

순간 위그가 멈칫했다. 그는 그녀가 누군가를 가엽다고 하는 것을 처음 들었다. 그는 고개를 돌려 비비안을 보았다. 그러나 비비안의 눈길은 여전히 초상화에 있었다.

"아깝잖아. 그렇게 대단한 배우였는데. 연기한 작품은 전부 희극이었지만 인생은 정작 비극이었어."

"당신, 저 여자 알아?"

"알아. 우리 엄마거든."

비비안의 말에 일리야와 위그가 깜짝 놀라 눈을 휘둥그레 떴다. 하지만 비비안은 눈 하나 깜짝하지 않았다.

오드리나 로젤리스. 아니, 대중들에게 오드리나 켈리어로 알려진 이 여자는 스무 살에 로튼의 젊은 단주와 결혼했다. 그리고, 마흔일곱 살의 나이에 남편과 함께 간 출장에서 돌아오다가 마차 전복 사고로 세상을 떠났다.

비비안은 웃었다. 그녀의 데뷔 40주년을 맞이해 일부러 유명한 극작가에게 극본을 맡기고, 대륙에서 가장 아름다운 여자에게 그 배역을 주었다.

대배우 오드리나 켈리어는 데뷔 40년 뒤, 극장에서 다시 살아났다.

그녀는 언제나 말했다. 결혼을 후회하지 않는다고, 너희를 낳은 걸 후회하지 않는다고. 카트린의 그 부드러운 성정이 어디서 왔느냐 하면 사실, 제 엄마한테서 온 것이나 마찬가지였다. 그럼에도 비비안은 똑똑히 기억했다. 매번 수도에서 가장 큰 극장 앞을 지날 때마다, 제 엄마가 어떤 표정을 지었는지.

무대에 대한 갈망, 관객보다는 배우가 어울리는 여자였다.

비비안은 일리야에게 부드럽게 웃어 보였다. 그에 일리야가 떨떠름하게 눈을 깜박거리다가 다시 고개를 끄덕였다.

위그는 착잡한 마음이 되어 비비안을 보았다. 그녀가 왜 갑자기 연극을 보러 가자고 했는지 알 수 있었다.

그는 다시 고개를 돌려 초상화들이 걸린 벽을 보았다. 열일곱 살부터 스무 살의 오드리나 켈리어가 웃고 있었다. 곱게 휘어진 눈가, 파란 눈동자, 화려한 갈색 머리카락. 한때 누군가의 꿈이었을 여자가 초상화 속에서 웃고 있었다.

그때였다. 비비안이 누군가를 발견한 듯 활짝 웃었다. 그에 위그가 반응할 새도 없이 비비안은 저쪽에서 다가오는 중년 남자에게 빠르게 걸어갔다.

일리야가 그것을 보고 웃었다.

"극작가님이네요."

"아, 그래?"

"흐음. 설마하니 단주님의 어머님 되시는 분일 줄이야. 이럴 줄 알았으면 혼신의 힘을 다해 연기할 걸 그랬어요."

"오늘 이미 충분히 혼신의 힘을 다 한 것 같던데. 네 연기는 항상 별로라고 사람들의 구설에 올랐잖나."

위그는 시선을 비비안에게서 떼지 않은 채 무심하게 읊조렸다. 거의 진실에 가까운 말에 일리야가 입술을 꽉 깨물었다. 그러다 다시 방글방글 웃으며 입을 열었다.

"새삼 생각해 보니까 제가 각하의 정부를 한 건 역시 돈과 권력 때문인 것 같아요. 사랑이라고 착각하긴 했는데, 지나고 보니 제가 사랑했던 건 각하가 아니라 각하의 권력이었어."

"그것참 고맙군."

"솔직히 제가 질척거리지 않아서 다행이라고 생각했죠?"

"뭐, 솔직하게 말하자면 그렇지."

건조하기 그지없는 위그의 답에 일리야가 흥 비웃음을 지었다. 그럴 줄 알았어. 이 남자는 원래 그랬다. 결혼한다는 소식에 며칠 동안 울었던 제가 바보였다.

"각하는 된통 좀 당해 봐야겠어요."

"이제는 막말하는군."

"그래요. '어떻게 나 같은 미인을 두고 저런 여자랑 결혼했지?'라고 생각했는데 사실 가만히 생각해 보면 '어떻게 다니엘 같은 남자를 두고 각하 같은 놈이랑 결혼했지?'가 맞는 것 같아요."

일리야의 말에 위그가 얼굴을 구겼다. 갑자기 튀어나온 다니엘의 이름에 다소 기분이 언짢은 듯했다. 하지만 일리야는 일부러 그것을 노린 듯 그에게 기름을 붓고 불까지 붙였다.

"단주님의 정부가 어떤 남자들이었는지 알아요?"

"……모른다."

"하나같이 꽃같이 예쁘고 잘생기고 살랑살랑 비위도 잘 맞추고 말도 잘 듣는 남자들이었어요. 오라면 오고 가라면 가는."

"입 좀 다물지?"

"그러니까, 너무 안심하면서 살지는 말라고요. 솔직히 말해서 요즘 나한테 꽃바구니랑 목걸이를 보내시는데 두근거릴 뻔했어요. 이러다가 더 무리한 요구를 해도 들어줄 것 같아요."

"……!"

"물론 마지막 말은 농담이지만."

일리야의 말에 위그의 얼굴이 더 일그러졌다. 그걸 보면서 일리야가 방긋방긋 웃었다. 속으로 쾌재를 부르며.

그렇게 누가 자신을 내팽개치라고 했나. 아무리 정부라고 해도 그렇지 최소한의 예의가 있는 법이다. 그때는 그저 좋아서 정신을 못 차렸는데, 지금 생각해 보니 저는 이 남자한테 그냥 장식품이었다.

뭐, 사실 정부의 가치가 그렇긴 하지만, 그래도 대륙 최고 미인의 자존심이 있었다.

위그가 얼굴을 찌푸렸다. 저번부터 묘하게 저를 대하는 태도가 뾰족한데 왜 이러는지 모르겠다. 그런 그의 속마음을 알아차린 듯, 일리야가 입을 열었다.

"별거 아니에요. 그냥 당신이 나한테 이별을 통보하던 모습이 생각하면 생각할수록 억울해서요."

"억울?"

"나는 내 젊음과 미모와 시간으로 당신의 돈과 권력을 사고, 당신은 돈과 권력으로 내 젊음과 미모와 시간을 샀죠. 그런데 왜 이 거래를 당신 혼자 파기할 수 있는지, 그리고 왜 당신은 여전히 이렇게 오만한지."

"……맺힌 게 많나?"

"설마요. 그냥 생각해 보니 당신도 꽤 재수 없어서요. 그렇게나 여자들을 울리고 다녔는데, 솔직히 당신도 한번 울어 봤으면 좋겠어. 현명한 아내를 만나 바뀐 남자들은 언제나 제 과거에 함께하던 여자들을 무시하곤 하죠."

"……."

"난잡하고 사치스러운 요부들. 정작 그 계집들과 놀아난 당신도 그다지 다를 바 없으면서. 물론 내가 잘했다는 건 아니에요. 하지만 최소한 당신은 나한테 그렇게 오만할 자격이 없어요."

일리야의 눈길이 비비안에게로 향했다. 동시에 위그가 입꼬리를 말아 올리며 쓰게 웃었다.

"글쎄. 그렇게 생각하긴 했는데."

"거봐."

"안 그래도 그것 때문에 울었어. 된통 당했거든. 어마어마하게."

"다행이네요, 제가 단주님을 좋아할 만한 이유가 하나 더 늘었어요."

그때였다. 말을 마친 일리야가 웃는데, 극작가와 대화를 마친 비비안이 그들에게 다가왔다. 그러고는 곧, 위그의 일그러진 얼굴을 보며 미간을 찌푸렸다.

"왜 이렇게 심통이 나 있어요?"

"질투에 눈이 멀어서 그래요."

일리야가 대답을 마친 뒤 우아하게 허리를 굽혔다. 그럼 전 이만 가 볼게요, 라고 말을 남기고선 사뿐사뿐 무대 뒤로 돌아가는 일리야를 보다가 비비안이 고개를 들었다.

"그래서, 뭔 말을 들었어?"

"당신, 저 여자한테 목걸이 보내지 마."

"왜? 대륙의 미인이라잖아. 목에 걸면 예쁠 것 같아서 다이아몬드 목걸이 하나 좀 보냈어. 나 원래 배우한테 후원 잘해."

"아니, 그 전에 왜 저 여자한테 목걸이를 보내? 그 돈으로 나한테 좀 투자하지."

"……이건 뭐 애새끼도 아니고."

비비안이 질색하는 표정으로 고개를 절레절레 저었다. 하지만 위그의 마음속에는 방금 일리야가 한바탕 휘젓고 간 그 대사가 떠올랐다.

부드럽고 나긋나긋한 남자를 좋아한다고 그랬지. 차라리 미친 척 한번 그녀가 좋아하는 모습으로 유혹해 볼까.

……라는 생각이 들기가 무섭게 그가 고개를 저었다.

아니다. 이건 아니야. 그는 공작이다. 공작으로서의 마지막 자존심을 지킬 필요가 있었다.

점점 미쳐 돌아가는 생각의 나래에 빠진 위그를 보며 비비안이 길게 한숨을 쉬었다. 또 무슨 생각을 하는 것인지 모르겠다.

비비안은 위그의 팔을 잡았다. 그에 위그가 방금까지 머리를 지배하던 쓸데없는 잡생각을 털어 냈다. 곧 두 사람이 극장을 나가고, 마차에 다가가 올라타려던 그때, 갑자기 비비안이 입을 열었다.

"그래서 뭘 갖고 싶은데?"

"뭘?"

"방금 본인한테 투자하라며."

"……."

비비안이 입꼬리를 말아 올렸다. 그에 위그가 얼굴을 찌푸렸다. 그냥 해 본 소리였는데 예상 밖의 대답이 들려왔다. 물론 비비안은 위그가 그냥 해 본 소리라는 사실을 알고 있었다. 그럼에도 그녀가 진하게 미소를 지었다. 그리고 곧, 손을 들어 거리를 짚었다.

"저기서부터 저기까지 다 사 줄까?"

"……?"

"왜, 싫어? 그럼 눈에 보이는 거 다 사 줄까?"

"지금 본인이 거리 전체를 짚고 있는 건 알지?"

"알아. 내 남자한테 거리를 사 주겠다잖아. 어때, 다이아몬드보다 더 유혹 적이지? 이제 기분은 좀 풀렸어?"

명백히 놀리는 말에 위그는 어떻게 대답해야 할지 몰라 입을 다물었다. 그런 그의 얼굴을 보고, 비비안이 "잘 생각해 봐."라고 읊조리며 마차에 올 라갔다.

그리고 얼마 지나지 않아 마차가 움직이기 시작했다.

덜컹거리는 마차 안은 고요함으로 가득 찼다. 위그는 조용하게 창밖을 보 다가, 자신의 맞은편에 있는 비비안에게로 고개를 돌렸다.

창밖에서 들어오는 달빛에 반사되어서, 하얀 얼굴이 눈이 부시게 예뻤다. 동그란 이마와 고혹적으로 휘어진 눈매, 오똑한 콧날을 지나 발그스름한 입 술. 누구를 닮았나 했더니 어머니가 배우였다고 한다.

새삼스럽게 신기했다. 왠지 모르게 비비안 로젤리스라는 여자는 엄마 없 이 그냥 하늘에서 뚝 떨어진 것 같았다. 누군가의 부속물, 자식도, 아내도 아닌, 그냥 비비안 그 자체만으로 존재할 것 같았다.

달빛에 환하게 빛나는 얼굴을 보다가, 위그가 홀린 듯이 입을 열었다.

"당신은, 어머니를 닮은 모양이군."

"아니."

"응?"

"난 우리 아버지를 닮았어."

비비안의 말에 위그는 아, 하고 짧게 탄식을 내뱉었다. 그래, 그랬군. 아버지를 닮았군.

비비안의 가족. 아버지, 어머니.

문득 그는 방금 극장의 홀에서 환하게 웃던 오드리나 켈리어의 얼굴을 떠올리고 한숨을 푹 쉬었다. 그렇게 아름답고 빛났던 여자의 딸. 어머니의 소원을 다시 이루어 준 여자.

"당신, 어머니를 많이 좋아했나?"

"난 우리 아버지도 싫어하지는 않았어."

"말이 되는 소리를 해야지."

"사실인데. 난 우리 오빠들도 싫어하지 않았어. 동생도. 난 우리 가족 싫어한 적이 없어."

"그렇다는 사람이……."

"당신은 그 많은 여자를 싫어하고 증오해서 갖고 놀다가 버렸어?"

그녀의 말에 위그가 미간을 찌푸렸다.

"그런 적 없다."

"사실 그냥 액세서리였잖아. 당신을 빛내 줄."

"……이 수도에 그렇지 않은 남자들이 얼마나 될 것 같나?"

"그래. 그렇지. 그래서 당신을 질책하는 게 아니야."

"……."

"그냥. 그렇다는 거야. 가끔 목적을 위해서 하나쯤은 버려야 하는 게 있어. 난 가족을 버린 거고."

위그는 눈앞에 있는 여자를 빤히 보았다. 기묘하다. 언니한테 퍼붓던 사랑, 조카한테 쏟았던 애정은 거짓이 아니었다. 사랑을 모르는 여자는 아니라는 것이다. 최소한의 인간성은 남겨 둔 여자였다.

아, 모르겠다.

그는 혼란스러움에 길게 한숨을 쉬었다.

"그래서, 오늘 연극은 마음에 들었고?"

"들었지. 무척 좋았어."

"그랬군."

"왜, 뭐 묻고 싶어?"

위그의 얼굴을 보며 비비안이 입꼬리를 말아 올렸다. 무슨 일이냐는 듯이 묻는 그녀의 눈빛을 보다가, 위그가 방금 비비안이 한 말을 상기하며 물었다.

"어머니의 삶이 비극이라고 그랬지."

"뭐, 최소한 내 기준에서는."

"그럼 만약 다시 시간을 돌린다면, 어머니를 말리고 싶나?"

위그의 얼굴을 빤히 보던 비비안이 피식 웃음을 흘렸다. 그의 얼굴에는 미묘한 뜻이 담겨 있었다. 그녀는 이 질문의 뜻을 잘 알고 있었다. 아주 가끔 가다가 카트린이 그랬다. 시간을 돌리면……으로 시작하는 무수한 가설. 그러나 비비안은 결국 길게 숨을 들이쉬었다가 내쉰 뒤, 입을 열었다.

"설마, 지금 나한테 어머니더러 결혼하지 말라고 하겠다, 뭐, 그런 식의 대답을 듣고 싶은 거야?"

"아니, 딱히 그런 건 아니지만. 문득 생각이 나서."

"문득 난 생각다워. 가치 없는 일이야. 나는 시간을 돌리려는 생각 따위한 번도 해 본 적 없어."

"……왜?"

"후회는 패자들이 하는 자기 위로일 뿐이야. 그리고 나는 승리자지. 우리 어머니도 마찬가지야. 사람은 저마다의 선택을 하고, 그 선택에 대한 대가를 치러야 해. 혼자한테만 주어지는 선물 따위 없어. 나는 이미 걸어온 길을 다시 걷고 싶은 생각이 하나도 없어. 시간? 그따위 걸 돌려서 뭐 하게? 뭘 돌이키게?"

비비안의 대답에 위그가 의외라는 듯한 표정을 지었다. 비비안이 계속 말을 이었다.

"그리고 나는 세상에 태어난 게 너무 행복해. 이 세상에 좋은 게 얼마나 많은데 엄마한테 날 낳지 말라고 한다고? 미쳤어? 우리 엄마의 불행은 내가 만든 게 아니야. 나는 그녀의 삶에 책임 없어."

"그래도, 한 번도 후회해 본 적 없나? 다른 삶을 상상해 본 적 없어?"

"아니. 그건 상상이 아니라 환상이야. 사람이 사는 건 삶이지 꿈이 아니야. 그 시간에 책 하나 더 읽고 어떻게 하면 살아남을지나 생각해."

"……."

"사람은 살면서 두 가지만 보면 돼. 미래와 돈. 최소한 난 그렇게 살았고, 지금 난 무척 즐거워. 무척."

비비안의 말에 위그는 얼굴을 굳혔다. 이 여자의 사고 회로는 가끔 이해가 되지 않을 때가 있었다. 그리고 지금 또한.

"당신이 예전에 그랬지. 증오는 증오를 낳고 분노는 분노를 재생산한다고."

"그랬지. 당연하잖아. 증오와 분노는 결국 증오와 분노를 도돌이표처럼 낳고 또 낳게 되어 있어."

"그건, 당신에게도 해당되는 건가? 내 말은, 당신도 당신이 한 짓에 대해 결국 대가를 치를 것 같냐는 뜻이야."

위그의 말에 비비안이 입꼬리를 말아 올렸다.

"물론."

"……."

"내가 죽는다면 아마 그건 내가 한 짓에 대한 인과응보일 거야. 너무 간단한 일이지. 사람은 다 각자의 삶에서 선택을 하고 대가를 치러. 그래서 누군가가 내게 인생의 조언을 구해 오면 나는 딱히 간섭하고 싶지 않아."

"왜?"

"본인의 삶이니까."

"그게 당신 마음에 들지 않아도?"

"세상에 내 마음에 들지 않는 삶이 얼마나 많은데. 그걸 하나하나 간섭하다가는 피곤해서 죽어."

그녀는 누군가의 권력에 기대며 살 생각이 없지만 그렇다고 기대어 사는 삶이 틀렸다고 생각하지는 않았다. 인간은 다 제 방식으로 최선을 다해 세상이 허용하는 선과 무수한 타협을 해 가면서 살아가니까.

비비안은 웃었다. 자신을 이해하지 못하는 상대에게 이해해 달라고 호소하는 것만큼 인생 낭비인 일은 없다. 그 시간에 내가 하고자 하는 것에 집중하는 게 더 낫다. 그래서 그녀는 이 세상의 룰에 적응하며 살아가는 사람들의 생각에 동조는 하지 않아도 그것을 비난하지는 않았다. 물론 거슬리면 없애 버리겠지만.

"타인의 삶에 관여하는 것보다 재밌는 일은 어마어마하게 많아. 돈 쓰는 게 얼마나 재밌는데."

"돈도 있어야 쓰지."

"돈도 없으면서 타인의 삶에 관여한다고? 돈이나 벌어."

비비안의 말에 위그가 얼굴을 일그러뜨렸다. 하지만 언제 그랬냐는 듯이 다시 얼굴을 폈다. 그 모습을 보다가, 비비안이 피식 웃음을 흘렸다.

"그러니까 내 말은, 시간을 돌려도 나는 우리 어머니 선택에 영향을 주고 싶지 않아. 그녀의 선택이야. 그리고, 결국 그녀는 누군가와 결혼하게 되어 있어."

"왜?"

"바첼론에서 젊고 예쁜 여배우의 유통 기한이 얼마나 될 것 같아? 귀족들이 서른 먹은 계집애를 보려고 극장에 갈까? 미모? 한철이야. 재능? 눈에 보이지 않아."

"……"

"운명이 준 선물은 안타깝게도 모두 가격이 정해져 있어. 그 이상 더 가치가 올라가는 일은 절대 없을 거야. 그러니까 그냥 내버려 둬야지. 그리고 사실, 그래야만 내가 태어나잖아."

"이 세상에 꼭 태어나고 싶나?"

"그래. 꼭."

"……"

"이 세상에 재미있는 게 얼마나 많은지 알아? 술, 돈, 보석, 집, 드레스, 구두, 가방, 그리고 남자. 이 모든 게 얼마나 좋은 것들인데."

"지금 남자와 그것들을 한 선상에……."

"왜, 당신은 안 좋아해? 세상에 술과 여자를 좋아하는 남자들은 널려 있잖아."

비비안의 말에 위그는 말문이 막히고 말았다. 그는 무슨 말을 꺼내려다가 곧 입을 다물었다. 비비안은 그런 위그를 가늘게 뜬 눈으로 보다가, 피식 웃어 보였다.

"당신, 나 사랑해?"

"사랑한다."

"왜?"

비비안의 물음은 너무 뜻밖이어서, 위그는 어떻게 대답해야 할지 고민했다. 하지만 곧, 입꼬리를 삐뚜름하게 올리고 대답했다.

"사랑을 확인받고 싶은 건가?"

"아니. 그냥. 이질적이어서."

"……"

"시작은 그렇다 쳐. 예쁘고 돈도 많고 누구 말도 들을 것 같지 않던 계집애가 옆에서 알랑거리면서 요부 흉내를 내 주는데 당연히 마음이 흔들릴 수 있다고 쳐."

"하고 싶은 말이 뭐지?"

"그걸 사랑이라고 착각하는 것까지는 이상하지 않아. 신선함에 끌리는 남자가 워낙에 많아서 말이지."

"무슨……."

"그런데 나한테 뒤통수까지 맞고 사랑한다고? 왜? 그게 가능해?"

비비안이 위그의 눈동자를 응시했다. 깊은 눈동자에는 그녀가 읽어 낼 수 없는 무엇인가가 존재했다. 그녀는 그의 의중을 읽으려다가, 피식 웃었다.

"당신, 지금 보면 마치 날 사랑하기 위해서 사랑하는 것 같아."

그녀를 사랑하기 위해 온갖 핑계를 다 늘어놓고, 나는 저 여자를 사랑한다고 자기 자신마저 설득한다. 하지만 사랑은 증명 과정이 먼저고 마지막에 결론이 나야 한다. 위그는, 마치 결론을 내려놓고 억지로 그곳에 저를 맞추고 있는 듯했다.

그것이 무척 이질적으로 다가왔다.

그녀는 그의 눈동자를 빤히 보았다. 머리가 좋은 남자니 누군가를 이해하려는 건 어렵지 않을 것이다.

아, 잠깐만.

비비안은 저도 모르게 멈칫했다. 저를 보는 그 눈동자, 사랑한다고 말하는 남자의 눈이 지독하리만치 어둡게 내려앉아서, 비비안은 그런 위그를 보며 입을 열었다.

"당신, 대체 속셈이 뭐야?"

"사랑한다니까."

"……."

"왜, 못 믿겠어? 세상에 그런 헌신적인 사랑이 있다는 걸 못 믿겠다는 건가?"

"아니, 믿어."

"그럼 됐지 않나."

"하지만 최소한 그건 당신이 아니야."

"대체 얼마나 사람들한테 데고 살았길래 이러나?"

"이건 데고 말고의 문제가 아니야. 이건……."

비비안은 말꼬리를 흐렸다. 하지만 곧, 다시 환하게 웃으며 고개를 저었다.

"아니야."

위그는 그런 비비안을 보며 미간을 찌푸렸다. 사랑한다는데도 믿지 못하는 건가.

곧 마차 안이 다시 정적으로 가득 차고, 얼마 지나지 않아 두 사람은 이디에트 공작저에 도착했다.

* * *

"클로에, 세믄 교수와 약속을 잡아."

"언제요?"

"가급적 빨리, 되도록 오늘 오후."

명령이었다. 클로에는 알겠노라고 대답하고는 급히 방문을 나갔다.

비비안은 의자에 기댔다. 뭐지? 기분이 이상하다. 그녀는 길게 한숨을 쉬었다. 사랑, 위그, 남자, 그 사이에…….

사랑한다고? 그게 가능해?

위태위태한 줄 위에서 누군가가 와서 손을 잡아 주길 기다리는 느낌이었다. 앞도 보이지 않는 이 길을 계속 가야 하나? 맞은편에서는 여기에 좋은 것이 있다고 유혹하고 있었다. 그리고 그 남자는 말한다. 속셈이 있다고.

비비안은 눈을 감았다.

뭐지. 대체 저 남자가 뭘 잡고 있지?

어디서부터 생각해야 하나. 어디서부터…….

아.

비비안은 눈을 떴다. 생각해 보자, 언제부터 이질적이었는지. 언제부터 이상했는지. 언제부터 자신이 뭔가 잘못되었다고 느꼈는지.

그러니까 카티야, 카티야의 손에서 그 밀서를 받아 들었을 때부터였다. 그 전까지만 해도 그녀는 무척 담담했다. 왜? 옆에서 경계심을 풀라고 여우처럼 굴어 줬으니까.

똑똑하고 예쁜데 돈도 많고 비위도 적당하게 맞춰 줄 줄 아는 계집애한테 빠지는 건 이상한 일이 아니었다. 그녀의 정부 중에는 콧대 높은 남자들도 수도 없이 많았다. 여우처럼, 요부처럼 눈가를 곱게 휘어 주는 건 어렵지 않다.

하지만 뒤통수를 맞은 뒤에도 위그는 계속해서 저를 사랑한다고 했다.

설마, 언제 그렇게 세기의 사랑을 했다고? 그렇게 사랑한다고 여기는 여자가 믿음을 깼는데 여전히 사랑한다고?

비비안은 입술을 깨물었다. 사실 그럴 가능성이 전혀 없다고 생각했지만…… 아니, 잠깐만, 왜 없어? 왜 없다고 생각했지?

그녀는 길게 한숨을 쉬었다. 왜 없다고 생각했지? 왜?

'사랑해.'

순간 머릿속이 새하얘지는 느낌이었다. 그녀는 얼굴을 굳혔다. 사랑한다는 말에 가려서 하나를 잊은 듯한 느낌이었다.

'내가 공격할 걸 대비해서 독까지 준비해 놓은 여자가, 그 정도로 철저하게 준비하지 않은 게 더 이상하지. 뭐, 당신 성격을 보건대 내가 당신을 죽이면 분명 뭔 조치가 있겠지.'

아. 그래. 있지.

'디텔을 이용했나? 아니면, 제이슨?'

세상에. 비비안은 급히 자리에서 일어났다. 왜 몰랐지? 왜 생각 못 했지? 아, 그날, 그러니까 그날. 너무 당황했던 것 같다. 사랑한다기에 너무 당황해서, 그곳에만 초점을 맞추었다.

정작 상대는 그녀에게 말을 해 줬다. 사실 답을 알려 주었다.

비비안은 웃었다. 저 자신을 버리면서까지 하는 극적인 사랑이란 없다고 그렇게 믿었건만, 정작 자신은 상대의 사랑한다는 말에 충격 먹어 다른 걸 생각하지 못했다. 거기에 넘어가다니. 어떻게 그럴 수가…….

"단주님."

그때 문을 열고 클로에가 들어왔다. 그런 그녀의 얼굴을 보며 비비안이 입을 열었다.

"약속, 잡았니?"

"네, 저…… 안 그래도 세믄 교수님께서 드릴 말씀이 있으시대요."

"뭔데."

"어제, 각하께서 다녀가셨대요."

"왜?"

"단주님의 유언장을 확인하려요."

＊　＊　＊

'공작 각하께서 다녀가셨습니다. 그리고 단주님의 유언장을 확인하셨습니다.'

'그 인간이 뭐라고 하던가요?'

'그냥, 그럴 줄 알았다며 웃기만 하셨습니다.'

'……'

'보호자로서 남편이 아내의 유언장을 확인할 권리가 있기는 하지만, 그래도 뭔가 느낌이 이상해서, 이렇게 단주님께 알려 드립니다.'

길고 긴 저택의 복도를 가로질러 가며 비비안은 세믄 교수와 나눈 대화를 상기했다.

유언장을 확인한 뒤 그는 아무것도 수정하지 않았다. 바첼론에서 남편은 아내의 유언장을 수정할 권리를 가진다. 물론 대놓고 그런 조항이 있는 것은 아니었지만, 어쨌든 아내를 보호하는 남편이라는 명목하에 그들은 적당하게 유언장에 손을 대는 것이 관례였다. 어차피 재산권도 남편한테 귀속된 마당에 그게 뭐가 그리 중요할까 싶지만, 보기만 했다는 사실만으로도 그것은 비비안에게 일종의 어마어마한 위협을 암시해 주고 있었다.

'내 유언장이 누구의 손에 있는지, 아니, 애초에 내가 유언장을 작성했다는 사실 자체를 인지하고 있었어. 그리고 남편의 권리를 행사해 유언장을 확인한 거야.'

목적은 간단했다. 세믄 교수가 비비안에게 위그가 유언장을 확인했다는 사실을 알리지 않을 리가 없었다. 그러므로 위그는 자신이 유언장을 보았다는 것을 비비안이 알아줬으면 하는 게 틀림없었다. 그리고 그 이면에는 무엇이 숨겨져 있나?

숨겨져 있는 것은 선언.

나는, 네 재산을 이렇게 움직일 수 있는 사내라는 선전 포고.

쾅.

문이 열리자, 집무실 안에 있던 위그가 느긋하게 고개를 들었다. 그의 입꼬리에 미소가 달리는 것을 조용하게 보다가 비비안이 웃음을 흘렸다. 그러나 그녀의 웃음은 더 이상 요사스럽지도 달콤하지도 않았다. 철저한 냉소에 비릿한 조롱까지 섞여 있었다.

"사랑한다 사랑한다 노래를 부르더니. 이런 깜찍한 짓을 저지르고 있었어?"

한 자 한 자 내뱉는 말 속에 분노가 배었다. 그것을 눈치챈 위그가 펜을 놓더니 천천히 의자에 기댔다.

"내가, 뭘?"

"유언장."

"아. 그거?"

"그래. 그거."

비비안의 서슬 퍼런 목소리에도 위그는 담담했다. 오히려 그를 조금 혼란스럽게 한 것은 비비안의 이런 반응이 아닌, 유언장의 내용인 듯했다.

"그래, 확인했어. 확인하고 경악했지."

"예상하고 간 거 아닌가?"

"……뭐, 예상은 했지. 그런데 생각보다 훨씬 더 치밀해서. 당신이라는 여자를 다시 한번 보게 만들었어."

위그는 유언장에 **빽빽**하게 써진 내용을 보고 기가 막혀 잠시 멈칫했던 자신을 상기했다. 공작의 유언장보다 더욱더 치밀하고 복잡했다. 그녀의 머릿속을 진심으로 해부해서 들여다보고 싶을 지경이었다.

비비안은 여유로운 위그의 얼굴을 보며 입매를 굳혔다. 저도 모르게 입가가 꿈틀거렸다. 분노인지 경악인지 그녀조차도 판단할 수 없었다. 다만 자신을 사랑한다던 사내가 내놓은 수단이 하도 우스워서, 그럼에도 그녀의 가장 만만한 곳을 찔러 대고 있어서 그녀는 그저 제 목소리에 서린 냉기를 숨기지 않았다.

"이런 수를 숨겨 두고 있을 줄은 몰랐는데."

"당신을 사랑하려면 이 정도 머리는 써야지. 나는 정복해 보라고 해서 정복했을 뿐이고."

"쓸데없이 기특하네. 머리도 잘 쓰고. 순간 하마터면 마음이 움직일 뻔했어. 당신 말을 온전히 믿은 건 아니지만, 설마하니 이럴 줄이야."

"……."

"좋아, 당신이 진짜로 나를 사랑한다면, 한 가지만 제대로 지켜."

비비안의 말에 위그가 입꼬리를 말아 올렸다. 이 여자가 무슨 말을 하든지 그는 받아들일 자신이 있었다.

그것을 눈치채기라도 한 듯, 비비안이 우아하게 웃었다.

"내 말은 무조건 옳다."

위그는 수백 번째 인정해야 했다. 비비안 로젤리스의 머릿속은 그가 해부해 보아도 아마 이해를 할 수 없는 것들로 가득 채워져 있을 것이었다. 위그는 결국 한숨을 쉬며 고개를 저었다. 그리고 그가 다시 입을 열었다.

"거절할게."

"흐음…… 역시."

"역시?"

"날 사랑한다고 하면서 이런 짓이나 하다니. 세상에, 일국의 공작이라는 작자가 이런 조잡한 수를 쓸 줄 몰랐어. 사랑한다고 하더니, 순 거짓말이었잖아?"

기가 막힌다는 듯이 과장스럽게 얼굴을 일그러뜨리며 비비안이 천천히 책상에 다가갔다. 그 모습을 보다가, 위그가 눈을 가늘게 떴다.

"딱히."

"딱히?"

"딱히 조잡하다고는 생각 못 했어. 모든 수를 다 쓰는 건 당신 아닌가."

"뭐?"

"맞잖아. 권력 싸움에는 선악이 없어. 승자만 있을 뿐. 애초에 당신이 따르는 가장 기본적인 룰이 아닌가? 마침 나도 그게 옳다고 생각해서 그리 행했을 뿐이다. 그리고, 나는 확실히 당신을 사랑해."

"사랑? 이걸 지금 사랑이라고…….."

"사랑이지."

비비안의 질문에 위그가 가늘게 눈을 떴다. 그는 잠시 말을 고르는 듯하다가 은근한 미소를 지으며 입을 열었다.

"내가, 당신을 사랑해 보려고 노력 중이거든."

"그래, 그 노력이 문제라는 거야. 대체 왜 노력하려고 해? 이 세상에 나 혼자 남은 것도 아니고, 날 사랑하려고 당신이 노력할 이유 있나?"

"그거야, 당신이 내 목숨 줄을 쥐고 있어서?"

속사포처럼 내뱉은 비비안의 말에 위그가 느긋하게 대답했다. 그의 대답에 비비안의 눈빛이 살짝 흔들렸다. 그녀는 입매를 꽉 다물고 위그를 노려보았다. 그러나 얼마나 지났을까, 그녀가 갑자기 싸늘하게 웃으며 읊조렸다.

"그래. 이제야 알겠어."

"뭘?"

"당신은 사실, 내가 그 밀서를 손에 넣고 당신에게 독을 탔던 그 순간부터 애초에 나한테 분노하고 있었던 거야."

"글쎄."

"그 분노를 지금까지 삼키고 있었던 거고."

위그는 자신을 바라보며 한 자 한 자 내뱉는 비비안을 지그시 응시했다.

그는 자신이 독주를 마시고 일어난 다음 날 아침, 제일 먼저 느꼈던 분노를 기억하고 있었다. 그리고 따라오는 안타까움, 그 모든 감정. 이 여자를 사랑해야겠다고 마음먹은 그 순간까지 걸친 모든 시간들을, 그는 명백히 기억하고 있었다.

분노? 당연히 했다. 저는 어쨌든 모든 것을 다 주고 다 퍼부을 수 있을 것이라 분명히 믿었는데, 인생에 다시없을 사랑이라 그렇게 믿었는데, 그게 통째로 부정당하고 배신으로 돌아왔으니 분노하지 않을 리가 없었다. 심지어 자신을 믿지 못하고 독까지 탔다. 그러나 우습게도 그녀가 한 말은 그동안 사랑이라 믿어 온 감정에 취해 있던 자신의 온갖 허울뿐인 감정과 환상을 그대로 터뜨려 노골적으로 까발리는 것이었다.

맞는 말이다. 그는 그녀를 인간으로 보지 않았다. 부인이네 사랑이네 해도 결국 제 인정을 받은 여자라는 사실에, 그녀를 향해 사랑한다고 속삭이고 있었다.

지독한 오만함이었다. 하지만 그 오만함에 그는 당했다.

물론 안타까움 또한 있었다. 사람이 사람을 이렇게 믿지 못하는 것에 나름의 안타까움이 들지 않을 리 없었다. 그러나 이해를 하자면 굳이 못 할 것도 없었다. 아니, 오히려 그는 응당 안타까움보다 먼저 그녀를 이해해야 했다. 그녀의 그 치열한 선택 하나하나가 결국에는 살아남는 것을 뛰어넘어 이기고자 하는 욕망이었다. 이 욕망을 세상에서 가장 절실히 이해해 줄 수 있는 인간이 달리 누가 있던가.

다름 아닌 위그 이디에트가 아닌가. 평생토록 우위를 점하기 위한 싸움을 진행 중인 이디에트의 공작.

사실 그가 할 수 있는 선택은 하나뿐이었다.

그쯤에서 뭔가를 돌아봐야 했다. 사랑인가, 사랑이 아닌가.

"당신 같은 여자를 증오할 바에야 사랑하는 게 낫지 않나?"

그래, 비비안 같은 여자를 증오할 바에야. 사랑하는 게 낫다. 이대로 분노하여 그녀를 골목길로 밀어붙이기에 비비안 로젤리스는 만만한 상대가 아니었다. 이제는 인정해야 했다. 그녀는 제이슨보다 더욱더 골치 아프고 위험한 적수였으면 적수였지 절대 쉬이 볼 만한 상대가 아니었다. 그러나 그는 한평생 이미 싸울 적이 수두룩했다. 이 과정에 비비안까지 굳이 적으로 넣을 필요는 없다.

위그의 말 속에 들어 있는 뜻을 읽어 낸 듯, 비비안의 눈가가 꿈틀거렸다.

"……그걸, 지금 말이라고."

"당신 말이 맞아. 당신한테 뒤통수를 맞고 보니 어마어마하게 아프더라고. 분노했냐고? 당연히 분노했지. 당장 죽여 버리고 싶었어. 비비안 로젤리스, 나는 배신과 분노를 즐기는 사람이 아니야. 이 세상에 그 누가 되든지 감히 나를 배신했다면 그 사람은 죽어야 한다."

"그 대단한 분노를 참느라고 참, 고생했군그래."

비비안의 비꼬는 듯한 말투에도 위그는 표정 변화 하나 없었다. 그저 담담하고, 차분하게 답할 뿐이었다.

"그래. 고생했지."

"그날 당신이 내 집무실에 들어와서 한 말 중에 진실은 첫 번째 말밖에 없었군."

건방진 계집.

그러나 비비안의 말에 위그가 어깨를 으쓱하더니 여유롭게 고개를 저었다.

"아니, 그 뒤의 말도 진심이었다. 나는 당신을 사랑하거든."

"사랑? 그렇다는 사람이 내 유언장을 확인해?"

"사랑하는 것과 유언장을 확인하는 게 상충하는가?"

위그의 말에 비비안이 이를 악물었다. 지금 이 자식이…….

아니, 잠깐만.

비비안은 머릿속을 잠식하는 분노에 자신을 진정시켰다. 그녀는 스스로에게 질문을 던졌다.

지금 여기서 굳이 화를 낼 필요가 있나? 아니, 화를 왜 내지? 사랑한다고 하면서 뒤통수를 치는 인간이야 여태껏 수두룩하게 만났는데 내가 지금 화를 왜 내지?

거기까지 생각한 비비안은 다시 길게 숨을 내쉬었다. 삽시에 그녀는 제 생각을 갈무리하고 표정까지 정리한 채 위그를 향해 낮게 가라앉은 목소리로 물었다.

"그래, 사랑한다고 치지. 그래서 유언장을 확인해서, 뭘 어떻게 하려고 했는데?"

"알잖나."

"……."

"나도 빠져나갈 구멍 하나쯤은 만드는 게 좋다는 거."

비비안은 위그의 눈길을 보며 피식 웃었다.

"어디까지 알았는데?"

"글쎄…… 일단, 디텔을 이용했다는 것?"

위그의 대답에 비비안의 입가가 파르르 떨렸다.

이 새끼가 알 건 다 알았군.

비비안은 길게 한숨을 쉬었다. 결혼하기 전에 만들어 놓은 유언장에는 별다른 내용이 씌어 있지 않았다. 원래 돈 좀 가진 사람들은 자신이 죽은 뒤를 걱정하기 마련이니까.

카티야를 제이슨에게 보내고 비비안은 유언장을 한 번 고쳤다. 그리고 믿을 만한 변호사에게 그 유언장을 맡겼다. 당연하지만 그 믿을 만한 변호사는 세믄 교수였다. '그나마' 그녀를 배신할 가능성이 가장 적은 사람이었으니까. 물론 세믄 교수의 약점이 그녀의 손에 없다면 그것은 거짓이었다.

"예델을 만들 때부터 리아델 교수를 고려했나? 디텔의 방계 혈족 출신이 잖나, 그 교수."

"글쎄……."

그녀는 이디에트와 디텔, 그리고 제이슨을 경계해야 했다. 하여 카티야를 통해 제 손에 그들의 목줄을 쥐었다. 위그가 그것을 아는 순간부터 그녀의 목숨이 위험했다. 하물며 한집에 사는 사람이 아닌가. 언제든지 자신을 죽일 수 있었다.

그래서 그녀는 유언장에 이런 내용을 썼다.

자신이 결혼으로부터 3년 이내에 돌연사를 하게 된다면, 리아델 교수에게 로튼 소속의 은행에 있는 자신의 비밀 금고를 열 권한을 위임하라고.

"유언장의 그 비밀 금고에는…… 우리 셋의 목줄이 있겠군."

"그렇지."

"리아델 교수는 디텔의 친척이니, 당연히 내 목줄을 디텔에 넘기겠고."

즉, 이디에트의 목줄이 디텔에게 넘어가고, 이디에트는 멸문한다.

"내가 세믄 교수와 작당해 당신을 배신하면 어쩌려고 했지?"

"상관없었어. 나 대신 당신 둘을 처리할 만한 사람이 있거든."

세믄 교수가 그녀를 배반할 가능성을 생각하지 못한 건 아니다. 위그와 작당해 그 내용을 고칠 수도 있다. 그래서 그녀는 카티아에게 혹여 자신이 죽고 세믄 교수가 위그와 붙어먹는다면, 제이슨의 서재에 있는 각종 서신과 밀서의 복사본을 뿌리라고 명했다. 처절하게 파멸은 시키지 못해도 제이슨은 위그가 제 손에서 밀서를 빼 갔다는 이유로 꽤 진심으로 이디에트를 상대할 것이었다.

카티아? 그녀의 약점은 제 오라비를 죽였다는 편지가 비비안의 손에 있다는 것이다. 그리고 그 약점은 헤더의 손에 쥐여졌다. 참고로 헤더의 약점은 별것 없었다. 뒷배 따위 하나도 없는 시녀 아이는 굳이 대단한 거물이 나설 필요 없이 동생을 사랑하는 카트린만으로도 통제가 가능했다.

리아델 교수는 더 쉬웠다. 그녀는 리아델 교수를 예델에 취직시킴과 동시에 그의 아내와 아들을 좋은 곳에 안치했다. 그녀가 돌연사하고 한 달 사이에 이디에트의 밀서가 수도에 퍼지지 않으면, 그때는 동생을 잃은 울분을 안고 카트린이 디텔의 밀서의 복사본을 뿌리고 리아델의 아내와 아들에 대한 경제적 원조를 끊은 후 비밀스러운 곳에 숨겨 둘 것이었다.

위그와 리아델이 붙어먹을 가능성은 없다. 설사 있다고 해도 디텔에서 리아델을 제거할 게 분명하므로, 리아델은 그런 멍청한 짓을 하지 않을 것이다. 굳이 그런 멍청한 짓을 한다고 해도 카트린이 알아서 약점을 폭로할 것이니까.

서로 얼기설기 얽힌 관계에서, 비비안만이 쏙 빠져 있었다. 둘의 작당은 쉽지만 셋부터는 의견 분기가 일어난다. 서로서로 죽이는 것. 그것만큼 확실한 끝이 어디 있을까.

비비안은 거기서 우아하게 서 있었다. 그리고 고고하게 말하고 있었다.

어디 한번 나를 배신해 보라고.

비록 위그는 비비안의 모든 조치를 알지는 못했지만, 어렴풋이 그녀가 가진 패를 빈틈없이 하나하나 꿰맸다는 것 정도는 알 수 있었다.

그래서 그는 쉽사리 움직이지 못했다. 물론 비비안의 계획이 그렇게 치밀하지 않아도 그는 쉽사리 움직이지 않았겠지만 그래도 현재로서 위그가 할 수 있는 것은 그저 유언장의 내용을 확인하고 자신의 위험을 미리 인지하는 것이 전부였다.

그래서 결국 생각에 생각을 거듭해, 그는 결정했다.

비비안의 손에 이디에트를 무너뜨릴 만한 비장의 무기가 수두룩한 상황에서 그는 비비안 로젤리스를 무조건 제 편으로 끌어들여야 했다. 그러기 위한 가장 확실하고 간단한 방법은 다름 아닌 '사랑'이었다.

그래, 사랑. 사내가 여인을 옆에 묶어 놓는 데에 가장 간단한 수법. 그것이 현재로서 비비안을 확실하게는 묶어 놓지 못한다고 해도. 그녀가 이디에트와의 관계에서 더 얻을 만한 게 있는 이상 굳이 그녀도 그를 상대하려고 들지는 않을 것이었다.

이것은 철저하게 두 사람의 선을 아슬아슬하게 넘나드는 기 싸움이었다.

위그가 빙그레 웃었다.

"어쨌든 나는 그저 당신 유언장을 확인한 것밖에 없다. 그 외에는 다른 속셈 따위 없으니까 안심해."

"속셈이 없다는 걸 나더러 믿으라고?"

비비안이 얼굴을 일그러뜨렸다. 유언장이 세믄 교수에게 있다는 것을 위그가 알았다. 바첼론에서 남편은 수시로 아내의 유언장을 확인할 수 있고, 심지어 수정까지 할 수 있다. 하물며 공작이다. 그가 가진 권력으로 세믄에게 명령한다면, 아무리 세믄 교수가 대단하다고 해도 위그의 명령을 거역할 수는 없을 것이다.

"그 전에, 내 유언장이 세믄 교수에게 있다는 건 어떻게 알았어?"

"당신 성격에 아무 변호사한테나 본인 유언장을 줄 것 같지는 않았거든."

"……."

"그런데 마침 주위에, 당신이 불이익을 감수하면서까지 믿고 있는 변호사가 있었지. 세믄 교수."

"불이익?"

"그래. 불이익이지. 여자를 예델 사립학교에 입학시키면 무슨 일이 벌어질지, 사실 당신도 잘 알고 있잖아. 당신한테 해가 갔으면 갔지 득이 될 것 없는 일이야. 그럼에도 했다는 건……."

"……건?"

"분명 당신 마음을 움직일 만한 무엇인가가 있었다는 것이겠지."

"그저 같은 여자로서……."

"만약 과거였다면 그 말을 믿었을 거다. 내 눈에 있는 당신은 실제로 여자라는 한계를…… 그래, 뭐 바첼론에서 여자라는 건 한계지. 그건 인정해. 어쨌든 그 한계를 극복하고자 누구보다도 노력하는 사람이었으니까. 하지만 이미 당신이 밀서를 가져가고 내게 독을 탄 이상 그 가설은 글러먹었어. 당신은 구체적인 이득이 없는 일은 하지 않아."

"빌어먹을."

"그래서 생각했지. 과연 뭐가 있을까."

그 대단한 여자가 마음을 움직일 만한 일.

리디아 세믄. 그리고 세믄 교수.

우연한 일치는 절대 아니었다. 그래서 위그는 세믄 교수를 찾아갔고, 세믄 교수는 꽤 못마땅한 얼굴로 그에게 유언장을 공개했다. 그렇게 보면 비비안이 그를 믿은 것은 옳은 일이었다. 세믄 교수는 몇 번이나 비비안의 유언장을 공개하는 것을 거절했지만, 결국에는 남편이 아내의 유언장을 확인하는 것까지는 법적으로도 허용되어 있었기에 그에게 공개할 수밖에 없었다.

"지금, 이래 놓고 나를 사랑한다고."

비비안이 이를 바득 갈았다. 유언장이 위그에게 공개된 이상, 그녀는 지금 전력의 반을 잃었다. 위그가 어떤 식으로 유언장을 수정할지 몰라 전전긍긍할 만한 상황이었다. 그렇다고 새 사람을 찾아서 유언장을 새로 쓰기에는 믿을 만한 사람도 없었고, 다시 판을 짜는 것도 어려웠다. 사람이 너무 많이 엮여 들어갔으므로. 그 전에 애초에 누구든지 위그가 찾아내지 못할 사람은 없다.

"그래, 당신을 사랑해."

"……."

"그게 내 생존 전략이거든."

당신을 무조건 사랑하는 것, 그게 내 생존 전략이야.

나지막이 속삭이던 남자의 목소리가 들려오는 것 같았다. 정신이 나가서 속삭이는 줄 알았던 대사가 사실은 검이었다. 로맨틱하게 들릴 법도 했던 말이 알고 보니 섬뜩하기 그지없었다.

그런 비비안의 표정을 보며 위그가 느긋하게 웃었다.

"왜 그런 표정을 지어?"

"우리 둘 사이는 누가 봐도 당신이 절대적인 우세를 점하고 있었어."

"그래. 그랬지."

"그런데 지금 나를 이해하고 사랑한다면서 당신이 위그 이디에트로서 비비안 로젤리스보다 태생적으로 더 많이 누렸던 권력을 여지없이 발휘하는 건 뭐지?"

"비비안 로젤리스, 애초에 권력 싸움에는 강약, 선악의 구분이 없어. 그건 당신이 가장 사랑하는 룰 아니던가?"

위그의 속삭임에 비비안이 피식 웃었다. 점점 모든 것들이 제자리를 찾아간다. 이곳은 전쟁터고 그녀는 전사의 자격으로 싸움에 참여했다. 그러면 상대방이 전쟁에 임하는 자세로 나오는 것을 영광스럽게 받아들여야 했다.

사실, 원래 세상 경쟁이라는 게 그런 것 아니겠는가. 비비안은 눈을 가늘게 떴다. 갈수록 재미있어진다. 살면서 단 한 번도 마주쳐 보지 못했고,

그래서 어떻게 해결해야 할지 미리 생각해 둔 수도 없었다. 하지만 그게 무슨 상관일까. 우연한 상황은 끝도 없이 많고 적은 이족의 상황을 동정하지 않는다.

이제 두 사람은 그야말로 더없이 '공평하게' 마주 섰다. 그녀가 가장 사랑하는 전장에서.

비비안의 얼굴을 빤히 보던 위그가 자리에서 일어났다. 그리고 책상을 돌아 넘어, 비비안의 앞에 섰다.

"비비, 사랑해."

"지금 그게 나한테 할 소리야? 유언장을 확인하고 내게 위협을 적나라하게 암시하고선?"

"유언장을 본 것과 당신을 사랑하는 게 모순은 아니지 않나?"

"……."

"당신은 자신을 온전히 버리면서 누군가를 사랑하지 못해. 사실, 생각해 보니 나도 그랬어. 우리 둘 다 그런 유형의 인간인 거야. 그래도…… 난 당신을 사랑해. 당신한테 내 인생을 걸어 보는 것도 좋겠다는 생각이 들었어. 끔찍하게 똑똑한 여자니까."

"그럼 사랑한다는 말을 하지는 말았…… 아, 그래, 뭐, 덕분에 내가 방심을 했으니. 나름대로 잘 먹힌 전략이야."

"……전략?"

"내 실책이었어. 사랑이라기에 당연히 모든 것을 다 바치겠다는 줄 알았지. 그런데 알고 보니 그게 아니었어. 그래, 자신의 모든 것을 다 바치면서 하는 사랑을 가장 우습게 여겼던 내가, 당신을 너무 얕본 탓에 당연히 당신도 그럴 줄 알았어. 이건 내 탓이야."

비비안의 목소리에 위그가 얼굴을 굳혔다. 샹들리에 빛 아래서 반짝거리는 그녀의 얼굴을 보다가, 그가 손을 뻗었다.

"비비안 로젤리스."

"왜?"

비비안이 대답했다. 팔짱을 끼고 그를 향해 느릿하게 돌려진 고개를 보며, 위그는 서늘한 표정을 지으면서 물었다.

"그래도, 나는 당신을 사랑해."

"……다시 물어보지만, 나를 사랑하지 않으면 안 되는 병이라도 걸렸어?"

"제일 처음에는 신기했어. 무슨 이런 여자가 있나 싶었지."

"아, 그렇단 말이지."

"예쁘장한 얼굴에 몸매도 좋고, 돈도 많고 성깔도 있고 바락바락 대드는 맛도 있는데 똑똑하기까지 하잖아."

"게다가 애교까지 떨어 주고, 요부 같으면서도 사근사근 나긋나긋하게 굴어 주고?"

"그래."

위그는 시선을 아래로 하고 내려다보았다. 그의 손가락이 그녀의 턱선을 타고 천천히 내려갔다. 그리고 굳은살이 박인 엄지가 그녀의 입술을 쓸었다.

비비안이 살짝 고개를 들어 그와 시선을 마주했다. 그녀의 입술에 미소가 퍼지는 것을 보며, 위그가 고개를 숙여 입을 맞추었다.

비비안은 그것을 거부하지 않았다. 그저 조용하게 팔짱을 끼고, 가만히 있을 뿐이었다.

곧 입을 살짝 떼고 그가 속삭였다.

"원래 그런 계집애는 결국 내 손바닥 안이어야 하잖나. 그래 봤자 내가 허락하는 범위에서 날뛰어야 하지."

하지만 비비안은 아니었다. 그녀는 이미 성깔 있고 조금 되바라진 계집애의 수준을 넘어섰다.

"당신한테 뒤통수를 맞고 생각했거든. 대체 어떻게 해야 할까."

"……."

"그런데 생각해 보니까, 나는 여전히 당신 돈이 필요하고, 당신 힘이 필요하고, 어쩌면 당신 머리까지 필요할 수 있어."

그 또한 분노했다. 상심했다. 하지만 그 모든 것들을 다 제치고 우습게도 가장 먼저 든 생각은, 이런 여자를 굳이 적으로 만들어야 하느냐 하는 것이었다.

남자로서 용납하지는 못했지만, 공작으로서 용납할 수는 있었다.

비비안을 적으로 돌린다. 이득이 될 게 뭐가 있나? 고작 제 분풀이가 허용된다. 그녀에게 화를 내고, 그녀를 보지도 않으면 아마 속은 좀 풀리겠지. 하지만 정작 해결되는 문제는 아무것도 없다.

디텔과 손을 잡아 비비안을 쓸어 버린다? 굳이 그럴 필요가 없었다. 그는 이디에트의 수장으로 30년을 살았다. 디텔은 영원히 그의 적이다.

그럼 제이슨? 미쳤다고 그 새끼와 손을 잡나.

반면에 비비안을 아군으로 돌리면? 이득이 될 게 무엇이 있나. 많다. 일단 그녀의 돈이 제 손에 들어온다. 그녀의 머리도 제 손에 들어온다. 어쩌면 마음마저 들어오면 더 좋지 않겠나. 옆에 두지 않을 이유가 없었다.

"당신이 그러지 않았나. 성공한 집단에는 세 가지가 필요하다고. 첫째, 인재를 알아보는 훌륭한 리더, 둘째, 훌륭한 리더를 고를 줄 아는 훌륭한 부하, 셋째, 훌륭한 리더와 부하 사이의 조화로운 관계."

"······하아."

"어떻게, 이제 첫 번째 조건은 만족하였어? 이만하면 인재를 알아보는 훌륭한 리더가 아닌가? 당신이라는 인재를 내 편으로 만들고 있잖아."

빙그레 웃으며, 위그가 비비안의 이마에 입을 맞추었다. 그에 비비안이 느릿하게 웃으며 입꼬리를 말아 올렸다.

그리고 곧, 나지막이 속삭였다.

개새끼.

이럴 줄 알았으면 안 알려 줄 걸 그랬다. 학습 능력이 아주 뛰어나다 못해 징그럽기까지 하다. 그녀는 인정해야 했다. 상대가 멍청하다는 편견에 사로 잡혀 제구실을 못 한 건 그뿐만이 아니었다. 이번은 그녀의 실책이었다.

비비안은 위그의 눈을 빤히 보았다. 그래, 사랑한다고. 아니, 사랑하겠다고. 이 남자는 현재 자신에게 주문을 걸고 있었다. 필요에 의해 그녀를 사랑하겠노라고.

"그리고 생각해 보니까, 계집으로 사랑하는 건 역시 안 맞아."

"무슨 소리야?"

"당신은 인간적으로 지독하게 매력적이거든. 죽여 버리고 싶은데 죽이질 못하겠어."

"둘 중 하나만 하지."

"싫은데."

위그가 비비안의 허리를 잡았다. 그리고 그녀를 책상에 앉혔다. 그 모습을 보며, 비비안이 피식 웃고야 말았다.

"본인 마음을 본인도 모르겠지?"

"그래. 지독하게 똑똑한 그 모습이 끔찍한데 매력적이야. 누구도 믿지 못하는 그 성정이 짜증 나는데 섹시해. 당장 죽여 버리고 싶은데 아까워서 손을 못 대겠어."

"아, 이런."

"그래서 나도 사실 몰라. 사랑하는 것 같아. 그런데 가능하면 당신을 죽여 버릴지도 몰라. 축하해, 이제 당신은 내게 사랑스러운 비비가 아니야. 위험하고 매력적인 비비안 로젤리스지."

비비안은 고개를 오만하게 들었다. 그리고 팔을 뻗어, 위그의 목에 감았다. 닿을락 말락 하는 거리에서 비비안이 조용하게 읊조렸다.

"그거 알아?"

"뭘?"

"저번에 사랑이니 사람이니 하면서 역겹게 굴 때보다, 지금이 더 매력적이야. 사실 저번 그 컨셉은 좀 역겨웠어."

"이런, 그것도 진심이었어."

"반쪽짜리 진심이었겠지. 당신은 날 이해하지 못해. 그렇지만 이해할 필요도 없어. 날 증오한다고? 그래, 증오해. 죽여 버리겠다고? 그럼 죽여. 난 죽지 않을 거야."

비비안은 위그와 눈을 맞췄다. 그래, 이제야 알겠다.

이 남자의 사랑은 계산이었다. 모든 이성적인 사고를 거쳐 만들어진 계산. 자신을 사랑해야겠다고 생각하고 하는 사랑.

그게 진짜 사랑인지 아닌지 모르겠다. 뭐, 이런 상황을 겪어 봤어야 알지. 하지만 저를 죽일 수도 있는 남자가, 온 힘을 다해 상대해 오는 모습은 짜릿하기까지 했다. 저를 상대하기 위해 바둥거리며 힘쓰는 모습이 지독하게 좋았다.

이 대단한 남자가 저를 적으로 인식해 주어서.

미친 게 틀림없었다. 사랑한다고 하는 남자는 싫어하고, 저를 적으로 인식하는 남자는 또 받아들인다. 이렇게 삐뚤어졌을 수가.

하나 그녀는 비비안 로젤리스다. 그녀가 하는 모든 행동은 비비안 로젤리스여서 그 합리성을 얻는다.

비비안은 한숨을 푹 쉬었다. 무엇이 되었든 간에 그녀로서는 그저 모든 계략을 다해 이 남자를 상대하는 수밖에 없었다. 이 남자 또한 그렇겠지. 그럴 수밖에 없을 것이다.

서로가 서로를 상대해야 했다. 신경을 곤두세우고, 서로의 동태를 살피고, 죽고, 죽이는.

누가 죽고 누가 죽이는 싸움인지는 확실하지 않지만.

사실 해볼 만하지 않은가.

거기까지 생각하고 비비안은 웃었다. 그리고 위그에게 입을 맞추었다.

참, 재미있기도 하지.

서로의 입술이 엉켰다. 사실 아무런 감정도 없는 키스였지만 그럼에도 메마르지 않았다. 비비안은 위그의 목에 매달리고, 위그는 그런 비비안의 허리를 감쌌다. 점점 가까워지는 두 사람의 체온에 비비안이 나른하게 신음을 흘렸다.

입술이 떨어지고, 위그가 비비안과 눈을 마주쳤다. 그래서 당신은, 나를 사랑하나? 나는 당신을 사랑하나?

그저 본능에 가까운 말이었다. 본능과 이성이 얽히고, 결국에는 저 또한 제 마음을 모르겠는.

머리를 거친 판단이 가슴을 두드려 대고, 그것이 다시 한번 머리에 들어간다.

이게 이성적인 판단인지 본능적인 판단인지도 모르겠다. 위그는 그렇게 생각했다. 비비안에게 말했던 것처럼 시작은 그저 그랬다. 수많은 계집들 중에서도 특이한 계집이었다. 똑똑하고, 앞가림 잘하고, 가끔 요부처럼 웃어 주기도 하고. 옆에서 방긋방긋 웃는 계집애들에게 빠졌다는, 그래서 종국에는 나라를 망쳤다는 제왕이 떠올랐다.

하지만 제 옆에 있는 비비안은 애첩이 아니었다. 자신은 그 제왕이 아니었고. 그 차이가 어마어마한 결과를 가져왔다.

그녀는 그를 경계했고 그는 당황했다. 그는 선택의 기로에 섰다.

그래서 그는 그녀를 사랑하기로 마음먹었다.

웃기는 얘기였다. 세상에 사랑하기로 마음을 먹는다는 말이 어디 있나. 원래 물 흐르듯, 가랑비에 젖듯 그렇게 사랑에 빠지는 게 아니었나? 이런 아이러니함에 본인도 놀랐다. 그냥 모든 게 혼란스러웠다.

분노했지만 이해되어서, 이해가 가는 와중에 분노했다.

죽여 버리고 싶은데 옆에 놓고 싶고, 옆에 놓고 싶은데 죽여 버리고 싶었다.

저 예쁜 얼굴에 두고두고 키스만 퍼붓고 싶다가도, 저를 상대하고 있다는 생각이 들기가 무섭게 끔찍해졌다.

모르겠다. 모순적이다. 그는 이것을 사랑이라고 했다.

그는 결국 살 방법을 모색했다. 그날 비비안에게 가면서 어떻게 하면 그녀를 '사랑할 수 있을지' 고민했다. 그리고 방법을 찾을 수 있었다.

그녀는 상인이었고 유언장이 있을 게 분명했다. 그 유언장을 찾자. 일단은.

사랑? 그게 사랑인가? 모르겠다. 비굴하되 고고하고, 지독하리만치 달콤하면서 씁쓸하다.

저는 비련의 남주인공이 아니었다. 포식자를 상대하는 방법은 간단하다. 제가 포식자가 되는 것이었다.

그는 비비안을 놓치고 싶지 않았다. 이성을 거친 판단 결과였다.

그는 비비안을 떠나보내고 싶지 않았다. 감성을 거친 판단이었다.

그래서 결과는?

그는 그녀에게 키스하고 있다.

위그는 비비안을 책상 위에 눕혔다. 화려하게 퍼지는 연회색 머리카락을 만지작거리다가, 그가 다시 그녀의 목에 키스를 남겼다.

그래, 누가 죽나, 어디 한번 보자.

그 결과에 나는 기꺼이 복종할 테니.

비비안은 목에서 타고 올라오는 뜨뜻한 열기에 입꼬리를 말아 올렸다. 누가 맞고 누가 틀렸는지조차 말하기 어려웠다. 그래서 누가 먼저 틀렸느냐고 묻는다면 그 또한 답해 줄 수 없었다.

하지만 한 가지 확실한 건 그의 말마따나 둘 다 빌어먹을 인간이라는 것이었다.

비비안은 얼굴을 굳혔다. 여기서 그녀는 판단해야 했다. 어떻게 해야 가장 안전하게, 가장 큰 이익을 얻을 수 있을지.

여기서 화를 낼 필요는 없을 것 같다. 화를 내 봤자 거기서 거기다. 그렇다고 위그한테 "아니, 넌 사랑이 아니야."라는 개소리를 지껄일 필요는 없다. 그럼……

그냥, 이대로 내버려 두자.

비비안은 미소를 지었다. 그냥 내버려 두자, 죽든지 살든지. 어디 한번 해 보든가.

마음을 놓고 일부러 가만히 있어 주었다. 말캉한 혀가 목을 쓸고 올라왔다. 등에 닿은 딱딱한 책상의 감촉에 그녀가 몸을 움직였다. 허리가 살짝 들리고 그녀가 속삭였다.

"불편해."

"불편해?"

목 언저리에서 숨결이 다가왔다. 비비안은 그것을 가만히 받다가 피식 웃음을 흘렸다.

"사랑이라……."

"사랑해."

"사랑한다, 라……."

"그래, 사랑해."

"……그래. 사랑해."

"……."

"날 사랑하라고."

어차피 네가 죽지 않으면 내가 죽는다. 내가 죽지 않으면 네가 죽는다. 아, 어쩌면 우리 둘이 같이 죽는 방법도 있구나. 혹은, 같이 살거나. 아이러니했다. 사실 서로에 대한 믿음 하나면 해결될 일이다. 사랑한다고 속삭이며 아팠겠다고 서로의 상처를 핥으며 위로하면 답이 보일지도 모른다.

그럼에도 그러지 못한 건 결국 우리 둘 다 잃을 게 너무 많아서.

비비안은 태어날 때부터 많은 것을 가지지 못했다. 그럼에도 그녀가 많이 가졌다는 것은 부정할 수 없었다. 미모와 약간의 지성이면 훌륭한 계집으로 판단되는 곳에서 아름다운 얼굴을 타고났다. 그리고 약간의 돈과, 재능과, 욕망.

여기서 조금만 덜 사나웠다면 어쩌면 누군가의 사랑받는 아내로 살 수도 있을 것이다. 사랑스럽게, 웃으면서, 현명하고 주체적이고 누구보다도 사랑받는 아내가.

그러나 사람들은 결국 서로의 마음을 모른다. 지금 사랑을 말하는 그의 마음조차 모르겠다. 언제 어떤 식으로 그녀의 목을 조여 올지조차 몰랐다. 원래 사랑은 서로 상처만 남기는 관계 아니던가. 그러다가 다시 상처를 핥고, 또다시 같은 곳을 칼로 도려내고.

비비안은 팔을 뻗어 위그의 목을 감았다. 그렇게 사랑한다니 어디 한번 사랑해 보라고 그렇게 말했다. 그녀의 감정과 무관하게 이 계산적인 새끼는 아마 끝까지 야비하게 그렇게 말하겠지.

하지만 그게 무슨 상관이야.

생각해 보니 차라리 이게 낫다. 그나마 보기에도 좋은 게 좋은 거 아니겠는가. 비비안은 그래서 눈을 감았다.

거친 손이 그녀의 다리를 쓸고 올라왔다. 그러다가 허리께에 묶인 리본을 툭 풀어냈다. 화려한 치마가 바닥에 툭 떨어졌다.

"그만할까?"

위그의 목소리가 나지막이 울렸다. 그에 비비안이 미간을 찌푸리다가, 다시 눈을 떴다.

"계속해."

그것이 신호라도 되는 것 같았다. 그녀의 목을 지분거리던 입술이 곧 천천히 쇄골로 내려왔다. 비비안은 고개를 뒤로 젖혔다. 길게 숨을 내쉰 그녀가 천장을 보다가, 입꼬리를 천천히 말아 올렸다.

"이리 와."

비비안은 몸을 일으켰다. 그녀의 움직임에 위그가 얼굴을 찌푸렸다. 계속하라고 한 말과 달리 행동은 반대였다. 하지만 비비안은 몸을 일으키며 손을 뻗었다. 그리고 곧, 그녀가 그의 크라바트를 잡았다.

"위그."

나긋하게 풀어지는 그녀의 목소리에 희열이 차올랐다. 위그는 책상을 짚으며 그녀의 이마에 키스했다.

"왜?"

"기한은 2년이야."

"알아."

"이미 반년이 지났고."

"알아."

"계약서를 수정하지."

"뭐?"

 위그가 미간을 찌푸렸다. 계약서를 왜 갑자기 수정하려고 하는지 이해가 잘 되지는 않았다. 하지만 비비안은 무척 담담하게 그의 크라바트를 풀어 바닥에 던지고는, 손을 그의 셔츠 안쪽으로 밀어 넣었다.

 약간 차가운 손이 뜨거운 살갗에 닿았다. 비비안은 느긋하게 웃으며 위그에게 속삭였다.

"잠자리 한 번에 1억, 그거 폐기해."

"뭐?"

"싫으면 말고."

"잠깐."

"생각해 보니 억울해서. 2년 동안 수절하라니. 말이 돼? 그렇다고 당신이 1억짜리 남자인가 하면 그것도 아니야."

"이봐."

"당신이 날 사랑한다고 속삭이면서 키스하는 건 좋거든. 이렇게 반반한 낯짝과 몸은 유일무이하니까. 그러니 폐기해."

 비비안의 말에 위그가 미간을 찌푸렸다. 뭐가 이렇게 당당한가 싶다가도, 문득 그녀라면 그럴 수 있을 것 같다는 생각이 들었다. 그녀의 파란색 눈동자가 제게 머물렀다. 얼음장처럼 차가운 눈동자에 속이 떨려 왔다.

지독하리만치 가증스러운데 그만큼 매혹적이었다. 마치 먹으면 죽는 사과를 맛보고 싶은 느낌이었다.

툭, 바닥에 그의 외투가 떨어지고, 그다음은 셔츠 앞섶이 벌어졌다. 비비안은 느긋하게 그를 보며 웃었다.

"나를 사랑한다고 하면, 내가 애틋해서 당신을 봐줄 줄 알았어?"

"최소한 증오하는 것보다는 낫겠지."

"그래 뭐, 그렇긴 한데."

"……"

"아쉽게도 내가, 내 남자한테 좀 멋대로 구는 타입이라. 손에 다 들어왔는데 굳이 먹이를 줄 필요가 없거든."

"개새끼군."

"어머나, 내가?"

"말고, 당신 말에 흥분하는 내가."

비비안이 피식 웃었다. 그리고 작게 속삭였다.

"사랑? 해. 허락해 줄게."

"허락 같은 거 받을 생각 없었는데."

"날 제 편으로 끌어들여서 뭘 어떻게 해 볼까 생각했던 모양인데 안타깝게도 그런 일은 일어나지 않을 거야."

"과연 일어나지 않을까? 난 살면서 정복해 보지 못한 게 없어."

"미안하지만 그건 나도 마찬가지라서."

"내가 천하의 요부를 사랑했군."

"그걸 이제야 깨닫다니, 학습 능력이 떨어지네, 우리 남편."

말이 끝나고 그녀가 그의 입술 사이에 혀를 굴려 넣었다. 위그는 그녀의 뒤통수를 안고, 허리를 잡았다. 웃기게도 향긋했다. 시중에서 파는 진한 향수 냄새가 분명했음에도 달콤했다. 제가 아직 제정신이 아닌가 보다, 그가 속으로 웃으며 비비안의 스카프를 잡아당겼다.

옷이 떨어지는 데까지는 그렇게 오랜 시간이 걸리지 않았다. 비비안은 제게 깊숙이 파고드는 더욱더 뜨뜻한 체온에 달라붙었다.

서로서로 목줄을 잡고 죽이기 위해 눈에 불을 켜면서 몸을 섞는다는 게 어떤 느낌일까. 딱히 그런 사랑을 해 보지 못해 모르겠다. 지금까지는 대부분 남자가 알아서 발밑에 무릎을 꿇었다.

뜨뜻한 입술이 단단한 쇄골을 물다가 천천히 아래로 향했다. 허리를 잡고 탐욕스럽게 제 살갗을 핥아 내리는 체온이 뜨거웠다. 그녀는 피식 웃었다.

"흐음……."

목숨을 잡힌 상황에서 태연할 수 있는 사람이 몇이나 되는지 모르겠다. 한평생 무언가를 정복해 온 남자였다. 그의 말마따나 이 세상에 그가 정복해 보지 못한 것은 없을 것이다. 하지만 선례는 아무런 도움이 되지 못한다. 그녀가 첫 번째로 그것을 깨면 되지 않는가. 그런 짓을 못 해 본 것도 아니었다.

그 순간, 그만 웃음이 나왔다. 상상만 해도 짜릿하기 그지없다.

사실, 답은 정해져 있었다.

"소원이 있어."

"말해."

갑자기 웬 되지도 않는 소리란 말인가. 위그의 말에 비비안이 얼굴을 찌푸렸다. 그런 그녀를 올려다보며, 그가 손가락으로 그녀의 입술을 쓸었다. 그리고 곧, 나지막이 입을 열었다.

"내가 지칠 때까지, 어때?"

그것이 무엇을 말하는지 모르지 않았다. 비비안은 그래서 입꼬리를 말아 올렸다.

"좋아. 대신."

비비안은 머리를 뒤로 쓸어 넘기며 우아하게 속삭였다.

"내가 해 달라는 건 다 해 줘야 해."

* * *

그 뒤로 얼마나 지났는지 모르겠다. 정신을 꽤 오래 잃었던 것 같다. 그가 지칠 때까지, 라고 한 말을 꼭 지키려고 정신을 다잡긴 했는데, 어느새 정신을 다시 차렸을 때는 딱 봐도 새벽이었다. 오후에 집무실에 쳐들어갔으니, 지금 몇 시간이나 흘렀나. 비비안은 침대 위에 곱게 뉘어진 저와, 제 몸 위를 턱 하니 누르고 있는 손을 보고 눈썹을 까닥였다.

몸을 살짝 움직이자 팔이 감겨 왔다. 아무것도 입지 않아 추울 만도 했지만, 체온이 그대로 전해져 와서 괜찮았다. 하도 움직여서 몸이 시큰해졌다. 비비안은 억지로나마 윗몸을 일으켰다.

조만간 꼭 운동하러 다닐 거야. 비비안은 허리를 잡고 중얼거렸다. 그러고 보니 어제 집무실에서 정신을 잃은 것 같은데, 아, 아니다, 중간에 몇 번 일어났다. 제정신이 아니었던 것 같은데 그 와중에 즐기기까지 하고, 이 남자도 이 남자지만, 저도 참 그 와중에 대단하다.

역시 나, 라는 상당히 자기도취적인 생각을 하며 비비안이 침대에서 벗어나려는데, 묵직한 팔이 그녀를 꽉 눌렀다.

"……왜."

"……."

"가지 마."

언제 그렇게 절절했다고 이딴 대사를 내뱉는가. 누가 보면 실컷 괴롭힘당하다가 버려지기라도 한 상처받은 남자인 줄 알겠다. 비비안은 기가 막혀 그의 팔을 들고 한쪽에 던졌다.

"잠이나 자."

"……왜."

"목말라."

"물 가져다줄게."

"그럼 빨리 일어나."

"응?"

잠결에 한 말이겠지만 물을 갖다주겠다는 말에 비비안은 침대에 뻗대고 있었다. 그녀의 말에 위그가 고개를 들고 그녀를 보았다. 잠기운이 가득한 그 눈을 보며, 비비안이 활짝 웃었다.

"물."

"……."

"가져다주겠다며."

'내가?'라는 의문이 여실한 얼굴을 보며 비비안이 고개를 끄덕였다. 그녀는 제게 유리한 말은 절대 넘겨듣지 않는다. 결국 위그는 자리에서 일어나, 한쪽에 있는 컵에 물까지 따르고 비비안에게 넘겨주었다.

목이 마르긴 말랐는지 비비안은 꿀꺽꿀꺽 한 컵을 다 비워 냈다. 그 모습을 보다가, 위그가 컵을 받아 들었다.

"더 줘?"

"됐어."

다시 이불 안으로 기어들어 가는 그녀를 보다가, 그가 그녀를 안아 들었다. 그 자연스러운 행동에 비비안이 얼굴을 찡그리다가, 곧 피식 웃었다.

어떻게 사람이 생긴 것부터 인성까지 전부 유해 물질일 수가 있어.

딱 봐도 위그는 무해한 인간은 아니었다. 온몸으로 자신이 위험하다는 것을 티 내고 다니는 남자라, 비비안은 오히려 그것에 홀라당, 아, 홀라당은 아니고 어느 정도 넘어간 자신이 더 우스웠다.

그녀는 손을 뻗어 그의 머리를 쓸었다. 그의 팔이 무엇인가를 더듬다가, 자연스럽게 그녀의 허리를 감아쥐었다. 자면서도 밝히는 새끼. 비비안은 그렇게 읊조렸으나 결국 그의 뒤통수를 갈기지는 않았다. 그녀는 아직 그를 죽이면 안 됐다. 만약 이대로 그가 죽는다면 그녀는 공작가의 '미망인'이 되어 평생을 살아야 했다. 그것이 가져다주는 불이익은 분명 이대로 그와 싸웠을 때보다 더 많을 것이었다. 그것을 알고 있기에 위그도 이리 나오는 것이었다.

그리고 무엇보다도.

비비안은 속으로 읊조렸다.

그리고 무엇보다도, 죽이는 것보다 훨씬 더 좋은 선택지가 있었다.

'당신과 나는, 정말 빌어먹게 똑같군.'

그걸 이제야 발견했다. 그리고 지금이라도 발견해서 다행이다. 아니, 애초에 이런 사실 자체가 축복이다.

'하지만 결국에는 다르지.'

비비안은 천천히 고개를 숙여 그에게 입을 맞추었다. 그에 위그가 눈을 감고 움찔거리는 것을 보다가 비비안이 곱게 웃었다. 그녀의 얼굴에 비낀 진득한 미소는 절대 달콤하지 않았다.

'마지막은 누가 죽느냐의 문제가 아닐 거야. 죽음이 과연 어떻게 존재할까의 문제지.'

죽는가 죽이는가, 그것이 가장 큰 문제였다.

## Chapter 7
# 당신을 향한 칼날 (1)

위그가 비비안의 유언장을 확인한 뒤 세믄 교수는 꽤 불안한 나날을 보냈다. 그는 법학 교수이자 변호사였고, 변호사의 기본 소양은 의뢰인의 기밀을 절대적으로 유지하는 것이다.

물론 바첼론의 법과 사회 분위기상 그가 한 일이 '잘못된 것'은 아니지만, 어쨌든 여성을 독립적인 인격체로 인정해야 한다고 여기는 세믄 교수 입장에서는 자신의 행동은 비비안의 기밀을 유지하지 못하고 변호사의 기본 소양을 저버린 것이나 마찬가지였다. 하지만 그런 그의 걱정과 달리 비비안은 꽤 평화로운 얼굴로 며칠 뒤 그의 앞에 나타났다. 얼마나 평화로웠느냐면, 세믄 교수가 더 조급할 정도로.

"단주님."

"말씀하세요, 교수님."

비비안은 우아하게 차를 마시며 답했다. 그녀의 얼굴에는 며칠 전 남편이 제 유언장을 확인한 여자치고는 상당히 차분한 분위기가 흘렀다.

그에 세믄 교수가 되레 급한 얼굴로 말했다.

"각하께서 유언장을 확인하셨습니다."

"알고 있어요. 수정은 하지 않았다면서요?"

"네, 하지만 언젠가는 수정할 수 있음을 의미합니다."

"상관없어요. 내 남편이 교수님을 찾아와 유언장을 수정하기를 부탁하면, 그다음에는 당장 나에게 고지해 주세요."

"알겠습니다."

비비안은 마치 '오늘 아침을 너무 많이 먹어서 점심은 그다지 먹고 싶지 않아요' 따위의 말을 하는 것처럼 담담하게 대답했다. 세믄 교수는 한숨을 푹 쉬었다.

그런 그의 얼굴을 보다, 비비안이 입을 열었다.

"리디아 양은 잘하고 있나요?"

"네. 성적도 꽤 우수합니다."

"학교생활은?"

비비안의 물음에 세믄 교수가 멈칫했다. 솔직히 리디아의 학교생활은 빈말로도 괜찮다고 말하기 어려웠다. 그나마 교수들은 법학원 원장의 얼굴을 봐서 겉으로 드러내지는 않았지만, 애초에 남자들의 영역에 뛰어든 어린 계집애 한 명을 좋게 보는 사람은 없을 것이다.

"그럭저럭 잘하고 있습니다."

"괴롭히는 사람은 없나 봐요."

"다행이게도 직접 괴롭히는 사람은 없다고 합니다."

직접.

비비안은 피식 웃었다. 그래도 미래의 신사분들이 있는 학교였다. 대부분 좋은 집안에서 레이디 퍼스트, 여성을 배려하는 게 남자들의 의무라고 교육받아 온 소년들이었다. 물리적으로 괴롭힌다거나 하는 일은 없을 것이다.

"다만……."

비비안은 고개를 갸웃거렸다.

"네. 말씀하세요."

"다만, 비올테 후작가의 영식과 사이가 안 좋아서."

"비올테?"

"귀족원의 제4의석을 차지하는 가문의 영식입니다. 듣기로는 꽤 정중하고 부드러운 성격이라지만, 제 조카가 하도 다혈질이라."

"오오."

"둘이 사사건건 부딪치는 게."

"보통 그런 상황이면 로맨스가 싹트는데, 그쪽은 전쟁인가 봐요?"

"놀리지 마십시오. 프롬 교수가 그러는데 저번 직업 윤리 수업에서 둘이 대대적으로 논쟁을 벌이는 바람에 복도에 지나가던 사람까지 참관할 정도였다고 하더군요."

비비안은 까르르 웃음을 터뜨렸다. 무슨 상황인지 눈에 빤하다. 그래서 더 웃음이 나왔다. 하지만 세믄 교수는 이마를 짚었다.

"이러다가 저도 감싸 줄 수 없게 될 지경입니다."

"감싸 주지 마세요. 왜 감싸 주나요?"

"네?"

"조카분이요. 굳이 감싸 줘야 하나요?"

"그래도……."

"뭐, 조카분을 아끼시는 마음은 이해가 되지만. 장기적으로 볼 때 딱히 좋은 방법은 아닌 것 같아요. 물론 간섭하는 건 아니고요."

비비안은 피식 웃었다. 세믄 교수의 마음이야 이해가 되지만, 애초에 남자들만 가득한 곳에 공부하러 들어갔으면 그 정도는 예상을 해야 하지 않는가. 물론 이러한 상황이 옳다는 건 아니었다. 리디아의 탓이 아닌 것도 알았다. 하지만 원래 팍팍한 현실에서 어른이 해야 할 건 아이가 무사히 성장하도록 돕는 것이다.

"리디아 양은, 언젠가는 예델에서 나와 사회로 들어가겠죠."

"그렇습니다."

"그녀에게는 무수한 선택지가 있지만, 무엇이 되었든 간에 그 아이가 처해야 하는 환경은 학교의 몇십 배, 몇백 배 이상으로 잔인할 거예요."

그녀가 그래 왔던 것처럼.

"예델처럼 교육을 잘 받은 귀족 남자들이나 교양 있는 남자들이 아닌, 거칠고, 막무가내고, 그런 사람들이요. 하물며 예델에도 거지 같은 것들이 있는 이상. 게다가 그 아이가 상대해야 할 건 비단 남자들뿐만은 아닐걸요."

"단주님."

"계집 주제에 제 남편의, 제 형제의, 제 아들의 기회를 빼앗는다고 분노할 여자도 있을 수 있고, 극단적으로 어쩌면 저 같은 여자도 있을 수 있죠. 지금이야 제 이익에 위협을 주지 않아 가만히 있는 것이지만, 아무리 현재의 친구라도 제 이익에 위협을 주면, 저는 남자든 여자든 가리지 않아요."

세믄 교수는 길게 한숨을 쉬었다. 그래 뭐, 예상하지 못한 건 아니었다. 원래 세상살이가 다 그렇지 않은가.

"그러니까 제 말은, 그냥 내버려 두세요. 편을 들지도 말고, 감싸 주지도 말고. 그러다가 해를 입을 위기가 있으면 보호해 주고."

"단주님. 가끔 저는 생각합니다."

"네."

"단주님은 근본적으로 불공평한 환경에서 살아오셨습니다."

"흐음. 뭐, 그렇긴 하죠."

"그러면, 이 세상을 고쳐 보려는 생각은 하지 않으셨습니까?"

"아니요."

비비안은 단칼에 말을 자르며 고개를 저었다. 우아하게 퍼지는 그녀의 미소에 세믄 교수가 길게 한숨을 쉬었다. '왜?'라고 묻는 그의 얼굴에 비비안이 입을 뗐다.

"나는 장사꾼이지 몽상가가 아니거든요."

"몽상가라……."

"나는 나와 비슷한 처지에 있다는 이유로 누군가를 동정하지 않아요. 물론, 나 또한 동정을 거절하죠."

비비안은 우아하게 웃었다.

"그래서 가끔 생각하는데, 난 아마 이렇게 살다가 언젠가는 누군가의 칼에 찔려 죽음을 맞이할 거예요."

"그래도. 단주님 탓은 아닐 겁니다."

"말씀은 고맙지만. 제 탓이에요."

비비안은 어깨를 으쓱했다. 안 그래도 요즘따라 공격을 많이 받아 익숙해졌는데 이런 식의 위안은 또 처음이었다. 하지만 그렇다고 해도 그녀는 딱히 제 행동을 잘했다고 생각하지 않았다.

"그냥 제가 한 행동을 돌려받는 것뿐인데요 뭘."

"세상의 문제입니다."

"교수님. 세상은 애초에 완전히 올발랐던 적이 없어요. 앞으로 어떻게 될지는 모르지만, 최소한 현재까지 절대적으로 모든 이들에게 공평했던 시대는 없었죠. 그 사이에서 최대한 선과 인간성을 발휘하면서 사는 인간도 많았어요. 아니, 애초에 대부분 사람들은 그렇게 살 거예요. 하지만 나는 그게 싫었죠."

"그렇지만."

"인간은 한 가지 속성만 갖지 않아요. 혈통, 재산, 성별, 관계, 그 외 수많은 역할을 하면서 사는데, 그래서 이 기준 중에서 진짜로 절대적으로 공평한 기준이 있긴 했나요?"

세상에 영원한 적은 없다. 기준이 무엇이냐에 따라 크게 엇갈린다. 그녀는 문득 자신을 도와 달라고 말하던 크리스티나 왕녀를 떠올렸다. 왜 저를 찾아왔는지 뻔했다. 여자라는 이유 하나에 매달린 게 틀림없었다. 하지만 그렇다고 해도 그녀는 결국 평민이고 상인이었다. 이익 최대화가 목표인. 왕실의 존재는 그녀의 이익을 방해할 수밖에 없다.

비비안은 피식 웃었다. 그렇게 대립해야 하는 날이 오면 비비안은 크리스티나의 친구가 되지 못한다. 처단해야 할 적이지. 그때도 과연 우리의 왕녀님은 자신을 여왕으로 만들어 달라고 저한테 손을 내밀까.

결국 인간사가 다 그렇지 않은가. 이익과 필요 때문에 손을 잡다가 놓는다.

비비안의 말에 세믄 교수가 길게 한숨을 쉬었다. 사실 그러한 것들을 누구보다 잘 알고 있는 게 그였다. 그래도 원래 이상적인 삶을 영위하는 건 모두의 꿈이 아니던가.

"제가 요즘, 뒤통수를 맞아 보니 알겠더군요."

뜬금없는 비비안의 말에 세믄 교수가 상념에서 벗어났다. 그리고 비비안의 말에 귀를 기울였다.

"저는 곱게 늙어 죽을 것 같지는 않다는 것. 한 짓이 오죽이나 많아야죠."

"그렇다고 해도⋯⋯."

"저를 이해하려고 하실 필요 없어요. 교수님처럼 인간의 보편적인 선을 좇는 분이 저를 이해했다는 건, 사실 이해를 하지 못했다는 말이나 비슷하니까요. 그리고 애초에 저는 불의에 민감하지 않아요. 뭐, 알긴 하지만 잘 참는 편이죠."

세믄 교수는 피식 웃었다. 동정은 싫다, 자신은 강하다는 건가. 왠지 모르게 눈앞의 사람을 알 것 같았다.

"단주님의 뜻은 알겠습니다."

"고마워요. 역시 교수라 이해가 빠르시군요."

"그럼, 유언장에 관한 부분은 혹여 문제가 있으면 바로 알려 드리겠습니다."

비비안은 고개를 끄덕였다. 그리고 자리에서 일어났다.

비비안과 만난 뒤 크리스티나는 요즘 하루하루 죽을 맛으로 살고 있었다. 위그의 허락을 받아 내라. 비비안이 준 그 임무는 지나치게 어려운 것이라, 그녀는 대체 뭘 어떻게 해야 할지도 몰라 서성거렸다.

"전하. 이것 드세요."

"플로라. 로튼의 단주는 나를 싫어하는 걸까?"

크리스티나의 말에 플로라가 웃음을 흘렸다. 순진하기도 하고 귀엽기도 한 질문에 그녀가 답했다.

"설마요. 그분이 전하를 싫어할 이유가 어디 있을까요?"

"그렇지? 그러니까 희망은 있는 거지?"

크리스티나는 고개를 푹 숙였다. 겨우겨우 용기를 내서 말했지만 결국 준비했던 대사를 전부 까먹었다. 기껏 이것저것 써 준 세실리아에게만 미안했다.

"세실리아는 지금 뭐 해?"

"엘버린 공작 각하의 비서 일을 하고 있죠."

세실리아 엘버린은 엘버린 공작 부부의 장녀이자 한때 크리스티나의 시녀였다. 똑똑하고 야무져서 크리스티나와 친한 친구이기도 했다. 비비안을 만날 때 했던 말 중 7할은 세실리아의 머리에서 나온 것이었다.

"엘버린 공작은 딸을 많이 사랑하나 봐."

"그분이야 언제나 그랬죠. 좋은 남편이고 좋은 아버지이고."

"귀족원에 상속법 폐지를 건의하고 있다던데."

"흐음. 좀 어렵지 않을까요?"

"내가 생각해도 어려워. 그 인간들이 미쳤다고……."

크리스티나가 짜증을 부리며 테이블에 기댔다. 그때 한쪽에서 낭랑한 목소리가 들려왔다.

"하지만 해 보지도 않고 결과를 알 수는 없죠, 전하. 그리고 왕녀는 그렇게 테이블에 퍼질러 있지 않는답니다. 플로라, 넌 대체 왕녀 전하를 말리지도 않고 뭐 하는 거야?"

"세실리아!"

크리스티나가 활짝 웃으며 고개를 들었다. 그리고 저쪽에서 걸어오는 화려한 갈색 머리 여자를 보며 큰 목소리로 외쳤다.

세실리아는 우아하게 웃으며 크리스티나의 맞은편에 앉았다. 그에 크리스티나가 뾰로통하게 입을 열었다.

"조금의 손해를 감수하더라도 귀족원에서 나오지 않을 거라고 한 건 너였으면서."

"그거야 귀족원 얘기가 나오면 로튼의 단주를 그렇게 설득해 보라는 것이었지. 진짜로 그렇게 말씀하실 줄 몰랐어요. 게다가 남자와 여자의 관계라니. 그렇게 붙일 생각을 다 하시고 참 대단하시네요."

"아, 어떻게 해 그러면. 그 상황에서 생각나는 게 네가 알려 준 것밖에 없는데."

"그래서 그 여자는 뭐라고 하던가요?"

세실리아의 말에 크리스티나의 얼굴이 다시 흐려졌다. 그리고 테이블에 머리를 푹 묻고 중얼거렸다.

"자기 남편을 설득해 오래."

"이익이 없는 일은 죽어도 하지 않겠다는 거군요. 뭐, 예상은 했지만, 생각보다 훨씬 여우 같은 여자네요."

세실리아가 중얼거리자 크리스티나가 시선만 올려 그녀를 보았다. 차분하고 도도하기 그지없는 세실리아의 얼굴을 보다가, 크리스티나가 얼굴을 찌푸렸다.

"그러고 보니 넌 은근히 그 단주를 싫어하더라?"

"제가요? 설마. 한 번도 보지 못한 사람을 제가 어떻게 싫어하죠? 어머니는 그분을 꽤 좋아하는 듯싶지만."

세실리아가 어깨를 으쓱했다. 그녀는 환하게 웃으며 오늘 로튼의 단주를 봤노라고 신이 나서 말하던 엘버린 공작 부인을 떠올리며 말했다.

"다른 건 몰라도 강단 있다는 건 확실하잖아요."

"다른 건 몰라도?"

"그럼 자기 형제를 처리한 여자를 잘했다고 숭배라도 해야 한다는 말인 가요? 아무리 다들 쉬쉬한다고 해도 어쨌든 그 여자가 무슨 수를 쓴 건 분명하다고요."

"세실리아."

"왕녀 전하. 세상에 영원한 친구는 없어요. 전하는 필요에 의해 그 여자와 손을 잡아야 할 뿐, 너무 마음을 주실 필요 없어요."

세실리아의 말에 크리스티나가 고개를 끄덕였다. 세실리아는 언제나 그러하듯 차분하고, 직설적이었다. 그래서 그녀와 대화할 때면 혼이 난다는 느낌을 피할 수가 없었다.

"그럼 이제는 어떻게 해야 하는지 모르겠어. 이디에트 공작은 어려운 상대야. 그 사람은 현재 알렉산드르를 왕으로 세우고 싶어 한다고."

"확실해요? 태자비가 이디에트의 사람인데?"

"확실해. 내가 아무리 멍청해도 그 정도 눈치는 있어. 둘째 오라버니는 현재 이디에트의 손길을 벗어난 존재야. 그런 존재를 이디에트가 가만히 놔둘 것 같아? 넌 이디에트와 그 단주가 왜 결혼했다고 생각해?"

"그거야, 사랑하니까?"

"설마."

크리스티나가 흥, 가볍게 콧방귀를 뀌었다. 그리고 천천히 몸을 일으켰다.

"나는 그렇게 생각하지 않아."

"왕녀 전하. 타인의 마음을 함부로 재단하는 건 금기예요."

"아니, 나는 다른 건 몰라도 이건 확신할 수 있어. 이디에트 공작과 로튼의 단주는 물과 기름처럼 섞일 수 없는 사람들이야."

크리스티나는 비록 정치를 제대로 배워 보지는 못했지만, 어렸을 때부터 눈치 하나는 빠른 사람이었다. 인간관계에 대해서는 누구보다도 영리하게 굴 수 있었다.

"모르긴 몰라도 둘 사이에 거래가 오간 건 확실해. 생각해 봐, 세실리아. 로튼을 겨냥한 게 분명하던 공문과 의안이 이디에트와 결혼하기가 무섭게 딱 끊겼어. 통행 자격증도 로튼에게 갔고. 거기다 결혼한 직후부터 이디에트가 알렉산드르에게 접근하고 있지. 이게 뭘 의미한다고 생각해?"

크리스티나의 말에 세실리아가 의미심장한 표정을 지었다. 그리고 조용하게 읊조렸다.

"세기의 사랑 따위 없는 건조한 관계다?"

"그렇지. 최소한 나는 그런 것 같아. 진짜일지는 모르지만. 내가 본 단주는 그렇게 만만한 사람이 아니었어, 이디에트도 그렇고."

"그럼…… 이디에트는 태자비 전하를 버린 거로군요."

"어쩌면 엘리미아 언니가 버려지길 자청한 것일지도 모르지. 제이슨 오라버니의 아내로 살 바에야 혼자서 늙어 죽는 게 좋을 것 같아. 솔직히."

크리스티나가 깔깔거리며 말했다. 그러나 세실리아의 얼굴은 여전히 굳어 있었다. 이렇게 되면 일이 복잡해진다. 엘버린 공작가는 이디에트와 함께하지만 그 세가 디텔과 이디에트에 비할 바는 못 된다.

세실리아는 한숨을 푹 쉬었다. 엘버린 공작의 제의는 다시 한번 귀족원에서 뭉개졌다. 그리고 그 제의에서 이디에트는 반대표를 던졌고.

"그럼 현재 유일한 변수는 공작이겠군요."

"응?"

세실리아가 중얼거리자 크리스티나가 고개를 들었다. 무슨 말을 하느냐는 그녀의 표정에, 세실리아가 미소 지으며 답했다.

"공작이 생각이 바뀔 만한 계기?"

"그런 게 있을까?"

"그거야 모르죠. 그럴 계기가 생길 수도 있고."

"남자들은 영원히 모를 거야."

"죄송하지만 저희 아버지도 남자랍니다. 물론 제 오빠도 남자고."

"엘버린 공작은 다르잖아."

"하지만 결국 남자죠."

세실리아가 느긋하게 답했다.

"저는 아버지를 존중해요. 그분은 저와 어머니를 사랑하시고, 가정을 지키기 위해 노력하시는 분이세요. 물론 저희 오빠도 그렇고요."

"맞아. 대단한 분이지."

크리스티나가 웃으며 의자에 기댔다. 그리고 곧기 그지없는 세실리아의 눈빛을 보며 쓰게 웃었다. 비비안과 크리스티나에게는 엘버린 공작 같은 아버지도 없었고, 에스피안 같은 다정한 오빠도 없었다. 그럼 대체 뭘 어떻게 해야 하나.

세실리아는 한평생 다정한 남자들 틈에서 자라 왔다. 무뚝뚝하지만 가족을 위해 헌신하는 아버지, 그리고 동생을 아끼고 미래를 지지해 주는 오빠. 그 외에도 엘버린 공작과 친한 사람들은 대개가 그런 식이었다. 화목하고 좋은 집안. 아내를 존중하는 남편. 남편을 존중하는 아내.

크리스티나의 기색을 살피던 세실리아가 피식 웃었다. 그녀는 왕녀와 오랜 친구인 만큼 그녀의 생각을 누구보다도 잘 알았다. 그래서, 그녀가 말을 이었다.

"누군가를 질책할 생각은 없어요. 나는 그럴 자격이 되지 못하니까. 하지만 기왕이면 손해와 상처를 가장 적게 내는 길로 가고 싶은 게 사람 마음 아닐까요?"

"너는 평화주의자구나."

"천만에요. 전쟁도 필요하다면 해야죠. 하지만 그건 최후의 보루예요. 서로 죽고 죽이는 싸움의 결말은 항상 둘 다 죽으면서 끝나요. 안타깝지만 그게 현실이니까요."

"그럼 뭘 어떻게 해야 한다는 거야?"

"뭘 어쩌겠어요. 잘 들어 먹는 것들과는 손을 잡고, 잘 들어 먹지 못하는 사람은 상관하지 않는 거죠."

크리스티나가 길게 한숨을 쉬었다. 그러면…….

"제 생각에는 이디에트 공에게 약점을 하나 쥐여 주는 편이 좋을 것 같아요. 그리고 부탁하는 거죠, 왕이 되게 도와 달라고. 물론 얼핏 듣기에는 비굴하지만 어쩌겠어요, 이디에트르는 그만큼 힘이 있는데."

"흐음."

크리스티나는 세실리아의 말에 고뇌 섞인 얼굴을 했다. 그러다 곧, 한숨을 푹 쉬며 테이블에 엎드렸다.

* * *

"그러니까 작작 좀 해."

세믄 교수와 담화를 나누고 나오던 비비안은 귀를 찌르는 목소리에 고개를 돌렸다. 화려한 장미가 만개한 정원에서 빨간 머리 여자와 청년이 싸우고 있었다. 그중 하나는 그녀도 알고 있었고, 다른 하나는…….

"왜, 비올테의 영식께서는 핏방울만 봐도 기절하시나?"

"그게 아니라."

리디아가 피가 퐁퐁 솟아오르는 손을 입에 물며 빈정거렸다. 그러자 앞에 있던 금발 머리 남자가, 비올테 후작 영식일 게 뻔한 청년이 그녀의 손을 낚아챘다.

"이리 와 봐."

"됐어. 놓아줘. 입 안에 넣으면 멈춰."

"이리 달라니까. 거참, 말을 안 듣네. 살살 할 테니까 이리 달라고, 지혈하게."

"내가 혼자 한다니까?"

"네 그 바느질하는 것만 봐도 뻔히 보이는 투박한 솜씨로? 아서라. 손 하나 아작 내지."

투닥투닥거리는 두 사람을 보며 비비안이 묘한 표정을 지었다. 그리고 곧, 피식 웃고 말았다.

"어? 이사장님?"

먼저 비비안을 발견한 사람은 리디아였다. 비비안은 우아하게 웃으며 인사를 받았다.

"그래요. 오랜만이죠, 리디아 양?"

"네! 어…… 숙부님을 뵈러 오신 건가요?"

"그렇죠."

"이사장?"

리디아와 비비안의 대화에 청년이 묘한 표정을 지었다. 그리고 곧 비비안이 누구인지 눈치챈 얼굴을 했다. 그에 비비안이 우아하게 웃으며 손을 내밀었다.

"처음 뵙겠습니다. 이디에트 공작 부인. 아드리안 비올테입니다."

비비안의 손등에 입을 맞추며 정중하게 인사하는 아드리안을 보며 비비안이 고개를 끄덕였다. 그리고 입을 열었다.

"그래서 두 분은 지금 사랑싸움을 하시는 건가요?"

"아닙니다!"

"무슨 소리세요."

맞는 것 같은데?

비비안은 여전히 웃음을 얼굴에 담고 길게 한숨을 쉬었다. 뭐, 원래 이 나이 때면 싸우다가 정도 들고, 그러는 거지. 자신과 위그가 특이한 케이스, 아니, 자신이 특이한 케이스인 거고.

"뭐, 아니면 말고요."

씩씩대며 서로 노려보는 두 사람을 보며 비비안이 가볍게 작별 인사를 한 뒤 발걸음을 옮겼다. 뒤를 힐끔 돌아보자, 두 사람이 또다시 싸우기 시작했다.

참 좋을 때다.

* * *

"당신 첫사랑은 누구야?"

"……?"

침대에서 조용하게 책을 펼치던 비비안의 물음에 위그가 고개를 돌렸다. 대답이 돌아오지 않자 비비안이 고개를 들고, 위그와 눈을 맞췄다.

"왜, 말하기 어려워?"

"첫사랑?"

"응. 첫사랑."

위그는 얼굴을 찌푸렸다. 무슨 그런 뜬금없는 물음이 다 있나. 갑자기 첫사랑이라니. 그리고 그에게 첫 여자는 그다지 상상하고 싶지 않은 상대였다. 아버지의 코르티잔이었던 여자. 그런 끔찍한 기억이라니.

"왜, 말하고 싶지 않아?"

"별로 좋은 기억은 아니다."

비비안은 흐음, 길게 숨을 내쉬었다. 그러고 보니 예전에 집사가 해 준 말이 생각났다.

"첫사랑. 첫 잠자리 상대가 아니라."

"그게 그거 아닌가."

"그게 그거인 사람도 있고, 아닌 사람도 있지."

"그럼 당신은?"

위그가 물었다.

"왜 또 질문을 나한테 돌려?"

"궁금해서."

비비안이 피식 웃었다. 제 첫사랑이라…… 우습게도 생생할 정도로 기억이 났다.

"내 첼로 선생님."

위그는 하마터면 마시고 있던 물을 뿜을 뻔했다. 그야말로 삼류 로맨스 소설에서나 나올 법한 관계였다. 비비안은 위그의 얼굴을 살피다가 피식 웃었다.

"오해하지 마. 금방 음악학원에서 졸업하고 내 첼로 가정 교사로 고용된 거였어. 나보다 두 살 정도 많았나? 참고로 내 남자 취향에 어마어마한 영향을 끼친 장본인이야."

"그건 기분이 좀 나쁜데?"

그 정도로 영향을 준 남자라니 기분이 좀 나쁘다. 뭔지는 모르겠지만 좋을 리가 없었다. 위그는 털썩 침대에 앉고 이불 안에 들어갔다. 그때 비비안이 말을 이었다.

"기분 나쁠 거 없어. 죽었거든."

"응?"

위그가 멈칫했다. 하지만 비비안은 꽤 담담했다.

"사고였어. 연주 도중에 무대 장치가 떨어져서."

"……."

"그때가 첫 번째 연주였어. 관객은 나밖에 없는."

"그럼…… 당신."

"관객이 하나밖에 없는 연주회가 끝나고, 내가 꽃을 들고 올라가는데 장치가 떨어진 거야."

"……."

"그가 나를 밀치고, 나는 살았어. 다행인지 불행인지."

위그는 침묵했다. 그 사실을 말하는 여자는 지나치게 담담했다. 마치 자신은 그 사고를 보지도 못했고, 그런 일을 당하지도 않은 것처럼. 그리고 다른 한편으로 놀랐다. 이 여자에게, 바늘로 찔러도 피 한 방울 나올 것 같지 않은 이 여자에게 그런 과거가 있다는 것이.

"그냥, 그런 이야기야."

"그게 당신 첫사랑이었단 말인가."

"첫사랑이지. 다정한 남자였는데."

"꽤, 뇌리에 남았겠군."

"다니엘이 그 남자와 꽤 닮았는데……. 그러고 보니, 에단도 그 남자를 닮았네."

비비안이 혼자 중얼거렸다. 그에 위그가 얼굴을 팍 찌푸렸다. 기분이 더러웠다. 그냥 정부였다면 몰라도 사랑이 존재했던 사이였다. 그것도 첫사랑. 가장 순수하고 풋풋한 시절을 함께한.

위그의 얼굴을 보던 비비안이 웃음을 흘렸다.

"어쨌든 그런 이야기가 있었어."

"의외로군."

위그가 간단하게 감상을 흘렸다. 비비안이 고개를 돌렸다.

"뭐가?"

"나는 당신이 만난 남자들이 하나같이 개새끼라 나한테까지 그러는 줄 알았어."

"뭐. 개새끼들이 없지 않아 있지만, 그래도 따지고 보자면 내 주변 남자들은 나한테 상냥했어."

"……당신 오빠도?"

"그래. 우리 오빠도."

비비안이 길게 한숨을 쉬었다. 오빠들은 꽤 상냥했다. 첫째인 제이콥과 좀 많이 싸우긴 했지만 동시에 그녀가 괴롭힘을 당하면 제일 먼저 나서던 사람도 제이콥이었다. 거기서 가장 상냥하지 않았던 사람이 바로 자신이었다.

"그러고 보니 우리 둘째 오빠가 정신 병원에 들어가기 전에 나를 만났는데."

"……."

"나한테 미안하다고 했어."

"뭘?"

"그렇게 단주가 되고 싶어 하는 줄 몰라줘서 미안하다고. 오빠가 잘못했다고."

순간 울컥 뭔가가 치고 올라왔다. 위그는 얼굴을 찌푸렸다. 기분이 이상했다. 하지만 그것을 말하는 비비안은 담담하게 웃었다. 자기 일이 아니라는 듯이 말하는 그녀의 모습에 위그가 결국 그녀에게 물었다.

"후회하나?"

"뭘?"

비비안이 고개를 갸웃거렸다.

"오빠들을 제거한 거."

"아니."

비비안은 고개를 저었다.

"후회하지 않아. 같은 상황을 다시 겪는다 해도 나는 그렇게 할 거야."

비비안의 목소리는 지나치게 담담해서 오히려 이질적으로 느껴질 정도였다. 그 모습을 빤히 보다가, 위그가 얼굴을 굳혔다.

"당신은 일전에 그랬어. 이 세상에 잠재된 위험이 가장 잘못된 것이라고."

"응."

"그런데 왜 당신은 사람을 공격하지?"

비비안이 입꼬리를 말아 올렸다. 그녀의 얼굴에 미소가 퍼졌다. 위그가 눈썹을 까닥였다.

"그거야, 형태도 없고 실체도 없는 세상을 비난하기보다는, 구체적인 인간에게 칼을 겨누는 게 제일 쉬우니까."

"……."

"깔끔하게 말해서 비겁한 거야."

위그는 숨을 멈췄다. 비비안은 지독하리만치 자신을 잘 알았다. 그래서 더 대책이 없었다. 차라리 끝없는 자기 합리화를 하면 설득이라도 해 보지, 자신을 잘 알고 그것을 행하려는 사람은 어떤 식으로든 설득하지 못한다.

하지만 사실, 모르겠다. 한때 이 여자를 동정했다. 한때 이 여자를 안타깝게 여겼다. 또 한때는 보듬어 주고 사랑해 주려고 했다. 그러나 지금은 이 여자를 경계하고, 무서워하고, 어떻게든 무너뜨려 보려 애쓴다. 어느 쪽이든 불쾌하다. 전자는 지독하게 자기중심적이고, 후자는 지독하게 공격적이다. 어느 쪽이든 옳지 않았다.

비비안은 다시 책을 들었다. 그녀의 곱상한 얼굴을 보다가 그는 한숨을 쉬었다.

어느 쪽이 정답인지 사실 그도 모르겠다.

"그래서, 우리 남편 첫사랑은 대체 누군데?"

위그는 더욱더 얼굴을 찌푸렸다. 아니, 왜 남의 첫사랑을 걸고넘어지나.

"궁금해서 그래. 있긴 한 거야?"

"없다."

첫사랑은 무슨. 청년 시절 대부분을 전쟁터에서 보냈고, 잠자리 상대나 정부는 있어도 첫사랑은 없었다. 사랑이라는 게 뭔지도 모르겠고, 이 여자 덕분에 알 것 같았는데 뒤통수를 맞았다.

비비안이 나지막이 웃음을 터뜨렸다.

"그래서 육체적 관계만 맺어 온 거야?"

"그렇지."

"아주 건강하다는 증거야."

"……칭찬인가?"

"칭찬이지."

하나도 칭찬 같지 않은 칭찬이었다.

"첫 상대는 그다지 좋은 기억은 아니었어."

"흐음?"

"내…… 아버지와 관계된 여자였지."

비비안이 들었던 책을 다시 내려놓았다. 딱히 듣고 싶은 생각은 없었는데, 이리 말해 주니 굳이 듣기 싫다고 해야 할 이유는 없었다. 비비안은 이미 알고 있는 이야기였지만 딱히 내색하지는 않았다. 구태여 그걸 티를 내야 할 이유가 없었다.

"아버지가 그랬거든. 계집을 먼저 안아 봐야 훗날에 계집 때문에 일을 그르치지 않는다고."

"……."

"그때는 꽤 무서웠던 것 같다."

요사스럽게 웃으며 그를 유혹하던 여자는 분명 아버지의 품에서 웃던 이였다. 그때만큼이나 여자라는 존재가 무서웠던 적도 없었다. 어쨌든 화려한 미모의 그녀는 과연 수많은 고위 귀족들이 탐내는 코르티잔이었던 것만큼 아름다웠으나, 정작 위그에게 그날 밤은 그다지 좋은 기억이 아니었다. 갓 성인이 된 청년이 감당하기에는 부담스러운 일이었다. 하나 결국 그는 받아들이고 그녀를 적극적으로 안았다. 마치, 공작으로서 완성해야 하는 무수한 임무를 이행하듯.

"선대 공작이 잘못했네. 공작 부인은 뭐라고 했지?"

"어머니도 동의한 부분이었어. 그녀는 내가 공작이 되길 원했으니까."

"이런."

"아버지의 뜻은 확고했어. 이해하지 않는 건 아니었지만, 그래도……."

"이해할 필요 없어. 그걸 왜 이해해? 싫으니까 싫은 거고, 싫은 걸 시키는 게 나쁜 것인데."

"……."

"선대 공작에게 나 같은 딸이 있어야 했는데 말이야. 그렇지?"

"무슨 뜻이지?"

"그럼 내가 당신 손 잡고 그 침실에서 나왔을 텐데."

"뭐?"

"그 정도는 나도 할 수 있거든. 내가 남자랑 싸워서 이기지는 못해도 여자랑 싸워서 이길 수는 있어. 아, 그래도 선대 공작은 당신이 맡아."

동정 따위 하지 않는다. 하지만 해결책이 있다면 제시해 주겠다. 도움이 필요하다면 그 정도는 해 줄 수 있다. 비비안은 그렇게 말하고 있었다.

비비안이 입꼬리를 말아 올렸다. 그녀의 눈가가 우아하게 휘어졌다. 그녀의 파란 눈동자를 보며 그는 숨이 멎는 듯한 느낌에 휩싸여야 했다. 그러니까 제 손을 잡고, 그 침실에서, 나와 주겠다고.

"우리는 조금 더 일찍 만났어야 했다."

"아직도 그 개소리야? 우리가 더 일찍 만났더라면 우리 둘은 천하에 둘도 없는 웬수가 되었을 거야. 맨날 치고받고……."

"말고."

"그럼?"

"훨씬 더 오래전에. 내가 소년이고, 당신이 소녀이던 때에."

비비안이 웃음을 터뜨렸다. 이거야 뭐, 내 주위에는 몽상가들밖에 없나.

하지만 그런 그녀의 웃음소리에도 그는 진지했다. 이제야 알 것 같았다. 비비안 로젤리스라는 사람을 혐오하면서도 사랑할 수밖에 없는 이유를. 그녀는 착하고 사랑스러운 사람이 아니었다. 악랄하고, 자기중심적이고, 실리만 따지고, 더럽게 성격도 나빠서는.

하지만 그녀만큼 공평한 사람도 없었다. 여자든 남자든 닥치는 대로 상대하고, 여자든 남자든 닥치는 대로 사랑한다. 사랑하는 사람에게는 사랑을 퍼붓고, 증오하는 인물에게는 증오를 퍼붓는다.

그녀는 인간의 본능을 가장 적나라하게 드러내 놓은 인물이었다. 그래서 보면 볼수록 불편하고, 보면 볼수록 부러운.

당신의 최후는 어떨까.

위그는 생각에 잠겼다. 당신의 최후는 그다지 좋을 것 같지 않다. 이만큼 벌여 놓은 판이 있으면 감당해야 하는 게 상식 아니던가. 일단 자기만 해도 이 여자를 상대하지 못해서 안달하고 있다.

하지만 그렇다고 해도 그 끝이 꼭 당신다웠으면 좋겠다.

당신이 원하는 대로, 파멸이든 죽음이든 생존이든. 살아도 비비안 로젤리스처럼, 죽어도 비비안 로젤리스처럼.

어쩌면 그것은 그가 감히 도전하지 못한 영역일지도 몰랐다. 사실 도전할 수 있는 인간이 얼마 없었다.

그래서 문득, 2년이 끝나고 그녀와 헤어지는 게 가장 좋은 결말일 것 같다는 생각이 들었다. 비록 한순간뿐이지만.

조용하게 앉아 다시 책을 보기 시작하는 비비안을 보며 위그는 한숨을 쉬었다. 그때 비비안이 갑자기 생각났다는 듯이 입을 열었다.

"그러고 보니."

비비안의 읊조리는 말에 위그가 고개를 갸웃거렸다. 또 무슨 말이 남았나 싶어 그가 고개를 돌리자, 비비안이 말을 이었다.

"우리 언니가 에스크 쪽으로 갔는데."

"에스크?"

"거기에 아미르타 요양원이 있어."

"요양원?"

"응. 우리 리암이 있는 곳."

비비안의 말에 위그가 얼굴을 찌푸렸다. 리암은 또 누구야. 비비안의 입에서 남자의 이름이 나올 때마다 기분 나쁜 티를 팍팍 내는 위그를 보며 비비안이 피식 웃었다.

"내 동생."

동생이라는 말에 위그의 얼굴이 조금 누그러지는 듯했다. 그러나 그는 곧바로 다시 얼굴을 살짝 굳혔다.

"아. 막냇동생?"

"그래. 그 아이가 지금 아미르타에."

"……꽤 살갑게 부르는데?"

"그거야 뭐. 어쨌든 가둬 놓은 데에 대해 보상은 해야 하니까."

비비안의 말에 위그가 고개를 끄덕였다. 이건 뭐, 어떻게 말해야 할지 모르겠다. 그는 여전히 그녀를 종잡지 못했다. 그런 그의 마음을 이해하듯, 비비안이 빙그레 웃었다.

"지금 굉장히 궁금한 것 같은데. 내 동생에 대해서."

"그냥. 당신 가족들을 보면 신기해서 그런다. 사이가 좋은 건지 나쁜 것인지."

보통 사이가 좋은 가족들은 권력과 재산을 위해 서로 죽이진 않는다. 하지만 비비안의 말을 들어 보면 또 머리채를 쥐어뜯으면서 싸우는 집 같아 보이지도 않았다. 그 미묘한 차이에 위그가 미간을 찌푸렸다. 비비안이 피식 웃으며 답했다.

"글쎄, 사람과 사람 사이의 관계가 그렇게 간단하게 정의될 수 있나? 우리 둘째 오빠는 나한테 결혼 이야기만 꺼냈지만, 사실 나는 몇 번이고 그에게 말했어. 단주가 되고 싶다고. 그리고 우리 둘째 오빠는 내 말을 제대로 믿지 않았지."

"흐음."

"하지만 그렇다고 해도 그가 날 사랑했다는 건 변함이 없어. 아이러니하지? 대체 누구 잘못인지?"

"……."

"사실 나는 처음부터 첫째 오빠를 죽일 생각까지는 하지 않았어. 다만, 최후에는 결국 죽였지. 우리 오빠가 죽은 날, 나는 꽤 후련했어. 오빠가 나를 사랑하고 말고와 무관하게."

비비안이 쿠션에 푹 기댔다. 그리고 말을 이었다.

"우리 언니와 나는 사이가 꽤 좋은 편이야. 실제로 나는 언니에게 꽤 마음의 빚이 있긴 해."

위그는 입을 다물었다.

"하지만 언니가 그런 일을 당한 것과 별개로, 그녀가 내 자리를 노렸다면 나는 아마 언니도 제거했을 거야. 봐 봐, 그녀가 어떤 생활을 이어 가는지 알면서도 억지로 이혼시키지 않았잖아? 왜냐하면 그녀가 이혼하면 미혼의 상태인 나와 경쟁할 수 있으니까."

"……그런."

"그런 거야, 위그. 누군가는 행운이었고, 누군가는 불행이었고. 운과 운명에 따라 행동이 바뀌고 선악이 바뀌는."

"……당신들 가족 관계는 꽤 미묘했군."

"미묘했지."

비비안은 웃었다. 도덕과 윤리는 결국 인간이 만들어 낸 것이고, 합리성이 있으면서 불합리했다.

"나는 사업을 하면서 수많은 남자를 만났고, 그중에서 많은 남자가 나를 계집이라고 무시했어."

"그래 보인다."

"하지만 나를 존중했던 남자가 없었던 건 아니야. 그들은 아내와 자식을 먹여 살리기 위해 열심히 일하고 돈을 벌지."

"대체 무슨 말을 하고 싶은 거야?"

"그냥 그렇다는 거야. 사람 사는 게."

비비안이 어깨를 으쓱했다.

"바첼론에서도 겁탈은 질타받는 일이야. 그런데 가끔 미묘한 일이 발생해. 가해자가 없는데 피해자는 많고. 아, 물론 이건 어느 구체적인 사건을 말하는 게 아니야, 현상을 말하는 거야."

비비안의 말에 위그가 그녀와 시선을 마주했다. 그리고 피식 웃음을 흘렸다. 그런 그를 보며 비비안이 다시 책을 들었다. 하지만 곧, 위그의 손에 의해 저지당했다.

"당신은 나도 피해자라고 말하고 싶은 건가?"

"개소리하고 있네."

"그렇게 말하는 거잖나. 나도 이 거지 같은 세상의 피해자라고 하는 거잖나."

"그건 어디까지나 상대적인 거지. 솔직히 우리 둘은 어디 가서 피해자라고 말하기 많이 부끄러운 사람들이야. 이디에트 공작과 로튼의 단주가 피해자라고? 사람들이 죽으려 들겠네."

비비안이 기겁했다. 하지만 위그는 그저 웃기만 했다. 그녀가 무엇을 말하는지 알 것 같았다.

"그럼 혹시 내가 진짜로 위험에 처하면, 내 손을 잡고 나올 건가?"

"어떤 상황인가 봐서."

"어린 날의 '내'가 당신한테 도움을 청하면, 당신은 구해 줄 텐가?"

위그의 말에 비비안이 고개를 들어 그와 시선을 마주쳤다. 그리고 웃으며 답했다.

"물론."

"……."

"내 이익을 건드리지 않는다는 전제하에."

"이런. 그럼 당신에게 이익을 주는 사람이 나를 해치고 있으면 어떻게 할 건가?"

위그의 웃음기 섞인 말에 비비안이 기가 막힌다는 표정으로 그를 보았다. 개소리가 따로 없다. 가설 수준이 점점 낮아지는 것 같다. 그녀는 가설을 세우는 것을 즐기지 않는다. 지나간 일은 지나간 일일 뿐이다.

"쓸데없는 생각 말고 자기나 해."

"이것만 대답해 줘."

"꼭 대답해야 해?"

"그래."

"구체적인 인간 하나 들어 봐."

"예를 들자면, 제이슨?"

"그 새끼는 내게 나라를 준다고 해도 처단해야 할 상대야. 이익은 무슨. 존재 자체가 독성 물질인데."

비비안이 뜨악해하며 얼굴을 찌푸렸다. 그런 그녀의 얼굴을 잡아 입을 맞추며, 위그가 속삭였다.

"그럼, 내가 어떤 여자한테 홀려서 사기당하고 있다고 하면 어찌할 거야?"

"그년 멱을 따 버릴 거야."

"왜?"

"그 돈 다 내 것일 게 뻔한데? 내가 내 몸 건드리는 인간은 참아도 내 돈 건드리는 인간은 못 참아. 페어플레이가 아니잖아. 돈을 가져갔으면 내놓는 게 있어야지 어디서 감히 사기를 쳐."

"……."

"됐지? 빨리 자. 나도 자고 싶어."

비비안이 책을 내려놓았다. 그런 그녀의 모습을 보며 위그가 떨떠름한 표정을 지었다. 하지만 이내 한숨을 푹 쉬고, 잠을 청했다.

〈다음 권에 계속〉